本书为国家社科基金项目
"词体的唐宋之辨研究"
(项目编号:15BZW091)结项成果

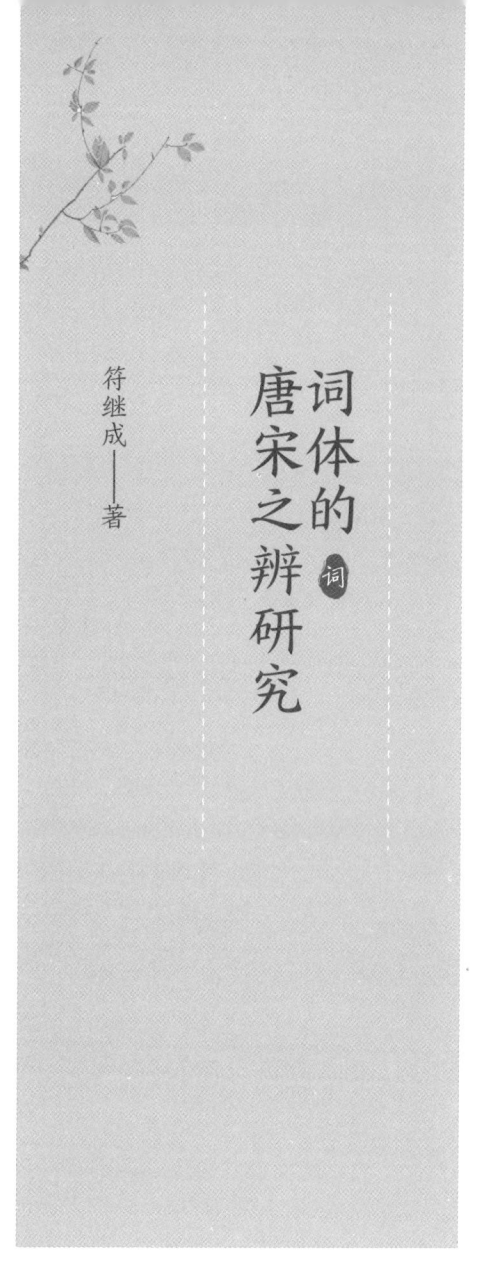

词体的唐宋之辨研究

词

符继成——著

中国社会科学出版社

图书在版编目(CIP)数据

词体的唐宋之辨研究/符继成著. —北京：中国社会科学出版社，2023.5

ISBN 978-7-5227-1874-3

Ⅰ.①词… Ⅱ.①符… Ⅲ.①唐宋词—诗词研究 Ⅳ.①I207.23

中国国家版本馆 CIP 数据核字(2023)第 076398 号

出 版 人	赵剑英
责任编辑	郭晓鸿
特约编辑	杜若佳
责任校对	师敏革
责任印制	戴 宽

出　　版	中国社会科学出版社
社　　址	北京鼓楼西大街甲 158 号
邮　　编	100720
网　　址	http://www.csspw.cn
发 行 部	010-84083685
门 市 部	010-84029450
经　　销	新华书店及其他书店

印　　刷	北京明恒达印务有限公司
装　　订	廊坊市广阳区广增装订厂
版　　次	2023 年 5 月第 1 版
印　　次	2023 年 5 月第 1 次印刷

开　　本	710×1000　1/16
印　　张	27.75
插　　页	2
字　　数	401 千字
定　　价	148.00 元

凡购买中国社会科学出版社图书，如有质量问题请与本社营销中心联系调换
电话：010-84083683
版权所有　侵权必究

序

继成的国家社科基金课题结项成果《词体的唐宋之辨研究》书稿即将出版，请我作序。序文之事，我向以为难，唯恐耗神费力却评价失当。但继成攻读硕士、博士均在我门下，毕业后这些年与我在学术方面也经常交流，算得上知根知底，因此对于他的请求，不仅不好推托，而且自觉也确实可以说上几句。

继成此著，立论的核心在于他认为所谓"唐词""宋词"，与"唐诗""宋诗"一样，不仅是朝代之别，而且有体格性分之殊，亦即形成了两种不同的审美范式。此论并非他的首创。在明清人的词论中，已有"唐音""宋调""宗唐""宗宋"的说法。近人邵祖平在《词心笺评》中评姜夔词时曾用"唐调""宋腔"来描述词史演变，谓"白石以前诸家之词，不归于秾丽，即依于醇肆；以风韵胜也！白石老仙之作，则矫秾丽为清空，变醇肆为疏隽；以意趣胜也！白石以前之作，尚有唐调；白石以下之作，纯为宋腔"。当代学者孙虹在其专著《北宋词风嬗变与文学思潮》中也明确提出词有"唐音""宋调"之别，并论述了词中"宋调"的特点及其在北宋从草创到完成的过程。此外如肖鹏、房日晰等学者均有论及。然而不可否认的是，相较于词体的婉约、豪放之争，学界目前对"词分唐宋"这一论题仍未予以充分重视。继成此著的出现，对于推进该论题的探讨显然是非常有意义的。在书稿中，他较为完整地展示了从盛唐到清末民初这个时段内，词之"唐音"与"宋调"两种审美范式的生成、演变及接受过程。他以词体的唐宋之辨为主线，融词人、词作、词论为一体，构建了一部别开生面而又逻辑严谨的专题词史，从一个新的视角呈现了千余年中的诸多词学景观，观照纷繁复杂的词学现象、流派、理论、创作，提出了许多颇具新意的见解。无论是框架设定、材料运用、观点提炼、例证分析还是文字表达，均多有可圈可点之精彩。

书中所论，有两个部分的内容我觉得最为重要，也颇能见出此著的学术价值。其一是词之"唐音范式"与"宋调范式"在唐宋时期的生成与演变。王兆鹏先生在《宋南渡词人群体研究》《唐宋词史论》等著作中曾经提出，唐宋词史上存在着"花间"、"东坡"与"清真"三种抒情范式，后来他又在与学生合作的论文中补充了一种"南唐范式"。继成在书中吸收了王先生关于唐宋词抒情范式的提法，并将其扩展为对词之"唐音""宋调"审美范式的认识。他认为：词之"唐音范式"发端于盛唐，形成于晚唐西蜀的花间词人，南唐到北宋出现了新的演变，其总体特点是"以唐诗为词"。"宋调范式"从柳永发端，在北宋后期分化为以苏轼为代表的"东坡范式"与以周邦彦为代表的"清真范式"。两者一为对"唐音"传统的革新，"以宋诗为词"；一为对"唐音"传统的改良，在维护词体本色的同时融入宋型文化的质素。这两种"宋调"审美范式在南宋分别为辛弃疾与姜夔等人继承、完善和发扬，各自成派，词坛也全面进入了"宋调"时代。总而言之，他实际上是把唐宋词坛的审美范式概括为一种"唐音"（花间—南唐范式）、两种"宋调"（东坡—稼轩范式、清真—白石范式）。这样的认识，我认为是符合词史发展的实际状况的，尤其是把清真、白石这一条线串起来，视为"宋调"之一种的看法，既有新意，也很贴切，把握到了这一派词风在文化本质上与苏、辛一派的共性。其二是明清时期"宗唐""宗宋"派别的形成。论及明清诗歌，"宗唐"派、"宗宋"派的说法颇为常见，那么，在明清时期的词史上，是否也有"宗唐"派与"宗宋"派呢？这个问题尽管已有学者注意到，比如施蛰存先生曾在《宋花间集·叙引》中指出："清人论词，严别唐、宋"，但尚缺少进一步的讨论。继成在书中从理论、创作及词人群体等方面详加论析，指出明末清初的云间派、饮水词派及清代中期的常州词派实为"宗唐"派，清初的阳羡词派、浙西词派均为"宗宋"派，清代中期以后则以唐宋并尊互融为主要趋势。这些论述虽未能将相关材料一网打尽，但已得其精要，言之有据，可以成立。

诗、词、文等唐宋时期主要文体的审美范式由"唐型"到"宋型"的演变，其根本原因是唐宋社会文化性质发生了重要的改变。关于唐宋文化转型之于文学的影响，从提出宋代文化"近世"说的内藤湖南到我的博士后导师王水照先生、先师邓乔彬先生等众多中外学者都有论述，我自己所做的姜夔、辛弃疾研究，也基本是在这一框架下展开。继成此书以"唐宋变革"为立论的基础，从学理来说自然没有问题。作为老师，见到弟子能传承师门的学术理念并取得成果，内心也很欣慰。但为学之道，应当"苟日新，又日新，日日新"，在古典文学这片广阔的园地里，还有很多新的课题等待有志有力者去发现、去开拓。继成正当年富力强，试勉之。

赵晓岚

2022 年 2 月 10 日

目 录

绪 论 …………………………………………………………（1）

第一章 从盛唐到北宋：词之"唐音""宋调"审美范式的确立 ……………………………………………（45）
第一节 以唐诗为词：词之"唐音"范式的形成与演变 …………（45）
第二节 从柳永到苏、周：词之"宋调"的生成及扩散 …………（87）

第二章 北宋后期到南宋：词体唐宋之辨的初步展开 …………（123）
第一节 北宋后期词坛：词论中的"唐音"崇拜与"宋调"主张 …………………………………………（124）
第二节 南宋前期词坛："唐音"与"宋调"在接受中的三种趋向 …………………………………………（142）
第三节 南宋后期词坛："唐音""宋调"的融合与并存 …………（180）

第三章 金元明词坛："宗宋"与"宗唐"派别意识的形成 ………（214）
第一节 金元词坛：两种"宋调"，各成一宗 …………………（215）
第二节 明代词坛：从多元并存到唐音独盛 …………………（251）

第四章 清代前期词坛："宗唐"余波与"宗宋"复兴 ……………（293）
第一节 "废宋词而宗唐"
——云间派拟古主义词论的清初反响 …………（293）

第二节 "为《兰畹》《金荃》树帜"
　　　　——纳兰性德与顾贞观对"唐音"的推崇 …………（302）

第三节 "存词即所以存经存史"
　　　　——阳羡词派的"宗宋"倾向 …………………………（311）

第四节 "小令宜师北宋,慢词宜师南宋"
　　　　——浙西词派的"宗宋"主张 …………………………（325）

第五章 清代中期词坛:常州词派的唐宋观兴起 ………………（339）
　第一节 "温庭筠最高"
　　　　——张惠言对"唐音"的重新阐释与尊奉 ……………（339）
　第二节 "还清真之浑化"
　　　　——周济融合唐宋的词学理想 …………………………（351）

第六章 清代后期词坛:"宗唐""宗宋"的融合与总结 …………（364）
　第一节 "直溯风骚,出入唐宋"
　　　　——常州词派后劲对"唐音""宋调"的接受 …………（364）
　第二节 苏轼复李白之古,晚唐五代乃变调
　　　　——刘熙载的唐宋"正变论" ……………………………（383）
　第三节 妍秀、醇雅、豪宕缺一不可
　　　　——谢章铤唐宋兼取的词体美学观 ……………………（393）
　第四节 "境界说"与"重北宋轻南宋"论
　　　　——王国维的尊唐倾向 …………………………………（404）

结　语 ……………………………………………………………（416）
参考文献 …………………………………………………………（420）
后　记 ……………………………………………………………（435）

绪　论

一　词体的唐宋之辨：一个被遮蔽的词学论题

唐朝天宝十四载（755）十一月，身兼范阳、平卢、河东三镇节度使的安禄山在范阳起兵发动叛乱，兵锋直取长安，由此揭开了长达八年的"安史之乱"大幕。"渔阳鼙鼓动地来，惊破霓裳羽衣曲。"这场大乱，其实不仅惊破了唐玄宗的盛世美梦，将赫然国容扫得七零八落，让唐王朝国势大衰，还成了整个中国历史的一个转捩点，以此为分界线，中国的政治、经济、社会、思想文化等方面都出现了一系列明显的调整与变化，如陈寅恪先生所言："唐代之史可分为前后两期，前期结束南北朝相承之旧局面，后期开启赵宋以降之新局面，关于政治社会经济者如此，关于文化学术者亦莫不如此。"[①] 对于这种变化，学界多称之为"唐宋变革"，由此又有"唐型文化"与"宋型文化"之分。文学作为文化的组成部分，当然也存在着从唐到宋的转型。这种转型在文学史上最明显的表现之一，即诗歌的审美范式由"唐音"向"宋调"的转变，随之而来的宗唐与宗宋之争则成了诗歌创作与理论中一桩聚讼纷纭的学术公案，绵延数百年，贯穿了南宋以下的古典诗歌史。

对于诗歌领域的唐宋之争，学界已经有了众多的研究成果，不是本

[①] 陈寅恪：《论韩愈》，陈美延编《金明馆丛稿初编》，生活·读书·新知三联书店2009年版，第332页。

书要讨论的重点。我们的问题是：词作为一种与诗歌关系极为密切甚至被视为广义上的抒情诗歌的文体，它的审美范式是否也有从"唐型"到"宋型"的转变？在词的创作中，是否也存在着唐宋两种不同的统绪？在词学观念上，是否也有与诗歌类似的唐宋之辨？对于这些问题，学界长期以来似乎少有人进行过深入的思考与探讨。大量论著关注词的婉约与豪放之争、南北宋之争，而讨论词分唐宋的却寥寥无几。之所以出现这种局面，应该与词史的发展轨迹与诗歌不同有关。诗歌的历史始于先秦，到盛唐时臻于顶峰，众体兼备，"唐音"的审美特质已完全成熟；中唐开启了宋诗之变，至北宋后期形成了自具面目的"宋调"。与诗相比，词的历史要短暂得多。它产生于隋唐之际，到中唐才有较多的文人开始创作，晚唐五代至北宋前期，词体中的小令体式基本成熟并且是词坛的主流，到北宋后期，才出现了小令、长调并盛，风格亦百花齐放、多姿多彩的繁荣局面，南宋在此基础上极其工又极其变，终于使词成为赵宋一朝的代表性文体。面对这样一段词史，自然会有人疑惑：它是否如诗歌一样，形成了"唐音"与"宋调"两种可以并驾齐驱的美学范式？

在这个问题上，《钦定四库全书总目·东坡词提要》中的一段话事实上已给出了答案。其云：

> 词自晚唐、五代以来，以清切婉丽为宗，至柳永而一变，如诗家之有白居易；至轼而又一变，如诗家之有韩愈，遂开南宋辛弃疾等一派。寻源溯流，不能不谓之别格，然谓之不工则不可，故至今日，尚与"花间"一派并行，而不能偏废。①

对于这段话，论者多从豪放与婉约、词体的正变等角度加以阐释，然而，以《花间集》为代表的唐五代词历来多被整体上称为"唐词"，因此我们说它形成了一种以"清切婉丽"为总体特点的"唐音"范式

---

① 纪昀等：《钦定四库全书总目》，下册，中华书局1997年版，第2782页。

似也可以成立。中唐诗人白居易、韩愈是宋诗的先行者,依照这段话中的比拟,则柳永、苏轼亦可视为词之"宋调"的先行者,而南宋的辛弃疾一派则是成熟的"宋调"。由此可见,这段评述已经指出了词史上也存在"唐音""宋调"两种词统。

如果说,《钦定四库全书总目·东坡词提要》所论尚显过于简略,它将词史视为花间一派与辛弃疾一派并行局面的观点并不全面,也没有明确说出词之"唐音""宋调"的美学差异,那么王国维在《人间词话》的两段论述或可补其不足:

> 严沧浪《诗话》谓:"盛唐诸公,唯在兴趣。羚羊挂角,无迹可求。故其妙处,透澈玲珑,不可凑拍。如空中之音、相中之色、水中之影、镜中之象,言有尽而意无穷。"余谓:北宋以前之词,亦复如是。然沧浪所谓兴趣,阮亭所谓神韵,犹不过道其面目;不若鄙人拈出"境界"二字,为探其本也。①

> 诗至唐中叶以后,殆为羔雁之具矣。故五代北宋之诗,佳者绝少,而词则为其极盛时代。即诗词兼擅如永叔少游者,词胜于诗远甚。以其写之于诗者,不若写之于词者之真也。至南宋以后,词亦为羔雁之具,而词亦替矣。此亦文学升降之一关键也。②

在第一段引文中,王国维认为,严羽对盛唐诗"唯在兴趣"的评价,也适用于北宋以前之词,也就是说,北宋以前的词在美学特性上与诗之"唐音"的典型代表盛唐诗是相似的。只不过,王国维主张用"境界"来形容其特点。在第二段话中,王国维指出,中唐以后之诗与南宋以后之词,都成了"羔雁之具",失去了"真"味。诗与词在美学风貌上的这种嬗变,均为文学升降之关键。如前所述,中唐开始的诗歌美学风貌的演变,就是由"唐音"向"宋调"的转型,因此据王国维所论,词至南宋以后,其风格事实上也有类似于诗歌的从"唐音"(北

---

① 王国维著,徐调孚注,王幼安校订:《人间词话》,人民文学出版社1960年版,第194页。
② 王国维著,徐调孚注,王幼安校订:《人间词话》,第223—224页。

宋以前之词）到"宋调"（南宋词）的变化。像这样的话语在《人间词话》中尚有多处，尽管其重北宋轻南宋的观点或可商榷，但作为既具超卓的理论眼光又有敏锐善感之词心的美学大家兼优秀词人，王国维的这种美学判断无疑可以提示我们：词体的唐宋之辨这一论题确实存在，且有研讨的必要。

从诗歌领域的情况来看，唐宋之争不仅表现在诗学理论上，也表现在诗歌创作及诗集的编选传播等方面，不过理论上的宗唐宗宋之争以及对唐宋诗不同美学特性的辨析与认识是重点，也更加显而易见。词中的唐宋之辨同样如此。因此，我们先对词论中的相关论述做一番大致的梳理，以概览这个被遮蔽的词学论题的基本状况。

（一）宋金元时期：词体唐宋之辨的初起

从词的创作史来说，"唐音"的主体风格在晚唐五代的温、韦、冯、李等人的手中基本定型，在北宋词坛也一直处于主流、正宗地位，而"宋调"的发展，则由北宋前期的柳永等人发端，到北宋后期完成奠基，至南宋进入成熟期。理论以实践为基础，一般要晚于实践。因此词学批评中涉及唐宋之辨的论述，到北宋后期才出现。这时宋型文化进入定型阶段，[①] 宋词的发展步入高峰，"宋调"的特质逐渐显现，于是人们论词时，往往会有意无意地将宋人的创作与"唐音"比较，揭示出具有时代特征的美学风尚。

首先在词论中表现出欲自立于"唐音"之外的"宋调"意识的，是当时的文坛盟主苏轼。苏轼不仅在创作中革新词风，而且在理论上有明确的表述。他在《与鲜于子骏书》中说："近却颇作小词，虽无柳七郎风味，亦自是一家。"[②] 所谓"柳七郎风味"，指的是柳永词与"唐音"一脉相承的香艳软媚的作风；"自是一家"，是指他"以诗为词"，用词来抒写士大夫的性情怀抱。彭国忠先生在《元祐词坛研究》中指

[①] 关于宋型文化的发展过程，学界说法不一。可参看刘方《宋型文化与宋代美学精神》，（巴蜀书社2004年版，第16—33页），李贵《中唐至北宋的典范选择与诗歌因革》（复旦大学出版社2012年版，第1—26页）。这里取龚鹏程之说："大抵宋文化发轫于中唐、复兴于庆历，而具形于元祐。"见龚鹏程《江西诗社宗派研究·自序》，文史哲出版社1983年版，第3页。

[②] 苏轼著，孔凡礼点校：《苏轼文集》，第4册，中华书局1986年版，第1560页。

出:"自成一家"实际上是当时"宋人在各个艺术门类中的共同追求。正是在这样的高度自觉意识下,宋人才真正确立了自己不同于'唐风'的'宋调'"①。此处所用的"唐风""宋调"两词,虽然是就诗歌而言,但既云彼时宋人在各个艺术门类中均追求自立,则用来论词亦无不可。因此,我们或许可以将苏轼这个"自是一家"的宣言视为词论中唐宋之辨的滥觞,而他所开启的"以诗为词"的"东坡范式",则为词中"宋调"之一体。

苏门文人中,李之仪的《跋吴思道小词》是一篇关涉唐宋之辨的重要词学文献,代表的是尊奉"唐音"的倾向。他认为:"长短句于遣词中,最为难工,自有一种风格,稍不如格,便觉龃龉。唐人但以诗句,而用和声抑扬以就之,若今之歌阳关词是也。至唐末,遂因其声之长短句,而以意填之,始一变以成音律。大抵以《花间集》中所载为宗,然多小阕。"较之这种唐人词风,柳永词"铺叙展衍,备足无余,形容盛明,千载如逢当日",而"韵终不胜";张先词尽管"刻意追逐"《花间》,却"才不足而情有余";晏殊、欧阳修、宋祁等人的词"良可佳",但"风流闲雅,超出意表",又与花间词有所不同。李之仪所论,不仅说明当时词坛流行宗奉以《花间集》为代表的"唐音",而且还点明了"唐音"情韵兼胜的美学特征及宋人在学唐过程中表现出来的差异。值得注意的,他还进一步提出了以《花间》为主,"辅之以晏、欧阳、宋,而取舍于张、柳"的学词路径②。这表明他虽提倡宗奉以"花间范式"为代表的"唐音"传统,却有一种发展的眼光,对渐染"宋调"新质的当代词人也相当重视,显示出词之"宋调"的影响。

李之仪之后,李清照在《词论》中回顾了唐代以来的词史。她将中晚唐的词称为"郑卫之声""流靡之变",五代是"斯文道息",南唐的李氏君臣虽尚文雅,有"小楼吹彻玉笙寒""吹皱一池春水"这样语言"奇甚"的词,却是"亡国之音哀以思"。这样的评价,显然有贬抑之意。与之相比,她对在"礼乐文武大备,又涵养百余年"的文化环

---

① 彭国忠:《元祐词坛研究》,华东师范大学出版社2002年版,第87页。
② 李之仪:《姑溪居士全集》,第4册,中华书局1985年版,第310页。

境中发展起来的宋词给予了较高的期望。针对宋代词人创作中存在的问题，她提出了协律、高雅、浑成、铺叙、典重、故实等一系列关于词的美学标准。① 李清照所论，明显可以看出儒家诗教观等文艺观的影响，是北宋后期逐渐成熟的宋型文化的反映。因此她所确立的词的美学标准，实际上也可以说是词之"宋调"的美学标准。不过，李清照特别重视词合乐可歌的特性，所以不赞成苏轼的"以诗为词"。她所提倡的"宋调"，是在遵守"词别是一家"前提下的对"唐音"传统风格的革新。

上述三家所论，确立了后世在词体唐宋之辨中的三种基本态度：或如李之仪，推重"唐音"的艺术；或如苏轼，主张"以诗为词"的"宋调"，扩张词体的边界；或如李清照，既对"唐音"的传统有所不满，又不赞成"以诗为词"，于是主张在维持词的某些传统特性基础上的"宋调化"。当然也有一些论者折中其间，对"唐音"及"宋调"中的两派均有所取。

南宋词论中，肯定和推崇唐词艺术、奉《花间集》为宗的言论有不少。如杨湜于《古今词话》中评东都防河卒于汴河上掘地所得石刻上的词云："词凡九十四字，而风花莺燕动植之物曲尽之，此唐人语也。后之状物写情，不及之矣。"② 王灼《碧鸡漫志》云："长短句虽至本朝盛，而前人自立，与真情衰矣。"③ 陈善《扪虱新话》云："唐末诗格卑陋，而小词最为奇绝。今世人尽力追之，有不能及者。予故尝以唐《花间集》，当为长短句之宗。"④ 陈振孙评《花间集》："此近世倚声填词之祖也。诗至晚唐、五季，气格卑陋，千人一律，而长短句独精巧高丽，后世莫及。"⑤ 因为欣赏"唐音"的"精巧高丽"，所以南宋人在评价本朝人的创作时，常以其近唐作为标榜。如杨东山评欧阳修词：

---

① 李清照：《词论》，徐培均笺注《李清照集笺注》，上海古籍出版社 2002 年版，第 266—267 页。
② 杨湜：《古今词话》，唐圭璋编《词话丛编》，第 1 册，中华书局 1986 年版，第 45 页。
③ 王灼：《碧鸡漫志》，唐圭璋编《词话丛编》，第 1 册，第 85 页。
④ 陈善：《扪虱新话》，第 1 册，中华书局 1985 年版，第 67 页。
⑤ 陈振孙撰，徐小蛮、顾美华点校：《直斋书录解题》，下册，上海古籍出版社 2015 年版，第 614 页。

"虽游戏作小词,亦无愧唐人《花间集》。"①黄昇评仲殊小令:"篇篇奇丽,字字清婉,高处不减唐人风致也。"②陈振孙评晏几道词:"独可追逼花间,高处或过之。"③

由于国势大变,理学流行,复雅思潮兴起,词人以词陶写情性、感慨时事渐成普遍现象,儒家诗教观对于词论的影响亦日益深刻,于是"以诗为词"的苏轼所引领的这一派"宋调"新风获得了前所未有的肯定,传统的"唐音"有时甚至沦为其"垫脚石"。如胡仔《苕溪渔隐丛话》赞苏轼的《赤壁》等十余词:"绝去笔墨畦径间,直造古人不到处,真可使人一唱而三叹。"④胡寅《酒边集序》说苏轼词:"一洗绮罗香泽之态,摆脱绸缪宛转之度,使人登高望远,举首高歌,而逸怀豪气,超然乎尘垢之外,于是《花间》为皂隶,而柳氏为舆台矣。"⑤汤衡《张紫薇雅词序》云:"夫镂玉雕琼,裁花剪叶,唐末词人非不美也。然粉泽之工,反累正气。东坡虑其不幸而溺乎彼,故援而止之,惟恐不及。其后元祐诸公,嬉弄乐府,寓以诗人句法,无一毫浮靡之气,实自东坡发之也。"⑥正是在这样的鼓吹声中,较苏词朝着"宋调"的完全形态方向更进一步,"以文为词"的"稼轩体"应运而生,于剪红刻翠的"唐音"之外别立一宗。与此相应,用儒家诗教观去批评"唐音"的声音也越来越多。如鲖阳居士,他论词重视比兴寄托,其《复雅歌词序》斥责"温、李之徒,率然抒一时情致,流为淫艳猥亵不可闻之语",对本朝"祖其遗风,荡而不知所止"的"宗工巨儒"也颇有微词,认为"其蕴骚雅之趣者,百一二而已"⑦。晁谦之《〈花间集〉

---

① 罗大经撰,孙雪霄校点:《鹤林玉露》,上海古籍出版社2012年版,第163页。
② 黄昇编:《花庵词选》,中华书局1958年版,第143页。
③ 陈振孙撰,徐小蛮、顾美华点校:《直斋书录解题》,下册,上海古籍出版社2015年版,第618页。
④ 胡仔纂集,廖德明校点:《苕溪渔隐丛话·后集》,人民文学出版社1962年版,第192—193页。
⑤ 胡寅:《酒边集序》,张惠民编《宋代词学资料汇编》,汕头大学出版社1993年版,第212页。
⑥ 汤衡:《张紫薇雅词序》,施蛰存主编《词籍序跋萃编》,中国社会科学出版社1994年版,第213页。
⑦ 鲖阳居士:《复雅歌词序》,张惠民编《宋代词学资料汇编》,第249页。

跋》在赞赏花间词"情真而调逸,思深而言婉"之"工"的同时,又憾其"文之靡无补于世"。[①] 陆游也是一方面欣赏晚唐五代词的"高古工妙",[②]"简古可爱",一方面又感叹:"方斯时,天下岌岌,生民救死不暇,士大夫乃流宕如此,可叹也哉!或者出于无聊故邪?"[③] 从这些批评言论中,我们可以看出理学在南宋大行于世后对词学发展的影响。

南宋崇雅的文化环境,使李清照所倡的严守词体合乐可歌特性一派的"宋调"也继续得到重视与发展。北宋后期最为符合此派审美标准的周邦彦词在南宋的地位不断提升,至南宋后期更是被誉为"词人之甲乙"[④],"冠冕词林"[⑤],可知这一派"宋调"在此时已成词坛主流。南宋后期的姜夔、史达祖、吴文英等人在学习周词技法的同时又各自有所发展。其中姜夔以江西派诗法为词,融合唐宋,形成了"清空""骚雅"的词风,也是该派"宋调"的理想审美形态,在当时及后世均产生了重大的影响。宋末柴望的《凉州鼓吹自序》评价姜词说:

  词起于唐而盛于宋,宋作尤莫盛于宣、靖间,美成、伯可各自堂奥,俱号称作者。近世姜白石一洗而更之,《暗香》《疏影》等作,当别家数也。大抵词以隽永委婉为上,组织涂泽次之,呼噪叫啸抑末也。唯白石词登高眺远,慨然感今悼往之趣,悠然托物寄兴之思,殆与古《西河》《桂枝香》同风致,视青楼歌红窗曲万万矣。故余不敢望靖康家数,白石衣钵或仿佛焉。[⑥]

这段话被有的学者视为词的南北宋之争的开端,但究其实质,也涉

[①] 晁谦之:《〈花间集〉跋》,张惠民编《宋代词学资料汇编》,第190页。
[②] 陆游:《跋〈后山居士长短句〉》,张惠民编《宋代词学资料汇编》,第206页。
[③] 陆游:《〈花间集〉跋》,张惠民编《宋代词学资料汇编》,第190页。
[④] 陈振孙撰,徐小蛮、顾美华点校:《直斋书录解题》,下册,上海古籍出版社2015年版,第618页。
[⑤] 刘肃:《片玉词序》,张惠民编《宋代词学资料汇编》,第208页。
[⑥] 柴望:《凉州鼓吹自序》,金启华、张惠民、王恒展等编《唐宋词集序跋汇编》,江苏教育出版社1990年版,第284页。

及词的唐宋之辨。北宋词整体而言仍属唐词之流①,"隽永委婉""组织涂泽"为"唐音"所长,而"白石词登高眺远,慨然感今悼往之趣,悠然托物寄兴之思",则为"宋调"的新风。北宋的周邦彦虽然是上集"唐音"之成下为"宋调"奠基的词人,但其对"宋调"的贡献主要是形式上的完善,而内容方面仍循"唐音"传统,多写艳情、闺情②。因此,所谓"靖康家数"实指"唐音"风格。柴望不取"靖康家数"而欲传"白石衣钵",表明的是"宗宋"的态度。在当时,这不是柴望一个人的选择,而是大多数人的选择。

金元词坛可分南北两宗,总体上均以"宗宋"为主,但因地域文化等方面的差异,故对"宋调"中的两派各有所重。北宗词人领袖元好问虽对"唐音"艺术有所汲取,却特别推崇苏轼一派的"宋调"。他在《新轩乐府引》中说:"唐歌词多宫体,又皆极力为之,自东坡一出,情性之外,不知有文字,真有'一洗万古凡马空'气象,……坡以来,山谷、晁无咎、陈去非、辛幼安诸公,俱以歌词取称,吟咏情性,留连光景,清壮顿挫,能起人妙思。"③还有一些论者则在崇苏的同时从儒家诗教观的角度对"唐音"予以批判。如王博文《天籁集序》云:"乐府始于汉,著于唐,盛于宋。大概以情致为主,秦、晁、贺、晏,虽得其体,然哇淫靡曼之声胜。东坡、稼轩矫之以雄词英气,天下之趋向始明。"④秦、晁、贺、晏虽为宋人,但他们"以情致为主""哇淫靡曼"的风格则为"唐音"特色,认为苏、辛的"雄词英气"为"天下之趋向",可见其态度。朱晞颜的《跋周氏埍箎乐府引》亦贬唐

---

① 肖鹏在《群体的选择——唐宋人词选与词人群体通论》一书中指出:"在明代和清代的词学批评理论中,唐五代与北宋始终是连体孪生的'时代组'(Times Group)。云间词派曾经主张把它们拆分开来祭祀,以恭敬和傲慢的不同态度区别对待源与流,结果证明行不通。我们说,北宋体整体上属于西蜀词流和南唐词流,西蜀体和南唐体又同属于晚唐词流。它们是一个家族,辈分高下不同,长幼顺序不同,血缘却都一样。"凤凰出版传媒集团、凤凰出版社2009年版,第115页。

② 据统计,周邦彦186首词,有103首是写艳情、闺情的,占比55%。见许伯卿《宋词题材研究》,中华书局2007年版,第285页。

③ 元好问:《新轩乐府引》,邓子勉编《宋金元词话全编》,下册,凤凰出版社2008年版,第1811页。

④ 王博文:《天籁集序》,邓子勉编《宋金元词话全编》,下册,第1891页。

尊宋："旧传唐人《鳞角》《兰畹》《尊前》《花间》等集富艳流丽，动荡心目，其源盖出于王建宫词，而其流则韩偓《香奁》、李义山《西昆》之余波也。五季之末，若江南李后主、西川孟蜀王号称雅制，观其忧幽隐恨，触物寓情，亡国之音哀思极矣。洎宋欧、苏出，而一扫衰世之陋，有不以文章而直得造化之妙者，抑岂轻薄儿纨绔子游词浪语而为诲淫之具者哉？"① 林景熙《胡汲古乐府序》也主张诗词同理，发乎情性。他认为："唐人《花间集》，不过香奁组织之辞，词家争慕效之，粉泽相高，不知其靡，谓乐府体固然也。一见铁心石肠之士，哗然非笑，以为是不足涉吾地。其习而为者，亦必毁刚毁直，然后宛转合宫商，妩媚中绳尺，乐府反为情性害矣。乐府，诗之变也。诗发乎情，止乎礼义，美化厚俗，胥此焉寄！岂一变为乐府，乃遽与诗异哉？"②

金元的南宗词人所崇乃姜夔等风雅派词人为代表的"宋调"。由于该派"宋调"在艺术上是融合唐宋的，所以他们在讲论词法、评价词人词作时，虽受儒家诗教观念的影响，但对"唐音"仍保持了一定程度的肯定。如张炎的《词源》在极力称扬姜夔词"清空""骚雅"的同时，也很欣赏"唐音"的艺术成就。他在论令曲的填制技艺时说："词之难于令曲，如诗之难于绝句，不过十数句，一句一字闲不得。末句最当留意，有有余不尽之意始佳。当以唐《花间集》中韦庄、温飞卿为则。"③ 明确提出小令应向"唐音"的代表作家学习。戴表元《题陈强甫乐府》也高度评价"唐音"的艺术："少时，阅唐人乐府《花间集》等作，其体去五七言律诗不远，遇情愫不可直致，辄略加工檃括以通之，故亦谓之曲。然而繁声碎句，一无有焉。近世作者几类散语，甚者竟不可读，余为之愦愦久矣。"④ 吴澄《戴子容诗词序》为"唐音"内容多写男女之情的特点进行辩护，认为词为诗之"风"，虽然"淫"，

---

① 朱晞颜：《跋周氏埙篪乐府引》，邓子勉编《宋金元词话全编》，下册，凤凰出版社 2008 年版，第 2059 页。
② 林景熙：《胡汲古乐府序》，张惠民编《宋代词学资料汇编》，汕头大学出版社 1993 年版，第 240 页。
③ 张炎：《词源》，唐圭璋编《词话丛编》，第 1 册，中华书局 1986 年版，第 265 页。
④ 戴表元：《题陈强甫乐府》，邓子勉编《宋金元词话全编》，下册，第 1951 页。

但为末流之失,"使今之词人真能由《香奁》《花间》而反诸乐府,以上达于《三百篇》,可用之乡人,可用之邦国,可歌之朝廷而荐之郊庙,则汉魏晋唐以来之诗人,有不敢望者矣"①。王礼《胡涧翁乐府序》认为:"自《花间集》后,雅而不俚,丽而不浮,合中有开急处,能缓用事而不为事用,叙实而不致塞滞,惟清真为然,少游、小晏次之,宋季诸贤至斯事所诣尤至。"②虽对宋人多有褒扬,却将花间词置于宋人雅词之"开山祖"的地位。

总的来说,宋金元时期作为词体唐宋之辨的初起阶段,诸家争鸣,虽可见大致的宗尚,但还没有形成严格意义上的派别。以花间词为代表的"唐音"尽管因其"唯情""唯美"的"艳科"特性而屡遭持儒家诗教观者的批驳,但其"情真而调逸,思深而言婉""精巧高丽"的艺术魅力始终未被忽视,奉其为宗的声音南北不绝。"宋调"则先有苏轼"自是一家"的"诗化"宣言,继有李清照在坚守"词别是一家"基础上对具有时代特色的美学标准的阐发,最终在南宋"复雅"、有用于世的呼声中推出完全有别于"唐音"的"稼轩体"与"白石衣钵"。在许多或整体或个体、或有意或无意的比较中,"唐音"与"宋调"作为两种不同审美范型为人所"辨"的格局在事实上逐渐确立。

(二) 明代至清初:"宗唐"派与"宗宋"派的形成

明代前期词论不多,在被官方定于一尊的程朱理学的影响下,论词者多沿袭南宋鲖阳居士一路的词学观,强调词的比兴寄托与教化意义,实即重视"宋调"。到明孝宗弘治(1488—1505)以后,拟古主义思潮泛滥,前后"七子"极力鼓吹"文必秦汉,诗必盛唐",因此诗歌理论中盛行尊唐抑宋之风,而注重张扬主体精神的阳明心学的传播,又使主情说广为流行。在这种文化风气的濡染下,前期强调词体教化作用的词学观尽管因惯性还保有一定的市场,但以唐为尊、以情为美的倾向终于逐渐明朗化、极端化、派别化。

明代中后期词坛首屈一指的大家杨慎,所持的就是这样一种复古主

---

① 吴澄:《戴子容诗词序》,邓子勉编《宋金元词话全编》,下册,第1964页。
② 王礼:《胡涧翁乐府序》,邓子勉编《宋金元词话全编》,下册,第2211页。

义论调。其《词品》卷一云："大率六朝人诗，风华情致，若作长短句，即是词也。宋人长短句虽盛，而其下者，有曲诗、曲论之弊，终非词之本色。予论填词必溯六朝，亦昔人穷探黄河源之意也。"[①] 从探源的主张出发，他推重唐词，认为"孟蜀之《花间》，南唐之《兰畹》，则其体大备矣"[②]。虽然在唐宋词的总体评价上，杨慎作持平之论，认为"宋人作诗与唐远，而作词不愧唐人"[③]，甚至有"宋之填词为一代独艺，亦犹晋之字、唐之诗，不必名家而皆奇也"[④] 的说法，但他本人的词"亦从《金荃》、《浣花》出"[⑤]，受"唐音"的影响非常明显[⑥]。

与杨慎同时的张綖在《诗余图谱·凡例》的按语中，将词体分为婉约与豪放两种风格，认为"婉约者欲其词情蕴藉，豪放者欲其气象恢宏。盖亦存乎其人。如秦少游之作，多是婉约；苏子瞻之作，多是豪放。大抵词体以婉约为正。故东坡称少游为今之词手；后山评东坡词虽极天下之工，要非本色"[⑦]。这段话多被后世视为词学理论中明确提出词有婉约、豪放两种风格流派的发端。但值得注意的是，婉约是由"唐音"所奠定的词体风格，而豪放是苏轼至辛弃疾一派的"宋调"新风。因此张綖"词体以婉约为正"的主张，其实也有尊唐之意。

其后的词论中，虽有在比较唐宋词的审美特征时无所轩轾的言论，如李开先在《歇指调古今词·序》中说："唐、宋以词专门名家，言简意深者唐也，宋则语俊而意足。"[⑧] 但明确尊唐贬宋的声音渐成主调。如徐渭在《南词叙录》中说："晚唐、五代，填词最高，宋人不及。何也？词须浅近，晚唐诗文最浅，邻于词调，故臻上品。宋人开口便学杜诗，格高气粗，出语便自生硬，终是不合格。其间若淮海、耆卿、叔原辈，一

---

① 杨慎：《词品》，唐圭璋编《词话丛编》，第 1 册，中华书局 1986 年版，第 425 页。
② 杨慎：《词品序》，唐圭璋编《词话丛编》，第 1 册，第 408 页。
③ 杨慎：《词品》，唐圭璋编《词话丛编》，第 1 册，第 432 页。
④ 杨慎：《词品》，唐圭璋编《词话丛编》，第 1 册，第 462 页。
⑤ 杨希闵：《词轨》，屈兴国编《词话丛编二编》，第 2 册，浙江古籍出版社 2013 年版，第 1192 页。
⑥ 郭杨波、周啸天：《论杨慎对花间词的沿袭与突破》，《西南民族学院学报》2002 年第 11 期。
⑦ 张綖：《诗余图谱·卷首》，明嘉靖十五年刊本。
⑧ 李开先著，路工辑校：《李开先集》，上册，中华书局 1959 年版，第 299 页。

二语入唐者有之，通篇则无有。"① 董逢元辑唐五代人词为《唐词纪》作为学习的典范，其序言云："夫词若宋富矣！而唐实振之，则其间藻之青黄，描之婉媚，吐之啁哳激烈，辄能令人热中。"② 吴承恩《花草新编序》云："选词众矣，唐则称《花间集》，宋则《草堂诗余》。诗盛于唐，衰于晚叶。至夫词调，独妙绝无伦，宋虽名家，间犹未逮也。"③ 汤显祖评《花间集》，是感于"宋人主理不主调，于是唐调亦亡"，"期世之有志于风雅者，与《诗余》互赏，而唐调之反，而乐府，而骚赋，而三百篇也"④。故而他对花间词人、词作大加赞扬，评孙光宪的《生查子》（"暖日策花骢"）为"六朝风华而稍参差之，即是词也，唐词间出选诗体，去古犹未河汉"⑤；言孙的《清平乐》（"等闲无语"）词"徘徊而不忘，思婉娈而不激，填词中之有风雅者"⑥；评温庭筠《梦江南》（"千万恨"）词"风华情致，六朝人之长短句也"⑦。沈际飞点评《草堂诗余》时，不仅对唐词多有称赏，而且还多次有意识地将"唐音""宋调"的美学特征相互参照。如在《草堂诗余四集》之《别集》卷一评白居易《忆江南》："较宋词自然有身分，不知其故。"⑧ 评孙光宪《谒金门》："起句落宋，然是宋人妙处。"⑨ 评贺铸《忆秦娥》："无深意，独是像唐调，不像宋调。"⑩

明朝后期文坛的主盟者王世贞在词坛的这场复古尊唐的热潮中，甚至抛出了"宁为大雅罪人"之论：

---

① 徐渭：《南词叙录》，中国戏曲研究院编《中国古典戏曲论著集成》，第3册，中国戏剧出版社1959年版，第244页。
② 董逢元：《唐词纪序》，赵尊岳辑录，原刊于《词学季刊》第二卷第三号，转引自余意《明代词学之建构》附录《明人词学序跋、词话汇辑》，上海古籍出版社2009年版，第216页。
③ 吴承恩著，刘修业辑校，刘怀玉笺校：《吴承恩诗文集笺校》，上海古籍出版社1991年版，第118页。
④ 邓子勉编：《明词话全编》，第4册，凤凰出版社2012年版，第2102页。
⑤ 邓子勉编：《明词话全编》，第4册，第2116页。
⑥ 邓子勉编：《明词话全编》，第4册，第2116页。
⑦ 邓子勉编：《明词话全编》，第4册，第2104页。
⑧ 邓子勉编：《明词话全编》，第8册，第5409页。
⑨ 邓子勉编：《明词话全编》，第8册，第5417页。
⑩ 邓子勉编：《明词话全编》，第8册，第5419页。

>词须宛转绵丽,浅至儇俏,挟春月烟花于闺幨内奏之,一语之艳,令人魂绝,一字之工,令人色飞,乃为贵耳。至于慷慨磊落,纵横豪爽,抑亦其次,不作可耳。作则宁为大雅罪人,勿儒冠而胡服也。①

这段话虽未出现"唐词""宋词"之类的字眼,但显而易见,"宛转绵丽,浅至儇俏"属《花间》一脉的"唐音","慷慨磊落,纵横豪爽"是苏、辛一派的"宋调"。作词"宁为大雅罪人"也要学习"唐音",可见其态度的坚定。王的这种近乎离经叛道的言论在当时有不少响应者。如姚希孟《响玉集·媚幽阁诗余小序》云:"《花间》《草堂》为中晚诗家镂冰刻玉、绵脂腻粉之余响,与壮夫弹铗、烈士击壶何啻河汉?且创为之者出于《望江南》,本大雅罪人,岂可令慷慨激射入于幽咽旖旎之中哉?"②秦士奇《古香岑草堂诗余四集序》云:"集名《兰畹》《金荃》,取其逆风闻薰芳而弱也。则辞宁为大雅罪人,必不尚豪爽磊落明矣。"③茅映《词的序》也说词"旨本淫靡,宁亏大雅;意非训诂,何事庄严"④。

在这种近乎狂热的尊唐氛围中,词史上的"宗唐派"顺理成章地出现了,以陈子龙为首的云间词派"一以《花间》为宗,不涉宋人一笔"⑤,明确地举起了"宗唐"的大旗。该派宗主陈子龙在《幽兰草词序》中认为:晚唐词"语多俊巧,而意鲜深至,比之于诗,犹齐梁对偶之开律也";自南唐到北宋末是词史的极盛时代,"或秾纤婉丽,极哀艳之情;或流畅淡逸,穷盼倩之趣。然皆境由情生,辞随意启,天机偶发,元音自成。繁促之中,尚存高浑";到了南宋,词的发展走向衰落,"寄慨者亢率而近于伧武,谐俗者鄙浅而入于优伶。以视周、李诸君,即有'彼都人士'之叹"⑥。从这种词史盛衰观来看,陈子龙的取

---

① 王世贞:《艺苑卮言》,唐圭璋编《词话丛编》,第1册,中华书局1986年版,第385页。
② 姚希孟:《媚幽阁诗余小序》,邓子勉编《明词话全编》,第6册,第3712—3713页。
③ 秦士奇:《古香岑草堂诗余四集序》,祝尚书《宋人总集叙录》,中华书局2004年版,第230页。
④ 茅映:《词的序》,邓子勉编《明词话全编》,第6册,第3839页。
⑤ 郑方坤:《论词绝句三十六首》,孙克强、裴喆编著《论词绝句二千首》,上册,南开大学出版社2014年版,第74页。
⑥ 陈子龙:《幽兰草词序》,施蛰存主编《词籍序跋萃编》,中国社会科学出版社1994年版,第505页。

径还比较宽,他的"宗唐",是把与唐五代词血脉相连的北宋词也包括在内的。而陈子龙的跟随者沈亿年等人则更进一步,连北宋词也排除了。沈亿年在《支机集·凡例》中说:"词虽小道,亦风人余事。吾党持论,颇极谨严。五季犹有唐风,入宋便开元曲。故专意小令,冀复古音,屏去宋调,庶防流失。"为了能做到彻底复古,他们收入《支机集》中的小令,连题目都一概不标,因为"唐词多述本意,故有调无题,以题缀调,深乖古则"①。

云间派的"宗唐"主张在明末清初流行颇广。吴绮在钱葆酚《湘瑟词序》中表彰云间派重振唐风之功说:"昔天下历三百载,此道几属荆榛。迨云间有一二公,斯世重知《花》,《草》。"② 王晫《与孙无言》云:"诗余至今日而盛矣。剪彩者愈剪愈新,雕琼者益雕益巧,几令《花间》《草堂》诸公无专坐处。"③ 当时的柳洲派、西泠派和广陵派都为"唐音"的"艳"风张目,以艳丽为词体本色。满族大词人纳兰性德对"唐音"也备极赏爱。他在《与梁药亭书》中说:"仆少知操觚,即爱《花间》致语,以其言情入微,且音调铿锵,自然协律。"④ 其《渌水亭杂识》卷四云:"《花间》之词如古玉器,贵重而不适用,宋词适用而少贵重。李后主兼有其美,更饶烟水迷离之致。"⑤ 他的挚友顾贞观作词亦"全以情胜","纯以性情结撰而成"⑥,以不落宋人窠臼而自傲⑦。两人编《今词初集》,即有"为《兰畹》《金荃》树帜"⑧的意图。

"宗唐"派虽在明清易代之际应者云集,但"《草堂》之草岁岁吹

---

① 赵尊岳辑:《明词汇刊》,上册,上海古籍出版社1992年版,第556页。
② 谢章铤:《赌棋山庄词话》,唐圭璋编《词话丛编》,第4册,中华书局1986年版,第3442页。
③ 王晫:《致孙默》,杨传庆编著《词学书札萃编》,南开大学出版社2015年版,第13页。
④ 纳兰性德:《通志堂集》,下册,上海古籍出版社1979年版,第532页。
⑤ 纳兰性德:《通志堂集》,下册,第717页。
⑥ 陈廷焯著,杜维沫校点:《白雨斋词话》,人民文学出版社1983年版,第66页。
⑦ 诸洛:《弹指词序》,冯乾编校《清词序跋汇编》,第1册,凤凰出版社2013年版,第288页。
⑧ 鲁超:《今词初集题辞》,顾贞观、纳兰性德辑《今词初集》,《续修四库全书》编纂委员会编《续修四库全书》,第1729册,上海古籍出版社2002年版,第453页。

青，《花间》之花年年逞艳"①的结果，不仅观者易致审美疲劳，作者亦难免泥沙俱下。毛际可在《今词初集跋》中即指出了这一现象："近世词学之盛，颉颃古人，然其卑者，掇拾《花间》《草堂》数卷之书，便以骚坛自命，每叹江河日下。"②而朝代更迭的风云变幻、清廷稳固后的文化政策及个人的性情、际遇、学养等种种内外因素，使词人不可能一味沉湎于"唯情""唯美"，"贵重而不适用"的"唐音"。即使在"宗唐"派内部，对云间派沈亿年等人"本仿《花间》，刻遗宋调"这种过于严苛的做法，也有人持保留态度，不赞成连仍以"唐音"为主流的北宋词也完全舍掉。比如邹祗谟、王士禛所辑的词选《倚声初集》，虽同样意在"续《花间》、《草堂》之后"③，但邹祗谟在《远志斋词衷》中说："余常与文友论词，谓小调不学花间，则当学欧、晏、秦、黄。花间绮琢处，于诗为靡，而于词则如古锦纹理，自有黯然异色。"④《花间》与北宋的几位词人均被列为可学的对象。王士禛对《花间》《草堂》之美都深有体味："或问《花间》之妙，曰：蹙金结绣而无痕迹。问《草堂》之妙，曰：采采流水，蓬蓬远春。"⑤因此他很明确地表示：云间作者"废宋词而宗唐"之论"殊属孟浪"⑥。当词人和论词者不再自我画地为牢，不再把仰望的目光完全投注在唐代的时候，他们不仅能发现《草堂》中接近"唐音"的"北宋体"的美妙，而且也必然会关注到在北宋后期基本孕育成型、到南宋完全成熟的"宋调"。于是，在清初便有阳羡词派和浙西词派举起了"宗宋"的大旗。

阳羡词派宗主陈维崧少年时曾经向陈子龙学习作词，又曾与王士禛等人唱和，师法《花间》"唐音"，多旖旎艳丽之作。在遭遇父亲去世、

---

① 徐士俊：《菊庄词话》，孙克强、杨传庆、裴喆编著《清人词话》，上册，南开大学出版社2012年版，第505页。
② 毛际可：《今词初集跋》，顾贞观、纳兰性德辑《今词初集》，《续修四库全书》编纂委员会编《续修四库全书》，第1729册，第548页。
③ 王士禛：《倚声初集序》，邹祗谟、王士禛辑《倚声初集》，《续修四库全书》编纂委员会编《续修四库全书》，第1729册，上海古籍出版社2002年版，第164页。
④ 邹祗谟：《远志斋词衷》，唐圭璋编《词话丛编》第1册，中华书局1986年版，第651页。
⑤ 王士禛：《花草蒙拾》，唐圭璋编《词话丛编》第1册，第675页。
⑥ 王士禛：《花草蒙拾》，唐圭璋编《词话丛编》第1册，第686页。

家道中落、科场失利等一系列挫折之后,自负才气的他遂改弦易辙,以苏、辛一派的"宋调"抒磊砢抑塞之意,发雄奇豪放之气。他一悔少作,不满当时词坛"极意《花间》,学步《兰畹》,矜香弱为当家,以清真为本色"的状况,因此以"存经、存史"的态度编了一部体现他后期审美趋向的《词选》开派树帜,供人效法①。该派主将徐喈凤从开始作词即"语多径率,不能为柔辞曼声"②,偏向于苏、辛一格。他认为"词自隋炀、李白创调之后,作者多以闺词见长,合诸名家计之,不下数千万首,深情婉致,摹写殆尽,今人可以不作矣。即或变调为之,终是拾人牙后"③,自觉地对"唐音"敬而远之。该派的史惟圆早期受云间派影响,师法北宋,但对云间派"宗唐"风下的流弊深有所见:"今天下之词亦极盛矣,然其所为盛,正吾所谓衰也。家温、韦而户周、秦,抑亦《金荃》《兰畹》之大忧也。夫作者非有《国风》美人、《离骚》香草之志意,以优柔而涵濡之,则其入也不微,而其出也不厚。人或者以淫亵之音乱之,以佻巧之习沿之,非俚则诬。"④ 在与陈维崧等的唱和中,他也渐渐染上了"稼轩风"。派中另一位词人蒋景祁转益多师,风格多样,对"唐音""宋调"都有所取。他曾在《刻瑶华集述》中赞美温、韦之词"短音促节,天真烂漫,遂拟于天仙化人,可望而不可即",认为"《片玉》、《珠玑》,体崇妍丽;《金荃》、《兰畹》,格尚香纤。以是求词,大致具矣。集名《瑶华》,亦犹师古人之意云尔"⑤。不过,与陈维崧类似的人生际遇,使他对陈后期的"变风"深为心折,故有"词之兴,其非古矣。《花间》犹唐音也,《草堂》则宋调矣"之论,说明文章之道与时俱进,"虽累百变而不相袭",因此

---

① 陈维崧:《词选序》,施蛰存主编《词籍序跋萃编》,中国社会科学出版社1994年版,第762页。

② 徐喈凤:《荫绿轩词证》,屈兴国《词话丛编二编》,第1册,浙江古籍出版社2013年版,第456页。

③ 徐喈凤:《荫绿轩词证》,屈兴国《词话丛编二编》,第1册,第452—453页。

④ 陈维崧:《蝶庵词序》,冯乾编校《清词序跋汇编》,第1册,凤凰出版社2013年版,第136页。

⑤ 蒋景祁:《刻瑶华集述》,朱崇才编《词话丛编续编》,第1册,人民文学出版社2010年版,第608页。

没有必要复古①。

浙西词派略后于阳羡词派而起。该派宗主朱彝尊早年身为布衣,落魄江湖,其词唐宋兼取,多种风格并存。后入朝为官,因官方力尊道学,振兴儒风,倡导"清真雅正"的审美观念,于是符合这种观念的姜夔一派的"宋调"就被他奉为最高典范,认为:"世人言词,必称北宋。然词至南宋,始极其工,至宋季而始极其变。姜尧章氏最为杰出。"② 而对明代词坛影响至深的《草堂诗余》则被他痛加斥责,谓"古词选本,若《家宴集》、《谪仙集》、《兰畹集》、《复雅歌辞》、《类分乐章》、《群公诗余后编》、《五十大曲》、《万曲类编》及草窗周氏选,皆轶不传,独《草堂诗余》所收最下最传。三百年来,学者守为兔园册,无惑乎词之不振也"③。不过需要注意的是,朱彝尊在这里虽贬斥以收录北宋词为主的《草堂诗余》,但只是反对《草堂》之俗,而非泛泛地贬北宋、反"唐音"。他所推重的《家宴集》《谪仙集》《兰畹集》等"古词选本",内容大体上均为唐五代北宋人的词。他曾以北宋、花间词作比来褒扬友人之词,如《宋院判词序》云:"故其所作,咸可上拟北宋,虽东南以词名者,或有逊焉。"④《陈纬云红盐词序》云:"纬云之词,原本《花间》,一洗《草堂》之习。"⑤ 凡此均可见其态度。事实上,朱彝尊不过是认为:"南唐北宋惟小令为工,若慢词,至南宋始极其变。"⑥ 因此,"唐音"特色最为鲜明的唐五代北宋小令,也被他列为师法对象,并一再申述:"小令宜师北宋,慢词宜师南宋。"⑦"小令当法汴京以前,慢词则取诸南渡。"⑧ 在这方面,朱彝尊与

---

① 蒋景祁:《陈检讨词钞序》,冯乾编校《清词序跋汇编》,第 1 册,凤凰出版社 2013 年版,第 93 页。

② 朱彝尊:《词综·发凡》,朱彝尊、汪森编《词综》,上册,上海古籍出版社 1978 年版,第 10 页。

③ 朱彝尊:《词综·发凡》,朱彝尊、汪森编《词综》,上册,第 11 页。

④ 朱彝尊:《宋院判词序》,屈兴国《词话丛编二编》,第 2 册,浙江古籍出版社 2013 年版,第 691 页。

⑤ 朱彝尊:《陈纬云红盐词序》,屈兴国《词话丛编二编》,第 2 册,第 692 页。

⑥ 朱彝尊:《书东田词卷后》,屈兴国《词话丛编二编》,第 2 册,第 706 页。

⑦ 朱彝尊:《鱼计庄词序》,屈兴国《词话丛编二编》,第 2 册,第 697 页。

⑧ 朱彝尊:《水村琴趣序》,屈兴国《词话丛编二编》,第 2 册,第 698 页。

宋末元初的张炎等风雅词派后继者的观点是一致的。

当时与朱彝尊同声相应、彼此唱和的，还有汪森、李良年、李符、沈岸登、沈皞日、龚翔麟等人。其中汪森虽非浙西籍，他的《词综序》却是浙西派理论的代表作之一。他推尊词体，强调词体的独立性，指出唐宋词在发展过程中存在"言情者或失之俚，使事者或失之伉"两大主要问题，一者针对"唐音"之流的《草堂诗余》，一者针对"宋调"中的辛派，至南宋后期姜夔出，"句琢字炼，归于醇雅"，在史达祖、高观国、吴文英、周密、张炎等人羽翼、师法下，于是"词之能事毕矣"①。此派后来又得厉鹗、王昶、夏秉衡等人大力张扬，遂使斥艳词、倡醇雅、宗南宋成为康熙后期至乾隆朝的词坛主调，风行一时。

综上，自明至清初，词体的唐宋之辨渐次发展至定型阶段，论者对"唐音""宋调"两种审美范式的认识已经较为透彻、全面，并形成了各自的派系。对于这两大词派的影响及其衍变，后来谢章铤在《赌棋山庄词话续编》中进行了总结："即词派中之盛衰，亦如是矣。昔陈大樽以温、李为宗，自吴梅村以逮王阮亭，翕然从之，当其时无人不晚唐。至朱竹垞以姜、史为的，自李武曾以逮厉樊榭，群然和之，当其时，亦无人不南宋。迨其后，樊榭之说盛行，又得大力者负之以趋，宗风大畅，诸派尽微，而东坡词诗、稼轩词论，肮脏激扬之调，尤为世所诟病。"②

（三）清代中期至清末民初："宗唐"派与"宗宋"派的融合

清代的盛世从乾隆后期开始步入尾声，吏治败坏，民怨郁积，社会危机渐显。虽然在官方的主导下，学界复古之风盛行，但种种严峻的现实问题，使有识之士不得不努力探求经世致用之策。这样的社会状况，自然也会影响到文学领域。就词坛来说，浙西词派在复古尚雅的口号下以词宴嬉逸乐、歌咏太平的主张显然已经不合时宜，其末流多有"淫词""鄙词""游词"之弊，不再太平的时代呼唤着词人对现实的忧患发出感应的声音。于是，"一个相对而言较能适应时代潮流，虽以复古

---

① 汪森：《词综序》，朱彝尊、汪森编《词综》，上册，第1页。
② 谢章铤：《赌棋山庄词话》，唐圭璋编《词话丛编》，第4册，中华书局1986年版，第3530页。

为其思想特征，而又能从复古中求得新变的词学流派——常州词派，终于应运而生"①。其影响笼罩了清代中期以后的词坛，而词论中的唐宋之辨亦出现了相应的变化。

常州词派的开创者张惠言持"尊唐"的态度，不过，他对"唐音"的尊奉已不仅是艺术形式之美的服膺，而是赋予了其新的内涵。在《词选序》中，他把词史的发展描述为由高处走向低处，由正道误入歧途。出于词是源自唐之诗人"采乐府之音以制新律，因系其词"的看法，以及"意内而言外谓之词"的解释，他以李白、韦应物、王建、韩翃、白居易、刘禹锡、皇甫松、司空图、韩偓、温庭筠等唐代有诗名的人之词为正统，而"温庭筠最高，其言深美闳约"。五代孟氏、李氏君臣竞作新调，"词之杂流，由此起矣。至其工者，往往绝伦，亦如齐梁五言，依托魏晋，近古然也"。而宋代的词家，虽号极盛，却各自存在着一些问题。至于后来者，更是等而下之，"迷不知门户者也"。这样的论述，经生气十足，其复古色彩自不待言，然而值得特别注意的，是他把温庭筠词首次捧到了词之正统中至高无上的地位，用"深美闳约"形容温词的语言风格。所谓"深美闳约"，即华美中有深意，微言中含大义，也就是他文中所说的"缘情造端，兴于微言，以相感动。极命风谣里巷男女哀乐，以道贤人君子幽约怨悱不能自言之情，低回要眇以喻其致。盖《诗》之比兴，变风之义，骚人之歌，则近之矣"。即使是"雕琢曼辞"，却也"恻隐盱愉，感物而发，触类条鬯，各有所归"②。如他释温的《菩萨蛮》（"小山重叠金明灭"），认为"照花前后镜"以下四句有"《离骚》初服之意"③。华美的语言、形象中寓有"贤人君子幽约怨悱不能自言之情"，如同《离骚》美人、香草的象征，即为其称道的"深美闳约"。这样解词有时难免牵强附会，而且也不算新鲜，南宋的鲖阳居士早已做过了，但对常州词派的理论建

---

① 方智范、邓乔彬、周圣伟等：《中国古典词学理论史（修订版）》，华东师范大学出版社2005年版，第253页。
② 张惠言：《词选序》，唐圭璋编《词话丛编》，第2册，中华书局1986年版，第1617页。
③ 张惠言：《张惠言论词》，唐圭璋编《词话丛编》，第2册，中华书局1986年版，第1609页。

构来说，却是非常必要的。他们用这种方式让小词与作为正统文学的诗歌在源头建立联系，树立了"唐音"这个典型，实现了真、善、美的统一。从此，"寄托"论明确而系统地出现在词学理论中，精巧艳丽的小词登堂入室，被赋予了时代的灵魂与正统文学的地位，可以用与诗歌一样的方式反映现实、干预现实。

张惠言之后，周济"意仍张氏，言不苟同"①，继承和发展了该派"尊唐"的词学主张。他认同张惠言对温庭筠的评价，且以丰富敏锐的艺术感受力将唐五代北宋的"唐音"与南宋的"宋调"进行了比较。如《介存斋论词杂著》云：

> 皋文曰：飞卿之词，深美闳约。信然。飞卿酝酿最深，故其言不怨不慑，备刚柔之气。针缕之密，南宋人始露痕迹。《花间》极有浑厚气象，如飞卿则神理超越，不复可以迹象求矣。然细绎之，正字字有脉络。②

> 北宋词多就景叙情，故珠圆玉润，四照玲珑。至稼轩、白石，一变而为即事叙景，使深者反浅，曲者反直。③

《宋四家词选目录序论》云：

> 词笔不外顺逆反正，尤妙在复在脱。复处无垂不缩，故脱处如望海上三山妙发。温、韦、晏、周、欧、柳，推演尽致，南渡诸公，罕复从事矣。④

> 北宋主乐章，故情景但取当前，无穷高极深之趣。南宋则文人弄笔，彼此争名，故变化益多，取材益富。⑤

---

① 潘祖荫：《刊周济宋四家词选序》，唐圭璋编《词话丛编》，第 2 册，第 1658 页。
② 周济：《介存斋论词杂著》，唐圭璋编《词话丛编》，第 2 册，第 1631 页。
③ 周济：《介存斋论词杂著》，唐圭璋编《词话丛编》，第 2 册，第 1634 页。
④ 周济：《宋四家词选目录序论》，唐圭璋编《词话丛编》，第 2 册，第 1645 页。
⑤ 周济：《宋四家词选目录序论》，唐圭璋编《词话丛编》，第 2 册，第 1645 页。

从这些论述中不难看出,周济更偏向于"唐音"的艺术,因此,他明确反对浙西词派过分崇姜、张,重南宋。其《宋四家词笺序》认为,词为"文之最近者也,温、韦始成家法",而"近世之为词者,莫不低首姜、张,以温、韦为缁撮,巾帼秦、贺,筝琵柳、周,伧楚苏、辛。一若文人学士清雅闲放之制作,唯南宋为正宗,南宋诸公又唯姜、张为山斗。呜呼,何其陋也!词本近矣,又域于其至近者,可乎?"①不过,正因为他对词艺有独得之见,所以又深知"唐音"虽好,却不易学,而"宋调"却较易入门。他认为:"南宋有门径,有门径,故似深而反浅;北宋无门径,无门径,故似易而实难。初学琢得五七字成句,便思高揖晏、周,殆不然也。北宋含蓄之妙,逼近温、韦,非点水成冰时,安能脱口即是。"②为此,他列出的学词途径是从"有寄托"的南宋词入,从"无寄托"的北宋词出③,具体到词人来说,就是"问途碧山,历梦窗、稼轩,以还清真之浑化"④。如前所述,周邦彦(清真)是"宋调"的奠基者,同时又保留了一些"唐音"的特色,"天机人巧各半"⑤,实为集"唐音""宋调"之成的词人。因此周济此论,已从理论上明确了唐宋两派的融合路径。

常州派的词学观在道光以后被广泛接受,几乎"人《金荃》而户《浣花》"⑥,呼应者众多。如周之琦直承张惠言评温词之绪,言其有《离骚》之意:"兰畹金荃托兴新","前生合是楚灵均"⑦。又尊尚"唐音"小令,并分析唐宋风格的差异及原因:"词之有令,唐五代尚已。宋惟晏叔原最擅胜场,贺方回差堪接武。其余间有一二名作流传,然非专门之学。……大抵宋词闲雅有余,跌宕不足,长调则有清新绵邈之

---

① 周济:《宋四家词笺序》,《止庵遗书》卷一,道光十二年刻本。
② 周济:《宋四家词选目录序论》,唐圭璋编《词话丛编》,第 2 册,第 1645 页。
③ 周济:《介存斋论词杂著》,唐圭璋编《词话丛编》,第 2 册,第 1630 页。
④ 周济:《宋四家词选目录序论》,唐圭璋编《词话丛编》,第 2 册,第 1643 页。
⑤ 缪钺:《诗词散论》,陕西师范大学出版社 2008 年版,第 71 页。
⑥ 莫友芝:《香草词序》,孙克强、杨传庆、裴喆编著《清人词话》,下册,南开大学出版社 2012 年版,第 1483 页。
⑦ 周之琦:《题心日斋十六家词》,孙克强、裴喆编著《论词绝句二千首》,上册,南开大学出版社 2014 年版,第 327 页。

音，小令则少抑扬抗坠之致。盖时代升降使然，虽《片玉》、石帚不能自开生面，况其下者乎！"①杨希闵《词轨序》言其"宗唐"之旨："书家学真书，必从篆隶入，乃高胜。吾谓词家，亦当从汉魏六朝乐府入，而以温、韦为宗，二晏、秦、贺为嫡裔，欧、苏、黄则如光武崛起，别为世庙。如此则有祖有祢，而后乃有子有孙。被截从南宋梦窗、玉田入者，不啻生于空桑矣。"②《词轨》卷五又论"宋调"的奠基者周邦彦"音律妙谐，精华有限"，不足以与"唐音"的"嫡裔"秦、贺相比③。顾子山《隐括古乐府序》云："词者，古乐府之变曲也。唐词最为近古。五代十国犹有古音。至南北宋始极其变，然去古渐远。洎乎国初，以迄今日，由宋词而推衍之，几于尽态极妍，而古意浸微矣。"④庄棫《复堂词序》说："托志帷房，眷怀君国，温、韦以下，有迹可寻。然而自宋及今，几九百载，少游、美成而外，合者鲜矣。"⑤谭献则推许周济"以有寄托入，以无寄托出"之说，主张出入唐宋，兼而融之，倡导"折衷柔厚"⑥的词风。

同、光之世的陈廷焯为其时最有代表性的词学家，关涉唐宋之辨的论述颇多。他早期奉浙派，极力推崇周邦彦与姜夔，"两宋作者，断以清真、白石为宗"，⑦将两人捧到了"千古独步"的位置，认为"美成乐府，开阖动荡，独有千古。南宋白石、梅溪，皆祖清真，而能出入变化者"⑧，"词中之有姜白石，犹诗中之有渊明也。琢句炼字，归于纯雅。不独冠绝南宋，直欲度越千古。《清真集》后，首推白石"⑨。与之

---

① 杜文澜：《憩园词话》，唐圭璋编《词话丛编》，第4册，中华书局1986年版，第2865页。
② 杨希闵撰，孙克强辑：《词轨辑评》，胡晓明主编《古代文学理论研究：中国文论的学术史（第四十三辑）》，华东师范大学出版社2016年版，第430页。
③ 杨希闵撰，孙克强辑：《词轨辑评》，胡晓明主编《古代文学理论研究：中国文论的学术史（第四十三辑）》，第451页。
④ 杜文澜：《憩园词话》，唐圭璋编《词话丛编》，第3册，第2898页。
⑤ 庄棫：《复堂词序》，见陈廷焯著，杜维沫校点《白雨斋词话》，人民文学出版社1983年版，第115页。
⑥ 谭献：《复堂词话》，唐圭璋编《词话丛编》，第4册，第3989页。
⑦ 陈廷焯：《云韶集》，葛渭君《词话丛编补编》，第3册，中华书局2013年版，第1422页。
⑧ 陈廷焯：《词坛丛话》，唐圭璋编《词话丛编》，第4册，第3723页。
⑨ 陈廷焯：《词坛丛话》，唐圭璋编《词话丛编》，第4册，第3723页。

相比，陈廷焯对"唐音"的代表温庭筠词评价不太高。虽然他承认温词为《花间》之冠，赞其"风流秀曼，实为五代、两宋导其先路。后人好为艳词，那有飞卿风格"①，却又言其"风骨不高"②，"视太白、子同、乐天，风格已隔一层"③。而周词"视《花间》、秦、柳如卑隶"④，姜词"视晏、欧如舆台"⑤之语，更说明在他心中，"宋调"是凌驾于"唐音"之上的。陈廷焯后期多与常州词派中人往还，其词学观遂深受张惠言等人的影响，成为常州词派的后劲。这种转变非常明显地体现在他对温庭筠的评价上，如谓"飞卿词全祖《离骚》，所以独绝千古。《菩萨蛮》《更漏子》诸阕，已臻绝诣，后来无能为继"⑥。"飞卿短古，深得屈子之妙，词亦从楚《骚》来。所以独绝千古，难乎为继"⑦。"全祖《离骚》"云云，从张惠言"《离骚》初服"之论而来，措辞则犹有过之，"独绝千古"这顶头衔，也被他从周、姜头上移了过来。他说："飞卿词大半托词帷房，极其婉雅而规模自觉宏远。周、秦、苏、辛、姜、史辈，虽姿态百变，亦不能越其范围。本原所在，不容以形迹胜也"⑧，"宋词可以越五代，而不能越飞卿、端己者，彼已臻其极也"⑨。温词的地位，似乎在周、秦等所有宋代词人之上了。

不过，"宋调"的成就终究不容忽视。陈廷焯也认识到："唐五代词，不可及处正在沉郁。宋词不尽沉郁，然如子野少游美成白石碧山梅溪诸家，未有不沉郁者。"⑩ 于是，他从常州词派的复古主张出发，把"宗宋"派的师法对象统一到"宗唐"派下，建立起了新的词统："千古词宗，温韦发其源，周秦竟其绪，白石碧山，各出机杼，以开来

---

① 陈廷焯：《词坛丛话》，唐圭璋编《词话丛编》，第 4 册，第 3719 页。
② 陈廷焯：《云韶集》，葛渭君《词话丛编补编》，第 3 册，第 1393 页。
③ 陈廷焯：《云韶集》，葛渭君《词话丛编补编》，第 3 册，第 1396 页。
④ 陈廷焯：《云韶集》，葛渭君《词话丛编补编》，第 3 册，第 1479 页。
⑤ 陈廷焯：《云韶集》，葛渭君《词话丛编补编》，第 3 册，第 1537 页。
⑥ 陈廷焯著，杜维沫校点：《白雨斋词话》，人民文学出版社 1983 年版，第 5 页。
⑦ 陈廷焯著，杜维沫校点：《白雨斋词话》，第 142 页。
⑧ 陈廷焯著，杜维沫校点：《白雨斋词话》，第 189 页。
⑨ 陈廷焯著，杜维沫校点：《白雨斋词话》，第 218 页。
⑩ 陈廷焯著，杜维沫校点：《白雨斋词话》，第 4 页。

学。"① 他这样看待从唐至清的词史："温韦创古者也。晏欧继温韦之后，面目未改，神理全非，异乎温韦者也。苏辛周秦之于温韦，貌变而神不变，声色大开，本原则一。南宋诸名家，大旨亦不悖于温韦，而各立门户，别有千古。元明庸庸碌碌，无所短长。至陈朱辈出，而古意全失，温韦之风，不可复作矣。"② 其中所论或未必确，但对温、韦所代表的"唐音"的恋慕是宛然可见的。而他也为学词者避免像陈维崧、朱彝尊等人那样"古意全失"指明了道路："有志为词者，宜直溯风骚，出入唐宋，乃可救陈朱之失。"③ "直溯风骚，出入唐宋"之语，表明了他统一"唐音""宋调"于"风骚"的意图，至此，"宗唐""宗宋"两派在理论上基本完成了融合。

在"出入唐宋"的道路上，作为常州词派结穴的清末大家况周颐有进一步的发展。他的核心词论为"重、拙、大"，"举《花间》之闳丽，北宋之清疏，南宋之醇至，要于三者有合焉"④。对于"唐音""宋调"的艺术均体会入微，给予了同样的重视。他推崇《花间》之词境："词有穆之一境，静而兼厚、重、大也。淡而穆不易，浓而穆更难。知此，可以读《花间集》。"⑤ 赏爱唐人之词笔："唐贤为词，往往丽而不流，与其诗不甚相远。刘梦得忆江南云：'春去也，多谢洛城人。弱柳从风疑举袂，丛兰裛露似沾巾。独坐亦含颦。'流丽之笔，下开北宋子野、少游一派。唯其出自唐音，故能流而不靡。所谓风流高格调，其在斯乎。"⑥ 赞扬"唐音"之情真："夫词如唐之《金荃》，宋之《珠玉》，何尝有寄托，何尝不卓绝千古，何庸为是非真之寄托耶？"⑦ 不过，况周颐也如周济一样，觉得"唐音"不好学，容易产生种种弊端："《花间》至不易学。其蔽也，袭其貌似，其中空空如也。所谓麒麟楦也。或取前

---

① 陈廷焯著，杜维沫校点：《白雨斋词话》，人民文学出版社1983年版，第114页。
② 陈廷焯著，杜维沫校点：《白雨斋词话》，第208页。
③ 陈廷焯著，杜维沫校点：《白雨斋词话》，第209页。
④ 赵尊岳：《蕙风词话跋》，孙克强、杨传庆、裴喆编著《清人词话》，下册，南开大学出版社2012年版，第2007页。
⑤ 况周颐撰，王幼安校订：《蕙风词话》，人民文学出版社1960年版，第22页。
⑥ 况周颐撰，王幼安校订：《蕙风词话》，第22页。
⑦ 况周颐撰，王幼安校订：《蕙风词话》，第127页。

人句中意境，而纡折变化之，而雕琢、勾勒等弊出焉。以尖为新，以纤为艳，词之风格日靡，真意尽漓，反不如国初名家本色语，或犹近于沈著、浓厚也。"① 所以，他从两宋寻找学习对象，而重点又在南宋，因为"重、拙、大"是"南渡诸贤不可及处"②。况周颐所论，看似最后又回到了"宗宋"的道路上来，但这个"宋调"其实是融合了"唐音"的理想形态。这一点，我们可以从他所强调的那些作词要义即可得知，如"真字是词骨"③，要性情、学养兼备，"以吾言写吾心"，"吾心为主，而书卷其辅也"④，寄托要"流露于不自知，触发于弗克自已"⑤ 等。真率、自然，正是"唐音"本色，而学养、寄托，则为"宋调"的特质。

清代中叶到民国初期，常州派的词学观虽然盛行，但也有一些词学家不同意张惠言等人过度阐释"唐音"，谓其"直溯风骚"、寓有寄托的观点。他们从历史和现实中多方吸收资源建构自己的词学体系，据此对"唐音""宋调"作出评价。其中，可为代表的有刘熙载、谢章铤、王国维等。

刘熙载受陆、王心学影响很深，认为文为心学，言为心声，文品与人品密切相关。据此，他提出了"词品"说，其评价标准是："以元分人物为最上，峥嵘突兀犹不失为奇杰，婴珊勃窣则沦于侧媚矣。"⑥ 又说："昔人论词，要如娇女步春。余谓更当有以益之曰，如异军特起，如天际真人。"⑦ 从这样的审美标准出发，他认为"五代小词，虽小却好，虽好却小，盖所谓儿女情多，风云气少也"⑧。对于风格偏于绮艳侧媚，"如娇女步春"的"唐音"，如果作者品行不符合儒家规范，他的评价就往往不高。比如，他认为温庭筠词"精妙绝人，然类不出乎绮怨"，韦庄、冯延巳诸家之词"留连光景，惆怅自怜，盖亦易飘飏于

---

① 况周颐撰，王幼安校订：《蕙风词话》，人民文学出版社1960年版，第22页。
② 况周颐撰，王幼安校订：《蕙风词话》，第4页。
③ 况周颐撰，王幼安校订：《蕙风词话》，第6页。
④ 况周颐撰，王幼安校订：《蕙风词话》，第10页。
⑤ 况周颐撰，王幼安校订：《蕙风词话》，第127页。
⑥ 刘熙载：《词概》，唐圭璋编《词话丛编》，第4册，中华书局1986年版，第3710页。
⑦ 刘熙载：《词概》，唐圭璋编《词话丛编》，第4册，第3706页。
⑧ 刘熙载：《词概》，唐圭璋编《词话丛编》，第4册，第3710页。

风雨者"①，柳永词"绮罗香泽之态，所在多有，故觉风期未上"②，周邦彦和史达祖"未得为君子之词者，周旨荡，而史意贪也"③。相反，如果词人在立德、立言、立功方面有可取之处，即使作有艳语，他往往会置而不论，甚至为之辩护。如晏殊、欧阳修的词，他仅赏其艺术分别得冯延巳之"俊"与"深"④；黄庭坚词，是"用意深至，自非小才所能辨"⑤；刘过的《沁园春》咏美人指甲、美人足两词，"以亵体为世所共讥"，他却说，这是"病在标者，犹易治也"⑥。在这种评价体系中，苏、辛一派注重陶写情性的"宋调"自然就成了他极力推赏的对象。如他论陈亮《水龙吟》词"言近指远，直有宗留守大呼渡河之意"⑦，刘克庄词"旨正而语有致"⑧，张元干、张孝祥词"兴观群怨，岂下于诗"⑨，文天祥词"有'风雨如晦，鸡鸣不已'之意，不知者以为变声，其实乃变之正也"⑩。而苏、辛两人，则是他心目中"最上"的"元分人物"，拟之于唐诗的李、杜，因为"苏、辛皆至情至性人，故其词潇洒卓荦，悉出于温柔敦厚"⑪。刘熙载之论，实际是从品第上对"唐音""宋调"作了高下之分，不过他重视的"宋调"，主要是苏、辛一派。

谢章铤与刘熙载基本同时，其"读苏、辛词，知词中有人，词中有品"⑫之论，也与刘相通。不过，他对清初以来"宗唐""宗宋"诸派的得失均有所见，又能不为门户所拘，主张"迦陵之豪宕，竹垞之醇雅，羡门之妍秀，攻倚声者所当铸金事之，缺一不可"⑬。如果追溯

---

① 刘熙载：《词概》，唐圭璋编《词话丛编》，第 4 册，中华书局 1986 年版，第 3689 页。
② 刘熙载：《词概》，唐圭璋编《词话丛编》，第 4 册，第 3689—3690 页。
③ 刘熙载：《词概》，唐圭璋编《词话丛编》，第 4 册，第 3692 页。
④ 刘熙载：《词概》，唐圭璋编《词话丛编》，第 4 册，第 3689 页。
⑤ 刘熙载：《词概》，唐圭璋编《词话丛编》，第 4 册，第 3691 页。
⑥ 刘熙载：《词概》，唐圭璋编《词话丛编》，第 4 册，第 3695 页。
⑦ 刘熙载：《词概》，唐圭璋编《词话丛编》，第 4 册，第 3694 页。
⑧ 刘熙载：《词概》，唐圭璋编《词话丛编》，第 4 册，第 3695 页。
⑨ 刘熙载：《词概》，唐圭璋编《词话丛编》，第 4 册，第 3709 页。
⑩ 刘熙载：《词概》，唐圭璋编《词话丛编》，第 4 册，第 3696 页。
⑪ 刘熙载：《词概》，唐圭璋编《词话丛编》，第 4 册，第 3693 页。
⑫ 谢章铤：《赌棋山庄词话》，唐圭璋编《词话丛编》，第 4 册，第 3444 页。
⑬ 谢章铤：《赌棋山庄词话》，唐圭璋编《词话丛编》，第 4 册，第 3421 页。

迦陵（陈维崧）、竹垞（朱彝尊）、羡门（彭孙遹）三人之词的源头，可知其意即苏辛、姜张、花间并尊，唐宋均有所取。常州词派的观点对他也有影响，其《赌棋山庄词话》卷一云："词虽与诗异体，其源则一。漫无寄托，夸多斗靡，无当也。"① 不过，他虽认同诗词同源，认为词要有寄托，却并没有勉强比附，将"风骚"的帽子赠予温庭筠等人。他之所以尊唐，是因为他认为词体的兴起，"大抵由于尊前惜别，花底谈心，情事率多亵近"，而这正是"唐音"的典型特色。根据这样的词体发生论，他对赵宋一代作者作高下之分："苏、辛之派不及姜、史，姜、史之派不及晏、秦。"② 但是在他心中，这三派始终是并驾齐驱的"三宗"："欧阳、晏、秦，北宋之正宗也"，"白石、高、史，南宋之正宗也"，"若苏、辛自立一宗，不当侪于诸家派别之中"③。他对"三宗"在词体发展中的贡献有精到的认识。如《叶辰溪我闻室词叙》云："温、李，正始之音也，晏、秦，当行之技也，稼轩出始用气，白石出始立格。"④《赌棋山庄词话》卷十二云："词家讲琢句而不讲养气，养气至南宋善矣，白石和永，稼轩豪雅，然稼轩易见，而白石难知。"⑤ 以气、格之"始"分属代表"宋调"一体的辛、姜，与"唐音"之代表词人温、李、晏、秦相对，可说把握到了两者的一个重要区别。谢章铤的"气格"论以及唐宋兼取，苏辛、姜张、花间并尊的观点，与前述清末常州派词家况周颐的"重、拙、大"之论相当接近，或为况所本。

清末民初之际，自立于常州词派之外且产生了重大影响的词论家首推王国维。他结合中西文艺理论撰写成的《人间词话》（含删稿）被视为传统词学批评的终结与新变的标志，其评词之优劣的核心标准是"境界"。多为"唐音"的唐五代北宋词因有"境界"而屡获赞赏，"宋调"特征突出、无"境界"的南宋词则备受批评。如：

---

① 谢章铤：《赌棋山庄词话》，唐圭璋编《词话丛编》，第4册，第3321页。
② 谢章铤：《与黄子寿论词书》，孙克强编著《唐宋人词话》，河南文艺出版社1999年版，第608页。
③ 谢章铤：《赌棋山庄词话》，唐圭璋编《词话丛编》，第4册，第3470页。
④ 谢章铤：《叶辰溪我闻室词叙》，孙克强编著《唐宋人词话》，第27—28页。
⑤ 谢章铤：《赌棋山庄词话》，唐圭璋编《词话丛编》，第4册，第3470页。

> 词以境界为最上。有境界则自成高格，自有名句。五代北宋之词所以独绝者在此。①
>
> 词之最工者，实推后主、正中、永叔、少游、美成，而后此南宋诸公不与焉。②
>
> 唐五代、北宋之词，可谓生香真色。若云间诸公，则彩花耳。湘真且然，况其次也者乎。③

尤其值得注意的是，他多次将词中的"唐音"（唐五代北宋词）、"宋调"（南宋词）与诗歌中"唐音""宋调"相比拟，以说明其艺术特点。前面我们已经引述其以北宋词比盛唐诗、南宋词比中唐以后之诗的观点，此处不再赘述。

王国维的词学观虽然总体上是尊"唐音"而贬"宋调"，重北宋而轻南宋，但就词人个体而言，又不能一概而论。比如他对苏轼一派的"宋调"在南宋的最高代表辛弃疾就极为欣赏，视其为南宋唯一可与"北宋人颉颃者"，原因是辛词"有性情，有境界，即以气象论，亦有'傍素波、干青云'之概"④。也就是说，他认为辛词也具备了"唐音"的美学高境。再如对北宋词人周邦彦，王国维前期并不十分欣赏，不以其为大家，后期则认可其"词人甲乙"的地位，许其为"词中老杜"⑤。周邦彦为结北宋开南宋、集"唐音""宋调"之成的词人，王国维对他的重新发现，说明他的美学观后来也趋向了融合唐宋一途。

以上列举了自北宋后期至清末民初这数百年的词学史中一些与唐宋之辨相关的论说，由此我们可以获得以下几点基本认识。其一，词体的唐宋之辨绝非强行比附诗歌的唐宋之争的伪问题，它根源于中国文化的唐宋之变，客观存在于词的创作史与理论史中。事实上，不仅词的创作中有"以诗为词"，在词的评论中也有"以诗论为词论"的情况，经常

---

① 王国维著，徐调孚注，王幼安校订：《人间词话》，人民文学出版社1982年版，第191页。
② 王国维著，徐调孚注，王幼安校订：《人间词话·删稿》，第240页。
③ 王国维著，徐调孚注，王幼安校订：《人间词话·删稿》，第231页。
④ 王国维著，徐调孚注，王幼安校订：《人间词话》，第213页。
⑤ 王国维著，徐调孚注，王幼安校订：《人间词话·附录》，第250—251页。

用诗史来比附词史，用诗人来比附词人，用诗学范畴来说明词的美学特性，其中又以唐宋相比最为常见。这种现象并非完全由于论词者一时兴到或才竭词穷，而是它们在很多方面确有可比之处。其二，词体的唐宋之辨自北宋后期发端，在宋金元时期大体确立了"唐音""宋调"作为两种不同审美范型并存于词坛的格局，至明末清初之际有"宗唐"派、"宗宋"派的出现，此后在互相批判、汲取中走向融合，此为其流变史的大略轨迹。它的发展演变与社会状况、思想文化、文艺风尚、作者的性情学养等密切相关，与中国文化"近世化"的走向一致。其三，词体的唐宋之辨内容十分丰富，涉及词的源起、派别、风格、创作、鉴赏等方方面面，既有整体性的观照，也有对个体的分析、评价、比较。很多重要的词学现象、问题，诸如历代词史之演变、婉约与豪放之争、南北宋之争等，均可从唐宋之辨的角度进行新的观照与阐释。

当然，如前所述，词体的唐宋之辨如同诗歌中的唐宋之争，除了见之于词学理论史，还存在于词的创作史、传播史等。这里主要就理论史上的情况做了一番概览，其实也并不全面，还有诸多重要的词人或词学家没有列入，很多值得关注的论说未曾涉及。进一步的讨论，我们将在正文中展开。

二 本论题的研究现状、研究思路、方法及创新之处

(一) 本论题的研究现状

与作为学术热点的诗的唐宋之争相比，现当代学者对于词体的唐宋之辨这一论题讨论不多。长期以来，学界主要关注的是词的婉约与豪放之争。不过如上一节所指出的，婉约为"唐音"所奠定的词体风格，豪放为苏、辛一派的"宋调"新风，两者关系密切，因此亦择其要者一并加以评述。

中国传统词学自清末民初开始了向现代词学的转型。在此过程中，除王国维之外，胡适也是一位发挥了重要作用的关键人物。1927年，胡适出版了由其选注的《词选》一书，他在该书序言中将晚唐到元初的词

史分为三个阶段如下。第一个阶段从晚唐到11世纪晚期苏轼登上词坛之前，为"歌者的词"的阶段。其特点有二：一是词都没有标题，"内容都很简单，不是相思，便是离别，不是绮语，便是醉歌，所以用不着标题；题底也许别有寄托，但题面仍不出男女的艳歌，所以也不用特别标出题目"；二是"作者的个性都不充分表现，所以彼此的作品容易混乱"。第二个阶段从苏轼到辛弃疾，为"诗人的词"的阶段。其特征是："第一，词的题目不能少了，因为内容太复杂了。第二，词人的个性出来了；东坡自是东坡，稼轩自是稼轩，希真自是希真，不能随便混乱了。"第三个阶段从姜夔到元初，是"词匠的词"的阶段。其特点一是重音律而不重内容，二是侧重"咏物"，又多用古典。① 胡适的这个词史划分虽未直接涉及词体的唐宋之辨，但他事实上指出了唐宋词史上存在三种美学范型的词，即奠基于晚唐的"歌者的词"，由北宋后期的苏轼开先的"诗人的词"，始于南宋中后期的姜夔的"词匠的词"。从时代来看，"歌者的词"可视为"唐音"，而"诗人的词"与"词匠的词"则可称为"宋调"。因此，我们可以说他的论断隐含了词体的唐宋之辨这个命题。20世纪30年代，胡云翼在其著作《中国词史大纲》中，继承和发挥了胡适的观点。他指出：苏轼之前的词坛基本为花间词风所笼罩，流行的是"词为艳科"和"以婉约为宗"的观念，内容主要是男女情爱，风格主要是凄婉绰约或清切婉丽。至苏轼，"词风始一大变，所作词辄豪放悲壮，苍凉飘逸"，内容方面也十分广泛，"无思不达，无情不抒"，并且"每篇皆寓有作者的个性在"②。胡云翼的观点，虽然也不是从唐宋之辨的角度立论，但客观上说明了"唐音"及苏轼一派"宋调"与婉约、豪放风格的对应关系。在胡云翼的《中国词史大纲》出版后不久，龙榆生在《词学季刊》上发表了《两宋词风转变论》一文，对婉约、豪放的两分法提出质疑。他认为，两宋词风"既非'婉约'、'豪放'二派之所能并包，亦不能执南北以自限"。因此，他将宋词分为六期：北宋初的小令承南唐遗绪；慢词经柳永之手而拓出新境；苏轼"以诗为词"，使词体日尊；大晟府建立，

---

① 胡适：《词选序》，《词选》，上海商务印书馆1927年版，第5—11页。
② 胡云翼：《中国词史大纲》，北新书局1933年版，第139—141页。

促进了音律和谐、词句浑雅的典型词派的形成；南宋先有以辛弃疾为代表的豪放词之发展，后有以姜夔等为代表的典雅词派之昌盛。① 龙榆生对两宋词风演变的看法较胡适、胡云翼要更加细致，但在两宋词风或为"唐音"之遗，或为"宋调"新变这样的基本认识上仍具有共性。同期出版的郑振铎的《插图本中国文学史》和薛砺若的《宋词通论》，也都将宋词划分为六期论说，观点与龙榆生多有相近之处，亦能见出胡适的一些影响。如薛砺若推举温庭筠、柳永与姜夔三人为具有审美范型意义的标志性词人。他评价说："温庭筠由萌芽原始的时期，造成了真正词学，其精神为创造的；柳永由诗人与贵族的成熟歌曲，又转向民间文学上去，其精神为革命的；至于姜夔，则仅系周邦彦的一转，其精神只是继承的，他将以前雅俗共赏的词变成一个纯粹文人吟唱的词，由'诗人'自然抒写的词渐变成一种'诗匠'雕斫藻绘的词了。"② 薛砺若所举的这三个词人代表，基本上可与胡适的唐宋词分期"三段论"相对应，只不过他将苏轼归为柳永影响下的词人。至40年代，邵祖平在《词心笺评》中明确用"唐调""宋腔"来描述词史的演变。他在评姜夔词时说："白石以前诸家之词，不归于秾丽，即依于醇肆；以风韵胜也！白石老仙之作，则矫秾丽为清空，变醇肆为疏隽；以意趣胜也！白石以前之作，尚有唐调；白石以下之作，纯为宋腔；此亦大关键处矣！"③ 此论实际上提出了这样一个判断，即从美学特征来看，词史与诗史相似，存在"以风韵胜"的"唐调"和"以意趣胜"的"宋腔"，其彻底转变的界标是姜夔词。据笔者所见，这是现代学者最早在词学研究中将"唐调""宋腔"并提且赋予其审美范型意义的例子，虽仅寥寥数语，未作深入阐发，但已触及词体的唐宋之辨这一论题。邵氏词评曾获"一代词宗"夏承焘先生的盛赞，有"廓然能见其大"，"陈义且高于皋文、静安所云"之誉④，

---

① 龙榆生：《两宋词风转变论》，《词学季刊》第二卷1934年第1期。
② 薛砺若：《宋词通论》，江苏文艺出版社2008年版，第32页。
③ 邵祖平：《词心笺评》，复旦大学出版社2007年版，第151页。
④ 夏承焘：《〈词心笺评〉序》，见邵祖平《词心笺评》，第1页。

但遗憾的是，其"唐调""宋腔"之论，当时并未引起学界的回应与关注。

20世纪50年代至80年代，国内词学界关于词体风格流派的讨论主要围绕着"婉约"与"豪放"之争进行。胡云翼在《宋词选》"前言"中一方面高度评价苏轼"一扫晚唐、五代以来文人词的柔靡纤弱的气息，创造出高远、清新的意境和豪迈奔放的风格"①，由其开创的豪放派"高举爱国主义的旗帜在词里形成一支波澜壮阔的主流"；另一方面，又指斥南宋后期的姜夔等人继承了晚唐、五代的婉约词风，"代表南宋士大夫的消极思想和个人享乐思想，在词里形成另外一支逃避现实，偏重格律的逆流"②。这种崇豪放贬婉约的观点是五六十年代词学界的主流观点，几部通行的文学史基本上也是如此描述唐宋词坛的风格流派。如中国社会科学院文学研究所编的《中国文学史》认为：宋初以来的词坛大致沿袭了唐五代婉约派的词风，苏轼创立了与传统的婉约派相对立的豪放派，"把词引向健康、广阔的道路。南宋伟大的爱国词人辛弃疾就直接受到他的启示，而在词的思想内容上有了更高的发展，形成了苏辛词派"③。游国恩等主编的《中国文学史》说："苏轼改变了晚唐五代词家婉约的作风，成为后来豪放派的开创者。"④ 其对豪放派的评价也高于婉约派。对于这种观点，万云骏在《词话论词的艺术性》一文中提出异议。他认为词史上虽可分婉约、豪放两派，但历代绝大多数词人及其作品都可以说是属于婉约一派。婉约派的词虽以离别相思、伤春伤别为主要内容，但一般来说属于"政治上无害"的作品，艺术风格具有阴柔之美，从许多方面发展了古典抒情诗的艺术性。像周邦彦、姜夔等这些婉约派词人的词，与苏、辛等豪放派词人的词同样值得学习⑤。万云骏的观点在当时虽然

---

① 胡云翼：《宋词选》，上海古籍出版社1978年版，第57页。
② 胡云翼：《宋词选》，第18页。
③ 中国社会科学院文学研究所中国文学史编写组编：《中国文学史》，第2册，人民文学出版社1983年版，第600页。
④ 游国恩、王起、萧涤非等主编：《中国文学史》，第3册，人民文学出版社1964年版，第57页。
⑤ 万云骏：《词话论词的艺术性》，《学术月刊》1962年第2期。

遭到吴文治等人的批驳①，但他初衷不改，在 70 年代末发表了《试论宋词的豪放派与婉约派的评价问题——兼评胡云翼的〈宋词选〉》一文，认为将婉约派与豪放派对立起来，过分抬高豪放派而任意贬低婉约派的看法不妥，两派各有长短。将周邦彦、姜夔、吴文英等婉约派词人的作品一概否定，称之为"形式主义""格律派"，是"片面强调一种风格，而忽视风格的多样性，片面强调思想性而忽视艺术性"②。万云骏重视婉约词派艺术的观点这次得到了学界的响应。曹济平在《试从婉约派词派谈艺术风格的多样化》一文中即对婉约词派的艺术风格的形成及其特征作了较为中肯的分析与评价。他指出："从唐五代浓艳柔靡的'花间词派'，一直发展到北宋中期轻柔和婉的秦观词，形成了艺术上具有特色，形式上更为完整的婉约派的风格，并不是偶然的，这是一定的历史条件下词的艺术形式发展到成熟阶段的一个重要标志。"而婉约词派中的一些优秀作品之所以能有扣人心弦的艺术魅力，最根本的原因在于"词人倾吐出来的内在思想感情是真实的、细腻的，而艺术上是优美的，有独特的风格"③。

万云骏、曹济平的观点代表了此期词学界在婉约与豪放之争上的基本发展倾向。进入 80 年代后，研究者在重新评价婉约词历史地位的同时，还进一步对豪放、婉约二分法提出了质疑。如施蛰存在以《词的"派"与"体"之争》为题的几封致周楞伽的书信里指出，不能以豪放、婉约将宋代词人"截然分为二派"，"婉约、豪放是作品风格，而不是'派'，宋人论词，亦未尝分此二派，苏轼与辛弃疾的才情、面目不同，岂得谓之同派？在南宋词坛，辛弃疾是突出人物，然未尝成'派'；吴文英虽有不少徒众，也不能说他婉约派"④。谈文良在《宋人是否以婉约豪放分词

---

① 参见吴文治《婉约派词研究中的几个问题》，吴文治《吴文治文存》，凤凰出版社 2013 年版，第 351—362 页。
② 万云骏：《试论宋词的豪放派与婉约派的评价问题——兼评胡云翼的〈宋词选〉》，《学术月刊》1979 年第 4 期。
③ 曹济平：《试从婉约派词派谈艺术风格的多样化》，《光明日报》1979 年 10 月 24 日。
④ 施蛰存：《词的"派"与"体"之争》，《西北大学学报》（哲学社会科学版）1980 年第 3 期。

派等三题》中，在重申施蛰存的意见后指出，宋人论词并非以婉约、豪放分派，而是以"雅"来辨流派，存在着以姜夔等为代表的雅派词人，只不过后人将雅派词人归入了婉约派之列①。詹安泰在《宋词风格流派略谈》中认为：将宋词分为豪放和婉约两派，沿用的是明人的说法，过于简单化，并不能真正说明宋词的艺术风格。他主张将宋词按艺术风格分为"真率明朗、高旷清雄、婉约清新、奇艳俊秀、典丽精工、豪迈奔放、骚雅清劲、密丽险涩"八派②。吴世昌在《有关苏词的若干问题》中则指出："苏词中'豪放'者其实极少。若因此而指苏东坡是豪放派的代表，或者说，苏词的特点就是'豪放'，那是以偏概全，不但不符合事实，而且是对苏词的歪曲，对作者也是不公正的。"因此他认为："北宋根本没有豪放派。"③此后，他又发表了《宋词中的"豪放派"与"婉约派"》一文，进一步申论其"北宋的词人根本没有形成什么派，也没有区别他们的作品为'婉约'、'豪放'两派"的观点。他认为："笼统说来，北宋各家，凡是填得好词的都源于'花间'。你说他们全都是'花间派'倒没有什么不可。"甚至连苏轼，他也认为主要是沿袭"花间"词风，并没有改变什么词坛风气④。对于吴世昌的观点，一些学者提出了反对意见。刘乃昌在《宋词的刚柔与正变》中认为：研究作家的艺术独创性，不宜用统计学的方法作死板的苛求。苏轼的豪放词数量虽不多，但为词体开拓了表现领域，为南宋悲壮慷慨的爱国词开了风气。因此苏、辛是有继承发展关系的，可以称为"词中一体、词苑一派"⑤。李秉忠在《也论宋词的"豪放派"与"婉约派"——兼评吴世昌先生等人的观点》中也主张：判别风格、流派主要并不是取决于同类作家作品数量之多少，"更重要的是要看这些作家作品是否是一种开风气的、有影响的、预示着发展前途的新生力量，是否形成一种不同的创作倾向"。从宋词发展过程来看，苏、辛

---

① 谈文良：《宋人是否以婉约豪放分词派等三题》，《西北大学学报》（哲学社会科学版）1981年第1期。
② 詹安泰：《宋词散论》，广东人民出版社1980年版，第53页。
③ 吴世昌：《有关苏词的若干问题》，《文学遗产》1983年第2期。
④ 吴世昌：《宋词中的"豪放派"与"婉约派"》，《文史知识》1983年第9期。
⑤ 刘乃昌：《宋词的刚柔与正变》，《文学评论》1984年第2期。

之间有开创与继承的关系，那种以为苏、辛之间毫无共通之处、苏轼根本不能算作豪放词人的意见是片面的①。吴熊和对于将词分为豪放与婉约两派的做法，虽然肯定其"便于从总体上把握词的两种主要风格与词人的大致分野"，但亦指其过于粗略，认为即使同属婉约派或豪放派，词人的创作也往往各具特色，有些词人的作品刚柔相济，兼有婉约与豪放之胜。而南宋后期的姜夔更是"有意于婉约、豪放之外另辟一径"。②

虽然在豪放、婉约的二分法以及苏轼是否开创了豪放派等问题上存在争议，但此期学者在唐宋词的主体风格为婉约方面逐渐形成了共识，其中杨海明倡此说最力。他在《试论宋词所带有的"南方文学"特色》中说："宋词集中体现了士大夫文人内心世界中'阴柔'的一面，反映了中唐政治中心南移后人们审美情趣的变化。"③ 他认为宋词的主流和本色属于婉约词风所体现的"南方文学"的风格类型，而豪放词数量不多，且是后起的，是经过改革后的产物，不是词的本色。杨海明此论已涉及了唐宋文化转型对于词体审美特色的影响。此后在为吴熊和《唐宋词通论》所撰写的书评中，他又进一步申述其观点，将论述的对象扩大到整个唐宋词史，认为"唐宋（文人）词坛上，实际上大致有'刚'与'柔'两大类型词风的差异；而偏柔、偏婉又是整个词体的一种'主体风格'——尽管表现形态各不相同。从晚唐五代的《花间集》始，经过南唐词、北宋小令词、柳永慢词……直至晚宋的吴文英、王沂孙的词，无不体现了这种婉约的'主体风格'。这是词之区别于诗的'个性'所在，也正是词之所以吸引着无数作者和读者的艺术生命力之所在"④。这种观点，在他的《唐宋词风格论》一书中有集中而全面的表述。他将唐五代词的风格总结为"真""艳""深""婉""美"，认为这奠定了词的"主体风格"。宋代柳永的慢词、周邦彦词、南宋"雅词"分别为"主体风格"的三次变态，而苏轼的"以诗为词"、辛弃疾

---

① 李秉忠：《也论宋词的"豪放派"与"婉约派"——兼评吴世昌先生等人的观点》，《山西师大学报》（社会科学版）1988 年第 1 期。
② 吴熊和：《唐宋词通论》，上海古籍出版社 2010 年版，第 155—156 页。
③ 杨海明：《试论宋词所带有的"南方文学"特色》，《学术月刊》1984 年第 1 期。
④ 杨海明：《词学研究可喜的新收获》，《中国社会科学》1985 年第 6 期。

的"以文为词"为"主体风格"的两次"变革"①。虽然杨海明并未使用"唐音""宋调"之类的概念，但他的观点事实上可解读为：唐五代词确立了词的主体风格，宋词是对唐五代词风的"变态"或"变革"。尽管宋词之"变"是以唐五代词为基础，但两者整体上的美学风貌是有所不同的。就此而言，杨先生关于唐宋词风格的论述已具有了词体唐宋之辨的意义。而随着婉约词的地位得到重新认识，学界对传统上被划归婉约阵营的南宋后期姜夔等词人的评价也出现了纠偏的倾向。比如邓乔彬在《论南宋风雅词派在词的美学进程中的意义》一文就对姜夔等风雅派词人评价颇高。他认为：唐五代词追求的是"纯美"，北宋渐变为"美""真"结合，至辛弃疾达到了思想与艺术高度结合的顶点，姜夔以下则转为以"美""善"结合为特征。姜夔词"以情志统率意象，难免有雕琢、刻削之处，不够自然圆融，但从思想与艺术而言，还是高于北宋张、柳、秦、周等人"②。

  90年代，词学研究不断拓展与深入，与词体唐宋之辨相关的探讨有所增加。首先，对于唐宋词主要审美范型的认识形成了较为一致的看法。丁乃宽在《论儒家思想、社会心态与宋代词风之演变》中，结合社会文化的变迁，把宋词的演变分为婉约词、豪放词、典雅词三个阶段③。叶嘉莹在《中国词学的现代观》中认为宋词可分为五代宋初的歌辞之词、苏辛诸人的诗化之词和周姜一派的赋化之词三种类型，也是宋词发展的三个时期④。王兆鹏的《宋南渡词人群体研究》则跳出了以风格论词史流变的传统套路，引入了"范式"概念来说明自晚唐五代至北宋词坛的创作状况，认为当时存在两个阵营："一是为听众读者消闲解闷而作，抒发接受者所喜爱而且人人能感受的类型化情感的阵营；二是以自我表现为创作目的，抒发个体化情感的阵营。前者以温庭筠为领袖，后者以苏轼为代表。他们运用并形成、强化各自的抒情范式，前者

---

① 杨海明：《唐宋词风格论》，上海社会科学院出版社1986年版，第9—188页。
② 邓乔彬：《论南宋风雅词派在词的美学进程中的意义》，邓乔彬《邓乔彬学术文集：第7卷 词学论文集》，安徽师范大学出版社2013年版，第105—114页。
③ 丁乃宽：《论儒家思想、社会心态与宋代词风之演变》，《唐都学刊》1990年第3期。
④ 叶嘉莹：《中国词学的现代观》，岳麓书社1990年版，第3—16页。

运用的是'花间范式',后者运用的是'东坡范式'。"① 至周邦彦,又建立起了"清真范式"。后来他在《唐宋词史论》中进一步指出,唐宋词的演变史主要是温庭筠创建的"花间范式"、苏轼创立的"东坡范式"和周邦彦建立的"清真范式"的相互更迭②。王兆鹏所说的"抒情范式",指的是"词人在他的作品中所建立或遵从的一种审美规范、一种惯例性的艺术表现的范型"③,其实也就是审美范型之意。上述诸家对于唐宋词审美范型的概括,名称虽然有异,但其所指称的对象却具有相似性。如果从产生时代的角度再进行划分,都是一种属唐,两种属宋。

其次,出现了从美学意义上对唐词与宋词作整体性比较的论述。如肖鹏在其《群体的选择——唐宋人词选与词人群体通论》一书中,就用到了"宋音""唐调"的提法。他在论元祐词人群时,认为他们"是一群时时从闺情艳语中抬起头来直面现实人生和个人遭遇,并付诸沉吟的词人。他们的创作,是真正的'宋音',而不再是'唐调'"。这种词之"宋音"的主要特征,不是出现了所谓的豪放词并由此构成豪放一体或豪放派,而是"在于对词体的恍然大悟,作词随心所欲而不逾矩,尽情地自由表达,从而迸发出一种以往从未有过的奔放和心灵自由:题材和内容可以自由选择,协律与不协律可以自由选择,墨守传统与独辟蹊径可以自由选择。同门师友之间,风格可以相同,也可以不同。……甚至同一词人还有多种不同的风格和特点"④。从这些论述来看,肖鹏所提出的词的"宋音""唐调"之说,主要是着眼于词人群体的文化精神、文化性格、作词方法等,还没有将其确立为两种相对的审美范型的明确意图,但唐宋词人在文化精神、文化性格、作词方法等方面的改变,也必然会带来词体审美特征的变化。此外,王水照主编的《宋代文学通论》在论宋词流派时,将宋词分为传统、革新两派,传统派继承与发展唐五代的词风,革新派的基本倾向是"对词在唐五代生成期

---

① 王兆鹏:《宋南渡词人群体研究》,凤凰出版社2009年版,第132页。
② 王兆鹏:《唐宋词史论》,人民文学出版社2000年版,第139页。
③ 王兆鹏:《唐宋词史论》,第138页。
④ 肖鹏:《群体的选择——唐宋人词选与词人群体通论》,凤凰出版社2009年版,第178页。

所定型的创作模式及风格基调进行改革。在创作观念上揽诗入词，革新传统合乐应歌、娱宾遣兴观念；在题材上突破'艳科'藩篱；在情调上突破婉媚格局；在境界上趋向于深而广。因此在很大程度上拓展了词的创作范围，丰富了词的功能价值和艺术风格"①。这种以传统与革新两派对举的观点，其实也包含了唐词（含五代词）与宋词的整体性比较。

进入21世纪以来，词体的唐宋之辨这一论题开始引起部分学者的重视。2003年，孙虹在博士学位论文《词风嬗变与文学思潮关系研究——以北宋词为例》中明确提出词也有"唐音""宋调"之别，并对词中"宋调"的特点及其在北宋从草创到完成的过程进行了较为详细的论述。她认为，词中"唐音"的总体风格是唯情唯美，而"宋调"具有义归雅颂、语有寄托、节制哀乐、哲思化倾向、对传统辞章的历史整合等特点。词中"宋调"的形成是一个渐变的过程：北宋前期（自建国至英宗朝）为椎轮草创阶段，柳永、晏殊、欧阳修等人的创作中均体现出了一定的"宋调"新质；北宋中期（神宗朝至徽宗崇宁年间）为颠覆北宋前期以及唐五代的词体"旧统"，重建宋调"新统"的阶段，宋代士大夫意识全面渗透到苏门文人的词中，苏轼词在诗词合流中趋向成熟期的宋型文化，而秦观词为新的词统建成的标帜；北宋后期（崇宁后至北宋末）是宋调发展臻于成熟的阶段，代表作家为周邦彦、贺铸、李清照等，而周邦彦为宋调的完成型态、集大成者②。孙虹结合文学思潮来论词之"宋调"的形成过程，既有宏观的理论概括，又有细密的个案分析，虽然具体观点尚有可以进一步探讨之处，但总体来说为词体唐宋之辨的论题奠定了良好的基础。孙虹之后，房日晰重点从美学风格方面论述了词之唐宋的区别。他在2009年发表了《毛滂在词史上的贡献》一文，简析了词之唐调与宋腔的艺术特征，认为毛滂所处

---

① 王水照主编：《宋代文学通论》，河南大学出版社1997年版，第171—172页。
② 孙虹的该篇博士学位论文2009年由上海古籍出版社出版，易名为《北宋词风嬗变与文学思潮》。

的时代为宋词由唐调转为宋腔的转折时期，周邦彦词为宋腔的奠基之作①。2013年，他又在论文《论宋词的唐调与宋腔》中从艺术特征、创作体制、时代风尚等方面对两个概念作了进一步的阐释。他认为词的唐调是指"词中以风韵擅长者，即词写得活泼洒脱，玲珑剔透，感情真醇，感染力极强者"，词的宋腔指"以意趣取胜者，即词的体格沉炼，感情隐蔽深藏，词情深邃，词语也颇艰涩者"。"唐调注重意象描写，注重抒写性灵，且多用白描笔法，兴象浓郁。宋腔重视延展铺叙，注重理性开掘，且多彩绘，善用比兴。故唐调词给人以情绪的感染，宋腔词则给人以深邃的理性思索。""唐调以风华之美取胜，宋腔以浑厚之意见长。"根据这样的认识，他认为从词的体裁来说，小令多为唐调，长调则多为宋腔，就时代而言，唐五代北宋词多系唐调，南宋词多为宋腔。而周邦彦为"唐调转为宋腔的关键人物"②。与房日晰大致同时对词分唐宋这一论题予以关注的，还有符继成、赵晓岚等。符继成在完成于2010年的博士学位论文《走向南宋："贺周"词与北宋后期文化》中，设专节对词中"唐音""宋调"的内涵和外延做了总结性的分析，探讨了它们在贺铸、周邦彦等北宋后期词人创作中的表现。此后，他又与赵晓岚合作发表了《词体的唐宋之辨：一个被冷落的词学论题》一文，独立发表了《词体唐宋之辨流变论》《词史上的"宗唐派"与"宗宋派"》《词之"宋调"的形成与接受史论略——以"辛姜"为考察中心》等系列论文，论述了审美范型意义上的"唐词"与"宋词"在内容和形式上的特点，词之"宋调"的形成与接受过程，等等，并对词体的唐宋之辨自北宋后期至近代的演变史、学术史进行了简要的梳理③。近年来，一些青年学者也注意到了词分唐宋的论题，如

---

① 房日晰：《毛滂在词史上的贡献》，《古典文学知识》2009年第1期。
② 房日晰：《论宋词的唐调与宋腔》，《文艺研究》2013年第10期。
③ 参见符继成《走向南宋："贺周"词与北宋后期文化》，博士学位论文，湖南师范大学，2010年；符继成、赵晓岚《词体的唐宋之辨：一个被冷落的词学论题》，《文艺研究》2013年第10期；符继成《词体唐宋之辨流变论》，《词学》第39辑，华东师范大学出版社2018年版；符继成《词史上的"宗唐派"与"宗宋派"》，《中国社会科学报》2018年11月26日；符继成《词之"宋调"的形成与接受史论略——以"辛姜"为考察中心》，《中国文学研究》2019年第1期。

绪　论

赵惠俊在他的专著《朝野与雅俗：宋真宗朝与高宗朝词坛生态与词体雅化研究》中考察了宋人的词分唐宋观，认为词的唐宋之分与令曲、慢词存在对应关系，"令曲与慢词之别是词分唐宋最具词体特质的部分，也是宋人论述的核心"[①]。

总的来看，对词体唐宋之辨的研究目前已经取得了一定的成果，但主要还是开拓性、奠基性的，并且重点在宋代，而对"唐宋之争"成为文学中的热门话题、词论也最为丰富的明清时代，尚缺乏充分的研究，还有诸多重要问题尚未涉及或需要进一步论析。

特别需要指出的是，虽然专题的论述较少，但相关论题的研究成果颇多。综合性的研究有朱刚的《唐宋四大家的道论与文学》（东方出版社1997年版）、张海鸥的《宋代文化与宋代文学研究》（中国社会科学出版社2002年版）、刘方的《宋型文化与宋代美学精神》（巴蜀书社2004年版）、林继中的《文化建构文学史纲（魏晋—北宋）》（北京大学出版社2005年版）、田耕宇的《中唐至北宋文学转型研究》（中国社会科学出版社2009年版）等。词学方面，除上面已经论及的关于唐宋词美学、风格、艺术形式等方面的论著之外，方智范、谢桃坊、蒋哲伦、彭玉平、曹辛华等人的词学史论著，刘扬忠、余传棚等的唐宋词流派研究，朱崇才的词话学研究，木斋关于唐宋词流变、词体演进等方面的研究，吴熊和、严迪昌、张宏生、张仲谋、孙克强、陈水云、沈松勤、丁放、陶然、岳淑珍、赵维江、余意等人对词史、词学的断代专题或通论性质的研究，都或多或少涉及了唐宋词美学风格的差异、演变及其在后世的影响与接受等问题。李冬红的《〈花间集〉接受史论稿》、曹明升的《清代宋词学研究》，虽不以词体的唐宋之辨为关注中心，但各有部分内容论及后世唐宋词艺术风格的接受问题。此外，对于唐宋词人个体的接受史研究目前已有不少，温庭筠、韦庄、柳永、欧阳修、苏轼、晏几道、周邦彦、李清照、辛弃疾、姜夔、吴文英、史达祖、王沂孙等重要词人都有专题研究论文或专著。上述成果，为本书的研究打下

[①] 赵惠俊：《朝野与雅俗：宋真宗朝与高宗朝词坛生态与词体雅化研究》，复旦大学出版社2019年版，第57页。

了坚实的基础。在诗、文领域，钱钟书、缪钺、齐治平、戴文和、王英志等关于唐宋诗之争的研究，李贵、刘宁、曾祥波、张兴武、陈元锋、谢琰等人关于唐宋诗歌转型的研究，马茂军等人关于唐宋文之争的研究，亦可从内容、方法、观点等方面为本书提供借鉴与启示。

（二）研究思路、方法与创新之处

1. 研究思路

本书以时间为纵线，对词中的"唐音"和"宋调"这两种美学范型的发生、确立、衍化、接受过程进行研究，时段自唐至清，内容涉及词的理论、创作、传播及相关的思想文化背景等方面。基本思路如下。

绪论：论述词体唐宋之辨的缘起及其流变的大致轨迹，介绍相关研究成果以及本书的研究思路、方法及创新之处。

第一章：盛唐至北宋时期为词之"唐音"与"宋调"两种审美范型的形成与演变期，也是词体唐宋之辨的奠基期。其中"唐音"由《花间集》确立了基本的范式，至北宋后期的秦观、晏几道为发展的极致；"宋调"由柳永首开风气，至苏轼、周邦彦基本成型。本章以词人的创作为主，对这一问题展开讨论。

第二章：自北宋后期至南宋为词体唐宋之辨的初步展开期。北宋后期"宋调"渐盛，但唐音仍为主流，南宋则为"宋调"主唱的时代，辛弃疾、姜夔分别接受与发展了苏轼、周邦彦的词统，成为开派立宗的标志性词人。此期的词人与论词者多欣赏"唐音"的艺术，又责其不合政教、不见性情，而符合宋型文化特点的"宋调"则在理论与创作中被越来越多的人所提倡与实践，并形成了具体的词法。本章以词论为主，结合词人的创作，对这些问题进行梳理与讨论。

第三章：金元明词坛在词的创作方面不及两宋，但关于词的理论认识逐渐系统化。其中金元词坛总体上以"宗宋"为主，又有南北宗之分，南宗尊奉周、姜，北宗推崇苏、辛；明代词坛总体上以"宗唐"为主，《花间集》与《草堂诗余》广泛流行，杨慎、王世贞等文坛领袖均以婉约的"唐音"为词体本色，至明末更有以陈子龙为宗主的"宗唐"派的形成。本章分金元词坛与明代词坛两节对这些问题加以阐述。

第四章：清代顺治、康熙、乾隆三朝，词坛上起初上承明代"宗唐"的余波，后来则有"宋调"的全面复兴。纳兰性德与顾贞观在推崇"唐音"的同时又能自我树立；阳羡词派宗主陈维崧早年学习"花间"词，后转向苏、辛一路的"宋调"；浙西词派的朱彝尊等人也主张宗宋，尊奉的是以姜夔为代表的"宋调"。本章将顺治至乾隆三朝作为清代前期，以词论为中心对此期词学思想的转变进行探讨。

第五章：清代中期的嘉庆、道光两朝，词坛常州词派兴起，其基本宗旨是"尊唐"，但所尊的是经过了他们重新阐释、赋予了儒家诗教色彩的"唐音"，实际上已融入了"宋调"的成分。该派宗主张惠言以比兴解词，誉温庭筠词"深美闳约"，为"唐音"的最高代表。后继者周济主张学词应由南宋入北宋，"还清真之浑化"，倡导的美学风格是对"唐音""宋调"的融合。本章主要对这两人与唐宋之辨相关的词学观进行分析。

第六章：道光以后，清代进入晚期。此期词坛既受常州词派的影响，又有卓然自立、不为门户所拘的词人与论家，词体的唐宋之辨进入了总结阶段，谭献、陈廷焯、谢章铤、况周颐、刘熙载、王国维等各有相关论述，或者在创作、词选中有所表现。他们虽各有宗尚，或尊唐或尊宋，但总体上以唐宋兼取为主要的词学祈向。本章择其要者加以论述。

结语：回顾词坛唐宋之辨的基本状况，总结全文。

2. 研究方法

本书在研究过程中主要采用如下几种方法。一是文献学、文艺学与文化学方法相结合。既注意文献的搜辑、整理、细读、统计，又注重美学意蕴的分析，文化背景的揭示。二是理论研究和创作研究相结合。既关注词体的唐宋之辨在词论中的表述，又关注其在创作中的表现。此外，也对其传播状况予以关注。三是将词体的唐宋之辨与诗歌的唐宋之辨相联系，进行比较、分析、综合。

3. 创新之处

其一，本书对词体唐宋之辨的流变史作了较为全面的考察与梳理，从词分唐宋的角度重新阐释了词学史上的"正变论"、豪放派与婉约派之争等重要论题，分析了诸多重要词人的创作及词学观念，揭示了历代词论中美学精神的变化以及相关的社会文化动因。

其二，本书认为，词在唐宋时期形成了"唐音范式"与"宋调范式"两种基本的审美范型。词中的"唐音范式"萌芽于盛唐、中唐，形成于晚唐五代，由《花间集》奠定了主导风格，至北宋则变化而极盛。词中的"宋调范式"从柳永发端，在北宋后期分化成以苏轼、辛弃疾为代表的革新派"宋调"与以周邦彦、姜夔为代表的改良派"宋调"。唐五代北宋词以"唐音"为主，南宋词以"宋调"为主。后世词坛主要是在这三种审美范型的影响下进行创作，建构词统，并且形成了"宗唐派"与"宗宋派"。

其三，本书在研究方法与叙述策略上，以词体的唐宋之辨为主线，将词的创作史、理论史与文化思想史研究相结合，词的本体研究与接受史研究相结合，词人个体的微观研究、群体的中观研究和整体的宏观研究相结合，从而形成了一部纵贯千年的专题词史，呈现了一些新的词学景观。

第一章　从盛唐到北宋：词之"唐音""宋调"审美范式的确立

关于词的起源，历来论者众多，一般认为，它是配合隋唐燕乐而演唱的歌辞。隋唐燕乐是对隋、唐、五代新的艺术性音乐的总称，其内涵颇广，既有宫廷音乐，又有民间音乐。因此，早期参与了燕乐歌辞创作的人也是三教九流无所不包，文人士子、伶工歌伎、普通百姓乃至方外之人，均有可能作词，现存的敦煌词可以证实这一点。不过，从接受史的角度来说，为后世词人创作确立了词的规范体系与作品范本的主要是文人词，故而本书所论即以文人词为限。从盛唐到北宋后期，文人词从萌芽发展至成熟，词之"唐音""宋调"的审美范式也基本确立。本章试描述其萌生、发展与演变的大致轨迹。

第一节　以唐诗为词：词之"唐音"范式的形成与演变

闻一多在《文学的历史动向》中说："从西周到春秋中叶，从建安到盛唐，这中国文学史上两个最光荣的时期，都是诗的时期。两个时期各拖着一条姿势稍异，但同样灿烂的尾巴，前者的是'楚辞'、'汉赋'，后者的是五代宋词。而这辞赋与词还是诗的支流。然则从西周到宋，我们这大半部文学史，实质上只是一部诗史。但是诗的发展到北宋实际也就完了。南宋的词已经是强弩之末。就诗本身说，连尤杨范陆和稍后的元遗山似乎都是多余的，重复的，以后的更不必提了。"① 这种看法虽然细节上或许有可议之处，但作为一种宏观判断是基本准确的。其"从建安到盛唐"的"诗的时期"的划分，以及"诗的发展到北宋实际也就完了。南宋的词已经是强弩之末"的说法，实际上涉及了诗与词的审美范型的转变问题。中国传统的抒情诗发展到盛唐时，作为贵族社会诗歌最高代表的"唐音"已经完成了范式的建构并取得了辉煌的创作成果，此后的诗人要么处于"唐音"的笼罩之下，要么转向了"宋调"这种"以筋骨思理见胜"的平民社会的诗歌风格。不过，中唐之后，词作为一种新的抒情诗体被越来越多的文人所创作，其初期的审美特征接近于诗之"唐音"，故而是诗的"灿烂的尾巴"。这种词之"唐音"萌生于盛中唐，成型于晚唐、五代，盛行于北宋词坛，但在南宋却被词之"宋调"取代了其主流地位。闻一多以诗人、美学家的审美感受力与洞察力敏锐地发现了这一变化，只不过他显然更为欣赏具有"唐音"风格的诗词，故对南宋的诗词均评价不高。根据闻一多的判断，盛唐到北宋这段时期可称为词的"唐音"时期，词人们主要的创作手法是"以唐诗为词"，由此形成了词的"唐音"范式，并且在创作主体、客体以及时代、地域文化等多种因素的影响下而演变出不同的风格类型。

一　从盛唐到西蜀：词之"唐音"范式的形成

陈洵在《海绡说词》中说："词兴于唐，李白肇基，温岐受命。五代缵绪，韦庄为首。温韦既立，正声于是乎在矣。"② 这段话可以说是对文人词在唐代从兴起到定型的简要概括，所谓"正声"，其实也就是词中的"唐音"范式。它的形成大致可分为两个阶段：第一阶段是盛中唐时期，此期的词在体制声律、内容题材、创作手法、审美风格等方面都接近于诗，带有明显的从唐诗脱化而来的痕迹，有的词甚至可以说

---

① 闻一多：《闻一多全集》，第10册，湖北人民出版社1993年版，第17—18页。
② 陈洵：《海绡说词》，唐圭璋编《词话丛编》，第5册，中华书局1986年版，第4837页。

第一章 从盛唐到北宋：词之"唐音""宋调"审美范式的确立

与诗歌没有差别，因此词的独特体性尚未有突出的呈现，词之"唐音"的代表是李白的"诗人之词"；第二阶段是自晚唐到五代的西蜀，这一阶段虽然也是"以唐诗为词"，但"时代精神已不在马上，而在闺房；不在世间，而在心境"，审美趣味与艺术主题走向"更为细腻的官能感受和情感色彩的捕捉追求"①，因此这个时期的词片面发展了唐诗中擅长写情（尤其是男女之情）的一面以及艳冶婉媚的风格，形成了以温庭筠为代表的"花间范式"，也是最为典型的"唐音"范式。

在第一阶段，现在有词留存的有沈佺期、杨廷玉、李景伯、唐玄宗、李白、戴叔伦、刘长卿、韦应物、张志和、张松龄、王建、释德诚、刘禹锡、白居易等十余人。其中，沈佺期作于中宗朝的《回波乐》是现存的第一首文人词："回波尔时佺期。流向岭外生归。身名已蒙齿录，袍笏未复牙绯。"②据孟棨《本事诗》，它是沈佺期因罪流放回来后，在宫廷宴会上，趁着"群臣皆歌《回波乐》，撰词起舞，因是多求迁擢"的机会创作的，得到了中宗"以绯鱼赐之"的结果③。杨廷玉、李景伯亦各有《回波乐》词一首。杨为武则天的表侄，其词自炫家门，谓"阿姑婆见作天子，傍人不得枨触"④；李词则表达的是劝谏君王之意："回波尔时酒卮，微臣职在箴规。"⑤这些词在艺术上虽无可取之处，但其体制基本为整齐的六言四句，与六言体诗无异，内容也不限于某类题材，实际上是以诗体作词用，在歌唱中表达作者的某种意图。

在体制、内容与风格上向着词体的"本色"方向迈进了一步的，是唐玄宗与李白的词作。唐玄宗精通音乐，曾于开元二年（714）"更置左右教坊以教俗乐"⑥，其后教坊乐遂成为唐代词调的主要来源。他

---

① 李泽厚：《美学三书》，安徽文艺出版社1999年版，第154页。
② 曾昭岷等编：《全唐五代词》，上册，中华书局1999年版，第1页。
③ 孟棨：《本事诗》，丁如明、李宗为、李学颖等校点《唐五代笔记小说大观》，下册，上海古籍出版社2000年版，第1252页。
④ 曾昭岷等编：《全唐五代词》，上册，第2页。
⑤ 曾昭岷等编：《全唐五代词》，上册，第4页。
⑥ 司马光编著，胡三省音注：《资治通鉴》，第211卷，中华书局1956年版，第6694页。

本人亲制的曲子有《紫云曲》《万岁乐》《夜半乐》《还京乐》《凌波神》《荔枝香》《阿滥堆》《雨霖铃》《春光好》《踏歌》《秋风高》《一斛珠》等，今仅存《好时光》。其词云："宝髻偏宜宫样。莲脸嫩，体红香。眉黛不须张敞画，天教入鬓长。　莫倚倾国貌，嫁娶个，有情郎。彼此当年少，莫负好时光。"① 内容、风格轻艳绮靡，与流行于南朝、在唐代仍不乏作者的宫体诗非常相似。有学者认为，此词的体制原为五言八句诗，将和声改为实字，遂成长短句②。李白词在曾昭岷等人编的《全唐五代词》中收有十三首。其中的《清平乐》五首为长短句，内容写宫中情事、男女相思，风格类似于盛唐的宫怨诗，不过其作者是否为李白存疑，姑置不论。《清平调》三首，据李濬《松窗杂录》，为李白宫中应制之作，写唐玄宗"赏名花，对妃子"③之事，风格艳冶，近于词的"本色派"，其体制则均为七言四句，与七绝无异。最值得注意的，是《菩萨蛮》与《忆秦娥》两词：

　　平林漠漠烟如织。寒山一带伤心碧。暝色入高楼。有人楼上愁。　玉阶空伫立。宿鸟归飞急。何处是归程。长亭接短亭。（《菩萨蛮》）④

　　箫声咽。秦娥梦断秦楼月。秦楼月。年年柳色。灞桥伤别。乐游原上清秋节。咸阳古道音尘绝。音尘绝。西风残照，汉家陵阙。（《忆秦娥》）⑤

这两首词在明代以前均认为是李白的作品，自明人胡应麟怀疑其为伪作之后，遂成了词史中难有定论的一大悬案。不过，两词在北宋时期已被作为李白的作品广泛传播，奉其为词之鼻祖的，更是代不乏人。如

---

① 曾昭岷等编：《全唐五代词》，上册，中华书局1999年版，第6页。
② 刘毓盘：《词史》，上海书店1985年影印版，第32页。
③ 李濬：《松窗杂录》，丁如明、李宗为、李学颖等校点《唐五代笔记小说大观》，下册，上海古籍出版社2000年版，第1213页。
④ 曾昭岷等编：《全唐五代词》，上册，第12页。
⑤ 曾昭岷等编：《全唐五代词》，上册，第16页。

南宋的黄昇云:"二词为百代词曲之祖。"① 明人顾起纶云:"李太白首倡《忆秦娥》,凄惋流丽,颇臻其妙,为千载词家之祖。"② 清人李玉云:"原夫词者诗之余,曲者词之余也。自太白《忆秦娥》一阕,遂开百代诗余之祖。"③ 尤侗云:"太白《忆秦娥》《菩萨蛮》为词开山。"④ 王初桐云:"李白《菩萨蛮》《忆秦娥》为词家开山祖。"⑤ 陈廷焯说:"千古论词,断以太白为宗"⑥,"太白《菩萨蛮》、《忆秦娥》两阕,神在个中,音流弦外,可以是为词中鼻祖"⑦。由此可见,不管这两首词的作者是否为李白,在唐代以下的词史中它们常常是作为李白名下的经典被接受、被模仿的。从体制、声律来看,它们已是成熟的词调,而从艺术风格来看,则仍属"以唐诗为词",具有唐诗出语自然、意兴深远、气象高浑等特点,前人于此多有论及。如卓人月等《古今词统》谓《菩萨蛮》词"古致遥情,自然压卷"⑧,沈际飞《草堂诗余正集》卷一也称赞这首词"天然无雕饰",黄苏《蓼园词评》则给予了它"意兴苍凉壮阔""含蓄不说尽,雄浑无匹"等评语⑨,陈廷焯亦言其"节短韵长,妙有一气挥洒之乐。结笔音节绵邈,神味无穷"⑩。《忆秦娥》词,被孙麟趾视为深厚浑成风格的代表⑪,王国维也特别欣赏,认为

---

① 黄昇:《唐宋诸贤绝妙词选》,黄昇辑,王雪玲、周晓微校点《花庵词选》,辽宁教育出版社1997年版,第1页。
② 顾起纶:《花庵词选跋》,毛晋辑印《词苑英华》,汲古阁刻本。
③ 李玉:《〈南音三籁〉序言》,吴毓华编著《中国古代戏曲序跋集》,中国戏剧出版社1990年版,第361页。
④ 尤侗:《西堂杂俎》,《四库禁毁书丛刊》编纂委员会编《四库禁毁书丛刊》,第129册,北京出版社1997年版,第315页。
⑤ 王初桐:《小嫏嬛词话》,屈兴国《词话丛编二编》,第2册,浙江古籍出版社2013年版,第973页。
⑥ 陈廷焯:《云韶集辑评》,葛渭君《词话丛编补编》,第3册,中华书局2013年版,第1394页。
⑦ 陈廷焯著,杜维沫校点:《白雨斋词话》,人民文学出版社1983年版,第142页。
⑧ 卓人月、徐士俊辑:《古今词统》,《续修四库全书》编纂委员会编《续修四库全书》,第1728册,上海古籍出版社2002年版,第548页。
⑨ 黄苏:《蓼园词评》,唐圭璋编《词话丛编》,第4册,中华书局1986年版,第3029—3030页。
⑩ 陈廷焯:《云韶集辑评》,葛渭君《词话丛编补编》,第3册,第1394页。
⑪ 孙麟趾《词迳》:"何谓浑?如'泪眼问花花不语,乱红飞过秋千去','江上柳如烟,雁飞残月天','西风残照,汉家陵阙',皆以深厚见长者也。词至浑,功候十分矣。"孙麟趾:《词迳》,唐圭璋编《词话丛编》,第3册,中华书局1986年版,第2556页。

"太白纯以气象胜。'西风残照，汉家陵阙'，寥寥八字，遂关千古登临之口"①。正因为这两首词的审美内质与诗相近，故有论者认为："毕竟是诗人的李白，同化了作为词人的李白。"② 也正是因为这两首词的存在，晚清的沈祥龙将其列为与温庭筠并列的唐词两派之一："唐人词，风气初开，已分二派。太白一派，传为东坡，诸家以气格胜，于诗近西江。飞卿一派，传为屯田，诸家以才华胜，于诗近西昆。后虽迭变，总不越此二者。"③ 基于后世接受史的状况，沈祥龙的观点不无道理，我们确实可以将李白的这两首词视为"以气格胜"一派开先的旗帜，作为词之"唐音"范式中的一种美学类型。只不过在词由唐到宋的演进过程中，这一种类型的"唐音"长期处于边缘地位，至苏轼革新词风，衍为"宋调"之一，方引起广泛注意。

中唐文人涉笔作词已较常见，但其词在体制与审美情调方面大多仍带着诗歌的味道。如刘长卿所作的《谪仙怨》（"晴川落日初低"），其曲调为唐玄宗入蜀避安史之乱途中所创，词为六言八句，用五平韵，体制近于六言律诗，以清丽的语言，抒写遭诬被贬的郁闷不平。其他中唐文人，韦应物词今存四首，戴叔伦存词一首，张志和五首，张松龄一首，王建十首，释德诚三十九首，刘禹锡三十九首，白居易二十八首。这些人所用的词调有《调笑令》《三台》《渔父》《拨棹歌》《杨柳枝》《竹枝》《纥那曲》《忆江南》《浪淘沙》《潇湘神》《抛球乐》等。其体制或为杂言或为齐言，内容则如诗歌一样包罗颇广，宫中生活、边塞风景、男女相思、兴亡感慨、迁谪之怨、隐逸之乐、风土人情等均有表现，其风格与创作手法也与诗歌相差无几。如张志和的名作《渔父》词：

　　西塞山前白鹭飞。桃花流水鳜鱼肥。青箬笠，绿蓑衣。斜风细雨不须归。④

---

① 王国维著，徐调孚注，王幼安校订：《人间词话》，人民文学出版社1982年版，第194页。
② 邓乔彬：《邓乔彬学术文集：第4卷 唐宋词艺术发展史》，上册，安徽师范大学出版社2013年版，第89页。
③ 沈祥龙：《论词随笔》，唐圭璋编《词话丛编》，第5册，第4049页。
④ 曾昭岷等编：《全唐五代词》，上册，中华书局1999年版，第25页。

此词写渔隐江湖的逸情远韵，盛传一时。李德裕的《玄真子渔歌记》曾记述唐宪宗"求访玄真子《渔歌》，叹不能致"之事以及自己获得之后的欣喜，并赞叹张志和的处世之道："渔父贤而名隐，鸱夷智而功高，未若玄真隐而名彰，显而无事，不穷不达，其严光之比欤。"①由此可见词中的渔父是作者人格的形象化，词的功能亦与言志的诗歌无异。故有论者认为它"虽语句声响居然词令，仍是风人之别体"②，"与风诗意义相近"，寓有诗人"微旨"③。而胡应麟的《诗薮》更是直接把它当成诗歌加以评论："唐仙家能诗者，许宣平'隐居三十载'，及'负薪朝出郭'一绝，是初唐语；张志和'八月九月芦花飞'，又'西塞山'一绝，是中唐语。"④

再如刘禹锡，他的《竹枝词》作于夔州刺史任上。其《竹枝词序》云："四方之歌，异音而同乐。岁正月，余来建平，里中儿联歌《竹枝》，吹短笛击鼓以赴节。歌者扬袂睢舞，以曲多为贤。聆其音，中黄钟之羽。卒章激讦如吴声，虽伧佇不可分，而含思宛转，有淇澳之艳。昔屈原居沅、湘间，其民迎神，词多鄙陋，乃为作《九歌》，到于今荆楚鼓舞之。故余亦作《竹枝词》九篇，俾善歌者飏之，附于末。后之聆巴歈，知变风之自焉。"⑤ 从刘禹锡这段文字记述来看，他是抱着向屈原《九歌》学习的态度，以"变风"为目标来创作竹枝词的，实际上仍属"以诗为词"。黄庭坚评价其"词意高妙，元和间诚可以独步。道风俗而不俚，追古昔而不愧，比之杜子美《夔州歌》，所谓同工而异曲也"⑥。也是从诗歌性质对其加以评价。不过值得注意的是，刘禹锡所特别欣赏的竹枝词"含思宛转，有淇澳之艳"的特点，与后来成为"唐音"主流的花间词的特点相近。他自己所作的词，也多为此种风

---

① 李德裕：《会昌一品集》，上海古籍出版社1994年版，第179页。
② 先著：《词洁·发凡》，唐圭璋编《词话丛编》，第2册，中华书局1986年版，第1329页。
③ 张德瀛：《词征》，唐圭璋编《词话丛编》，第5册，第4079页。
④ 胡应麟：《诗薮》，中华书局1958年版，第155页。
⑤ 刘禹锡撰，《刘禹锡集》整理组点校：《刘禹锡集》，下册，中华书局1990年版，第359页。
⑥ 胡仔纂集，廖德明校点：《苕溪渔隐丛话》，前集，中华书局香港分局1976年版，第134—135页。

格。如其《忆江南》词云："春去也，多谢洛城人。弱柳从风疑举袂，从兰浥露似沾巾。独坐亦含嚬。"① 将春天人格化，写春天将要离开时向"洛城人"告别时的留恋不舍，"流丽之笔，下开北宋子野、少游一派"②，丰神情韵颇类于诗之"唐音"。

与刘禹锡多有唱和的白居易，其词亦近诗。他作有多首《杨柳枝》词，体制等同于七绝，后人也往往将其视为诗歌。如俞陛云的《诗境浅说》续编评其《杨柳枝》（"一树春风万万枝"）云："王渔洋《秋柳》七律，怀古而兼擅神韵，传诵一时，乐天以二十八字写之，柳色之娇柔，旧坊之寥落，裙屐之凋零，感怀无际，可见诗格之高。"③ 他的《长相思》词尽管是长短句的形式，但不仅像"思悠悠。恨悠悠。恨到归时方始休。月明人倚楼"④ 这样的词句，内容、风格是"古乐府之遗"⑤，而且从全首的音节来看，也"饶有乐府之神"⑥。

正因为盛中唐词与诗歌特别是七绝在体制、风格上的相似性，所以宋翔凤《乐府余论》认为，词是起源于唐绝句，"如太白之《清平调》，即以被之乐府；太白《忆秦娥》《菩萨蛮》，皆绝句之变格，为小令之权舆。旗亭画壁赌唱，皆七言断句。后至十国时，遂竞为长短句，自一字两字至七字，以抑扬高下其声，而乐府之体一变。则词实诗之余，遂名曰诗余"⑦。谢章铤《赌棋山庄词话》卷八亦云："夫所谓诗余者，非谓凡诗之余，谓唐人歌绝句之余也。"⑧ 近人王国维也认为："唐人诗词尚未分界，故《调笑》《三台》《忆江南》诸词皆入诗集，不独《竹枝》《柳枝》《浪淘沙》诸词本系七言绝句也。"⑨ 杨海明先生指出，盛、中唐的诗人们"往往以其'余力'作词又往往把词当做小品式的

---

① 曾昭岷等编：《全唐五代词》，上册，中华书局1999年版，第60页。
② 况周颐撰，王幼安校订：《蕙风词话》，人民文学出版社1982年版，第22页。
③ 俞陛云：《诗境浅说》，天津人民出版社2008年版，第191页。
④ 曾昭岷等编：《全唐五代词》，上册，第74页。
⑤ 许昂霄：《词综偶评》，唐圭璋《词话丛编》，第2册，中华书局1986年版，第1547页。
⑥ 俞陛云：《唐五代两宋词选释》，上海古籍出版社1985年版，第18页。
⑦ 宋翔凤：《乐府余论》，唐圭璋编《词话丛编》，第3册，第2500页。
⑧ 谢章铤：《赌棋山庄词话》，唐圭璋编《词话丛编》，第4册，第3422页。
⑨ 王国维撰，徐德明整理：《词录》，学苑出版社2003年版，第2页。

第一章　从盛唐到北宋:词之"唐音""宋调"审美范式的确立

诗来写,因此此时的词好像是从诗的河道中间分泄出来的一股'余波'",即使是那些在句式格律上明显与近体诗不同的词,"作者在写法上也基本借鉴了写近体诗的方法来写,较少委婉层深的讲究,所以也还显得比较单纯"①。这些说法都道出了唐人"以唐诗为词"的事实。

"以唐诗为词"的创作方式,必然导致唐诗风格的变化会影响到词的美学风貌。在中晚唐,整个社会文化进入了转型期,经济凋敝、藩镇割据、宦官专权、牛李党争等种种内外因素,使士人们面对日益衰落的国势欲振无力,盛唐诗歌中那种青春的热情、浑厚的气象、玲珑的意境、遒劲的风骨渐趋衰歇,诗风总体上向着多元化、个性化、平民化、写实化的方向发展。由于这个时期门阀贵族依然存在并保持着巨大的影响力,贵族社会的文化仍有着广泛的市场。即使是那些出身于庶族地主家庭、经由科举等途径跻身社会上层的士人,当他们兼济天下的理想抱负在现实中碰壁之后,也只能无奈地在酒杯声色、山水田园的闲适生活中独善其身,借贵族时代的文艺来消遣人生。因此,流行于六朝、在初盛唐亦余波不绝的绮艳婉媚的宫体诗风在中晚唐有明显的回潮,并逐渐演化为词的主体风格。

这种演进,在杜甫作于大历五年的绝句《风雨看舟前落花戏为新句》中已初露端倪。此题下共有三首,其一云:"江上人家桃树枝,春寒细雨出疏篱。影遭碧水潜勾引,风妒红花却倒吹。"其二云:"吹花困懒傍舟楫,水光风力俱相怯。赤憎轻薄遮入怀,珍重分明不来接。"其三云:"湿久飞迟半欲高,萦沙惹草细于毛。蜜蜂蝴蝶生情性,偷眼蜻蜓避伯劳。"这三首诗写风雨中落花的情态,摹写精细,设想奇巧,纤秾绮丽,颇具词之神理,因此有人认为它是"词曲之祖"②。其后从中唐的韩翃、李贺到晚唐的李商隐、温庭筠、韩偓等,其诗风都有绮艳婉媚的一面,明人许学夷在《诗源辩体》中曾对他们的诗与词在体性方面的相似性加以论列:

---

① 杨海明:《唐宋词风格论·张炎词研究》,江苏大学出版社2010年版,第22—23页。
② 仇兆鳌引王嗣奭语。杜甫著,仇兆鳌注:《杜诗详注》,第5册,中华书局1979年版,第2051页。

韩七言古，艳冶婉媚，乃诗余之渐。如……"池畔花深斗鸭栏，桥边雨洗藏鸦柳"等句，皆诗余之渐也。下流至李贺、李商隐、温庭筠，则尽入诗余矣。①

李贺乐府七言，声调婉媚，亦诗余之渐也。（上源于韩翃七言古，下流至李商隐、温庭筠七言古。）如……"楼头曲宴仙人语，帐底吹笙香雾浓"……等句，皆诗余之渐也。②

商隐七言古，声调婉媚，太半入诗余矣。（与温庭筠上源于李贺七言古，下流至韩偓诸体。）如"柔肠早被秋眸割"……"衣带无情有宽窄"……等句，皆诗余之调也。③

庭筠七言古，声调婉媚，尽入诗余。（与李商隐上源于李贺，下流至韩偓诸体。）如"家临长信往来道"一篇，本集作《春晓曲》，而诗余作《玉楼春》，盖其语本相近而调又相合，编者遂采入诗余耳。其他略摘以见。如……"百舌问花花不语，低回似恨横塘雨。蜂争粉蕊蝶分香，不似垂杨惜金缕"等句，皆诗余之调也。④

韩偓《香奁集》，皆裙裾脂粉之诗。……韩诗浅俗者多，而艳丽者少，较之温李，相去甚远……七言律如"小叠红笺书恨字，与奴方便送卿卿"……等句，则诗余变为曲调矣。（上源于李商隐、温庭筠七言古，诗余之变止此。）⑤

许学夷所论，揭示了中晚唐诗风向词风的演进方向。在绮艳婉媚诗风的渗透下，"以唐诗为词"进入了第二阶段，词的"花间范式"逐渐形成。所谓"花间范式"，是王兆鹏先生根据库恩的"范式"理论提出来的唐宋词的抒情方式之一。它由以温庭筠为代表的花间词人所开创，具有如下特点：一是抒情主人公具有"共我性"或者说是"非我化"

---

① 许学夷著，杜维沫校点：《诗源辩体》，人民文学出版社1998年版，第231页。
② 许学夷著，杜维沫校点：《诗源辩体》，第262页。
③ 许学夷著，杜维沫校点：《诗源辩体》，第288页。
④ 许学夷著，杜维沫校点：《诗源辩体》，第290页。
⑤ 许学夷著，杜维沫校点：《诗源辩体》，第304页。

的，所抒之情"不是创作主体独特的自我感受，而是带共性的情感，如男欢女爱、相思恨别、叹老嗟卑等等，词中缺乏作者鲜明独特的主体意识，从词中看不出作者的胸襟、怀抱、气质，创作主体的个性被消融在共性的情感之中"；二是表现手法的重情略事，即"主要是通过特定的时空场景、氛围和富于象征意义的意象群，将抒情主人公放在富于包孕性的片刻时间中来烘托、捕捉人物的内心、情绪，着重表现的是此时此地抒情主人公有什么心理活动，有何情绪的变化，而不大注重引发此种情感的'事'"；三是审美趋向是女性化的柔婉美，为适应歌女的声态口吻和审美趣味而形成了绮艳、婉媚的风格[①]。王兆鹏先生所概括的"花间"抒情范式的特点，也是其审美方面的特点，故"花间范式"也是词的一种审美范式。

首先在词中展示出这种转变痕迹的，是生活年代大约在刘禹锡、白居易之后而略早于温庭筠的皇甫松。皇甫松（生卒年不详），中唐古文家皇甫湜之子，字子奇，自号檀栾子，睦州新安（今浙江淳安）人。终生未仕。存词二十二首，有十二首收入《花间集》。皇甫松词的内容多为"共我性"的情感，风格既有绮丽的一面，又兼具民歌的俊爽风味与文人抒情诗情景交融、韵味悠长的特色。陈廷焯评其"绮丽不及飞卿，而俊快过之"[②]，"措词闲雅，犹存古诗遗意"[③]。他最著名的作品是《梦江南》二首：

> 兰烬落，屏上暗红蕉。闲梦江南梅熟日，夜船吹笛雨萧萧。人语驿边桥。
> 楼上寝，残月下帘旌。梦见秣陵惆怅事，桃花柳絮满江城。双髻坐吹笙。[④]

[①] 参见王兆鹏《唐宋词史论》，人民文学出版社 2000 年版，第 145—150 页。
[②] 陈廷焯：《云韶集辑评》，葛渭君《词话丛编补编》，第 3 册，中华书局 2013 年版，第 1399 页。
[③] 陈廷焯著，杜维沫校点：《白雨斋词话》，人民文学出版社 1983 年版，第 188 页。
[④] 曾昭岷等编：《全唐五代词》，上册，中华书局 1999 年版，第 92 页。

两首词均写梦境。前一首的抒情主人公在烛灭之后渐渐入梦，闲梦江南梅熟时节，于夜雨潇潇中，听见行客吹笛，听见驿边桥上人语。后一首的抒情主人公在残月映照下的楼上入寝，梦中去了桃花盛开柳絮飘飞的秣陵（今南京），看见那个与自己有过一段惆怅情事的女孩，梳着双髻，正坐在那里吹笙。词中的主人公可以说是自我，也可以说是"非我"，所抒的情感是人人都可能有的离别相思，表现手法主要是通过场景、氛围的描写营造出情味深长的意境。两首词从艺术上来说颇为成功，将婉转深刻的相思从迷离杳渺的梦境中写出，深得后世论词者的肯定。如厉鹗《论词绝句十二首》云："颇爱《花间》肠断句，夜船吹笛雨潇潇。"[1] 陈廷焯也说："梦境，画境，婉转凄清，亦飞卿之流亚也。"[2]

皇甫松的词风虽已具备"花间范式"的基本特点，但其所用的词调仍多为《杨柳枝》《浪淘沙》《竹枝》《采莲子》《怨回纥》等与诗的声律体制极为接近的齐言体。真正确立了词的体制，在内容、风格等方面为"花间范式"奠基定型的还是被尊为"花间鼻祖"的温庭筠。温庭筠（812—870，一说801—866），本名岐，字飞卿，太原祁（今山西祁县）人。他出生于没落的贵族家庭，工为诗赋，曾有过经时济世的理想抱负，自许"经济怀良画，行藏识远图"[3]。大中初，赴长安应进士试。"初至京师，人士翕然推重。然士行尘杂，不修边幅，能逐弦吹之音，为侧艳之词，公卿家无赖子弟裴诚、令狐滈之徒，相与蒲饮，酣醉终日，由是累年不第"[4]。后来在幕府署官、县尉等低级官吏的职位上困顿以终。仕途的不如意以及性格的放任不拘，使温庭筠经常借酒色来宣泄苦闷，而这种听歌看舞纵酒任情的生活，又成为他大量创作风格绮艳的爱情诗词的温床。他的诗歌除了七言古体"声调婉媚，尽入诗余"（见上引许学夷语），律绝也多有与词相近的宫体风格。如《偶游》诗云："曲巷斜临一水间，小门终日不开关。红珠斗帐樱桃熟，金尾屏风孔雀

---

[1] 厉鹗：《论词绝句十二首》，孙克强、裴喆编著《论词绝句二千首》，上册，南开大学出版社2014年版，第63页。
[2] 陈廷焯：《词则辑评》，葛渭君《词话丛编补编》，第4册，中华书局2013年版，第2139页。
[3] 温庭筠著，曾毅等笺注：《温飞卿诗集笺注》，上海古籍出版社1998年版，第120页。
[4] 刘昫等：《旧唐书》，第15册，中华书局1975年版，第5078—5079页。

第一章 从盛唐到北宋：词之"唐音""宋调"审美范式的确立

闲。云鬟几迷芳草蝶，额黄无限夕阳山。与君便是鸳鸯侣，休向人间觅往还。"① 诗中对于腻粉脂香、男女情爱的细腻描写，几与其词无异。

温庭筠词今存六十九首，其中六十六首收入《花间集》。作为知音识曲，"能逐弦吹之音，为侧艳之词"的词人，温庭筠为小令这种词之"唐音"的主要体裁的形式完善作出了重要贡献。首先，他根据教坊曲等音乐创制了一批词调。据统计，温的存词共用了十八调，其中《更漏子》《归国遥》《酒泉子》《南歌子》《河渎神》《女冠子》《玉蝴蝶》《遐方怨》《诉衷情》《思帝乡》《河传》《蕃女怨》《荷叶杯》十三调首见于温词，《定西番》一调的平仄间韵体为温词最早。在花间词人中，他的创调最多②。其次，在词的声律方面，温庭筠也作出了有别于诗的变革。夏承焘先生在《唐宋词字声之演变》一文中指出："词之初起，若刘、白之竹枝、望江南，王建之三台、调笑，本蜕自唐绝，与诗同科。至飞卿以侧艳之体，逐管弦之音，始多为拗句，严于依声。往往有同调数首，字字从同；凡在诗句中可不拘平仄者，温词皆一律谨守不渝。"又云："盖六朝诗人好用双声叠韵，盛唐犹沿其风；洎后平仄行而双叠废，乃复于平仄之中，出变化为拗体；其肆奇于词句，则始于飞卿。凡其拗处坚守不苟者，当皆有关于管弦音度。飞卿托迹狭邪，雅精此事，或非漫为诘屈。"③ 由此可见，严守词律自温庭筠始，他是文人"律词"的奠基者。

温庭筠词的内容"类不出乎绮怨"④，基本上是"非我化"的离情别恨、思妇心曲，罕有直接抒发自我的人生体验、表现自我的人格精神的作品。因此，吴世昌先生认为："温庭筠词皆咏离妇怨女，是代女人立言者，与唐人诗中闺怨无别，特以新体之词出之耳。"⑤ 吴熊和先生

---

① 温庭筠著，曾毅等笺注：《温飞卿诗集笺注》，上海古籍出版社1998年版，第95—96页。
② 参见邓乔彬《唐宋词艺术发展史》，上册，安徽师范大学出版社2013年版，第103页；田玉琪《词调史研究》，人民出版社2012年版，第321—363页。
③ 夏承焘：《唐宋词字声之演变》，夏承焘《夏承焘集》，第2册，浙江教育出版社、浙江古籍出版社1997年版，第53—54页。
④ 刘熙载：《词概》，唐圭璋编《词话丛编》，第4册，中华书局1986年版，第3689页。
⑤ 吴世昌著，吴令华辑注，施议对校：《词林新话》，北京出版社2000年版，第82页。

把"以齐梁体入词"作为温词的一个特色,并且指出:"温庭筠词,就是唐人词曲中的《玉台新咏》。其流风所被,演而为《花间》。"① 沈松勤先生则进一步从"花间范式"规范体系形成的角度指出了温词"绮怨"题材的开创意义:"确切地说,是温庭筠将自己远绍南朝、近宗李贺所作宫体诗中的'艳情'植入到词中来的。其流风所被,遂成花间词人在抒情内容上的一种惯例、一种规范。"② 这些观点,均有见于温庭筠内容之"艳"。

温词除了内容题材移植六朝以下至唐代的宫体诗,在情感的表现手法上,也多受六朝诗、赋及唐诗的影响,重视辞藻的选择与瞬时画面的撷取,擅长以香艳纤柔的语象、意象来营构意境,表达深曲隐微的情思。夏承焘先生曾言:"温庭筠的诗从梁、陈宫体、六朝赋而来,讲究对仗,注重字面的华丽,他的诗风如此,词风也如此。"③ 这方面较为典型的例子,是他的十四首《菩萨蛮》,兹列举两首如下:

小山重叠金明灭。鬓云欲度香腮雪。懒起画蛾眉。弄妆梳洗迟。　照花前后镜。花面交相映。新帖绣罗襦。双双金鹧鸪。④
水精帘里颇黎枕。暖香惹梦鸳鸯锦。江上柳如烟。雁飞残月天。　藕丝秋色浅。人胜参差剪。双鬓隔香红。玉钗头上风。⑤

这两首词历代评论颇多歧说,但其语象、意象的精美华丽是触目可见的。前一首写深闺美人晨起梳妆打扮的过程:上片首句从遮蔽闺房床榻的曲折有致的屏山写起,初日东升,阳光穿窗入户,照在闺房内的屏山等装饰华丽的陈设上,明灭闪烁不定;次写屏边枕上,美人春睡初醒,如云的鬓发尚有些散乱,部分遮盖在如雪的香腮上;三四两句,写美人起床后画眉、梳洗的慵懒情态;五六两句,写其簪花、照镜的动作

---

① 吴熊和:《唐宋词通论》,上海古籍出版社2010年版,第173—174页。
② 沈松勤:《花间词的规范体系及其词史意义》,《文学遗产》2020年第6期。
③ 夏承焘:《唐宋词欣赏》,浙江古籍出版社2012年版,第51页。
④ 曾昭岷等编:《全唐五代词》,上册,中华书局1999年版,第99页。
⑤ 曾昭岷等编:《全唐五代词》,上册,第100页。

以及花面相映之美；七八两句则在对其精美服饰的描写中，以服饰上"双双金鹧鸪"的图案暗示美人之孤独。后一首也是写深闺美人，首两句写女子在有水精帘、颇黎枕、鸳鸯锦的温暖香闺里入梦，三四句写香闺外的大环境，以江流、烟柳、飞雁、残月构成了一幅凄清朦胧的意境，与女子所处的精致、温馨的香闺这一小环境相映衬，同时也暗示女子的梦境可能与离别在外的行人有关。下片四句写梦醒起床梳洗打扮后走出香闺的女子形象：身穿白衣，素净如秋；头戴人胜，姿态参差；两鬓分别簪以香红的鲜花，头上玉钗的花胜随着她的脚步而微微颤动。两首词都是以写景状物来传情达意，通过客观描写景物及女性的形体服饰之美营造出某种意境，暗示类型化的"绮怨"之情，笔触细腻，刻画入微，堆砌了各种华美的意象与辞藻，能给人以强烈的感官享受，而意脉却深隐曲折，需要反复体味才能把握，这正是六朝宫体诗及辞赋的做法。温词如"画屏金鹧鸪"的词品，主要就是由这种风格的词作奠定的。

温庭筠还有一些词虽也是通过意境的营构来抒发类型化的情感，但在写法上情景交融，疏朗明快，颇具六朝乐府与唐代绝句的风神。他的八首《杨柳枝》词便属此类，清代郑文焯将其视为"唐人以余力为词"的代表作，赞其"骨气奇高，文藻温丽"[1]。不过，《杨柳枝》词在体制上本与七绝相混，风格相似属应有之义，不必多论，具有长短句体制的此种风格之词，可举《梦江南》二首：

千万恨，恨极在天涯。山月不知心里事，水风空落眼前花，摇曳碧云斜。[2]

梳洗罢，独倚望江楼。过尽千帆皆不是，斜晖脉脉水悠悠，肠断白蘋洲。[3]

两词均写相思怨别之情，但既有"山月不知心里事，水风空落眼

---

[1] 李冰若校注：《花间集评注》，浙江古籍出版社2018年版，第28页。
[2] 曾昭岷等编：《全唐五代词》，上册，中华书局1999年版，第122页。
[3] 曾昭岷等编：《全唐五代词》，上册，第123页。

前花，摇曳碧云斜""过尽千帆皆不是，斜晖脉脉水悠悠"这样的景语，又有"千万恨，恨极在天涯""肠断白蘋洲"这样的情语，景中含情，情景交融，韵味无穷，因此汤显祖《评花间集》认为前一首词"风华情致，六朝人之长短句也"①，谭献《复堂词话》评后一首词"犹是盛唐绝句"②。这种词风在温词中虽非主流，但上承刘禹锡、白居易，下开韦庄，表现了词之"唐音"在统一范式下的多样风格。

温庭筠之后，韦庄进一步发扬了温词中较为清疏的作风。韦庄（836—910），字端己，长安杜陵（今陕西西安东南）人。唐昭宗乾宁元年（894）进士，官至左补阙。天复元年（901）入蜀依王建为掌书记。朱全忠篡唐自立后，他劝王建称帝，受任吏部侍郎兼平章事。韦庄的年龄比温庭筠要小二十多岁，恰好遇上了唐末的大动乱，有过长期颠沛流离的生活。《唐才子传》记其"早尝寇乱，间关顿踬，携家来越中，弟妹散居诸郡。西江、湖南，所在曾游，举目有山河之异，故于流离漂泛，寓目缘情，子期怀旧之辞，王粲伤时之制，或离群轸虑，或反袂兴悲"③。这种生活经历与情感特点，使他的词虽多以男女的悲欢离合为主题，但其中常有自我的形象，融入了自己的身世之悲、家国之感，从而形成了"绮罗香泽之中，别具疏爽之致"④的"花间别调"。如他的代表作《菩萨蛮》五首：

红楼别夜堪惆怅。香灯半卷流苏帐。残月出门时。美人和泪辞。　琵琶金翠羽。弦上黄莺语。劝我早归家。绿窗人似花。

人人尽说江南好。游人只合江南老。春水碧于天。画船听雨眠。　垆边人似月。皓腕凝霜雪。未老莫还乡。还乡须断肠。

如今却忆江南乐。当时年少春衫薄。骑马倚斜桥。满楼红袖招。　翠屏金屈曲。醉入花丛宿。此度见花枝。白头誓不归。

---

① 王兆鹏主编：《唐宋词汇评　唐五代卷》，浙江教育出版社2004年版，第158页。
② 谭献：《复堂词话》，唐圭璋编《词话丛编》，第4册，中华书局1986年版，第3989页。
③ 辛文房：《唐才子传》，古典文学出版社1957年版，第171页。
④ 吴梅：《词学通论》，上海古籍出版社2006年版，第41页。

第一章 从盛唐到北宋:词之"唐音""宋调"审美范式的确立

劝君今夜须沉醉。尊前莫话明朝事。珍重主人心。酒深情亦深。　须愁春漏短。莫诉金杯满。遇酒且呵呵。人生能几何。

洛阳城里春光好。洛阳才子他乡老。柳暗魏王堤。此时心转迷。　桃花春水渌。水上鸳鸯浴。凝恨对残晖。忆君君不知。①

这五首词是韦庄晚年在蜀地时回忆旧游之作:第一首写离别家乡时与美人告别的情景;第二首写来到江南后所见的风景、人物之美以及怀乡之情;第三首写离开江南后对江南之乐的回忆;第四首紧承第三首,转写今日借酒浇愁的情态;第五首写对洛阳美人的忆念。五首词一气流转,语意连贯,类似于联章体,重叠回环,在思乡怀人的表面下,"不仅有故国之思也,且兼有兴亡治乱之感焉"②。其风格则是意婉而词直,"似直而纡,似达而郁"③,既明白如话,又寓意深刻。这也是韦庄词的总体风格,王国维曾以"弦上黄莺语"喻之。清代周容论唐诗艺术时曾指出:"唐诗中最得风人遗意者,唯绝句耳。意近而远,词淡而浓,节短而情长。"④沈德潜也说:"七言绝句,以语近情遥,含吐不露为贵。只眼前景,口头语,而有弦外音,使人神远。"⑤韦庄的词可谓深得唐诗绝句的三昧。叶嘉莹先生曾言:"韦庄以清简劲直之笔为主观抒情之作,遂使词之写作不仅为传唱之歌曲,且更进而具有了抒情诗之性质,为词之演进之第二阶段。"⑥此论不仅道出了韦庄词近诗的特质,而且指明了韦庄在词史上的地位。虽然"以清简劲直之笔为主观抒情之作"的"以诗为词"作风在盛唐的李白、中唐的刘禹锡与白居易等人手中已有所表现,但唐代文人词中的小令一体至晚唐才成熟,韦庄是在词体已成熟的情况下向诗回归,并以大量的创作与突出的艺术质量为

---

① 曾昭岷等编:《全唐五代词》,上册,中华书局1999年版,第152—155页。
② 俞平伯:《读词偶得》,俞平伯《俞平伯全集》第4卷,花山文艺出版社1997年版,第24页。
③ 陈廷焯著,杜维沫校点:《白雨斋词话》,人民文学出版社1983年版,第7页。
④ 周容:《春酒堂诗话》,郭绍虞、富寿荪编《清诗话续编》,上册,上海古籍出版社1983年版,第106页。
⑤ 沈德潜选注:《唐诗别裁集》,下册,上海古籍出版社2013年版,第653页。
⑥ 缪钺、叶嘉莹撰:《灵溪词说》,上海古籍出版社1987年版,第91—92页。

五代以下的词人所关注与模仿，因而词之"唐音"中的清疏一派，当以韦庄为正式的奠基者。

词之"唐音"发展到温、韦，基本的范式以及浓丽、清疏两种主要风格都已形成，此后的西蜀词人，基本上是在两人的影响范围之内。而以温、韦为领袖，以西蜀词人为主体的《花间集》的编定，则对词之"唐音"的范式及风格给予了集中的呈现，进而确立了其"倚声填词之祖"[①]的地位。《花间集》中共有词人十八家，李冰若先生认为可分为三派："镂金错彩，缛丽擅长而意在闺帏，语无寄托者，飞卿一派也。清绮明秀，婉约为高，而言情之外兼书感兴者，端己一派也。抱朴守质，自然近俗，而词亦疏朗，杂记风土者，德润一派也。张子澄词盖介乎温韦之间而与韦最近。"[②]詹安泰先生则认为应该是温、韦与孙光宪鼎足而三[③]。花间词虽然风格多样，但还是有主次之别。温庭筠在《花间集》中，不仅位置最前，选词数量最多，而且影响也最大，"词极流丽，宜为《花间集》之冠"[④]。其他花间词人的作品在语言、意象、风格和抒情方式等方面，多少都能看出温词的影子。如李冰若评牛峤："大体皆莹艳缛丽，近于飞卿。"评欧阳炯："《南歌子》外另一种极为浓丽，兼有俳调风味，如《贺明朝》诸词，后启柳屯田，上承温庭筠，艳而近于靡矣。"评和凝："其词有清秀处，有富艳处，盖介乎温韦之间也。"评顾敻："顾词浓丽，实近温尉。"评魏承班："浓艳处近飞卿。"评阎选："词多侧艳语，颇近温尉一派。"评毛熙震："其词浓丽处似学飞卿。"[⑤]日本学者村上哲见认为，就大体倾向而言，西蜀词人都"热心于模仿飞卿的艳丽笔触"，"大部分作品中，可以明显地窥见那模仿的痕迹"[⑥]。这一结论为另一位日本学者泽崎久和通过大量举证

---

① 陈振孙撰，徐小蛮、顾美华点校：《直斋书录解题》，下册，上海古籍出版社2015年版，第614页。
② 李冰若校注：《花间集评注》，浙江古籍出版社2018年版，第106页。
③ 汤擎民整理：《詹安泰词学论稿》，广东人民出版社1984年版，第417页。
④ 黄昇：《唐宋诸贤绝妙词选》，黄昇辑，王雪玲、周晓微校点《花庵词选》，辽宁教育出版社1997年版，第5页。
⑤ 李冰若校注：《花间集评注》，第89、148、153、164、209—210、220、228页。
⑥ ［日］村上哲见：《唐五代北宋词研究》，杨铁婴译，陕西人民出版社1987年版，第116页。

所证实，他指出："温词是最主要的沿袭对象，甚至在与温词风格相异的韦庄词中亦可看到学习温词的痕迹。"① 因此，温庭筠的词风造就了"花间范式"的主导风格，也是词之"唐音"的主导风格。这种风格如杨海明先生所概括的，具有香艳性、纯情性、唯美性，三者混合在一起，就呈现出"真""艳""深""婉""美"的特色②。它也被后世视为词的"本色"风格。

西蜀词人在选择学习对象时之所以更偏向于温庭筠而不是韦庄，与蜀地的自然、人文环境及士人的文化性格有关。西蜀号称"天府之国"，经济上历来比较繁荣，"郡府颇多，关河甚广，人物秀丽，土产繁华"③。由于入蜀道路险峻，军事上易守难攻，在唐末五代的大动乱中，蜀地得以偏安，奢靡享乐之风颇盛。前蜀后主王衍"奢纵无度，日与太后、太妃游宴于贵臣之家，及游近郡名山，饮酒赋诗，所费不可胜纪"④。后蜀时期，"蜀中久安，赋役俱省，斗米三钱"，"村落间巷之间，弦管歌声合筵，社会昼夜相接。府库之积，无一丝一粒入于中原，所以财币充实"⑤。当时高层官员，皆"以奢靡相尚"⑥。宰相李昊"事前后蜀五十年，资货巨万，奢侈逾度，妓妾数百"⑦。《花间集》的编者赵崇祚之父赵廷隐为后蜀孟昶之中书令，"起南宅北宅，千梁万栱，其诸奢丽，莫之与俦……每至秋夏，花开鱼跃，柳阴之下，有士子执卷者、垂纶者、执如意者、执麈尾者、谭诗论道者……其时谓之太平无事之秋，士女拖香肆艳，看者甚众。赵廷隐画图以进，蜀主叹赏，其时歌者、咏者不少"⑧。在蜀地身居高位的士人中，多有来此避乱的唐末名臣士族⑨，

---

① 泽崎久和：《花间集的沿袭》，《词学》编辑委员会编辑《词学》（第9辑），华东师范大学出版社1992年版，第110页。
② 杨海明：《唐宋词风格论·张炎词研究》，江苏大学出版社2010年版，第23—26页。
③ 何光远：《鉴诫录》，中华书局1985年版，第48页。
④ 司马光编著：《资治通鉴》第270卷，第19册，中华书局2011年版，第8964页。
⑤ 张唐英：《蜀梼杌》，商务印书馆1939年版，第22页。
⑥ 脱脱等撰：《宋史》，第40册，中华书局1977年版，第13895页。
⑦ 张唐英：《蜀梼杌》，第24页。
⑧ 孙光宪著，林艾园校点：《北梦琐言》，上海古籍出版社1981年版，第167页。
⑨ 参见欧阳修《新五代史》，吉林人民出版社1998年版，第251—256页。

他们将唐代贵族宫廷中宴乐文化也带到了蜀地，与蜀地的奢靡娱乐之风一拍即合，为文人词的创作提供了绝佳的温床。那些活跃于上流社会的词人们，他们作词的环境，是贵族们"争高门下，三千玳瑁之簪；竞富尊前，数十珊瑚之树"，"绮筵公子，绣幌佳人，递叶叶之花笺，文抽丽锦；举纤纤之玉指，拍按香檀"的宴饮场合；他们作词的目的，是付与歌女演唱而侑酒佐欢、娱宾遣兴，"庶使西园英哲，用资羽盖之欢；南国婵娟，休唱莲舟之引"①。在他们可以宗奉的温、韦这两大词人中，温庭筠词的创作环境与目的正与此相类，而韦庄因遭遇乱世之颠沛流离，故常常在词中自抒己情甚至不无悲慨的作风，尽管也可出现在花间尊前的场合，但终隔一层。因此，他们所学习的风格，自然也更多地趋向于温庭筠。

当然，"诗文随世运，无日不趋新"，词亦如诗文，会随着时代、地域的变化而不断地改变其风格面貌。词之"唐音"范式内部风格的多样性，也为改变提供了多种可能的路径。从南唐到北宋，我们将看到词的审美特征在沿袭"花间范式"、保持"唐音"本色前提下的调整与演变。

二　从南唐到北宋：词之"唐音"范式的演变

王兆鹏先生在与胡玉尺合撰的《论唐宋词的"南唐范式"》一文中提出，唐宋词在"花间范式"、"东坡范式"和"清真范式"这三大抒情范式之外，尚可补充一"南唐范式"。这一范式由韦庄开拓于前，冯延巳、李璟继武于后，至李煜而定型。北宋的晏殊、欧阳修、晏几道、秦观、李清照等人采用的也是这一范式②。笔者认为，"花间范式"在有宋一代特别是北宋影响极大，晏、欧等人均未能完全突破其圈囿，因

---

① 欧阳炯：《花间集叙》，施蛰存主编《词籍序跋萃编》，中国社会科学出版社1994年版，第631页。
② 王兆鹏、胡玉尺：《论唐宋词的"南唐范式"》，《湖南大学学报》（社会科学版）2018年第4期。

此"南唐范式"是否能作为与其并列的一种范式似可商榷,不过,以"花间范式"为主的"唐音"在南唐至北宋时期出现了一些较为明显的新变则是事实。

南唐由后吴君主杨行密的养子徐知诰(立国后改名李昪,庙号烈祖)建立于公元937年,历中主李璟、后主李煜,至975年被北宋所灭,存在了三十八年。南唐所在的淮扬地区,一度遭受较大的战争破坏,而自杨行密至南唐的几任君主,均实行以保境安民、休养生息为主的政策,因此经济迅速得到恢复与发展,"桑柘满野,国以富强"①。与经济上的富庶相应,是文化的繁荣。烈祖李昪十分重视文化建设,在位期间大力延揽中原士人,搜集文化典籍,造就了"六经臻备,诸史条集,古书名画,辐辏绛帷。俊杰通儒,不远千里而家至户到"②的局面。另外,其教育也相当兴盛,据《南唐书》记载:"南唐跨有江淮,鸠集典坟,特置学官,滨秦淮,开国子监,复有'庐山国学',其徒各不下数百,所统州县往往有学。"③这样的经济、文化环境,使南唐聚集与培养了一大批杰出的文艺人才。如中主李璟,好读书,多才艺,擅书法,善骑射,能文能武。后主李煜同样博学多才,知音识律,工书善画,精于赏鉴,擅于辞章。朝廷大臣中,又有冯延巳、韩熙载、徐铉、李建勋、沈彬、张洎等著名文人。君臣在宫廷或私邸的会见或宴饮娱乐活动中,时常讲论文学,作诗写词。如马令《冯延巳传》曾载李璟引冯延巳词中的名句与冯开玩笑,问他"吹皱一池春水,干卿底事?"冯答以"未如陛下'小楼吹彻玉笙寒'"④。冯延巳的词,大量创作于"金陵盛时,内外无事,朋僚亲旧,或当燕集"的环境中,"俾歌者丝竹倚而歌之,所以娱宾而遣兴也"⑤。李煜前期的词,亦多作于宫中行

---

① 司马光编著:《资治通鉴》第270卷,第19册,中华书局1956年版,第8954页。
② 刘崇远:《金华子》,丁如明、李宗为、李学颖等校点《唐五代笔记小说大观》,下册,上海古籍出版社2000年版,第1750页。
③ 马令:《南唐书》,中华书局1985年版,第153—154页。
④ 马令:《南唐书》,第140页。
⑤ 陈世修:《阳春录序》,施蛰存主编《词籍序跋萃编》,中国社会科学出版社1994年版,第15页。

乐之际。

　　南唐词人与西蜀词人的创作虽然都受到宫廷贵族享乐文化的影响，也都是"以唐诗为词"，但总体而言是同中有异，因袭中有创变。南唐较之后蜀（934—966），其立国与灭亡的时间均稍晚，但大部分时间并存。《花间集》成书于后蜀广政三年（940），时当南唐立国后不久，其后两国间政治、经济、文化交流都比较密切。在两地的交流中，《花间集》的"诗客曲子词"进入南唐君臣的日常阅读与宴享娱乐活动中是完全有可能的。而且，《花间集》中的两位代表性词人温庭筠与韦庄均有过漫游江南的经历，其词中也多次写到江南的风景人物。有论者指出，温庭筠诗中，"言其故乡太原者绝少，而言江南者反甚多，恐幼时已随家客游江淮，为时且必甚长"，且曾自称"江南客"，可以说是把江南当成了故乡[1]。其言江南的词如："画楼音信断。芳草江南岸"（《菩萨蛮》），"京口路。归帆渡。正是芳菲欲度"（《更漏子》），"楚山无限鸟飞迟。兰棹空伤别离"（《河渎神》），"未得君书，断肠潇湘春雁飞"（《遐方怨》），"若耶溪。溪水西。柳堤。不闻郎马嘶"（《河传》），等等，不胜尽举。韦庄在唐末战乱中也漂泊江南近十年，上面所举其名作《菩萨蛮》五首中，有两首是说"江南好"，忆"江南乐"的，其他明确提到江南的词句还有"江都宫阙，清淮月映迷楼"（《河传》），"绿树藏莺莺正啼。柳丝斜拂白铜鞮。弄珠江上草萋萋"（《浣溪沙》），等等。《花间词》题材上的"江南化"特色，使南唐词人与其有天然的亲缘关系。他们作词，自然而然也会写江南的景物人物，写南方儿女的离情别恨，其抒情方式、审美风格也会与花间词人有相似之处。如冯延巳，他的词"呈现出强烈的非我化倾向。活跃在他112首词的人物（抒情主人公），有100位是女性，他的词世界成了女性化的'母系社会'"[2]。其风格亦颇婉丽，意境、情调乃至词句，都有一些自花间词化出的痕迹，如《鹊踏枝》（"几度凤楼同饮宴"）一词，"意象

---

[1]　夏承焘：《温飞卿系年》，夏承焘《唐宋词人年谱》，上海古籍出版社1979年版，第383页。
[2]　王兆鹏：《宋南渡词人群体研究》，凤凰出版社2009年版，第140页。

的选择与修饰，词境的构造与展开，人物神情的描绘与表现，皆与温、韦词如出一辙"①。另一首《鹊踏枝》（"六曲阑干偎碧树"）中的"满眼游丝兼落絮。红杏开时，一霎清明雨"，则明显借用了温庭筠《菩萨蛮》词"南园满地堆轻絮。愁闻一霎清明雨"的取象、造句。宋人罗泌曾言，冯延巳词"往往自与唐《花间集》、《尊前集》相混"②。詹安泰先生也指出："正中虽不乏寄意深远之作，选声设色，犹不尽脱《花间》词习气。"③ 可见冯延巳词大体仍属"花间范式"。后主李煜降宋前的词如《玉楼春》（"晚妆初了明肌雪"）、《浣溪沙》（"红日已高三丈透"）等，虽然写的是他自己在宫中的宴饮娱乐生活，有个人的感受与趣尚，但香艳婉媚亦一如《花间》。

不过，南唐从地理位置来说，处于中原的卧榻之侧，虽有长江天险可以据守，但远不如西蜀容易偏安，而且因为其地的繁华富庶，也必然会成为中原王朝的觊觎对象。李璟继承了李昪帝位后，曾多次遭受后周世宗柴荣的攻伐，丧师失地，被迫奉表称臣，去帝号，称"唐国主"。宋太祖赵匡胤取代后周建国后，亦对南唐虎视眈眈。面对这种危殆的国势，南唐君臣即使在享乐的时候，也难免自觉不自觉地流露出某些忧患意识。这种"亡国之音哀以思"的特点，正是南唐词与西蜀词的主要不同之处。它在南唐二主及冯延巳的词中均有较为明显的表现。

冯延巳（903—960），字正中，广陵（今江苏扬州）人。曾为李璟帅府掌书记，李璟即位后累迁至左仆射同平章事，几度罢相复相。词集名《阳春集》。王国维对冯延巳词极为欣赏，曾言："冯正中词虽不失五代风格，而堂庑特大，开北宋一代风气。"④ 又以冯词中的"和泪试严妆"一语来喻其词品⑤，并称誉其词"深美闳约"⑥，认为"温韦之

---

① 李冬红：《〈花间集〉接受史论稿》，齐鲁书社2006年版，第205页。
② 罗泌：《六一词跋》，施蛰存主编《词籍序跋萃编》，中国社会科学出版社1994年版，第54页。
③ 詹安泰：《读词偶记》，詹安泰《宋词散论》，广东人民出版社1980年版，第123页。
④ 王国维著，徐调孚注，王幼安校订：《人间词话》，人民文学出版社1982年版，第198页。
⑤ 王国维："正中词品，若欲于其词句中求之，则'和泪试严妆'，殆近之欤。"王国维著，徐调孚注，王幼安校订：《人间词话》，第195页。
⑥ 王国维著，徐调孚注，王幼安校订：《人间词话》，第195页。

精艳，所以不如正中者，意境有深浅也"①。总其所论，冯词不同于温、韦等花间词人之处，一是其格局较大，二是其意境较深。之所以如此，是因其常常于闺情春怨的题材中，华美辞藻的外表下，隐微地表达出某种哀切的忧思。如《鹊踏枝》：

几日行云何处去。忘却归来，不道春将暮。百草千花寒食路。香车系在谁家树。　泪眼倚楼频独语。双燕飞来，陌上相逢否。撩乱春愁如柳絮。悠悠梦里无寻处。②

这首词从字面上来看，写的是闺中思妇的伤离念远之情，可谓"缠绵悱恻，一往情深"③。然而，张惠言《词选》却说这首词"忠爱缠绵，宛然骚、辩之义"④。谭献也断言："行云、百草、千花、香车、双燕，必有所托。"⑤ 甚至有论者认为它"当作于周师南侵，江北失地，民怨丛生，避贤罢相之日"⑥。即使是对张惠言以寄托说词的方法大加抨击的王国维，也认为此词有类似于诗人忧世的情感："'终日驰车走，不见所问津。'诗人之忧世也。'百草千花寒食路。香车系在谁家树'似之。"⑦ 再如他的《菩萨蛮》：

沈沈朱户横金锁。纱窗月影随花过。烛泪欲阑干。落梅生晚寒。　宝钗横翠凤。千里香屏梦。云雨已荒凉。江南春草长。⑧

此词亦可为冯词"和泪试严妆"风格的代表作。上下半阕的开头

---

① 王国维著，徐调孚注，王幼安校订：《人间词话·附录》，第256页。
② 曾昭岷等编：《全唐五代词》，上册，中华书局1999年版，第655页。
③ 唐圭璋选释：《唐宋词简释》，上海古籍出版社1981年版，第67页。
④ 张惠言辑：《词选·附续词选》，中华书局1957年版，第29页。
⑤ 谭献：《复堂词话》，唐圭璋编《词话丛编》，第4册，中华书局1986年版，第3990页。
⑥ 陈秋帆：《阳春集笺》，王兆鹏主编《唐宋词汇评》（唐五代卷），浙江教育出版社2004年版，第435页。
⑦ 王国维著，徐调孚注，王幼安校订：《人间词话》，第202页。
⑧ 曾昭岷等编：《全唐五代词》，上册，第700页。

第一章　从盛唐到北宋：词之"唐音""宋调"审美范式的确立

两句都是"严妆"："朱户""金锁""纱窗""月影""鲜花""宝钗""翠凤""香屏""幽梦"，可谓辞藻华丽、名物精美；三四句与七八句，则以景写情，用"烛泪欲阑干。落梅生晚寒""云雨已荒凉。江南春草长"的意境，委婉地道出了"和泪"的情状与因由，将闺情怨思与士大夫的苍凉悲感融合无间。俞陛云评价这首词说："江南繁华之地，作者青紫登朝，而言云雨荒凉，江南草长，满纸萧索之音，殆近降幡去国时矣。"① 这种读解虽无实据，却有心灵感受上的相通性。

冯延巳的词大都能引发出比兴寄托的联想。近代词家王鹏运认为，冯延巳的十四首《鹊踏枝》均有寄托："郁伊惝恍，义兼比兴。"② 沈曾植亦云："冯正中身仕偏朝，知时不可为，所为《蝶恋花》诸阕，幽咽惝恍，如醉如迷。此皆贤人君子不得志发愤之所为作也。"③ 冯煦在为《阳春集》所作的序中，更是将比兴寄托视为冯延巳自觉的作词方法："翁俯仰身世，所怀万端，缪悠其辞，若显若晦，揆之六义，比兴为多。若《三台令》、《归国谣》、《蝶恋花》诸作，其旨隐，其词微，类劳人、思妇、羁臣、屏子郁伊怆恍之所为。"④ 施蛰存先生则认为，冯词令人感觉有比兴寄托在其中的阅读效果并非有意为之。他说："冯延巳则初无此情此志，其作词也，固未尝别有怀抱，徒以其运思能深，造境能高，遂得通于比兴之义，使读者得以比物连类，以三隅反，仿佛若有言外之意耳。"⑤ 笔者以为，完全用比兴寄托来解冯词，甚至认为冯延巳有意为之的看法固然无据，但说他"初无此情此志"亦未必确。事实上，冯延巳虽无多少政治、军事才干，但也没有显著的劣行，马令《南唐书》的"时人谓之五鬼"的记载，是"朋党攻伐之辞，则应存疑"⑥。他虽受中主李璟的宠信，身居宰相之位，但在激烈的党争中，也多次因弹劾而

---

① 俞陛云：《唐五代两宋词选释》，上海古籍出版社1985年版，第102页。
② 王鹏运：《半塘定稿》，京华印书馆1948年版，第18页。
③ 沈曾植：《曼陀罗寱词序》，沈曾植著，钱仲联校注《沈曾植集校注》，中华书局2001年版，第1495页。
④ 冯煦：《阳春集序》，王鹏运《四印斋所刻词》，上海古籍出版社1989年版，第331页。
⑤ 施蛰存：《读冯延巳词札记》，华东师范大学中文系古典文学研究室编《词学研究论文集1949—1979》，上海古籍出版社1982年版，第264页。
⑥ 夏承焘：《冯正中年谱》，夏承焘《唐宋词人年谱》，上海古籍出版社1979年版，第38页。

被罢职。作为一个有着良好的文化修养、敏锐善感的"词心"的士大夫，面对国家的忧患、宦海的浮沉，他是完全有可能产生忧生忧世之情的，而这种感情在他作词的时候，会有意无意渗透到作品中，因此能超越花间普泛化的男女相思，形成"深美闳约"的美学面貌。今人孙维城先生将冯延巳词的基本特色概括为"词的题材，诗的表现"："词的题材指晚唐五代时期流行的男女相思的主题，表现女性的幽怨与深情。诗的表现指冯词以诗的传统手法写词（这是继承了从张志和、白居易到韦庄词的特点），形式上类似中晚唐七绝，多叙事而非描景，情感上既有女性的幽怨又有士大夫的感慨，极其类似于唐代七绝中的闺怨诗。"[1] 此论颇中肯綮，但冯延巳的"以唐诗为词"，其"严妆"的一面更有可能是得之于温庭筠，这一点已见上论。冯词更多的是在温词的基础上结合了韦庄词近诗的抒情特质。

南唐中主李璟（916—961），字伯玉，本名景通，后改璟，为避后周讳，复改为景，徐州（今属江苏）人。李璟今存词四首，其中的《应天长》（"一钩初月临妆镜"）、《望远行》（"碧砌花光锦绣明"）两首写离人思妇之情，辞藻也较为华丽，风格与花间词颇为接近，但他的两首《浣溪沙》词却有其独到之处。试读：

> 手卷真珠上玉钩。依前春恨锁重楼。风里落花谁是主，思悠悠。青鸟不传云外信，丁香空结雨中愁。回首绿波三峡暮，接天流。[2]
> 菡萏香销翠叶残。西风愁起绿波间。还与韶光共憔悴，不堪看。细雨梦回鸡塞远，小楼吹彻玉笙寒。多少泪珠何限恨，倚阑干。[3]

这两首词已摆脱了花间词"镂玉雕琼"的习气，委婉层深，却又转折灵活、意脉连贯，所呈现的意境苍茫阔大，情感尽管可以解读为"非我化"的男女相思，但文人之"我"的感慨似乎亦如盐溶于水，深

---

[1] 孙维城：《宋韵——宋词人文精神与审美形态探论》，安徽大学出版社2002年版，第68页。
[2] 曾昭岷等编：《全唐五代词》，上册，中华书局1999年版，第725页。
[3] 曾昭岷等编：《全唐五代词》，上册，第726页。

寓其中。明人王世贞的《艺苑卮言》指出:"细雨梦回鸡塞远,小楼吹彻玉笙寒""青鸟不传云外信,丁香空结雨中愁"为"律诗俊语",然而"天成一段词也,著诗不得"①。此语道出了李璟这两首词将诗境融化为词境的创作特点。王国维则特赏其中的"菡萏香销翠叶残。西风愁起绿波间"两句,认为"大有众芳芜秽,美人迟暮之感"②。虽未实指词中有比兴寄托,但至少从接受者的角度说明其所蕴含的情感已超越了一般的相思别情,具有深沉而广泛的感发力量。詹安泰先生认为,后主李煜"眼界始大,感慨遂深,遂变伶工之词而为士大夫之词"的特征,"有部分是受他父亲的影响,继承他父亲的传统而加以发扬光大的"③。这种看法是很有道理的。

南唐后主李煜(937—978),本名从善,字重光,号钟隐、莲峰居士,中主李璟第六子。历来学者多以南唐亡国为界,将其词分为前后两期。前期李煜身为一国君主,在深宫之中尽享声色之乐,那些以宫中人物、生活为题材的词,自难免带有花间的艳风,如《一斛珠》("晓妆初过")、《菩萨蛮》("花明月暗笼轻雾")等写恋爱中女子的娇姿艳态,风流秀曼,正是花间词所确立的词体本色。后期李煜经历了亡国的深悲巨痛,发之于词,遂出现了"眼界始大,感慨遂深"的变化,作词的动机不再是付与歌女演唱以娱宾遣兴,而是抒发男性士大夫的家国情怀、人生感悟。他作词的方法,主要是继承了韦庄的一路,采用了唐诗中七绝的写法,以抒情为主,景为情设,多直抒胸臆,不事寄托。如他的《乌夜啼》:

　　林花谢了春红。太匆匆。无奈朝来寒雨晚来风。　　胭脂泪,留人醉,几时重。自是人生长恨水长东。④

---

① 王世贞:《艺苑卮言》,唐圭璋编《词话丛编》,第1册,中华书局1986年版,第388页。
② 王国维著,徐调孚注,王幼安校订:《人间词话》,人民文学出版社1982年版,第196页。
③ 李璟、李煜著,詹安泰校注:《李璟李煜词校注》,上海古籍出版社2015年版,"前言"第14页。
④ 曾昭岷等编:《全唐五代词》,上册,中华书局1999年版,第750页。

词以"林花谢了春红"这一景语开篇,但紧接着的"太匆匆"一句,不仅本身是强烈的情感抒发,而且使"物皆著我之色彩",让前一句景物描写也染上了叹惋之意。第三句情景兼写,以情带景,"无奈"二字,令人备感沉痛,倍觉"朝来寒雨晚来风"之残酷无情。故而詹安泰先生指出,此词前段"虽是写客观的景物,但用'太匆匆',用'无奈',句意便转向主观的感受"①。下片的开头"胭脂泪"一句,将飘落的红色林花上的雨滴比喻成美人染着胭脂的眼泪,亦如上片的首句,景中含情。"留人醉,几时重",更是直抒胸臆,为花事凋零而叹,也是为一切美好的事物被毁灭难以再现而悲。于是,结句自然而然发出"人生长恨水长东"这样哀切至极的感慨。词中所流露的良辰不再、嘉会难期的沉重、感伤情绪,应为其失国后心境的反映。俞陛云评此词云:"后主为樊若水所卖,举国与人。词借伤春为喻,恨风雨之摧花,犹逆臣之误国,迨魁柄一失,如水之东流,安能挽沧海尾闾、复鼓回澜之力耶!"② 这样的理解虽过于指实,但后主失国与风雨摧花、春水东流确实可以因"共情"而"长恨"。再如《浪淘沙》词:

  往事只堪哀。对景难排。秋风庭院藓侵阶。一任珠帘闲不卷,终日谁来。 金剑已沉埋。壮气蒿莱。晚凉天静月华开。想得玉楼瑶殿影,空照秦淮。③

这首词显然是李煜亡国后在汴京忆念故国之作。陈廷焯《云韶集》说:"起五字极凄婉,却来得突兀,故妙。凄恻之词而笔力精健,古今词人谁不低首?"④ 词中感慨之深沉痛切与刘禹锡的《金陵怀古》《金陵五题》极其相似,属于士大夫的情怀。写法亦如诗,精健劲直,不加

---

  ① 李璟、李煜著,詹安泰校注:《李璟李煜词校注》,上海古籍出版社2015年版,第91—92页。
  ② 俞陛云:《唐五代两宋词选释》,上海古籍出版社1985年版,第132页。
  ③ 曾昭岷等编:《全唐五代词》,上册,中华书局1999年版,第758页。
  ④ 陈廷焯:《云韶集辑评》,葛渭君《词话丛编补编》,第3册,中华书局2013年版,第1404页。

雕琢，一气贯注，洗脱了花间词的香软气息。

　　昔人评李煜词，认为其"足当太白诗篇，高奇无匹"。①诚为有见之论。李煜对于李白诗篇爱赏有加，据宋代陈鹄《耆旧续闻》记载，他在宋军兵临金陵城下的危急时刻，仍然"书李太白诗数章，似平日学书也"②。他的一些词句亦化用李白诗，如其《虞美人》词中的名句"问君能有几多愁。恰似一江春水向东流"，即化用了李白《金陵酒肆留别》诗中的"请君试问东流水，别意与之谁短长"。他的有些词也如同李白的诗歌，直抒胸臆，却气象高远。王国维曾称道其"自是人生长恨水长东""流水落花春去也，天上人间"两句词说："《金荃》《浣花》，能有此气象耶？"③这与他对李白词"纯以气象胜"的推崇可谓如出一辙。事实上，李煜词在情真、赋情、象喻、语言等方面的特点均得力于他"对唐代七绝的学习与继承，尤其是对李白七绝的学习与继承"④。在"以唐诗为词"的"唐音"范式中，李煜也主要是继承与发展了李白的这一派。

　　概言之，南唐词人在词之"唐音"的发展过程中，虽然接受了花间词人的影响，多写男女情事，亦颇有丽辞，但总体上风格较为清疏，意境较为开阔，经常在离情别恨中有意无意地融入士大夫的身世之感、家国之悲，至李煜的后期词更是直抒己怀，使冯延巳、李璟词中隐约流露的类型化的士大夫情感，朝着个体化、自我化的方向拓展。李煜后期的创作实际上已经在一定程度上突破了以温庭筠代表的"花间范式"，是"以唐诗为词"的"唐音"范式中李白、韦庄一派向苏轼"以宋诗为词"的"东坡范式"过渡的桥梁。

　　太平兴国三年（978），李煜在汴京去世，词坛开始了完全由宋人主唱的时代。不过，北宋较为安定的社会环境、繁荣富庶的城市经济以及士大夫的优裕生活，使以娱宾遣兴为创作目的的花间词以及"犹未尽脱花间习气"的冯延巳词更易为词人们所接受，因此直到北宋末，

---

① 谭献：《复堂词话》，唐圭璋编《词话丛编》，第4册，中华书局1986年版，第3993页。
② 陈鹄：《西塘集耆旧续闻》，中华书局1985年版，第17页。
③ 王国维著，徐调孚注，王幼安校订：《人间词话》，人民文学出版社1982年版，第197页。
④ 孙维城：《宋韵——宋词人文精神与审美形态探论》，安徽大学出版社2002年版，第61页。

以"花间范式"为主的"唐音"仍占据了词坛的主导地位。正如肖鹏先生所言:"北宋体整体上属于西蜀词流和南唐词流,西蜀体和南唐体又同属于晚唐词流。它们是一个家族,辈分高下不同,长幼顺序不同,血缘却都一样。"① 当然,在接受与模仿"晚唐词流"的过程中,北宋词仍会有一些与时俱进、因人而异的创造与新变。

在仁宗朝之前,北宋词坛总体上处于比较沉寂的状态,今有存词的作者不过十余人,作品只有四十余首,其中尚有不少是作于仁宗朝。他们的词或铺陈帝都风光,歌咏太平盛世,或描写山水风景,表达尘外之想,或在传统的闺情春思抒写中,暗寓作者自身的怀抱。风格有浓丽也有淡远,抒情方式仍属"唐音",但多数词的格局气象较大,与晚唐五代词人惯写闺房小院中的佳人绮思有所不同,体现出安定统一的大国中才有的创作心态。需要说明的是,开启了宋词盛世的大词人柳永在真宗朝后期即已成名。他过半数的词是写男女风情、相思恨别等类型化情感,风格有接近温庭筠之处,但与传统的"唐音"又有一些明显的不同,比如多写慢词长调、多用铺叙手法、语言直白俚俗等,另外其词中的抒情主人公或所呈现的女性形象也往往带有市井的俗气,不似花间、南唐词中常见的贵族社会女性。尤其是他的羁旅行役词,"写的是自我整个一生的追求、挫折、矛盾、苦闷、辛酸、失意,塑造的是自我形象,表现的是自我的内心生活。从抒情范式上说,他的这类词已基本自我化、个体化了"②。因此在宋代词人中,柳永是"东坡范式"的先驱,也可以说是词之"宋调"的开创者。不过,在当时词坛的"唐五代崇拜"氛围中,柳永的词尽管因其通俗性而广为流传,掌握文化话语权的上层社会士大夫对其评价却不高,他所创造的"宋调"新变需要较长的时间才能扩散到士大夫的创作中,产生深刻而广泛的影响。对此,我们下一节再作详细的论述。

宋词在仁宗朝进入了繁荣期,与柳永同在此期而主唱"唐音"的词人中,最著名的是晏殊。晏殊(991—1055)字同叔,抚州临川(今

---

① 肖鹏:《群体的选择——唐宋人词选与词人群体通论》,凤凰出版社2009年版,第115页。
② 王兆鹏:《宋南渡词人群体研究》,凤凰出版社2009年版,第143页。

属江西）人。他少年成名，十四岁时以神童荐召试，赐同进士出身，屡任要职，官至宰相。据《宋史》本传，晏殊"文章赡丽，应用不穷，尤工诗，闲雅有情思"①。其词风亦如其诗，雍容华贵，闲雅疏淡，反映出一种太平宰相才有的优游从容的情怀气度。如他的名作《浣溪沙》：

一曲新词酒一杯。去年天气旧亭台。夕阳西下几时回。　无可奈何花落去，似曾相识燕归来。小园香径独徘徊。②

这首词所写的亭台、小园、香径等场景虽与花间、南唐词中贵族的生活空间无异，但抒情主人公却是一位有闲而善感的士大夫。赵尊岳说："晏无所不足于身世，其所以寄不足之情于词者，惟时光之易过与离别之难堪耳。"③此词的主题就是感叹时光之易过，情感类似于曹操《短歌行》之"对酒当歌，人生几何。譬如朝露，去日苦多"，而构思及语言，则从唐人郑谷的诗句"流水歌声共不回，去年天气旧亭台"（《和知己秋日伤怀》）中脱化而来。全词体物精妙入微，言有尽而意无穷，亦近唐诗之审美特质。其中的名句"无可奈何花落去，似曾相识燕归来"曾被他自己原封不动地写入诗中，诗云："元巳清明假未开，小园幽径独徘徊。春寒不定斑斑雨，宿醉难禁滟滟杯。无可奈何花落去，似曾相识燕归来。游梁赋客多风味，莫惜青钱万选才。"（《假中示判官张寺丞王校勘》）清人张宗橚认为"无可奈何"一联"情致缠绵，音调谐婉，的是倚声家语，若作七律，未免软弱矣"④。王士禛《花草蒙拾》则将此联作为诗词语言风格差异的例证，认为它是典型的词的句格，"定非香奁诗"⑤。两家评论均有严诗词之别的意图，却道出了晏殊词与唐诗之间

---

①　脱脱等撰：《宋史》，第29册，中华书局1977年版，第10197页。
②　唐圭璋编纂，王仲闻参订，孔凡礼补辑：《全宋词》，第1册，中华书局1999年版，第112页。
③　赵尊岳：《〈珠玉词〉选评》，《词学》编辑委员会编辑《词学》（第7辑），华东师范大学出版社1989年版，第142页。
④　张宗橚：《词林纪事》，上册，古典文学出版社1957年版，第74页。
⑤　王士禛：《花草蒙拾》，唐圭璋编《词话丛编》，第1册，中华书局1986年版，第686页。

的联系。他的诗学的是李商隐，而李商隐的诗本就多有"情致缠绵，音调谐婉"之作，与词意脉相通①。至于晚唐的香奁诗与花间词的语言风格的接近，更是已成公论。晏殊词继承了花间一派"以唐诗为词"尤其是以晚唐诗为词的作风，所以语言有些香软是自然而然的事。

虽然晏殊词中已经出现了较为明晰的士大夫的形象，也常常将个体的人生感受与思考融化于词，但一则像伤春悲秋、离恨怨别这样的情感本身偏于类型化，再则其词亦如花间词一样，多"妇人语"，以至有论者认为他是"极力为艳词"②。因此，晏殊的抒情方式总体而言仍属"花间范式"。之所以如此，是因为他作词的目的及场合与花间、南唐的词人相近，大都是在上层社会的宴会中佐酒侑觞、娱宾遣兴。叶梦得《避暑录话》云："晏元献公虽早富贵，而奉养极约，惟喜宾客，未尝一日不宴饮。而盘馔皆不预办，客至，旋营之……既命酒，果实蔬茹渐至，亦必以歌乐相佐，谈笑杂出。数行之后，案上已灿然矣。稍阑，即罢遣歌乐曰：'汝曹呈艺已遍，吾当呈艺。'乃具笔札相与赋诗，率以为常。前辈风流，未之有比也。"③ 这样的场合中，当然不只是赋诗，也会有词的创作，而其所呈之词艺，也自然大多走的是花间、南唐一路。

在仁宗朝，欧阳修（1007—1072）是与晏殊齐名的小令作家，也是主唱"唐音"的高手。他幼年丧父，家贫力学，于仁宗天圣八年（1030）登进士第，为西京（今河南洛阳）留守推官，后官至参知政事。欧阳修是宋代诗文革新的领袖，但他对于词，是以游戏的态度为之，大多是在美景良辰、清风明月的文人高会上"敢陈薄伎，聊佐清欢"④。这也决定了他的词一如晏殊，是以继承花间、南唐的作风为主。故而四库馆臣说他"诗文皆变当时旧格，惟词为小技，未尝别辟门庭"⑤。对他影响最深的前代词人是南唐的冯延巳。刘熙载曾指出："冯延巳词，晏同叔得其

---

① 参见缪钺《论李义山诗》，缪钺《诗词散论》，上海古籍出版社1982年版，第33页。
② 陈廷焯著，杜维沫校点：《白雨斋词话》，人民文学出版社1983年版，第10页。
③ 叶梦得：《避暑录话》卷二，上海古籍出版社编《宋元笔记小说大观》，第3册，上海古籍出版社2001年版，第2615页。
④ 欧阳修著，柏寒选注：《六一词》，浙江古籍出版社1990年版，第7页。
⑤ 永瑢等：《四库全书简明目录》，上海古籍出版社1985年版，第887页。

俊，欧阳永叔得其深。"① 冯煦《蒿庵论词》亦言："其词与元献同出南唐，而深致则过之。宋至文忠，文始复古，天下翕然师尊之，风尚为之一变。即以词言，亦疏隽开子瞻，深婉开少游。"② 两家对欧阳修词的特色及其源流的看法已成共识，无待多论，而其抒情方式，也"基本上是遵从花间的非我化、类型化的抒情范式"③。不过，欧阳修词虽然总体风格仍属风流婉丽的"唐音"，题材内容也如传统的令词，以闺情、艳情为主④，但其表现士大夫情怀的词也有不少，且文人的自我形象摆脱了类型化，表现得更加鲜明、更有个性。如他的《朝中措·平山堂》：

平山栏槛倚晴空。山色有无中。手种堂前垂柳，别来几度春风。　文章太守，挥毫万字，一饮千钟。行乐直须年少，尊前看取衰翁。⑤

平山堂为欧阳修庆历八年（1048）出任扬州太守时所造，"壮丽为淮南第一，堂据蜀冈，下临江南，数百里真润金陵三州，隐隐若可见。公每暑时，辄凌晨携客往游"⑥。欧阳修离开扬州后，对平山堂仍怀念不已。刘贡夫出守扬州，欧阳修作此词为其送行。词中"挥毫万字，一饮千钟"的"文章太守"，显然是欧阳修的自我写照。除此之外，如"白发戴花君莫笑，六幺催拍盏频传。人生何处似尊前"（《浣溪沙》），"十年一别流光速，白首相逢。莫话衰翁。但斗尊前语笑同"（《采桑子》），"鬓华虽改心无改，试把金觥。旧曲重听。犹思当年醉里声"（《采桑子》），等等词句，表现的也都是他自己疏放旷达的人格精神。他晚年退居颍州（今安徽阜阳）后，写了十首联章体形式的《采桑子》

---

① 刘熙载：《词概》，唐圭璋编《词话丛编》，第4册，中华书局1986年版，第3689页。
② 冯煦：《蒿庵论词》，唐圭璋编《词话丛编》，第4册，第3585页。
③ 王兆鹏：《宋南渡词人群体研究》，凤凰出版社2009年版，第145页。
④ 据许伯卿《宋词题材研究》统计，欧阳修存词252首，其中艳情、闺情词共有120首。参见许伯卿《宋词题材研究》，中华书局2007年版。
⑤ 唐圭璋编纂，王仲闻参订，孔凡礼补辑：《全宋词》，第1册，中华书局1999年版，第156页。
⑥ 叶梦得：《避暑录话》，上册，中华书局1985年版，第2页。

词歌咏颍州西湖，表现士大夫纵情山水的雅兴与流连光景的人生态度，"风格清疏高洁，已经脱去了词的脂粉气息，更接近唐代七绝的风神韵味了"①。欧阳修这种类型的词作，显示出"唐音"中以温庭筠词风为主导的"花间范式"，正在宋代文化背景下，向着李白、韦庄、李煜一派的风格倾斜与裂变，再进一步，就是属于"宋调"的"东坡范式"了。

与晏、欧同时的，还有一位重要的词人张先（990—1078）。张先字子野，湖州（今属浙江）人。仁宗天圣八年（1030）进士，任宿州掾，曾知吴江县，又为嘉禾判官。晏殊知永兴军时，辟其为通判。后出知渝州、安州，以都官郎中致仕，往来于湖州、杭州间。张先的生年比晏殊还要大一岁，但卒年在元丰元年（1078），是宋代少见的高寿词人，创作期很长，与北宋前后期的主要词人晏殊、欧阳修、王安石、苏轼等人都有交往。在词风由"唐音"向"宋调"转向的过程中，他处于过渡的位置。陈廷焯曾称张先词为"古今一大转移"，前此的晏、欧、温、韦等人的词为"古"，"体段虽具，声色未开"，后此的秦、柳、苏、辛、美成、白石等人的词属"今"，"发扬蹈厉，气局一新，而古意渐失"，张先词"适得其中，有含蓄处，亦有发越处，但含蓄不似温韦，发越亦不似豪苏腻柳。规模虽隘，气格却近古"②。所谓的词之"古体"与"今体"，实际上就是词的"唐音"与"宋调"③。

张先词为"古今一大转移"的特点，反映在多个方面。首先，在体式上，他继承了"唐音"的以小令为主，同时慢词的创作比例较晏、欧等人大为提升。慢词虽在唐代已经出现，但直到宋朝真、仁之世的柳永手中才大量创作，是成熟于宋代，比较能体现"宋调"特质的词体。张先今存词165首，其中慢词有20首，占比12.1%；晏殊存词139首，其中慢词仅3首，占比2.2%；欧阳修存词241首，其中慢词8首，占

---

① 孙维城：《宋韵——宋词人文精神与审美形态探论》，安徽大学出版社2002年版，第81页。
② 陈廷焯著，杜维沫校点：《白雨斋词话》，人民文学出版社1983年版，第11页。
③ 钱钟书在《谈艺录》中曾引德国席勒《论诗派》一文中的看法解释"古诗""今诗"与"唐诗""宋诗"之间的对应关系。席勒认为，"诗不外两宗：古之诗真朴出自然，今之诗刻露见心思；一称其德，一称其巧"。并且自注说："所谓古今之别，非谓时代，乃言体制。"钱先生指出："诗区唐宋，与席勒之诗分古今，此物此志。"词作为抒情诗体之一，自然也适用这种说法。

比3.3%。可见张先的慢词数量虽不算太多，但就比例而言，已远超晏、欧，与北宋后期的苏轼（12.8%）、黄庭坚（15.9%）、贺铸（13.5%）等相差不大①。其次，从题材来看，他的词虽以传统的艳情、闺情为多，共有87首，占全部词作的一半以上，但晚唐五代词中罕见的交游题材骤增，有30首，占比约18.2%。这种交游词是宋代文人频繁的社交生活的反映，具有较强的时代特征，比较偏向于"宋型文化"特质。最后，从风格来看，张先词"韵高"②，总体上较为委婉含蓄，这是他的"近古"之处，但如陈廷焯所指出的，他又有"发越"处。如《一丛花令》，一开头就直接抒情，感叹"伤高怀远几时穷。无物似情浓"。而《千秋岁》（"数声鶗鴂"）词，则兼有含蓄与发越：

数声鶗鴂。又报芳菲歇。惜春更把残红折。雨轻风色暴，梅子青时节。永丰柳，无人尽日飞花雪。　莫把幺弦拨。怨极弦能说。天不老，情难绝。心似双丝网，中有千千结。夜过也，东窗未白凝残月。③

词的上片采用比兴的写法，用鶗鴂送春、残红零落、柳絮飘飞等意象暗喻爱情横遭摧残，爱人不知所属，表现手法是较为含蓄的。下片"莫把幺弦拨。怨极弦能说"两句借幺弦而诉极怨，已颇直露。"天不老，情难绝"两句直诉相思，更见发越。"心似双丝网，中有千千结"虽为比兴，却是明喻，将心结难解、爱情难绝形象化。最后以"夜过也，东窗未白凝残月"收结，暗示人之相思难眠，又转为含蓄了。此外，在慢词的写作上，也颇能见出张先词处于"唐音"与"宋调"之间的特点。如《谢池春慢·玉仙观道中逢谢媚卿》：

---

① 参见符继成《走向南宋：北宋后期文化与词风演进——以贺铸、周邦彦为考察中心》，湘潭大学出版社2018年版，第249页。
② 吴曾：《能改斋漫录》，下册，上海古籍出版社1979年版，第469页。
③ 唐圭璋编纂，王仲闻参订，孔凡礼补辑：《全宋词》，第1册，中华书局1999年版，第91—92页。

　　　　　缭墙重院，时闻有、啼莺到。绣被掩余寒，画幕明新晓。朱槛连空阔，飞絮无多少。径莎平，池水渺。日长风静，花影闲相照。
　　　　　尘香拂马，逢谢女、城南道。秀艳过施粉，多媚生轻笑。斗色鲜衣薄，碾玉双蝉小。欢难偶，春过了。琵琶流怨，都入相思调。①

　　慢词长于叙事，多采用铺叙的写法，但张先此词上片写艳遇的场所、景物，下片写艳遇的经过、女子的容貌衣饰及由此引发的相思之情，采用的是令词中常见的前景后情写法，颇具小令"曲折含蓄，有言外不尽之致"②的风韵。因此夏敬观说："子野词凝重古拙，有唐五代之遗音，慢词亦多用小令作法。后来涩体，炼词炼句，师其法度，方能近古。"③

　　张先去世以后，词坛进入了由苏轼及其弟子领衔的元祐词人群时代。元祐时期，"宋型文化"已初具面目④，诗歌中的"宋调"已完全成熟，词也开始有了"自成一家"的意识。肖鹏先生认为："元祐词人群第一个抛开了晚唐五代的创作模式，走自己的道路，表现为已经发育成熟的北地北腔，自己的时代，自己的声音，自己的情感。"⑤他将元祐词人群的创作称为"真正的'宋音'，而不再是'唐调'"⑥。从词史新变的角度来看，这种说法可以成立，尤其是苏轼所确立的注重抒发自我性情、塑造自我形象的"东坡范式"，毫无疑问是属于词之"宋调"的。不过，传统的力量有着巨大的惯性，词之"宋调"在北宋后期尽管已经有了明确的范式并有相当数量的创作，但如前所述，以"花间

---

① 唐圭璋编纂，王仲闻参订，孔凡礼补辑：《全宋词》，第1册，中华书局1999年版，第75页。
② 沈祥龙《论词随笔》："小令须突然而来，悠然而去，数语曲折含蓄，有言外不尽之致。著一直语、粗语、铺排语、说尽语，便索然矣。"沈祥龙：《论词随笔》，唐圭璋编《词话丛编》，第5册，中华书局1986年版，第4050页。
③ 夏敬观：《映庵词评》，《词学》编辑委员会编辑《词学》（第5辑），华东师范大学出版社1986年版，第197页。
④ 龚鹏程认为，宋型文化"发轫于中唐、复兴于庆历，而具形于元祐"。参见龚鹏程《江西诗社宗派研究》，文史哲出版社1983年版，第3页。
⑤ 肖鹏：《群体的选择——唐宋人词选与词人群体通论》，凤凰出版社2009年版，第115页。
⑥ 肖鹏：《群体的选择——唐宋人词选与词人群体通论》，第178页。

范式"为主的"唐音"仍为词坛的主流。苏门弟子李之仪论词,即推崇"唐音",吴可作词,亦"专以《花间》所集为准"①。即使是自觉地倡导新风的苏轼,其词也明显受到花间词的影响。吴世昌先生曾指出:"《东坡乐府》三百四十多首词中,专写女性美的(即所谓'绮罗香泽'),不下五十多首,而集中最多的是送别朋友,应酬官场的近百首小令,几乎每一首都要称赞歌女舞伎('佳人')。在东坡全部词作中,类似于'花间',不洗'绮罗香泽'的词超过了一半以上。"② 施蛰存先生所编的《宋花间集》中,也选了苏轼词十五首③。由此可见,苏轼的词风具有复杂性、多样性,继承与革新并存,不能一概而论。由于苏轼的革新在词之"宋调"的发展中具有标志性意义,故我们在下节论"宋调"的形成过程时再作进一步的讨论。

在苏门弟子中,秦观词名最著。秦观(1049—1100),字少游,一字太虚,号淮海居士、邗沟居士,高邮(今属江苏)人。神宗元丰八年(1085)进士,授蔡州教授,累迁至秘书省正字,兼国史编修官。绍圣元年(1094)坐党籍,连遭贬逐,元符三年(1100)卒于藤州。有《淮海居士长短句》。秦观的词风既对"唐音"传统多有继承,又在此基础上进行了一定程度的变革。刘熙载曾言:"秦少游词得《花间》《尊前》遗韵,却能自出清新。"④ 所谓"得《花间》《尊前》遗韵",突出表现在其词的题材以男女情爱居多。据统计,他现存87首词中,写两性情爱的有66首,占总数的76%,其中以女性为抒情主人公的"代言体"有47首⑤。在风格上,秦观词亦含蓄深婉,情韵兼胜,深得花间之妙。如他的《浣溪沙》:

漠漠轻寒上小楼。晓阴无赖似穷秋。淡烟流水画屏幽。　　自

---

① 李之仪:《姑溪居士全集》,第1—4册,中华书局1985年版,第310页。
② 吴世昌:《宋词中的"豪放派"与"婉约派"》,吴世昌著,吴令华编《诗词论丛》,北京出版社2000年版,第45页。
③ 参见施蛰存编《宋花间集》,华东师范大学出版社2014年版,第61—66页。
④ 刘熙载:《词概》,唐圭璋《词话丛编》,第4册,中华书局1986年版,第3691页。
⑤ 王兆鹏:《宋南渡词人群体研究》,凤凰出版社2009年版,第156页。

在飞花轻似梦,无边丝雨细如愁。宝帘闲挂小银钩。①

此词景中见情,轻灵朦胧,绝好地体现了花间词所确立的"文小、质轻、境隐"的词体本色,"宛转幽怨,温、韦嫡派"②。当然,如钱钟书先生所论:"一个艺术家总在某些社会条件下创作,也总在某种社会风气里创作。这个风气影响到他对题材、体裁、风格的去取,给予他以机会,同时也限制了他的范围。就是抗拒或背弃这个风气的人,也受到它负面的支配。"③秦观敏锐善感,是个有"词心"的人④。他既然能够感受到当时词坛流行的花间一派词风的柔婉精微之美,也必然能够感受其师苏轼自抒性情的词风新变的美学价值。尤其是他强志盛气,"以绝尘之才,早与胜流,不可一世"⑤,然而先是久困京洛,至元丰八年(1085)方中进士,后又卷入党争,屡遭贬谪。这身世之感、沉沦之悲,使他不由自主地要发之于词。于是在花间的传统与苏轼的新变中,他选择了一个中和体,即"将身世之感,打并入艳情"⑥,出以清丽之词笔,这便是秦观词的"清新"之处。如他作于由汴京贬往杭州之时的《风流子》:

东风吹碧草。年华换、行客老沧洲。见梅吐旧英,柳摇新绿,恼人春色,还上枝头。寸心乱、北随云黯黯,东逐水悠悠。斜日半山,暝烟两岸,数声横笛,一叶扁舟。 青门同携手,前欢记、浑似梦里扬州。谁念断肠南陌,回首西楼。算天长地久,有时有尽,奈何绵绵,此恨难休。拟待倩人说与,生怕人愁。⑦

---

① 唐圭璋编:《全宋词》,第 1 册,中华书局 1999 年版,第 594 页。
② 陈廷焯:《词则辑评》,葛渭君《词话丛编补编》,第 4 册,中华书局 2013 年版,第 2152 页。
③ 钱钟书:《中国诗与中国画》,钱钟书《七缀集》,上海古籍出版社 1985 年版,第 1 页。
④ 陈廷焯《白雨斋词话》引乔笙巢论云:"他人之词,词才也,少游,词心也。得之于内,不可以传,虽子瞻之明俊,耆卿之幽秀,犹若有瞪乎后者,况其下耶?"陈廷焯著,杜维沫校点:《白雨斋词话》,人民文学出版社 1983 年版,第 149 页。
⑤ 冯煦:《蒿庵论词》,唐圭璋编《词话丛编》,第 4 册,第 3586 页。
⑥ 周济:《宋四家词选目录序论》,唐圭璋编《词话丛编》,第 2 册,第 1652 页。
⑦ 唐圭璋编纂,王仲闻参订,孔凡礼补辑:《全宋词》,第 1 册,中华书局 1999 年版,第 587 页。

词的上片写离京时与情人分手，由景及情，在情与景的交融中写出离别时的纷乱心绪与黯淡心情。下片先忆"青门同携手，前欢记、浑似梦里扬州"的欢乐往事，次写别后"谁念断肠南陌，回首西楼"的惆怅留恋，由此生出"算天长地久，有时有尽，奈何绵绵，此恨难休"的耿耿长恨，最后设想将这份相思告知对方，但"拟待倩人说与，生怕人愁"，又担心对方为自己而忧愁。政治上的失意与情人间的分别纠缠在一起，离情别恨，千回百转。他的多首《满庭芳》词，陈廷焯认为"大半被放后作。恋恋故国，不胜热中"①。也是在恋情题材中寓以身世之感。其他如《画堂春》（"落红铺径水平池"）、《减字木兰花》（"天涯旧恨"）、《阮郎归》（"潇湘门外水平铺"）、《鼓笛慢》（"乱花丛里曾携手"）、《望海潮》（"梅英疏淡"）等词亦属此类。秦观的这种风格承自冯延巳一脉，蔡嵩云曾指出这一点："少游词，虽间有花间遗韵，其小令深婉处，实出自六一，仍是阳春一脉。慢词清新淡雅，风骨高骞，更非花间所能范围矣。"② 不过，冯延巳的身世之感在恋情词中的表现是若隐若现，迷离恍惚，在有意无意之间，而秦观恋情词中的身世之感，要呈现得更加强烈、明显，这从他喜用感情色彩强烈的"恨"字可见一斑。他的60多首涉及情爱题材的词中，"恨"字出现了28次，频率极高。因此，他的恋情词写的虽是类型化情感，但往往又带有较为鲜明的个性，这也是他对花间范式的新变。此外，秦观词的情感表现虽如花间之"唐音"一样"意在含蓄"，注重意境，以景现情，但其辞藻较为清新淡雅，"如花初胎，故少重笔"③。陈廷焯说秦观词："远祖温韦，取其神不袭其貌，词至是乃一变焉，然变而不失其正。"④ 所语亦颇得其要。

秦观之外，当时以继承与发扬"唐音"风格为主的元祐词人中，最值得注意的是晏几道。晏几道（1038—1110，一说1030？—1106？），字叔原，号小山，为晏殊幼子。他出身名门，却一生沉沦下僚，只担任

---

① 陈廷焯：《词则辑评》，葛渭君《词话丛编补编》，第4册，中华书局2013年版，第2153页。
② 蔡嵩云：《柯亭词论》，唐圭璋编《词话丛编》，第5册，中华书局1986年版，第4911页。
③ 周济：《宋四家词选目录序论》，唐圭璋编《词话丛编》，第2册，第1643页。
④ 陈廷焯著，杜维沫校点：《白雨斋词话》，人民文学出版社1983年版，第13页。

过一些低微官职。黄庭坚曾与其唱和，并作《小山词序》，称其"磊隗权奇，疏于顾忌，文章翰墨，自立规模，常欲轩轾人而不受世人之轻重，诸公虽称爱之，而又以小谨望之，遂陆沉于下位"①。他的词作全为小令，在慢词已流行开来的北宋后期，这显然是有意"复古"，向花间、南唐词看齐。陈振孙认为其词"在诸名家中，独可追逼《花间》，高处或过之"②。清周之琦说："词之有令，唐五代尚矣。宋惟晏叔原最擅胜场，贺方回差堪接武。"③ 近人陈匪石亦云："北宋小令，近承五季，慢词蕃衍，其风始微。晏殊、欧阳修、张先，固雅负盛名，而砥柱中流，断非几道莫属。"④ 三家对晏几道令词的成就及词史地位均作了高度评价。而小山词之所以能赢得如此盛赞，则在于他不仅善因，而且善创，有自己的独到之处。陈廷焯认为："小山虽工词，而卒不能比肩温韦、方驾正中者，以情溢词外，未能意蕴言中也。故悦人甚易，而复古则不足。"⑤ 陈廷焯谓小山词不及温、韦、冯等人，这是从推崇"复古"的立场上说的，事实上，他所指出的"情溢词外"这个不足，恰恰是小山对于令词之"唐音"风格的新变。

小晏为人极重感情，"人百负之而不恨，己信人，终不疑其欺己"⑥。他的父亲位至宰相，富贵无比，他自负才调，却落拓一生，亲身经历、目睹了自己以及类似的贵族家庭由盛到衰的变化。由此，他寄情于诗酒风流、哀丝豪竹，在与友人、歌女的交往中消磨人生。其《小山词自序》云："叔原往者浮沉酒中，病世之歌词不足以析酲解愠，试续南部诸贤绪余，作五七字语，期以自娱，不独叙其所怀，兼写一时杯酒间闻见及同游者意中事。"又言："始时沈十二廉叔，陈十君龙家，有莲、鸿、蘋、云，工以清讴娱客。每得一解，即以草授诸儿，吾三人持酒听

---

① 黄庭坚：《小山词序》，施蛰存主编《词籍序跋萃编》，中国社会科学出版社1994年版，第51页。
② 陈振孙撰，徐小蛮、顾美华点校：《直斋书录解题》，下册，上海古籍出版社2015年版，第618页。
③ 杜文澜：《憩园词话》，唐圭璋编《词话丛编》，第3册，第2865页。
④ 陈匪石：《声执》，陈匪石编著，钟振振校点《宋词举》，江苏古籍出版社2002年版，第206页。
⑤ 陈廷焯著，杜维沫校点：《白雨斋词话》，人民文学出版社1983年版，第196页。
⑥ 黄庭坚：《小山词序》，施蛰存主编《词籍序跋萃编》，第51页。

之,为一笑乐。已而君龙疾废卧家,廉叔下世,昔之狂篇醉句,遂与两家歌儿酒使,俱流转于人间。"① 以他如此深情的个性,在这样的环境、心态下作词,其题材、内容虽免不了以花间、尊前的清歌妙舞与男女相思为主,但所写的女性就往往不再是一般的泛指,而是实有其人。如他的名作《临江仙》:

> 梦后楼台高锁,酒醒帘幕低垂。去年春恨却来时。落花人独立,微雨燕双飞。　记得小蘋初见,两重心字罗衣。琵琶弦上说相思。当时明月在,曾照彩云归。②

此词从梦后酒醒之时着笔,见"楼台高锁""帘幕低垂"之景,遂生与去年相似之春恨。但作者马上收住,不直接点明是什么样的春恨,而以"落花人独立,微雨燕双飞"一联营构出美好而又令人忧伤的意境,暗示自己此刻的孤独与思念。下片承上,回忆当年与所思念的歌女小蘋初见之时的印象,却不直写其容貌声音,而以"两重心字罗衣"代之,既见其美,又隐喻两心的契合。"琵琶弦上说相思"一句,叙小蘋当时的才艺表演,亦可见两情之相悦。歇拍第一句"当时明月在"转回现在,第二句"曾照彩云归"又切回到过去:当时的明月犹在,它曾经照着彩云似的小蘋归去。在这样的场景中,如今倩影难觅、无处追寻的怅恨虽未直说,却已"情溢词外",宛然可见了。全词情、景、人相交融,过去与现在相对照,婉转含蓄,深得花间之妙,而因其相思的对象是实有的、明确的,故一往情深,真挚动人,又非花间词能及。此外,就词中的感情品质而言,也可见叶嘉莹先生所指出的差别:"《花间集》中的艳词,所写的有时往往只是一种极为世俗和现实的情欲,而《小山词》中所写的则往往是一种诗意和善感的欣赏。"③

从写法上来说,小山词和花间词一样,都是"以唐诗为词"。如上

---

① 晏几道:《小山词自序》,施蛰存主编《词籍序跋萃编》,第52页。
② 唐圭璋编纂,王仲闻参订,孔凡礼补辑:《全宋词》,第1册,中华书局1999年版,第286页。
③ 缪钺、叶嘉莹撰:《灵溪词说》,上海古籍出版社1987年版,第174页。

举的《临江仙》词，既有类似于唐诗的情景交融的意境营构，又化用了李白的《宫中行乐词》："只愁歌舞散，化作彩云飞。"词中的名句"落花人独立，微雨燕双飞"则为唐末五代人翁宏的《残春》诗中的成句。他的另一首名作《鹧鸪天》（"彩袖殷勤捧玉钟"）中的"今宵剩把银釭照，犹恐相逢是梦中"两句，也是对杜甫《羌村》诗中"夜阑更秉烛，相对如梦寐"这一诗境的词化。小山词不仅善于化用唐诗之语典、意境，而且在章法结构上，亦能"寓以诗人之句法"，产生清壮顿挫、动摇人心的艺术效果①。如《蝶恋花》：

梦入江南烟水路。行尽江南，不与离人遇。睡里销魂无说处。觉来惆怅销魂误。　欲尽此情书尺素。浮雁沉鱼，终了无凭据。却倚缓弦歌别绪。断肠移破秦筝柱。②

对于这首词在章法上"清壮顿挫"的特点，唐圭璋先生在《唐宋词简释》中有精到的分析："此首一起从梦写入，语即精练。盖人去江南，相思不已，故不觉梦入江南也。但行尽江南，终不遇人，梦劳魂伤矣，此一顿挫处。既不遇人，故无说处，而一梦觉来，依然惆怅，此又一顿挫处。下片，因觉来惆怅，遂欲详书尺素，以尽平日相思之情与梦中寻访之情。但鱼雁无凭，尺素难达，此亦一顿挫处。寄书既无凭，故惟有倚弦以寄恨，但恨深弦急，竟将筝柱移破。写来层层深入，节节顿挫，既清利，又沈着。"③ 这种"诗人之句法"的运用，使小晏词的情感表达柔厚而有力，避免了令词传统风格中容易出现的软媚之病。周济说："晏氏父子，仍步温韦，小晏精力尤胜。"④ 所谓"精力尤胜"，应

---

① 黄庭坚：《小山词序》，施蛰存主编《词籍序跋萃编》，中国社会科学出版社1994年版，第51页。
② 唐圭璋编纂，王仲闻参订，孔凡礼补辑：《全宋词》，第1册，中华书局1999年版，第289—290页。
③ 唐圭璋选释：《唐宋词简释》，上海古籍出版社1981年版，第81页。
④ 周济：《宋四家词选目录序论》，唐圭璋编《词话丛编》，第2册，中华书局1986年版，第1643页。

该指的就是小晏词情感真挚，表达有力，"能于小令之中，具有长调之气格"①。

清人冯煦评秦观与晏几道说："淮海、小山，真古之伤心人也，其淡语皆有味，浅语皆有致，求之两宋词人，实罕其匹。"② 他们两人代表了词之"唐音"在北宋后期的最高成就，也代表了"唐音"在宋代社会文化环境中两条主要的新变路径：一是承冯延巳而来的"将身世之感打并入艳情"；一是承韦庄而来的男女恋情的自我化、真实化。这两种新变加上以温庭筠为代表的抒写类型化、普泛化之情的花间主流词风，是词之"唐音"在北宋后期的三种基本创作模式，后世"宗唐"者，大体亦不出此范围。至此，词之"唐音"的演变已告一段落。与秦观、晏几道大致同时或略晚的苏门其他词人如黄庭坚（1045—1105）、陈师道（1052—1102）、晁补之（1053—1110）以及与苏门关系密切的贺铸（1052—1125）等人的词均风格多样，既有"唐音"也有"宋调"，不过其"唐音"的成就未及秦、晏，而"宋调"的作风更受人瞩目。北宋词坛殿军周邦彦被称为"花间后劲"③，其词令、慢兼备，内容多普泛化的情感，风格缜密典丽，确有近"唐音"的一面。但是，他以思力安排作词，将令词的传统风格在慢词长调中加以发展与变化，开创出"格律派"新风的变革，已超越了"唐音"的范围，形成了属于"宋调"的"清真范式"。对于这些词人，我们下节再论。

第二节 从柳永到苏、周：词之"宋调"的生成及扩散

孙虹先生在其专著《北宋词风嬗变与文学思潮》中，把柳永作为词中"宋调"椎轮草创期的代表，认为柳词具备了诸多迥异于晚唐五

---

① 刘永济：《唐五代两宋词简析》，上海古籍出版社1981年版，第42页。
② 冯煦：《蒿庵论词》，唐圭璋编《词话丛编》，第4册，第3587页。
③ 俞平伯：《唐宋词选》，人民文学出版社1962年版，"前言"。

代词的新质，"在艺术形式方面成为词中'宋调'最初形成的标志"①。笔者基本同意这种看法。在唐宋词史上，柳永确实是一个划时代的词人，现代以来的学者大多重视柳永的变革词风之功。如龙榆生先生说："开风气之先，一世词流，终不能不受柳之支配。"② 薛砺若《宋词通论》专设了一个柳永时期，说柳永及受其影响和反映而雄起词坛的苏轼、秦观、贺铸、毛滂等人的作品，"已将全部的北宋词风，概括无余。——也可以说概括了后来一切的作风"③。吴熊和先生认为："柳永词从词调到作法，都代表了宋词发展的一个新阶段。"④ 杨海明先生则指出："柳永慢词开启了宋词的新天地。"⑤ 除此之外，各种文学史及众多学者的论著中都有相似的表述，一致肯定柳词的新变，诸如大量创作慢词、扩大词的题材、多用赋体、善于叙事、对传统词风的"俗化"等。毫无疑问，柳永对于词之"宋调"这一与"唐音"相对的审美范型的建构，确实是开风气者。然而，当我们回到历史的现场，却可发现这样一个看似矛盾的事实：在很长一段时间里，柳词一方面在社会上下各种文化场域广泛流行，一方面士人群体对它的评价又存在严重的分歧，有赏其雅，有斥其俗，有公开表现对柳词的喜爱的，也有接受了柳词的影响却不愿承认的。这提醒我们，柳词的面貌有复杂性，"宋调"的规范体系虽在他手里初步生成，但还需经过较长时间的传播，在不断扩散的过程中由接受者加以选择、提炼、改造，才能创造出最终的完成体，影响到有宋一代词风。在前面的论述中，我们已经指出"宋调"有两种，一种以苏轼、辛弃疾为代表，一种以周邦彦、姜夔为代表。其中辛弃疾、姜夔均为南宋词人，他们虽对"宋调"有进一步的发展，但从审美范型来说，总体上仍不出"东坡范式"与"清真范式"。在这点上，类似于北宋词人对"唐音"虽有发展，但亦仍属于"花间范式"一样。因此，本节主要论述词之"宋调"在柳永手中生

---

① 孙虹：《北宋词风嬗变与文学思潮》，上海古籍出版社2009年版，第115页。
② 龙榆生：《词体之演进》，龙榆生《龙榆生词学论文集》，上海古籍出版社1997年版，第41页。
③ 薛砺若：《宋词通论》，江苏文艺出版社2008年版，第92页。
④ 吴熊和：《唐宋词通论》，上海古籍出版社2010年版，第194页。
⑤ 杨海明：《唐宋词史》，天津古籍出版社1998年版，第270页。

第一章　从盛唐到北宋:词之"唐音""宋调"审美范式的确立

成及其向士人群体扩散,在苏轼、周邦彦手中确立为较为成熟的审美范型的过程,时段止于北宋末。

一　市井造"俗":商业文化代言者的反叛与收编

柳永之词有雅有俗,孙虹先生论柳词之"宋调"新质,主要是就其雅词而言。然而,柳词又有雅俗相依、难以分开处。这不仅表现在柳永一些题材较雅之词也会杂入俗言俗语,而且就词之体制来说,最能体现柳永创造性贡献也最能见出"宋调"特色的慢词很大一部分是来源于民间,属于俗腔俗调。清人宋翔凤《乐府余论》说:"词自南唐以后,但有小令。其慢词盖起宋仁宗朝,中原息兵,汴京繁庶,歌台舞席,竞睹新声。耆卿失意无俚,流连坊曲,遂尽收俚俗语言,编入词中,以便伎人传习。一时动听,散播四方。其后东坡、少游、山谷辈相继有作,慢词遂盛。"[1] 由此可见,柳词之"俗",是它产生巨大的社会影响力、促进"宋调"审美范型成熟的基础。考察"宋调"生成与扩散的过程,我们不能回避柳词之"俗",也必须从这一点谈起。

对于柳词之"俗",宋人的评价几乎是异口同声。如陈师道《后山诗话》云:"柳三变游东都南、北二巷,作新乐府,骫骳从俗,天下咏之。"[2] 胡仔《苕溪渔隐丛话后集》引《艺苑雌黄》云:"柳之乐章,人多称之,然大概非羁旅穷愁之词,则闺门淫媟之语;若以欧阳永叔、晏叔原、苏子瞻、黄鲁直、张子野、秦少游辈较之,万万相辽。彼其所以传名者,直以言多近俗,俗子易悦故也。"[3] 王灼《碧鸡漫志》卷二认为,柳词"浅近卑俗,自成一体,不知书者尤好之。予尝以比都下富儿,虽脱村野,而声态可憎"[4]。黄昇《唐宋诸贤绝妙词选》卷五谓柳永"长于纤艳之词,然多近俚俗,故市井之人悦之"[5]。其中王灼的"都市富

---

[1] 宋翔凤:《乐府余论》,唐圭璋编《词话丛编》,第3册,中华书局1986年版,第2499页。
[2] 陈师道:《后山诗话》,何文焕辑《历代诗话》,上册,中华书局1981年版,第311页。
[3] 胡仔:《苕溪渔隐丛话》,唐圭璋编《词话丛编》,第1册,第171—172页。
[4] 王灼:《碧鸡漫志》,唐圭璋编《词话丛编》,第1册,第84页。
[5] 黄昇:《唐宋诸贤绝妙词选》,《花庵词选》,中华书局1958年版,第93页。

儿"之喻，可谓道出了柳词之"俗"的文化本质，即它反映的是在唐宋文化转型中兴起的商业经济所带来的都市俗风。

中国社会在中唐以前，商业经济虽有一定程度的发展，但农业自然经济仍占绝对统治地位，农民被严格束缚在土地上，人口流动不便，政治上也对商人加以抑制，商人子弟甚至不能参加科举考试。在城市中，又实行将居民区与商业区分开的坊市制度，晚上实行宵禁，白天定时敲街鼓开关坊门，市民夜晚的文化娱乐生活被限制在坊内的空间。中唐之后，均田制的崩坏和两税法的实行，减轻了农民对于土地的依附性，流动人口大量增加，商业经济渐趋发达。坊市制亦因战争的冲击和商业经济的膨胀而逐渐崩解。到了北宋真、仁之世，社会太平无事，南北交通便利，统治者重农抑商的政策有了一定程度的松动，商业经济更是空前活跃。据统计，国家的商税收入，景祐中为四百五十余万缗，庆历中达到了一千九百七十五万余缗[1]。而士大夫轻视商业的传统观念也发生了明显的动摇，不少人认识到"行商坐贾，通货殖财，四民之益也"[2]。许多士人甚至由于各种原因走上了经商一途，产生了士商合流的现象。宋仁宗嘉祐三年（1058），王安石在《上仁宗皇帝言事书》中指出："方今制禄，大抵皆薄。自非朝廷侍从之列，食口稍众，未有不兼农商之利而能充其养者也"，"官大者，往往交赂遗，营货产，以负贪污之毁；官小者，贩鬻乞丐，无所不为"[3]。当时江淮一带的士人，"狃于厚利，或以贩盐为事"[4]。士人崔唐臣在科场失意之后，即买舟往来江湖间经商自给[5]。士人王猎"累应进士不第，乃治生积钱"[6]。此外，宋初已名存实亡的坊市制在仁宗朝正式取消，商业场所与市民的生活、娱乐空间被完全打开，城市经济进入了极盛时代。汴京在太宗时人

---

[1] 李心传：《建炎以来朝野杂记》甲集卷十四，中华书局2000年版，第290页。
[2] 王称：《东都事略》卷九十八，齐鲁书社2000年版，第838页。
[3] 王安石：《上仁宗皇帝言事书》，曾枣庄、刘琳主编《全宋文》，第63册，上海辞书出版社、安徽教育出版社2006年版，第334—335页。
[4] 李焘：《续资治通鉴长编》，第14册，中华书局1985年版，第4739页。
[5] 叶梦得：《避暑录话》，上海古籍出版社编《宋元笔记小说大观》，第3册，上海古籍出版社2007年版，第2672—2673页。
[6] 脱脱等撰：《宋史》，第30册，中华书局1977年版，第10445页。

口即号称百万①，神宗朝时商铺至少有六千四百多家②。到徽宗朝更是"人烟浩穰，添十数万众不多，减之不觉少，所谓花阵酒地，香山药海；别有幽坊小巷，燕馆歌楼，举之万数"③，商业文化繁荣，娱乐活动众多："举目则青楼画阁，绣户珠帘。雕车竞驻于天街，宝马争驰于御路。金翠耀目，罗绮飘香。新声巧笑于柳陌花街，按管调弦于茶坊酒肆。八荒争凑，万国咸通。集四海之珍奇，皆归市易；会寰区之异味，悉在庖厨。花光满路，何限春游；箫鼓喧空，几家夜宴。伎巧则惊人耳目，奢侈则长人精神。"④

柳永初次来到汴京这座人烟繁盛的都市时，正值二十出头、青春欢畅的年龄。他看到的，是一幅幅歌吹沸天、灯火彻夜、百戏腾跃、酒色醉人的狂欢图景。我们在他的词中可以找到许多这样的描述：

皇都今夕知何夕，特地风光盈绮陌。金丝玉管咽春空，蜡炬兰灯烧晓色。　　凤楼十二神仙宅，珠履三千鹓鹭客。金吾不禁六街游，狂杀云踪并雨迹。（《玉楼春》）⑤

拆桐花烂漫，乍疏雨、洗清明。正艳杏烧林，缃桃绣野，芳景如屏。倾城。尽寻胜去，骤雕鞍绀幰出郊坰。风暖繁弦脆管，万家竞奏新声。　　盈盈。斗草踏青。人艳冶、递逢迎。向路傍往往，遗簪堕珥，珠翠纵横。欢情。对佳丽地，信金罍罄竭玉山倾。拚却明朝永日，画堂一枕春醒。（《木兰花慢》）⑥

这样的美景、美色、美声、美酒，对于"未名未禄"的青年柳永来说，无疑是致命的诱惑！因此，他"绮陌红楼，往往经岁迁延"（《戚氏》）⑦，

---

① 李焘：《续资治通鉴长编》，第3册，第716页。
② 李焘：《续资治通鉴长编》，第24册，第8592页。
③ 孟元老：《东京梦华录》卷五，上海古籍出版社1995年版，第63页。
④ 孟元老：《东京梦华录》，第4页。
⑤ 唐圭璋编纂，王仲闻参订，孔凡礼补辑：《全宋词》，第1册，中华书局1999年版，第25页。
⑥ 唐圭璋编纂，王仲闻参订，孔凡礼补辑：《全宋词》，第1册，第60页。
⑦ 唐圭璋编纂，王仲闻参订，孔凡礼补辑：《全宋词》，第1册，第45页。

疯狂沉迷于这世俗风情之中，一掷千金，尽情享受："帝城当日，兰堂夜烛，百万呼卢，画阁春风，十千沽酒。未省、宴处能忘管弦，醉里不寻花柳"（《笛家弄》）①，"恋帝里，金谷园林，平康巷陌，触处繁华，连日疏狂，未尝轻负，寸心双眼。况佳人、尽天外行云，掌上飞燕。向玳筵、一一皆妙选。长是因酒沉迷，被花萦绊"（《凤归云》）②，"太平世。少年时，忍把韶光轻弃。况有红妆，楚腰越艳，一笑千金何啻。向尊前，舞袖飘雪，歌响行云止。愿长绳，且把飞乌系。任好从容痛饮，谁能惜醉？"（《长寿乐》）③ 维持这种豪纵的生活需要巨额的花费，而柳永出身于普通的官宦之家，奉儒尚礼，这样的家庭显然不可能给他多少经济支持，于是柳永只能靠自己的才艺去挣这笔钱。叶梦得《避暑录话》卷下记其"为举子时多游狎邪，善为歌辞，教坊乐工每得新腔，必求永为辞，始行于世，于是声传一时"④。罗烨《新编醉翁谈录》丙集卷二亦载："耆卿居京华，暇日遍游妓馆。所至，妓者爱其有词名，能移宫换羽，一经品题，声价十倍，妓者多以金物资给之。"⑤ 与乐工歌伎的这种合作，不管收获的是名是利，都是一种商业化的交易。作为歌词的生产者，柳永必须考虑市场的需求：一是教坊乐工的"新腔"需要配合；二是妓馆歌女的色艺需要呈现；三是这些"新腔"、色艺以市民为主要的服务对象，那么市民的审美趣味、思想观念也需要适应。在这种商业逻辑下，"柳永的个体性、文人性就被过滤了，他的作品甚至他本人都成为一种客体，不再受词人主观思想和真实状态的约束，柳词最终成为市民文化的一部分"⑥。作为市民文化的代言人，柳词必然呈现出多慢曲新声、知音协律、语言俚俗、风格直露、注重叙事、喜欢铺排、沉迷情爱等符合乐工、歌女、市民的演唱和审美需要的特点，带

---

① 唐圭璋编纂，王仲闻参订，孔凡礼补辑：《全宋词》，第1册，中华书局1999年版，第21页。
② 唐圭璋编纂，王仲闻参订，孔凡礼补辑：《全宋词》，第1册，第39页。
③ 唐圭璋编纂，王仲闻参订，孔凡礼补辑：《全宋词》，第1册，第63页。
④ 叶梦得：《避暑录话》卷三，上海古籍出版社编《宋元笔记小说大观》，第3册，上海古籍出版社2007年版，第2028页。
⑤ 罗烨：《新编醉翁谈录》，邓子勉编《宋金元词话全编》，下册，凤凰出版社2008年版，第1700—1701页。
⑥ 王晓骊：《唐宋词与商业文化关系研究》，中国社会科学出版社2004年版，第155页。

着市井的俗气。

　　柳永的这种俗词艳曲，在同质的市井文化场域中可以顺利地传播、扩散。"凡有井水饮处，即能歌柳词"①的传播效果，即产生于这个文化场域中。但是，当这种带着市井俗气的柳词进入高层的雅文化场域时，又会因其异质而遭受严厉的打压。宋人吴曾《能改斋漫录》载，柳永曾因《鹤冲天》（"黄金榜上"）一词，在科考时被"留意儒雅，务本理道，深斥浮艳虚薄之文"的仁宗特意从上榜名单中黜落，要他"且去浅斟低唱，何要浮名"②。张舜民《画墁录》卷一则记载了柳永与仁宗朝宰相晏殊的一次交流："柳三变既以词忤仁庙，吏部不放改官。三变不能堪，诣政府。晏公曰：'贤俊作曲子么？'三变曰：'祇如相公亦作曲子。'公曰：'殊虽作曲子，不曾道"彩线慵拈伴伊坐。"'柳遂退。"③仁宗与晏殊，都属于比较宽仁的性格，他们如此对待柳永，其原因当然不仅是柳词语言的浅俗，而是其中表现的价值观属于市民文化，与他们所属的传统的雅文化发生了冲突。陈伯海先生曾指出："以往文学潮流中的雅俗之辨，虽起源于接受对象所属社会层次的等差，总的说来皆是农业自然经济环境的产物；宋明以来文学的雅俗分流以至对立，则深深植根于不同的经济土壤和社会氛围，映现着不同的文化形态与观念导向，这才是新兴俗文学样式与传统雅文学规范发生激烈对抗，始终不能被吸纳、消化的根本原因所在。"④培育宋明新兴俗文学样式的经济土壤和社会氛围，即为与传统的农业自然经济环境异质的商业经济与城市生活环境。

　　在"四民"社会中，"商"一向被视为贱业、俗务。由商业经济所产生的商业文化以征利逐欲为其本质特征，它所鼓扇的市井风情，所沉湎的物质刺激、感官体验，与根植于农业自然经济环境的雅文化标准完全背道而驰。北宋司马光曾上奏说："窃惟四民之中，唯农最苦……故

---

① 叶梦得：《避暑录话》卷下，张惠民编《宋代词学资料汇编》，第143页。
② 吴曾：《能改斋漫录》卷十六，下册，上海古籍出版社1979年版，第480页。
③ 张舜民：《画墁录》卷一，上海古籍出版社编《宋元笔记小说大观》，第2册，上海古籍出版社2007年版，第1553页。
④ 陈伯海：《宋明文学的雅俗分流及其文化意义》，《社会科学》1995年第2期。

其子弟游市井者，食甘服美，目睹盛丽，则不复肯归南亩矣。至使世俗俳谐，共以农为嗤鄙。"① 南宋岳珂《桯史》卷二也不无调侃地记载了一个故事：一个士人向富翁请教如何致富，富翁告诉他："大凡致富之道，当先去其五贼。五贼不除，富不可致。"而所谓"五贼"，即儒家所提倡的"仁义礼智信"②。凡此，均可见出两者的严重对立。而柳永《鹤冲天》词说："未遂风云便，争不恣狂荡"，"烟花巷陌，依约丹青屏障。幸有意中人，堪寻访。且恁偎红翠，风流事、平生畅。青春都一饷，忍把浮名，换了浅斟低唱！"③ "彩线慵拈伴伊坐"一句所出的《定风波》云："早知恁么，悔当初、不把雕鞍锁。向鸡窗、只与蛮笺象管，拘束教吟课。镇相随，莫抛躲。针线闲拈伴伊坐。和我。免使年少，光阴虚过。"④ 两首词虽然一为落第举子的语气，一为市井少妇的声口，但所表达的思想，都是把男女情爱、感官享乐放在了功名富贵、仕途经济之上。这样的价值观在市民阶层来说是习以为常的，但对上层雅文化来说，却是离经叛道的。仁宗与晏殊的言行，实质代表着雅文化对反叛者的镇压，将"词俗"与"无行"两个标签加以联结，贴到了柳永身上。这一点，宋人颇多记载可以证明。如《后山诗话》，明确说柳永是以"无行"被黜，《避暑录话》中有"悔为己累""择术不可不慎"的鉴戒之语，而《艺苑雌黄》除了说柳永"薄于操行"，还大发感叹说："呜呼，小有才而无德以将之，亦士君子之所宜戒也。"⑤

柳词虽有俗的一面，但这种新变却符合城市日益增长的市民文化娱乐的需要，即使是雅文化阵营中的士人，身居城市，也难免受世风感染。因此，雅文化除了用道德对叛逆者加以"棒杀"，还另有一种"捧杀"的收编策略，即以戏谑的态度大量模仿柳永创作艳词、俗词，将

---

① 司马光：《乞省览农民封事札子》，曾枣庄、刘琳主编《全宋文》，第55册，上海辞书出版社、安徽教育出版社2006年版，第231页。
② 岳珂：《桯史》卷二，上海古籍出版社《宋元笔记小说大观》，第4册，上海古籍出版社2007年版，第4343页。
③ 唐圭璋编：《全宋词》，第1册，中华书局1999年版，第64—65页。
④ 唐圭璋编：《全宋词》，第1册，第37页。
⑤ 胡仔：《苕溪渔隐丛话后集》第39卷，人民文学出版社1962年版，第319页。

第一章　从盛唐到北宋：词之"唐音""宋调"审美范式的确立

柳词中对市井俗世男女情爱、声色之乐的真实沉迷，变为脱离了真情实感、纯属娱乐的"空中语"①。胡寅《酒边集序》云："词曲者，古乐府之末造也。文章豪放之士，鲜不寄意于此者，随亦自扫其迹曰谑浪游戏而已也。唐人为之最工，柳耆卿后出，掩众制而尽其妙。好之者以为不可复加。"② 可见用"谑浪游戏"的态度来作词，可以帮助作者"自扫其迹"，让处身雅文化阵营的"文章豪放之士"逃脱道德批判。对于喜欢柳词或不自觉地受到了柳词的影响的士人来说，这为他们模仿柳词提供了一个绝佳的借口。于是，柳词的俗风就这样被收编到了雅士的群体中。这方面的例证颇多。如被奉为一代儒宗的欧阳修，"虽游戏作小词，亦无愧唐人《花间集》"③。实际上，欧阳修的"游戏"的态度不仅用在作花间风格的小词上，而且用在作柳永风格的慢词上。如他的《醉蓬莱》云："见羞容敛翠，嫩脸匀红，素腰裊娜。红药阑边，恼不教伊过。半掩娇羞，语声低颤，问道有人知么。强整罗裙，偷回波眼，佯行佯坐。　更问假如，事还成后，乱了云鬟，被娘猜破。我且归家，你而今休呵。更为娘行，有些针线，诮未曾收啰。却待更阑，庭花影下，重来则个。"④《醉蓬莱》调为柳永首先使用，柳的原词相传是为老人星现而应制颂圣之作，文辞与内容都不俗，不过仁宗不喜欢词中的一些文字，特别是"宸游凤辇何处"一句，与仁宗所制的真宗挽词暗合，触碰了忌讳，所以很是生气，导致柳永不得进用⑤。但"此词一

---

① 西方的伯明翰学派在研究二战后英国兴起的嬉皮士、摩登派等青年亚文化现象时，总结了主流文化收编亚文化的两种方式：一种是"意识形态收编"，即主流文化对亚文化进行铺天盖地的报道、抨击，贴上某种标签，引发"道德恐慌"，使它作为某种社会问题的"替罪羊"被重新安置、定位；一种是"商品收编"，即主流文化把亚文化风格符号（服饰、音乐等）大量生产成商品，利用市场加以扩散，从而脱离其产生的原始环境。这两种收编方式即为"棒杀"和"捧杀"，其最终目的都是消解亚文化对主流文化的抵抗意义，将其重新纳入主流文化之中。伯明翰学派研究的亚文化现象是在现代工业社会，与生成柳词的社会不同，其理论当然不会完全适用，不过商业文化在中国古代相对于农业文化来说亦属亚文化，故本书有所借鉴。参见胡疆锋《亚文化的风格：抵抗与收编——伯明翰学派青年亚文化理论研究》第4章，博士学位论文，首都师范大学，2007年。

② 胡寅：《酒边集序》，金启华、张惠民、王恒展等编《唐宋词集序跋汇编》，江苏教育出版社1990年版，第117页。

③ 罗大经：《鹤林玉露》丙编卷二，中华书局1983年版，第265页。

④ 唐圭璋编：《全宋词》，第1册，中华书局1999年版，第189页。

⑤ 王辟之：《渑水燕谈录》卷八，中华书局1981年版，第106页。

· 95 ·

传，天下皆称绝妙"①，此调很可能因此受到宋人的广泛关注。柳永之后，用此调所填的宋词达106首，成为非常流行的词调之一②。欧阳修的《醉蓬莱》词不仅用柳词之声，而且将内容和文辞也替换成了已成柳词标签的"俗"，即市井儿女的俗情、俗语。像这样的词在欧阳修的词集中不止一首，以致后人不得不为他辩解，说是"当时小人，或作艳曲，谬为公词"，③"当是仇人无名子所为"。④

欧阳修之后，苏门词人也在频频使用柳永词调的同时，写了不少柳"俗"风格的词。如黄庭坚，王灼说他"晚年闲放于狭邪，故有少疏荡处"⑤，实则其年轻时即因喜写此类艳词俗曲而被法秀道人诫以"笔墨劝淫，应堕犁舌地狱"，黄庭坚用"空中语"答之⑥。他的词如《归田乐》："对景还销瘦。被个人、把人调戏，我也心儿有。忆我又换我，见我嗔我，天甚教人怎生受。　看承幸厮勾。又是尊前眉峰皱。是人惊怪，冤我忒捆就。拼了又舍了，定是这回休了，及至相逢又依旧。"⑦ 此词酷似元曲，与公认为金元曲子先声的柳词可谓同一风调。秦观在苏门词人中，生活经历与柳永较为接近，年轻时自负才华，却科举不利，"屡困京洛，故疏荡之风不除"⑧，因此受柳词的影响也深，苏轼曾责其"却学柳七作词"⑨。徐培均先生认为："秦观早期的词'盛行于淮楚'，流播于青帘红袖之间。到了汴京以后，他进一步受到歌唱艺术特别是瓦子艺人的影响，常常撰写一些唱词。《调笑令》十首，便属这类作品。还有一些俚词，如《促拍满路花》、《满园花》、《河传》（其二）、《浣溪沙》（其四）、《桃园忆故人》以及《品令》二首，语言俚俗，风格粗

---

① 杨湜：《古今词话》，唐圭璋编《词话丛编》，第1册，中华书局1986年版，第25页。
② 参见田玉琪《词调史研究》，人民出版社2012年版，第237页。
③ 曾慥：《乐府雅词序》，施蛰存主编《词籍序跋萃编》，中国社会科学出版社1994年版，第651页。
④ 陈振孙撰，徐小蛮、顾美华点校：《直斋书录解题》，下册，上海古籍出版社2015年版，第616页。
⑤ 王灼：《碧鸡漫志》，唐圭璋编《词话丛编》，第1册，第83页。
⑥ 毛晋：《山谷词跋》，金启华、张惠民、王恒展等《唐宋词集序跋汇编》，第40页。
⑦ 黄庭坚撰，严寿澄校点：《山谷词》，上海古籍出版社1989年版，第70—71页。
⑧ 王灼：《碧鸡漫志》，唐圭璋编《词话丛编》，第1册，第83页。
⑨ 黄昇：《唐宋诸贤绝妙词选》卷五，《花庵词选》，中华书局1958年版，第44页。

第一章 从盛唐到北宋:词之"唐音""宋调"审美范式的确立

犷,显然是有意向民间文学学习的结果。"① 其实,秦观的"应歌之词"更有可能并非"有意向民间文学学习",而是直接向当时流行于京洛的柳词学习。

　　士人群体对于柳永艳词俗风"谑浪游戏"式的模仿在徽宗朝达到了高潮。徽宗在位的二十六年间,城市的经济、文化空前繁荣,因而柳永那些根植于城市生活的词风进一步扩张了声势,在社会上下层的文化场域中均广为传播。如大晟词人万俟咏,未入官前多有侧艳之词。田中行"极能写人意中事,杂以鄙俚,曲尽要妙"②。政和间,曹组潦倒无成,"作红窗迥及杂曲数百解,闻者绝倒,滑稽无赖之魁也"③。同时的张衮臣,与曹组词风类似,"亦供奉禁中,号曲子张观察"④。此外,还有出身银工之家的李邦彦,"每缀街市俚语为词曲,人争传之,自号李浪子"⑤,后来官至宰相。尤其令人吃惊的是,一些文辞与内容都类似柳词市井作风的淫艳之词还出现在了朝廷官方的对外文化交流之中。北宋政和七年(1117),朝鲜使臣奉高丽国王之命,请求宋朝赐给雅乐、燕乐及大晟府乐谱歌词。朝鲜《高丽史·乐志》保存了宋赐赠高丽王朝的大晟府习用歌词一卷,共七十首,其中颇具柳词市井风调的有十余首⑥。如《千秋岁令》:"想风流态,种种般般媚。恨别离时大容易。香笺欲写相思意。相思泪滴香笺字。画堂深,银烛暗,重门闭。　似当日、欢娱何时遂。愿早早相逢重设誓。美景良辰莫轻拌,鸳鸯帐里鸳鸯被。鸳鸯枕上鸳鸯睡。似恁地,长恁地,千秋岁。"⑦其词其情,几乎是柳词的翻版。而《解佩令》一词写女性的形体之美,带有露骨的性暗示:"脸儿端正。心儿峭俊。眉儿长、眼儿入鬓。鼻儿隆隆,口儿小、舌儿香软。耳垛儿、就中红润。　项如琼玉,发如云鬓。眉如削、手如春笋。奶儿甘甜,腰儿细、脚儿去紧。那些

---

① 徐培均笺注:《淮海居士长短句笺注》,上海古籍出版社2008年版,"前言"第7页。
② 王灼:《碧鸡漫志》,唐圭璋编《词话丛编》,第1册,中华书局1986年版,第84页。
③ 王灼:《碧鸡漫志》,唐圭璋编《词话丛编》,第1册,第84页。
④ 王灼:《碧鸡漫志》,唐圭璋编《词话丛编》,第1册,第84页。
⑤ 脱脱等撰:《宋史》,第32册,中华书局1977年版,第11120页。
⑥ 参见谢桃坊《〈高丽史·乐志〉所存宋词考辨》,《文学遗产》1993年第2期。
⑦ 唐圭璋编,王仲闻参订,孔凡礼辑补:《全宋词》,第5册,中华书局1999年版,第4852页。

儿、更休要问。"① 像这样明显有悖于封建礼教的词能为朝廷官方音乐机构所收录，能在宫廷中演唱，能成为赠给外国的礼物，真令人不可思议。我们只能理解为，柳永那种与雅文化相冲突的"俗"词，经过人们"游戏化"的复制，已经脱离了真实语境，去除了反叛意义，成了一种仅仅提供娱乐的商品。

当柳词借助"俗"风获得了广泛的传播，在社会上下层扩散，宋型文化浸染下的士人必然不会只关注其"俗"，模仿其"俗"。事实上，宋代士人的基本审美取向是忌俗尚雅的，我们从前面引述的宋人对于柳词之"俗"的批评中已可看出这一点。只不过，宋人又认为，"在'雅'、'俗'之间，并非只有非此即彼的单一选择，而是打通雅俗、圆融二谛，才是最终的审美目标"②。因此，他们的文学作品中，又常常表现出"以俗为雅"、俗中求雅、亦俗亦雅的倾向。词之"宋调"作为体现宋型文化精神的审美范型，尽管有俗的血脉，但它的终极指向是雅。在这种情况下，柳词中雅的一面也会被发掘、被继承、被改造，确立为"宋调"的美学特征。

二 诗人倡"雅"：理性精神观照下的"以宋诗为词"

柳永作为仁宗朝声名最著的词人，虽因长期浪迹市井而深染俗风，又由于仁宗、晏殊的打击而"俗"名大盛，致使"俗"词成了他的标志性作品，被人歌唱、模仿、戏拟，但是他本为诗礼传家的士人，又在干谒求进过程中与达官贵人多有接触，景祐元年中第后，更是成了宋朝官僚队伍中的一员，因此必然也会有雅词的创作。而唐宋文化转型，又给作为文学创作主体的宋代士人带来了多方面的变化，进而影响到了其作品的风格面貌，促进了"宋调"的生成。

首先，宋代士人主要是通过科举跻身社会上层获得参政资格的，这

---

① 唐圭璋编，王仲闻参订，孔凡礼辑补：《全宋词》，第5册，中华书局1999年版，第4855—4856页。
② 王水照主编：《宋代文学通论》，河南大学出版社1997年版，第52页。

第一章 从盛唐到北宋:词之"唐音""宋调"审美范式的确立

极大地激发了他们的政治使命感、道德责任感,使他们特别重视政事吏能,崇尚士风士节。如范仲淹,"每感激论天下事,奋不顾身。一时士大夫矫厉尚风节,自仲淹倡之"①。欧阳修则称:"文章止于润身,政事可以及物。"② 在读书时以"开口揽时事,论议争煌煌"③ 自励,为官时又作诗劝勉友人:"折腰莫以微官耻,为政须通异俗情。"④ 他们的言行对宋代士人影响巨大,《宋史》卷四四六《忠义传序》评价说:自范仲淹、欧阳修等人"以直言谠论倡于朝,于是中外缙绅知以名节相高,廉耻相尚,尽去五季之陋矣。故靖康之变,志士投袂,起而勤王,临难不屈,所在有之。及宋之亡,忠节相望,班班可书,匡直辅翼之功,盖非一日之积也"⑤。因为关注现实政治,注重人格操守,所以他们接受和发扬了儒家重教化的文学观,在文学创作中提倡"文以明道",强调文学的干预现实与完善人格作用。

其次,他们在复兴儒学的过程中融通三教,形成了"内省而广大"的宋学,表现出极强的理性精神。据陈植锷《北宋文化史述论》的研究:宋学在北宋的发展,经历了草创期和繁荣期两个阶段,仁宗朝嘉祐以前,是草创期,侧重于义理之学,强调实用而缺乏学术系统;之后进入了繁荣期,义理之学变为兼融佛老的性理之学,展示出充满思辩力量的内省精神。⑥ 富于思辨与内省的理性精神,一方面使他们敢于疑古创新,努力探究宇宙、历史、人生的奥秘,高扬以人为本位的人文精神,追求吸纳天地、囊括自然的理想人格;另一方面,又要求他们"把封建伦理道德规范,化为主体的自觉行动方式",作为实现天人合一境界的途径,而这又限制了人的主体性的发挥⑦。相应的,这也使他们的文学创作表现出重理节情的特点,既关注现实,多发议论,又提倡儒家的

---

① 脱脱等撰:《宋史》,第29册,中华书局1977年版,第10268页。
② 脱脱等撰:《宋史》,第30册,第10381页。
③ 欧阳修:《镇阳读书》,欧阳修《欧阳修全集》,上册,中国书店1986年版,第14页。
④ 欧阳修:《送杨君之任永康》,欧阳修《欧阳修全集》,上册,第83页。
⑤ 脱脱等撰:《宋史》,第38册,第13149页。
⑥ 参见陈植锷《北宋文化史述论》第二章第五节"从义理之学到性理之学"。陈植锷《北宋文化史述论》,中国社会科学出版社1992年版,第218—235页。
⑦ 王水照主编:《宋代文学通论》,河南大学出版社1997年版,第19页。

中和之美，讲究发而有节，有气有格。

最后，出版业与教育的兴盛，极大地加快了知识的普及与积累，促进了士人思想的成熟与整个社会文化素质的提高。柳诒徵在《中国文化史》中曾言："雕版印刷之术之勃兴，尤于文化有大关系。故自唐室中晚以降，为吾国中世纪变化最大之时期，前此犹多古风，后则别成一种社会。"① 柳诒徵正确指出了印刷术在唐宋变革中的重大作用，但印刷术的广泛应用，是从真宗朝开始的。景德二年（1005），国子监祭酒邢昺向真宗奏报："国初印板止及四千，今仅至十万，经史义疏悉备。曩时儒生中能具书疏者，百无一二，纵得本而力不能缮写。今士庶家藏典籍者多矣，乃儒者逢时之幸也。"② 到了仁宗朝，不仅从中央到地方政府都有机构从事刻书活动，而且民间的私人坊刻也繁荣起来，适合大批量印刷的活字印刷术亦于庆历年间应势而生。至熙宁时期，各种文化典籍都已成平常可得之物："近岁市人转相摹刻诸子百家之书，日传万纸，学者之于书，多且易致。"③ 教育在仁宗朝也迎来了新的发展。庆历四年（1044），朝廷从范仲淹之请下诏"令州若县皆立学"④，地方学校从此逐渐兴起。后来神宗在熙宁四年（1071）又下诏"置京东、西，河东、北，陕西五路学"⑤，并提出了一系列加强地方学校管理的具体措施。徽宗崇宁元年（1102），又下诏令"天下皆置学"，"推三舍法，遍行天下"⑥。由此，形成了"学校之设遍天下，而海内文治彬彬矣"⑦的局面。除上述官学外，还有各种各样的私学。印刷术与教育的合力，为宋代文化的大发展、大繁荣产生了巨大的推动作用。

由以上论述可知，柳永生活的真、仁之世，特别是宋仁宗朝，是唐宋文化转型的关键节点。日本学者吉川幸次郎在《宋诗概说》中说：

---

① 柳诒徵：《中国文化史》，下册，东方出版中心1988年版，第488页。
② 刘琳等校点：《宋会要辑稿》，第6册，上海古籍出版社2014年版，第3749页。
③ 苏轼：《李氏山房藏书记》，苏轼著，孔凡礼点校《苏轼文集》，第2册，中华书局1986年版，第359页。
④ 脱脱等撰：《宋史》，第11册，中华书局1977年版，第3658页。
⑤ 马端临：《文献通考》，中华书局1986年版，第432页。
⑥ 马端临：《文献通考》，第432页。
⑦ 脱脱等撰：《宋史》，第11册，第3604页。

第一章 从盛唐到北宋：词之"唐音""宋调"审美范式的确立

"整个仁宗时代不单单是诗，文明全体都实行了有意识的转变，即再次确认以古代的儒家思想作为民族正统的伦理，把这一伦理的实践作为个人的、社会的任务，进而以此作为文明的中核。"① 在这样的时代文化环境中，词亦必然如诗文一样，或多或少发生向"宋型"词的转变，而柳词的新变，即具有这样的意义。清人陈廷焯曾言："词人变古，耆卿首作俑也。"② 何谓"变古"？他在论张先词时有进一步的说明："张子野词，古今一大转移也。前此则为晏欧、为温韦，体段虽具，声色未开；后此则为秦柳、为苏辛、为美成白石，发扬蹈厉，气局一新，而古意渐失。子野适得其中，有含蓄处，亦有发越处，但含蓄不似温韦，发越亦不似豪苏腻柳。规模虽隘，气格却近古。"③ 据此可知，他所说的"变古"，是指与温、韦、晏、欧等人的含蓄词风不同的"发扬蹈厉"，亦即铺叙、直露的作风。这种作风正同于诗歌中的"宋调"。闻一多先生曾指出："天宝大乱以后，门阀贵族几乎消灭干净，杜甫所代表的另一时代的新诗风就从此开始。宋人杨亿曾讥笑杜甫是'村夫子'，恰好是把他的士人身份跟以前那些贵族作者形成了鲜明的对比。和杜甫同时而调子完全一致的元结编选过一部《箧中集》，里面的作品全带乡村气味，跟过去那些在月光下、梦境中写成的贵族作品风格完全两样。从这个系统发展下去，便是孟郊、韩愈、白居易、元稹等人的继起。他们的作风是以刻画清楚为主，不同于前人标举的什么'味外之味'、'一字千金'那一套玄妙的文学风格。这一派在宋代还在继续发展。"④ 闻一多先生所说的"以刻画清楚为主""在宋代还在继续发展"的诗风，也就是宋诗的风格，与"发扬蹈厉"的风格意思相近。

不过，柳词的"宋型化"不只是风格上的"发扬蹈厉"，更值得注意的是他开始明确地以词言志，内容上出现了由自然感发之情到具有理性色彩的志的转换。试读其《满江红》：

---

① ［日］吉川幸次郎：《宋元明诗概说》，李庆等译，中州古籍出版社1987年版，第50页。
② 陈廷焯著，杜维沫校点：《白雨斋词话》，人民文学出版社1983年版，第12页。
③ 陈廷焯著，杜维沫校点：《白雨斋词话》，第11页。
④ 郑临川记录，徐希平整理：《笳吹弦诵传薪录——闻一多、罗庸论中国古典文学》，上海古籍出版社2002年版，第77页。

> 暮雨初收，长川静、征帆夜落。临岛屿、蓼烟疏淡，苇风萧索。几许渔人飞短艇，尽载灯火归村落。遣行客、当此念回程，伤漂泊。
> 桐江好，烟漠漠。波似染，山如削。绕严陵滩畔，鹭飞鱼跃。游宦区区成底事，平生况有云泉约。归去来、一曲仲宣吟，从军乐。①

此词作于景祐二年（1035）柳永任睦州团练推官期间②，其时柳已年过五十。词写桐江隐士严子陵钓鱼处的风景，因严子陵事迹而生归隐之思，有"游宦区区成底事，平生况有云泉约"的感叹，毫无脂粉气，是一首非常清雅的言志之词。其中的"鹭飞鱼跃"，源出于《诗经·大雅·旱麓》的"鸢飞戾天，鱼跃于渊"。唐代孔颖达疏云："其上则鸢鸟得飞至于天以游翔，其下则鱼皆跳跃于渊中而喜乐，是道被飞潜，万物得所，化之明察故也。"③后来即以"鸢飞鱼跃"来表达万物各得其所之意，成了宋代理学家非常推崇的一种境界。程颢常用此语来教导学生。朱熹在《答张敬夫》中说："盖通天下只是一个天机活物，流行发用，无间容息。……即夫日用之间，浑然全体，如川流之不息，天运之不穷耳。此所以体用、精粗、动静、本末洞然无一毫之间，而鸢飞鱼跃，触处朗然也。"④柳永在词中见严陵滩畔"鹭飞鱼跃"而生隐逸之志，可说是很符合宋人理性精神的悟道之语。释文莹《湘山野录》卷中还记载了一则与此词相关的轶事："范文正公谪睦州，过严陵祠下，会吴俗岁祀，里巫迎神，但歌《满江红》，有'桐江好，烟漠漠。波似染，山如削。绕严陵滩畔，鹭飞鱼跃'之句。公曰：'吾不善音律，撰一绝送神。'曰：'汉包六合网英豪，一个冥鸿惜羽毛。世祖功臣三十六，云台争似钓台高？'"⑤范仲淹贬睦州事在明道二年（1033）十二

---

① 唐圭璋编纂，王仲闻参订，孔凡礼补辑：《全宋词》，第1册，中华书局1999年版，第52页。
② 据柳永著，陶然、姚逸超校笺：《乐章集校笺》，下册，上海古籍出版社2016年版，第919页。
③ 《毛诗正义》，阮元校刻《十三经注疏》，下册，中华书局1980年版，第516页。
④ 朱熹：《答张敬夫》，曾枣庄、刘琳主编《全宋文》，第245册，上海辞书出版社、安徽教育出版社2006年版，第128页。
⑤ 文莹：《湘山野录》，上海古籍出版社编《宋元笔记小说大观》，第2册，上海古籍出版社2007年版，第1409页。

月，景祐元年（1034）四月至任所，六月移守姑苏。其间有凭吊严子陵钓台、重修严子陵祠堂之举。柳永至睦州任职在范仲淹离开之后，因此范仲淹此诗应该不是为柳词而作。但是，范仲淹极其尊崇严子陵"不事王侯，高尚其事"的人格，认为"先生之心，出乎日月之上"，"使贪夫廉，懦夫立，是大有功于名教也"，并作歌称赞："云山苍苍，江水泱泱，先生之风，山高水长。"① 因范仲淹的极力推许，严子陵成了宋人心目中具有"独立之精神，自由之思想"的人格典范。柳永此词恰好作于范仲淹为严重修祠堂并作记赞美之后，很有可能受到了范的影响。虽有学者认为："结尾写及归隐，乃因严子陵而顺笔及之，非柳永刚刚出仕即想归隐也。词人因景及情，缘事而感，又肆口而发，不必坐实索解。"② 但柳永及第已老，有倦于游宦之心合乎情理，再则仅就字面而言，意思表达也非常清楚，因此说他以词言志、追慕严子陵的人格节操应该是没有问题的。

柳词中像《满江红》这样的作品虽然不多，但其词有诗歌的雅质，在当时应已引起了士人群体的注意。南宋初王灼的《碧鸡漫志》卷二载："前辈云：'《离骚》寂寞千年后，《戚氏》凄凉一曲终。'"③ 虽然这个"前辈"不详何时人，但柳永《戚氏》"当时宋玉悲感，向此临水与登山"的凄凉悲怨之音，是具有良好知识素养的宋代士人可以轻易感知、理解，并与《离骚》联系起来的。而柳永进入官员群体，也为其词雅质的扩散提供了良好的基础。宋祁《送睦州柳从事》诗说："唱第千人俊，从军十部贤。鸡翘迂赐绶，鹢首赴归船。别思瑶华岸，怀乡玉脍天。不妨宾弁侧，新曲遍鹍弦。"④ 胡宿《送柳先辈从事桐庐》诗云："甘樱离会酒初醒，还赴东侯拱璧迎。江上桃歌传乐录，坐中鹦鹉占宾荣。仙车过洛人偏识，绣骑还邛客尽倾。后夜严陵台上望，紫云西

---

① 范仲淹：《桐庐郡严先生祠堂记》，曾枣庄、刘琳主编《全宋文》，第18册，上海辞书出版社、安徽教育出版社2006年版，第417—418页。
② 柳永著，薛瑞生校注：《乐章集校注》，中华书局2015年版，第172页。
③ 王灼：《碧鸡漫志》，唐圭璋编《词话丛编》，第1册，中华书局1986年版，第84页。
④ 宋祁：《送睦州柳从事》，北京大学古文献研究所编《全宋诗》，第4册，北京大学出版社1991年版，第2424页。

北是神京。"① 柳永作词的才能被这些有名望、地位的士人写入为他送行的诗中,体现了柳词已作为雅事被士人群体受容。至少,时人已经认识到,他的那些"新曲""乐录"是可以加入诗的内容,发挥诗的功用的。比如范仲淹这位仁宗朝的政治领袖兼文人领袖,虽然其闻柳词而作诗之事不确,但"不善音律"的他在作词时对善音律的柳词自会有所借鉴。据载,他曾与欧阳修"席上分题作《剔银灯》,皆寓劝世之意"②。《剔银灯》词调声情风流洒脱,虽不能确定为柳永所创,但柳永亦有作,其词云:"何事春工用意。绣画出、万红千翠。艳杏夭桃,垂杨芳草,各斗雨膏烟腻。如斯佳致。早晚是、读书天气。　渐渐园林明媚。便好安排欢计。论槛买花,盈车载酒,百琲千金邀妓。何妨沉醉。有人伴、日高春睡。"③ 从内容来看,应为柳永早年冶游之作,创作时间比范词更早。同时代人如沈邈、杜安世等所作的《剔银灯》词,内容均为恋情相思。范仲淹将这个词调用来劝世,大发议论,几与宋诗无异,实际上是将艳词"宋调化"了。这可以算是从音乐形式上对柳词进行了扩散。

明确肯定柳词有诗歌之雅,并且自觉地"以诗为词",形成一种较为成熟的创作范式的,当然是北宋后期的苏轼。作为爱好广泛的文艺天才、天下公认的文坛盟主,苏轼对柳永雅词在士人文化场域的扩散起到了非常关键的意见领袖作用。他不仅在多个方面师承了柳永,如"某些题材的进一步拓展(怀古、悼亡),某些风格的进一步张扬(婉约、真率、通俗),曲调的承用,铺叙手法的沿袭等等"④,而且特别注意到某些柳词与诗歌相近的美感,曾经明确指出:"世言柳耆卿曲俗,非也。如《八声甘州》云:'风霜凄紧,关河冷落,残照当楼。'此语于诗句,不减唐人高处。"⑤ 这种"唐人高处",指的是意境的高远、浑

---

① 胡宿:《送柳先辈从事桐庐》,北京大学古文献研究所编《全宋诗》,第4册,第2108页。
② 龚明之:《中吴纪闻》卷五,上海古籍出版社《宋元笔记小说大观》,第3册,上海古籍出版社2007年版,第2900页。
③ 唐圭璋编纂,王仲闻参订,孔凡礼补辑:《全宋词》,第1册,中华书局1999年版,第56页。
④ 曾大兴:《柳永和他的词》,中山大学出版社1990年版,第168—169页。
⑤ 赵德麟:《侯鲭录》卷七,上海古籍出版社编《宋元笔记小说大观》,第2册,上海古籍出版社2007年版,第2091页。

涵，形象的博大、苍莽。它不是一般人所熟悉的柳词风格，但确实存在于柳词之中，而且并非孤例，如："云树绕堤沙，怒涛卷霜雪，天堑无涯"（《望海潮》）①，"陇首云飞，江边日晚，烟波满目凭阑久。立望关河萧索，千里清秋"（《曲玉管》）②，"遥山万叠云散，涨海千里，潮平波浩渺"（《留客住》）③，"暮景萧萧雨霁。云淡天高风细。正月华如水。金波银汉，潋滟无际"（《佳人醉》）④，"渡万壑千岩，越溪深处。怒涛渐息，樵风乍起，更闻商旅相呼。片帆高举。泛画鹢、翩翩过南浦"（《夜半乐》）⑤，"夕阳岛外，秋风原上，目断四天垂"（《少年游》）⑥，"念去去、千里烟波，暮霭沉沉楚天阔"（《雨霖铃》）⑦，等等。这些景中含情、意境高远的句子在柳词中常与直露地描写男女情爱的句子一起出现，所以有时难免让人见其俗而忘其雅，而苏轼性情旷达、眼界开阔、艺术修养深厚，故能对柳词别有会心，见其与诗境相通的雅处。有些柳词虽未被苏轼明确称道，但对苏词也颇有影响之迹。如《双声子》："晚天萧索，断蓬踪迹，乘兴兰棹东游。三吴风景，姑苏台榭，牢落暮霭初收。夫差旧国，香径没、徒有荒丘。繁华处，悄无睹，惟闻麋鹿呦呦。　想当年，空运筹决战，图王取霸无休。江山如画，云涛烟浪，翻输范蠡扁舟。验前经旧史，嗟漫载、当日风流。斜阳暮草茫茫，尽成万古遗愁。"⑧ 词写登高怀古的沧桑悲感、牢落遗愁，与怀古诗无异，以苏轼的文化修养，不难发现此词之雅。他著名的怀古词《念奴娇》（"大江东去"）与柳永的这首词从内容、意境到用词都有相近之处，只不过苏词的个性化色彩更加突出。因此，苏轼的"以诗为词"，可说是在力辟柳词之俗的过程中，对柳词之雅的进一步拓展与放大。他那些如《江神子》（"老夫聊发少年狂"）之类"自是一家"的

---

① 唐圭璋编纂，王仲闻参订，孔凡礼补辑：《全宋词》，第 1 册，中华书局 1999 年版，第 50 页。
② 唐圭璋编纂，王仲闻参订，孔凡礼补辑：《全宋词》，第 1 册，第 22 页。
③ 唐圭璋编纂，王仲闻参订，孔凡礼补辑：《全宋词》，第 1 册，第 38 页。
④ 唐圭璋编纂，王仲闻参订，孔凡礼补辑：《全宋词》，第 1 册，第 28 页。
⑤ 唐圭璋编纂，王仲闻参订，孔凡礼补辑：《全宋词》，第 1 册，第 47 页。
⑥ 唐圭璋编纂，王仲闻参订，孔凡礼补辑：《全宋词》，第 1 册，第 41 页。
⑦ 唐圭璋编纂，王仲闻参订，孔凡礼补辑：《全宋词》，第 1 册，第 26 页。
⑧ 唐圭璋编纂，王仲闻参订，孔凡礼补辑：《全宋词》，第 1 册，第 35 页。

豪放词创作，尽管以"柳七郎风味"为对照，但由上举例证可知，其实质应为对市井世俗所流行的柳永词风的革新，而对柳词近诗的一面来说，却是一种延续与发扬。

更值得注意的是，苏轼的"以诗为词"，并非仅以豪放为能，其最显著的特色，是在对个人际遇、怀抱、意态的抒写中，发体道之趣，见人格之美。也就是说，他把宋代士大夫在宋诗中表现出来的对宇宙、历史、人生的理性思考，对现实政治的关注与超越，对光风霁月的理想人格的追求以及深厚的人文修养等——写入词中，"用宋诗的理性精神来把词'诗化'"①，故而有论者明确指出他是"以宋诗为词"②。确实，我们读他的词，可知其诗，可见其人。如他的《卜算子》（"缺月挂疏桐"），被黄庭坚赞为"语意高妙，似非吃烟火食人语。非胸中有万卷书，笔下无一点尘俗气，孰能至此"③。《水调歌头》（"明月几时有"）被神宗解读为"苏轼终是爱君"④。《临江仙》（"夜饮东坡醒复醉"）因有"小舟从此逝，江海寄余生"之语，被人疑为真有其事。《定风波》（"莫听穿林打叶声"）也让词评家认为"足征是翁坦荡之怀，任天而动"⑤。而他的《满庭芳》则如宋人"以议论为诗"一样，以议论为词：

      蜗角虚名，蝇头微利，算来著甚干忙。事皆前定，谁弱又谁强。且趁闲身未老，尽放我、些子疏狂。百年里，浑教是醉，三万六千场。　　思量、能几许，忧愁风雨，一半相妨。又何须，抵死

---

① 朱刚：《唐宋四大家的道论与文学》，东方出版社1997年版，第246页。
② "以宋诗为词"之说，最早应出自陈伯海的《宏观世界话玉溪——试论李商隐在中国诗歌史上的地位》一文，其云："宋词里也有以苏、辛为领袖的豪放一派，他们'以诗为词'，实际上是以宋诗为词，突破了晚唐诗风对词的局限。"陈伯海：《宏观世界话玉溪——试论李商隐在中国诗歌史上的地位》，霍松林主编《全国唐诗讨论会论文选》，陕西人民出版社1984年版，第441页。后朱刚《唐宋四大家的道论与文学》（东方出版社1997年版）与赵惠俊《朝野与雅俗：宋真宗至高宗朝词坛生态与词体雅化研究》（复旦大学出版社2019年版）均有论及。
③ 黄庭坚：《跋东坡乐府》，曾枣庄、刘琳主编《全宋文》，第106册，上海辞书出版社、安徽教育出版社2006年版，第181页。
④ 陈元靓：《岁时广记》，邓子勉编《宋金元词话全编》，下册，凤凰出版社2008年版，第1509页。
⑤ 郑文焯著，孙克强、杨传庆辑校：《大鹤山人词话》，南开大学出版社2009年版，第48页。

说短论长。幸对清风皓月,苔茵展、云幕高张。江南好,千钟美酒,一曲满庭芳。①

此词应为苏轼经历了"乌台诗案"后被贬期间的作品,以《庄子·则阳》的触蛮之争开头,宣扬庄子的避世之旨。通篇基本上是议论之语,虽然因积极用世之心受挫而略见消极,但疏狂中亦见理性之美。这样深具宋型文化精神的"自我"以及由这个"自我"所造就的风格,已不仅是有别于"柳七郎风味"的自成一家,而且是有别于"唐风"的自成一家了。他对秦观学习柳词的批评,也是从宋诗的美学标准出发,"以气格为病"②,认为失之软媚,缺少挺立的士大夫精神。

苏轼在理性精神观照下的"以诗为词",是对柳词中诗人雅质的全面扩散与提高,正是在这个基础上,他建立了"宋调"中的"东坡范式"。对于"东坡范式"的主要特征,王兆鹏先生曾从四个方面做了深刻而精辟的论述,即主体意识的强化(词的抒情主人公由"共我"向"自我"的转变)、感事性的加强(由普泛化的抒情向具体化的纪实的转变)、力度美的高扬(词的审美理想由女性化的柔婉美向男性化的力度美的转变)、音乐性的突破(词从附属于音乐向独立于音乐的转变)③。在北宋后期,苏轼这种主体意识强烈、题材内容广博、气质风韵士大夫化的"东坡范式"虽未获词的"本色"派的认同,但苏门中如黄庭坚(1045—1105)、晁补之(1053—1110)等均学之,"韵制得七八"④。如黄庭坚的名作《水调歌头》:

瑶草一何碧,春入武陵溪。溪上桃花无数,花上有黄鹂。我欲穿花寻路,直入白云深处,浩气展虹霓。只恐花深里,红雾湿人衣。

---

① 唐圭璋编纂,王仲闻参订,孔凡礼补辑:《全宋词》,第1册,中华书局1999年版,第359页。

② 叶梦得:《避暑录话》卷三,上海古籍出版社编《宋元笔记小说大观》,第3册,上海古籍出版社2007年版,第2629页。

③ 王兆鹏:《唐宋词史论》,人民文学出版社2000年版,第138—155页。

④ 王灼:《碧鸡漫志》,唐圭璋编《词话丛编》,第1册,中华书局1986年版,第83页。

坐玉石，欹玉枕，拂金徽。谪仙何处，无人伴我白螺杯。我为灵芝仙草，不为朱唇丹脸，长啸亦何为。醉舞下山去，明月逐人归。①

晁补之的《八声甘州》（扬州次韵和东坡钱塘作）：

谓东坡、未老赋归来，天未遣公归。向西湖两处，秋波一种，飞霭澄辉。又拥竹西歌吹，僧老木兰非。一笑千秋事，浮世危机。

应倚平山栏槛，是醉翁饮处，江雨霏霏。送孤鸿相接，今古眼中稀。念平生、相从江海，任飘蓬、不遣此心违。登临事，更何须惜，吹帽淋衣。②

这两首词均能见出作者的个性、人格、精神追求，其气度、风格与苏轼颇为相似。与苏门关系密切的词人贺铸（1052—1125）风格多样，其"悲壮如苏、李"之作亦属"东坡范式"。如《行路难》（小梅花）：

缚虎手。悬河口。车如鸡栖马如狗。白纶巾。扑黄尘。不知我辈，可是蓬蒿人。衰兰送客咸阳道。天若有情天亦老。作雷颠。不论钱。谁问旗亭，美酒斗十千。　酌大斗。更为寿。青鬓常青古无有。笑嫣然。舞翩然。当垆秦女，十五语如弦。遗音能记秋风曲。事去千年犹恨促。揽流光。系扶桑。争奈愁来一日却为长。③

此词抒写怀才不遇、英雄失路的怨愤，"掇拾古语，运用人化，借他人之酒杯，浇自己之块垒。赵闻礼所谓'酒酣耳热，浩歌数过，亦一快也'"④，风格上比较接近南宋的辛弃疾。夏敬观曾指出："稼轩豪迈之处

---

① 唐圭璋编纂，王仲闻参订，孔凡礼补辑：《全宋词》，第1册，中华书局1999年版，第498页。
② 唐圭璋编纂，王仲闻参订，孔凡礼补辑：《全宋词》，第1册，第712—713页。
③ 唐圭璋编纂，王仲闻参订，孔凡礼补辑：《全宋词》，第1册，第654页。
④ 陈廷焯：《词则辑评》，葛渭君《词话丛编补编》，第4册，中华书局2013年版，第2335页。

从此脱胎。豪而不放，稼轩所不能学也。"① 在"东坡范式"的词风由苏轼到辛弃疾的嬗变过程中，贺铸可以说是重要的一环。至辛弃疾"以文为词"，则将这一派的词之"宋调"推向了极致。对此，我们后文再论。

三 宫廷主"颂"：制礼作乐浪潮中的"以赋笔为词"

夏敬观曾指出柳永的雅词"用六朝小品文赋作法，层层铺叙"②。这个"以赋笔为词"的特点，被孙虹先生认为是"宋调"的重要特质③。它的生成及扩散与宋朝制礼作乐活动之间关系密切。李清照在《词论》中论词史的发展时说："逮至本朝，礼乐文武大备，又涵养百余年，始有柳屯田永者，变旧声，作新声，出《乐章集》，大得声称于世。"④ 柳永的词当然不是宋朝立国百余年后才出现的，如果说是以刊本形式出现的《乐章集》，倒很有可能。不过，李清照在这里指出了一个很重要的事实，即宋朝的礼乐活动对由柳词开风气的"宋调"有"涵养"之功。

宋朝的开国统治者亲身经历了兵火不息的乱世，又从中唐以后的历史中探知藩镇割据、军阀兵变之可怕，且自身的得位亦不正，因此为了社会的长治久安，宋室的帝业永固，他们大力兴文教、抑武事。就文教而言，有两项措施最为关键：一是通过科举大量选拔寒门士子进入官僚系统，与士大夫共治天下，扩大自己的统治基础；二是尊奉儒学，努力重建儒家的伦理道德，多方营造与民同乐的太平气象。礼乐作为儒家重要的政治教化手段，自然也备受重视。大中祥符二年（1009），宋真宗亲撰《文宣王赞》，称颂孔子为"人伦之表"，儒学是"帝道之纲"⑤。又曾对大臣说："儒术污隆，其应实大；国家崇替，何莫由斯。故秦衰则经籍道息，汉盛则学校兴行。其后命历迭改，而风教一揆。有唐文物

---

① 夏敬观：《映庵词评》，葛渭君《词话丛编补编》，第 4 册，中华书局 2013 年版，第 3453 页。
② 夏敬观：《映庵词评》，葛渭君《词话丛编补编》，第 4 册，第 3445 页。
③ 参见孙虹《北宋词风嬗变与文学思潮》，上海古籍出版社 2009 年版，第 115—125 页。
④ 李清照著，徐培均笺注：《李清照集笺注》，上海古籍出版社 2002 年版，第 266—267 页。
⑤ 赵恒：《元圣文宣王赞》，曾枣庄、刘琳主编《全宋文》，第 13 册，上海辞书出版社、安徽教育出版社 2006 年版，第 163 页。

最盛，朱梁而下，王风浸微。太祖、太宗丕变弊俗，崇尚斯文。朕获绍先业，谨遵圣训，礼乐交举，儒术化成。"①

在这种"礼乐交举"的活动中，用于国家各种重要礼仪场合的雅乐的制作是重点。据《宋史·乐志》载："有宋之乐，自建隆讫崇宁，凡六改作。"② 分别是太祖朝一次，仁宗朝二次，神宗朝一次，哲宗朝一次，徽宗朝一次。这些制礼作乐活动的根本目的是展示皇家威仪、盛世气象，因此其歌词的内容必然是歌功颂德、歌咏太平，辞藻必然是铺张夸饰、极尽形容，实际上也就是以赋为词。如负责太祖朝第一次雅乐改作的和岘，他作有《开宝元年南郊鼓吹歌曲》三首，其中如《导引》："气和玉烛，睿化著鸿明。缇管一阳生。郊禋盛礼燔柴毕，旋轸凤凰城。森罗仪卫振华缨。载路溢欢声。皇图大业超前古，垂象泰阶平。"③《六州》："严夜警，铜莲漏迟迟。清禁肃，森陛戟，羽卫俨皇闱。角声励，钲鼓攸宜。金管成雅奏，逐吹透迤。荐苍璧，郊祀神祇。属景运纯禧。京坻丰衍，群材乐育，诸侯述职，盛德服蛮夷。"④《十二时》："承宝运，驯致隆平。鸿庆被寰瀛。时清俗阜，治定功成。遐迩咏由庚。严郊祀，文物声明。会天正、星拱奏严更。布羽仪簪缨。宸心虔洁，明德播惟馨。动苍冥。神降享精诚。"⑤ 几乎完全是富丽辞藻的堆砌。而那些宫廷中的宴享之乐，同样也颂声盈耳。据《续湘山野录》记载：太宗酷爱宫词中十小调子，认为其中的《不博金》《不换玉》二调之名颇俗，改《不博金》为《楚泽涵秋》，《不换玉》为《塞门积雪》，又命近臣十人各探一调撰一词，翰林苏易简探得《越江吟》，其词云："神仙神仙瑶池宴。片片。碧桃零落春风晚。翠云开处，隐隐金舆挽。玉麟背冷清风远。"⑥ 可见在宫廷文化场中，这些

---

① 脱脱等撰：《宋史》，第 28 册，中华书局 1977 年版，第 9664 页。
② 脱脱等撰：《宋史》，第 9 册，第 2937 页。
③ 唐圭璋编纂，王仲闻参订，孔凡礼补辑：《全宋词》，第 1 册，中华书局 1999 年版，第 1 页。
④ 唐圭璋编纂，王仲闻参订，孔凡礼补辑：《全宋词》，第 1 册，第 1 页。
⑤ 唐圭璋编纂，王仲闻参订，孔凡礼补辑：《全宋词》，第 1 册，第 2 页。
⑥ 文莹著，郑世刚、杨立扬点校：《湘山野录·续湘山野录·玉壶清话》，中华书局 1984 年版，第 67—68 页。

用于娱乐的小调不仅调名要雅,而且内容也只能是歌颂神仙瑶池似的皇家气象。

柳永生活的真、仁两朝都曾大兴礼乐。真宗与心腹大臣精心策划了多次天书降临事件,借此开展了东封西祀等一系列礼乐活动。仁宗留意音律,亲政之初便下诏"天下有知乐者,所在荐闻"①,又自称"平生无所好,惟修《唐书》及制雅乐"②,故有两度制作雅乐之事。除了郊庙、朝会、封祀等重大活动须用礼乐,平时重要节庆活动也要用礼乐,以践行儒家与民同乐的王政之道。这些场合必然会有赋颂文学的创作。据《青箱杂记》卷六记载,真宗、仁宗两朝的重臣吕夷简、贾昌朝、夏竦、庞籍、晏殊、宋绶等都有赋颂文的创作,其中晏殊、宋绶两人"遭遇承平,嘉瑞杂遝,所献赋颂,尤为多焉"③。晏殊还作有两首歌咏太平的《拂霓裳》词。在这样的环境中,自负才情、擅长作词的柳永自会有赋颂之词的创作,他的两首《玉楼春》("昭华夜醮连清曙")("凤楼郁郁呈嘉瑞")、五首《巫山一段云》("琪树罗三殿""六六真游洞""清旦朝金母""阆苑年华永""萧氏贤夫妇")以及《送征衣》("过韶阳")等即属此类,而《醉蓬莱》("渐亭皋叶下")更是此类词中的名作。不过,柳永那些也许并非刻意献颂只是"实写"的节序词同样具有赋颂的效果。如他咏京城元宵节的《倾杯乐》:

禁漏花深,绣工日永,蕙风布暖。变韶景、都门十二,元宵三五,银蟾光满。连云复道凌飞观。耸皇居丽,佳气瑞烟葱蒨。翠华宵幸,是处层城阆苑。　　龙凤烛、交光星汉,对咫尺鳌山开羽扇。会乐府两籍神仙,梨园四部弦管。向晓色、都人未散。盈万井、山呼鳌抃。愿岁岁,天仗里、常瞻凤辇。④

---

① 脱脱等撰:《宋史》,第1册,中华书局1977年版,第200页。
② 苏象先著,储玲玲整理:《丞相魏公谭训》,朱易安、傅璇琮等主编《全宋笔记》,第3编,第3册,大象出版社2008年版,第6页。
③ 吴处厚著,李裕民点校:《青箱杂记》,中华书局1985年版,第62页。
④ 唐圭璋编纂,王仲闻参订,孔凡礼补辑:《全宋词》,第1册,中华书局1999年版,第20—21页。

咏京城春季"竞龙舟"的《破阵乐》：

> 露花倒影，烟芜蘸碧，灵沼波暖。金柳摇风树树，系彩舫龙舟遥岸。千步虹桥，参差雁齿，直趋水殿。绕金堤、曼衍鱼龙戏，簇娇春罗绮，喧天丝管。霁色荣光，望中似睹，蓬莱清浅。　　时见。凤辇宸游，鸾觞禊饮，临翠水、开镐宴。两两轻舠飞画楫，竞夺锦标霞烂。馨欢娱，歌鱼藻，徘徊宛转。别有盈盈游女，各委明珠，争收翠羽，相将归远。渐觉云海沉沉，洞天日晚。①

像这样铺采摛文的词，不仅生动地描绘出城市风情，而且展示了宋代君王与民同乐的太平景象，颇能体现儒家礼乐文化中的"独乐乐不如众乐乐"的理念，因此其扩散力量强大，可以打破文化圈层的区隔。据相关记载，《倾杯乐》词曾传入禁中，受到宫廷中人的称许②，而《破阵乐》更是在社会上下层都广泛传播，"露花倒影"成了柳永的标志性作品。

柳永早年流连坊曲，因为市井俗风而被统治者视为对传统雅文化的叛逆，其精心结撰的颂词《醉蓬莱》（"渐亭皋叶下"）又因误触忌讳而被仁宗厌弃，因此士人群体中无人敢公开称道柳词的这种赋颂之雅，但当仁宗朝过去之后，人们回望这清静无事、经济繁荣、君臣相得的太平盛世，柳词的实录价值就浮现出来了。最先公开道出柳词这种文化意义的，是与柳永共同经历了仁宗朝盛世的范镇（1007—1088）。范在仁宗朝曾为翰林学士，与欧阳修、宋祁共修《新唐书》，又多次知贡举，且知音识律，参与了雅乐的论定，因为这样的身份、地位、修养，他站在"棒杀"的立场上，拒斥柳词之俗，批评柳永作词是"缪其用心"。但熙宁三年（1070）因反对新法致仕之后，变法之前的仁

---

① 唐圭璋编纂，王仲闻参订，孔凡礼补辑：《全宋词》，第 1 册，中华书局 1999 年版，第 35 页。
② 叶梦得：《避暑录话》，上海古籍出版社编《宋元笔记小说大观》，第 3 册，上海古籍出版社 2007 年版，第 2628 页。

宗盛世就成了他怀念的对象，而柳永极力摹写形容的赋颂之词无疑最能契合他的这种心境。因此，当他听到亲旧盛唱柳词时，忍不住感叹："仁庙四十二年太平，吾身为史官二十年，不能赞述，而耆卿能尽形容之。"①

北宋后期的李之仪在论词时也表达了与范镇相似的观点。他比较柳词与花间词的区别，认为柳词的特点是"铺叙展衍，备足无余"，这种新变的好处是"形容盛明，千载如逢当日"，缺点则是"韵终不胜"②。这种说法，可以看成当时的士人群体对柳词新变的价值评估：从审美角度来说，柳词少韵；就社会价值而言，柳词"铺叙展衍，备足无余"的赋体风格在讴歌盛世方面却有其独到优势。这个认识，为柳永以赋为词的作风在徽宗朝的大盛奠定了基础。而李之仪本人的词作，其长调也有"近柳"之处③。

徽宗朝对于当时看不到危机的宋人来说，确实是一个梦幻般的盛世，"海宇晏清，四夷向风，屈膝请命；天气亦氤氲异常，朝野无事，日唯讲礼乐庆祥瑞，可谓升平极盛之际"④。这种"日唯讲礼乐庆祥瑞"的风气始于崇宁年间。除大修各种礼书外，徽宗于崇宁元年（1102）下诏令宰臣置僚属讨论乐制。⑤ 崇宁三年（1104），"帝锐意制作以文太平，蔡京复每为帝言：'方今泉币所积赢五千万，和足以广乐，富足以备礼。'帝惑其说，而制作营筑之事兴矣。至是京擢其客刘昺为大司乐，付以乐政"⑥。次年八月，"远稽古制"的新乐成，"诏赐名《大晟》，其旧乐勿用"⑦。大观元年（1107），"诏班新乐于天下"⑧。政和

---

① 谢维新：《古今合璧事类备要》，永瑢等《景印文渊阁四库全书》，第 940 册，台湾商务印书馆 1986 年版，第 134 页。
② 李之仪：《姑溪居士全集》，第 4 册，中华书局 1985 年版，第 310 页。
③ 冯煦：《蒿庵论词》，唐圭璋编《词话丛编》，第 4 册，中华书局 1986 年版，第 3588 页。
④ 蔡絛：《铁围山丛谈》，上海古籍出版社编《宋元笔记小说大观》，第 3 册，上海古籍出版社 2007 年版，第 3056 页。
⑤ 脱脱等撰：《宋史》，第 9 册，中华书局 1977 年版，第 2997 页。
⑥ 毕沅：《续资治通鉴》，中华书局 1957 年版，第 2264 页。
⑦ 毕沅：《续资治通鉴》，第 2287 页。
⑧ 毕沅：《续资治通鉴》，第 2304 页。

三年（1113），徽宗又下诏以法令的形式推行大晟乐，使这种"雅正之声"不但荐之郊庙，而且施于宴飨，"与天下共之"，而"旧来淫哇之声，如打断、哨笛、呀鼓、十般舞、小鼓腔、小笛之类与其曲名，悉行禁止，违者与听者悉坐罪"①。

与这种情况相应，君臣都开始大量创作夸饰盛世的赋颂之词。崇宁初，徽宗于元宵节赐公师宰执观灯御筵，范致虚呈《满庭芳慢》词以歌升平。徽宗俯和其韵以赐云：

> 寰宇清夷，元宵游豫，为开临御端门。暖风摇曳，香气霭轻氛。十万钩陈灿锦，钧台外、罗绮缤纷。欢声里，烛龙衔耀，黼藻太平春。　灵鳌，擎彩岫，冰轮远驾，初上祥云。照万宇嬉游，一视同仁。更起维垣大第，通宵宴、调燮良臣。从兹庆，都俞赓载，千岁乐昌辰。②

这首词中的"黼藻太平春"一语，被论者认为"道出了徽宗对词体功能的认识"③。而贵显于崇宁、大观年间的黄裳（1043—1129）似乎是在贯彻君王的旨意一般，推出了在"黼藻太平春"方面有独到特色与优势的柳词作为典范：

> 予观柳氏乐章，喜其能道嘉祐中太平气象。如观杜甫诗，典雅文华，无所不有。是时予方为儿，犹想见其风俗，欢声和气，洋溢道路之间，动植咸若。令人歌柳词，闻其声，听其词，如丁斯时，使人慨然有感。呜呼，太平气象，柳能一写于乐章，所谓词人盛世之黼藻，岂可废耶？④

---

① 脱脱等撰：《宋史》，第9册，中华书局1977年版，第3018页。
② 唐圭璋编纂，王仲闻参订，孔凡礼补辑：《全宋词》，第2册，中华书局1999年版，第1164页。
③ 徐安琪：《唐五代北宋词学思想史论》，人民文学出版社2007年版，第374页。
④ 黄裳：《书〈乐章集〉后》，曾枣庄、刘琳主编《全宋文》，第103册，上海辞书出版社、安徽教育出版社2006年版，第106页。

第一章　从盛唐到北宋：词之"唐音""宋调"审美范式的确立

　　黄裳在徽宗朝曾官至礼部尚书，是礼乐活动的负责人之一。他作有《演山居士新词》，并在自序中旗帜鲜明地主张词要像诗歌一样，承担起社会教化功能。柳词因为"能道嘉祐中太平气象"，被黄裳抬到了与杜诗相提并论的地步，称其"典雅文华，无所不有"，是"盛世之黼藻"，这大概是在仁宗朝被贴上了"俗"名标签的柳永做梦也想不到的。它说明，柳词的赋颂功能在此时已得到官方的认可，堂而皇之地进入了宫廷文化场，成为这个场域中士人作词的模仿对象。据王灼《碧鸡漫志》卷二记载，当时沈公述、李景元、孔方平、处度叔侄、晁次膺、万俟雅言等人，"源流从柳氏来，病在无韵"①，可知他们主要学习的是柳词"铺叙展衍，备足无余"的作风。其中晁端礼（次膺）、万俟咏（雅言）为大晟词人，颂词颇多。此外，晏几道、毛滂、晁冲之等均作有"黼藻太平"之词。黄裳今存的五十多首词的内容也多为歌颂北宋承平时期的太平景象和描写宴游之乐。

　　在宫廷文化场中，皇帝是绝对的意见领袖，他的审美趣味决定着宫廷文艺的风格。徽宗的制礼作乐活动和黼藻太平的政治意图造成了赋颂词风的兴盛，但他又是个文艺天才，诗、词、文、画、书法、音乐兼擅，这使他的审美趣味能不为政治身份所囿，融进了宋代士人推崇的精致文雅。他在《保和殿记》中这样描写"工致其巧，人致其力"的宫殿："上饰纯绿，下漆以朱，无文藻绘画五采。垣墉无粉泽，浅墨作寒林平远禽竹而已。前种松竹、木犀、梅桐、橙橘、兰蕙，有岁寒秋香、洞庭吴会之趣。后列太湖之石，引沧浪之水。陂池连绵，若起若伏，支流派别，萦纡清泚，有瀛洲方壶、长江远渚之兴。左实典谟、训诰、经史，以宪章古始，有典有则；右藏三代鼎彝，俎豆、敦盘、尊罍，以省象制器，参于神明，荐于郊庙。东序置古今书画，第其品秩，玩心游思，可喜可愕。西桄收琴阮笔砚，以挥毫洒墨，放怀适情。"② 园林的风格、陈设、收藏，处处显示出主人用心之细致、意趣之高雅、知识之

---

① 王灼：《碧鸡漫志》，唐圭璋编《词话丛编》，第1册，中华书局1986年版，第83页。
② 陈均编，许沛藻等点校：《皇朝编年备目纲要》，中华书局2006年版，第709页。

广博。他曾写了三百首宫词,皆"咏宫掖之事,乐升平之句"①,遣词造句精致、雍容、华美。他提倡的宫廷画风也注重技巧与法度:"一时所尚,专以形似。苟有自得,不免放逸,则谓不合法度,或无师承。"②由此,他对词的审美要求,也不仅是赋颂之声,而是皇家贵族情调与文人雅趣的结合。我们看两条相关的记载:

"蹙损眉峰碧,纤手还重执。镇日相看未足时,忍便使,鸳鸯只。 薄暮投村驿,风雨愁通夕。窗外芭蕉窗里人,分叶上、心头滴。"祐陵亲书其后云:"此词甚佳,不知何人作,奏来。"盖以询曹组者,今宸翰尚藏其家。③

王都尉有《忆故人》词云:"烛影摇红,向夜阑,乍酒醒,心情懒。尊前谁为唱阳关,离恨天涯远。 无奈云沉雨散,凭阑干,东风泪眼。海棠开后,燕子来时,黄昏庭院。"徽宗喜其词意,犹以不丰容宛转为恨,遂令大晟府别撰腔。周美成增损其词,而以首句为名,谓之《烛影摇红》。云:"芳脸匀红,黛眉巧画宫妆浅。风流天付与精神,全在娇波眼。早是萦心可惯。向尊前,频频顾眄。几回相见,见了还休,争如不见。 烛影摇红,夜阑饮散春宵短。当时谁会唱阳关,离恨天涯远。争奈云收雨散。凭阑干,东风泪满。海棠开后,燕子来时,黄昏深院。"④

无名氏所作的"蹙损眉峰碧"词抒写离情别绪,清丽柔婉,是花间小令常见的题材与风格。王诜的《忆故人》词亦近之。徽宗的态度,说明他对当时仍流行的这种传统词风很是欣赏。而据沈雄《古今词话·词辨》卷上,柳永年少读书时,曾以"蹙损眉峰碧"词题壁,"后悟作词章法。一妓向人道之,永曰:'某于此亦颇变化多方也。'然遂成'屯田蹊径'"⑤。柳

---

① 高儒:《百川书志》,古典文学出版社1957年版,第221页。
② 邓椿著,刘世军校注:《画继校注》,广西师范大学出版社2015年版,第221页。
③ 王明清:《玉照新志》,邓子勉编《宋金元词话全编》,上册,凤凰出版社2008年版,第629页。
④ 吴曾:《能改斋漫录》,下册,上海古籍出版社1979年版,第496—497页。
⑤ 沈雄:《古今词话》,唐圭璋编《词话丛编》,第1册,中华书局1986年版,第911页。

第一章　从盛唐到北宋：词之"唐音""宋调"审美范式的确立

永对于传统词风最明显的变革是慢词的创作及与此相适应的铺叙作风，其题材仍以男女相思最多。因此，徽宗命大晟府将王诜的《忆故人》别撰腔而成慢词，周邦彦使之更加"丰容宛转"的改编，走的就是"屯田蹊径"，只不过以贵族情调代替了市井风情而已。宋徽宗今存的十几首词，其令词如《醉落魄》（"无言哽噎"）、《探春令》（"帘旌微动"）等，均为花间风格；其慢词如《声声慢》（"宫梅粉淡"）、《念奴娇》（"雅怀素态"）、《眊龙谣》（"紫阙岧峣"）等写宫廷生活、皇家气象，都是铺叙的写法，辞藻典雅富艳，风格丰容婉转。他的咏梅词《声声慢》："欺寒冲暖，占早争春，江梅已破南枝。向晚阴凝，偏宜映月临池。天然莹肌秀骨，笑等闲、桃李芳菲。劳梦想，似玉人羞懒，弄粉妆迟。　　长记行歌声断，犹堪恨，无情塞管频吹。寄远丁宁，折赠陇首相思。前村夜来雪里，殢东君、须索饶伊。烂漫也，算百花、犹自未知。"①叙写梅花之姿、抒发相思之情，一派文人的清雅气味。咏杏花词《燕山亭》为其被俘后在燕都的绝笔，"且问且叹，如泣如诉。总是以心中有万分委曲，故有此无可奈何之哀音，忽吞咽，忽绵邈，促节繁音，回肠荡气"②。词的内容、情感虽与居帝位时哀乐有别，但作词的方法技巧仍然一样，是对柳永慢词的提升与雅化。

徽宗的审美趣味给柳永"以赋笔为词"的"宋调"作风的扩散提供了一条新的路径，即将"铺叙展衍"的赋笔、儒家礼乐的中和之美、宋代士人的文雅趣尚加以结合，在词的传统题材、风格中另拓新境。在北宋后期，执行这条路线的代表人物，就是为王诜的《忆故人》"增损其词"的周邦彦。

周邦彦（1056—1121），字美成，自号清真居士，钱塘（今浙江杭州）人。少时疏隽少检，颇近柳永的疏狂性格，又博涉百家之书，"性好音律，如古之妙解，顾曲名堂，不能自已"③。元丰二年（1079），他

---

① 唐圭璋编纂，王仲闻参订，孔凡礼补辑：《全宋词》，第 2 册，中华书局 1999 年版，第 1162—1163 页。
② 唐圭璋选释：《唐宋词简释》，上海古籍出版社 1981 年版，第 148 页。
③ 楼钥：《清真先生文集序》，曾枣庄、刘琳主编《全宋文》，第 264 册，上海辞书出版社、安徽教育出版社 2006 年版，第 100—101 页。

入都为太学生。元丰七年（1084），献《汴都赋》颂美神宗的熙丰新政，"极铺张扬厉之工"，以此从太学外舍生一跃成为学官（试太学正），"声名一日震耀海内，而皇朝太平之盛观备矣"①。其后元祐更化，他外放州县，在教授、县令等位置上辗转十年。哲宗亲政后，新党复兴。周邦彦于绍圣三年（1096）还京为国子主簿，官位渐显。大观元年（1107），迁卫尉宗正少卿兼议礼局检讨。政和七年（1117），进徽猷阁待制，提举大晟府，不久即出知真定府。宣和三年（1121）卒。从生平来看，他混迹过城市的声色场所，经历过党争，曾长期漂泊州县，也曾长时间驻留京城，官至高位，成为徽宗制礼作乐活动中的重要人物。可以说，周邦彦集市井文化、士大夫文化、宫廷文化于一身。这样的集合，使他在词的创作中很自然地就与徽宗的审美趣味达成一致，继承柳永的"宋调"雅质，改造柳永的市井俗风，取得了集大成的成就。

关于周邦彦词，历来论述颇多，在南宋时已被奉为经典。王灼说周词"语意精新，用心甚苦"②；强焕言其"摹写物态，曲尽其妙"③；刘肃赞其"缜密典丽，流风可仰。其征辞引类，推古夸今，或借字用意，言言皆有来历，真足冠冕词林"④；陈振孙认为周邦彦"多用唐人诗语櫽括入律，浑然天成。长调尤善铺叙，富艳精工，词人之甲乙也"⑤；张炎指出："美成负一代词名，所作之词，浑厚和雅，善于融化诗句。"⑥沈义父更是明确提出："凡作词，当以清真为主"，因为"清真最为知音，且无一点市井气，下字运意，皆有法度，往往自唐、宋诸贤诗句中来，而不用经史中生硬字面"⑦。概括起来，其特点主要是运思精心，法度

---

① 楼钥：《清真先生文集序》，曾枣庄、刘琳主编《全宋文》，第264册，第100—101页。
② 王灼：《碧鸡漫志》，唐圭璋编《词话丛编》，第1册，中华书局1986年版，第83页。
③ 强焕：《片玉词序》，曾枣庄、刘琳主编《全宋文》，第276册，上海辞书出版社、安徽教育出版社2006年版，第352页。
④ 刘肃：《片玉集序》，张惠民编《宋代词学资料汇编》，汕头大学出版社1993年版，第208页。
⑤ 陈振孙撰，徐小蛮、顾美华点校：《直斋书录解题》，下册，上海古籍出版社2015年版，第618页。
⑥ 张炎著，夏承焘校注：《词源注》，人民文学出版社2018年版，第9页。
⑦ 沈义父著，蔡嵩云笺释：《乐府指迷笺释》，人民文学出版社2018年版，第48页。

严谨,善于铺叙摹写,多用典故或融化前人诗句,语言富艳精工,风格浑厚和雅以及知音协律等,与徽宗所倡导的文艺审美风尚几乎完全一样。此外,他也有些描写男女情爱的词,"意趣却不高远"①,这应该是市井文化的残留。至于周词与柳词之间的关系,就柳永慢词的铺叙手法这一主要特征而言,前人早有论断,蔡嵩云曾指出:"周词渊源,全自柳出。其写情用赋笔,纯是屯田家法。"② 不过,周邦彦"以赋笔为词"的技巧较之柳永又有新的变化和提高。如夏敬观所说:"耆卿多平铺直叙。清真特变其法,一篇之中,回环往复,一唱三叹。故慢词始盛于耆卿,大成于清真。"③ 试读他的送别词《夜飞鹊》:

河桥送人处,凉夜何其。斜月远堕余辉。铜盘烛泪已流尽,霏霏凉露沾衣。相将散离会处,探风前津鼓,树杪参旗。花骢会意,纵扬鞭、亦自行迟。　　迢递路回清野,人语渐无闻,空带愁归。何意重经前地,遗钿不见,斜径都迷。兔葵燕麦,向残阳、欲与人齐。但徘徊班草,欷歔酹酒,极望天西。④

这首词写了送别过程中的将行、远送、去后、怀望四个阶段的情事,"层次井井,而意致绵密,词采秾深。时出雄厚之句,耐人咀嚼"⑤。陈匪石《宋词举》曾细致地分析了其铺叙的艺术:

起句从"送人"说入。"送人"是事,即全篇感慨所由生。"河桥"是地,为后遍之"前地"伏根。然缓缓说去,有地有事,渐引到当时情景。"良夜何其",贯下三句。"斜月"是夜景。"烛泪"

---

① 张炎著,夏承焘校注:《词源注》,人民文学出版社2018年版,第32页。
② 蔡嵩云:《柯亭词论》,唐圭璋编《词话丛编》,第5册,第4912页。
③ 夏敬观:《手评乐章集》,龙榆生《唐宋名家词选》,上海古籍出版社1980年版,第87页。
④ 唐圭璋编纂,王仲闻参订,孔凡礼补辑:《全宋词》,第2册,中华书局1999年版,第795页。
⑤ 黄苏:《蓼园词评》,唐圭璋编《词话丛编》,第4册,第3088页。

是"离会"。"凉露沾衣"是将散未散时。由此"离会"即散,故继之曰"相将散离会"。"风前津鼓,树杪参旗",著一"探"字,则夜已向晨,行色匆匆矣。于是再言"花骢",言"扬鞭",则竟由会散而送一程矣。临别依依之意,早含于月堕"余辉""烛泪""流尽"之中。至"花骢"两句,则马且"行迟",人意可想,透一层写法,一语可抵千万。以"意"字替代无数言语,极简括,极恢廓,是省字妙法,以措语沉痛到极处,不能再加一句也。前遍将"送人"之事已依次说尽,则后遍更有何说?故过变即说归途。送时愿其"行迟",归时觉其"迢递",同此经行之地,而心理不同。所以然者,前此有人对语,今则各自西东,临歧之语已"渐无闻",但带离别之愁独自归去。然有作万一之想者,"重经前地",或有遗迹可寻耳。而有无"遗钿"既不可见,并所经"斜径"亦都迷惘,惟如刘禹锡之重过玄都观,"兔葵燕麦,摇动春风","向残阳、欲与人齐"。旷地无人,见葵麦而觉其似人,凄恻之境,亦情景交融之极。"残阳"与"斜月"对照,将昨夜至今晡情事,曲曲写出。荏苒光阴,不觉向夕,乍见葵麦,始知已是"残阳",其妙处尤耐寻味也。"但"字以下,写此时感触。所送之人既不可见,只有"徘徊"于"班草"之旧处,"欷歔"于"酹酒"之往事,向"天西""极望",致其深情。于前遍之"送人"、"离会",遥遥绾合,词境词笔既深厚沉著,章法亦极完密。①

所谓"词境词笔既深厚沉著,章法亦极完密",与夏敬观说周邦彦变柳永的"平铺直叙"为"回环往复,一唱三叹"的叙写,其意相近。清人陈廷焯曾以"沉郁顿挫"来形容这一特点。他认为,周词的妙处"亦不外沉郁顿挫。顿挫则有姿态,沉郁则极深厚。既有姿态,又极深厚,词中三昧亦尽于此矣"②。所谓"沉郁",指"意在笔先,神余言外。写怨夫思妇之怀,寓孽子孤臣之感。凡交情之冷淡,身世之飘零,

---

① 陈匪石编著,钟振振校点:《宋词举》,江苏古籍出版社2002年版,第98页。
② 陈廷焯著,杜维沫校点:《白雨斋词话》,人民文学出版社1983年版,第16页。

皆可于一草一木发之。而发之又必若隐若见，欲露不露，反复缠绵，终不许一语道破。匪独体格之高，亦见性情之厚"①。"顿挫"则指章法节奏曲折跌宕，抑扬有致。概言之，周邦彦的"以赋笔为词"，是将深厚的情感以曲折婉转的章法、笔法加以叙写，情感的抒发始终受到理性的节制，不倾泻直露，一览无余，因而具备了儒家礼乐文化提倡的"乐而不淫，哀而不伤""发乎情，止乎礼义"的中和之美。这符合黄裳在其《演山居士新词》自序中提出的以词为诗教的主张，也正是宋型文化的特征之一。虽然周词有多少"孽子孤臣"的政治性情感很难说，但至少从语言、风格、情感表达方式等方面为词提供了符合宋代雅文化要求的典范。而"清真范式"作为词中"宋调"的地位也由此可以确立：它主要从形式技巧方面为词的"宋型化"作出了重要贡献，为南宋姜夔、张炎等人的骚雅之词奠定了基础。

　　需要指出的是，虽然周邦彦的"清真范式"是"宋调"中与"东坡范式"并列的一种审美类型，但相对于"唐音"传统来说，"东坡范式"是"革命派"，而"清真范式"则是"改良派"，是"唐音"风格在宋型文化环境中所发生的一次较为明显的"变态"，并且主要表现在其慢词长调中。杨海明先生曾经指出这一点，认为周邦彦把原先产生、存在于小令词中的"主体风格"在长调中进一步发展和变化，从而开创了"格律派"的新词风②。如前所论，所谓小令词中的"主体风格"，也就是由花间词所奠定的"唐音"的主导风格。而"格律派"则是南宋后期的姜夔等人的词风，是"纯为宋腔"的一派③。陈廷焯说："词至美成，乃有大宗，前收苏秦之终，后开姜史之始，自有词人以来，不得不推为巨擘。后之为词者，亦难出其范围。"④ 此论意在突出周邦彦集南北宋之大成的词史地位，但这几位词人，既有"唐音"的代表作家，也有"宋调"的代表作家，因此也可以说他道出了周邦彦集"唐

---

① 陈廷焯著，杜维沫校点：《白雨斋词话》，人民文学出版社1983年版，第5—6页。
② 杨海明：《唐宋词风格论·张炎词研究》，江苏大学出版社2010年版，第56页。
③ 邵祖平：《词心笺评》，复旦大学出版社2007年版，第151页。
④ 陈廷焯著，杜维沫校点：《白雨斋词话》，第16页。

音""宋调"之大成的特点。缪钺先生曾从作词技巧的角度阐明词风从唐五代到南宋的演变过程，谓"晚唐五代词天机多，无意求工，而自然美好，北宋词天机人巧各半，如周清真词，虽极经意，而尚能浑成，不伤于雕琢，至南宋则弥重技术，人巧胜而天机减矣"[①]。所谓"天机"，为"唐音"所胜，而"人巧"则为"宋调"之长。周词"天机人巧各半"的特点，也说明他的风格是处于唐宋之间。总诸家所论，可知周邦彦所确立的"宋调"中的"清真范式"，事实上是融合了"唐音"的"宋调"。

---

① 缪钺：《姜白石之文学批评及其作品》，缪钺《诗词散论》，上海古籍出版社1982年版，第88页。

第二章　北宋后期到南宋：词体唐宋之辨的初步展开

龚鹏程先生在《江西诗社宗派研究》"自序"中说："大抵宋文化发轫于中唐、复兴于庆历，而具形于元祐，诗歌古文辞之发展亦然。"[①]所论颇得其要。宋代的思想文化发展到仁宗朝后期，开始形成有别于"唐型文化"的自家面目。随着诗文革新运动的展开，宋人的诗、文均有了"宋型化"的自觉追求，并在北宋神宗朝以后完成了这种转变，词同样如此。在上一章中，我们已经指出，词在晚唐五代形成了以花间词风为代表的"唐音"范式，至北宋仍居词坛主流地位，但到了北宋后期，以苏轼为代表的"东坡范式"与以周邦彦为代表的"清真范式"两种"宋调"相继确立。此期的词论中，遂既有追捧传统的"唐音"崇拜，也有树立新风的"宋调"主张，并在比较中萌生出唐宋之辨的论题。南宋因为国势大变和理学盛行，崇雅的呼声日高，词体的唐宋之辨出现了相应的发展变化。"唐音"的声势渐衰，其艺术虽仍受到赞美，但其不合政教一面又常常成为批评之鹄的。而"宋调"则在南宋的社会文化环境中有了进一步的发展，渐成词坛的主唱，出现了辛弃疾与姜夔这样开宗立派的大家。总的来说，从北宋后期到南宋，这是词体唐宋之辨的初步展开期。本章对此期的情况进行论述。

---

① 龚鹏程：《江西诗社宗派研究》，文史哲出版社1983年版，"自序"第3页。

第一节　北宋后期词坛：词论中的"唐音"
　　　　　崇拜与"宋调"主张

词在仁宗朝时虽已成为一种独立的韵文文体，但较之诗、文，地位终究不高。当时大多数人还是把它当成供娱乐消遣的游戏之作，以抒发类型化的男女相思、离愁别恨为主，没有赋予它言志载道的使命。关于这一点，我们从宋仁宗黜落柳永时，要他"且去填词"的态度，以及仁宗朝前期的文坛盟主钱惟演"坐则读经史，卧则读小说，上厕则阅小辞"①的说法即可得知。词的边缘化地位，使词的审美范型由"唐音"向"宋调"的自觉转型要稍晚于诗、文，相关的理论表述则始见于元祐前后。

一　苏派"宋调"，诗论入词

词中"宋调"的开风气者是柳永，但在理论上有明确的主张并通过创作实践确立了广受关注的范式的，首先是苏轼及其门人黄庭坚、张耒等。苏轼自神宗熙宁（1068—1077）以后主盟文坛数十年，以振兴"斯文"为己任，具有强烈的文化责任感。他曾对门人说："文章之任，亦在名世之士，相与主盟，则其道不坠。方今太平之盛，文士辈出，要使一时之文有所宗主。昔欧阳文忠常以是任付与某，故不敢不勉。异时文章盟主，责在诸君，亦如文忠之付授也。"②在这种文化责任感的驱使下，他在完成诗文革新的同时，也在词这片文学园地里树立起革新的旗帜，具体的方式即"以宋诗为词"，建构了词之"宋调"的范式之一。这种革新在苏轼及其门人创作中的表现前已论及，此处就其词论再作分析。他们的"宋调"主张，主要反映在四个方面。

其一，是蕴含了重视道德文化取向的诗词同源论。吴熊和先生曾指

---

① 欧阳修撰，韩谷校点：《归田录（外五种）》，上海古籍出版社2012年版，第22页。
② 李廌撰，孔凡礼点校：《师友谈记》，中华书局2002年版，第44页。

第二章　北宋后期到南宋：词体唐宋之辨的初步展开

出："苏轼的艺术思想是个整体，他论诗、文、书、画的很多精辟见解，都可通之于词。"① 苏轼主张"诗画本一律"（《书鄢陵王主簿折枝》），自然也认为诗词同源。他的《与蔡景繁十四首》云："颁示新词，此古人长短句诗也，得之惊喜，试勉继之。"② 苏轼将词视为《诗经》、汉魏古乐府中的"古人长短句"的同类，与欧阳炯《花间集序》以词上承齐梁宫体相比，《诗经》与汉魏古乐府历来被视为有政教意义，而齐梁宫体则往往是正统士人道德批判的对象，两者显然有道德意义的高下之别。在《祭张子野文》文中，苏轼称道张先"微词宛转，盖《诗》之裔"③，将张先词称为《诗经》的苗裔，同样也有道德上的褒扬意义。因此，他的诗词同源论贯彻了宋代诗文革新运动"文以载道"的理念。

由诗词同源论出发，苏轼又提出了词为"诗余"说，从中亦可见宋人重视道德的文化精神。其《题张子野诗集后》云："张子野诗笔老妙，歌词乃其余技耳。《湖州西溪》云：'浮萍破处见山影，小艇归时闻草声。'与余和诗云：'愁似鳏鱼知夜永，懒同胡蝶为春忙。'若此之类，皆可以追配古人。而世俗但称其歌词。昔周昉画人物，皆入神品，而世俗但知有周昉士女，皆所谓未见好德如好色者欤？"④ 苏轼此文重点在称道张先的诗歌。他认为张先"诗笔老妙，歌词乃其余技"，只喜欢张先的词而不知称赏其诗的世俗之人，是孔子所说的"未见好德如好色者"。显然，在苏轼看来，诗如德，词如色，两者有本末之分。虽然只是个比喻，但已可见苏轼论词时贯彻了宋代诗文革新所强调的"文以载道"的主张。此外，在《文与可画墨竹屏风赞》中，苏轼曾将文与可的文称为"其德之糟粕"，诗为"其文之毫末"，书、画则"皆诗之余"，并感叹说："其诗与文，好者益寡。有好其德如好其画者乎？悲夫！"⑤ 其中的思想观念，与《题张子野诗集后》亦如出一辙。

其二，浸染了"陶写情性"之自觉追求的词体功能论。在苏轼之

---

① 吴熊和：《唐宋词通论》，上海古籍出版社 2010 年版，第 284 页。
② 苏轼著，孔凡礼点校：《苏轼文集》，第 4 册，中华书局 1986 年版，第 1662 页。
③ 苏轼著，孔凡礼点校：《苏轼文集》，第 5 册，第 1943 页。
④ 苏轼著，孔凡礼点校：《苏轼文集》，第 5 册，第 2146 页。
⑤ 苏轼著，孔凡礼点校：《苏轼文集》，第 2 册，第 614 页。

前，宋初潘阆的《逍遥词》"附记"曾认为"曲子"抒情言志的"作用"与诗歌"理且一焉"[1]，仁宗朝的陈世修在《阳春集序》中也认为冯延巳词是"吟咏情性"[2]。两人所论，或可视为北宋后期词之"陶写情性"论的先声。不过，潘阆强调的是词可以如诗歌一样表现隐逸高蹈的情怀，即"用意欲深，放情须远"的一面，所指范围较为狭窄；陈世修所论，尚未舍弃词之"娱宾而遣兴"的前提。而苏轼及其门人，则将他们在诗、文领域"陶写情性"的理论认识与自觉追求全面移入词中。苏轼对于"情性"有自己独到的思考与见解。他认为：人的情、性与命三者处于同一层面，"性"与"命"是"莫知其所以然而然"的"一而不二"之整体；"情"为"性之动也。溯而上，至于命，沿而下，至于情，无非性者"[3]。现实生活中，人的各种活动往往是先从情感出发的，因此他特别重视"人情"对于文章的意义："六经之道，惟其近于人情，是以久传而不废。"[4] 在苏轼看来，文学创作活动是真情实感的自然抒发："山川之秀美，风俗之朴陋，贤人君子之遗迹，与凡耳目之所接者，杂然有触于中，而发于咏叹。""夫昔之为文者，非能为之为工，乃不能不为之为工也。山川之有云雾，草木之有华实，充满勃郁，而见于外，夫虽欲无有，其可得耶！"[5] 他强调"文以达吾心，画以适吾意"[6]，文学创作以主体情性的自由表达为鹄的，"常行于所当行，常止于不可不止"[7]。这些虽非直接论词之语，但如上所论，苏轼的艺术思想是个整体，他既秉持"诗画一律"、词乃"诗之裔"的观念，则其于词亦作如是观，故其词能如元好问所说："情性之外，不知有文字。"[8]

---

[1] 潘阆：《逍遥词·附记》，邓子勉编《宋金元词话全编》，上册，凤凰出版传媒集团、凤凰出版社2008年版，第20页。
[2] 陈世修：《阳春集序》，邓子勉编《宋金元词话全编》，上册，第64页。
[3] 苏轼著，龙吟点评：《东坡易传》，吉林文史出版社2002年版，第5页。
[4] 苏轼著，孔凡礼点校：《苏轼文集》，第1册，中华书局1986年版，第55页。
[5] 苏轼著，孔凡礼点校：《苏轼文集》，第1册，第323页。
[6] 苏轼著，孔凡礼点校：《苏轼文集》，第5册，第2211页。
[7] 苏轼著，孔凡礼点校：《苏轼文集》，第5册，第2069页。
[8] 元好问：《遗山集》，永瑢等《景印文渊阁四库全书》，第1191册，台湾商务印书馆1986年版，第425页。

第二章　北宋后期到南宋:词体唐宋之辨的初步展开

苏门弟子中,黄庭坚与张耒对苏轼的观点深为认同。黄庭坚主张"诗者,人之情性也"①,其论词也从情性的表现出发。他所作的《小山集序》,以主要篇幅写晏几道"磊隗权奇,疏于顾忌"的率真性情,"其痴亦自绝人"的个性特点:"仕宦连蹇,而不能一傍贵人之门,是一痴也;论文自有体,不肯一作新进士语,此又一痴也;费资千百万,家人寒饥,而面有孺子之色,此又一痴也;人百负之而不恨,己信人,终不疑其欺己,此又一痴也。"由此,遂有"乃独嬉弄于乐府之余,而寓以诗人句法。清壮顿挫,能动摇人心","狎邪之大雅,豪士之鼓吹"的歌唱创作②。张耒在《东山词序》中则指出:"文章之于人,有满心而发,肆口而成,不待思虑而工,不待雕琢而丽者,皆天理之自然,而情性之至道也。"歌词也是"情动于中而形于言"的结果,是用来"寄其意"的。由于是根于情性的自然感发流露,"虽欲已焉而不得","才之所至亦不自知",故贺铸词风格多样:"盛丽如游金、张之堂,而妖冶如揽嫱、施之祛,幽洁如屈、宋,悲壮如苏、李。"③他的这些论述,把论词与宋代儒学中常见的论道、论性的话头结合在一起,"显现出其对陶写情性词体功能明晰、理性而系统的认识,苏轼以诗陶写情性的词体功能观在张耒这里具有了鲜明的理论色彩"④。

其三,注重立意、学问的词体创作论。宋人作诗文,极重立意。虽然宋前已有"文以意为主"的说法,但"其所谓的'意'与'情性'并无根本区别"⑤。宋人赋予了"意"以新的内涵,将它与"理"结合起来。梅尧臣《续金针诗格》云:"有内外意:内意欲尽其理,外意欲尽其象,内外含蓄,方入诗格。"⑥在这里,"意"被分成了内外两层,

---

① 黄庭坚:《书王知载朐山杂咏后》,黄庭坚著,刘琳、李勇先、王蓉贵校点:《黄庭坚全集》,第2册,四川大学出版社2001年版,第666页。
② 黄庭坚:《小山集序》,黄庭坚著,刘琳、李勇先、王蓉贵校点:《黄庭坚全集》,第1册,第413页。
③ 张耒:《张耒集》,下册,中华书局1990年版,第755页。
④ 徐安琪:《唐五代北宋词学思想史论》,人民文学出版社2007年版,第235页。
⑤ 李春青:《宋学与宋代文学观念》,北京师范大学出版社2001年版,第100页。
⑥ 胡仔纂集,廖德明校点:《苕溪渔隐丛话》,人民文学出版社1962年版,第259页。

内层面的"意"是对"理"的说明。在此基础上，他提出的"意新语工，得前人所未道""状难写之景，如在目前，含不尽之意，见于言外"[①]等诗学主张，被后人尊为宋诗的重要纲领。北宋后期宋学大盛，王、洛、关、蜀诸家无不谈义理、讲性理、论事理，文论亦多重"意"尚"理"之说，其中又以苏门一派为突出代表。苏轼曾教人以作文之法说："天下之事散在经子史中，不可徒使，必得一物以摄之然后为己用。所谓一物者，意是也。不得钱不可以取物，不得意不可以用事，此作文之要也。"[②] 他所说的"意"，指个人的观点见解，其中自然包含了他对事物"自然之理""必然之理"[③] 的看法。张耒在《与友人论文因以诗投之》一诗中所言可视为对苏轼观点的补充说明："我虽不知文，尝闻于达者。文以意为车，意以文为马。理强意乃胜，气盛文如驾。"[④] 其他苏门文人也颇多类似的观点。如黄庭坚《与王观复书》说："好作奇语自是文章病，但当以理为主。理得而辞顺，文章自然出群拔萃。"[⑤] 其《与孙克秀才》云："请读老杜诗，精其句法，每作一篇，必使有意为一篇之主，乃能成一家，不徒老笔砚、玩岁月矣。"[⑥] 尚"理"重"意"的文学思想，必然导致对学问的重视，因为"词意高胜，要从学问中来"[⑦]。苏轼才气过人，但同样重视读书求学。其《送任伋通判黄

[①] 欧阳修：《六一诗话》，何文焕辑《历代诗话》，上册，中华书局1981年版，第267页。

[②] 阮阅：《诗话总龟后集》卷二十二，人民文学出版社1987年版，第140页。

[③] 苏轼《上曾丞相书》："幽居默处而观万物之变，尽其自然之理。"（见苏轼著，孔凡礼点校《苏轼文集》，第4册，中华书局1986年版，第1379页）《滟滪堆赋》："天下之至信者，唯水而已。江河之大与海之深，而可以意揣。唯其不自为形，而因物以赋形，是故千变万化而有必然之理。"（见苏轼著，孔凡礼点校《苏轼文集》，第1册，第1页）

[④] 张耒：《张耒集》，上册，中华书局1990年版，第128页。

[⑤] 黄庭坚著，刘琳、李勇先、王蓉贵校点：《黄庭坚全集》，第2册，四川大学出版社2001年版，第470页。

[⑥] 黄庭坚：《与孙克秀才》，曾枣庄、刘琳主编《全宋文》，第105册，上海辞书出版社、安徽教育出版社2006年版，第165—166页。

[⑦] 黄庭坚：《论作诗文》，曾枣庄、刘琳主编《全宋文》，第107册，第92页。按：胡仔《苕溪渔隐丛话》前集卷四十七引黄庭坚的这段话作："山谷云：'诗词高胜，要从学问中来。后来学诗者，虽时有妙句，譬如合眼摸象，随所触体得一处，非不即似，要且不是；若开眼全体见之，合古人处，不待取证也。'又云：'诗文不可凿空强作，待境而生，便自工耳。每作一篇，先立大意，长篇须曲折三致意，乃可成章。'"（胡仔纂集，廖德明校点：《苕溪渔隐丛话》，人民文学出版社1962年版，第320页）观其所言，专论作诗而不涉及词，故当以"词意高胜"为是。

州兼寄其兄孜》诗云:"别来十年学不厌,读破万卷诗愈美。"① 黄庭坚针对诗歌创作所提出的"点铁成金""夺胎换骨"等方法,均以学问、读书为基础②。在"诗词一律"、诗词同源的观念下,这种文学思想必然影响到词的创作与理论。创作方面,苏轼等人在词中大量用典以及集句词、檃括词等词体形式的出现即可见一斑。在词论中,也有相当明确的表述,如黄庭坚评苏轼的《卜算子·黄州定惠院作》云:"语意高妙,似非吃烟火食人语。非胸中有万卷书,笔下无一点尘俗气,孰能至此!"③ 此外,黄庭坚的《小山集序》言晏几道"文章翰墨,自立规模""潜心六艺,玩思百家",张耒的《东山词序》言贺铸"博学业文,而乐府之词高绝一世"等语,虽未直接说明词与学问的关系,但亦有以此显示词人文化涵养深厚、其词亦品格不凡的意思。

其四,推崇气格的词体美学风格论。"气格"是宋代论诗者所崇尚的美学标准。"气格"中之"气",指人的精神气质。在诗论中,它指诗人精神气质流注于作品所形成的蕴含、生机、气势;"格"有二义:一为"品格",指诗歌内容所体现出来的旨义趣尚;一为"体格",主要指诗歌形式方面的体制格式。"气格"中的"格",主要取"品格"之义④。不过,诗歌的"品格",也往往于其"体格"有所表现。周裕锴先生在《宋代诗学通论》中曾对这一审美范畴详加论述。他说:"宋诗学中有一个突出命题,即崇扬一种至大至刚、充实完善的人格力量。这种人格力量通过'治心养气'而获得,并通过'命意造语'而转化

---

① 苏轼:《送任伋通判黄州兼寄其兄孜》,苏轼著,王文诰辑注《苏轼诗集》卷六,中华书局1982年版,第233—234页。

② 黄庭坚《答洪驹父书》云:"自作语最难,老杜作诗,退之作文,无一字无来处。盖后人读书少,故谓韩、杜自作此语耳。古之能为文章者,真能陶冶万物,虽取古人之陈言入于翰墨,如灵丹一粒,点铁成金也。"见黄庭坚著,刘琳、李勇先、王蓉贵校点《黄庭坚全集》,第2册,第475页。又,《冷斋夜话》卷一记其论诗之语云:"诗意无穷,而人之才有限。以有限之才,追无穷之意,虽渊明、少陵,不得工也。然不易其意而造其语,谓之换骨法;窥入其意而形容之,谓之夺胎法。"见上海古籍出版社编《宋元笔记小说大观》,第2册,上海古籍出版社2007年版,第2171页。

③ 黄庭坚:《跋东坡乐府》,黄庭坚著,刘琳、李勇先、王蓉贵校点《黄庭坚全集》,第2册,第660页。

④ 傅璇琮、许逸民等主编:《中国诗学大辞典》,浙江教育出版社1999年版,第25—26页。

为一种诗歌的审美特质。这种审美特质就是宋人崇尚的'格'，或曰'气格'、'格力'。"他认为，唐五代诗论中的"格"，主要指诗歌形式、风格美的标准，而宋诗学中的"格"，已超越形式层面，甚至超越风格层面，成为宋代士人精神风貌的艺术结晶，具有了价值论的内涵，是宋诗根本区别于唐诗的一项重要标准[①]。词之"唐音"中由温庭筠领衔的花间词风由于是"以晚唐诗为词"，故在气格上有所不足，宋代吴可（字思道）曾经指出这一点，认为"晚唐诗失之太巧，只务外华，而气弱格卑，流为词体耳"[②]。南唐词与北宋前期的晏、欧等人的大部分小令，以及柳永的大量软媚之作，尚未完全脱去花间习气，同样也缺少体现"至大至刚、充实完善"的士人精神的气格。至苏轼建立了词之"宋调"中的"东坡范式"，始形成了"独崇气格"的美学特征[③]。东坡的词论虽未明确提出"气格"两字，但其以"气格"为词应具的美学标准则是可以推知的。黄昇《唐宋诸贤绝妙词选》卷二在苏轼《永遇乐》词题下记载：

  秦少游自会稽入京，见东坡，坡云："久别当作文甚胜，都下盛唱公'山抹微云'之词。"秦逊谢，坡遽云："不意别后公却学柳七作词。"秦答曰："某虽无识，亦不至是，先生之言，无乃过乎？"坡云："'销魂当此际'，非柳词句法乎？"秦惭服。[④]

秦观的《满庭芳》（"山抹微云"）词为盛传一时的名作，苏轼却认为他学习的是柳永词中的软媚作风，并举词中的"销魂当此际"为证，谓其为"柳词句法"。如上所论，宋诗所崇的士大夫的"气格"是通过"命意造语"转化为诗歌的审美特质的，因此苏轼批评的虽然是

[①] 周裕锴：《宋代诗学通论》，巴蜀书社1997年版，第289—290页。
[②] 吴可：《藏海诗话》，丁福保辑《历代诗话续编》，上册，中华书局1983年版，第331页。
[③] 陈洵《海绡翁说词稿》"通论"云："东坡独崇气格，箧规柳秦，词体之尊，自东坡始。南渡而后，稼轩崛起，斜阳烟柳，与故国月明相望于二百年中，词之流变，至此止矣。"陈洵：《海绡说词》，唐圭璋编《词话丛编》，第5册，中华书局1986年版，第4837页。
[④] 黄昇：《唐宋诸贤绝妙词选》，《花庵词选》，中华书局1958年版，第44页。

秦观词的句法，其实质正是"以气格为病"，故曾戏云："山抹微云秦学士，露花倒影柳屯田。"① 正因为推崇气格，他将自己激昂壮观、意气飞扬的《江神子》（"老夫聊发少年狂"）词，谓为"虽无柳七郎风味，亦自是一家"②。他所欣赏的柳词，是《八声甘州》（"对潇潇暮雨洒江天"）中的"霜风凄紧，关河冷落，残照当楼"这样意境高远的句子。他称赞友人陈季常的词"句句警拔，诗人之雄，非小词也"③，也是认为其词句的"警拔"体现诗歌常见的雄健的气格之美。他评黄庭坚《浣溪沙》词云："鲁直作此词，清新婉丽。问其得意处。自言以水光山色，替却玉肌花貌。此乃真得渔父家风也。然才出新妇矶，又入女儿浦，此渔父无乃太澜浪乎？"④ 评李煜《破阵子》（"四十年来家国"）词："后主既为樊若水所卖，举国与人，故当恸哭于九庙之外，谢其民而后行，顾乃挥泪宫娥，听教坊离曲哉！"⑤ 这种批评，亦可见其对词之"气格"的注意。

二 "花间"为宗，韵高为胜

苏轼及其门人黄庭坚、张耒等人以诗论为词论，对词之"宋调"中的"东坡范式"从源流、内蕴、创作、风格等方面作了初步的总结与阐述，提出了上述具有宋型文化特色的词学观点，为"以诗为词"的革新路向奠定了理论基础。但是，在当时词坛仍以"唐音"的创作为主流的情况下，传统的词学观念根深蒂固，即使在苏门内部，也未形成统一的意见。

苏门六学士之一的晁补之词学苏轼，在词评中曾为苏轼词"多不谐音律"辩护，认为"居士词横放杰出，自是曲子中缚不住者"⑥。然

---

① 叶梦得：《避暑录话》，第1册，中华书局1985年版，第50页。
② 苏轼著，孔凡礼点校：《苏轼文集》，第4册，中华书局1986年版，第1559页。
③ 苏轼著，孔凡礼点校：《苏轼文集》，第4册，第1569页。
④ 苏轼著，孔凡礼点校：《苏轼文集》，第5册，第2157页。
⑤ 苏轼著，孔凡礼点校：《苏轼文集》，第5册，第2151—2152页。
⑥ 胡仔纂集，廖德明校点：《苕溪渔隐丛话》后集，人民文学出版社1962年版，第253页。

而他又说:"眉山公之词短于情,盖不更此境也。"他所说的"情",非指士大夫的"情性"之"情",而是指词之"唐音"中常写的男女之情,故同为苏轼门人的陈师道反对此说,认为"宋玉初不识巫山神女,而能赋之,岂待更而知也"①。不过,陈师道反对的只是晁补之认为男女恋情需要经历过才能描写的说法,他对苏轼"以诗为词",注重陶写士大夫的情性而偏离词之"唐音"的传统风格是有所不满的,故而认为"退之以文为诗,子瞻以诗为词,如教坊雷大使之舞,虽极天下之工,要非本色"②。在推崇"唐音"的本色风格上,他和晁补之又站到了一起。晁对黄庭坚的一些词,也有"固高妙,然不是当家语,自是着腔子唱好诗"③的评价。在作词的主要目的仍然是供歌女演唱以娱人的大环境没有改变的情况下,苏轼那种体现士大夫人格精神、需关西大汉执铁板而唱的"宋调"注定不会有太多市场。他的弟子李廌曾作《品令》词嘲讽一善讴老翁云:"唱歌须是,玉人檀口,皓齿冰肤。意传心事,语娇声颤,字如贯珠。 老翁虽是解歌,无奈雪鬓霜须。大家且道,是伊模样,怎如念奴。"④南宋初的王灼在《碧鸡漫志》中也指出:"今人独重女音,不复问能否。而士大夫所作歌词,亦尚婉媚。"⑤这种"重女音""尚婉媚"的风气,除了会反映在创作上,也必然会体现为词论中对"唐音"的崇拜。

在北宋后期主张"宗唐"的词人中,李之仪有明确的理论表述。李之仪(1047—1117),字端叔,号姑溪居士,原籍沧州无棣(今属山东),后徙楚州山阳(今江苏淮安)。神宗熙宁六年(1073)进士。哲宗绍圣初,苏轼知定州,辟为管勾机宜文字,后以元祐党籍遭贬。有《姑溪居士集》。其《跋吴思道小词》云:

---

① 胡仔:《苕溪渔隐丛话》前集,中华书局香港分局1976年版,第346页。
② 胡仔纂集,廖德明校点:《苕溪渔隐丛话》后集,人民文学出版社1962年版,第192页。
③ 胡仔纂集,廖德明校点:《苕溪渔隐丛话》后集,第253页。
④ 唐圭璋编,王仲闻参订,孔凡礼辑补:《全宋词》,第2册,中华书局1999年版,第822页。
⑤ 王灼:《碧鸡漫志》,唐圭璋编《词话丛编》,第1册,中华书局1986年版,第79页。

第二章 北宋后期到南宋:词体唐宋之辨的初步展开

长短句于遣词中最为难工,自有一种风格,稍不如格,便觉龃龉。唐人但以诗句,而用和声抑扬以就之,若今之歌《阳关词》是也。至唐末,遂因其声之长短,句而以意填之,始一变以成音律。大抵以《花间集》中所载为宗,然多小阕。至柳耆卿,始铺叙展衍,备足无余,形容盛明,千载如逢当日。较之《花间》所集,韵终不胜,由是知其为难能也。张子野独矫拂而振起之,虽刻意追逐,要是才不足而情有余。良可佳者,晏元献、欧阳文忠、宋景文,则以其余力游戏,而风流闲雅,超出意表,又非其类也。谛味研究,字字皆有据,而其妙见于卒章,语尽而意不尽,意尽而情不尽,岂平生可得仿佛哉!思道覃思精诣,专以《花间》所集为准。其自得处,未易咫尺可论。苟辅之以晏、欧阳、宋,而取舍于张、柳,其进也,将不可得而御矣。①

李之仪的这篇词跋较为明确地表现出了唐宋之辨意识。他的基本立场是崇"唐音"的,这一点我们从"大抵以《花间集》中所载为宗""较之《花间》所集,韵终不胜,由是知其为难能也""专以《花间》所集为准"等话语中可以看出。尤为重要的是,他对词之"唐音""宋调"的美学特征进行了比较。

在李之仪看来,以《花间集》为宗的"唐音"最突出的特点是"韵"。所谓"韵",最初的含义指音乐声音的协调和谐,魏晋时常被用来论人物品貌,如葛洪《抱朴子·博喻》云:"妍姿媚貌,形色不齐,而悦情可均;丝竹金石,五声诡韵,而快耳不异。"② 将悦情与快耳相联结,实现了"听觉、视觉、心觉的贯通"③。《世说新语》多次出现"风韵""气韵""神韵""高韵""雅韵"等词,用来形容人清逸、超旷的外貌、个性、气质。此后,"韵"作为一种审美标准进入了文艺批评领域。南朝谢赫

---

① 李之仪:《姑溪居士全集》,第 1 册,中华书局 1985 年版,第 310 页。
② 葛洪:《抱朴子》,上海书店 1986 年版,第 171 页。
③ 参考陈良运《论"韵"的美学内涵》,陈良运《跨世纪论学文存》,上海远东出版社、上海三联书店 2003 年版,第 135 页。

以"韵"论人物画，其《古画品录》将"气韵"列为"图画六法"之一，谓"气韵，生动是也"①。认为"生动"是"气韵"的主要审美特征。刘勰《文心雕龙》论声律，谓"异音相从谓之和，同声相应谓之韵"②。"韵"在此处指的是音韵。至中唐，皎然《诗式》论"辨体有十九字"条下首标"高"字："风韵切畅曰高。"③ 意指高远脱俗的情韵。到了北宋后期，社会的文化素养普遍提高，文人雅士以"韵"来评诗论文谈艺已成时代风尚。苏轼在《书黄子思诗集后》一文中说：

> 予尝论书，以谓钟、王之迹，萧散简远，妙在笔画之外。至唐颜、柳，始集古今笔法而尽发之，极书之变，天下翕然以为宗师，而钟、王之法益微。至于诗亦然。苏、李之天成，曹、刘之自得，陶、谢之超然，盖亦至矣。而李太白、杜子美以英玮绝世之姿，凌跨百代，古今诗人尽废，然魏、晋以来高风绝尘，亦少衰矣。李、杜之后，诗人继作，虽间有远韵，而才不逮意，独韦应物、柳宗元发纤秾于简古，寄至味于澹泊，非余子所及也。④

苏轼所界定的"韵"，就书法而论，是"萧散简远，妙在笔墨之外"，于诗则是"发纤秾于简古，寄至味于澹泊"。黄庭坚同样重视文艺中的"韵"味。他在《题绛本法帖》中说："观魏晋间人论事，皆语少而意密，大都犹有古人风泽，略可想见。论人物要是韵胜为尤难得，蓄书者能以韵观之，当得仿佛。"⑤ 其《题摹燕郭尚父图》云："凡书画当观韵"，"此与文章同一关纽"⑥。其《与党伯舟帖》又云："诗颂要得出尘拔俗，有远韵而语平易。"⑦ 而北宋名臣范祖禹之子、秦观的女

---

① 沈子丞：《历代论画名著汇编》，文物出版社1982年版，第17页。
② 刘勰著，黄叔琳注：《文心雕龙》，上海古籍出版社2015年版，第200页。
③ 皎然：《诗式》，何文焕辑《历代诗话》，上册，中华书局1981年版，第36页。
④ 苏轼著，孔凡礼点校：《苏轼文集》，第5册，中华书局1986年版，第2124页。
⑤ 黄庭坚著，刘琳、李勇先、王蓉贵校点：《黄庭坚全集》，第2册，第750页。
⑥ 黄庭坚著，刘琳、李勇先、王蓉贵校点：《黄庭坚全集》，第2册，第729页。
⑦ 黄庭坚著，刘琳、李勇先、王蓉贵校点：《黄庭坚全集》，第3册，第1805页。

第二章 北宋后期到南宋:词体唐宋之辨的初步展开

婿范温则有一篇专门论"韵"的文章,对"韵"这一审美范畴进行了细致全面的辨析,将其内涵总结为:

> 且以文章言之,有巧丽,有雄伟,有奇,有巧,有典,有富,有深,有稳,有清,有古。有此一者,则可以立于世而成名矣;然而一不备焉,不足以为韵。众善皆备而露才用长,亦不足以为韵。必也备众善而自韬晦,行于简易闲淡之中,而有深远无穷之味……测之而益深,究之而益来,其是之谓矣。其次一长有余,亦足以为韵;故巧丽者发之于平淡,奇伟有余者行之于简易,如此之类是也。①

不管文学还是艺术,有"韵"的共同点在于以简驭繁,有余不尽,和而不同,含而不露。如钱钟书先生所言:"画之写景物,不尚工细,诗之道情事,不贵详尽,皆留有余地,耐人玩味,俾由其所写之景物而冥观未写之景物,据其所道之情事而默识未到之情事。"② 词之"韵"形态如何,范温未曾论及,不过李之仪在这样的时代背景下以"韵"论词,其意义与苏、黄、范等人所论之"韵"应该具有同一性。此外,晁补之的《评本朝乐章》曾用"韵"来比较张先与柳永词:"张子野与柳耆卿齐名,而时以子野不及耆卿;然子野韵高,是耆卿所乏处。"③ 亦可参证。综合各方论述以及《跋吴思道小词》一文的内容,可以探知由《花间集》流衍至晏、欧等人的词之"唐音",其有"韵"的美学特征包含了以下几点:一是抑扬和婉的声韵美,这是词之"唐音"倚声而作的音乐特性及其以女声为主的演唱方式所决定的;二是含蓄蕴藉的文韵美,即文辞表达不能"尽发其美,无复余蕴",要"语尽而意不尽,意尽而情不尽",在情景交融的意境中呈现形象,抒发情思;三是风流闲雅的情韵美,这一点其实是北宋的晏、欧等人赋予"唐音"的

---

① 转引自钱钟书《管锥编》,第 4 册,中华书局 1979 年版,第 1362—1363 页。
② 钱钟书:《管锥编》,第 4 册,第 1358—1359 页。
③ 胡仔纂集,廖德明校点:《苕溪渔隐丛话》后集,人民文学出版社 1962 年版,第 253 页。

时代新变，但变而不失其正，仍在"花间范式"之内。与"唐音"之"韵"相对的，是柳永词的"铺叙展衍，备足无余"。柳永为词之"宋调"的开创者，多写慢词，其特点是以赋笔为词，铺张辞藻，尽情展衍，形容曲尽，语言直露。他的这种风格，好处是适宜于描写盛世图景，歌咏太平气象，也比较容易在普通民众中传播，但因为"露才用长"，与"备众善而自韬晦，行于简易闲淡之中，而有深远无穷之味"异趣，所以"韵终不胜"。值得注意的是，李之仪尽管推崇以《花间集》为代表的"唐音"之"韵"，强调词"自有一种风格，稍不如格，便觉龃龉"，但他的词学观还是比较通达的，对于词之"宋调"的美学风格也给予了一定程度的肯定。他提倡的学词方法，是在"以《花间》所集为准"的同时，"辅之以晏、欧阳、宋，而取舍于张、柳"。晏殊、欧阳修、宋祁、张先等人的词，多属有"韵"的"唐音"；柳永虽然"亦自有唐人妙境"①，但那些"铺叙展衍，备足无余"的词，却属于"宋调"。李之仪将柳永也列入可以学习的对象之一，可见其创作方法论是以"唐音"为主，而参之以"宋调"。

　　李之仪做过苏轼的僚属，与苏轼多有酬唱，其文章"往往具苏轼之一体，盖气类渐染，与之化也"，诗歌虽不及苏轼之魄力雄厚，却也"轩豁磊落"②。因此，他论词虽未谈及苏轼，无法确知他对苏轼"以诗为词"革新的态度，但从他肯定柳词"形容盛明，千载如逢当日"的表述来看，应该还是受到了苏轼诗词一体观念的影响，故关注了柳词的政治功能。这说明，在宋型文化渐成的背景下，儒家诗教观念深入人心，即使是重视词之"唐音"的艺术之美的词人，也会关注词体的社会功用，在一定程度上接纳"宋调"。

三　诗教论词，别是一家

　　苏轼诗词一体的词学观及其"以诗为词"的"宋调"范式的确立，

---

① 彭孙遹：《金粟词话》，唐圭璋编《词话丛编》，第 1 册，中华书局 1986 年版，第 723 页。
② 纪昀等：《钦定四库全书总目》，下册，中华书局 1997 年版，第 2078 页。

第二章 北宋后期到南宋：词体唐宋之辨的初步展开

为儒家诗教观念渗入词论中打开了通道，而李之仪所倡的以《花间集》为宗又参之以宋人之词的学词方式，则提示了兼融唐宋的可能性。这样到了徽宗朝，词论中就出现了两种发展倾向：一种完全以诗教论词，强调词之"宋调"的社会功用；一种同时重视词的艺术特性，试图在"唐音"的基础上建构与"以诗为词"的"宋调"不同的另一种"宋调"。前者以黄裳为代表，后者以李清照为代表。

黄裳（1044—1130），字冕仲，一作勉仲，号演山，延平（今福建南平）人。神宗元丰五年（1082）进士，徽宗朝官至礼部尚书，有《演山先生文集》六十卷。其词学观的理论表述主要见于《书〈乐章集〉后》与《演山先生新词序》两文。《书〈乐章集〉后》已见前引，其谓柳词"能道嘉祐中太平气象，如观杜甫诗，典雅文华，无所不有"，为"盛世之黼藻"[1]。黄裳的生年虽较李之仪要大几岁，但其贵显是在徽宗朝崇宁、大观之时。他这篇评柳永词的小文，应该是作于徽宗朝颂词成风的氛围中，与宋徽宗元宵词"黼藻太平春"[2]的说法颇为近似，是徽宗锐意制礼作乐以文太平的政治意图的反映。而这种词体功能观，又源自"诗教"说，这在他的《演山居士新词序》表现得更加明显。其云：

> 演山居士闲居无事，多逸思，自适于诗酒间，或为长短篇及五七言，或协以声而歌之，吟咏以舒其情，舞蹈以致其乐。因言风雅颂，诗之体；赋比兴，诗之用。古之诗人，志趣之所向，情理之所感，舍思则有赋，触类则有比，对景则有兴，以言乎德则有风，以言乎政则有雅，以言乎功则有颂。采诗之官，收之于乐府，荐之于郊庙，其诚可以动天地，感鬼神，其理可以经夫妇，移风俗。有天下者得之以正乎下，而下或以为嘉。有一国者得之以化乎下，而下或以为美。以其主文有谲谏，故言之者无罪，闻之者足以诫。然则

---

[1] 黄裳：《书〈乐章集〉后》，曾枣庄、刘琳主编《全宋文》，第 103 册，上海辞书出版社、安徽教育出版社 2006 年版，第 106 页。

[2] "黼藻太平春"一语，出自宋徽宗的词《满庭芳慢》（"寰宇清夷"），此词系对大臣范致虚进呈的颂词《满庭芳慢》的和韵之作。

> 古之歌词，固有本哉。六序以风为首，终于雅颂，而赋比兴存乎其中，亦有义乎。以其志趣之所向，情理之所感，有诸中以为德，见于外以为风，然后赋比兴本乎此以成其体，以给其用。六者圣人特泛以义而为之名。苟非义之所在，圣人之所删焉。故予之词清淡而正，悦人之听者鲜，乃为序以为说。①

在这篇序言里，黄裳旗帜鲜明地用诗来比附词，用儒家对于诗歌美学特征、社会功能的认识来要求词。他认为"古之歌词，固有本哉"，其根本就是《诗经》的"六义"，而这"六义"又是诗人在道德、政治、社会教化等因素的影响下形成并为此服务的："以其志趣之所向，情理之所感，有诸中以为德，见于外以为风，然后赋比兴本乎此以成其体，以给其用。六者圣人特泛以义而为之名。苟非义之所在，圣人之所删焉。"他的词就是根据这种"诗教"理论创作的结果，其美学特点是"清淡而正，悦人之听者鲜"。黄裳的这种儒家诗教色彩浓厚的词学观，与苏轼的诗词一体的词学观在根本上是一致的，都是宋代儒学复兴思潮的产物，是对词之"唐音"以唯情唯美的内容与形式服务于士大夫娱乐消遣风气的反拨，因此应属于词之"宋调"的理论主张。作为一个身居高位者，其影响力自然非同一般，南宋鲖阳居士等人以"骚雅"论词，即与此一脉相承。但是，黄裳将诗与词从各个方面几乎完全等同起来，完全以诗论为词论，实际上取消了词的文体独立性。而且，他过分强调词的政教功能，必然会影响到创作主体性情的自然抒发，影响到词的审美功能的实现，导致"悦人之听者鲜"的后果，使词的传播受到限制，反过来又会弱化词的政教效果。从这点来说，他这种体现了官方意识形态的词学观相对于苏轼等人诗词一体的词学观来说，又是一种窄化与僵化，容易束缚创作的活力。

与黄裳的词学观相比，李清照的《词论》虽也受到儒家诗教观的影响，但更关注的是词的美学特征。其云：

---

① 黄裳：《演山集卷二十》，邓子勉编《宋金元词话全编》，上册，凤凰出版社2008年版，第114—115页。

乐府声诗并著，最盛于唐。开元天宝间，有李八郎者，能歌擅天下。时新及第进士开宴曲江，榜中一名士先召李，使易服隐姓名，衣冠故敝，精神惨沮，与同之宴所，曰："表弟愿与座末。"众皆不顾。既酒行乐作，歌者进。时曹元谦、念奴为冠，歌罢，众皆咨嗟称赏。名士忽指李曰："请表弟歌。"众皆哂，或有怒者。及转喉发声，歌一曲，众皆泣下，罗拜曰："此李八郎也。"自后郑卫之声日炽，流靡之变日烦，已有《菩萨蛮》、《春光好》、《莎鸡子》、《更漏子》、《浣溪沙》、《梦江南》、《渔父》等词，不可遍举。五代干戈，四海瓜分豆剖，斯文道熄。独江南李氏君臣尚文雅，故有"小楼吹彻玉笙寒"、"吹皱一池春水"之词。语虽甚奇，所谓"亡国之音哀以思"也。逮至本朝，礼乐文武大备，又涵养百余年，始有柳屯田永者，变旧声，作新声，出《乐章集》，大得声称于世，虽协音律，而词语尘下。又有张子野、宋子京兄弟、沈唐、元绛、晁次膺辈继出，虽时时有妙语，而破碎何足名家。至晏元献、欧阳永叔、苏子瞻，学际天人，作为小歌词，直如酌蠡水于大海，然皆句读不葺之诗尔。又往往不协音律者。何耶？盖诗文分平侧，而歌词分五音，又分五声，又分六律，又分清浊轻重。且如近世所谓《声声慢》、《雨中花》、《喜迁莺》，既押平声韵，又押入声韵；《玉楼春》本押平声韵，又押上去声韵，又押入声。本押仄声韵，如押上声则协，如押入声，则不可歌矣。王介甫、曾子固，文章似西汉，若作一小歌词，则人必绝倒，不可读也。乃知别是一家，知之者少。后晏叔原、贺方回、秦少游、黄鲁直出，始能知之。又晏苦无铺叙，贺苦少典重，秦即专主情致，而少故实，譬如贫家美女，虽极妍丽丰逸，而终乏富贵态。黄即尚故实，而多疵病，譬如良玉有瑕，价自减半矣。[①]

对于这篇《词论》，历来讨论颇多，歧说纷纭。据夏承焘等大多数学者

---

① 李清照著，徐培均笺注：《李清照集笺注》，上海古籍出版社2002年版，第266—267页。

的意见，其作年应在靖康之变发生以前，也就是北宋末期①。在文中，李清照的核心观点是"词别是一家"，即主张词与诗不同，有其独特的审美特性。据此，很多学者认为李清照理论上颇重视词自唐代以来的传统风格，亦即词之"唐音"的风格。而其创作，历来大多被视为花间词所奠基的"婉约派"的代表，当然也是属于"唐音"一脉。按照这样的看法，李清照无论是理论还是创作，都与苏轼"以诗为词"的"宋调"处于两个不同的阵营。然而，笔者以为这种认识并不确切，两者其实貌异心同，都具有宋型文化精神，只不过李清照所倡的是兼融了"唐音"的"宋调"。

首先，李清照《词论》的思想基础仍为儒家的诗教观念，对儒家的礼乐文化与词的关系颇为重视。从儒家的诗教观出发，她指斥中晚唐词是"郑、卫之声日炽，流糜之变日烦"，五代则"斯文道息"，江南李氏君臣虽尚文雅，但其词为"亡国之音哀以思"，宋代则"礼乐文武大备，又涵养百余年"，终于有诸多词人出现。由此可见，晚唐温庭筠及西蜀、南唐词人所建构的"唐音"主流风格是她的批评对象，"在对歌词要表现一种健康情感，高雅格调，开阔境界，包蕴现实与历史内涵这一点上，易安与苏轼的取向是一致的"②。这种批评及其取向，正是宋型文化精神的表现。

其次，李清照所提出的词体应该具备的审美特性，有的是"唐音"的特点，如协律可歌、浑成、情致等，有的则属"宋调"的新风，如铺叙、典重、故实等。因此将她归类于坚守传统的"唐音"一派是只得其一端，并不全面。

---

① 夏承焘《评李清照的〈词论〉》认为全文"无一语涉及靖康之变，我疑心是她早年之作"。见夏承焘《夏承焘集》，第2册，浙江古籍出版社、浙江教育出版社1996年版，第257页。吴熊和《唐宋词通论》认为"当作于北宋末，反映了崇宁、大观间的词风趋向，不是历尽艰危的南渡后的作品"（吴熊和：《唐宋词通论》，上海古籍出版社2010年版，第289页）。陈祖美《李清照评传》推测作于北宋大观年间（1107—1110）（陈祖美：《李清照评传》，南京大学出版社1995年版，第63—64页）。彭玉平认为"大约创作于李清照与赵明诚屏居青州期间"，"综合来看，以写在北宋后期稍前的可能性为大"（彭玉平：《中国分体文学史·词学卷》，上册，山西教育出版社2013年版，第86页）。费秉勋《李清照〈词论〉新探》则认为也可能写于南渡以后，甚至是李清照晚年［费秉勋：《李清照〈词论〉新探》，《西北大学学报》（哲学社会科学版）1985年第2期］。

② 张惠民：《宋代词学审美理想》，人民文学出版社1995年版，第34页。

最后，从创作方面来说，李清照虽被奉为婉约词风的代表作家，但其词中亦蕴含了士大夫的精神气格。清人陆昶《历朝名媛诗词》卷十一云："玩其笔力，本自矫拔，词家少有，庶几苏、辛之亚。"① 沈增植《菌阁琐谈》亦云："易安倜傥有丈夫气，乃闺阁中之苏、辛，非秦、柳也。"② 今人王兆鹏先生则从抒情范式角度加以考察，认为李清照词与东坡词尽管风格有异，但存在着深层的内在联系，"属于苏轼、辛弃疾这一'规范体系'"③。也就是说，李清照词的抒情范式是属于"宋调"。创作表现虽不一定能做到其理论主张完全一致，但内在的基本理念、艺术追求应该具有同一性。

基于以上几点原因，笔者认为李清照的《词论》尽管对"唐音"的审美特性有所肯定，特别是协律可歌这一点，但就本质而言，她主张的是词之"宋调"的美学观，确切地说，是融合了"唐音"之长的"宋调"美学观。从创作来看，这种美学观所对应的"宋调"的典型作家，并不是她自己，而是"清真范式"的创建者周邦彦。她在《词论》中虽然没有提到周邦彦，但一种理论的提出，总以一个时代的创作风气作为基础。在北宋后期，将"唐音"的题材、风格与铺叙、典重、故实等符合宋型文化美学追求的形式相融，是与苏轼重在"陶写情性"、扩展词的内容的"宋调"并行的词风革新，且势力更大，认同者更多。周邦彦词作为此种"宋调"的代表，恰与李清照兼融唐宋的词学观相合，在逻辑上是可以成立的④。

---

① 陆昶：《历朝名媛诗词》卷十一，孙克强编《唐宋人词话》，南开大学出版社2012年版，第496页。
② 沈增植：《菌阁琐谈》，唐圭璋编《词话丛编》，第4册，中华书局1986年版，第3605页。
③ 王兆鹏：《唐宋词史论》，人民文学出版社2000年版，第168页。
④ 按：周邦彦词是否完全符合李清照《词论》所倡的审美理想，学界有争议。夏承焘说："她和周邦彦是同时代的作家，若拿她这些议论、见解来读周邦彦的《清真词》，却正是'波澜莫二'。他们两人并不曾见过面，而创作道路却如此不谋而合！"见夏承焘《夏承焘集》，第2册，浙江古籍出版社、浙江教育出版社1996年版，第255页。日本学者青山宏说："李清照为什么在其《词论》中没有论及周邦彦？这是因为周邦彦的词正是满足了李清照认为的词的条件。"见[日]青山宏《唐宋词研究》，程郁缀译，北京大学出版社1995年版，第308页。张惠民则认为，周邦彦词在北宋影响并不大，其词多写艳情而乏品格，曾为许多人所否定，故李清照不可能奉清真词为典范。见张惠民《宋代词学审美理想》，人民文学出版社1995年版，第37—40页。

第二节 南宋前期词坛:"唐音"与"宋调"在接受中的三种趋向

本节所论的南宋前期,指的是从宋高宗建炎元年(1127)南渡到宋宁宗开禧三年(1207)这段时间。开禧三年,韩侂胄所主持的开禧北伐落幕,南宋从此完全转入苟安状态,而继承与发展了苏轼这一派的"宋调"、具有标志性意义的大词人辛弃疾亦于此年去世,因此从政治史与文学史两方面来看都可以说是前后期的界碑。

靖康之变的发生,毁灭了汴京的如梦繁华,金兵大肆烧杀抢掠,徽、钦二帝均成了俘虏,高宗赵构仓皇南渡建立了南宋小朝廷,历史又一次进入了南北对峙的状态。在南宋前期,虽然传统的"唐音"仍有一定的市场,对花间词艺术的欣赏、模仿以及奉花间为宗的词学观念一直存在,但面对国破家亡的深悲巨痛,许多士人已无法安心在花间尊前听哀婉缠绵、唯情唯美的丽词艳曲,描写漂泊苦难、英雄悲愤、迁客信念、遁世情怀等具有现实意义的词迅速增加,"宋调"中主张陶写情性的"东坡范式"从理论到创作逐渐被较为广泛地接受,至辛弃疾这一词中巨龙登场,更是将这一派的风格发扬到了极致。而作为"宋型文化"思想核心的理学在南宋的发展与成熟,则使"崇雅""复雅"之风吹拂词坛,于是否定绮靡之"唐音"而力倡"骚雅"之"宋调"的呼声渐高,对词的形式与内容都提出了"雅"的要求。

一 崇唐流风,花间遗韵

北宋人推崇词之当行本色,其实质即推崇以花间所集为宗的"唐音"风格。这种对"唐音"艺术技巧、审美风格的称赏,在南宋也未曾消歇。南宋初的杨湜于《古今词话》中评东都防河卒于汴河上掘地所得石刻上的词云:"词凡九十四字,而风花莺燕动植之物曲尽之,此唐人语也。后之状物写情，不及之矣。"① 认为"后之状物写情"不及"唐人语"，其对"唐音"艺术技巧的推崇，可见一斑。绍兴十一年（1141），南宋与金签订和议，上层统治者为得以苟安而欢欣鼓舞，次年即放开自靖康之变后实行的乐禁，宫廷及士大夫间的宴享娱乐活动大增，这使得以服务此种场合为主要功能的"唐音"继续获得了生存的空间。绍兴十八年（1148），晁谦之（1090—1154）作《花间集跋》云：

> 右《花间集》十卷，皆唐末才士长短句，情真而调逸，思深而言婉。嗟夫！虽文之靡无补于世，亦可谓工矣。建康旧有本，比得往年例卷，犹载郡将监司僚幕之行，有《六朝实录》与《花间集》之贶。②

晁谦之在高宗朝历任要职，其时在知建康府任上。从他的这段话中，我们可以看到当时身居高位的士大夫对于以《花间集》为代表的"唐音"的态度。他认为花间词情感真挚，声调清逸，思绪深微，语言委婉，尽管从政教伦理的角度来说，这种靡丽的文风"无补于世"，但就艺术来说仍很值得肯定。尤其值得注意的是，他还记载建康的官场在给郡将、监司、僚幕送行的时候，《花间集》也是例行的礼物之一。由此，亦可知当时词坛的崇唐风气。

与晁谦之同时的陈善也是一个崇唐派。陈善生平不详，未见其仕历记载。他著有《扪虱新话》两集八卷"考论经史诗文，兼及杂事"。据其自跋，上集成于绍兴十九年（1149），下集成于绍兴二十七年（1157）。其论诗重"气韵"，认为"文章以气韵为主，气韵不足，虽有辞藻，要非佳作也"。从这一理论立场出发，他称赞陶渊明诗"韵胜"，韩愈诗"自有一种风韵"③。而以"韵"为主要审美特征之一的词之"唐音"，

---

① 杨湜：《古今词话》，唐圭璋编《词话丛编》，第1册，中华书局1986年版，第45页。
② 晁谦之：《花间集跋》，张惠民编《宋代词学资料汇编》，汕头大学出版社1993年版，第190页。
③ 陈善：《扪虱新话》，第1册，中华书局1985年版，第1页。

自然也是他推崇的对象。他在《扪虱新话》下集卷二中说："唐末诗格卑陋，而小词最为奇绝。今世人尽力追之，有不能及者。予故尝以唐《花间集》，当为长短句之宗。"① 他的这段话，以《花间集》为长短句之宗的观点与北宋后期的李之仪相似，而推许唐词"最为奇绝"，认为宋人"尽力追之，有不能及者"，在崇唐的同时又有些贬宋的意思，较李之仪的观点偏向性更为明显。大概也是出于这个原因，他认为"唐音"特征较为明显的秦观词的成就在东坡之上②。

上述诸人崇唐的词学观，也反映在高宗朝词坛的创作情况中。龙榆生先生曾言高宗时期"外逼于强敌，内误于权奸。在长短句中所表现之热情，非嫉谗邪之蔽明，即痛仇雠之莫报，苍凉激壮，一振颓风"③。此论就南宋前期词坛大势来看无误，但仅就高宗朝来说尚不够全面。高宗朝服务于宫廷与士人的娱乐、多写闺情怨思题材的"唐音"，在数量上较之北宋后期并无明显变化。据许伯卿先生《宋词题材研究》统计，高宗朝写艳情、闺情题材的词有681首，占同期词作的22.37%。北宋哲宗、徽宗两朝共有艳情、闺情词258首，占同期词作的20.74%④。在占同期词作的比例上，两者差不多，而在绝对数上，高宗朝的艳情、闺情词甚至要远超哲宗、徽宗两朝。虽然艳情、闺情词未必都属"唐音"，且很多词人的生活与创作时期跨越了南、北宋，其词无法准确编年，但这个统计大体上还是可以说明问题的。诸葛忆兵先生曾指出，在高宗朝，有相当部分词人依然坚持歌词娱乐消费的文体功能特征，"似乎很少感觉到周围环境有了多大的变化，他们怡然自得，醉心于醇酒美女，在战乱动荡的年代继续着花前月下的浅斟低唱。艳情，是他们主要的描写内容；柔婉，是他们主要的表现风格"⑤。在这方面创作较多的词人有康与之、扬无咎、曹勋、周紫芝等。

---

① 陈善：《扪虱新话》，第1册，中华书局1985年版，第67页。
② 陈善：《扪虱新话》，第1册，第7页。
③ 龙沐勋：《两宋词风转变论》，龙沐勋编《词学季刊》，第2卷，第1号，上海书店1985年版，第16页。
④ 许伯卿：《宋词题材研究》，中华书局2007年版，第43—45页。
⑤ 诸葛忆兵：《多维视野下的宋代文学》，中国社会科学出版社2015年版，第48页。

第二章 北宋后期到南宋：词体唐宋之辨的初步展开

　　康与之（生卒年不详），字伯可，渡江后依附秦桧求进，"捷于歌诗及应用文，为教坊应制。秦每燕集，必使为乐语词曲"①。其词"谀艳粉饰"，时人"以比柳耆卿辈"②。除了粉饰太平的词作，亦多有抒写风花雪月、艳情闺思的小令。黄昇《中兴以来绝妙词选》卷一曾引王性之语，称其词"非近代所及。今有晏叔原，亦不得独擅"③。试读其《卖花声·闺思》：

　　　　愿损远山眉。幽怨谁知。罗衾滴尽泪胭脂。夜过春寒愁未起，门外鸦啼。　　惆怅阻归期。人在天涯。东风频动小桃枝。正是销魂时候也，撩乱花飞。④

　　这首词是比较典型的"唐音"风格，用山眉、罗衾、胭脂、春夜、啼鸦、桃枝、飞花等细微柔婉的意象写闺中思妇的幽怨，缠绵婉转，末句"撩乱花飞"以景结情，余味不尽，是"唐音"中常用的手法。故而沈谦《填词杂说》云："填词结句，或以动荡见奇，或以迷离称隽，著一实语，败矣。康伯可'正是销魂时候也，撩乱花飞'、晏叔原'紫骝认得旧游踪，嘶过画桥东畔路'、秦少游'放花无语对斜晖，此恨谁知'，深得此法。"⑤

　　扬无咎（1097—1169），字补之，清江人，其主要创作活动时间在高宗朝，有《逃禅词》。他人品高洁，不愿依附秦桧，隐逸避世，以诗酒歌舞自娱，其词集中也有不少绮艳之作，延续了"唐音"的风格。如《蝶恋花》云：

---

① 赵彦卫：《云麓漫抄》，永瑢等《景印文渊阁四库全书》，第 864 册，台湾商务印书馆 1986 年版，第 358 页。
② 张宗橚：《词林纪事》，张宗橚编，杨宝霖补正《词林纪事·词林纪事补正》，上海古籍出版社 1998 年版，第 588 页。
③ 黄昇：《中兴以来绝妙词选》，黄昇辑，王雪玲、周晓微校点《花庵词选》，辽宁教育出版社 1997 年版，第 152 页。
④ 唐圭璋编纂，王仲闻参订，孔凡礼补辑：《全宋词》，第 2 册，中华书局 1999 年版，第 1691 页。
⑤ 沈谦：《填词杂说》，唐圭璋编《词话丛编》，第 1 册，中华书局 1986 年版，第 633 页。

> 春睡腾腾长过午。楚梦云收,雨歇香风度。起傍妆台低笑语。画檐双鹊尤偷顾。　笑指遥山微敛处。问我清癯,莫是因诗苦。不道别来愁几许。相逢更忍从头诉。①

词人回忆与一位女子的情事,通过描写其春睡初起的形容、气味、笑声及对"我"的打趣之语,使美丽可爱、善解人意的形象跃然而出,引动词人的别后相思。他的赠妓词如《垂丝钓》云:"玉纤半露。香檀低应鼍鼓。逸调响穿空,云不度。情几许。看两眉碧聚。为谁诉。"②《夜行船》云:"醉袖轻笼檀板转。听声声、晓莺初啭。花落城南,柳青客舍,多少旧愁新怨。"③《解蹀躞》云:"金谷楼中人在,两点眉颦绿。叫云穿月,横吹楚山竹。"④ 咏鞋词如《蝶恋花》:"端正纤柔如玉削。窄袜宫鞋,软衬吴绫薄。掌上细看才半搦。巧偷强夺尝春酌。"⑤ 基本上属于此类风格。

曹勋(1098—1174),字公显,号松隐,曹组之子,有《松隐乐府》三卷。曹勋为人忠而有节,曾因忤秦桧而奉祠闲居十年。他的词中颇多颂圣应制之作,也有一些"唐音"风格的作品。如写歌伎演奏音乐的《浣溪沙》云:"翠袖携持婉有情。湘筠犀轴巧装成。声随一苇更分明。　倚竹双丝明玉细,低眉数曲语莺轻。转移新韵几多声。"⑥ 将歌伎表演时的精美服饰、婉转情态与音乐结合在一起,艳而不俗,颇具"唐音"神韵。他的另一首《浣溪沙》("玉柱檀槽立锦筵")写歌伎演奏琵琶,也是同样的风调。《酒泉子》词写闺中思妇:"檐间鹊语卜归期。应是疑人犹驻马,琐窗日影又还西。翠眉低。"⑦ 也是传统的题材与风格。

---

① 唐圭璋编纂,王仲闻参订,孔凡礼补辑:《全宋词》,第 2 册,中华书局 1999 年版,第 1535 页。
② 唐圭璋编纂,王仲闻参订,孔凡礼补辑:《全宋词》,第 2 册,第 1529 页。
③ 唐圭璋编纂,王仲闻参订,孔凡礼补辑:《全宋词》,第 2 册,第 1560 页。
④ 唐圭璋编纂,王仲闻参订,孔凡礼补辑:《全宋词》,第 2 册,第 1529 页。
⑤ 唐圭璋编纂,王仲闻参订,孔凡礼补辑:《全宋词》,第 2 册,第 1535 页。
⑥ 唐圭璋编纂,王仲闻参订,孔凡礼补辑:《全宋词》,第 2 册,第 1592 页。
⑦ 唐圭璋编纂,王仲闻参订,孔凡礼补辑:《全宋词》,第 2 册,第 1593 页。

周紫芝（1082—1155），字少隐，自号竹坡居士、二妙老人等，少从张耒、李之仪游，高宗绍兴十二年（1142）进士，次年出仕。有《竹坡词》一卷。周紫芝《鹧鸪天》（"楼上缃桃一萼红"）题注云："予少时酷喜小晏词，故其所作，时有似其体制者。"①《四库全书总目》据此言其作词"本从晏几道入，晚乃刊除秾丽，自为一格"②。但是，其词集中涉及家国愁恨的作品并不多，倒是闺情相思一类的传统题材有不少。如《鹧鸪天》云：

> 一点残红欲尽时。乍凉秋气满屏帏。梧桐叶上三更雨，叶叶声声是别离。　调宝瑟，拨金猊。那时同唱鹧鸪词。如今风雨西楼夜，不听清歌也泪垂。③

这首词不在周紫芝所称的三首少时所作的《鹧鸪天》之类，故应为其南渡之后所作。词写听雨有感，先叙夜凉灯残、秋气满帏的环境，然后化用温庭筠《更漏子》词"梧桐树，三更雨，不道离情最苦。一叶叶，一声声，空阶滴到明"的意思，描写夜雨别情。下半阕先忆旧时相聚的欢乐，再折回到现在的风雨西楼之夜，结以"不听清歌也泪垂"的悲情。这种风格，颇近于秦观的"将身世之感打并入艳情"，亦属于"唐音"之变。

高宗朝之后，词坛的"唐音"创作数量呈相对下降趋势④，但其艺术魅力仍然影响着时人的审美眼光。据周密《武林旧事》卷三《西湖游幸条》载：宋孝宗淳熙年间，太学生俞国宝在西湖断桥边的酒店中乘醉写下了一首《风入松》词：

---

① 唐圭璋编纂，王仲闻参订，孔凡礼补辑：《全宋词》，第2册，中华书局1999年版，第1135页。
② 纪昀等：《钦定四库全书总目》，下册，中华书局1997年版，第2789页。
③ 唐圭璋编纂，王仲闻参订，孔凡礼补辑：《全宋词》，第2册，第1134页。
④ 据统计，从孝宗朝的隆兴和议到宁宗朝的开禧北伐（1165—1206），有词6913首，其中艳情、闺情题材词1121首，占比16.2%，较之高宗朝的22.37%有明显下降。参见许伯卿《宋词题材研究》，中华书局2007年版，第43—45页。

一春长费买花钱。日日醉湖边。玉骢惯识西泠路，骄嘶过、沽酒楼前。红杏香中歌舞，绿杨影里秋千。　　东风十里丽人天。花压鬓云偏。画船载取春归去，余情付、湖水湖烟。明日重携残酒，来寻陌上花钿。

这首词恰好被时已退养的高宗看见，"上笑曰：'此词甚好，但末句未免儒酸。'因为改定云：'明日重扶残醉。'则迥不同矣。即日命解褐云"①。俞国宝的这首词绮丽柔婉，是花间一派的"唐音"风调，与政教无涉，却获得了最高统治者的认可、修改，还给了他"解褐"的待遇，由此亦可见当时对"唐音"美学风格从宫廷到民间的一致认同。

此期一些忧国忧时、常以词为陶写情性之具的词人，也不乏"唐音"的创作。如被后人视为豪放派词人之首的辛弃疾（1140—1207），他的"中调短令亦间作妩媚语"②。如：

　　春水。千里。孤舟浪起。梦携西子。觉来村巷夕阳斜。几家。短墙红杏花。　　晚云做造些儿雨。折花去。岸上谁家女。太狂颠。那岸边。柳绵。被风吹上天。（《唐河传》）③

　　芳草绿萋萋。断肠绝浦相思。山头人望翠云旗。蕙香佳酒君归。　　惆怅画檐双燕舞。东风吹散灵雨。香火冷残箫鼓。斜阳门外今古。（《河渎神》）④

　　红粉靓梳妆，翠盖低风雨。占断人间六月凉，明月鸳鸯浦。根底藕丝长，花里莲心苦。只为风流有许愁，更衬佳人步。（《卜算子》）⑤

---

① 周密：《武林旧事》卷三，邓子勉编《宋金元词话全编》，下册，凤凰出版传媒集团、凤凰出版社2008年版，第1628页。
② 邹祗谟：《远志斋词衷》，唐圭璋编《词话丛编》，第1册，中华书局1986年版，第652页。
③ 唐圭璋编纂，王仲闻参订，孔凡礼补辑：《全宋词》，第3册，中华书局1999年版，第2476页。
④ 唐圭璋编纂，王仲闻参订，孔凡礼补辑：《全宋词》，第3册，第2487页。
⑤ 唐圭璋编纂，王仲闻参订，孔凡礼补辑：《全宋词》，第3册，第2500页。

第二章 北宋后期到南宋：词体唐宋之辨的初步展开

《唐河传》词题注"效花间集"，《河渎神》亦注"效花间体"，其用语、意境均刻意向花间词学习。《卜算子》词咏荷花，虽未明确标注学花间，但其红粉、靓妆、翠盖、风雨、明月、鸳鸯等辞藻，其"只为风流有许愁，更衬佳人步"的情调，也类似花间词。此外，其词多壮语、嗣响辛弃疾的刘过（1154—1206），存词八十七首，其中赠妓、别妓之类写恋情、艳情的有三十四首，超过了1/3。这些词多为侑酒遣兴而作，词调基本为小令，其抒情方式具有"花间范式"的普泛化和类型化特征[①]，亦多属"唐音"。

与辛弃疾同样力主抗战，在词中唱出了"当年万里觅封侯，匹马戍梁州"（《诉衷情》）这样慷慨激昂调子的陆游，则不仅作有纤丽的"唐音"，而且有理论上的认识。陆游（1125—1210），字务观，号放翁，山阴（今浙江绍兴）人。以荫补登仕郎，高宗绍兴二十二年（1152）荐送列第一。富于爱国热情，而仕途不利，生平多任州府通判等职，宁宗嘉泰二年（1202）权同修国史、实录院同修撰兼秘书监，升宝章阁待制，致仕。有词集《放翁词》，一名《渭南词》。杨慎评价其词"纤丽处似淮海，雄快处似东坡"[②]。陆游类似于苏轼的"雄快"之作此处不论，其"纤丽"之作，可举《乌夜啼》：

> 金鸭余香尚暖，绿窗斜日偏明。兰膏香染云鬟腻，钗坠滑无声。　　冷落秋千伴侣，阑珊打马心情。绣屏惊断潇湘梦，花外一声莺。[③]

像这样描写闺情相思的词，风流旖旎，自属《花间》格调的"唐音"一派。尤其值得注意的，是他所作的两篇《花间集》跋语：

> 《花间集》皆唐末五代时人作。方斯时，天下岌岌，生民救死不

[①] 参见李冬红《〈花间集〉接受史论稿》，齐鲁书社2006年版，第236—237页。
[②] 杨慎著，王幼安校点：《词品》，人民文学出版社1998年版，第141页。
[③] 唐圭璋编纂，王仲闻参订，孔凡礼补辑：《全宋词》，第3册，中华书局1999年版，第2055页。

暇，士大夫乃流宕如此，可叹也哉！或者出于无聊故邪？（其一）①

唐自大中后，诗家日趣浅薄，其间杰出者，亦不复有前辈闳妙浑厚之作，久而自厌，然梏于俗尚，不能拔出。会有倚声作词者，本欲酒间易晓，颇摆落故态，适与六朝跌宕意气差近，此集所载是也。故历唐季五代，诗愈卑而倚声者辄简古可爱。盖天宝以后，诗人常恨文不迨；大中以后，诗衰而倚声作，诸人以其所长格力施于所短，后世孰得而议？笔墨驰骋则一，能此不能彼，未易以理推也。（其二）②

陆游的第一篇跋语批评唐末五代士大夫身处乱世，不能救危扶艰，却放荡无行，去作花间词这样无益于政教、聊供消遣的艳词。这体现了儒家诗教观的影响。但是其第二篇跋语则是纯粹地就艺术而论词。他指出，词的兴起，是"诗衰而倚声作"的演进结果，其创作目的是"本欲酒间易晓"，即为士人的宴饮娱乐服务，所以能够不拘一格，打破诗歌的体制约束与"日趣浅薄"的风气，形成"与六朝跌宕意气差近""简古可爱"的风格。从第二篇跋语的主要内容来看，显然他对花间词的艺术成就是相当认可的。这一点还可从他对《花间集》代表词人温庭筠的欣赏中得到证明。如其《跋金奁集》盛赞温庭筠的八阕《南乡子》"语意工妙，殆可追配刘梦得《竹枝》，信一时杰作也"③，又在《徐大用乐府序》中惋惜温庭筠的《南乡子》词"高胜不减梦得《竹枝》，迄今无深赏音者"④。

陆游的第二篇《花间集跋》作于开禧元年（1205），第一篇未详作于何时。不过，将花间词的艺术与其不合政教的一面分而论之，从伦理政治上加以批评的同时而又推崇"唐音"的艺术之美，这正是南宋前期部分词人与论词者的态度。陆游的《长短句序》说："予少时汩于世俗，颇有所为，晚而悔之。然渔歌菱唱，犹不能止，今绝笔已数年，念

---

① 陆游：《〈花间集〉跋》，张惠民编《宋代词学资料汇编》，汕头大学出版社1993年版，第190页。
② 陆游：《〈花间集〉跋》，张惠民编《宋代词学资料汇编》，第190页。
③ 陆游：《跋金奁集》，张惠民编《宋代词学资料汇编》，第188页。
④ 陆游：《徐大用乐府序》，张惠民编《宋代词学资料汇编》，第222页。

旧作终不可掩,因书其首以识吾过。"① 这段话不仅是陆游自己的矛盾心态的反映,也代表了南宋前期相当一部分词人。

二 以诗为源,推尊东坡

"唐音"虽好,但亡国之悲、战乱之痛的冲击,终究使许多士人无法安享宴乐,醉心歌舞。而在宋型文化的浸润下,宋代的士人多具有强烈的淑世精神,他们"大都富有对政治、社会的关注热情,怀有'以天下为己任'的责任感和使命感,努力于经世济时的功业建树中,实现自我的生命价值"②。面对宋室南渡的家国巨变,他们自然也会有应变的积极性与主动性。反映在文学思想上,是儒家重教化的实用主义文学观被进一步强调与发扬。于是,让词从类型化的绮情艳思、封闭性的香闺小院中走出来,如同诗歌一样面向现实社会、寄托士人襟怀、抒写广阔人生就成了大势所趋。尤其值得注意的是,由于徽宗朝以绍述新法为名,南渡之后,不少士人乃至君王都将亡国之责上推至王安石的变法。建炎三年(1129),司勋员外郎赵鼎言:"自熙宁间王安石用事,肆为纷更,祖宗之法扫地而生民始病。至崇宁初,蔡京托名绍述,尽祖安石之政以致大患。"③绍兴四年(1134),宗正少卿兼直史馆范冲又对高宗说:"王安石自任己见,尽变祖宗法度,上误神宗,天下之乱,实兆于此。"高宗回答:"极是。朕最爱元祐。"④ 由此,北宋后期所推行的"荆公新学"遭到全面的否定,而当时被禁的"元祐学术"则大行于世。苏轼作为"元祐学术"的代表人物,其道德文章在南宋前期被推崇备至。宋孝宗在乾道九年(1173)特赠苏轼太师,并亲制《苏文

---

① 陆游著,马亚中、涂小马校注:《渭南文集校注》,第2册,浙江古籍出版社2015年版,第122页。
② 王水照主编:《宋代文学通论》,河南大学出版社1997年版,第13页。
③ 李心传撰,辛更儒点校:《建炎以来系年要录》卷二十四,建炎三六月己酉条,第2册,上海古籍出版社2018年版,第506—521页。
④ 李心传撰,辛更儒点校:《建炎以来系年要录》卷七十九,绍兴四年八月戊寅朔条,第4册,第1323—1338页。

忠公赠太师制》，褒扬他"不可夺者峣然之节，莫之致者自然之名。经纶不究于生前，议论常公于身后。人传元祐之学，家有眉山之书。朕三复遗编，久钦高躅。王佐之才可大用，恨不同时。君子之道暗而彰，是以论世"①。《鹤林玉露》记载此事时说："孝宗最重大苏之文，御制序赞，特赠太师，学者翕然诵读，所谓'人传元祐之学，家有眉山之书'，盖纪实也。"② 这种"纪实"性，大量见之于时人对于苏轼的评价。如赵夔《注东坡诗集序》云："东坡先生读书数千万卷，学术文章之妙，若太山北斗，百世尊仰，未易可窥测其藩篱，况堂奥乎！"③ 孙觌有诗云："东坡百世师，乘云上骑箕。文争日月光，气敌嵩华齐。"④ 陆游《跋东坡帖》称赞苏轼："不以一身祸福，易其忧国之心，千载之下，生气凛然，忠臣烈士，所当取法也。"⑤ 又在《玉局观拜东坡先生海外画像》诗中云："公车三千牍，字字炭飞动。气力倒犀象，律吕谐鸾凤……秕糠《郊祀歌》，远友《清庙》颂。我生虽后公，妙句得吟讽。整衣拜遗像，千古尊正统。"⑥ 陈傅良《跋东坡桂酒颂》甚至认为："公之文，宜作宋一经，以传无穷，藏之名山，副在京师。"⑦ 在这样浩浩荡荡的崇苏大潮中，北宋后期尚不被广泛接受的"东坡范式"的"宋调"，从理论到创作都有了大批士人的认同、追随、推扩与发扬。

在理论上首先明确标举苏轼的"宋调"的，是王灼的《碧鸡漫志》。王灼生卒年不详，其《碧鸡漫志》成书于绍兴十九年（1149），是首部较为系统的词学著作。他继承了苏轼以词为"诗余""诗之裔"

---

① 苏轼撰，郎晔注：《经进东坡文集事略》一，《续修四库全书》编纂委员会编《续修四库全书》，第1314册，上海古籍出版社2002年版，第604页。
② 罗大经撰，孙雪霄校点：《鹤林玉露》，上海古籍出版社2012年版，第22页。
③ 苏轼著，王文诰辑注，孔凡礼点校：《苏轼诗集》，第8册，中华书局1982年版，第2831页。
④ 孙觌：《鸿庆居士集》，永瑢等《景印文渊阁四库全书》，第1135册，台湾商务印书馆1986年版，第70页。
⑤ 陆游著，马亚中、涂小马校注：《渭南文集校注》，第3册，浙江古籍出版社2015年版，第248页。
⑥ 陆游著，钱仲联校注：《剑南诗稿校注》，第2册，上海古籍出版社1985年版，第713—714页。
⑦ 陈傅良：《跋东坡桂酒颂》，曾枣庄、刘琳主编《全宋文》，第265册，上海辞书出版社、安徽教育出版社2006年版，第15页。

的观点，自觉地推尊词体，主张诗词同源，使词学向诗学靠拢。其开篇论"歌曲所起"云：

> 或问歌曲所起。曰：天地始分，而人生焉，人莫不有心，此歌曲所以起也。《舜典》曰："诗言志，歌永言，声依永，律和声。"《诗序》曰："在心为志，发言为诗，情动于中，而形于言。言之不足，故嗟叹之，嗟叹之不足，故永歌之，永歌之不足，不知手之舞之足之蹈之。"《乐记》曰："诗言其志，歌咏其声，舞动其容，三者本于心，然后乐器从之。"故有心则有诗，有诗则有歌，有歌则有声律，有声律则有乐歌。永言即诗也，非于诗外求歌也。今先定音节，乃制词从之，倒置甚矣。而士大夫又分诗与乐府作两科。古诗或名曰乐府，谓诗之可歌也。故乐府中有歌有谣，有吟有引，有行有曲。今人于古乐府，特指为诗之流，而以词就音，始名乐府，非古也。①

王灼认为，歌曲与诗一样，均本于心，也就是源于人的情性，因此过分强调音律，"先定音节，乃制词从之"是一种倒置。古人将诗中可歌的称为乐府，而今人"以词就音，始名乐府"，这是不符合古人的传统的。他在论"歌词之变"时更是明确指出："古人初不定声律，因所感发为歌，而声律从之，唐、虞禅代以来是也。余波至西汉末始绝。西汉时，今之所谓古乐府者渐兴，晋魏为盛。隋氏取汉以来乐器歌章古调，并入清乐，余波至李唐始绝。唐中叶虽有古乐府，而播在声律，则鲜矣。士大夫作者，不过以诗一体自名耳。盖隋以来，今之所谓曲子者渐兴，至唐稍盛。今则繁声淫奏，殆不可数。古歌变为古乐府，古乐府变为今曲子，其本一也。"② 也就是说，从古歌、古乐府到今曲子（即词）虽有音乐上的发展变化，但"因所感发为歌"这一根本是统一的。从这一理论基础出发，王灼对突破了"唐音"传统风格的"东坡范式"给予了充分的肯定。他评价说："东坡先生以文章余事作诗，溢而作词

---

① 王灼：《碧鸡漫志》，唐圭璋编《词话丛编》，第1册，中华书局1986年版，第73页。
② 王灼：《碧鸡漫志》，唐圭璋编《词话丛编》，第1册，第74页。

曲，高处出神入天，平处尚临镜笑春，不顾侪辈。或曰，长短句中诗也。为此论者，乃是遭柳永野狐涎之毒。诗与乐府同出，岂当分异。"① 又说："东坡先生非醉心于音律者，偶尔作歌，指出向上一路，新天下人耳目，弄笔者始知自振。"② 在他看来，苏轼"非醉心于音律"、以陶写情性为首要目的的"长短句中诗"，是对古歌、古乐府传统的复归，具备历史与逻辑上的合理性。因此，这是为词人指出了"向上一路"。

王灼的论述为苏轼之"宋调"词风的扩散扫清了理论上的障碍，但因为他走的是复古的路线，所以对于作为古人传统组成部分的"唐音"，也纳入其理论体系中加以肯定。他说：

> 唐末五代文章之陋极矣，独乐章可喜，虽乏高韵，而一种奇巧，各自立格，不相沿袭。在士大夫犹有可言，若昭宗"野烟生碧树，陌上行人去"，岂非作者。诸国僭主中，李重光、王衍、孟昶、霸主钱俶，习于富贵，以歌酒自娱。而庄宗同文，兴代北，生长戎马间，百战之余，亦造语有思致。国初平一宇内，法度礼乐，浸复全盛。而士大夫乐章顿衰于前日，此尤可怪。③

王灼对于唐五代词的称道，不同于李之仪的"韵胜"说，而是着眼于其创新性，即"一种奇巧，各自立格，不相沿袭"。此外，从他评价唐昭宗的"野烟生碧树，陌上行人去"两句词"岂非作者"，又称赞后唐庄宗之词"造语有思致"可知，他欣赏的并非花间集中的绮情丽句，而是那种有真情实感的"唐音"。因此，他为宋初在"平一宇内，法度礼乐，浸复全盛"的情况下，词坛却陷入沉寂状态，"士大夫乐章顿衰于前日"而感到奇怪。仁宗朝之后词坛虽渐趋繁荣，但王灼仍有所不满，认为"长短句虽至本朝盛，而前人自立，与真情衰矣"④。其

---

① 王灼：《碧鸡漫志》，唐圭璋编《词话丛编》，第1册，中华书局1986年版，第83页。
② 王灼：《碧鸡漫志》，唐圭璋编《词话丛编》，第1册，第85页。
③ 王灼：《碧鸡漫志》，唐圭璋编《词话丛编》，第1册，第82页。
④ 王灼：《碧鸡漫志》，唐圭璋编《词话丛编》，第1册，第85页。

第二章　北宋后期到南宋:词体唐宋之辨的初步展开

意仍是重视"各自立格"与真挚情性。他选择性地肯定"唐音"的这两个方面，也是为推崇苏轼突破时人"以词就音"的作风，以抒写自我的真性情为主的"宋调"做铺垫。

王灼的词学观点、立场在南宋初期有不少的呼应者，其中声名最著的是胡寅。胡寅（1098—1156），字明仲，建州崇安（今福建武夷山市）人，北宋著名学者、"湖湘学派"创始人胡安国之侄，人称致堂先生。宋徽宗宣和三年（1121）进士，高宗朝官至礼部侍郎。著有《斐然集》。其思想受胡安国的影响颇深，主张尊王攘夷、经世致用，提倡内圣外王、复古守礼，是南宋初期的理学家之一，其论词亦有较强的理学色彩。胡寅在为向子諲的《酒边词》所作的序言中说：

> 词曲者，古乐府之末造也。古乐府者，诗之旁行也。诗出于《离骚》《楚辞》，而《骚》《辞》者，变风变雅之怨而迫、哀而伤者也。其发乎情则同，而止乎礼义则异。名曰曲，以其曲尽人情耳。方之曲艺，犹不逮焉。其去《曲礼》，则益远矣。然文章豪放之士，鲜不寄意于此者，随亦自扫其迹曰谑浪游戏而已也。唐人为之最工，柳耆卿后出，掩众制而尽其妙，好之者以为不可复加。及眉山苏氏，一洗绮罗香泽之态，摆脱绸缪宛转之度，使人登高望远，举首高歌，而逸怀豪气，超然乎尘垢之外。于是《花间》为皂隶而柳氏为舆台矣。[①]

胡寅与王灼一样，也认为诗词同源，视词曲为"古乐府之末造"。不过，他特别强调了词与《离骚》《楚辞》的关系。他认为，《离骚》《楚辞》是"变风变雅之怨而迫、哀而伤者"，虽然与变风变雅同样发乎情，但不能止乎礼义。词曲继承的是《离骚》《楚辞》的这种情感抒发方式，其目的是用来"曲尽人情"。与儒家传统的礼乐文化相比，它无论在"曲艺"还是"曲礼"上都有所不如。文章豪放之士虽然多有

[①] 胡寅:《酒边集序》，张惠民编《宋代词学资料汇编》，汕头大学出版社1993年版，第212页。

创作，但"随亦自扫其迹曰谑浪游戏而已"。由此可见，胡寅的内心对词这种文体仍有一种卑视的态度，他对于发乎情而不能止乎礼义、注重"曲尽人情"的传统词风的评价是有所保留的。因此，他虽然肯定"唐音"以及部分承袭了传统风格的柳永词的艺术成就，但更推崇的是"一洗绮罗香泽之态，摆脱绸缪宛转之度"之苏词，是抒写士大夫情怀，"使人登高望远，举首高歌，而逸怀豪气，超然乎尘垢之外"的"宋调"。较之王灼，其贬唐尊宋的偏向已相当明显。

乾道七年（1171），汤衡（生卒年不详）在为张孝祥词集所作的《张紫薇雅词序》中，将这种肯定唐词的艺术而又责其不合儒家之道、推崇苏轼革新词风之功的观点表述得更加清楚。其云：

> 昔东坡见少游《上巳游金明池》诗，有"帘幕千家锦绣垂"之句，曰："学士又入小石调矣。"世人不察，便谓其诗似词，不知坡之此言，盖有深意。夫镂玉雕琼、裁花剪叶，唐末词人非不美也。然粉泽之工，反累正气。东坡虑其不幸而溺乎彼，故援而止之，惟恐不及。其后元祐诸公，嬉弄乐府，寓以诗人句法，无一毫浮靡之气，实自东坡发之也。[①]

汤衡认为：苏轼批评秦观《上巳游金明池》诗中的"帘幕千家锦绣垂"之句入了旖旎妩媚的小石调，并非说秦观诗似词这么简单，而是另有深意。唐末词人镂玉雕琼、裁花剪叶的词风虽美，但"粉泽之工，反累正气"，影响士大夫人格精神的展示与表达。秦观的词得花间遗韵，主要继承了"唐音"旖旎妩媚的风格，因此也存在同样的问题。苏轼有见于此，所以借诗句入小石调的批评来提醒秦观注意词的气格。而救赎之途，即在词中"寓以诗人句法"，这样才能产生"无一毫浮靡之气"的效果。汤衡对苏轼评秦观诗的解读虽有求之过深、过度阐释的嫌疑，但其尊奉苏轼所倡的体现士人气格的"宋调"词风，反映的

---

① 汤衡：《张紫薇雅词序》，施蛰存主编《词籍序跋萃编》，中国社会科学出版社1994年版，第213页。

正是当时词坛的主要趋向。

值得注意的是，由于南宋初词坛"唐音"的影响仍然不小，所以也有人从论证苏词并不有违当行本色的角度来崇苏。如胡仔（1110—1170）在《苕溪渔隐丛话后集》卷二十六中说：

> 《后山诗话》谓：退之以文为诗，子瞻以诗为词，如教坊雷大使之舞，虽极天下之工，要非本色。余谓后山之言过矣，子瞻佳词最多，其间杰出者，如"大江东去，浪淘尽千古风流人物"，《赤壁》词；"明月几时有，把酒问青天"，《中秋》词；"落日绣帘卷，庭下水连空"，《快哉亭》词；"乳燕飞华屋，悄无人，桐阴转午"，《初夏》词；"明月如霜，好风如水，清景无限"，《夜登燕子楼》词；"楚山修竹如云，异材秀出千林表"，《咏笛》词；"玉骨那愁瘴雾，冰肌自有仙风"，《咏梅》词；"东武南城新堤固，涟漪初溢"，《宴流杯亭》词；"冰肌玉骨，自清凉无汗"，《夏夜》词；"有情风，万里卷潮来，无情送潮归"，《别参寥》词；"缺月挂疏桐，漏断人初静"，《秋夜》词；"霜降水痕收浅碧，鳞鳞露远洲"，《九日》词；凡此十余词，皆绝去笔墨畦径间，直造古人不到处，真可使人一唱而三叹。若谓以诗为词，是大不然。子瞻自言，平生不善唱曲，故间有不入腔处，非尽如此，后山乃比之教坊司雷大使舞，是何每况愈下？盖其谬耳。①

胡仔不同意陈师道说苏轼"以诗为词""要非本色"的观点，认为苏轼有很多好词，并举了《念奴娇》（"大江东去"）等十余首词为证，说这些词"皆绝去笔墨畦径间，直造古人不到处，真可使人一唱而三叹"，超越古人，但仍符合词体特性，并非"以诗为词"，只不过因为苏轼"平生不善唱曲，故间有不入腔处"。胡仔为苏轼所作的辩护谈不上多么有力，一则他所举的这十余首词大多已突破了花间词所奠定的

---

① 胡仔纂集，廖德明校点：《苕溪渔隐丛话后集》，人民文学出版社 1962 年版，第 192—193 页。

"唐音"的本色风貌，有明显的"宋调"风气，再则他将"以诗为词"解释为不协音律显然也过于狭隘。不过，由此我们也可以看到，由于苏轼的巨大影响力，当时即使是认同"唐音"为正统的人，也在美学观念上有所转变，试图将"宋调"所呈现的新的美学特征纳入对词体观念的认识中。

论词者对于苏轼"以诗为词"的肯定，是南宋前期词坛创作中广泛接受了"东坡范式"的反映。靖康之变所造成的动乱与宋金南北对峙的形势，使许多词人自觉地舍弃了"唐音"中常见的艳情主题，转而抒写忧国之情、身世之感，将词作为与诗歌一样的陶情写性、言志达意的工具，从而大大扩展了词所能表现的内容与情感，达到了"无意不可入，无事不可言"的境地。对于词坛的这种变化，历来论述颇多，涉及面颇广，此处仅举数人为例，见其大略。

叶梦得（1077—1148），字少蕴，号石林居士。徽宗大观二年（1108）迁翰林学士，后历知诸州。高宗建炎二年（1128）为翰林学士兼侍读。高宗绍兴元年（1131）曾任江东安抚大使兼知建康府，兼六州宣抚使，抗击金兵。著有《石林词》。在南北宋之交的朝廷大臣中，叶梦得是学习苏轼一派的"宋调"而有较高成就者之一。关注《题石林词》评其词云："婉丽绰有温李之风，晚岁落其华而实之，能于简淡时出雄杰，合处不减靖节、东坡之妙，岂近世乐府之流哉！"[①] 所谓"晚岁落其华而实之，能于简淡时出雄杰"，接近于苏轼的风格，主要指其南渡后所作。《四库全书总目提要》曾指出其词集中《念奴娇》（"云峰横起"）一首："全仿苏轼'大江东去'，并即参用其韵。又《鹧鸪天》（"一曲青山"）后阕，且直用轼诗语足成，是以旧刻颇有与东坡词彼此混入者，则注谓梦得近于苏轼，其说不诬。"[②] 除此之外，他的《水调歌头·濠州观鱼台作》词多处运用《庄子》之语，作法近于苏轼之檃栝词，其"堪笑磻溪遗老，白首直钩溪畔，岁晚忽衰翁。功

---

① 关注：《题石林词》，施蛰存主编《词籍序跋萃编》，中国社会科学出版社1994年版，第133—134页。
② 纪昀等：《钦定四库全书总目》，下册，中华书局1997年版，第2787页。

业竟安在，徒自兆非熊"的感叹，也与苏轼对庄子的领悟相近。其《水调歌头》（九月望日，与客习射西园，余偶病不能射）云：

> 霜降碧天静，秋事促西风。寒声隐地，初听中夜入梧桐。起瞰高城回望，寥落关河千里，一醉与君同。叠鼓闹清晓，飞骑引雕弓。　岁将晚，客争笑，问衰翁。平生豪气安在，沉领为谁雄。何似当筵虎士，挥手弦声响处，双雁落遥空。老矣真堪愧，回首望云中。①

词从"霜降碧天静"的秋景起笔，夜听寒声吹入梧桐，起来登高望远，看到寥落的千里关河、在咚咚鼓声中"飞骑引雕弓"的将士，其抗敌御侮的豪情壮志隐然可见。下片从客人对已是"衰翁"形象的作者"平生豪气安在，沉领为谁雄"的玩笑口气的追问中，引出"当筵虎士"那种"挥手弦声响处，双雁落遥空"的英雄形象，以及自己虽老而仍"回首望云中"的报国之心。词所抒发的爱国情感及豪放风格，都可视为苏轼《江城子·密州出猎》的延续。王灼说叶梦得学苏轼而得其六七②，除了那些意旷境清的作品，这种抒写爱国之情、报国之志的豪放词也是很重要的表现之一。

向子諲（1085—1152），字伯恭，号芗林居士，为神宗向皇后再从子，徽宗时以恩荫补官，宣和初仕至江淮转运副使兼发运副使。建炎元年曾率兵勤王，历任州府长官，因反对和议忤秦桧而致仕。向子諲是南宋初期自觉向苏轼学习的重要词人之一，胡寅说他是"步趋苏堂而哜其胾者也"，"以枯木之心，幻出葩华，酌元酒之尊，而弃醇味，非染而不色，安能及此"③。他在整理自己的词集《酒边词》时，把南渡后

---

① 唐圭璋编纂，王仲闻参订，孔凡礼补辑：《全宋词》，第2册，中华书局1999年版，第991页。
② 王灼《碧鸡漫志》卷二："后来学东坡者，叶少蕴、蒲大受亦得六七，其才力比晁、黄差劣。"王灼：《碧鸡漫志》，唐圭璋编《词话丛编》，第1册，中华书局1986年版，第83页。
③ 胡寅：《酒边集序》，施蛰存主编《词籍序跋萃编》，中国社会科学出版社1994年版，第169页。

所作称为《江南新词》，放在前面，北方所作称为《江北旧词》，放在后面。他的《江北旧词》主要是"唐音"的风格，多赠伎之作，内容主要是伤春怨别、听歌看舞以及节令庆典，而他的《江南新词》则颇多表现知足适意的道家思想以及家国之悲的作品，时见苏轼直陈胸臆的"宋调"作风。如《水调歌头》云：

闰余有何好，一年两中秋。补天修月人去，千古想风流。少日南昌幕下，更得洪徐苏李，快意作清游。送日眺西岭，得月上东楼。　　四十载，两人在，总白头。谁知沧海成陆，萍迹落南州。忍问神京何在，幸有芗林秋露，芳气袭衣裘。断送余生事，惟酒可忘忧。①

这首词作于绍兴十八年（1148）闰八月的中秋，词序云："大观庚寅闰八月秋，芗林老、顾子美、江彦章、蒲庭鉴，时在诸公幕府间。从游者，洪驹父、徐师川、苏伯固父子、李商老兄弟。是夕登临，赋咏乐甚。俯仰三十九年，所存者，余与彦章耳。绍兴戊辰再闰，感时抚事，为之太息。因取旧诗中师川一二语，作是词。"据此可知其作词的缘起为回忆旧游，感时抚事，故取诗语为词。词中有人世沧桑的感慨，也有故土沉沦的哀痛，叙事、抒情、议论交错写来，显然是苏轼"以诗为词"一派的风格。

在南北之交的词人中，张元干是一位兀傲不屈的"愤世"派。张元干（1191—1161），字仲宗，号芦川居士、芦川老隐等。徽宗政和初为太学上舍生，宣和七年（1125）任陈留县丞。曾为李纲行营幕僚，高宗绍兴元年（1131）以右朝奉郎、将作少监致仕。有词集《芦川词》。蔡戡为其词集作序，言其"喜作长短句，其忧国爱君之心，愤世嫉邪之气，间寓于歌诗。绍兴议和，今端明胡公铨志在复仇，上书请剑，欲斩议者，得罪权臣，窜谪岭海，平生亲党，避嫌畏祸，唯恐去之

---

① 唐圭璋编纂，王仲闻参订，孔凡礼补辑：《全宋词》，第2册，中华书局1999年版，第1237页。

不速。公作长短句送之，微而显，哀而不伤，深得三百篇讽刺之义。非若后世靡丽之词，狎邪之语，适足劝淫，不可以训"①。张元干的词集中其实也有不少极妩媚之致、近于"唐音"的作品，但他最引人注目的还是那些采用"东坡范式"抒情，关联着时代风云的"悲愤"之作。他送胡铨的这首《贺新郎》词即为将"忧国爱君之心，愤世嫉邪之气"寓于歌咏的代表：

> 梦绕神州路。怅秋风、连营画角，故宫离黍。底事昆仑倾砥柱，九地黄流乱注。聚万落、千村狐兔。天意从来高难问，况人情、老易悲如许。更南浦，送君去。　凉生岸柳催残暑。耿斜河、疏星淡月，断云微度。万里江山知何处。回首对床夜语。雁不到、书成谁与。目尽青天怀今古，肯儿曹、恩怨相尔汝。举大白，听金缕。②

这首词上片写时事，下片叙别情，浪漫的想象与使事用典、比喻象征相结合，抒写出爱国者报国无门的悲愤。对此词历代评论颇多，《四库全书总目》提要言其"慷慨悲凉，数百年后尚想其抑塞磊落之气"③。陈廷焯赞其"慷慨激烈，发欲上指，词境虽不高，然足以使懦夫有立志"④。张德瀛亦云："词有与风诗意义相近者，自唐迄宋，前人钜制，多寓微旨……张仲宗梦绕神州，雨雪思携手也。"⑤ 又说："张仲宗《贺新郎》：'天意从来高难问，况人情易老悲难诉。'皆所谓拔地倚天，句句欲活者。"⑥ 这些评论所指出的张元干这首词的艺术风格与情感力量，都是由苏轼所确立的"宋调"解放出来的。

---

① 蔡戡：《定斋集》，永瑢等《景印文渊阁四库全书》，第 1157 册，台湾商务印书馆 1986 年版，第 702 页。
② 唐圭璋编纂，王仲闻参订，孔凡礼补辑：《全宋词》，第 2 册，中华书局 1999 年版，第 1393 页。
③ 纪昀等：《钦定四库全书总目》，下册，中华书局 1997 年版，第 2789 页。
④ 陈廷焯著，杜维沫校点：《白雨斋词话》，人民文学出版社 1983 年版，第 155 页。
⑤ 张德瀛：《词征》，唐圭璋编《词话丛编》，第 5 册，中华书局 1986 年版，第 4079 页。
⑥ 张德瀛：《词征》，唐圭璋编《词话丛编》，第 5 册，第 4161 页。

南宋前期学习苏轼"以诗为词"的"宋调",并且突出了其"骏发踔厉"的一面,成为稼轩风前奏的,以张孝祥为最杰出的代表。张孝祥(1132—1170),字安国,号于湖居士。绍兴二十四年(1154)举进士第一。高宗、孝宗两朝曾任中书舍人等要职,又多次出任地方长官,乾道五年(1169),以显谟阁直学士致仕。有《于湖词》(又名《于湖先生长短句》)。上引汤衡的《张紫薇雅词序》,在"元祐诸公,嬉弄乐府,寓以诗人句法,无一毫浮靡之气,实自东坡发之也"之后指出:"于湖紫微张公之词,同一关键。"又说张孝祥"平昔为词,未尝著稿。笔酣兴健,顷刻即成,初若不经意。反复究观,未有一字无来处,如歌头'凯歌''登无尽藏''岳阳楼'诸曲,所谓骏发踔厉,寓以诗人句法者也"[①]。陈应行的《于湖先生雅词序》则说张孝祥"托物寄情,弄翰戏墨,融取乐府之遗意,铸为毫端之妙词","读之泠然洒然,真非烟火食人辞语,予虽不及识荆,然其潇散出尘之姿,自在如神之笔,迈往凌云之气,犹可以想见也"[②]。这些评论,较为准确地说明了张孝祥词的特点及其与苏轼词风的相似性。不过,张为人有雄略远志,"其欲扫开河、洛之氛祲,荡洙、泗之膻腥者,未尝一日而忘胸中"[③]。他和苏轼虽然同样是以诗为词,用词来抒情写志,但苏轼主要抒写的是文人士大夫的清旷襟怀,而张孝祥则受时代所激,词中除了文人的"潇散出尘之姿",更有英雄男儿的意气豪情,即所谓"迈往凌云之气"。试读其名作《六州歌头》:

　　长淮望断,关塞莽然平。征尘暗,霜风劲,悄边声。黯销凝。追想当年事,殆天数,非人力,洙泗上,弦歌地,亦膻腥。隔水毡乡,落日牛羊下,区脱纵横。看名王宵猎,骑火一川明。笳鼓悲鸣,遣人惊。　　念腰间箭,匣中剑,空埃蠹,竟何成。时易失,

---

① 汤衡:《张紫薇雅词序》,施蛰存主编《词籍序跋萃编》,中国社会科学出版社1994年版,第213—214页。
② 陈应行:《于湖先生雅词序》,施蛰存主编《词籍序跋萃编》,第212—213页。
③ 谢尧仁:《张于湖先生集序》,张孝祥著,徐鹏校点《于湖居士文集》,上海古籍出版社2009年版,第2页。

心徒壮，岁将零。渺神京。干羽方怀远，静烽燧，且休兵。冠盖使，纷驰骛，若为情。闻道中原遗老，常南望、羽葆霓旌。使行人到此，忠愤气填膺。有泪如倾。①

朱熹在《书张伯和诗词后》说张孝祥的诗词"读之使人奋然有禽灭仇虏，扫清中原之意"②，这首词可为一证。后人对此词亦多有赞语。如《四库全书总目》云："《朝野遗记》称其'在建康留守席上赋《六州歌头》一阕，感愤淋漓，主人为之罢席。'则其忠愤慷慨，有足动人者矣。"③ 刘熙载云："张孝祥安国于建康留守席上，赋《六州歌头》，致感重臣罢席。然则词之兴观群怨，岂下于诗哉。"④ 陈廷焯虽认为词中的"忠愤气填膺"一句，"提明忠愤，转浅转显，转无余味"，但仍然称赞它"淋漓痛快，笔酣墨饱，读之令人起舞"⑤。

张孝祥词中的雄豪之气，在辛弃疾的词中得到了进一步的发扬，奏出了时代的最强音。辛弃疾（1140—1207），字幼安，号稼轩，历城（今山东济南）人。他一生以恢复中原为志，期望自己能建立不世功业。年轻时在山东组织抗金义军，有过勇闯金营擒拿叛徒的英雄壮举，南归后又曾上书君相言恢复大计。可惜他虽然多次出任地方大员，政绩突出，但刚拙自信的铁腕作风又使他难容于官场文化，多次遭到弹劾而落职闲居，难以施展理想抱负。英雄豪杰的性情、志向，屡遭挫折、欲振无力的现实际遇，使他自然而然选择"东坡范式"来作词。其门生范开在《稼轩词序》中说："器大者声必闳，志高者意必远。知夫声与意之本原，则知歌词之所自出。是盖不容有意于作为，而其发越著见于声音言意之表者，则亦随其所蓄之浅深，有不能不尔者存焉耳。世言稼轩居士辛公之词似东坡，非有意于学坡也，自其发于所蓄者言之，则不

---

① 唐圭璋编纂，王仲闻参订，孔凡礼补辑：《全宋词》，第 3 册，中华书局 1999 年版，第 2180 页。
② 朱熹：《晦庵题跋》，中华书局 1985 年版，第 75 页。
③ 纪昀等：《钦定四库全书总目》，下册，中华书局 1997 年版，第 2791 页。
④ 刘熙载：《词概》，唐圭璋编《词话丛编》，第 4 册，中华书局 1986 年版，第 3709 页。
⑤ 陈廷焯著，杜维沫校点：《白雨斋词话》，人民文学出版社 1983 年版，第 152 页。

能不坡若也。"又说:"公一世之豪,以气节自负,以功业自许,方将敛藏其用以事清旷,果何意于歌词哉,直陶写之具耳。故其词之为体,如张乐洞庭之野,无首无尾,不主故常;又如春云浮空,卷舒起灭,随所变态,无非可观。无他,意不在于作词,而其气之所充,蓄之所发,词自不能不尔也。"[1] 这些话实际上也可以代表辛弃疾的词学观,辛弃疾本人虽无具体的理论表述,但在他的创作中却有鲜明的反映。

对于辛弃疾词的特点,历来论述众多,其中最能代表其自家面目的有二:一是以气行词,二是以文为词。这两点正是辛弃疾对词之"宋调"的丰富与发展。以气行词,苏轼已发其端,郭麐曾指出:"东坡以横绝一代之才,凌厉一世之气,间作倚声,意若不屑,雄词高唱,别为一宗。"[2] 其中已隐含有苏轼以气行词的意思。但是,将这种方法大量运用到创作中,形成了较为成熟的风格,真正确立了宗派地位的,则仍要推辛弃疾。《四库全书总目》说辛弃疾词"慷慨纵横,有不可一世之概,于倚声家为变调。而异军特起,能于剪红刻翠之外,屹然别立一宗,迄今不废"[3]。其"慷慨纵横,有不可一世之概"的形容,指的就是辛词中充溢的英雄豪气。作为"以气节自负,以功业自许"的"一世之豪",辛弃疾内心常怀慷慨激昂之气需要发抒,正如其词所云:"我辈从来文字饮,怕壮怀激烈须歌者"(《贺新郎》),"长恨复长恨,裁作短歌行。何人为我楚舞,听我楚狂声"(《水调歌头》)。词作为其陶写之具,自然要受这种"气"的驱使,为其服务,随其变化,这也就是范开所说的"意不在于作词,而其气之所充,蓄之所发,词自不能不尔也"。试读其词《贺新郎·别茂嘉十二弟》:

绿树听鹈鴂。更那堪、鹧鸪声住,杜鹃声切。啼到春归无寻处,苦恨芳菲都歇。算未抵、人间离别。马上琵琶关塞黑,更长门、翠

---

[1] 范开:《稼轩词序》,施蛰存主编《词籍序跋萃编》,中国社会科学出版社1994年版,第199页。
[2] 郭麐:《灵芬馆词话》,唐圭璋编《词话丛编》,第2册,中华书局1986年版,第1503页。
[3] 纪昀等:《钦定四库全书总目》,下册,中华书局1997年版,第2793页。

辇辞金阙。看燕燕,送归妾。　　将军百战身名裂。向河梁、回头万里,故人长绝。易水萧萧西风冷,满座衣冠似雪。正壮士、悲歌未彻。啼鸟还知如许恨,料不啼清泪长啼血。谁共我,醉明月①。

陈廷焯认为此词为辛弃疾词之冠,"沉郁苍凉,跳跃动荡,古今无此笔力"②。王国维也很欣赏此词,认为其"章法绝妙。且语语有境界,此能品而几于神者。然非有意为之,故后人不能学也"③。唐圭璋先生则指出,这首词"尽集古人许多离别故事。如文通《别赋》,妙在大气包举,沉郁悲凉"④。三家所论,其实都涉及辛弃疾以气行词的艺术特点。之所以这首词"沉郁苍凉,跳跃动荡",后人无法学习,正因为辛弃疾在其中贯注了其独有的英风豪气,以之使事遣词,故能大气包举,声情激越。

辛弃疾的"以文为词",也是古今学者均有共识的显著特点。总结起来,主要体现在三个方面如下。一是取古文的语言融入词中。吴衡照说辛词:"别开天地,横绝古今。论、孟、诗小序、左氏春秋、南华、离骚、史、汉、世说、选学、李杜诗,拉杂运用,弥见其笔力之峭。"⑤楼敬思认为:"稼轩驱使《庄》、《骚》、经史,无一点斧凿痕,笔力甚峭。"⑥刘熙载说:"稼轩词龙腾虎掷,任古书中理语庾语,一经运用,便得风流。"⑦诸家所论,都指出了其将古文经典中的语言运用到了词中的特点。二是将古文的章法、句法运用于词。如《汉宫春·立春》,谭献《复堂词话》评其是"以古文长篇法行之"⑧。上举《贺新郎·别茂嘉十

---

① 唐圭璋编纂,王仲闻参订,孔凡礼补辑:《全宋词》,第3册,中华书局1999年版,第2470页。
② 陈廷焯著,杜维沫校点:《白雨斋词话》,人民文学出版社1983年版,第21页。
③ 王国维著,徐调孚注,王幼安校订:《人间词话·删稿》,人民文学出版社1982年版,第229页。
④ 唐圭璋选释:《唐宋词简释》,上海古籍出版社1981年版,第171页。
⑤ 吴衡照:《莲子居词话》,唐圭璋编《词话丛编》,第3册,中华书局1986年版,第2408页。
⑥ 张思岩编:《词林纪事》,上册,古典文学出版社1957年版,第304页。
⑦ 刘熙载:《词概》,唐圭璋编《词话丛编》,第4册,第3693页。
⑧ 谭献:《复堂词话》,唐圭璋编《词话丛编》,第4册,第3994页。

二弟》，先以耳中听到的鹈鴂、鹧鸪、杜鹃的悲啼声，渲染眼前花落春归的悲凉气氛，然后点明"算未抵人间离别"的题旨，再连续列举四件辞家去国的史事，描写历史上的悲剧场面，最后突然又转回现在，用一声"谁共我、醉明月"的悲慨收归自身。全篇跌宕顿挫又浑然一体，突破了歌词分段的界限，也是古文的章法。至于句法，则从其词中多见之、乎、者、也、而、于、其、乃、焉、哉、然、耳、矣等古文常用的虚词可知。如："不恨古人吾不见，恨古人不见吾狂耳。知我者，二三子"（《贺新郎》），"噫。贵贱随时。连城才换一羊皮。谁与齐万物，庄周吾梦见之。……大方达观之家，未免长见，犹然笑耳。北堂之水几何其？但清溪一曲而已"（《哨遍·秋水观》）。三是引入古文的对话、议论手段。宋人有"东坡为词诗，稼轩为词论"[1] 之评，说的便是辛词喜欢发议论的特点。如他的《新荷叶》下片云："能几多春？试听啼鸟殷勤。览物兴怀，向来哀乐纷纷。且题醉墨，似兰亭列序时人。后之览者，又将有感斯文。"基本上是议论的口气。而他的《沁园春·将止酒，戒酒杯使勿近》云：

　　杯汝来前，老子今朝，点检形骸。甚长年抱渴，咽如焦釜；于今喜睡，气似奔雷。汝说刘伶，古今达者，醉后何妨死便埋。浑如此，叹汝于知己，真少恩哉。更凭歌舞为媒。算合作平居鸩毒猜。况怨无大小，生于所爱，物无美恶，过则为灾。与汝成言，勿留亟退，吾力犹能肆汝杯。杯再拜，道麾之即去，招亦须来[2]。

这首词是谐谑名作，辛弃疾以之表达戒酒意愿，却作成了一篇与酒杯虚拟对话的议论文字，充满了戏剧性，新颖别致，妙趣横生。因此，宋代陈模《怀古录》卷中认为："此又如《答宾戏》《解嘲》等作，乃是把古文手段寓之于词。"[3] 刘体仁也说："稼轩'杯汝前来'，《毛颖传》也。"[4]

---

[1] 陈模撰，郑必俊校注：《怀古录校注》，中华书局1993年版，第61页。
[2] 唐圭璋编纂，王仲闻参订，孔凡礼补辑：《全宋词》，第3册，中华书局1999年版，第2471页。
[3] 陈模撰，郑必俊校注：《怀古录校注》，第61页。
[4] 刘体仁：《词绎》，唐圭璋编《词话丛编》，第1册，中华书局1986年版，第619页。

辛弃疾的创作，是"东坡范式"孕育出来的词之"宋调"的最高典范、最成熟的完全体，标志着苏轼所确立的这一派"宋调"得到了词坛的全面接受。明人王世贞《艺苑卮言》指出："词至辛稼轩而变，其源实自苏长公，至刘改之诸公极矣。南宋如曾觌、张抡辈应别之作，志在铺张，故多雄丽。稼轩辈抚时之作，意存感慨，故饶明爽，然而秾情致语，几于尽矣。"① 虽然如前文所论，辛弃疾词中其实还有一些"唐音"风格的秾情致语，但其主体风格已是雄浑豪放的"宋调"，辛弃疾对同时及后世词人的影响亦主要在此。王国维曾将辛弃疾拟为唐诗中的韩愈，认为"南宋惟一稼轩可比昌黎"②。夏承焘先生认同此论，其《〈稼轩词笺〉序》云："李、杜以降，诗之门户尽辟矣。非纵横排奡，不能开径孤行为昌黎也。词至东坡，《花间》、《兰畹》，夷为九衢五剧矣。其突起为深陵奥谷，为高江急峡，若昌黎之为诗者，稼轩也。"③ 韩愈在唐代诗人中，发扬了杜甫"以文为诗"的一面，成为宋诗的先行者之一，这种比拟，自有其理。不过，辛弃疾在词之"宋调"中开宗立派的地位及其对后世的影响力，恐非韩愈作为诗之"宋调"开辟期代表人物的地位及影响所能比较。放眼诗之"宋调"的发展史，最能与辛弃疾在词之"宋调"中的地位与影响相提并论的，当属宋诗成熟期中的代表人物苏轼。苏轼"以文为诗"，议论风生，极富气势，代表了诗之"宋调"中"波澜富而句律疏"的一种④；辛则"以文为词"，以议论为词，才气纵横，是词之"宋调"中豪放一派的宗主。

三 贬斥唐音，力倡骚雅

南宋初对王安石新学的批判，使北宋后期由周敦颐、邵雍、张载、

---

① 王世贞：《艺苑卮言》，唐圭璋编《词话丛编》，第1册，第391页。

② 王国维著，徐调孚注，王幼安校订：《人间词话删稿》，人民文学出版社1982年版，第251页。

③ 夏承焘：《〈稼轩词笺〉序》，夏承焘《夏承焘集》，第8册，浙江古籍出版社、浙江教育出版社1996年版，第246页。

④ 刘克庄《后村诗话》前集卷二："元祐后，诗人迭起。一种则波澜富而句律疏，一种则锻炼精而性情远，要之，不出苏、黄二体而已。"中华书局1983年版，第26页。

二程（程颢、程颐）等人所奠基的理学，获得了广阔的发展空间，逐渐在士大夫间广泛流行。靖康之变所造成的巨大灾难及宋金南北对峙的形势，更使理学家们所倡导的"尊王攘夷"思想深入人心，影响及于文艺，表现为推崇雅正，贬斥夷音郑声。词之产生，本与胡夷里巷之曲的流行密切相关，而直到北宋依然居于主流地位的"唐音"，风格旖旎婉媚，内容多艳情相思，在理学家眼里，当然是有违雅正之道的郑卫之音。由此，一部分论词者遂几乎完全无视"唐音"艺术上的成功，把政教当成主要的评价标准。这种倾向在北宋后期已初露端倪，在南宋前期则变得更加明显了。

绍兴十二年（1142），鲖阳居士编成大型词总集《复雅歌词》五十卷，收录了唐五代、北宋词四千三百余首。鲖阳居士姓名无考，生平事迹不详。鲖阳为汉县地名，在河南鲖水之阳。因此其人应为南渡的中原故老。《复雅歌词》原书已佚，赵万里辑得十则。宋人谢维新《古今合璧事类备要》外集卷十一收录了此书的序言。其云：

> 孟子尝谓："今之乐犹古之乐。"论者以谓今之乐，郑、卫之音也，乌可与《韶》、《夏》、《濩》、《武》比哉？孟子之言，不得无过，此说非也。《诗》三百五篇，商、周之歌辞也，其言止乎礼义，圣人删取以为经；周衰，郑、卫之音作，诗之声律废矣。汉兴，制氏犹传其铿锵；至元、成间，倡乐大盛，贵戚五侯，定陵富平外戚之家淫侈过度，至与人主争女乐，而制氏所传，遂泯绝无闻焉；《文选》所载乐府诗，《晋志》所载《硕石》等篇，古乐府所载，其名三百，秦、汉以下之歌辞也。其源出于郑、卫，盖一时文人有所感发，随世俗容态而有所作也。其意趣格力，犹以近古而高健。更五胡之乱，北方分裂，元魏、高齐、宇文氏之国，咸以戎狄强种雄踞中夏，故其讴谣浍糅华夷，焦杀急促，鄙俚俗下，无复节奏，而古乐府之声律不传。周武帝时，龟兹琵琶工苏祇婆者始言七均；牛洪、郑译因而演之，八十四调始见萌芽。唐张文收、祖孝孙讨论郊庙之歌，其数于是乎大备，迄于开元、天宝间，君臣相与为

第二章 北宋后期到南宋:词体唐宋之辨的初步展开

淫乐,而明宗尤溺于夷音,天下薰然成俗;于是才士始依乐工拍担之声,被之以辞,句之长短,各随曲度,而愈失古之声依永之理也;温、李之徒,率然抒一时情致,流为淫艳猥亵不可闻之语。我宋之兴,宗工巨儒,文力妙天下者,犹祖其遗风,荡而不知所止,脱于芒端,而四方传唱,敏若风雨,人人歆艳咀味于朋游樽俎之间,以是为相乐也。其韫骚雅之趣者,百一而已。以古推今,更千数百岁,其声律亦必亡无疑。属靖康之变,天下不闻和乐之音者一十有六年。绍兴壬戌,诞敷诏音,弛天下乐禁。黎民欢忭,始知有生之快。讴歌载道,遂为化国。由是知孟子以"今乐犹古乐"之言,不妄矣。①

鲖阳居士的这篇序言论歌曲源流与词风演变,其核心观点是孟子的"今之乐犹古之乐"。从这一观点出发,他先后回顾了古乐与今乐的发展过程。《诗》三百是最古的"商、周之歌词","其言止乎礼义,圣人删取以为经";周衰之后出现了郑卫之音,但《诗》之声律废矣;汉代开始还有《诗经》的铿锵之声流传,但到了元帝、成帝年间,因倡乐大盛,古乐"遂泯绝无闻";汉魏晋南朝的乐府诗是"秦汉以下之歌词",源出于郑卫,但因为接近古乐,所以"意趣格力"还比较高健;北朝由于"戎狄强种雄踞中夏",所以"其讴谣淆糅华夷,焦杀急促,鄙俚俗下,无复节奏,而古乐府之声律不传"。今乐的形成,始于北周武帝时,龟兹琵琶工苏祗婆传入了"七均"等调式与乐律,经过隋代的牛洪、郑译,唐初的张文收、祖孝孙等人的推演,形成了八十四宫调;到开元、天宝年间,因唐明皇对"夷音"的喜爱,"天下薰然成俗",于是"依乐工拍担之声"填词之风兴起,却"愈失古之声依永之理",晚唐温庭筠等人的创作,更是"率然抒一时情致,流为淫艳猥亵不可闻之语";宋朝建国后,宗工巨儒仍然"祖其遗风,荡而不知所止",把歌词作为"朋游樽俎"之间的娱乐,而"韫骚雅之趣者,百一

---

① 鲖阳居士:《复雅歌词序》,邓子勉编《宋金元词话全编》,中册,凤凰出版传媒集团、凤凰出版社 2008 年版,第 1460—1461 页。

而已"。鲷阳居士认为，按照古乐的衰亡过程来推断今乐的将来，再过"千数百岁，其声律亦必亡无疑"。那么，今乐要如何才能保持自己的生命力呢？鲷阳居士提出的办法是要奏出"和乐之音"，亦即复归儒家乐教所倡的雅正之音，其依据是绍兴十二年放开乐禁之后，"黎民欢忭，始知有生之快。讴歌载道，遂为化国"，有这样的政教功用，今乐与古乐就具备了共同性，"孟子以今乐犹古乐之言，不妄矣"。在论述中，鲷阳居士把倡乐、夷音作为古乐失传的主要原因，并且认为隋唐以来的今乐，也会因为"溺于夷音"、流为淫艳猥亵、缺少骚雅之趣而失传。显然，他对于唐五代北宋以艳情绮思为主要内容、配合有夷音成分的燕乐演唱的"唐音"是深为不满的。而他所倡的可以"化国"的"和乐之音"、具有"骚雅之趣"的歌词，则是他理想中的"宋调"。

由于《复雅歌词》原书的散佚，现在已无法全面了解鲷阳居士对其所收歌词的评价，但从目前所存的零散篇章中，我们可以知道他点评前人的词作时，采用的是汉儒说《诗经》的方式，主张比兴寄托，极力揭示微言大义。如其论七夕故事时说：

> 诗人谓："睆彼牵牛，不以服箱。跂彼织女，终日七襄。虽则七襄，不成报章"者，以比为臣而不职也。夫为臣不职，用人者之责也，此诗所以为刺也。凡小说好怪，诞妄不终，往往类此。天虽去人远矣，而垂象粲然，可验而知，不可诬也。词章家者流，务以文力相高，徒欲飞英妙之声于尊俎间，诗人之细也夫。①

其意乃告诫词人在创作中要向《诗经》学习，遣词用典应寓以"美刺"之意，不能徒以"文力相高"。在当时的崇苏风中，他对苏轼《卜算子》（"缺月挂疏桐"）词的评点也是从"美刺"的诗学观念出发，认为：

---

① 鲷阳居士：《复雅歌词》，唐圭璋编《词话丛编》，第1册，中华书局1986年版，第63页。

缺月，刺明微也。漏断，暗时也。幽人，不得志也。独往来，无助也。惊鸿，贤人不安也。回头，爱君不忘也。无人省，君不察也。拣尽寒枝不肯栖，不偷安于高位也。寂寞吴江冷，非所安也。与《考槃》诗极相似。①

这样的解释当然很难说符合苏轼词的原意，清人王士禛《花草蒙拾》曾毫不留情地嘲讽说：这是"村夫子强作解事，令人欲呕"②。但一方面，这是当时的理学思潮在词学批评中的反映，许多文人士子都有相近的观念；另一方面，由此我们也可看到南宋初期的词学批评在引诗学入词学，努力提升词的品格、建构符合时代文化特色的"宋调"的趋向。这种对词之"骚雅"品格的提倡，不仅对南宋后期词人的创作产生了重要影响，而且也是清代常州词派意内言外之说的先声。

在与《复雅歌词》大致同时出现的词选《乐府雅词》中，黜俗艳而崇雅正的词学观也有表现。《乐府雅词》编者曾慥（？—1155），字端伯，号至游子、至游居士。温陵（今泉州）人。其仕履始于北宋徽宗年间，高宗朝曾任多地知州。他所编的《乐府雅词》选录了北宋及南渡初期的词人三十四家，从选阵来看，完全是宋人的作品，而又以"雅词"为名，因此颇有一些确立"宋调"样板的意图。他在序言中说自己的选词标准是："余所藏名公长短句，裒合成编，或后或先，非有诠次。多是一家，难分优劣，涉谐谑则去之。"③欧阳修被其列为雅词的第一家，选词八十三首，数量为全书之冠，显然有尊为雅词典范的意图。但如前所述，欧阳修总体上属于"唐音"阵营，其词集中不仅有谐谑风格的俗词，而且颇多缘情婉娈的艳曲，其实并不完全符合其审美标准。面对所尊崇的前贤的创作实际与所提倡的儒家诗教观的冲突，同

---

① 鲖阳居士：《复雅歌词》，唐圭璋编《词话丛编》，第1册，中华书局1986年版，第60页。
② 王士禛：《花草蒙拾》，唐圭璋编《词话丛编》，第1册，第678页。
③ 曾慥：《乐府雅词序》，施蛰存主编《词籍序跋萃编》，中国社会科学出版社1994年版，第651页。

时的王灼在《碧鸡漫志》采用的是"辩诬"法,认为:"欧阳永叔所集歌词,自作者三之一耳。其间他人数章,群小因指为永叔,起暧昧之谤。"① 曾慥也采用了这种办法,在序言中说:"当时小人或作艳曲,谬为公词,今悉删除。"② 令人疑惑的是,在当时词坛已被视为凌驾于唐人之上的"宋调"典范的苏轼词并未入选。对此,今人詹安泰先生认为"曾氏是把苏轼那种截断众流、别开生面的词作,也和柳词一样看成不合乎《雅词》的标准的"③。此论恐未必确。曾慥与时人一样,对于苏轼的文章十分推崇,有"元祐文章绝代无,为主盟者眉山苏"④ 的赞语,且其在绍兴辛未年(1151)又单独刻印了《东坡词》,因此《乐府雅词》中未选苏词,很有可能是曾慥编选时所收藏的"名公长短句"中,恰好没有苏轼的词集,选源所限,故而有缺⑤。

孝宗朝以后,鲖阳居士所推崇的符合儒家诗教观、蕴"骚雅之趣"的"宋调"在理论上有了更多的认同者,其以比兴寄托说词的方法亦渐成常态。项安世(1129—1208)评苏轼的《贺新郎》("乳燕飞华屋"),称其"兴寄最深,有《离骚经》之遗法,盖以兴君臣遇合之难,一篇之中,三致意焉。瑶台之梦,主恩之难常也。幽独之情,臣心之不变也。恐西风之惊绿,忧谗之深也。冀君来而共泣,忠爱之至也"⑥,完全是按照《离骚》的"遗法"去解读这首词。曾丰(1142—?)为黄公度的《知稼翁词》作序云:

> 乐始有声,次有音,最后有调。商《那》、周《清庙》等颂,

---

① 王灼:《碧鸡漫志》,唐圭璋编《词话丛编》,第 1 册,中华书局 1986 年版,第 85 页。
② 曾慥:《乐府雅词序》,施蛰存主编《词籍序跋萃编》,中国社会科学出版社 1994 年版,第 651 页。
③ 詹安泰:《从宋人的五部词选中所看到的一些问题》,《宋词散论》,广东人民出版社 1980 年版,第 45 页。
④ 曾慥:《题苏养直词翰轴后》,北京大学古文献研究所编《全宋诗》,第 32 册,北京大学出版社 1997 年版,第 20438 页。
⑤ 参见肖鹏《群体的选择——唐宋人词选与词人群体通论》,凤凰出版社 2009 年版,第 239—244 页。
⑥ 项安世:《项氏家说》,中华书局 1985 年版,"附录"第 96 页。

第二章　北宋后期到南宋：词体唐宋之辨的初步展开

汉郊祀等歌是也。夫颂，类选有道德者为之，发乎情性，归乎礼义，故商周之乐感人深。歌则杂出于无赖不羁之士，率情性而发耳，礼义之归歟否耶不计也，故汉之乐感人浅。本朝太平二百年，乐章名家纷如也。文忠苏公文章妙天下，长短句特绪余耳，犹有与道德合者。"缺月疏桐"一章，触兴于惊鸿，发乎情性也；收思于洲冷，归乎礼义也。黄太史相多，大以为非口食烟火之人语。余恐不食烟火之人，口所出仅尘外语，于礼义遑计歟！考功所立不在文字，余于乐章窥之，文字之中所立寓焉。泉幕之解，非所欲去，而寓意于"邻鸡不管离情"之句；秘馆之除，非所欲就，而寓意于"残春已负归约"之句。凡感发而输写，大抵清而不激，和而不流。要其情性则适，揆之礼义而安，非欲为词也，道德之美，腴于根而盎于华，不能不为词也。天与其年，苟夺之晚，俾更涵养，充而大之，窃意可与文忠相后先。①

曾丰在"序"中认为："商周之乐感人深"的原因是"选有道德者为之，发乎情性，归乎礼义"，而汉乐感人浅，是因为"杂出于无赖不羁之士，率情性而发"，不管是否合乎礼义。本朝苏轼的词"犹有与道德合者"，其《卜算子》（"缺月挂疏桐"）即为"发乎情性""归乎礼义"的典型。黄公度的词也是这样，"清而不激，和而不流，要其情性则适，揆之礼义而安，非欲为词也，道德之美，腴于根而盎于华，不能不为词也"。在他看来，最好的词应该是"道德之美"的外化。其理学的色彩，一眼可知。

淳熙十四年（1187），陈蠹所作的《燕喜词叙》与詹效之的《燕喜词跋》，亦均从儒家诗教观出发论词，推崇雅正。陈蠹将词视为"歌诗之流"，并由"春秋列国之大夫聘会燕飨，必歌诗以见意"的渊源，引入诗学中"文如其人"的观点，对"唐音""宋调"的代表作家予以褒贬。他先是将词划分为三个等级："造意正平，措词典雅，格清而不

---

① 曾丰：《知稼翁词序》，曾枣庄、刘琳主编《全宋文》，第277册，上海辞书出版社、安徽教育出版社2006年版，第314—315页。

俗，音乐而不淫，斯为上矣。高人胜士，寓意于风花酒月，以写夷旷之怀，又其次也。若夫宕荡于检绳之外，巧为淫亵之语以悦俚耳，君子无取焉。"由此，他对北宋人说"少游诗似曲，东坡曲似诗"的评论重加解读，认为"东坡平日耿介直谅，故其为文似其为人。歌《赤壁》之词，使人抵掌激昂而有击楫中流之心；歌（哨遍）之词，使人甘心澹泊而有种菊东篱之兴；俗士则酣寐而不闻。少游情意妩媚，见于词则秾艳纤丽，类多脂粉气味，至今脍炙人口，宁不有愧于东坡耶？"[①] 在北宋人眼里突破了当行本色的"唐音"传统的东坡词，因为反映了苏轼的为人，所以获得了他的激赏，而承袭了"唐音"风格，"秾艳纤丽，类多脂粉气味"的秦观词，则显然被他归入了"君子无取"的最低等，故"有愧于东坡"。而《燕喜词》作者曹冠，则被他赞为"文雄学奥，节劲气严"，其词可以"继坡仙之作"。詹效之的《燕喜词跋》也持文如其人之见。他先说《燕喜词》作者曹冠的为人"行兼几德，浑然天成；文章政事，渊源经术；廉介有守，既和且正"。再赞其词"旨趣纯深，中含法度，使人一唱而三叹，盖其得于六义之遗意，纯乎雅正者也"，"和而不流，足以感发人之善心，将有采诗者播而飏之，以补乐府之阙，其有助于教化，岂浅浅哉！"[②] 其立论也是持儒家对于诗歌的审美标准。

曹冠（生卒年不详），字宗臣，号双溪居士，东阳（今属浙江省）人。曾为秦桧门客，高宗绍兴二十四年（1154）进士，官至太常博士，兼权中书门下检正诸房文字。秦桧死后放罢，寻被论驳放科名。孝宗乾道五年（1169），再应举中第。光宗绍熙元年（1190）知郴州，不久致仕。从相关记载来看，其人并无特出的事功，但颇有文才，虽附秦桧，亦无大恶，是典型的南宋士大夫之一。其词的内容如词集名所题的"燕喜"，多为描写士大夫宴饮娱乐的休闲生活，抒发"嘻嘻怡怡之情"、萧散出尘之怀，风格上虽然偶有"香风袭绮筵"

[①] 陈鬷：《燕喜词叙》，张惠民编《宋代词学资料汇编》，汕头大学出版社1993年版，第219页。

[②] 詹效之：《燕喜词跋》，张惠民编《宋代词学资料汇编》，第220页。

(《霜天晓角》）之类的丽辞，但大多比较清雅。如其词《凤栖梧·兰溪》云："桂棹悠悠分浪稳。烟幂层峦，绿水连天远。赢得锦囊诗句满。兴来豪饮挥金碗。　　飞絮撩人花照眼。天阔风微，燕外晴丝卷。翠竹谁家门可款。舣舟再闲上斜阳岸。"①在景物描写中寄寓士大夫的逸情雅趣，确有一定的艺术感染力。其中的"飞絮撩人花照眼。天阔风微，燕外晴丝卷"这几句，颇得况周颐欣赏，谓其"状春晴景色绝佳。每值香南研北，展卷微吟，便觉日丽风暄，淑气扑人眉宇"②。再如其述怀词《满江红》云："味道韬光，伴耕钓、城南涧曲。吾不羡、炼丹金井，访仙王屋。清洁无瑕通隐显，满堂岂肯贪金玉。向北窗、高卧水风凉，槐阴绿。　　闲自赏，东篱菊。偏喜种，幽居竹。信巍然良贵，有荣无辱。外物随缘姑泛应，无心仕止常知足。喜圣时，协气屡丰年，西畴熟。"③这样的词明显可以看出向苏轼学习的痕迹，是符合雅正标准的"宋调"。

在孝宗朝官至吏部尚书的韩元吉（1118—1187）论词亦从理学规范出发，贬唐尊宋。韩字无咎，号南涧，开封雍丘（今属河南）人，北宋名相韩维四世孙，文章、政事均有盛名。淳熙九年（1182），自编其词为《焦尾集》一卷，"序"云：

> 《礼》曰："士无故不彻琴瑟。"古之为琴瑟也，将以和其心也，乐之不以为教也。士之习于琴者既罕，而瑟且不复识矣，其所恃以为声而心赖以和者，不在歌词乎？然汉、魏以来，乐府之变，《玉台》诸诗已极纤艳。近代歌词，杂以鄙俚，间出于市廛俗子，而士大夫有不可道者。惟国朝名辈数公所作，类出雅正，殆可以和心而近古，是犹古之琴瑟乎？或曰歌词之作，多本于情，其不及于男女之怨者少矣，以为近古何哉？夫诗之作盖发乎

---

① 唐圭璋编纂，王仲闻参订，孔凡礼补辑：《全宋词》，第3册，中华书局1999年版，第1983页。
② 况周颐撰，王幼安校订：《蕙风词话》，人民文学出版社1982年版，第34页。
③ 唐圭璋编纂，王仲闻参订，孔凡礼补辑：《全宋词》，第3册，第1993页。

情者，圣人取之以为止于礼义也。《硕人》之诗，其言妇人形体态度，摹写略尽，使无孔子而经后世诸儒之手，则去之必矣，是未可与不达者议也。①

韩元吉在"序"中指出，古代用琴瑟来行乐教，"和其心"，后来由于士人"习于琴者既罕，而瑟且不复识矣"，所以"心赖以和者"就成了歌词。然而汉魏以来的乐府、《玉台》诸诗"极纤艳"，近代歌词还"杂以鄙俚"，对此，他深表不满，认为唯有"国朝名辈数公所作"，才可能"和心而近古"，起到类似于古之琴瑟的乐教作用。韩所说的"近代歌词"，应是指唐五代词；与之相对的"国朝名辈数公所作"，当指晏殊、欧阳修、苏轼等人之词。由此，我们可以见出其颇有贬"唐音"而尊"宋调"的意图。但是，韩元吉面临着与王灼、曾慥等南宋初期的论词者同样的问题，即北宋词人其实多袭"唐音"传统，不仅晏、欧多写男女之情，就是苏轼，也有不少写相思怨别的词。如上所论，对于这个问题，王灼、曾慥等人采用的是"辩诬"法，否认那些艳词为欧阳修等名臣所作，但面对北宋名臣们大量创作艳词的事实，这种办法显然无法从根本上解决问题，因此，韩元吉在这里依经立义，借圣人不删情诗来为"多本于情，其不及于男女之怨者少"的现象进行辩护，认为"发乎情""止于礼"即可。他的这种说法，用来解释北宋词人的创作未尽合事实，但对南宋词人的情词创作却很有理论价值。他自己的歌词创作"间亦为人传道，有未免于俗者，取而焚之。然犹不能尽弃焉，目为《焦尾集》，以其焚之余也"。从其存词来看，虽然体式多为"唐音"常用的小令，也有一些写及佳人意态的作品，但确实基本能做到"发乎情""止于礼"。如其《霜天晓角》词：

几声残角。月照梅花薄。花下有人同醉，风满槛、波明阁。

---

① 韩元吉：《焦尾集序》，曾枣庄、刘琳主编《全宋文》，第216册，上海辞书出版社、安徽教育出版社2006年版，第104页。

夜寂香透幕。酒深寒未著。莫把玉肌相映，愁花见、也羞落。①

此词"序"云："夜饮武将家，有歌《霜天晓角》者，声调凄婉，戏为赋之。"可知词为歌女而写，然而对于歌女的情态，则在"月照梅花薄""风满槛、波明阁"的清寒环境中，用"莫把玉肌相映，愁花见、也羞落"两句轻轻点出。如果说这种花间尊前的游戏之作尚有"唐音"风调，那么他另一首《霜天晓角》就明显带着士大夫的清劲之气，具备了"宋调"特质。试读："倚天绝壁。直下江千尺。天际两蛾凝黛，愁与恨、几时极。　　怒潮风正急。酒醒闻塞笛。试问谪仙何处，青山外、远烟碧。"②词为咏采石矶蛾眉亭而作，尽管写了"两蛾凝黛"的愁与恨，但全词境界宏阔，用语劲直，很能见出士大夫的胸怀，与婉丽的"唐音"显然有别。

与韩元吉交好的朱熹（1130—1200）是理学思想的集大成者，他也主张诗词同源，认为"古乐府只是诗，中间却添许多泛声。后来人怕失了那泛声，逐一声添个实字，遂成长短句，今曲子便是"③。他对于词的评价基本是从"正心诚意""克己复礼"的理学思想出发，极其重视词的内容而几乎忽略其艺术表现。他说："小词前辈亦有为之者，顾其词义如何，若出于正，似无甚害，然能不作更好也。"④又批评黄庭坚"艳词小诗，先已定以悦人，忠信孝弟之言不入矣"⑤。从他这种态度，可知他对"唐音"是完全否定的。他所创作的词，则往往"道学气满纸"⑥，多属重在表现士大夫人格、节操的"宋调"。如其《念奴娇·用傅安道和朱希真梅词韵》云：

---

① 唐圭璋编纂，王仲闻参订，孔凡礼补辑：《全宋词》，第2册，中华书局1999年版，第1801页。
② 唐圭璋编纂，王仲闻参订，孔凡礼补辑：《全宋词》，第2册，第1800页。
③ 黎靖德：《朱子语类》，第8册，崇文书局2018年版，第2531页。
④ 朱熹撰，朱杰人、严佐之、刘永翔主编：《朱子全书》，第23册，上海古籍出版社、安徽教育出版社2002年版，第3068页。
⑤ 黎靖德：《朱子语类》，第8册，第2369—2370页。
⑥ 卓人月、徐士俊辑：《古今词统》，《续修四库全书》编纂委员会编《续修四库全书》，第1728册，上海古籍出版社2002年版，第556页。

临风一笑，问群芳谁是，真香纯白。独立无朋，算只有、姑射山头仙客。绝艳谁怜，真心自保，邈与尘缘隔。天然殊胜，不关风露冰雪。　　应笑俗李粗桃，无言翻引得，狂蜂轻蝶。争似黄昏闲弄影，清浅一溪霜月。画角吹残，瑶台梦断，直下成休歇。绿阴青子，莫教容易披折。①

这首词咏梅，借梅花的形象写孤高的人格、节操，在宋人的梅词中原本颇为常见，但其中的"绝艳谁怜，真心自保"正是理学家所倡的立身处世之道，因此与朱熹另一首咏梅词《忆秦娥》中的"和羹心事，履霜时节"一并受到理学之徒的欣赏。南宋后期的理学家王柏（1197—1274）在《跋文公梅词真迹》中说："昔南轩先生与先大父石筍翁在长沙赏梅赓韵，有曰'平生嘉绝处，心事付寒梅'。今又获拜观文公先生怀南轩之句曰：'和羹心事，履霜时节。'由是知二先生之心事与梅花一也。然此八字虽甚平熟，极有深意，盖和羹之用，正自履霜中来。自昔贤人君子，有大力量、立大功业者，必有孤洁挺特之操，百炼于奇穷困厄之中而不变者也。异时先生又曰：'绝艳谁怜，真心自保'，所以指示学者尤亲切，梅花与二先生之心果何心哉？不过保一'真'字而已。天台吕居中，学朱子者也，保爱此词，如护拱璧。惟独为其推所以知爱之道。昔朱子尝书寇忠愍《阳关词》而题于后，欲使百世之下有以知先生与莱公之意，继之以呜呼，悲夫！予于此词亦云。"②在王柏看来，朱熹词借梅花说出了"有大力量、立大功业者，必有孤洁挺特之操，百炼于奇穷困厄之中而不变者"以及为人处世要保持真心的道理，所以学习朱子之学的人对此词褒爱有加。

朱熹虽有词的创作，但晚年却认定词为"郑声"，誓曰"自是不复作"③。词在当时，已经成为士大夫日常生活中广泛使用的文学文体，朱熹的这

---

① 唐圭璋编纂，王仲闻参订，孔凡礼补辑：《全宋词》，第3册，中华书局1999年版，第2166页。
② 王柏：《跋文公梅词真迹》，邓子勉编《宋金元词话全编》，中册，凤凰出版传媒集团、凤凰出版社2008年版，第1306—1307页。
③ 叶寘：《爱日斋丛抄》卷四，中华书局2010年版，第87页。

第二章　北宋后期到南宋：词体唐宋之辨的初步展开

种态度显然过于偏激。比较而言，林正大（生卒年不详）虽然坚持理学家所倡之雅而斥"淫哇"，但并未取消词的创作，而是通过檃括前人的诗文来实现词的雅化。林正大作于嘉泰二年（1202）的《风雅遗音序》云：

> 古者燕飨则歌诗章。今之歌曲，于宾主酬献之际，盖其遗意。乃若花朝月夕，贺筵祖帐，捧觞称寿，对景抒情，莫不有歌随寓而发。然风雅寥邈，郑卫纷纭，所谓声存而操变者，尤愈于声操俱亡矣。则怀似人之见，得无有感于昔人之思乎？世尝以陶靖节之《归去来》、杜工部之《醉时歌》、李谪仙之《将进酒》、苏长公之《赤壁赋》、欧阳公之《醉翁记》类凡十数，被之声歌，按合宫羽。尊俎之间，一洗淫哇之习，使人心开神怡，信可乐也。而酒酣耳热，往往歌与听者交倦，故前辈为之隐括，稍入腔调。如《归去来》之为《哨遍》，《听颖师琴》为《水调歌》，《醉翁记》为《瑞鹤仙》。掠其语意，易繁而简，便于讴吟，不惟可以燕寓欢情，亦足以想象昔贤之高致。①

林正大将"今之歌曲"视为古代"燕飨则歌诗章"的"遗意"，自然也是用诗歌的标准来衡量词。他对词坛"风雅寥邈，郑卫纷纭"的现象痛心不已，认为"声存而操变者，尤愈于声操俱亡"。所谓"郑卫纷纭""声存而操变"当指"唐音"风格的词。而他所推崇的是那些檃括陶渊明《归去来》、杜甫《醉时歌》、李白《将进酒》、苏轼《赤壁赋》、欧阳修《醉翁亭记》等经典诗文名作的词，认为这样的词可以"尊俎之间，一洗淫哇之习，使人心开神怡"，"不惟可以燕寓欢情，亦足以想象昔贤之高致"。他自己"暇日阅古诗文，撷其华粹。律以乐府，时得一二"，创作了大量檃括词，集合而成词集题名为"风雅遗音"。檃括词之风由苏轼所启，是宋诗"以文字为诗""以才学为诗"

---

① 林正大：《风雅遗音序》，张惠民编《宋代词学资料汇编》，汕头大学出版社1993年版，第235页。

的作风在词中的翻版。因此，林正大的此种"婉而成章，乐而不淫，视世俗之乐，固有间矣"的词作，可以说是比较极端化的"宋调"。

南宋前期完全否定"唐音"、着力提倡"骚雅"的"宋调"这一派，上继北宋后期黄裳的词学观，是理学对词的影响深入了一定程度后的必然结果。虽在逻辑上有其合理性，但面对前人留下来的大量文学遗产以及词坛"唐音""宋调"依然并存的事实，其偏至之处亦显而易见。如何在汲取前人成功的艺术经验的基础上，融入时代的文化特色，创造出从内容到形式都符合儒家审美标准的"宋调"，这才是当时词人们最应该探索与解决的课题。从上面的论述中，我们可以看到南宋前期对此不仅已有理论上的初步总结，而且也有了众多士人的实践，"宋调"中"以诗为词"的"东坡范式"被词坛广泛接受，并且由辛弃疾发扬到极致，确立了宗派的大旗。而"宋调"中由周邦彦所建立的"清真范式"，其声势虽不如"东坡范式"，但也被一部分词人关注、学习、改造、发扬，并且将在南宋后期成为词坛的主角。在学周邦彦而又能自我树立乃至开宗立派的词人中，首推姜夔。姜的生活年代跨越了本文所分的南宋前后期，但其在词坛产生重大影响，是在后期，故我们在下节再论。

第三节　南宋后期词坛："唐音""宋调"的融合与并存

自开禧北伐失败宋金签订嘉定和议（1208），至祥兴二年（1279）南宋政权彻底覆亡，共计七十二年的时间，此为本书所定的南宋后期。当然，如上所论，部分词人如姜夔等生活年代是跨越了前后期的，所以这种划分只能是大概而言。南宋后期的社会文化环境相对于前期来说，除了理学的影响愈益深固，并且在理宗朝被奉为官学，成为官方的意识形态这一学术思想的地位之变，还有如下一些对文学创作产生了重要影响的变化值得注意。其一，经济生活重现繁荣。灌圃耐得翁《都城纪胜序》云："自高宗皇帝驻跸于杭，而杭山水明秀，民物康阜，视京师其过十倍矣。虽市肆与京师相侔，然中兴已百余年，列圣相承，太平日久，前后经营至矣，辐辏集矣，其与中兴时又过十数倍也。"①《四库全书总目》指出："是书作于端平二年，正文武恬嬉、苟且宴乐之日，故竞趋靡丽，以至于斯。"② 由此可知当时城市经济之发达。林升《题临安邸》诗云："山外青山楼外楼，西湖歌舞几时休？暖风熏得游人醉，直把杭州作汴州。"③ 虽有讽刺之意，却也是对当时杭州城市景象的实写。《梦粱录》卷一九《园囿》载："杭州苑囿，俯瞰西湖，高挹两峰，亭馆台榭，藏歌贮舞，四时之景不同，而乐亦无穷矣。"④ 此条记载可为诗证。城市经济生活的繁荣，一方面使市民文艺和俗文化非常发达，另一方面，也为雅文化的发展提供了良好的条件。其二，文人儒士竞崇风雅。崇雅是宋人共同的趋向，南宋后期携两百余年之积累，更将此风发扬到了极致。如南渡名将张俊曾孙张镃，"能诗，一时名士大夫，莫不交游，其园池声妓服玩之丽甲天下"，他曾在家中举办牡丹会："众宾既集，坐一虚堂，寂无所有。俄问左右云：'香已发未？'答云：'已发。'命卷帘，则异香自内出，郁然满坐。群妓以酒肴丝竹，次第而至。别有名姬十辈皆衣白，凡首饰衣领皆牡丹，首带照殿红一枝，执板奏歌侑觞，歌罢乐作乃退。复垂帘谈论自如，良久，香起，卷帘如前。别十姬，易服与花而出。大抵簪白花则衣紫，紫花则衣鹅黄，黄花则衣红，如是十杯，衣与花凡十易。所讴者皆前辈牡丹名词。酒竟，歌者、乐者，无虑数百十人，列行送客。烛光香雾，歌吹杂作，客皆恍然如仙游也。"⑤ 由此可见当时上层士大夫生活之精雅。而普通的文人士子，也常为诗酒之会，并且结为诗社、词社之风大盛。吴自牧《梦粱录》载："文士有西湖诗社，此乃行都搢绅之士及四方流寓儒人，寄兴适情赋

---

① 灌圃耐得翁：《都城纪胜》，孟元老等撰《东京梦华录（外四种）》，古典文学出版社1956年版，第89页。
② 纪昀等：《钦定四库全书总目》，上册，中华书局1997年版，第968页。
③ 林升：《题临安邸》，北京大学古文献研究所编《全宋诗》，第50册，北京大学出版社1998年版，第31452页。
④ 吴自牧：《梦粱录》，孟元老等撰《东京梦华录（外四种）》，第295页。
⑤ 周密：《齐东野语》，上海古籍出版社编《宋元笔记小说大观》，第5册，上海古籍出版社2007年版，第5683—5684页。

咏，脍炙人口，流传四方，非其他社集之比。"① 史达祖词中，亦曾写及词社及活动，如其《点绛唇》（"山月随人"）小序云："六月十四日夜，与社友泛湖过西陵桥，已子夜矣。"周济说："北宋有无谓之词以应歌，南宋有无谓之词以应社。"② 这种应社之作虽然产生了很多"无谓之词"，但对切磋词艺、提升词人的创作技巧无疑有促进作用。其三，"诗人为谒客"的江湖文化兴起。钱谦益曾言："诗道之衰靡，莫甚于宋。南渡以后，而其所谓江湖诗者，尤为尘俗可厌。盖自庆元、嘉定之间，刘改之、戴石屏之徒，以诗人启干谒之风。而其后钱塘湖山，什伯为群。挟中朝尺书，奔走闽台郡县，谓之阔匾，要求楮币，动以万计。当时之所谓处士者，其风流习尚如此。"③ 这些奔走江湖、干谒豪门，以自己的文艺才能求财的诗人不只是写诗，也会作词，但既怀着炫技以求赏识的目的，则其词的情感就不一定出之自然，内容也会迎合上层贵族所尚之雅。

由于上面所述的这些变化，"宋调"中讲究技法、精工典丽、浑厚和雅的周邦彦词在南宋后期词坛备受推崇，经姜夔等人的发扬而成词坛的主流风格，"宋调"中的苏、辛一派虽有后继者如刘克庄等，但声势已大不如南宋前期。值得注意的是，以《花间集》为代表的"唐音"在此期已享有经典的地位，词论中有不少称道花间词艺术或以近花间来标榜宋人创作的话语。如王炎（1137—1218）的《双溪诗余自序》在推尊词为"乐府曲之苗裔"的同时，进一步称赞晚唐词"尤为清脆，如幺弦孤韵，使人属耳不厌也"④。又对时人之词表示不满，认为："今之为长短句者，字字言闺阃事，故语懦而意卑。或者欲为豪壮语以矫之，夫古律诗且不以豪壮语为贵，长短句命名曰曲，取其曲尽人情，惟婉转妩媚为善，豪壮语何贵焉？不溺于情欲，不荡而无法，可以言曲矣。"⑤

---

① 吴自牧：《梦粱录》，孟元老等撰《东京梦华录（外四种）》，第 299 页。
② 周济：《介存斋论词杂著》，唐圭璋编《词话丛编》，第 2 册，中华书局 1986 年版，第 1629 页。
③ 钱谦益：《初学集·王德操诗集序》，钱谦益著，钱曾笺注，钱仲联标校《钱牧斋全集》，上海古籍出版社 2003 年版，第 946 页。
④ 王炎：《双溪诗余自序》，张惠民编《宋代词学资料汇编》，汕头大学出版社 1993 年版，第 225 页。
⑤ 王炎：《双溪诗余自序》，张惠民编《宋代词学资料汇编》，第 226 页。

陈振孙评《花间集》："此近世倚声填词之祖也。诗至晚唐、五季，气格卑陋，千人一律，而长短句独精巧高丽，后世莫及。"① 评晏几道词："独可追逼花间，高处或过之。"② 杨东山评欧阳修词："虽游戏作小词，亦无愧唐人《花间集》。"③ 黄昇评仲殊小令："篇篇奇丽，字字清婉，高处不减唐人风致也。"④ 陈鹄《耆旧续闻》卷二则从语言、结构上作唐优宋劣之论："盖唐词多艳句，后人好为谑语；唐人词多令曲，后人增为大拍，又况屋下架屋，陈腐冗长，所以全篇难得好语也。"⑤ 虽然两种"宋调"的词人对于"唐音"在理论上均有所肯定，但从创作来看，继承了周邦彦一派的词人是融唐于宋，较好地汲取了"唐音"的艺术经验，开拓出"宋调"的新面貌，而苏、辛一派的豪放风格因与"唐音"差异较大，所以两者往往并存而未融。宋末陈模《怀古录》卷中说："近时作词者，只说周美成、姜尧章等，而以稼轩词为豪迈，非词家本色。紫岩潘牥云：'东坡为词诗，稼轩为词论。'此说固当。盖曲者曲也，固当以委曲为体，然徒狃于风情婉娈，则亦不足以启人意。"⑥ 周邦彦、姜夔相对于苏轼、辛弃疾来说，当然更接近"以委曲为体""风情婉娈"的"唐音"，陈模肯定词应该具备"唐音"的美感，同时也主张不能只有"唐音"的风格。这几句话可以说概括了南宋后期词坛唐宋之辨的基本状况。

一 风雅词派，融唐于宋

风雅词派之名首见于薛砺若先生的《宋词通论》。在此书中，宋光宗绍熙（1190—1194）起至理宗淳祐（1241—1252）止约六十年为

---

① 陈振孙撰，徐小蛮、顾美华点校：《直斋书录解题》，下册，上海古籍出版社2015年版，第614页。
② 陈振孙撰，徐小蛮、顾美华点校：《直斋书录解题》，下册，第618页。
③ 罗大经：《鹤林玉露》，中华书局1983年版，第265页。
④ 黄昇编：《花庵词选》，中华书局1958年版，第143页。
⑤ 陈鹄著，孔凡礼点校：《西塘集耆旧续闻》，中华书局2002年版，第300页。
⑥ 陈模撰，郑必俊校注：《怀古录校注》，中华书局1993年版，第61页。

"周邦彦派的抬头或姜夔时期的肇始",这个时期有约五十年的时间是在本书所定的南宋后期之内。薛砺若先生认为:"代表这个时期的,则为姜夔、史达祖、吴文英三个人;而尤以姜夔的地位更为重要。他以清超的诗人笔锋,写出一种'体制高雅'的歌曲。……他继承了周邦彦一条路线,他从南渡后词风过于凌杂叫嚣的时期中,走上了一个风雅派、正统派词人的平稳道路。他遂成为南宋词的唯一开山大师;(辛弃疾只能算是一种结束,于后期的影响,远无白石之伟异。)也可以说是元、明、清以来的唯一词林巨擘。因为中国词学自南宋中末期一直到清代的终了,可以说完全是'姜夔的时期'。在此六百余年中,代表最大多数的作家与词风的,无不奉姜夔为唯一典范,以周邦彦为最终的指归。"[①] 虽然"风雅词派"之名为近人所加,姜夔、史达祖、吴文英等人之词亦各有其个性,但推崇风雅确实是他们的共同精神指向,因此本书袭用之。风雅派词人继承、发扬了周邦彦所确立的"宋调"中的"清真范式",但如前所述,"清真范式"是建立在传统风格基础上的变革,是融合了"唐音"的"宋调",因此风雅派词人的理论与创作,也具有唐宋兼采、融唐于宋的特色。下面我们来看看几位代表性词人及论词者在唐宋之辨方面的具体情况。

姜夔(1155?—1208),字尧章,号白石道人,江西鄱阳人。布衣终身,精通音乐、诗词、书法,词集名《白石道人歌曲》。姜夔在南宋后期不仅是影响最大的词人,而且在词风由"唐音"向"宋调"转型的过程中也具有标志性意义。近人邵祖平在其著作《词心笺评》中说:"白石以前诸家之词,不归于秾丽,即依于醇肆;以风韵胜也!白石老仙之作,则矫秾丽为清空,变醇肆为疏隽;以意趣胜也!白石以前之作,尚有唐调;白石以下之作,纯为宋腔;此亦大关键处矣!"[②] 邵祖平此论中的"大关键处",指的是词史流变的关键,其着眼点在于风格。据其说,姜夔以前的词坛,尚有"唐调"风格的作品,姜夔以后,就"纯为宋腔"了。邵氏此论或有过于绝对化之嫌,"唐音"("唐

[①] 薛砺若:《宋词通论》,江苏文艺出版社 2008 年版,第 236 页。
[②] 邵祖平:《词心笺评》,复旦大学出版社 2007 年版,第 151 页。

调")风格的词其时依然有人在写，而且理论上"词以《花间》为宗"的观念也不乏认同者，并非"纯为宋腔"了，但是从词风发展的大势来看，"宋调"在南宋后期已完全占据了主流地位。朱彝尊说："词至南宋，始极其工，至宋季而始极其变。"① 南宋词所谓的"工"与"变"主要体现在对于词法的讲究以及内容的雅化，而这正是姜夔及其影响下的"风雅词派"所长，所以如果把姜夔作为词之"宋调"中由周邦彦所创建的"清真范式"发展到成熟状态的标杆，应该是比较合适的。

姜夔今存论词之语寥寥无几。沈雄《古今词话》引姜夔评五代的牛峤词云："牛峤《望江南》，一咏燕，一咏鸳鸯，是咏物而不滞于物者也，词家当法此。"② 可知其师法对象有唐人在。另外，他还为史达祖的《梅溪词》写过一篇序，全文已佚，仅见零章断句。《中兴以来绝妙词选》卷七于史达祖名下云："尧章称其词：奇秀清逸，有李长吉之韵。盖能融情景于一家，会句意于两得。"③ 姜夔的评语当出自《梅溪词序》。"奇秀清逸"，近于《花间集序》所倡的"清艳"，有"韵"亦为"唐音"所长，因此从此条评语来看，姜夔对"唐音"是比较推重的。但是，姜夔并非简单地崇唐，而是学唐又变唐，即"矫秾丽为清空，变醇肆为疏隽"，在唐宋融合中创造出"以意趣胜"的"宋调"。对于这一点，我们可从其诗论中得到证明。

姜夔诗本来学习的是黄庭坚所领衔的诗之"宋调"的主流江西诗派，曾"三熏三沐，师黄太史氏"，但"居数年，一语噤不敢吐，始大悟学即病，顾不若无所学之为得，虽黄诗亦偃然高阁矣"④。他因为悟到"学即病"，所以"向也求与古人合，今也求与古人异"⑤，追求跳出

---

① 朱彝尊：《词综·发凡》，朱彝尊、汪森编《词综》，上海古籍出版社1978年版，第10页。
② 沈雄：《古今词话》，唐圭璋编《词话丛编》，第1册，中华书局1986年版，第971页。
③ 黄昇：《中兴以来绝妙词选》，黄昇辑，王雪玲、周晓薇校点《花庵词选》，辽宁教育出版社1997年版，第286页。
④ 姜夔：《白石道人诗集自序一》，姜夔著，夏承焘辑《白石诗词集》，人民文学出版社1959年版，第1页。
⑤ 姜夔：《白石道人诗集自序二》，姜夔著，夏承焘辑《白石诗词集》，第2页。

规矩之外的突破与创新，可谓学到了"活法"①。这种"活法"当然也适用于词的创作。姜夔著有《白石道人诗说》，郭绍虞先生对其评价甚高，认为"在江西诗派以后，在《沧浪诗话》以前，可以看出诗论转变之关键的，应当推姜夔《白石道人诗说》了"。并且，他还进一步指出："姜氏论诗，见到此，而未能进乎此；姜氏作词，不必见到此，而可说已能进乎此。所以谢章铤《赌棋山庄词话》即欲以其诗说改为词论。"② 清人谢章铤于《赌棋山庄词话》卷十二云："白石道人为词中大宗，论定久矣。读其诗说诸则，有与长短句相通者。"随后选择了《白石道人诗说》中的一些论诗之语加以注解，指明其与词论相通之处③。兹列表引录如下：

出处	姜夔《白石道人诗说》	谢章铤《赌棋山庄词话》的注解
内容	韵度欲其飘逸，其失也轻。	词嫌重滞，故浑厚宏大诸说，俱用不着。然使其飘逸而轻也，则又无绕梁之致，而不足系人思。
	雕刻伤气，敷衍露骨。若鄙而不精巧，是不雕刻之过。拙而无委曲，是不敷衍之过。	此即疏密相间之说也。故白石字雕句刻，而必准之以雅。雅则气和而不促，辞稳而不浇，何患其不精巧委曲乎。
	僻事实用，熟事虚用。	那人正睡里，飞近蛾绿。此即熟事虚用之法。
	说景要微妙。	微妙则耐思，而景中有情。"寒鸦数点，流水绕孤村"，"杨柳岸、晓风残月"，所以脍炙人口也。
	短章蕴藉，大篇有开阖乃妙。	不蕴藉则吐露，言尽意尽，成何短章。无开阖则板拙，周草窗之词或讥之为平矣。
	委曲尽情曰曲。	竹垞赠钮玉樵曰：吾最爱姜、史，君亦厌辛、刘，亦以其径直不委曲也。

---

① "活法"之说出于吕本中的《夏均父集序》："学诗当识活法。所谓活法者，规矩备具，而能出于规矩之外；变化不测，而亦不背于规矩也。是道也，盖有定法而无定法，无定法而有定法。知是者，则可以与语活法矣。谢元晖有言，'好诗流转圆美如弹丸'，此真活法也。近世惟豫章黄公，首变前作之弊，而后学者知所趣向，毕精尽知，左规右矩，庶几至于变化不测。然余区区浅末之论，皆汉、魏以来有意于文者之法，而非无意于文者之法也。"见郭绍虞编《中国历代文论选》，第2册，上海古籍出版社2001年版，第367页。

② 郭绍虞：《中国文学批评史》，下册，商务印书馆2010年版，第63—64页。

③ 谢章铤：《赌棋山庄词话》，唐圭璋编《词话丛编》，第4册，中华书局1986年版，第3478—3479页。

第二章 北宋后期到南宋:词体唐宋之辨的初步展开

续表

出处	姜夔《白石道人诗说》	谢章铤《赌棋山庄词话》的注解
内容	语贵含蓄。句中无余字,篇中无长语,非善之善者也。句中有余味,篇中有余意,善之善者也。	填词有一定字数,但使填毕读之,短不可增,长不可节,已极洗伐操纵功夫矣。若余味余意,则词家率不留心,故讲之为尤难。
	体物不欲寒乞。	今之搜讨冷僻者,其去寒乞亦无几矣,而奈何自以为淹博哉。
	一曰理高妙,二曰意高妙,三曰想高妙,四曰自然高妙。	自然高妙,词家最重,所谓本色当行也。

从谢章铤对于《白石道人诗说》的解读中,我们已可看出姜夔经常折中两者的态度:他认为诗词的风格韵度要飘逸,但又不能"轻",即要有一定的思想内容;作法要有雕刻、敷衍,但又不能伤气、露骨,要"准之以雅";意境既有理、意、想三种经由人工锻炼所造就的高妙,也有"非奇非怪,剥落文采,知其妙而不知其所以妙"的"自然高妙"。事实上,如郭绍虞先生所指出的,《白石道人诗说》中关于气象、体面、血脉、韵度之论,是"兼有神韵、格调、性灵三义"[1],也就是兼备唐宋。与"进乎此"的姜夔词结合起来看,我们更可进一步了解其融合唐宋的词学观。

宋末元初的张炎评价姜夔的《暗香》《疏影》等词"不惟清空,又且骚雅"[2],此论颇中肯綮,多为人所称引,并且被视为姜词的主体风格。以"骚雅"论词,前已见于鲖阳居士的《复雅歌词序》,意指词要像《离骚》《诗经》一样,有比兴寄托,寓微言大义,这是理学思潮影响下对于词的内容、作法的要求,反映了儒家的诗教观,为南宋词论所努力建构的词之"宋调"的特征之一。而"清空"之义,据张炎本人的解释,是"古雅峭拔","野云孤飞,去留无迹"[3]。邓乔彬先生认为:"姜夔的尚神似,重含蓄,标举高妙,并以韵度飘逸、语言不俗、句意深远、句调清和来求之,则可见其创作思想是不事摹绘,不尚工细,不

---

[1] 郭绍虞:《中国文学批评史》,下册,商务印书馆2010年版,第67页。
[2] 张炎著,夏承焘校注:《词源注》,人民文学出版社2018年版,第17页。
[3] 张炎著,夏承焘校注:《词源注》,第16—17页。

落言筌，善于抓事物特征，摄取神理，让作品有比字面更广阔的包孕，有言外余音。这一切，统之以意趣高远，就是他本人虽未明言，但却是努力追求的'清空'。"① 统而言之，"清空"形容的是姜夔词清雅空灵、格高韵绝、含蓄蕴藉、遗貌取神的风格。对照其诗论所言，则含蓄蕴藉、空灵飘逸、自然高妙，这是唐人绝句所长，亦为词之"唐音"的特色；贵清雅、重气格、讲法度、精锤炼则为诗之"宋调"的特色，也表现在词之"宋调"中。夏承焘先生曾指出，姜夔词的"意境格局和北宋词人不同，分明也出于江西诗法。白石一方面用晚唐诗修正江西派，另一方面又用江西诗修改晚唐北宋词"②。因此姜词"清空"风格的生成，实为其在继承唐人绝句风格的同时又融入江西诗派韵度的结果。兹录其名作《暗香》《疏影》如下，以见这种既清空又骚雅、兼融唐宋而成的"宋调"之特色：

> 旧时月色。算几番照我，梅边吹笛。唤起玉人，不管清寒与攀摘。何逊而今渐老，都忘却、春风词笔。但怪得、竹外疏花，香冷入瑶席。　　江国。正寂寂。叹寄与路遥，夜雪初积。翠尊易泣。红萼无言耿相忆。长记曾携手处，千树压、西湖寒碧。又片片、吹尽也，几时见得。(《暗香》)③

> 苔枝缀玉。有翠禽小小，枝上同宿。客里相逢，篱角黄昏，无言自倚修竹。昭君不惯胡沙远，但暗忆、江南江北。想佩环、月夜归来，化作此花幽独。　　犹记深宫旧事，那人正睡里，飞近蛾绿。莫似春风，不管盈盈，早与安排金屋。还教一片随波去，又却怨、玉龙哀曲。等恁时、重觅幽香，已入小窗横幅。(《疏影》)④

---

① 邓乔彬：《唐宋词艺术发展史》，下册，安徽师范大学出版社2013年版，第256—257页。
② 夏承焘：《姜白石的词风》，夏承焘《夏承焘集》，第2册，浙江古籍出版社、浙江教育出版社1996年版，第307页。
③ 唐圭璋编纂，王仲闻参订，孔凡礼补辑：《全宋词》，第3册，中华书局1999年版，第2808页。
④ 唐圭璋编纂，王仲闻参订，孔凡礼补辑：《全宋词》，第3册，第2808页。

这两首词均为咏梅之作。《暗香》触物而兴感，上片因月夜见梅，而忆起旧时在月下梅边吹笛、唤起玉人攀折梅花的往事。随后以"何逊而今渐老"一句，转入对今日观梅之情的抒写。下片以"江国。正寂寂"一句推开视野，再暗用陆凯"折梅逢驿使，寄与陇头人。江南无所有，聊赠一枝春"诗，道欲折梅寄相思，因路遥雪深而不得之慨。复以"翠尊易泣，红萼无言"进一步渲染相忆之深。最后以曾携手处的梅花昔日"千树压、西湖寒碧"，今日已"片片吹尽"的盛衰对比作结。刘永济《唐五代两宋词简析》认为："'江国，正寂寂'句，言外有南宋朝政昏暗之意。'寄兴路遥'，虽暗用陆凯寄梅故事，实追指被金人掳去之二帝、后妃及宗室而言。'路遥'、'夜雪'皆北地也。思念及此，故有'翠樽'之'泣'，与'红萼'之'忆'。翠樽非能泣，红萼非能忆，泣与忆皆此饮翠樽与观红萼之人也。……此种写法，在技术上，合于诗人比兴之义，而以身世之感贯穿于咏梅之中，似咏梅而实非咏梅，非咏梅又句句与梅有关，用意空灵。"[1]《疏影》一词较之《暗香》，表现出更为明显的家国之恨。词托物寄情，以美人为喻，化用相关的语典、事典，营造清幽的意境，写出了梅花清高孤洁的神韵，但读者又往往能从其中读出别样的滋味。张惠言《词选》说这首词是"以二帝之愤发之，故有'昭君'之句"[2]。邓廷桢《双砚斋词话》认为："昭君不惯胡沙远，但暗忆、江南江北。想佩环月下归来，化作此花幽独"，"还教一片随波去，又却怨、玉龙哀曲"等词句，"乃为北庭后宫言之，则《卫风·燕燕》之旨也。读者以意逆志，是为得之"[3]。郑文焯《郑校白石道人歌曲》进一步解释说："此盖伤心二帝蒙尘，诸后妃相从北辕，沦落胡地，故以昭君托喻，发言哀断。考唐王建《塞上咏梅》诗曰：'天山路边一株梅，年年花发黄云下；昭君已没汉使回，前后征人谁系马？'白石词意当本此。近世读者多以意疏解，或有嫌其举

---

[1] 刘永济：《唐五代两宋词简析》，上海古籍出版社1981年版，第72页。
[2] 张惠言辑：《词选（附续词选）》，中华书局1957年版，第64页。
[3] 邓廷桢：《双砚斋词话》，唐圭璋编《词话丛编》，第3册，中华书局1986年版，第2531页。

曲，似不于伦者，殆不自知其浅暗矣。词中数语，纯从少陵咏明妃诗意隐括，出以清健之笔，如闻空中笙鹤，飘飘欲仙；觉草窗、碧山所作吊雪香亭梅诸词，皆人间语，视此如隔一尘，宜当时转播吟口，为千古绝唱也。至下阕藉《宋书》寿阳公主故事，引申前意，寄情遥远，所谓怨深文绮，得风人温厚之旨已。"① 此外如俞陛云、陈匪石、唐圭璋、刘永济等学者，均有类似的看法。

诸家对于两词中比兴之义的解读，有的也许求之过深，但也并非无因。姜夔虽布衣终身，依靠豪门贵人的资助生活，却对朝政颇为关注。宁宗庆元三年（1197），他进《大乐议》，秉承鮦阳居士以来的胡乐乱政思想，谴责隋唐音乐，乞正雅乐。五年（1199），又上《圣宋铙歌》十四首歌颂宋室的祖宗盛德。尽管其动机不能排除为个人求进之嫌，但至少可以证明他并非一味吟风弄月的闲人清客。他的《扬州慢》（"淮左名都"）、《凄凉犯》（"绿杨巷陌秋风起"）等词也流露出较为明显的兴亡之感、黍离之悲。而《暗香》《疏影》两词作于曾北使金国的重臣范成大家中，因此将身世、家国的感慨寓于词中也是完全有可能的。陈廷焯《白雨斋词话》卷二评姜夔词云："南渡以后，国势日非，白石目击心伤，多于词中寄慨。不独《暗香》《疏影》二章，发二帝之幽愤，伤在位之无人也。特感慨全在虚处，无迹可寻，人自不察耳。"② 王昶《姚茝汀词雅序》说："其旨远，其词文，托物比兴，因时伤事，即酒席游戏，无不有黍离周道之感，与诗异曲同其工；且清婉窈眇，言者无罪，听者泪落，有如陆文圭所云者，为三百篇之苗裔无可疑也。"③ 宋翔凤《乐府余论》说："盖意愈切，则辞愈微，屈宋之心，谁能见之。乃长短句中，复有白石道人也。"④ 这些人的评论兼及了姜词"清空"与"骚雅"两方面的特征，不为无见。邓乔彬先生总结姜夔词的艺术

---

① 郑文焯著，孙克强、杨传庆辑校：《大鹤山人词话》，南开大学出版社2009年版，第101页。
② 陈廷焯著，杜维沫校点：《白雨斋词话》，人民文学出版社1983年版，第28页。
③ 王昶：《姚茝汀词雅序》，夏承焘《姜白石词编年笺校》，上海古籍出版社1981年版，第140页。
④ 宋翔凤：《乐府余论》，唐圭璋编《词话丛编》，第3册，中华书局1986年版，第2503页。

说："姜夔以诗法为词，创造了'清空'的风格。并使缘情以至俚俗的婉约词向'志'靠拢，引向'好色而不淫'一路，又使言志以至伉直的豪放词回到'缘情'本位，拉向'怨悱而不乱'之途，造成了'骚雅'的独特风貌。"[1] 姜夔的"以诗法为词"，如上所论，是唐人绝句作法与江西诗法的结合，"缘情"与"言志"，一为"唐音"本色，一为"宋调"新风，因此邓先生所论，也道出了姜词艺术融合唐宋的特点。姜夔的词学观，亦由此可见。

史达祖（生卒年不详），字邦卿，号梅溪，汴（今河南开封）人。屡试不第，后入中书省为堂吏，受权相韩侂胄重用，曾陪大臣李壁使金。开禧北伐失败后，韩侂胄被杀，史达祖受黥刑，贬死。有《梅溪词》一卷。他学习周邦彦而又能卓然成家，时人对其评价甚高。姜夔说他的词"奇秀清逸"之语已见上引，张镃所作的《梅溪词序》云："盖生之作，辞情俱到。织绡泉底，去尘眼中，妥帖轻圆，特其余事。至于夺苕艳于春景，起悲音于商素，有环奇警迈、清新闲婉之长，而无诡荡汙淫之失，端可以分镳清真，平睨方回，而纷纷三变行辈，几不足比数。"[2] 可见史达祖的词风有悲有艳，唐宋兼备。史的论词之语今已不存，我们试由其词作来看他融合唐宋的词学观。

史达祖作为周邦彦的"附庸"[3]，继承了其"言情体物，穷极工巧"的一面，最擅长咏物、写情。咏物词如其名作《双双燕》（咏燕）：

过春社了，度帘幕中间，去年尘冷。差池欲住，试入旧巢相并，还相雕梁藻井，又软语、商量不定。飘然快拂花梢，翠尾分开红影。　　芳径。芹泥雨润。爱贴地争飞，竞夸轻俊。红楼归晚，看足柳昏花暝。应自栖香正稳。便忘了、天涯芳信。愁损翠黛双

---

[1] 邓乔彬：《唐宋词艺术发展史》，下册，安徽师范大学出版社2013年版，第269页。
[2] 张镃：《梅溪词序》，邓子勉编《宋金元词话全编》，中册，凤凰出版传媒集团、凤凰出版社2008年版，第1063页。
[3] 戈载《史邦卿词选跋》："予尝谓梅溪乃清真之附庸，若仿张为作词家主客图，周为主，史为客，未始非定论也。"施蛰存主编《词籍序跋萃编》，第266页。

蛾，日日画阑独凭。①

　　词上片写去年的燕子归来，寻找到帘幕中间的旧巢，东看西顾、软语商量后，飘然拂花而去。下片燕子在春天的田野上"贴地争飞，竞夸轻俊"，看足了柳昏花暝，很晚才回到旧巢所在的红楼，安稳地栖息，却忘了替天涯游子给红楼中的女主人传信，以致她相思难解，"愁损翠黛双蛾，日日画阑独凭"。《古今词统》说这首词"不写形而写神，不取事而取意，白描妙手"②。其实，这种白描的手段，是史达祖极力炼字琢句臻于化境，"极炼如不炼"③的结果。王士禛称："仆每读史邦卿《咏燕》词'又软语商量不定，飘然快拂花梢，翠尾分开红影'，又'红楼归晚，看足柳昏花暝'，以为咏物至此，人巧极天工矣。"④史词中的"软语商量""柳昏花暝"可以说是炼字琢句的典范，两者孰高孰低，甚至成了词论中的一桩公案。贺裳说姜夔论史词，不称其"软语商量"，而赏其"柳昏花暝"，是"项羽学兵法"，未得其要⑤。王国维则说"柳昏花暝"是"欧秦辈句法，前后有画工化工之殊。吾从白石，不能附和黄公矣"⑥。俞平伯折中两者，认为"王国维说虽是，亦有些偏执。盖上下片本不同。上片从正面描写燕子，'软语商量'云云自为佳句。下片多从侧面，燕子与人的关系等等来说，情形既复杂，则意思含蓄，风格浑成，亦是自然的格局。上下互成，前后一体，相比较则可，若争论其孰为优劣，似无谓也"⑦。从风格、技巧来说，"唐音"以自然化工胜，"宋调"以人工锻炼胜。史达祖此词"人巧极天工"，正是融合唐宋的表现。

---

① 唐圭璋编纂，王仲闻参订，孔凡礼补辑：《全宋词》，第4册，中华书局1999年版，第2992页。
② 卓人月、徐士俊辑：《古今词统》，《续修四库全书》编纂委员会编《续修四库全书》，第1729册，上海古籍出版社2002年版，第71页。
③ 沈祥龙：《论词随笔》，唐圭璋编《词话丛编》，第5册，中华书局1986年版，第4052页。
④ 王士禛：《花草蒙拾》，唐圭璋编《词话丛编》，第1册，第682—683页。
⑤ 贺裳：《皱水轩词筌》，唐圭璋编《词话丛编》，第1册，第704页。
⑥ 王国维著，徐调孚注，王幼安校订：《人间词话》，人民文学出版社1982年版，第234—235页。
⑦ 俞平伯：《唐宋词选释》，俞平伯《俞平伯全集》，第4卷，花山文艺出版社1997年版，第335页。

第二章　北宋后期到南宋：词体唐宋之辨的初步展开

史达祖的情词也具有融合唐宋的特点。郑骞认为："南宋词人善写儿女之情者，梅溪为第一。然其胸襟似不及小山、淮海之磊落，故少俊迈之气。此固由于性分，亦有运会关系在其中。弱国之民，即谈私情亦不易开展也。"① 晏几道（小山）、秦观（淮海）的情词，多属"唐音"作风，郑骞说史达祖由于"性分""运会"的关系，其情词少晏、秦两人的"俊迈之气"，确属有见之论，也说明了其"宋调"的本质。不过，史达祖的情词其实是在学周邦彦的"清真范式"的基础上，又接受了秦观等"唐音"代表作家的影响。如《三姝媚》：

> 烟光摇缥瓦。望晴檐多风，柳花如洒。锦瑟横床，想泪痕尘影，凤弦常下。倦出犀帷，频梦见、王孙骄马。讳道相思，偷理绡裙，自惊腰衩。　　惆怅南楼遥夜。记翠箔张灯，枕肩歌罢。又入铜驼。遍旧家门巷，首询声价。可惜东风，将恨与、闲花俱谢。记取崔徽模样，归来暗写。②

这首词与周邦彦的《瑞龙吟》（"章台路"）一样，写的是一个"桃花人面、旧曲翻新"的故事：词中的抒情主人公早年与一歌伎相恋，后因故分手。多年后主人公在春天重游旧地，谁知伊人已逝，"可惜东风，将恨与、闲花俱谢"，于是只能"记取崔徽模样，归来暗写"。邓乔彬先生指出："全词结合写景、叙事、抒情，将过去、现在、回忆、实见、拟想合为一体，达到了层深与浑成结合的效果，极得清真妙谛，而情更胜之。"③ 此词"极得清真妙谛"显而易见，而所谓"情更胜之"，则源自"唐音"。陈廷焯曾评其《玉胡蝶》（"晚雨未摧宫树"）词中的"一笛当楼，谢娘悬泪立风前"两句词"幽怨似少游，清切如美成，合而化

---

① 郑骞：《成府谈词》，《词学》编辑委员会编辑《词学》，第 10 辑，华东师范大学出版社 1992 年版，第 154 页。
② 唐圭璋编纂，王仲闻参订，孔凡礼补辑：《全宋词》，第 4 册，中华书局 1999 年版，第 2997—2998 页。
③ 邓乔彬：《唐宋词艺术发展史》，下册，安徽师范大学出版社 2013 年版，第 277 页。

矣"①。可为佐证。

史达祖词"起悲音于商素"的瓌奇警迈风格，主要见于一些感时言志之作。如其《满江红》（九月二十一日出京怀古）：

> 缓辔西风，叹三宿、迟迟行客。桑梓外、锄耰渐入，柳坊花陌。双阙远腾龙凤影，九门空锁鸳鸯翼。更无人、撷笛傍宫墙，苔花碧。　　天相汉，民怀国。天厌虏，臣离德。趁建瓴一举，并收鳌极。老子岂无经世术，诗人不预平戎策。办一襟、风月看升平，吟春色。②

此词是史达祖于开禧元年（1205）随李壁使金贺金主完颜璟生辰后，归途经过北宋故都汴梁时所作。词中既有经行旧都远望故宫的伤感、压抑，又有对未来"并收鳌极"的期望以及"老子岂无经世术，诗人不预平戎策"的豪气，又比较接近辛弃疾一派的"宋调"了。不过，这在史达祖词中并非主流。

在风雅词派的代表性词人中，吴文英（1200？—1260？）的生活年代基本上在南宋后期。吴字君特，号梦窗，晚号觉翁，四明（今浙江宁波）人。终身不第，以幕客为生。有《梦窗甲乙丙丁稿》，又名《梦窗词》。黄昇曾引尹焕之言评价吴文英云："求词于吾宋者，前有清真，后有梦窗，此非焕之言，四海之公言也。"③ 此语既是对吴词地位的评价，也指出了吴词的师承渊源。除了题材多为闺情、咏物，重视词的合律可歌，吴文英学周邦彦主要在两个方面：一是辞藻、意象的密丽，一是章法结构的曲折。他将两个方面都发挥到了极致，密丽而雕缋满眼，曲折至意脉深隐。因此，沈义父说"梦窗深得清真之妙，其失在用事下语太晦处，人不可晓"④。张炎把他的

---

① 陈廷焯著，杜维沫校点：《白雨斋词话》，人民文学出版社1983年版，第32页。
② 唐圭璋编纂，王仲闻参订，孔凡礼补辑：《全宋词》，第4册，中华书局1999年版，第3013页。
③ 黄昇：《中兴以来绝妙词选》，黄昇辑，王雪玲、周晓薇校点《花庵词选》，辽宁教育出版社1997年版，第354页。
④ 沈义父著，蔡嵩云笺释：《乐府指迷笺释》，人民文学出版社2018年版，第54页。

第二章　北宋后期到南宋:词体唐宋之辨的初步展开

词风作为姜夔词"清空"的对立面"质实",言其"凝涩晦昧","如七宝楼台,眩人眼目,碎拆下来,不成片段"①。《四库全书总目》则认为"词家之有文英,亦如诗家之有李商隐也"②。由于密丽之风源于以温庭筠为代表的花间"唐音",章法结构的曲折是周邦彦所创的"宋调"以思力安排作词的常规手段,因此吴文英词也是"唐音"与"宋调"艺术融合的结果。试读其词《霜叶飞》(黄钟商,重九):

> 断烟离绪。关心事,斜阳红隐霜树。半壶秋水荐黄花,香噀西风雨。纵玉勒、轻飞迅羽。凄凉谁吊荒台古。记醉踏南屏,彩扇咽、寒蝉倦梦,不知蛮素。　　聊对旧节传杯,尘笺蠹管,断阕经岁慵赋。小蟾斜影转东篱,夜冷残蛩语。早白发、缘愁万缕。惊飙从卷乌纱去。漫细将、茱萸看,但约明年,翠微高处。③

这首咏重阳节的词,是一首感叹身世、"寄慨无尽"的"经意之作"④,属于抒写作者情性的"宋调"。词由断烟而生离绪起笔,融景于情,随后将情、景、事编织在一起,交错而写,断烟、斜阳、霜树、秋水、黄花、西风、玉勒、迅羽、南屏、寒蝉、小蟾、残蛩、惊飙、茱萸、东篱、翠微、彩扇、蛮素、尘笺、蠹管、乌纱等自然、人文意象纷至沓来,隽句艳字层出不穷。最后以"漫细将、茱萸看,但约明年,翠微高处"两句收结,翻用杜诗的"明年此会知谁健,醉把茱萸仔细看"之意,在达观中暗寓沉痛。这样的词风,也就是况周颐后来所推崇的"重":"重者,沈著之谓。在气格,不在字句。于梦窗词庶几见之。即其芬菲铿丽之作,中间隽句艳字,莫不有沈挚之思,灏瀚之气,挟之以流转。令人玩索而不能尽,则其中之所存者厚。沈著者,厚之发见乎外者也。欲学梦窗之致密,先学梦窗之沈著。即致密、即

---

① 张炎著,夏承焘校注:《词源注》,人民文学出版社2018年版,第17页。
② 纪昀等:《钦定四库全书总目》,下册,中华书局1997年版,第2797页。
③ 唐圭璋编纂,王仲闻参订,孔凡礼补辑:《全宋词》,第4册,中华书局1999年版,第3646—3647页。
④ 俞陛云:《唐五代两宋词选释》,上海古籍出版社1985年版,第518页。

沈著。非出乎致密之外，超乎致密之上，别有沈著之一境也。梦窗与苏、辛二公，实殊流而同源。其见为不同，则梦窗致密其外耳。"① 吴文英以密丽的辞藻融入气格，让"沈挚之思，灏瀚之气"，挟着"隽句艳字"流转，形成了与苏辛一派"殊流而同源"的"宋调"，这是他的特殊贡献。

当然，过分密丽、曲折所带来的晦涩之病，也会导致他的词解读困难，评价褒贬不一。如其词《踏莎行》：

润玉笼绡，檀樱倚扇。绣圈犹带脂香浅。榴心空叠舞裙红，艾枝应压愁鬟乱。　　午梦千山，窗阴一箭。香瘢新褪红丝腕。隔江人在雨声中，晚风菰叶生秋怨。②

吴文英在杭州时与一湘人女子相识，在苏州同居过一段时间，后在杭州分手。他对这个遣妾感情很深，词集中有不少忆念之作，这首词即其中之一。词的上片是梦中伊人在端午节时的容颜、睡姿、服饰，下片是梦醒后所感所见。刘永济先生曾详细解释说："'润玉'八字写人之肌肤、檀口皆秀丽无比。'绣圈'句写其装饰亦极其华艳。'榴心'句写红裙切五月。唐耿纬有'金钿正舞石榴裙'句。'艾枝'句写鬟饰，应端节……但'犹代'、'空叠'、'应压'等词，明其人不在目前者。其所以如此描写，须至下半阕方知。此等处即陈洵所称留字诀也。换头八字始将上半阕所写点明是一场梦境。曰'千山'，梦去甚远也。曰'一箭'，梦醒甚速也。'香瘢'句，仍从端午著笔，《风俗通》谓五月五日以彩丝系臂，辟鬼及兵，名长命缕。故曰'红丝腕'。'香瘢新褪'者，旧事无痕也。歇拍二句言午梦醒来，别无所见，惟有'雨声'、'菰叶'，伴人凄寂而已。曰'隔江人'，杨铁夫谓去吴之人，则是指其去妾在雨中生秋怨。如说自身是与去妾隔江，似较与词意相合。方端午

---

① 况周颐撰，王幼安校订：《蕙风词话》，人民文学出版社1982年版，第48页。
② 唐圭璋编纂，王仲闻参订，孔凡礼补辑：《全宋词》，第4册，中华书局1999年版，第3714页。

而曰'秋怨'者，愁人善感，'雨声'、'菰叶'之中，一梦醒来，凄然其如秋也。"① 刘永济先生的体察可谓入微，但这样一首小令，如此腾挪时空，堆砌丽辞，自然也会有论者不以为然。如吴世昌先生就认为："此词上用'榴心'、'艾枝'，是端午景象，下片又用'晚风'、'菰叶'、'秋怨'，一首之中，时令错乱，且上片晦涩，令人不堪卒读，盖先得末两句，然后硬凑出来。"② 这种有"硬凑"嫌疑的情词，尽管绮艳处颇近温庭筠，但刻意安排的功力，却是"宋调"手段。

吴文英未见专门的论词之作留存，但曾向人讲论过词法。沈义父《乐府指迷》记其于淳祐三年（1243）与吴文英相识，"暇日相与唱酬，率多填词。因讲论作词之法，然后知词之作难于诗"。吴文英的词法，被沈义父概括为四条，即"音律欲其协，不协则成长短之诗；下字欲其雅，不雅则近乎缠令之体；用字不可太露，露则直突而无深长之味；发意不可太高，高则狂怪而失柔婉之意"③。从这四条词法来看，其回归"唐音"，坚守词体的本色传统的意图是显而易见的。沈对吴文英的词法深为认同，《乐府指迷》全书"实际上就是以此四条为本，详加阐述和发挥"④。从沈义父的具体论述中，我们也可看出他对"唐音"颇为推崇。如他论词的用字时说："要求字面，当看温飞卿、李长吉、李商隐及唐人诸家诗句中字面好而不俗者，采摘用之，即如《花间集》小词，亦多好句。"⑤ 对于词的内容，他主张要有"情意""艳语"，认为"作词与诗不同，纵是花卉之类，亦须略用情意，或要入闺房之意。然多流淫艳之语，当自斟酌。如只直咏花卉，而不着些艳语，又不似词家体例，所以为难"⑥。凡此均可以见出"唐音"的影响。当然，吴文英词学周邦彦，传其词法的沈义父也明确说"凡作词，当以清真为主"⑦，

---

① 刘永济：《微睇室说词》，上海古籍出版社1987年版，第50—51页。
② 吴世昌著，吴令华辑注，施议对校：《词林新话》，北京出版社2000年版，第287页。
③ 沈义父：《乐府指迷》，唐圭璋编《词话丛编》，第1册，中华书局1986年版，第277页。
④ 吴熊和：《唐宋词通论》，上海古籍出版社2010年版，第304页。
⑤ 沈义父：《乐府指迷》，唐圭璋编《词话丛编》，第1册，第279页。
⑥ 沈义父：《乐府指迷》，唐圭璋编《词话丛编》，第1册，第281页。
⑦ 沈义父：《乐府指迷》，唐圭璋编《词话丛编》，第1册，第277页。

而如前所论，周邦彦的"清真范式"是在"唐音"基础上变革而成的"宋调"，所以在《乐府指迷》中，也有多处谈及"宋调"的技巧。如其论篇章结构的安排："大抵起句便见所咏之意"，"过处多是自叙，若才高者方能发起别意，然不可太野，走了原意"，"结句须要放开，含有余不尽之意，以景结尾最好"①，等等；论锤炼字句的方法："炼句下语，最是紧要，如说桃，不可直说破桃，须用'红雨'、'刘郎'等字……往往浅学俗流，多不晓此妙用，指为不分晓，乃欲直捷说破，却是赚人与耍曲矣。如说情，不可太露。"②强调这些技巧，显然与"唐音"的本色自然不合，是"宋调"的影响所致。因此总的来说，吴文英的词法及沈义父的阐释，也是唐宋并取，融合了"唐音""宋调"的艺术经验。

与沈义父大致同时的杨缵也有词法的总结。杨缵（1210？—1269？）字嗣翁，号守斋，又称紫霞，是一个"洞晓律吕"③的乐律家，"自制曲数百解，皆平淡清越，灏然太古之遗音也"④。杨缵论词也尊崇周邦彦，作有《圈法周美成词》，举周词为词律和词法的典范，其书已佚。今存其《作词五要》，从内容来看，因为精通音律，所以他把词须协律作为词体的根本反复强调，"五要"中有四条是谈词律的：

> 第一要择腔。腔不韵则勿作。如《塞翁吟》之衰飒，《帝台春》之不顺，《隔浦莲》之寄煞，《斗百花》之无味是也。第二要择律。律不应月，则不美。如十一月调须用正宫，元宵词必用仙吕为宜也。第三要填词按谱。自古作词，能依句者已少，依谱用字者，百无一二。词若歌韵不协，奚取焉。或谓善歌者，融化其字，则无疵。殊不知详制转折，用或不当，即失律，正旁偏侧，凌犯他宫，非复本调矣。第四要随律押韵。如越调《水龙吟》、商调《二

---

① 沈义父：《乐府指迷》，唐圭璋编《词话丛编》，第1册，中华书局1986年版，第279页。
② 沈义父：《乐府指迷》，唐圭璋编《词话丛编》，第1册，第280页。
③ 周密撰，邓子勉校点：《浩然斋雅谈》，辽宁教育出版社2000年版，第36页。
④ 周密：《齐东野语》，上海古籍出版社编《宋元笔记小说大观》，第5册，上海古籍出版社2007年版，第5660页。

郎神》，皆合用平入声韵。古词俱押去声，所以转折怪异，成不祥之音。昧律者反称赏之，是真可解颐而启齿也。①

词要协律可歌，这本是"唐音"的传统，李清照在北宋末所作的《词论》中，对此也曾予以强调，作为其佳词标准之一，实际上也是周邦彦所确立的"宋调"之"清真范式"的一个特点。杨缵持论，较李清照又要更加严格，甚至对"古词"也有所不满，认为"自古作词，能依句者已少，依谱用字百无一二"，"越调《水龙吟》、商调《二郎神》，皆合用平、入声韵。古词俱押去声，所以转折怪异，成不祥之音"。这样严格的要求，可能与姜夔的影响有关。吴熊和先生曾指出："南宋作词严于持律，首先是姜夔。杨缵继起，他的作用就是把姜夔的词律形之于词法。"② 此外，杨缵《作词五要》的第五条说："第五要立新意。若用前人词意为之，则蹈袭无足奇者。须自作不经人道语，或翻前人意，便觉出奇。或只能炼字，诵才数过，便无精神，不可不知也。更须忌三重四同，始为具美。"③ 这种对于新意的自觉追求，也符合姜夔的词学观。姜在《白石道人诗说》中云："一家之语，自有一家之风味。……模仿者语虽似之，韵亦无矣"④，"作诗求与古人合，不若求与古人异。求与古人异，不若不求与古人合而不能不合，不求与古人异而不能不异"⑤。如前所论，姜夔的诗论可以作词论来看，将《白石道人诗说》所云与《作词五要》的第五条对照，不难发现两者的相通之处。因此，杨缵的词法，可视为继承了周邦彦的"清真范式"而又进一步变化至"纯为宋腔"地步的姜夔词的理论呈现。

柴望（1212—1280），字仲山，号秋堂，江山（今属浙江）人。理

---

① 杨缵《作词五要》，见张炎《词源·附录》，唐圭璋编《词话丛编》，第 1 册，第 267—268 页。
② 吴熊和：《唐宋词通论》，上海古籍出版社 2010 年版，第 303 页。
③ 杨缵《作词五要》，见张炎《词源·附录》，唐圭璋编《词话丛编》，第 1 册，第 268 页。
④ 姜夔：《白石道人诗说》，姜夔著，夏承焘辑《白石诗词集》，人民文学出版社 1959 年版，第 69 页。
⑤ 姜夔：《白石道人诗集自序二》，姜夔著，夏承焘辑《白石诗词集》，第 2 页。

宗嘉熙间为太学上舍，端宗景炎二年（1277）荐授迪功郎、史馆国史编校。有词集《凉州鼓吹》。他作词宗姜夔，其《凉州鼓吹自序》云：

> 《凉州鼓吹》，山翁诗余稿也，诗余以鼓吹名，取谐歌曲之律云耳。夫诗可以歌功德、被金石而垂无穷，其来尚矣。自黄桴土鼓，泄而韶濩；桑间濮上，转而郑卫；玉树后庭，变而霓羽；于是亡国之音肆，正雅之道熄，悲夫！词起于唐而盛于宋，宋作尤莫盛于宣靖间，美成、伯可各自堂奥，俱号称作者。近世姜白石一洗而更之，《暗香》《疏影》等作，当别家数也。大抵词以隽永委婉为上，组织涂泽次之，呼噪叫啸抑末也。唯白石词登高眺远，慨然感今悼往之趣，悠然托物寄兴之思，殆与古《西河》《桂枝香》同风致。视青楼歌红窗曲万万矣，故余不敢望靖康家数，白石衣钵或仿佛焉。故以鼓吹名，亦以自况云尔，幸同志者谅之。①

从柴望"词起于唐而盛于宋，宋作尤莫盛于宣靖间"的评价可知，他的总体态度是尊宋的。不过，他对于宋词又有以周邦彦、康与之为代表的"靖康家数"与以姜夔为代表的"白石衣钵"的划分。姜夔词"登高眺远，慨然感今悼往之趣，悠然托物寄兴之思"，符合他"词以隽永委婉为上"的美学标准，故而他有意继承"白石衣钵"。柴望所论，被后人视为词的南北宋之争的开端，如究其实质，则为周、姜一派"宋调"内部的典范选择问题。周邦彦虽建立了"宋调"中的"清真范式"，其实仍驿骑于唐宋之间，有不少"唐音"遗风；姜夔虽也吸收了"唐音"的艺术经验，却已完全融唐于宋，"纯为宋腔"了。柴望选姜而舍周，除了因为"纯为宋腔"的姜夔词更符合南宋后期词坛主流风雅派的审美观，应该也与周邦彦的"靖康家数"有北宋的"亡国之音"嫌疑存在一定关系。

风雅词派在南宋末的领袖为周密（1232—1298）。周字公谨，号草

---

① 柴望：《凉州鼓吹自序》，张惠民编《宋代词学资料汇编》，汕头大学出版社1993年版，第239—240页。

窗、蘋洲，又号四水潜夫、弁阳老人、弁洋啸翁。其先济南人，寓居吴兴（今浙江湖州）。曾为临安府幕僚、两浙运司掾、丰储仓检察、义乌令等职。宋亡后寓居杭州。有词集《蘋洲渔笛谱》二卷、《草窗词》二卷，又曾选编南宋词选《绝妙好词》七卷。时人对周密词评价甚高，称其"乐府妙天下"，"不宁惟协比律吕，而意味迥不凡，《花间》、柳氏，真可为舆台矣"①。后人如戈载则赞其词"尽洗靡曼，独标清丽，有韶倩之色，有绵渺之思，与梦窗旨趣相侔，二窗并称，允矣无忝"②。其词的内容多为写景、咏物、感怀、寄慨、节令、题咏等，而写闺情相思题材的仅数首，确实"尽洗靡曼"，突破了"词为艳科"的传统。宋亡之后，更有不少寄托遥深，暗寓兴亡之感的作品。因此，其创作总体上属于清新雅丽、符合儒家诗教观念的"宋调"。

他所编的《绝妙词选》大约成书于元代至元（1264—1294）年间后期③，收录了从张孝祥到仇远共一百三十二家三百九十首词，其中入选数量最多的是周密自己的二十二首，其次为吴文英的十六首，再次为姜夔的十二首。入选词作的内容大体如清初柯煜所概括："薄醉尊前，按红牙之小拍。清歌扇底，度白雪之新声。况乎人间玉碗，阙下铜驼，不无荆棘之悲，用志黍离之感。文弦鼓其凄调，玉笛发其哀思。亦有登山临水，胜情与豪素争飞。惜别怀人，秀句共邮筒俱远。"④ 其选词标准是以雅为尚。肖鹏先生认为："《绝妙好词》是以选为论，以选为宗派图，建构临安词人群的宗派门户，借选词申述江湖雅人以骚雅幽怨之格调、严格协律之形式、言志言品之立意三大主体特征为核心的词学审美观念。"⑤ 笔者以为，《绝妙好词》所体现的词学审美观念，实际上也是这一派的词人努力建构的"宋调"的审美特点。它建构的不仅是临

---

① 王楠：《草窗词跋》，施蛰存主编《词籍序跋萃编》，中国社会科学出版社1994年版，第373页。
② 戈载：《周公谨词选跋》，施蛰存主编《词籍序跋萃编》，第379页。
③ 参见肖鹏《群体的选择——唐宋人词选与词人群体通论》，凤凰出版传媒集团、凤凰出版社2009年版，第354页。
④ 柯煜：《绝妙好词笺原序》，周密辑，查为仁、厉鹗笺《绝妙好词笺》，上海古籍出版社1984年版，第1页。
⑤ 肖鹏：《群体的选择——唐宋人词选与词人群体通论》，第357页。

安词人群的宗派门户，而且也展示了周邦彦所创的"宋调"中的"清真范式"在南宋进一步雅化后的传承流衍。

二 辛派后劲，唐宋并存

开禧北伐失败后，宋廷朝野上下彻底失去了恢复中原的信心，南宋前期士人中尚存的慷慨激昂、积极进取之音日益沉寂，代之以苟且偷安、厌世混世情绪的弥漫。宋末的谢枋得在《祭辛稼轩先生墓记》一文中说："公没，西北忠义始绝望，大仇必不复，大耻必不雪，国势远在东晋下。"① 绝望的又何止是"西北忠义"！面对江河日下的国势，东南的士人也已被无力感所笼罩，辛弃疾的那种慷慨豪壮地抒怀言志的词风虽然仍有传人，但也多被不堪的现实摧折了锋芒、消磨了自信。因此，他们对已被奉为经典的柔婉绵丽的"唐音"，往往多持包容的态度，不仅有创作实践，而且理论上也有肯定，取兼容并包的态度。这一派的代表性词人与论词者，主要有戴复古、刘克庄、王义山、刘辰翁等。

戴复古（1167—？），字式之，黄岩（今属浙江）人，因家在石屏山下，故自号石屏。有词集《石屏词》。《钦定四库全书总目》卷一百九十九《石屏词》提要云："今观其词，亦音韵天成，不费斧凿。其《望江南》'自嘲'第一首云：'贾岛形模元自瘦，杜陵言语不妨村，谁解学西昆？'复古论诗之宗旨，于此具见，宜其以诗为词，时出新意，无一语蹈袭也。"② 这个评语不仅道出了戴复古词的风格特点，而且指出了他的做法是以诗为词。因此，戴复古虽无专门的词论，我们亦可从其诗论及创作中发现其词学观。戴复古有《论诗十绝》，其一云："文章随世作低昂，变尽风骚到晚唐。举世吟哦推李杜，时人不识有陈黄。"可见，他认同文章是随世而变，反映时代的变化，回应时代的呼声的。因此，他强调诗歌之用，认为"时把文章供戏谑，不知此体误人多"（其二），"锦囊言语虽奇绝，不是人间有用诗"（其五），"飘零

---

① 谢枋得：《谢叠山集》，商务印书馆1936年版，第31页。
② 纪昀等：《钦定四库全书总目》，下册，中华书局1997年版，第2801页。

忧国杜陵老，感寓伤时陈子昂。近日不闻秋鹤唳，乱蝉无数噪斜阳"（其六）。他主张诗歌要体现作者的性情，有自己的独创："陶写性情为我事，留连光景等儿嬉"（其五），"须教自我胸中出，切忌随人脚后行"（其四）。他推崇雄浑豪放的风格："意匠如神变化生，笔端有力任纵横"（其四），"诗家气象贵雄浑"（其三）①。从这些论述中，可以推知他对于陶写情性、有为而作、风格豪放的苏辛一派的"宋调"，必然也是极为推重的。他自称"歌词绰有稼轩风"（《望江南》），也可证明这一点。如他的《满江红》（赤壁怀古）词：

赤壁矶头，一番过、一番怀古。想当时、周郎年少，气吞区宇。万骑临江貔虎噪，千艘列炬鱼龙怒。卷长波、一鼓困曹瞒，今如许。

江上渡，江边路。形胜地，兴亡处。览遗踪，胜读史书言语。几度东风吹世换，千年往事随潮去。问道傍、杨柳为谁春，摇金缕。②

苏轼的《念奴娇·赤壁怀古》词融景物、人事、哲理为一体，雄浑苍凉，为其以"东坡范式"革新传统词风的代表作。《四库全书总目》评价戴复古这首词"豪情壮采，实不减于轼"③。从词的内容来看，虽然开篇不及苏词"大江东去"之气势磅礴，但"万骑临江貔虎噪，千艘列炬鱼龙怒""几度东风吹世换，千年往事随潮去"却也极尽豪放悲凉之慨，与苏词差相仿佛，有力地抒发了作者伤时忧国的情怀。

戴复古词虽以"稼轩风"的"宋调"为主，但也有不少绵丽之作。清人况周颐指出："按戴式之《石屏词》，为壶山宋谦父作《望江南》四曲，又《自嘲三解》、《沁园春·自述》、《贺新郎·寄丰宅之》等阕，并豪放近辛、刘。然如《鹊桥仙》之'新荷池沼'，《醉太平》之'长

---

① 戴复古：《论诗十绝》，北京大学古文献研究所编《全宋诗》，第54册，北京大学出版社1998年版，第33607—33608页。

② 唐圭璋编纂，王仲闻参订，孔凡礼补辑：《全宋词》，第4册，中华书局1999年版，第2962页。

③ 纪昀等：《钦定四库全书总目》，下册，中华书局1997年版，第2801页。

亭短亭'两词,清丽芊绵,未坠北宋风格。其《木兰花慢·怀旧》阕'莺啼啼不住'云云,则以情真而语工,非其他所作可比也。"① 北宋词以"唐音"为主流,所谓"未坠北宋风格",其实即指其还保留有"唐音"作风。

刘克庄(1187—1269),字潜夫,号后村,莆田(今属福建)人。嘉定二年(1209),以荫入仕,理宗朝官至工部尚书兼侍读。词有《后村先生长短句》五卷,一名《后村别调》。刘克庄是南宋后期辛派词人的主将,对于他的词,杨慎的评价是"大抵直致近俗,效稼轩而不及也",又赞其"庄语亦可起懦"②。李调元认为其词"以才气胜,迥非剪红刻翠比",又说他的十二首《满江红》词"悲壮激烈,有敲碎唾壶,旁若无人之意。南渡后诸贤皆不及。升庵称其壮语足以立懦,信然。自名别调,不辜也"③。冯煦则指出:"后村词,与放翁、稼轩,犹鼎三足。其生丁南渡,拳拳君国,似放翁。志在有为,不欲以词人自域,似稼轩。如《玉楼春》云:'男儿西北有神州,莫滴水西桥畔泪。'《忆秦娥》云:'宣和宫殿,冷烟衰草。'伤时念乱,可以怨矣。又其宅心忠厚,亦往往于词得之。《满江红·送宋惠父入江西幕》云:'帐下健儿休尽锐,草间赤子俱求活。'《贺新郎·寿张史君》云:'不要汉庭夸击断,要史家编入循良传。'《念奴娇·寿方德润》云:'须信谄语尤甘,忠言最苦,橄榄何如蜜。'胸次如此,岂剪红刻翠者比邪。升庵称其壮语,子晋称其雄力,殆犹之皮相也。"④ 这些评论对于刘克庄为人为词均有涉及,重点突出的是他学习辛弃疾一派的"宋调",与"剪红刻翠"的"唐音"迥然有别的一面。这种词学取向,也确实是他自觉的追求。在《贺新郎·席上闻歌有感》中,刘克庄借民间歌伎之口说:"粗识《国风·关雎》乱,羞学流莺百啭。总

---

① 况周颐:《历代词人考略》,葛渭君编《词语丛编补编》,第 6 册,中华书局 2013 年版,第 4394 页。
② 杨慎著,王幼安校点:《词品》,人民文学出版社 1998 年版,第 138—139 页。
③ 李调元:《雨村词话》,唐圭璋编《词话丛编》,第 2 册,中华书局 1986 年版,第 1420—1421 页。
④ 冯煦:《蒿庵论词》,唐圭璋编《词话丛编》,第 4 册,第 3595—3596 页。

不涉、闺情春怨。……我有平生《离鸾操》，颇哀而不愠微而婉。"① 刘熙载认为，这有可能是他"自寓其词品"②。俞陛云《唐五代两宋词选释》也认为，这是"托彼美以通辞，表余心之高洁"③。在为别人的词集所作的序中，他也经常褒扬辛派悲壮、豪放的词风。如其《翁应星乐府序》云："其说亭鄣堡戍间事，如荆卿之歌、渐离之筑也。及为闺情春怨之语，如鲁女之啸，文姬之弹也。至于酒酣耳热，忧时愤世之作，又如阮籍康衢之哭也。近世唯辛、陆二公，有此气魄。"④ 其《辛稼轩集序》更是称赞辛词："大声镗鞳，小声铿鍧，横绝六合，扫空万古，自有苍生以来所无。"⑤

刘克庄继承了辛派"宋调"风格的作品甚多，除了上引李调元、冯煦等人的评论中所列举的那些词，其他的代表作如《满江红》（夜雨凉甚，忽动从戎之兴）：

> 金甲雕戈，记当日、辕门初立。磨盾鼻、一挥千纸，龙蛇犹湿。铁马晓嘶营壁冷，楼船夜渡风涛急。有谁怜、猿臂故将军，无功级。
> 平戎策，从军什。零落尽，慵收拾。把茶经香传，时时温习。生怕客谈榆塞事，且教儿诵花间集。叹臣之壮也不如人，今何及。⑥

这首词采用今昔对比的手法，用《左传》以及李广事，通过自我调侃，表现英雄失路的无奈。正如俞陛云所解："上阕言功成不赏，下阕言老厌言兵，雕戈、铁马，曾夸射虎之英雄；《香传》、《茶经》，愿作骑驴之居士，应笑拔剑斫地者，未消块垒也。"⑦ 从中我们不难发现

---

① 唐圭璋编，王仲闻参订，孔凡礼补辑：《全宋词》，第4册，中华书局1999年版，第3351—3352页。
② 刘熙载：《词概》，唐圭璋编《词话丛编》，第4册，中华书局1986年版，第3695页。
③ 俞陛云：《唐五代两宋词选释》，上海古籍出版社1985年版，第470页。
④ 刘克庄：《翁应星乐府序》，张惠民编《宋代词学资料汇编》，汕头大学出版社1993年版，第236页。
⑤ 刘克庄：《辛稼轩集序》，张惠民编《宋代词学资料汇编》，第227页。
⑥ 唐圭璋编纂，王仲闻参订，孔凡礼补辑：《全宋词》，第4册，第3332—3333页。
⑦ 俞陛云：《唐五代两宋词选释》，第467页。

他对辛弃疾《鹧鸪天》（有客慨然谈功名，因追忆少年时事，戏作）一词的模仿痕迹，只不过辛弃疾是"却将万字平戎策，换得东家种树书"，而刘克庄是"把茶经香传，时时温习。生怕客谈榆塞事，且教儿诵花间集"。

值得注意的是，虽然"谈榆塞事"是刘克庄真正的心之所向，"诵花间集"是现实中的无可奈何之举，但这也透露出刘克庄对"唐音"并不反感，甚至可以说是认同和喜爱的。这在他的词论中有明确的反映。在上引的《翁应星乐府序》中，他在肯定辛、陆有气魄之后说：

> 君其慕蔺者欤？然长短句当使雪儿啭春莺辈可歌，方是本色。范蜀公晚喜柳词，以为善形容太平。伊川见小晏"梦魂惯得无拘检，又踏杨花过谢桥"之句，笑曰："鬼语也。"噫！此老先生亦怜才耶。余谓君当参取柳、晏诸人以和其声，不但词进，而君亦自此官达矣。①

由此可见，在刘克庄的心目中，辛、陆那种有气魄的词虽然值得赞赏与学习，但"长短句当使雪儿啭春莺辈可歌，方是本色"，也就是说他是认可本色当行的"唐音"的。他所指示的学词门径，是"参取柳、晏诸人以和其声"，即用柳、晏诸人较为软媚的"唐音"来调和辛、陆等人高亢雄壮的"宋调"。

因为认可"唐音"，所以刘克庄对"唐音"以及"宋调"中周邦彦一派的协律可歌传统颇为重视，一再强调。除了在《翁应星乐府序》中说"长短句当使雪儿啭春莺辈可歌"，在《跋刘澜乐府》中也说："词当叶律，使雪儿春莺辈可歌，不可以气为色，君所作未知叶律否。前辈惟耆卿、美成尤工，君其往问之。"② 他所作的一些论词之词也流露出重视词律的倾向。如《汉宫春·题钟肇长短句》云："若不是，子

---

① 刘克庄：《翁应星乐府序》，张惠民编《宋代词学资料汇编》，汕头大学出版社1993年版，第236页。
② 刘克庄：《跋刘澜乐府》，张惠民编《宋代词学资料汇编》，第239页。

期苗裔,也应通谱元常。　　村叟鸡鸣籁动,更休烦箫管,自协宫商。酒边唤回柳七,压倒秦郎。……烦问讯,雪洲健否,别来莫有新腔。"①《鹧鸪天·戏题周登乐府》云:"诗变齐梁体已浇。香奁新制出唐朝。纷纷竞奏桑间曲,寂寂谁知爨下焦。　　挥彩笔,展红绡。十分峭措称妖娆。可怜才子如公瑾,未有佳人敌小乔。"②《最高楼·再题周登乐府》云:"周郎后,直数到清真。君莫是前身。八音相应谐韶乐,一声未了落梁尘。笑而今,轻郢客,重巴人。　　只少个、绿珠横玉笛。更少个、雪儿弹锦瑟。欺贺晏,压黄秦。可怜樵唱并菱曲,不逢御手与龙巾。且醉眠、篷底月,瓮间春。"③ 这些词中大量运用与音乐有关的词语、典故、名人,足以说明刘克庄高度认同词与音乐密切相关。

这种对"唐音"传统的认可,还使他能突破笼罩词坛的理学影响,为理学家们对情词的批评作辩护。其《黄孝迈长短句跋》云:

为洛学者皆崇性理而抑艺文,词尤艺文之下者也,昉于唐而盛于本朝。秦郎"和天也瘦"之句,脱换李贺语耳,而伊川有亵渎上穹之诮,岂惟伊川哉!秀上人罪鲁直劝淫,冯当世愿小晏损才补德,故雅人修士,相戒不为。或曰:"鲁庵亦为之,何也?"余曰:议论至圣人而止,文字至经而止。"杨柳依依,雨雪霏霏",非感时伤物乎?"鸡栖日夕""黍离麦秀",非行役吊古乎?"熠熠宵行""首如飞蓬",非闺情别思乎?宜鲁庵之为之也。鲁庵已矣,子孝迈英年,妙才超轶,词采溢出,天设神授,朋侪推独步,耆宿避三舍。酒酣耳热,倚声而作者,殆欲摩刘改之、孙季蕃之垒。今士非黄策子不暇观,不敢习,未有能极古今文章变态节奏,而得其遗意如君者。昔孔氏欲其子为周南、召南,而不欲其面墙,他日与人歌而善,必使反之而后和之。盖君所作,原已二南,其善者虽夫子复

---

① 唐圭璋编纂,王仲闻参订,孔凡礼补辑:《全宋词》,第4册,中华书局1999年版,第3320页。
② 唐圭璋编纂,王仲闻参订,孔凡礼补辑:《全宋词》,第4册,第3367页。
③ 唐圭璋编纂,王仲闻参订,孔凡礼补辑:《全宋词》,第4册,第3358页。

出，必和之矣。乌得以小词而废之乎？①

综观全文，可知刘克庄对"为洛学者皆崇性理而抑艺文"的言论是不以为然的。理学家程颐批评秦观词"和天也瘦"是亵渎上穹，秀上人说黄庭坚的艳词是劝淫，刘克庄却说"议论至圣人而止，文字至经而止"，搬出《诗经》中有写闺情别思的诗句，孔子也肯定缘情而发的周南、召南之诗，证明以描写情爱为主的小词存在的合理性。他后来所作的《再题黄孝迈长短句》也坚持了这一立场。其云：

> 十年前曾评君乐章，耄矣，复睹新腔一卷。《赋梨花》云："一春花下，幽恨重重。又愁晴，又愁雨，又愁风。"《水仙花》云："自侧金卮，临风一笑，酒客吹尽。恨东风，忙去薰桃染柳，不念淡妆人冷。"又云："惊鸿去后，轻抛素袜，杳无音信。细看来，止怕蕊仙，不肯让、梅花。"《暮春》云："店舍无烟，关山有月。梨花满地。二十年好梦不曾圆合。而今老，都休矣。"其清丽，叔原、方回不能加；其绵密，骎骎秦郎"和天也瘦"之作矣。昔和凝贵显，时称曲子相公；韩偓抗节唐季，犹以香奁为累。惟本朝庐陵、临淄二公，于高文大册之外，时出一二，存于集者可见也。君他文皆工，余恐其为乐章所掩，因以箴之。②

对于黄孝迈的词，他不仅赏其清丽、绵密之句，以"唐音"的代表作家相标榜，而且还对其传播中可能出现像和凝被称"曲子相公"、韩偓以《香奁》为累那样的问题表示担心，"恐其为乐章所掩，因以箴之"。

在这种词学观念的驱动下，刘克庄自己当然也会有以情致见长的"唐音"之作。如《清平乐》（赠陈参议师文侍儿）：

---

① 刘克庄：《黄孝迈长短句跋》，张惠民编《宋代词学资料汇编》，汕头大学出版社1993年版，第238页。
② 刘克庄：《再题黄孝迈长短句》，曾枣庄、刘琳主编《全宋文》，第330册，上海辞书出版社、安徽教育出版社2006年版，第3页。

官腰束素。只怕能轻举。好筑避风台护取。莫遣惊鸿飞去。一团香玉温柔。笑颦俱有风流。贪与萧郎眉语,不知舞错伊州。①

对于这首词,俞陛云有精当的评论。他说:"上阕惜其轻盈,有杜牧诗'向春罗袖薄,谁念舞台风'之意。下阕窥其衷曲,有李端诗'欲得周郎顾,时时误拂弦'之意。后村词大率与辛稼轩相类,人称其雄力足以排奡,此词独标妩媚,殆如忠简梨涡、欧阳江柳耶?"② 如前所论,这种以唐诗为词、"独标妩媚"的风格,正是词之"唐音"的特点。此类作品在刘克庄词集中为数不少。

刘克庄唐宋并存的词学观,源于他对词之"唐音""宋调"的艺术特点都有深刻的认识。其《跋刘叔安感秋八词》云:

长短句昉于唐,盛于本朝,余尝评之:耆卿有教坊丁大使意态。美成颇偷古句,温、李诸人,困于捋扯。近岁放翁、稼轩,一扫纤艳,不事斧凿,高则高矣,但时时掉书袋,要是一癖。叔安刘君落笔妙天下,间为乐府,丽不至亵,新不犯陈,借花卉以发骚人墨客之豪,托闺怨以寓放臣逐子之感,周、柳、辛、陆之能事,庶乎其兼之矣。然词家有长腔,有短阕。坡公《戚氏》等作,以长而工也。唐人《忆秦娥》之词曰:"西风残照,汉家陵阙。"《清平乐》之词曰:"夜夜常留半被,待君魂梦归来。"以短而工也。余见叔安之似坡公者矣,未见其似唐人者。叔安当为余尽发秘藏,毋若李卫公兵法,妙处不以教人也。③

从跋语可知,刘克庄对柳永之俗("教坊丁大使意态")、周邦彦的"颇偷古句"、陆游与辛弃疾的"掉书袋"等词之"宋调"中存在的问

---

① 唐圭璋编纂,王仲闻参订,孔凡礼补辑:《全宋词》,第4册,中华书局1999年版,第3368页。
② 俞陛云:《唐五代两宋词选释》,上海古籍出版社1985年版,第468页。
③ 刘克庄:《跋刘叔安感秋八词》,施蛰存主编《词籍序跋萃编》,中国社会科学出版社1994年版,第296页。

题，以及"唐音"之"纤艳"均有所不满。他理想中的词是"丽不至亵，新不犯陈，借花卉以发骚人墨客之豪，托闺怨以寓放臣逐子之感"，兼有"周、柳、辛、陆之能事"，尽发"唐音""宋调"之妙处。

王义山（1214—1287），字元高，丰城（今属江西）人，号稼村。理宗景定三年（1262）进士，历知新喻县、永州司户、南安军司理等职，累迁国子正，出通判瑞安府。入元后曾提举江西学事。著有《稼村类稿》，词有《彊村丛书》本《稼村乐府》一卷。王义山的词学苏、辛一派，时常在词中抒性情、发议论。如其《千年调·游葛岭归有感》词云："莫与他人树石，对儿孙说。难全晚节，不如一丘壑。住茅屋三间，任穷达。"①《水调歌头·乙亥春永嘉归舟》词云："独张翰，见风起，早知机。谁把乘舟，偏重良策济明时。"② 颇有辛弃疾"词论"的味道。他所作的《丁退斋诗词集序》则表现出主张兼苏轼、秦观之长的倾向，谓"后山云子瞻词如诗，少游诗如词。二先生大手笔也，而犹病于一偏，兼之之难如此。余友丁直谅以所作诗词名《退斋集稿》示余，观其风雅调度，可以谐韶濩沮金石，虽不敢谓其兼二先生之长，然视他人一偏之长则兼之矣"③。苏轼、秦观一为"宋调"革新派的旗手，一为"唐音"成熟期的代表。因此王义山的词学观，实际上是主张兼备唐宋之长，同时，他也认识到这两派要真正实现兼容颇有难度。

刘辰翁（1232—1297），字会孟，吉州庐陵（今江西吉安）人。理宗景定三年进士。恭帝德祐元年（1275），曾入文天祥幕府助其勤王，宋亡后隐居不仕。有《须溪词》三卷。刘辰翁是宋末元初的辛派后劲，况周颐评其词："风格遒上似稼轩，情辞跌宕似遗山。有时意笔俱化，纯任天倪，竟能略似坡公。"④ 刘辰翁的创作，以接近稼轩风格的"宋

---

① 唐圭璋编纂，王仲闻参订，孔凡礼补辑：《全宋词》，第 4 册，中华书局 1999 年版，第 3873 页。
② 唐圭璋编纂，王仲闻参订，孔凡礼补辑：《全宋词》，第 4 册，第 3874 页。
③ 王义山：《丁退斋诗词集序》，邓子勉编《宋金元词话全编》，下册，凤凰出版传媒集团、凤凰出版社 2008 年版，第 1881 页。
④ 况周颐撰，王幼安校订：《蕙风词话》，人民文学出版社 1960 年版，第 52 页。

调"为主。《四库全书总目》言其"于宗邦沦覆之后,眷怀麦秀,寄托遥深,忠爱之忱,往往形诸笔墨,其志亦多有可取者"①。如其代表作《兰陵王·丙子送春》:

> 送春去。春去人间无路。秋千外,芳草连天,谁遣风沙暗南浦。依依甚意绪。漫忆海门飞絮。乱鸦过,斗转城荒,不见来时试灯处。　　春去。最谁苦。但箭雁沉边,梁燕无主。杜鹃声里长门暮。想玉树凋土,泪盘如露。咸阳送客屡回顾。斜日未能度。　　春去。尚来否。正江令恨别,庾信愁赋。(自注:二人皆北去)苏堤尽日风和雨。叹神游故国,花记前度。人生流落,顾孺子,共夜语。②

丙子为宋恭帝德祐二年(1276)。是年正月,元兵攻入临安,三月,掳恭帝及太后北去,赵昰在福州被拥立即位,是为端宗,改元景炎。词题为"送春",应作于三月末,寓有都城沦亡之痛。全词有三段,每段均以"春去"唤起。第一段写"春去人间无路"的景象,象征崩坏的时局。第二段写春去之后的痛苦,用"箭雁沉边""梁燕无主"比喻君王被掳北去,臣民纷乱无措,又借玉树凋土、金人流泪的典故,寄托亡国之悲。第三段写春去之后的忆念,江总、庾信均因国亡留于北方而悲感,词人借"江令恨别,庾信愁赋"来写自己的哀痛,当"神游故国,花记前度"之际,词人只能在流落中与孺子夜语旧事。尽管送春是词中的传统题材,但刘辰翁写得情辞跌宕,沉痛无比,如《古今词统》所云:"峡猿三唱,征鸟踟蹰,寒云不飞。"③情感基调悲郁而有力,不同于"唐音"的软媚。

不过,刘辰翁的词风也具有多样性,间或有"唐音"之作。清人

---

① 纪昀等:《钦定四库全书总目》,下册,中华书局1997年版,第2184页。
② 唐圭璋编纂,王仲闻参订,孔凡礼补辑:《全宋词》,第5册,第4069页。
③ 卓人月、徐士俊辑:《古今词统》,《续修四库全书》编纂委员会编《续修四库全书》,第1729册,上海古籍出版社2002年版,第142页。

况周颐《蕙风词话》曾指出：

> 须溪词中，间有轻灵婉丽之作。似乎元明已后词派，导源乎此。讵时代已入元初，风会所趋，不期然而然者耶。如《浣溪沙·感别》云："点点疏林欲雪天。竹篱斜闭自清妍。为伊憔悴得人怜。　欲与那人携素手。粉香和泪落君前。相逢恨恨总无言。"前调《春日即事》云："远远游蜂不记家。数行新柳自啼鸦。寻思旧事即无涯。　睡起有情和画卷，燕归无语傍人斜。晚风吹落小瓶花。"《山花子》后段云："早宿半程芳草路。犹寒欲雨暮春天。小小桃花三两树，得人怜。"此等小词，乃至略似国初顾梁汾、纳兰容若辈之作，以谓《须溪词》中之别调可耳。①

况周颐所举的这些"轻灵婉丽之作"是否作于元初尚待考，但言其"略似国初顾梁汾、纳兰容若辈之作"，则道出了其接近"唐音"风格的一面。清初顾贞观（号梁汾）、纳兰性德（字容若）在理论上对于"唐音"均颇推崇，其词亦长于写情，虽有新变，但受"唐音"的影响也很明显。况周颐说刘辰翁的这些词与他们"略似"，是就"唐音"中多见的"轻灵婉丽"风格而言。这种风格在刘辰翁词中虽为"别调"，但足见其唐宋并存的特点。

刘辰翁的词论极力推崇苏、辛。其《辛稼轩词序》云：

> 词至东坡，倾荡磊落，如诗如文，如天地奇观，岂与群儿雌声学语较工拙？然犹未至用经用史，牵雅、颂入郑、卫也。自辛稼轩前，用一语如此者，必且掩口。及稼轩，横竖烂漫，乃如禅宗棒喝，头头皆是；又如悲笳万鼓，平生不平事并尽卮酒，但觉宾主酣畅，谈不暇顾，词至此亦足矣。然陈同父效之，则与左太冲入群妪相似，亦无面而返。嗟乎！以稼轩为坡公少子，岂不痛快灵杰可爱

---

① 况周颐撰，王幼安校订：《蕙风词话》，人民文学出版社1960年版，第53页。

哉？而愁髻龋齿作折腰步者阁然笑之。《敕勒》之歌，拙矣，"风吹草低"之句，与"大风起"语高下相应，知音者少。顾稼轩胸中今古，止用资为词，非不能诗，不事此耳。斯人北来，喑呜鸷悍，欲何为者，而逸摈销沮，白发横生，亦如刘越石陷绝失望，花时中酒，托之陶写，淋漓慷慨，此意何可复道？而或者以流连光景，志业之终恨之，岂可向痴人说梦哉？为我楚舞，吾为若楚歌。英雄感怆，有在常情之外，其难言者，未必区区妇人孺子间也。世儒不知哀乐善刺人，及其自为，乃与陈后山等。嗟哉伟然！二大夫无异。吾怀此久矣，因宜春张清则取《稼轩词》刻之，复用吾请。清则少游杭浙，有奇志逸气，必能仿佛为此词者。[1]

刘辰翁在序中指出，词从苏轼开始发生了"倾荡磊落，如诗如文，如天地奇观"的变化，不再是"唐音"传统的作风，如"群儿雌声学语"，到了辛弃疾，这种变化更是到了极致，"乃如禅宗棒喝，头头皆是；又如悲笳万鼓，平生不平事并尽屙酒，但觉宾主酣畅，谈不暇顾"。刘辰翁极力颂扬苏、辛二人的革新词风之功，阐明两者的联系与区别。对于辛弃疾的词，他深怀"理解之同情"，指出它们是"陷绝失望，花时中酒，托之陶写，淋漓慷慨"的结果，是"英雄感怆，有在常情之外"，那些如陈师道批评苏词一样批评辛弃疾词非本色当行的人，是不知哀乐的"世儒"。刘辰翁的词论，从思想与艺术两个方面总结了苏、辛这一派"宋调"的特点以及从苏到辛的传承与变化，褒扬之声不绝，可见其虽有"唐音"的创作，但尊宋的态度是非常明显的。

---

[1] 刘辰翁：《辛稼轩词序》，邓子勉编《宋金元词话全编》，下册，凤凰出版传媒集团、凤凰出版社2008年版，第1585—1586页。

第三章 金元明词坛:"宗宋"与"宗唐"派别意识的形成

金元明三朝中,金元两朝与宋曾并存过一段时间。金于太祖收国元年(1115)建国,至金哀宗天兴三年(1234)被蒙古攻灭,共120年的时间。元朝的前身蒙古国于1206年由铁木真建立,世祖至元八年(1271)建国号大元,顺帝至正二十八年(1368)灭亡。金与元(蒙古)在进入中原之前,基本上属于少数民族建立的军事集团,其文化性质与以汉民族为主的中国传统文化有异,文学创作成就有限。因此,所谓金词、元词,虽可理解为金国及元朝统治地域内的词,但实际上其时间上限应分别为1127年金灭北宋与1215年蒙古攻占金国中都燕京,这两个时间点是它们占据中原的开端[①]。从词的创作情况来看,金元及其后的明词虽有一些大家,但总体上因袭多而创变少,不及两宋与清代繁荣。不过,也正是由于这一时期的词人们致力于学习前代典范,对于词的发展过程及创作经验、风格特色有进行系统的理论总结的自觉性与必要性,故专门的词学得以建立,宗派意识也趋于显化。以花间词风为主体风格的"唐音",以及分别由苏、辛与周、姜所代表的两种"宋调",是金元明词人可以宗奉的主要对象。结合创作与理论两方面情况来看,金元是"宗宋"的时代,而明朝则为"宗唐"的时代。以下分金元与明代两节加以论述。

---

① 陶然:《金元词通论》,上海古籍出版社2010年版,第1页。

第三章 金元明词坛:"宗宋"与"宗唐"派别意识的形成

第一节 金元词坛:两种"宋调",各成一宗

金、元先后入主中原之后,为了稳固自己的统治,这两个少数民族政权在政治体系、官员选拔、思想文化等方面均采取了一系列汉化措施。据《金史·文艺传》记载,金世宗、章宗之世,"儒风丕变,庠序日盛,士繇科第位至宰辅者接踵。当时儒者,虽无专门名家之学。然而朝廷典册、邻国书命,粲然有可观者矣。金用武得国,无异于辽,而一代制作能自树于唐宋之间,有非辽世所及,以文不以武也"①。由此可见金朝汉化之甚。元世祖忽必烈在即位前就注意网罗汉族士人,"好访问前代帝王事迹,闻唐文皇为秦王时,广延文学四方之士讲论治道,终致太平,喜而慕焉"。② 即位后其政治体制的设置也参酌汉法,如郝经《立政议》所建议:"以国朝之成法,援唐宋之故典,参辽金之遗制,设官分职,立政安民,成一代王法。"③ 其后的上层统治者对汉文化更多欣赏,元顺帝甚至还有诗流传④。金元两朝的汉化趋向,为汉文化体系中的文学创作的延续与发展奠定了基础。就词而言,在金元词坛,北方地域主要流行的是苏、辛一派主张陶写性情、风格雄奇豪放的"宋调",形成了事实上的北宗词派,在创作或理论方面可为代表的有蔡松年、王若虚、元好问等人。元灭南宋,南北混一之后,周、姜一派的"宋调"为张炎、王沂孙等南宋遗民所继承,主要流行于南方,后期还有张翥等人,构成了元代词坛上的南宗词派,其创作及理论均推崇骚雅,重视词艺、词法⑤。此外,还有一些人如刘将孙等,则表现出调和两派乃至兼取唐宋的倾向。

---

① 脱脱等撰:《金史》,中华书局1975年版,第2713页。
② 苏天爵:《元朝名臣事略》,中华书局1996年版,第238页。
③ 郝经:《陵川集》,永瑢等《景印文渊阁四库全书》,第1192册,台湾商务印书馆1985年版,第361页。
④ 陶然:《金元词通论》,上海古籍出版社2010年版,第129—144页。
⑤ 关于"北宗词派""南宗词派"的提法及内涵,参见赵维江《论金元词的北宗风范》,《文学遗产》2000年第4期;《金元词论稿》,中国社会科学出版社2000年版。

一 北宗词派，力崇苏辛

金灭北宋之后，不仅占据了北方的中原大地，而且也成了北宋文化遗产的继承者之一。词作为北宋社会生活中最为流行的文化产品之一，自然也是继承与发扬的对象。如前所述，词发展到北宋后期已经全面繁荣，以花间词为宗的"唐音范式"，与由苏轼所确立的"东坡范式"、周邦彦所确立的"清真范式"这两种"宋调"三足鼎立，各有作者。由于金人对苏轼的道德文章均极其景仰，而"东坡范式"所造就的刚健豪放的审美品格又符合北方地域文化风尚，因此不仅"苏学"北行，且其词风亦为金人所宗，造就了"北宗词派"。元中后期的虞集（1272—1348）论金代文学时曾言："中州隔绝，困于戎马，风声气习多有得于苏氏之遗，其为文亦曼衍而浩博矣。"[1] 在"得于苏氏之遗"的"风声气习"中，就包含了苏轼"以诗为词"所形成的"宋调"。

金初作词者，主要是由宋入金的一批文士如宇文虚中、高士谈、吴激、蔡松年等。其中吴激与蔡松年成就最高，元好问《中州集》卷一云："百年以来，乐府推伯坚与吴彦高，号'吴蔡体'。"[2] 他们的创作奠定了金元词崇苏、学苏的路径走向与风格特征。

吴激（？—1142），字彦高，号东山，建州（福建建瓯）人。北宋末使金被留，官翰林待制，迁翰林直学士。皇统二年（1142）出知深州（今河北深县），到官三日卒。蔡松年（1107—1159），字伯坚，号萧闲老人，真定（河北正定）人。宣和末，从父蔡靖守燕山府，兵败降金。仕至右丞相，封卫国公。吴激有《东山集》十卷，已佚，其词今仅存十首。蔡松年词集名《萧闲老人明秀集》，本有六卷，今仅存目录及前三卷，唐圭璋编《全金元词》时据《中州乐府》诸书辑补，共得八十四首。"吴蔡体"虽然经常被论词者视为一个整体，但他们在风

---

[1] 虞集：《庐陵刘贵隐存稿序》，见《道园学古录》，永瑢等《景印文渊阁四库全书》，第1207册，台湾商务印书馆1985年版，第467页。

[2] 元好问编，张静校注：《中州集校注》，第1册，中华书局2018年版，第109页。

第三章 金元明词坛:"宗宋"与"宗唐"派别意识的形成

格和词学渊源上都不尽相同。《金史》本传说吴激词的风格是"造语清婉,哀而不伤"①,近人陈匪石《声执》也认为:"吴较绵丽婉约,然时有凄厉之音。"② 当代学者陶然则指出:"吴激词中除《满庭芳》(谁挽银河)一阕略有东坡故态之外,其最负盛誉的《诉衷情》(夜寒茅店不成眠)、《人月圆》二首小令,则于圆润之中,别饶凄婉,似在南唐余风的基础上,添了些俊逸之气,而他的几首长调词,风味则在秦、周之间。"③ 总体来看,吴激词受"唐音"传统的影响颇深,但其词境较花间小令更为开阔,词情也往往在哀婉中寓以故国沦亡的悲慨,不局限于艳情相思。如其《人月圆·宴北人张侍御家有感》词云:

> 南朝千古伤心事,犹唱《后庭花》。旧时王谢,堂前燕子,飞向谁家。　恍然一梦,仙肌胜雪,宫髻堆鸦。江州司马,青衫泪湿,同是天涯。④

据南宋洪迈《容斋随笔》卷十三所载,此词系吴激在张侍御家参加宴会时,为佐酒侍儿中的一名宋旧宫人而作⑤。词中化用唐人杜牧、刘禹锡、白居易等人诗句,慨叹沧桑巨变,自伤身世流落,"感激豪宕,不落小家数"⑥。如前所论,檃栝前人的诗句成词在北宋后期虽颇常见,但风气之开,则首推苏轼,在词中抒发主体的政治性思想情感,也是苏轼一派"宋调"的特色。

"吴蔡体"中的蔡松年之作,更加清楚地体现出学苏的取向。钟振振先生曾指出:"真正开有金百年词运者,实惟蔡氏一人而已。其《明

---

① 脱脱等撰:《金史》,中华书局1975年版,第2718页。
② 陈匪石:《声执》,陈匪石编著,钟振振校点《宋词举(外三种)》,江苏古籍出版社2002年版,第198—199页。
③ 陶然:《金元词通论》,上海古籍出版社2010年版,第288页。
④ 唐圭璋编:《全金元词》,上册,中华书局1979年版,第4页。
⑤ 洪迈《容斋随笔》卷十三"吴激小词"条:"先公在燕山,赴北人张总侍御家集。出侍儿佐酒,中有一人,意摧状可怜,叩其故,乃宣和殿小宫姬也。坐客翰林直学士吴激赋长短句纪之,闻者挥涕。"洪迈:《容斋随笔》,上海古籍出版社1978年版,第166页。
⑥ 叶申芗:《本事词》,唐圭璋编《词话丛编》,第3册,中华书局1986年版,第2374页。

217

秀集》追步眉山，雄爽高健，为后人提供了学苏的第一个蓝本。"[1] 蔡松年本为北宋世家之子，降金为不得已之举，故虽仕途通达，但内心又常为"失节"的痛苦所困扰，时有归隐之思。对于这种矛盾，苏轼其人其文提供了最佳的精神疗救药方。苏轼一生屡遭贬谪，投荒万里，却能任天而动，随遇而安，融儒家的用世进取与佛老的隐逸避世于一体，在保持忠义大节的同时实现对人生苦难的超越。其诗词文根于如此性情，时时流露出这样的胸襟怀抱，自然最能为多属北宋遗民或南宋羁臣、在进退出处间困惑与痛苦的金初士人所赏。赵秉文《跋东坡四达斋铭》曾称道："东坡先生，人中麟凤也。其文如《战国策》，间之以谈道如庄周；其诗似李太白，而补之以名理似乐天。……观其胸中空洞无一物，亦如此斋，廓焉四达，独有忠义数百年之气象，引笔著纸，与心俱化，不知其所以然而然。"[2] 蔡松年作词奉苏为宗，应当也是有鉴于此。他的词不仅大量直接引用或化用苏轼作品中的语句，而且还有不少步韵苏词之作。如其追和东坡赤壁怀古词的两首《念奴娇》：

  倦游老眼，负梅花京洛，三年春物。明秀高峰人去后，冷落清辉绝壁。花底年光，山前爽气，别语挥冰雪。摩挲庭桧，耐寒好在霜杰。 人世长短亭中，此身流转，几花残花发。只有平生生处乐，一念犹难磨灭。放眼南枝，忘怀樽酒，及此青青发。从今归梦，暗香千里横月。[3]

  离骚痛饮，笑人生佳处，能消何物。夷甫当年成底事，空想岩岩玉壁。五亩苍烟，一丘寒碧，岁晚忧风雪。西州扶病，至今悲感前杰。 我梦卜筑萧闲，觉来岩桂，十里幽香发。嵬隗胸中冰与炭，一酌春风都灭。胜日神交，悠然得意，遗恨无毫发。古今同

---

[1] 钟振振：《读〈金元明清词选〉札记》，《南京师范大学学报》（社会科学版）1987 年第 3 期。

[2] 赵秉文：《滏水集》，永瑢等《景印文渊阁四库全书》，第 1190 册，台湾商务印书馆 1985 年版，第 260 页。

[3] 唐圭璋编：《全金元词》，上册，中华书局 1979 年版，第 9—10 页。

第三章 金元明词坛:"宗宋"与"宗唐"派别意识的形成

致,永和徒记年月。①

这两首词效法的不仅是苏词的体制,而且也得其神情。词中对于人生命运那种深沉的悲感、无奈,以及超越苦闷的豪逸、旷达,均与苏轼原词十分相似。元好问评价后一首以"离骚痛饮"为首句的词是"公乐府中最得意者,读之则平生自处,为可见矣"②。这种承苏轼而来的抒写主体性情,表达客怀归思、隐逸志趣的词是蔡松年词集中的主流,曾风靡一时,极大地影响了金代词风。

金代词人既于创作中崇苏、学苏,则在理论上亦必然有所反映。词论中推尊东坡这种"以诗为词"的"宋调"的,首见于王若虚的《滹南诗话》。王若虚(1174—1243),字从之,号慵夫,又号滹南遗老,藁城(今河北石家庄)人。承安二年(1197)经义进士,官至翰林直学士。有《滹南遗老集》四十五卷。王若虚是金代著名的诗论家,其《滹南诗话》中有十余则涉及词学论题。对于苏词,他从"诗词一理"的角度为其所遭的"非本色"之责翻案。他说:

> 陈后山谓子瞻以诗为词,大是妄论,而世皆信之,独茅荆产辨其不然,谓公词为古今第一。今翰林赵公亦云此,与人意暗同。盖诗词只是一理,不容异观。自世之末作习为纤艳柔脆,以投流俗之好,高人胜士,亦或以是相胜,而日趋于委靡,遂谓其体当然,而不知流弊之至此也。文伯起曰:"先生虑其不幸,而溺于彼,故援而止之,特立新意,寓以诗人句法。"是亦不然。公雄文大手,乐府乃其游戏,顾岂与流俗争胜哉!盖其天资不凡,辞气迈往,故落笔皆绝尘耳。③

---

① 唐圭璋编:《全金元词》,上册,中华书局1979年版,第10页。
② 元好问编,张静校注:《中州集校注》,第1册,中华书局2018年版,第109页。
③ 王若虚:《滹南诗话》,丁福保辑《历代诗话续编》,上册,中华书局1983年版,第517页。

王若虚借他人之论推许苏词为"古今第一",又从"诗词只是一理,不容异观"的观点出发,将"本色论"所推崇的"纤艳柔脆""委靡"的词风指为"世之末作",这实际上就是尊"宋调"而贬"唐音"。王若虚认为,苏词是苏轼性情自然而然的反映,"盖其天资不凡,辞气迈往,故落笔皆绝尘"。由此,他又进一步反驳苏词"短于情"的说法:

晁无咎云:"眉山公之词短于情,盖不更此境耳。"陈后山曰:"宋玉不识巫山神女,而能赋之,岂待更而后知。"是直以公为不及于情也。呜呼!风韵如东坡,而谓不及于情,可乎?彼高人逸才,正当如是。其溢为小词而间及于脂粉之间,所谓滑稽玩戏,聊复尔尔者也。若乃纤艳淫媟,入人骨髓,如田中行、柳耆卿辈,岂公之雅趣也哉?①

王若虚认为,苏轼是"及于情"的,只不过这种情是高人逸才的"雅趣",不同于"纤艳淫媟,入人骨髓"的俗情、艳情。对于苏词中"间及于脂粉"的作品,他解释为"滑稽玩戏,聊复尔尔者",并非苏轼真实的性情。王若虚对苏词的态度,与南宋初王灼在《碧鸡漫志》中所论颇近,可以说是王灼观点的隔代回响。

生活于金亡前后的大词人元好问是北宗词派的领袖,他不仅为金词的崇苏、学苏之风在创作方面作出了示范,而且在理论方面也进行了总结。元好问(1190—1257),字裕之,号遗山,太原秀容(今山西忻州)人。兴定五年(1221)进士,曾为尚书省左右司员外郎等官,金亡不仕。有《遗山集》四十卷。元好问的词今存381首,长调、小令皆工,其风格以纵横超逸为主,颇具北地的慷慨豪迈之气。青年时期的代表作如《水调歌头·赋三门津》、《水龙吟》("少年射虎"),或写自然界的壮丽景观,或写军队田猎之情形,均雄壮豪迈,近于苏轼《江

---

① 王若虚:《滹南诗话》,丁福保辑《历代诗话续编》,上册,中华书局1983年版,第517页。

城子·密州出猎》一类的壮词。国亡后所作，则感慨深沉。况周颐《蕙风词话》卷三云："元遗山以丝竹中年，遭遇国变，崔立采望，勒授要职，非其意指。卒以抗节不仕，憔悴南冠二十余稔。神州陆沉之痛，铜驼荆棘之伤，往往寄托于词。"① 如其《摸鱼儿·楼桑呼汉昭烈庙》词：

> 问楼桑、故居无处。青林留在祠宇。荒坛社散乌声喧，寂寞汉家箫鼓。春已暮。君不见、锦城花重惊风雨。刘郎良苦，尽玉垒青云，锦江秀色，办作一丘土。　　西山好，满意龙盘虎踞。登临感怆千古。当时诸葛成何事，伯仲果谁伊吕。还自语。缘底事、十年来往燕南路。征鞍且驻。就老瓦盆边，田翁共饮，携手醉乡去。②

词中既有故国沦亡之痛，又有身世飘零之悲，抒发的是一个身为遗臣、孤臣的士大夫情怀，全无一丝脂粉气，显然是苏轼"以诗为词"的"宋调"作风。此外，他的《鹧鸪天》（"煮酒青梅入坐新"）、《定风波》（"离合悲欢酒一壶"）在题序明确说是"效东坡体"或"用东坡体"，凡此均可见其对苏轼词风的宗奉。

元好问在词论中，对于苏轼以及继承了"东坡范式"的南宋辛弃疾一派的"宋调"也极力推许。他认为"宋人诗大概不及唐，而乐府歌词过之"，也就是说"宋调"要胜于"唐音"，而词之"宋调"中，又以苏轼称首，所谓"乐府以来，东坡为第一，以后便到辛稼轩"③。这种肯定，源于他对苏轼、辛弃疾以词为陶写情性之具的深刻认同。他在《题闲闲书赤壁赋后》中说："东坡赤壁词殆戏以周郎自况也。词才百许字而江山人物无复余蕴，宜其为乐府绝唱。"这个评论已道出了苏词"自况"亦即自抒情性的特点，并将其视为"乐府绝唱"的成因，

---

① 况周颐撰，王幼安校订：《蕙风词话》，人民文学出版社1960年版，第65页。
② 唐圭璋编：《全金元词》，上册，中华书局1979年版，第109—110页。
③ 元好问：《遗山自题乐府引》，元好问撰，赵永源校注《遗山乐府校注》，凤凰出版社2006年版，第821页。

不过尚限于赤壁一词。其《新轩乐府引》则作了全面的申述：

> 唐歌词多宫体，又皆极力为之。自东坡一出，情性之外，不知有文字，真有一洗万古凡马空气象。虽时作宫体，亦岂可以宫体概之。人有言，乐府本不难作，从东坡放笔后便难作。此殆以工拙论，非知坡者。所以然者，诗三百所载小夫贱妇幽忧无聊赖之语，时猝为外物感触，满心而发，肆口而成者尔，其初果欲被管弦谐金石，经圣人手以与六经并传乎？小夫贱妇且然，而谓东坡翰墨游戏，乃求与前人角胜负，误矣。自今观之，东坡圣处，非有意于文字之为工，不得不然之为工也。坡以来，山谷、晁无咎、陈去非、辛幼安诸公俱以歌词取称，吟咏情性，留连光景，清壮顿挫，能起人妙思。亦有语意拙直，不自缘饰，因病成妍者，皆自坡发之。①

在这段话中，元好问先是将"唐歌词"与苏轼之词的美学特性做了比较：唐词多具宫体诗的绮艳之风，且极力追求文字的工巧；苏词则以抒发情性为主，"情性之外，不知有文字"②，放笔而作，其"圣处"是"非有意于文字之为工，不得不然之为工"。然后，元好问还进一步对苏轼所开创的这一派"宋调"的流衍情况进行了总结，指出黄庭坚、晁补之、陈与义、辛弃疾等人都继承了苏轼的词风，"吟咏情性，留连光景，清壮顿挫，能起人妙思"。同时，他也指出了这一派的问题，即也有一些词"语意拙直，不自缘饰，因病成妍"。这说明元好问虽推崇苏轼一派的"宋调"，但持论还是比较客观、理性的。事实上，他不仅能认识到苏轼一派之病，而且对于"多宫体"的唐词也非全然否定。《新轩乐府引》记其曾以韩愈的诗"昵昵儿女语，恩怨相尔汝。忽然变轩昂，勇士赴敌场"论新轩之词，而屋梁子不悦，加以批评，其中有"《麟角》《兰畹》《尊前》《花间》"等集，传播里巷，子妇母女交口教

---

① 元好问著，姚奠中主编：《元好问全集》，下册，山西人民出版社1990年版，第39页。
② 元好问著，姚奠中主编：《元好问全集》，下册，第46页。

授，淫言媟语，深入骨髓，牢不可去，久而与之俱化。浮屠家谓笔墨劝淫，当下犁舌之狱，自知是巧，不知是业。陈后山追悔少作，至以语业命题"等语，涉及对"唐音"的评价问题。元好问用谢安"年在桑榆，正赖丝竹陶写"回应，从词体功能上说明"昵昵儿女语"与轩昂慷慨之音都有表现哀乐、调理情性的作用。他自己的作品也有一些属于"唐音"风调。如《江城子》（"蜀禽啼血染冰蕤"）题为"效花间体咏海棠"，《清平乐》（"离肠宛转"）"婉约近五代人手笔"①，《满江红》（"一枕余醒"）则"凄丽芊雅，叔原遗响"②。此外他的《鹧鸪天·宫体》八首，"蕃艳其外，醇至其内，极往复低徊、掩抑零乱之致"③，也颇具《花间》风致。与元好问同时代的王中立《题裕之乐府后》诗云："常恨小山无后身，元郎乐府更清新。红裙婢子那能晓，送与凌烟阁上人。"将元好问推许为"唐音"代表词人晏几道的"后身"，固未必确当，但就其部分词作来说，不为无见。因此总的来看，元好问对于唐宋两种词统均有所取，所宗以"宋调"中的苏轼一派为主，兼及"唐音"。刘熙载《艺概·词概》评其词："疏快之中，自饶深婉，亦可谓集两宋之大成者矣。"④虽或过誉，但对其风格的把握还是比较准确的。

元好问还编选有《中州乐府》一卷，附刻于其所编的金人诗选《中州集》之后。《中州乐府》收录了金代词人三十六家，词一百二十四首。它的审美标准也是重情性、尚雄奇，多慷慨豪放之音。元好问的《自题中州集后》绝句其一云："邺下曹刘气尽豪，江东诸谢韵尤高。若从华实评诗品，未便吴侬得锦袍。"⑤诗中的"邺下曹刘"指金代的北方诗人，"江东诸谢"指南方诗人，所论虽为诗品，但于词同样也是推崇"气尽豪"。清人厉鹗的《论词绝句》论《中州乐府》云："《中州乐府》

---

① 陈廷焯：《词则辑评》，葛渭君《词话丛编补编》，第4册，中华书局2013年版，第2194页。
② 陈廷焯：《词则辑评》，葛渭君《词话丛编补编》，第4册，第2477页。
③ 况周颐撰，王幼安校订：《蕙风词话》，人民文学出版社1960年版，第65页。
④ 刘熙载：《词概》，唐圭璋编《词话丛编》，第4册，中华书局1986年版，第3697页。
⑤ 元好问编，张静校注：《中州集校注》，第8册，中华书局2018年版，第2737页。

鉴裁别，略仿苏黄硬语为。若向词家论风雅，锦袍翻是让吴儿。"① 尽管厉鹗的观点是词家以"吴儿"的"韵高"之作为胜，但也证明了《中州乐府》所尚是苏黄的"硬语"，也就是苏轼这一派的"宋调"。

元好问的词学观在入元之后有不少的继承者，其中影响较大的有王博文、赵文、林景熙、刘敏中、李长翁等。

王博文（1223—1288），字子勉，号西溪老人，本为东鲁人，徙彰德（今河南安阳）。在元朝曾任礼部尚书、江南道行御史台中丞等官。其词学观主要体现在《白兰谷天籁集序》中。他认为：

> 乐府始于汉，著于唐，盛于宋，大概以情致为主。秦、晁、贺、晏，虽得其体，然哇淫靡曼之声胜，东坡、稼轩，矫之以雄词英气，天下之趋向始明。近时元遗山每游戏于此，掇古诗之精英，备诸家之体制，而以林下风气，消融其膏粉之气。白枢判寓斋序云："裕之法度最备。"诚为确论，宜其独步当代，光前人而冠来者也。②

从这段话来看，王博文属于明显的贬唐尊宋者。他对于继承了"唐音"传统、以"哇淫靡曼之声胜"的秦、晁、贺、晏均有不满，将"矫之以雄词英气"的苏、辛之作视为词的发展趋向，元好问"掇古诗之精英，备诸家之体制，而以林下风气，消融其膏粉之气"的词更被他捧到了"独步当代，光前人而冠来者"的地步。对于《天籁集》的作者白朴之词，王博文的评价是："辞语遒丽，情寄高远，音节协和，轻重稳惬，凡当歌对酒，感事兴怀，皆自肺腑流出。"③ 其所肯定的着眼点，也是苏、辛一派"宋调"以词陶写情性的作风。

赵文（1238—1315），字仪可，一字惟恭，号青山，庐陵（今江西

---

① 厉鹗著，董兆雄注，陈九思标校：《樊榭山房集》，上海古籍出版社2012年版，第512页。
② 王博文：《白兰谷天籁集序》，李修生主编《全元文》，第5册，江苏古籍出版社1998年版，第89—90页。
③ 王博文：《白兰谷天籁集序》，李修生主编《全元文》，第5册，第90页。

第三章 金元明词坛："宗宋"与"宗唐"派别意识的形成

吉安）人。景定、咸淳间为上舍生。元破临安后，在福州入文天祥幕府。入元后为东湖书院山长，选授南雄文学。有《青山集》。他在《吴山房乐府序》中说：

> 观欧、晏词，知是庆历、嘉祐间人语；观周美成词，其为宣和、靖康也无疑矣。声音之为世道邪？世道之为声音邪？有不自知其然而然者矣。悲夫！美成号知音律者，宣和之为靖康也，美成其知之乎？"绿芜凋尽台城路"、"渭水西风，长安乱叶"，非佳语也，凭高眺远之余，蟹螯玉液以自陶写，而终之曰："醉翁山翁，但愁斜照敛。"观此词，国欲缓亡，得乎？渡江后，康伯可未离宣和间一种风气，君子以是知宋之不能复中原也。近世辛幼安跌荡磊落，犹有中原豪杰之气，而江南言词者宗美成，中州言词者宗元遗山，词之优劣未暇论，而风气之异，遂为南北强弱之占，可感已。《玉树后庭花》盛，陈亡；《花间》《丽情》盛，唐亡；清真盛，宋亡。可畏哉！吾友吴孔瞻所著乐府，悲壮磊落，得意处不减幼安、遗山，意者其世道之初乎，天地间能言之士骎骎欲绝，后此十年作乐歌，告宗庙，示万世，非老于文学，谁宜为？①

赵文将"声音"视为"世道"自然而然的反映，由此，他认为欧阳修、晏殊词是"庆历、嘉祐间人语"，周邦彦词"其为宣和、靖康也无疑"，是亡国之音，并举周词中描写衰飒秋景的句子为证。"江南言词者宗美成，中州言词者宗元遗山"，这是国势北强南弱的征兆。由于辛弃疾来自北方，词风"跌荡磊落，犹有中原豪杰之气"，所以他大加推崇，以"悲壮磊落，得意处不减幼安、遗山"标榜其友吴孔瞻的词。赵文对于"宋调"中辛弃疾与周邦彦两派的评价，受儒家诗教、乐教观影响甚深，是从"世道"好坏倒推的结果。这一点也反映在他对"唐音"的态度中：欧、晏之词与花间词都属"唐音"，但前者出现在

---

① 赵文：《吴山房乐府序》，邓子勉编《宋金元词话全编》，下册，凤凰出版传媒集团、凤凰出版社2008年版，第1913—1914页。

仁宗朝的太平盛世，后者产生于晚唐五代的衰乱之世，因此后者就与《玉树后庭花》、清真词一起成了可畏的亡国之兆。赵文此序当作于南宋灭亡之后，故语气颇为激愤，观点也略显偏颇，对"唐音""宋调"的褒贬，均主要从内容与政教的关系出发。

林景熙（1142—1310），字德阳，号霁山，温州平阳（今属浙江）人。咸淳七年（1271）太学上舍释褐，授泉州教官，历礼部架阁，转从政郎，宋亡不仕。林景熙论词亦从儒家诗教观出发，贬花间"唐音"而尊苏派"宋调"，但逻辑要更加周密。其《胡汲古乐府序》云：

> 唐人《花间集》，不过香奁组织之辞，词家争慕效之，粉泽相高，不知其靡，谓乐府，体固然也。一见铁心石肠之士，哗然非笑，以为是不足涉吾地。其习而为者，亦必毁刚毁直，然后宛转合宫商，妩媚中绳尺，乐府反为情性害矣。乐府，诗之变也。诗发乎情，止乎礼义，美化厚俗，胥此焉寄？岂一变为乐府，乃遽与诗异哉？宋秦、晁、周、柳辈，各据其垒，风流酝藉，固亦一洗唐陋，而犹未也。荆公《金陵怀古》，末语"后庭遗曲"，有诗人之讽。裕陵览东坡月词，至"琼楼玉宇，高处不胜寒"，谓苏轼终是爱君。由此观之，二公乐府根情性而作者，初不异诗也。严陵胡君汲古，以诗名，观其乐府，诗之法度在焉。清而腴，丽而则，逸而敛，婉而庄。悲凉于残山剩水，豪放于明月清风，酒酣耳热，往往自为而歌之，所谓乐而不淫，哀而不伤，一出于诗人礼义之正，然则先王遗泽，其独寄于变风者，独诗也哉！①

从序言来看，林景熙可谓"宋调"中"东坡范式"一派的坚定支持者。他对"唐音"之宗《花间集》极为不满，认为《花间集》是"香奁组织之辞"，效仿者"粉泽相高，不知其靡""宛转合宫商，妩媚中绳尺"，会导致"毁刚毁直"、有害情性的结果。对于在"唐音"基

---

① 林景熙：《胡汲古乐府序》，邓子勉编《宋金元词话全编》，下册，凤凰出版传媒集团、凤凰出版社2008年版，第1656—1657页。

础上有所变革的秦、晁、周、柳等宋人之词，他认为虽各有所成，"一洗唐陋"，但尚未做到像诗歌那样"发乎情，止乎礼义，美化厚俗"。只有王安石与苏轼之词，一者"有诗人之讽"，一者含"爱君"之意，是"根情性而作者，初不异诗也"。他为之作序的胡汲古之词，也具有诗的法度，风格多样，却"乐而不淫，哀而不伤，一出于诗人礼义之正"。林景熙的词学观是南宋前期推尊东坡、力倡骚雅的词学观的延续，而从他对胡汲古词"清而腴，丽而则，逸而敛，婉而庄。悲凉于残山剩水，豪放于明月清风"的总结与肯定来看，实际上兼有南宋后期风雅词派与辛派后劲的特点，故也可以说是两派词学主张在一定程度上的融合。

刘敏中（1243—1318），字端甫，号中庵，济南章丘（今属山东）人。曾官御史台都事、国子司业、翰林直学士、翰林承旨等职。元仁宗延祐三年（1316），他为张养浩词集《江湖长短句》作引言云：

> 声本于言，言本于性情。吟咏性情莫若诗，是以诗三百，皆被之弦歌，沿袭历久，而乐府之制出焉，则又诗之遗音余韵也。逮宋而大盛，其最擅名者，东坡苏氏，辛稼轩次之，近世元遗山又次之，三家体裁各殊，然并传而不相悖，殆犹四时之气律不同，而其元化之所以斡旋未始不同也。至于得，惟能者能之。礼部侍郎济南张养浩希孟使江南，往返仅半岁，得乐府百有余首，辑为一编，目之曰《江湖长短句》，归以示余。余读之，藻丽葩妍，意得神会，横纵卷舒，莫可端倪。其三湘五湖晴阴明晦之态，千岩万壑竞秀争流之状，与夫羁旅之情、观游之兴、怀贤吊古之感，隐然动人，视其风致，盖出入于三家之间，可谓能也。[①]

刘敏中也是将词（乐府）的起源追溯到《诗经》，认为"声本于言，言本于性情，吟咏性情莫若诗"，而词作为诗的遗音余韵，自然也

[①] 刘敏中：《江湖长短句引》，邓子勉编《宋金元词话全编》，下册，凤凰出版传媒集团、凤凰出版社2008年版，第1944—1945页。

应吟咏性情。从这个理论基础出发，他推重词之"宋调"中的苏辛派及其后继者元好问。而张养浩词重视性情的抒写，"三湘五湖晴阴明晦之态，千岩万壑竞秀争流之状，与夫羁旅之情、观游之兴、怀贤吊古之感，隐然动人"，故被刘敏中评为出入于苏、辛、元三家之间，"可谓能也"。

李长翁，生卒年不详，临川（今属江西）人，曾任袁州路儒学正。他作于元英宗至治元年（1321）的《古山乐府序》云：

> 诗盛于唐，乐府盛于宋，宋诸贤名家不少，独东坡、稼轩杰作，磊落俶傥之气溢出毫端，殊非雕脂镂冰者所可仿佛。往年仆游京师，古山张公一见，招置馆下，灯窗雪案，披诵公所著乐章，湛然如秋空之云，烨然如春华之照谷，凄然如猿啼玉涧，昂然如鹤唳青霄，耆然如庖丁鼓刀，翩然如公孙舞剑，千变万态，意高语妙，真又与苏、辛诸公齐驱并驾。①

从其首句"诗盛于唐，乐府盛于宋"可知，李长翁论词以宋为重。其于宋代词人中，又特别欣赏苏、辛之作，认为他们"磊落俶傥之气溢出毫端，殊非雕脂镂冰者所可仿佛"。这实际上是将陶写情性的"宋调"与以丽辞艳情取胜的"唐音"做了一个比较，其取向是十分明显的。

元人对于苏、辛一派"宋调"的推崇态度，在一些零散的评词之语中也有表现，这方面可以吴师道为代表。吴师道（1283—1344），字正傅。婺州兰溪（今属浙江金华兰溪）人。至治元年进士，官至礼部郎中。吴师道撰有《吴礼部诗话》，其中有不少对词的评语。如其称徐一初《摸鱼儿》（"对荼蘼一年一度"）为"感慨之作"，刘过《六州歌头》（"中兴诸将"）一阕"悲壮激烈"，张孝祥的《满江红》（"千古凄凉"）词如张耒的《于湖曲》诗，"奇丽警拔"，等等，所赞的均为苏、辛一派的风调气格。

---

① 李长翁：《古山乐府序》，邓子勉编《宋金元词话全编》，下册，凤凰出版传媒集团、凤凰出版社2008年版，第1975页。

二 南宗词派，赓续骚雅

南宋在帝昺祥兴二年（1279）覆亡后，中国重新进入了南北统一的时代。虽然元朝政权掌握在来自北方的蒙古人手中，对于北方文化的接受程度更高，南方也有士人因亡国的惨痛教训而反思南方文化存在的问题，但文学的发展有其自身规律，文学风格、观念的交流与融会也需要时间，不会因政权的更迭而同步改变。入元之后，南宋后期占据了词坛主流地位、"纯为宋腔"的风雅词派，依然在南方地区保持了其影响力，形成了与继承苏轼、辛弃疾、元好问的北宗词风者并行的南宗词派。这一派在元代前期主要是南宋遗民群体如周密、王沂孙、张炎、仇远等，中后期有陆行直、张翥等人。他们的创作与理论大都表现出风雅词派的典型特点，即倡骚雅、严音律、重法度、尚中和。其中周密年辈较早，入元时已年近五十，故上文已置于南宋后期论列。兹将其他诸人与词体唐宋之辨相关的词学创作及理论观点择要叙述如下。

王沂孙（1240？—1310？），字圣与，又字咏道，号碧山，又号中仙、玉笥山人，会稽（今浙江绍兴）人。入元后曾于至元中为庆元路学正。有词集《花外集》，又名《碧山乐府》。清人对王沂孙词评价甚高，陈廷焯甚至将他推为"词坛三绝"之一："词法之密，无过清真。词格之高，无过白石。词味之厚，无过碧山。词坛三绝也。"[1] 所谓"词味之厚"，主要是指其词能在中正平和的音调下寓以身世家国的悲慨。陈廷焯曾将王沂孙与诗圣杜甫相拟，认为"少陵每饭不忘君国，碧山亦然。然两人负质不同，所处时势又不同。少陵负沈雄博大之才，正值唐室中兴之际，故其为诗也悲以壮。碧山以和平中正之音，却值宋室败亡之后，故其为词也哀以思。推而至于《国风》《离骚》则一也"[2]。说王沂孙像杜甫一样"每饭不忘君国"，可能过誉，不过其词特别是咏物词中多有比兴寄托，则属事实。清人沈祥龙论咏物词的作法

---

[1] 陈廷焯著，杜维沫校点：《白雨斋词话》，人民文学出版社1983年版，第40页。
[2] 陈廷焯著，杜维沫校点：《白雨斋词话》，第46页。

时，即以王沂孙词为例来说明寄托。其云："咏物之作，在借物以寓性情。凡身世之感，君国之忧，隐然蕴于其内，斯寄托遥深，非沾沾焉咏一物矣。如王碧山咏新月之《眉妩》，咏梅之《高阳台》，咏榴之《庆清朝》，皆别有所指，故其词郁伊善感。"① 王沂孙收于《乐府补题》中的咏龙涎香、白莲、蝉、莼、蟹诸作，也被不少论者认为与杨琏真迦发掘会稽的宋帝六陵有关。如夏承焘先生，即称《乐府补题》为"自来词家所未有，宋人咏物之词，至此编乃别有其深衷新义"，词中所咏之物，"大抵龙涎香、莼、蟹以指宋帝，蝉与白莲则托喻后妃"②。虽然学界已有人考证《乐府补题》与宋陵被发掘之事无关，但王沂孙词中所用的语典、事典如《齐天乐·蝉》的"铜仙铅泪似洗，叹携盘去远，难贮零露"，《天香·龙涎香》之"骊宫夜采铅水"，《水龙吟·白莲》之"太液荒寒，海山依约，断魂何许"，《庆宫春·水仙花》之"携盘独出，空想咸阳，故宫落月"，《水龙吟·海棠》之"叹黄州一梦，燕宫绝笔"，等等，确实都与汉亡、宋亡之际的一些人事相关，应非泛泛而用。再如其咏萤词《齐天乐》：

> 碧痕初化池塘草，荧荧野光相趁。扇薄星流，盘明露滴，零落秋原飞磷。练裳暗近。记穿柳生凉，度荷分暝。误我残编，翠囊空叹梦无准。　　楼阴时过数点，倚阑人未睡，曾赋幽恨。汉苑飘苔，秦陵坠叶，千古凄凉不尽。何人为省。但隔水余晖，傍林残影。已觉萧疏，更堪秋夜永。③

词的上片先写萤之初生，"碧痕初化池塘草，荧荧野光相趁"，再写其在星空下飞翔的情状，然后以"误我残编"句关合到抒情主人公，引入人事。下片转为抒情，人以"幽恨"而夜深无眠，萤曾见"汉苑

---

① 沈祥龙：《论词随笔》，唐圭璋编《词话丛编》，第 5 册，中华书局 1986 年版，第 4058 页。
② 夏承焘：《唐宋词人年谱》，上海古籍出版社 1979 年版，第 377 页。
③ 唐圭璋编纂，王仲闻参订，孔凡礼补辑：《全宋词》，第 5 册，中华书局 1999 年版，第 4246 页。

第三章　金元明词坛："宗宋"与"宗唐"派别意识的形成

飘苔，秦陵坠叶"而知"千古凄凉不尽"，故觉秋景之萧疏、秋夜之漫长。细味词意，作者实以孤凄冷落之秋萤自比，感叹无人省识自己的故国沦亡之悲，身世之感与家国之慨浑然一体。王沂孙这种借物起兴，将有关身世、家国的思想情感寓于物象的词作，也就是南宋初鲷阳居士等人所倡至姜夔而大成的骚雅的"宋调"。其渊源所自，早有论者指出。如陈廷焯云："碧山词自是取法白石，风流潇洒，如春云秋月，令人爱不忍释手。"① 戈载《王圣与词选跋》也认为王沂孙词"运意高远，吐韵妍和。其气清，故无沾滞之音；其笔超，故有宕往之趣。是真白石之入室弟子也"②。因此，王沂孙虽未有词学理论观点的阐述，但其创作已足以说明其词学倾向，是风雅词派"宋调"在宋末元初的代表作家。

张炎（1248—1319），字叔夏，号玉田，又号乐笑翁，先世凤翔人，世居临安，南宋抗金名将张俊六世孙。有词集名《山中白云词》，一名《玉田词》。在南宋遗民词人中，张炎不仅创作成就较高，而且作有词学理论专著《词源》，故可为这一词人群体在元初的宗主。《四库全书总目》评价张炎词，说他"当宋邦沦覆，年已三十有三，犹及见临安全盛之日，故所作往往苍凉激楚，即景抒情，借写其身世盛衰之感，非徒以剪红刻翠为工。至其研究声律，尤得神解。以之接武姜夔，居然后劲。宋元之间，亦可谓江东独秀矣"③。此论在知人论世的基础上总结张炎词的风格特点，颇得其要。如其《高阳台·西湖春感》：

> 接叶巢莺，平波卷絮，断桥斜日归船。能几番游，看花又是明年。东风且伴蔷薇住，到蔷薇、春已堪怜。更凄然。万绿西泠，一抹荒烟。当年燕子知何处，但苔深韦曲，草暗斜川。见说新愁，如今也到鸥边。无心再续笙歌梦，掩重门、浅醉闲眠。莫开帘。怕见

---

① 陈廷焯：《云韶集辑评》，葛渭君《词话丛编补编》，第3册，中华书局2013年版，第1596页。
② 施蛰存主编：《词籍序跋萃编》，中国社会科学出版社1994年版，第383页。
③ 纪昀等：《钦定四库全书总目》，下册，中华书局1997年版，第2799页。

飞花，怕听啼鹃。①

此词为张炎在宋亡后重游西湖时作。暮春时节，花事将尽，昔日的歌舞繁华地，如今是"万绿西泠，一抹荒烟"，"苔深韦曲，草暗斜川"，勾起词人的愁思，令其"无心再续笙歌梦，掩重门、浅醉闲眠"，甚至窗帘也不愿打开，因为怕见到繁花凋零的景象，怕听到杜鹃哀切的啼声。真可谓"情景兼到，一片身世之感"②，用凄清含蓄的笔调，写出了南宋遗民的亡国哀痛，有论者以"清虚骚雅"许之③，其意与张炎评姜夔词的"清空""骚雅"相近，可见两人的风格是一脉相承的。

张炎的词学观集中反映在他的词学专著《词源》中。《词源》的上卷论词之音律，下卷论词之创作。从词体唐宋之辨的角度来看，《词源》的理论贡献主要有以下几点。

首先，指明了风雅派"宋调"崇雅复古的基本宗旨，提出了融合诸家之长的学习方法。《词源》卷下开篇即对词为雅正之音的发展历史加以论述，认为"古之乐章、乐府、乐歌、乐曲，皆出于雅正。粤自隋、唐以来，声诗间为长短句。至唐人则有尊前、花间集。迄于崇宁，立大晟府，命周美成诸人讨论古音，审定古调，沦落之后，少得存者。由此八十四调之声稍传。而美成诸人又复增演慢曲、引、近，或移宫换羽，为三犯、四犯之曲，按月律为之，其曲遂繁"④。张炎论证词与古之乐章、乐府、乐歌、乐曲同出于雅正之音，这与南宋初王灼、鲖阳居士等人的观点是一样的，不过他特别强调了大晟府所制音乐在保存与发扬古音古调方面的作用，显示出对宋乐亦即词之"宋调"的重视。由此，张炎还进一步评价了在雅正的"宋调"创作方面可供效法的代表

---

① 唐圭璋编纂，王仲闻参订，孔凡礼补辑：《全宋词》，第5册，中华书局1999年版，第4381—4382页。

② 陈廷焯：《云韶集辑评》，葛渭君《词话丛编补编》，第3册，中华书局2013年版，第1601页。

③ 张宗橚《词林纪事》卷六引楼敬思语，称张炎词"清虚骚雅，可谓脱尽蹊径，自成一家"。见张宗橚编，杨宝霖补正《词林纪事·词林纪事补正》，下册，上海古籍出版社1998年版，第868页。

④ 张炎：《词源》，唐圭璋编《词话丛编》，第1册，中华书局1986年版，第255页。

性词人。他认为:周邦彦"负一代词名,所作之词,浑厚和雅,善于融化词句,而于音谱,且间有未谐",作词者"多效其体制,失之软媚,而无所取",这样的对象作为学习的榜样并不完全合适。他推荐的师法对象是秦观、高观国、姜夔、史达祖、吴文英等人,"此数家格调不侔,句法挺异,俱能特立清新之意,删削靡曼之词,自成一家,各名于世。作词者能取诸人之所长,去诸人之所短,精加玩味,象而为之,岂不能与美成辈争雄长哉"①。他所列举的诸家词人,其风格有清疏有密丽,有偏于"唐音",也有偏于"宋调"者,可见其取法范围较广,具有融通的眼光。而所谓"特立清新之意,删削靡曼之词",实即在"唐音"的基础上"宋调"化,这正是从周邦彦到姜夔这一派"宋调"的创作特点。

其次,重视词的意趣,提倡"清空""骚雅",树立了风雅词派的"宋调"美学观。"唐音"的传统是以情致为主,辛弃疾一派的"宋调"则以豪气见长,张炎于这两家之外,提出"词以意趣为主,要不蹈袭前人语意",强调立意的创新、格调情趣的不俗。他欣赏苏轼的《水调歌头》("明月几时有")、《洞仙歌》("冰肌玉骨"),王安石的《桂枝香·金陵怀古》,姜夔的《暗香》《疏影》等词,即着眼于这些词"清空中有意趣,无笔力者未易到"②。由于重意趣,他对风雅词派在北宋的宗主周邦彦有不少批评之词,认为:"美成词只当看他浑成处,于软媚中有气魄。采唐诗融化如自己者,乃其所长。惜乎意趣却不高远。所以出奇之语,以白石骚雅句法润色之,真天机云锦也。"③ 又说:"词欲雅而正,志之所之,一为情所役,则失其雅正之音。耆卿、伯可不必论,虽美成亦有所不免。如'为伊泪落',如'最苦梦魂,今宵不到伊行',如'天便教人,霎时得见何妨',如'又恐伊,寻消问息,瘦损容光',如'许多烦恼,只为当时,一晌留情',所谓淳厚日变成浇风也。"④ 当然,描写男女情爱,是"唐音"以来词的传统题材,主张在"唐音"基础

---

① 张炎:《词源》,唐圭璋编《词话丛编》,第1册,中华书局1986年版,第255页。
② 张炎:《词源》,唐圭璋编《词话丛编》,第1册,第260—261页。
③ 张炎:《词源》,唐圭璋编《词话丛编》,第1册,第266页。
④ 张炎:《词源》,唐圭璋编《词话丛编》,第1册,第266页。

上进行"宋调"化的张炎对此并没有一笔抹倒，他的看法是"簸弄风月，陶写性情，词婉于诗。盖声出莺吭燕舌间，稍近乎情可也。若邻乎郑卫，与缠令何异也"①。故而他对陆淞的《瑞鹤仙》（"脸霞红印枕"）、辛弃疾的《祝英台近》（"宝钗分"）等"景中带情，而存骚雅"的词也很欣赏。在他看来，言情之词"若能屏去浮艳，乐而不淫，是亦汉魏乐府之遗意"②，不会违背雅正的原则。而辛弃疾、刘过等人所作的"豪气词"，未涉男女情爱，却也不是雅词，而是"于文章余暇，戏弄笔墨"的"长短句之诗"了③。他最为推崇的是姜夔词，因其"不惟清空，又且骚雅，读之使人神观飞越"④，最符合他为风雅词派的"宋调"所确立的美学理想。

　　最后，较为全面地总结了风雅派"宋调"的创作经验、技巧。《词源》除了强调词要协律，还阐述了词的句法、字面、立意、用事、形式、题材等方面的创作技巧，其基本思想是主张自然与琢炼相结合。这实际上也是风雅词派融唐于宋的创作经验总结。如前所论：唐五代词多为小令，以自然胜；入宋以后慢词渐盛，讲究词法，人工雕琢的痕迹就比较明显了。这也是词之"唐音"与"宋调"的基本区别之一。张炎在《词源》中讲论词法，虽总体上应归之为注重人工的"宋调"作风，但对"唐音"亦有取则，推崇自然之美。如其论慢词的创作云："作慢词，看是甚题目，先择曲名，然后命意。命意既了，思量头如何起，尾如何结，方始选韵，而后述曲。最是过片，不要断了曲意，须要承上接下。如姜白石词云：'曲曲屏山，夜凉独自甚情绪。'于过片则云：'西窗又吹暗雨。'此则曲之意脉不断矣。词既成，试思前后之意不相应，或有重叠句意，又恐字面粗疏，即为修改。改毕，净写一本，展之几案间，或贴之壁。少顷再观，必有未稳处，又须修改。至来日再观，恐又有未尽善者，如此改之又改，方成无瑕之玉。倘急于脱稿，倦事修择，

---

① 张炎：《词源》，唐圭璋编《词话丛编》，第1册，中华书局1986年版，第263页。
② 张炎：《词源》，唐圭璋编《词话丛编》，第1册，第263—264页。
③ 张炎：《词源》，唐圭璋编《词话丛编》，第1册，第267页。
④ 张炎：《词源》，唐圭璋编《词话丛编》，第1册，第259页。

第三章 金元明词坛:"宗宋"与"宗唐"派别意识的形成

岂能无病,不惟不能全美,抑且未协音声。作诗者且犹句锻月炼,况于词乎。"① 此论详细说明了慢词的创作从看题目、择曲名到反复修改定稿的每一步骤及注意事项,是讲究技巧的"宋调"作法,其所举的范例也是"宋调"的代表词人姜夔。而其论小令的创作要求,则云:"词之难于令曲,如诗之难于绝句,不过十数句,一句一字闲不得。末句最当留意,有有余不尽之意始佳。当以唐《花间集》中韦庄、温飞卿为则。又如冯延巳、贺方回、吴梦窗亦有妙处。至若陈简斋'杏花疏影里、吹笛到天明'之句,真是自然而然。大抵前辈不留意于此,有一两曲脍炙人口,余多邻乎率易。近代词人,却有用力于此者。倘以为专门之学,亦词家射雕手。"② 虽然也讲论技法,但推出的学习典范却是"唐音"的代表作家温庭筠与韦庄,倡导的也是"唐音"所常见的"有有余不尽之意""自然而然"的美学风格。

张炎的创作及其词学理论为南宗词派在元代的发展奠定了基础,仇远、陆行直、张翥、王礼等人多为其鼓吹或受其影响。

仇远(1247—?),字仁近,一字仁父,号近村、山村民,钱塘(今浙江杭州)人。宋亡后,曾为溧阳州学教授,以杭州知事致仕。词有《无弦琴谱》二卷。仇远与张炎同为宋末西湖吟社成员,故在强调词要协律的观点上高度一致,他对张炎词的赞赏,主要也是着眼于此。其《玉田词题辞》云:

> 读《山中白云词》,意度超玄,律吕协洽,不特可写青檀口,亦可被歌管荐清庙,方之古人,当与白石老仙相鼓吹。世谓词者诗之余,然词尤难于诗,词失腔犹诗落韵,诗不过四五七言而止,词乃有四声五音均拍重轻清浊之别,若言顺律舛,律协言谬,俱非本色。或一字未合,一句皆废,一句未妥,一阕皆不光采,信戛戛乎其难。又怪陋邦腐儒,穷乡村叟,每以词为易事,酒边兴豪,即引纸挥笔,动以东坡、稼轩、龙洲自况,极其至四字《沁园春》,五字

---

① 张炎:《词源》,唐圭璋编《词话丛编》,第1册,中华书局1986年版,第258页。
② 张炎:《词源》,唐圭璋编《词话丛编》,第1册,第265页。

《水调》，七字《鹧鸪天》、《步蟾宫》，拊几击缶，同声附和，如梵呗，如步虚，不知宫调为何物，令老伶俊娼，面称好而背窃笑，是岂足与言词哉！予幼有此癖，老颇知难，然已有三数曲流传朋友间，山歌村谣，是岂足与叔夏词比哉。古人有言曰："铅汞交炼而丹成，情景交炼而词成。"指迷妙诀，吾将从叔夏北面而求之。①

仇远称赞张炎词"意度超玄，律吕协洽"，"当与白石老仙相鼓吹"，是言顺律协的本色之作。与之相对的，是那些"酒边兴豪，即引纸挥笔，动以东坡、稼轩、龙洲自况"，"不知宫调为何物"的腐儒村叟，仇远认为这些人根本不懂词。这段话未涉及对"唐音"的评价，但他对"宋调"中两派的态度褒贬分明，他自己"将从叔夏北面而求之"，归于姜、张一派重音律、意度的"宋调"。

陆行直（1275—?），字辅之，号汾湖居士，与张炎有交往，著有《词旨》，全面继承了张炎的词学观。其自序云："夫词亦难言矣，正取近雅，而又不远俗。予从乐笑翁（按：即张炎）游，深得奥旨制度之法，因从其言，命韶暂作《词旨》，语近而明，法简而要，俾初学易于入室云。"②《词旨》的正文由"词说""属对""乐笑翁奇对""警句""乐笑翁警句""词眼""单字集虚"七部分组成，其中"词说"用简明的语言概述了张炎论词的要旨，词学思想基本上与《词源》一脉相承，即一方面，重视立意的新颖与字句的锻炼，主张"命意贵远，用字贵便，造语贵新，炼字贵响"；另一方面，又主张"词不用雕刻，刻则伤气，务在自然"。提出的学词方法，是以风雅词派中的代表词人为师法对象，融合诸家："周清真之典丽，姜白石之骚雅，史梅溪之句法，吴梦窗之字面，取四家之所长，去四家之所短。"推崇的风格，也是《词源》所倡的"清空"，认为"'清空'二字，亦一生受用不尽，指迷之妙，尽在是矣。学者必在心传耳传，当有悟入处。然须跳出窠臼

---

① 仇远：《玉田词题辞》，张惠民编《宋代词学资料汇编》，汕头大学出版社1993年版，第241—242页。
② 陆辅之：《词旨》，唐圭璋编《词话丛编》，第1册，中华书局1986年版，第301页。

第三章 金元明词坛:"宗宋"与"宗唐"派别意识的形成

外,时出新意,自成一家。若屋下架屋,则为人之贱仆矣"①。总而言之,《词旨》对张炎所申述的风雅词派的"宋调"在命意、文辞、风格等方面的创作经验作了进一步的概括、提炼,提出了一些简明易行的方法,确实起到了方便初学者学习、扩大了该派影响的作用。

张翥(1287—1368),字仲举,号蜕庵,晋宁襄陵(今属山西)人。曾任国子助教、国史院编修官、翰林应奉、修撰、太常博士、礼仪院判官、国子祭酒等职,以翰林承旨致仕。有《蜕岩词》。张翥词代表了元代中后期词坛的最高水平。据《元史·张翥传》,他曾从仇远学诗,"尽得其音律之奥"。其词的创作应该也受到了仇远的影响,主要师法的是风雅词派一脉。陈廷焯曾指出:"仲举词自是祖述清真,取法白石,其一种清逸之趣,渊深之致,固自不减梦窗","南宋自姜白石出,乃有大宗,后有作者总难越其范围。梦窗诸人师之于前,仲举效之于后。词至是推极盛焉","自仲举后,明代绝少作者,直至国朝词为之中兴,益信仲举之词风骨之高,直绝响三百余年"②。《四库全书总目提要》认为其词"婉丽风流,有南宋旧格"③,陈匪石也说张翥词"名虽属元,实乃南宋余韵"④。所谓"南宋旧格""南宋余韵",也就是南宋后期所流行的风雅派的"宋调"。张翥对南宋风雅词派的继承主要表现在以下几个方面。

一是重音律。元代词乐已渐趋消亡,但张翥有不少词有曾入乐歌唱的记载,如《意难忘·妓杨韵卿以善歌求赋》、《江神子·吴门席上罗生求赋》、《唐多令·寄意筌篌曲》等。叶申芗《本事词》曾言:"张仲举擅长乐府,为元代词宗。其历宦东南名都,故顾曲之赠,更多于子野、玉田辈也。"⑤ 张翥《春从天上来》("袅袅秋风")的词序中也有他与友人"倚声填词"的记载:"广陵冬夜,与松云子论五音二变十二

---

① 陆辅之:《词旨》,唐圭璋编《词话丛编》,第1册,中华书局1986年版,第301—303页。
② 陈廷焯:《云韶集辑评》,葛渭君《词话丛编补编》,第3册,中华书局2013年版,第1674页。
③ 纪昀等:《钦定四库全书总目》,下册,中华书局1997年版,第2802页。
④ 陈匪石:《声执》,陈匪石编著,钟振振校点《宋词举》,江苏古籍出版社2002年版,第199页。
⑤ 叶申芗:《本事词》,唐圭璋编《词话丛编》,第3册,中华书局1986年版,第2381页。

调，且品箫以定之。清浊高下，还相为宫，犂然津吕之均，雅俗之应也。不觉漏下，月满霜空，神情爽发。松云子吹《春从天上来》曲，音韵凄远。予亦飘然作霞外飞仙想，因倚歌和之，用纪客次胜趣。"①由此可见他对于音律的精通以及填词协律的严谨态度。

二是主骚雅。张翥经历了元朝由盛到衰的全部过程，当他文学创作走向成熟的时候，大元帝国已进入乱象四起、民不聊生的后期，末世景象渐显。作为元代统治阶层的一员，他对于时事必然会有所感怀，故其诗多忧时伤乱之作，其词在徜徉山水、流连光景的闲情雅致中，也往往寓以迟暮之悲、末世之感。陈廷焯言其词"树骨甚高，寓意亦远"②，指的就是这个特点。如《摸鱼儿·春日西湖泛舟》：

> 涨西湖、半篙新雨，曲尘波外风软。兰舟同上鸳鸯浦，天气嫩寒轻暖。帘半卷。度一缕、歌云不碍桃花扇。莺娇燕婉。任狂客无肠，王孙有恨，莫放酒杯浅。　　垂杨岸，何处红亭翠馆。如今游兴全懒。山容水态依然好，惟有绮罗云散。君不见。歌舞地、青芜满目成秋苑。斜阳又晚。正落絮飞花，将春欲去，目送水天远。③

有论者认为，此词可能作于至正十二年（1352）杭州城被起义军攻破前后④。面对春日西湖的美景佳人、莺娇燕婉，词人却怀着"狂客无肠，王孙有恨"的隐痛，"游兴全懒"，因为不仅有"绮罗云散"的人事变迁之叹，而且有春将归去，"歌舞地、青芜满目成秋苑"的时序变迁之悲。以繁华凋谢隐喻国势无可挽回的衰落，寄托悯乱忧时之情，这样的写法，正是南宋风雅词派的"骚雅"传统。

三是精琢炼。风雅词派精于炼字炼句、章法安排，张翥词也是如此。陈廷焯《词坛丛话》说："仲举词，亦是取法白石，屏去浮艳，不

---

① 唐圭璋编：《全金元词》，下册，中华书局1979年版，第1004—1005页。
② 陈廷焯著，杜维沫校点：《白雨斋词话》，人民文学出版社1983年版，第55页。
③ 唐圭璋编：《全金元词》，下册，第1000页。
④ 赵维江：《金元词论稿》，中国社会科学出版社2000年版，第229页。

独炼字炼句，且能炼气炼骨。"① 张德瀛《词征》仿照陆辅之《词旨》摘张炎词警句的做法，摘录了张翥词中的十余条警句，如"多情正要人拘管，无奈绿昏红暝"（《摸鱼儿》），"恨翠禽、啼处惊残，一夜云迹"（《疏影》），"把柔情一缕，都随好梦，作阳台雨"（《水龙吟》），"谁将玉斧修明月，奈琼楼、高处无人"（《高阳台》），等等②，均可见其炼字炼句之工。对于张翥词章法构思的精密，论者也多有肯定。如李佳《左庵词话》认为《蜕岩词》"典雅温润，每阕皆首尾完善"③，刘毓盘《词史》说张翥词"周旋曲折，纯任自然"④，都是着眼其章法。陈廷焯《云韶集》卷十二还对其《陌上花》（"关山梦里归来"）一词的章法作了具体的分析，谓其"起笔将题先说尽，简炼有神"，下阕"已写十分水尽山穷，便以'不成便没相逢日'一转，已自心满意足，却又以'病怀'二字一推，仍是凄绝，运笔真有龙跳虎卧之奇"⑤。

概言之，张翥词作为"一代正声"⑥，"元一代之冠"⑦，以其杰出的艺术成就承续了南宋风雅派的词学，成为元代中后期南宗词派的扛旗者，使周、姜所确立这一种"宋调"得以与北宗词派所尚的苏、辛派"宋调"分庭抗礼，保持影响。

三 融通南北，兼取唐宋

金元词坛虽存在文化地理意义上的北宗词派与南宗词派，但南北之间始终存在着文化交流。清人况周颐在论述南北词风差异时曾言："金源之于南宋，时代政同，疆域之不同，人事为之耳。风会曷与焉。如辛幼安先在北，何尝不可南。如吴彦高先在南，何尝不可北。顾细审其

---

① 陈廷焯：《词坛丛话》，唐圭璋编《词话丛编》，第4册，中华书局1986年版，第3728页。
② 张德瀛：《词征》，唐圭璋编《词话丛编》，第5册，第4171—4172页。
③ 李佳：《左庵词话》，唐圭璋编《词话丛编》，第4册，第3110页。
④ 刘毓盘：《词史》，上海书店1985年版，第261页。
⑤ 陈廷焯：《云韶集辑评》，葛渭君《词话丛编补编》，第3册，中华书局2013年版，第1677页。
⑥ 陈廷焯著，杜维沫校点：《白雨斋词话》，人民文学出版社1983年版，第55页。
⑦ 吴梅：《词学通论》，上海古籍出版社2006年版，第140页。

词，南与北确乎有辨。"① 也就是说，虽然南北的主体风格确实存在差异，但北人可南，南人可北，两者会因人事的变化而产生交融。在金源及两宋词坛，传统的"唐音"与苏辛、周姜两种"宋调"并存，词人及论词者在各有宗奉和主调的同时，对其他的词学资源也往往有所汲取。关于这一点，我们在前面的章节已有讨论。元朝统一中国之后，南北交流变得更加频繁、容易，由此也加速了南北词风的融合，不少人的创作或者词论中反映出融通南北、兼取唐宋的词学观念。

王恽（1227—1304），字仲谋，号秋涧，卫州汲县（今属河南）人。曾任监察御史、翰林待制、提刑按察使、通议大夫知制诰等官职。有《秋涧大全集》一百卷，《彊村丛书》从集中辑出《秋涧乐府》四卷。王恽为元好问的弟子，"文章源出元好问……诗篇笔力坚浑，亦能嗣响其师"②，在元初北方词人中影响较大。他的词如《春从天上来》（"罗绮深宫"）道金国故事，淡远之中寓以黍离之悲；《点绛唇》（"杨柳青青"）劝勉友人有为，则"壮气凌云"，"不作儿女子语"③；《鹧鸪天》（"短短罗袿淡淡妆"）描写说书人的表演，"清浑超逸，近两宋风格"④。总的来说，其词颇有骨力，以北宗词派的风格居多。然而在词学观念上，王恽采取的是兼容并包的态度。他一方面高度评价北宗词派的代表作家如蔡松年等，称"乐府尚豪华，然非纨绮中人，未免邻女效颦耳。《明秀》一集，以崇高之余，发而为词章，如饮内府酒，金沙雾散，六府为之醺酣。方之逢曲车而口流涎者，固有间矣"⑤。一方面，他又认传统的婉约词风为正体，在《玉漏迟·答南乐令周干臣来篇》两首词后的自注中说："自觉语硬音凡，固非乐府正体。"⑥ 在《诗梦》"序"中，还借梦中答朋友之语，评价其师元好问的词"旧作极佳，

---

① 况周颐撰，王幼安校订：《蕙风词话》，人民文学出版社1960年版，第57页。
② 纪昀等：《钦定四库全书总目》，下册，中华书局1997年版，第2217页。
③ 陈廷焯：《云韶集辑评》，葛渭君《词话丛编补编》，第3册，中华书局2013年版，第1659页。
④ 况周颐撰，王幼安校订：《蕙风词话》，第73页。
⑤ 王恽：《跋蔡萧闲醉书风檐梨雪瑞香乐府二篇赠王尚书无竞》，见《秋涧集》，永瑢等《景印文渊阁四库全书》，第1201册，台湾商务印书馆1985年版，第81页。
⑥ 唐圭璋：《全金元词》，下册，中华书局1979年版，第674页。

第三章　金元明词坛:"宗宋"与"宗唐"派别意识的形成

晚年觉词逸意宕,似返伤正气"①。同时,他对于"今之乐府"在学习传统词风中出现的以"笔墨劝淫"的偏向也有批评②,体现了南宗词派中"尚雅"的观念。如前所论,元好问于词虽特重苏辛,但也有兼采南北、唐宋诸家之长的一面,王恽的词学观是对其师这一面的发展与显化。

戴表元(1244—1310),字帅初,一字曾伯,自号剡源先生,奉化(今属浙江)人。宋咸淳七年(1271)进士,任建康府教授,元大德间曾任信州教授。著有《剡源先生文集》。戴表元于词极欣赏南宗词派在元初的宗主张炎,曾在《送张叔夏西游序》中称赞张炎词"噫呜宛抑,流丽清畅,不惟高情旷度不可褰企,而一时听之,亦能令人忘去穷达得丧所在"③。他的词学观则以儒家诗教、乐教观为基础,主张音与政通,诗词同源共理。其作于至元十九年(1282)的《余景游乐府编序》云:

> 词章之体累变,而为今之乐府,犹字书降于后世,累变而为草也,草之于书、乐府之于词章,礼法士所不为。余于童时,亦弃不学,及后有闻,乃知二艺者本为不悖于古,而余所知,特未尽也。今夫小学之家钩毫布画,一人意而创之,千万人楷而习之者,世之所谓正书。而古法之坏,同自夫正书者始也,放焉而为草,草之自然,其视篆隶相去反无几耳。《国风》《雅》《颂》,古人所以被弦歌而荐郊庙,其流而不失正,犹用之房中焉,此乐府之所由滥觞也。余尝得先汉以来歌诗诵之,大抵乐府而已。宋、梁之间,诗有律体,而继之作者,遂一守而不变,声病俪偶,岁深月盛,以至于唐人之衰,而诗始自为家矣。其为乐府者,又溢而陷于留连荒荡、杯酒狎邪之辞,故学者讳而不言,以为必有托焉。陈礼义而

---

① 王恽:《诗梦》,邓子勉编《宋金元词话全编》,下册,凤凰出版传媒集团、凤凰出版社2008年版,第1904页。
② 王恽《黑漆弩》("苍波万顷孤岑矗")词序云:"昔汉儒家蓄声妓,唐人例有音学,而今之乐府,用力多而难为工,纵使有成,未免笔墨劝淫为侠耳。渠辈年少气锐,渊源正学,不致费日力于此可也。"唐圭璋《全金元词》,下册,中华书局1979年版,第683页。
③ 戴表元:《送张叔夏西游序》,邓子勉编《宋金元词话全编》,下册,第1950页。

· 241 ·

不烦，舒性情而不乱，其事宁出于诗？刘梦得有言"五音与政通，而文章与时高下"，乐府之道，岂端使然？同乡友朱君景游自绝四方之事，捐书避俗，日课乐府一二章。有所愤切，有所好悦，有所感叹，有所讽刺，一系之于此编。成，久之不敢以示人，而先私于余，余跃然曰：此固畴昔所悔以为未及尽知者也，君强记洽闻，法度修谨，故其所作，援古多而谐今少，览者多有以余为知言。①

戴表元将词（乐府）的历史演变与书法的演变相对照，把词（乐府）比拟为书法中的草书。字体的"古法之坏"是从"钩毫布画，一人意而创之，千万人楷而习之者"的正书开始的，而放笔而为的草书，更加自然，更加接近篆隶的古法。词的源头《国风》《雅》《颂》，可以"被弦歌而荐郊庙"，先汉以来的歌诗，也是可歌之词（乐府），而从"宋、梁之间，诗有律体"开始，就出现了"继之作者，遂一守而不变。声病俪偶，岁深月盛"的状况，至"唐人之衰"亦即晚唐，诗与词（乐府）分家，而词（乐府）则"溢而陷于留连荒荡、杯酒狎邪之辞"。戴表元认为，诗词既然同源，那么词就可以如诗歌一样，"陈礼义而不烦，舒性情而不乱"，"有所愤切，有所好悦，有所感叹，有所讽刺"。从这篇序言来看，戴表元虽推崇南宗亦即风雅词派的"宋调"，但对陶写情性、"以诗为词"的苏辛一派"宋调"亦能接受，所反对的主要是那些不合儒家风教的词。

值得注意的是，戴表元虽然对"唐音"中的"留连荒荡、杯酒狎邪之辞"不满，但对于"唐音"的艺术还是重视的，其《题陈强甫乐府》云："少时，阅唐人乐府《花间集》等作，其体去五七言律诗不远，遇情愫不可直致，辄略加檃括以通之，故亦谓之曲。然而繁声碎句，一无有焉。近世作者几类散语，甚者竟不可读，余为之愦愦久矣。"而陈强甫的《无我辞》，"体用姜白石，趣近陆渭南，而编名适与

---

① 戴表元：《余景游乐府编序》，邓子勉编《宋金元词话全编》，下册，凤凰出版传媒集团、凤凰出版社 2008 年版，第 1948 页。

第三章　金元明词坛："宗宋"与"宗唐"派别意识的形成

其家去非公《无住词》相似,是有以爽然于余心者哉"①。姜夔词为风雅词派"宋调"的代表,陆游词则"纤丽处似淮海,雄慨处似东坡"②,驿骑于二家之间,既有"唐音"风调,又具苏、辛派"宋调"的特色,因此戴表元对于词的审美标准,其实也是南宗北宗、"唐音""宋调"的融合。

甘楚材（1247—?）,字公亮,号梅坡,西蜀广汉（今属四川）人。元代重开科举后,曾任江西、江浙、湖广、河南考试官,以武冈尹致仕。甘楚材于泰定四年（1327）所作的《存中词稿序》云：

> 词者诗之余,作诗难,作词尤难。词欲媚而正,艳而不淫。高宗南渡以来,辛稼轩为词人第一,正而不淫也。余读存中词,诸词意深远、媚而正者,《南乡子·咏春闺》有态度,艳而不淫者,使杂诸稼轩词中,孰知其为存中哉?③

甘楚材一方面认同苏轼以来的词为诗余之说,一方面又认为词有其独特的体性,即"媚而正,艳而不淫",似乎提倡的是南宋后期风雅词派"宋调"的审美标准。然而,他举出的典范却是辛弃疾。辛虽确有"正而不淫"的艳情之作,但终究是以"豪气词"而著名,是"以诗为词"派"宋调"的代表。甘楚材推崇辛弃疾为南渡以来词人第一,却以"媚而正,艳而不淫"许之,看起来并不合适。不过,这也显示出元代中期以后在南宗、北宗词派的共同影响下,词坛存在着努力调和两种"宋调"的趋向。

吴澄（1249—1333）,字幼清,晚年改字伯清。抚州崇仁（今属江西）人。元武宗至大初为国子监丞,至治三年（1323）迁翰林学士。有《四印斋汇刻宋元三十一家词》本《草庐词》,存词十一首。吴澄为

---

①　戴表元：《题陈强甫乐府》,邓子勉编《宋金元词话全编》,下册,凤凰出版传媒集团、凤凰出版社2008年版,第1951页。
②　杨慎著,王幼安校点：《词品》,人民文学出版社1998年版,第141页。
③　甘楚材：《存中词稿序》,李修生主编《全元文》,第13册,江苏古籍出版社1999年版,第230页。

理学名臣，"深于经术，著述极富，诗文已闳深钜丽，凌跨一代"，其词虽非经意为之，但"根本既富，出笔自殊，颇有因辞见道之意"。①就风格而论，基本属于"宋调"。他的词学观与戴表元有相近之处，不过，他不仅主张诗词同源，认为"诗骚之变，至乐府长短句极矣"②，而且还由词多言情的特征，进一步指出词是《诗经》中的"风"之遗。其《张仲美乐府序》云："风者，民俗之谣；雅者，士大夫之作。故风葩而雅正。后世诗人之诗往往雅体在而风体亡，道人情思，使听者悠然而感发，犹有风人遗意者，其惟乐府乎？"③由于他视诗词为一体，故而对词为"风"之遗的现状并不满意，主张要全面回归诗歌的功能。他在《戴子容诗词序》中说：

  里中谢从一丈长于诗，邓闻诗兄长于词，余于二者皆未知能也。戴子容诗见取于谢，词见推于邓，可矣，而余又何知焉？然一有怪者，谢非不能词也，邓非不能诗也，今为子容序引，似各以其所长自好，而不合于一。主诗者曰诗难，主词者曰词难，二说皆是也。第以性情言诗，以情景言词，而不及性，则无乃自屈于诗乎？夫诗与词，一尔；歧而二之者，非也。自其二之也，则诗犹或有风雅颂之遗，词则风而已。诗犹或以好色不淫之风，词则淫而已。虽然，此末流之失然也，其初岂其然乎？使今之词人真能由《香奁》、《花间》而反诸乐府，以上达于三百篇，可用之乡人，可用之邦国，可歌之朝廷而荐之郊庙，则汉魏晋唐以来之诗人，有不敢望者矣，尚可嘐嘐，然不揣其本而齐其末哉？子容以余言为何如也？④

---

① 丁丙：《善本书室藏书志》卷四十，孙克强、岳淑珍编著《金元明人词话》，南开大学出版社2012年版，第178页。
② 吴澄：《新编乐府序》，邓子勉编《宋金元词话全编》，下册，凤凰出版传媒集团、凤凰出版社2008年版，第1964页。
③ 吴澄：《张仲美乐府序》，邓子勉编《宋金元词话全编》，下册，第1965页。
④ 吴澄：《戴子容诗词序》，邓子勉编《宋金元词话全编》，下册，第1963—1964页。

第三章 金元明词坛:"宗宋"与"宗唐"派别意识的形成

吴澄针对"主诗者曰诗难,主词者曰词难"的争议,首先指出"第以性情言诗,以情景言词,而不及性"这种做法不妥,因为这样实际上就把词摆在了低诗一等的位置上了。然后他指出,诗与词本来是一体,后来一分为二,是错误的,这样导致"诗犹或有风雅颂之遗,词则风而已。诗犹或以好色不淫之风,词则淫而已"。不过,他认为这只是"末流之失",最初并非如此。他期待现在的词人能由《香奁》《花间》向乐府回归,最后像诗三百那样,"可用之乡人,可用之邦国,可歌之朝廷而荐之郊庙",全面实现风雅颂的功能。吴澄的词学观虽然仍不脱儒家诗教、乐教观的窠臼,但毕竟在一定程度上承认了词言情的合理性,而词由《香奁》《花间》之"风"向《诗经》的风雅颂兼备状态回归的主张,也蕴含了将"唐音"与"宋调"加以融合的意义。

刘将孙(1257—?),字尚友,庐陵(今江西吉安)人,刘辰翁之子。曾为延平教官、临汀书院山长。《彊村丛书》辑有《养吾斋诗余》一卷。刘将孙受其父影响,词中多凄恻伤感、不忘故国之意,况周颐《蕙风词话》卷三谓其词"抚时感事,凄艳在骨"[①]。刘将孙的词学观亦如其父,从根本上来说,他认同苏、辛一派的"宋调",主张诗词同理,都要发乎情性,出于自然。同时,他也认识到词风具有多样性,不能一味"直致",要讲究法度、技巧。实际上,也就是既要有文辞技巧的形式之"艳",又要有思想情感的内容之"骨",集合了"唐音""宋调"、南宗北派之长。这种词学观主要体现在《新城饶克明集词序》《胡以实诗词序》这两篇序言中。

《新城饶克明集词序》是刘将孙为饶克明所编的一部词选而作。序云:

> 古之人未有不歌也,歌非他,有所谓辞也,诗是已。登高能赋,可以为大夫,虽床第之言不逾阈,乃诵之会同,不为之惭。抑扬高下,随其长短,而音节之由是,习于声者,裁之以律吕而中。

---

① 况周颐:《蕙风词话》卷三,人民文学出版社 1960 年版,第 70 页。

而房中之乐或异于公庭，然有其调，不必皆有其辞，丝竹之所调，或不待于赋。降及《竹枝》、《金缕》，始各为之辞，以媲乐与舞，而有能歌不能歌者矣。然犹未离乎诗也，如七言绝句止耳，未至一长一短而有谱与调也。今曲行，而参差不齐，不复可以充口而发，随声而协矣，然犹未至于大曲也。及柳耆卿辈以音律造新声，少游、美成以才情畅制作而歌，非朱唇皓齿，如负之矣。自是以来，体亦屡变，长篇极于《哨遍》、《大酺》、《六丑》、《兰陵》，无不可以反复浩荡。而豪于气者，以为冯陵大叫之资；风情才子，乃复宛转作屏帏呢呢以胜之，而词亦多术矣。乐府有集，自《花间》始，皆唐词；《兰畹集》多唐末宋初词；曾慥集《雅词》，近年赵闻礼集《阳春白雪》，他如称"大成"、称"妙选"数十家未憖。然歌喉所为，喜于谐婉者，或玩辞者所不满；骚人墨客乐称道之者，又知音者有所不合。新城饶克明，盛年有志兹事，以美成为祖，类其合者，调别而声从之，近年以之鸣者无不有，且四方增益而刻布之，予以其主于调也，为言歌焉。①

序言先是对词的发展历史进行了回顾与总结，从古人所歌之诗一直谈到今代所唱之词。将今词溯源到古诗，这在当时已成诸家共识，刘将孙所论最有个人特色之处，在于他认识到了词"体亦屡变""词亦多术"，其"豪于气者，以为冯陵大叫之资；风情才子，乃复宛转作屏帏呢呢以胜之"之论，可为明人对词的风格作豪放、婉约两分法的先声。此外，刘将孙还看到了重文辞一派与重音律一派的矛盾："喜于谐婉者，或玩辞者所不满；骚人墨客乐称道之者，又知音者有所不合。"这种矛盾其实也是苏、辛派"宋调"与周、姜派"宋调"的主要矛盾之一。从序言中看，刘将孙对"词亦多术"、重文辞与重音律各有所执的状况并无明显褒贬，这已可说明他具有较为开阔、包容的眼光。

在《胡以实诗词序》中，刘将孙将其诗词一理、同主情性，又需

---

① 刘将孙：《新城饶克明集词序》，邓子勉编《宋金元词话全编》，下册，凤凰出版传媒集团、凤凰出版社2008年版，第2011—2012页。

文以技巧、法度的观点表述得更加明显。他认为：

> 文章之初，惟诗耳。诗之变为乐府，尝笑谈文者鄙诗为文章之小技，以词为巷陌之风流，概不知本末至此。余谓诗入对偶，特近体，不得不尔。发乎情性，浅深疏密，各自极其中之所欲言，若必两两而并，若花红柳绿、江山水石，斤斤为格律，此岂复有情性哉？至于词，又特以涂歌俚下为近情，不知诗词与文同一机轴，果如世俗所云，则天地间诗仅百十对，可以无作，淫哇调笑，皆可谱以为宫商，此论未洗诗词无本色。①

在这段话里，他明确指出，"诗词与文同一机轴"，都是发乎情性的文章，过分讲究格律以及"淫哇调笑"，均非诗词之本色。在强调诗词要有情性的基础上，他又进一步提出要有"文"：

> 夫谓之文者，其非直致之谓也。天之文为星斗，离离高下，未始纵横如一；水之文为风行，波鳞鳞汹涌，浪浪不相似；声成文谓之音，诗乃文之精者，词又近。自吾家先生教人，始乃有悟者，然或谓好奇，或谓非规矩绳墨，惟作者证之大方而信，对以意称者重于字，字以精炼者过于篇，篇以脉贯者严于法。脱落蹊径而折旋蚁封，狭袖屈伸而舞有余地，是固未易为不知者道。②

他认为"文"不是"直致"，也就是不能说得过于直露，要运用对偶、炼字、谋篇等多种技巧，委婉曲折地加以表达，追求"脱落蹊径而折旋蚁封，狭袖屈伸而舞有余地"的美学效果。表达上的"直致"，是苏、辛派"宋调"易犯的毛病，对技巧的讲究，则为周、姜派"宋调"所长。有论者指出，刘将孙的词学思想，"根本上带有折中诗化主

---

① 刘将孙：《胡以实诗词序》，邓子勉编《宋金元词话全编》，下册，凤凰出版传媒集团、凤凰出版社2008年版，第2013页。
② 刘将孙：《胡以实诗词序》，邓子勉编《宋金元词话全编》，下册，第2013页。

张与本色理论、调和情性论与技巧论的色彩"①。笔者以为，刘将孙实际上也是兼取了两种"宋调"之长。

虞集（1272—1348），字伯生，号道园，世称邵庵先生，祖籍仁寿，迁居崇仁（今属江西）。大德六年（1302）荐授大都路儒学教授，历国子助教、博士，迁集贤修撰。后除翰林待制兼国史院编修官、奎章阁侍书学士。《彊村丛书》辑有《道园乐府》一卷，存词三十一首。虞集来自南宋故地，受南宗词风习染，又长时间宦于大都，与北宗词人多有交往，因此其词风颇能兼融南北。如其名作《风入松》词：

画堂红袖倚清酣。华发不胜簪。几回晚直金銮殿，东风软、花里停骖。书诏许传宫烛，香罗初剪朝衫。　御沟冰泮水挼蓝。飞燕又呢喃。重重帘幕寒犹在，凭谁寄、银字泥缄。为报先生归也，杏花春雨江南。②

这首词是虞集对自己的《听雨》诗"屏风围坐鬓毵毵，绛蜡摇光照暮酣。京国多年情尽改，忽听春雨忆江南"的词化。词中画堂、红袖、软风、宫烛、香罗、飞燕、帘幕、银字、杏花、春雨、江南等"唐音"中常见的意象、地名，与清酣、华发、晚直、书诏、朝衫、先生等词之"宋调"常出现的形象、行为奇妙地结合在一起，既丽又雅，"好句天然，神韵在唐、宋之间"③。刘熙载言其词"兼擅苏、秦之胜"④，诚为的论。虞集的词学观在《叶宋英自度曲谱序》中有较为直接的反映。他在序言中强调词应协律、尚雅，指出近世士大夫在歌词创作中的不足："号称能乐府者，皆依约旧谱，仿其平仄，缀缉成章，徒谐俚耳则可，乃若文章之高者，又皆率意为之，不可叶诸律不顾也，太常乐

---

① 彭国忠：《刘将孙词学思想阐微——以〈胡以实诗词序〉为论》，《文艺理论研究》2007年第6期。
② 唐圭璋编：《全金元词》，下册，中华书局1979年版，第862页。
③ 陈廷焯：《云韶集辑评》，葛渭君《词话丛编补编》，第3册，中华书局2013年版，第1671页。
④ 刘熙载：《词概》，唐圭璋编《词话丛编》，第4册，中华书局1986年版，第3697页。

工知以管定谱，而撰词实腔，又皆鄙俚，亦无足取。求如三百篇之皆可弦歌，其可得乎？"叶宋英的自度曲不仅"音节谐婉"，而且"词华则有周邦彦、姜夔之流风余韵"，因此获得他的称赞①。从这点来看，虞集的词学趣尚近于南宋后期的风雅词派，但如结合其时"以气概属词"，具有北宗的刚健气质来看，他的词学观也是融通南北、兼取唐宋诸家的。

朱晞颜，生卒年不详，字景渊，长兴（今属浙江）人。曾官长林丞、江西瑞州监税。与杨载（1271—1323）、揭傒斯（1274—1344）等有唱和。著有《瓢泉吟稿》。朱晞颜论词同样也具有较为开阔的眼光，其《跋周氏埙篪乐府引》云：

> 旧传唐人《麟角》、《兰畹》、《尊前》、《花间》等集富艳流丽，动荡心目，其源盖出于王建宫词，而其流则韩偓《香奁》、李义山《西昆》之余波也。五季之末，若江南李后主、西川孟蜀王号称雅制，观其忧幽隐恨，触物寓情，亡国之音哀思极矣。洎宋欧、苏出，而一扫衰世之陋，有不以文章而直得造化之妙者，抑岂轻薄儿纨绮子游词浪语而为诲淫之具者哉？其后稼轩、清真各立门户，或以清旷为高，或以纤巧为美，正如桑叶食蚕，不知中边之味为如何耳。最晚姜白石尧章，以音律之学为宋称首，其遣词缀谱，迥出尘俗，真有一洗万古凡马空之气。宋亡以来，音韵绝响，士大夫悉意诗文名理之学，人罕及之。惟遗山《中州》一集近见流播，寥寥逸韵，独出骚余，非有高情远韵者不能学也。②

朱晞颜总体的态度是偏重"宋调"，这从他虽称唐人的词集"富艳流丽，动荡心目"，五代的君王李煜、孟昶之词"忧幽隐恨，触物寓情"，但"洎宋欧、苏出，而一扫衰世之陋"之语可知。在"宋调"

---

① 虞集：《叶宋英自度曲谱序》，邓子勉编《宋金元词话全编》，下册，凤凰出版传媒集团、凤凰出版社 2008 年版，第 2050 页。
② 朱晞颜：《跋周氏埙篪乐府引》，邓子勉编《宋金元词话全编》，下册，第 2059—2060 页。

中，朱晞颜又最欣赏姜夔词，故而将元好问对苏轼词"一洗万古凡马空"的评价移用给了姜夔，但对元好问所编的主要承袭了苏轼词风的《中州集》之词，他也持肯定态度。由此可知他对"宋调"中的南北两宗皆有所取。而且，即便是被视为"亡国之音""衰世之陋"的"唐音"，他其实也未完全否定不顾。他在序中曾从才、情、韵三个方面分析词的风格偏向，认为"大抵才胜者失于矜持，情胜者失于刻薄，韵胜者失于虚浮，故前辈有曲中缚不住之诮"。其意乃主张三者要相兼。而如我们所知，"唐音"所胜在情韵，"宋调"所胜在才学，因此朱晞颜的主张也有兼擅唐宋之长的意思。

王礼（1314—1386），字子尚，更字子让，人称麟原先生，庐陵（今江西吉安）人。曾为安远县学教官、广东元帅府照磨等职。有《麟原文集》。王礼的词学观主要见于其《胡涧翁乐府序》：

> 文语不可以入诗，而词语又自与诗别。曾苍山谓词曲必词语，婉娈曲折，乃与名体称。世欲畅意者气使豪放语，直俳伶辈，饰妇衣、作社舞耳。其不苟句者，刻镂缀簇，求字工，殆宫妆木偶，人形存而神不运。余深以为知言。自《花间集》后，雅而不俚，丽而不浮。合中有开，急处能缓。用事而不为事用，叙实而不致塞滞，惟清真为然。少游、小晏次之。宋季诸贤至斯事，所诣尤至。[①]

由序言可知，王礼推崇周、姜一派的"宋调"，而对苏、辛一派"以诗为词""以文为词"的"宋调"不以为然。他的视野虽较刘将孙、朱晞颜等人为狭，拘泥于"文语不可以入诗，而词语又自与诗别"，崇婉约而黜豪放，但他将《花间集》以下至秦观、晏几道等深染唐风的词人，与周邦彦以及南宋后期的风雅派词人一并视为艺术上的同道加以肯定，这同样算得上是唐宋并尊了。

[①] 王礼：《胡涧翁乐府序》，李修生主编《全元文》，第60册，江苏古籍出版社1999年版，第552页。

第二节 明代词坛：从多元并存到唐音独盛

明代从太祖朱元璋于洪武元年（1368）立国到思宗朱由检崇祯十七年（1644）国亡，共有约 280 年的时间。就词的发展大略而言，可以孝宗弘治（1488—1505）为界，分为前后两期。前期在洪武年间尚有元词的余风，南北兼宗，唐宋并存，至永乐、成化词坛，则因朝廷极力推行程朱理学的思想文化政策而使儒家诗教观的影响趋于极化，词的创作陷入衰敝状态，词的美学特性被忽视，歌功颂德的"台阁体"、谈释论道的"理学体"以及闲吟游戏的"打油体"流行。弘治以后，明词中兴，在主情思潮的影响下，"唐音"独盛，至明末形成了以陈子龙为首的旗帜鲜明的"宗唐"派。词体的唐宋之辨，在前期主要体现在词人的创作中，后期则于创作与理论均可见。

一　明代前期：宋元遗响，诗教盛行

在明初词坛，成就最高的是一批由元入明的词人，他们承续了宋元遗风，对于南北两种"宋调"以及"唐音"均有所取。近人赵尊岳曾言："明代开国时，词人特盛，且词亦多有佳作。如刘基、高启、杨基、陶安、林鸿诸作，均多可取。虽诸家多生于元季，尚沐赵宋声党之遗风，然刘、高诸词，竟可磨两宋之壁垒，而姑苏七子等，要亦多能词者，不可不谓为开国时风气所使然也。"[①] 如前所论，两宋的词风既有"东坡范式""清真范式"两种"宋调"，也有到北宋后期仍然盛行的"唐音"，因此这些"沐赵宋声党之遗风"，"磨两宋之壁垒"的词人，他们在继承前代词统时，尚无明显的门户之见，大多风格多样，唐宋兼备。试举数人为例。

刘基（1311—1375），字伯温，号犁眉，处州青田（今属浙江）

---

① 赵尊岳：《惜阴堂汇刻明词记略》，赵尊岳辑《明词汇刊》，上海古籍出版社 1992 年版，"附录一"第 5 页。

人。元顺帝元统元年（1333）进士。官至浙江儒学副提举，后弃官归隐。至正二十年（1360）受聘至金陵，为朱元璋筹划军事。明初授太史令，累迁御史中丞，封诚意伯，以弘文馆学士致仕。有词集《写情集》，存词二百四十六首。刘基在明初词人中成就最高，影响也大。时人叶蕃为其所作的《写情集序》云：

> 先生生于元季，蚤蕴伊吕之志，遭时变更，命世之才，沉于下僚，浩然之气，厄于不用，因著书立言，以俟知者。其经济之大，则垂诸《郁离子》；其诗文之盛，则播为《覆瓿集》；风流文采英余，阳春白雪雅调，则发泻于长短句也。或愤其言之不听，或郁乎志之弗舒，感四时景物，托风月情怀，皆所以写其忧世拯民之心，故名之曰《写情集》，厘为四卷。其词藻绚烂，慷慨激烈，盎然而春温，肃然而秋清，靡不得其性情之正焉。宜其遇知圣主，君臣同心，拨乱世反之治，以辅成大一统之业，垂宪于万世也。先生当是之时，深知天命之有在，其盖世之姿，雄伟之志，用天下国家之心，得不发为千汇万象之奇而龙翔虎跃也。[1]

由序可知，刘基词的内容颇广，所写之"情"，虽皆为"忧世拯民之心"，但其表现是多样化的，"或愤其言之不听，或郁乎志之弗舒，感四时景物，托风月情怀"。而其风格也多变化，既有辞藻绚烂之作，也有慷慨激烈之音，或"盎然而春温"，或"肃然而秋清"。如他的《水龙吟》词：

> 鸡鸣风雨潇潇，侧身天地无刘表。啼鹃迸泪，落花飘恨，断魂飞绕。月暗云霄，星沉烟水，角声清袅。问登楼王粲，镜中白发，今宵又添多少。　　极目乡关何处，渺青山、髻螺低小。几回好梦，随风归去，被渠遮了。宝瑟弦僵，玉笙簧冷，冥鸿天杪。但侵

---

[1] 叶蕃：《写情集序》，赵尊岳辑《明词汇刊》，上海古籍出版社1992年版，第1456页。

阶莎草,满庭绿树,不知昏晓。①

这首词借王粲自比,表达乱世中英才欲择明主,却难觅知音的感慨,可为"郁乎志之弗舒","感四时景物"而作的代表,从风格来说属于自抒士大夫情感的"东坡范式"一派的"宋调"。但是,他的《眼儿媚》词就属于"唐音"中常见的"风月情怀"了:

烟草萋萋小楼西。云压雁声低。两行疏柳,一丝残照,数点鸦栖。春山碧树秋重绿,人在武陵溪。无情明月,有情归梦,同到幽闺。②

此词写闺情相思,情景交融,意境优美。虽然它有可能并非写实,而是缘情布景,别有寄托,但已浑化无迹,看不出寄托的具体意旨,近于"无穷高极深之趣"③的北宋词,很有"唐音"的风致。由于刘基有"盖世之姿,雄伟之志,用天下国家之心",所以其陶写情性的词,多为《水龙吟》那种苍凉沉郁、悲歌慷慨的风格,而如《眼儿媚》这样的词相对较少,不过,已足见其风格的多样性。

高启(1336—1374)字季迪,号槎轩,又号青丘子,长洲(今江苏苏州)人。洪武初授翰林院编修,擢户部侍郎。辞归,授书自给。洪武七年(1374)因为知府魏观作《郡治上梁文》获罪,腰斩于市。有词集《扣舷集》,存词三十五首。高启与刘基一样,主要采用的是"东坡范式",以诗为词,所不同的是刘基的主导风格更近辛弃疾,而高启则更近于苏轼,其词"大致以疏旷见长"④,"信笔写去,不留滞于古,别有高境"⑤。如其《念奴娇·自述》:

---

① 饶宗颐初纂,张璋总纂:《全明词》,第1册,中华书局2004年版,第72页。
② 饶宗颐初纂,张璋总纂:《全明词》,第1册,第77页。
③ 周济:《宋四家词选目录序论》,唐圭璋编《词话丛编》,第2册,中华书局1986年版,第1645页。
④ 沈雄:《古今词话》,唐圭璋编《词话丛编》,第1册,第1024页。
⑤ 陈廷焯:《云韶集辑评》,葛渭君《词话丛编补编》,第3册,中华书局2013年版,第1687页。

策勋万里，笑书生骨相，有谁曾许。壮志平生还自负，羞比纷纷儿女。酒发雄谈，剑增奇气，诗吐惊人语。风云无便，未容黄鹄轻举。　　何事匹马尘埃，东西南北，十载犹羁旅。只恐陈登容易笑，负却故园鸡黍。笛里关山，樽前日月，回首空凝伫。吾今未老，不须清泪如雨。①

这首词自述其志，语调轻快，意度豪放，其顾盼自雄的本真性情一览无余。他也有一些风调旖旎之作，如《江城子·江上偶见》《石州慢·春思》等，描写女性的妩媚意态或男女相思之情，温丽芊绵，可以看出"唐音"传统的影响。

杨基（1332—1378），字孟载，号眉庵，祖籍嘉州（今四川乐山），徙居吴中（今苏州市）。张士诚据苏州时，曾辟为丞相府记室。洪武初起用为荥阳令，累官至山西按察使。后被谗夺职，谪为输作，卒于工所。赵尊岳《明词汇刊》录其词七十一首，题为《眉庵词》。今存词七十九首。杨基在明初词人中，最得"唐音"真传。明人陈霆《渚山堂词话》卷三曾比较他与高启的词风说："杨所赋类清便绮丽，颇近唐宋风致。而高于此，殊为不及。岂非人之才情，各有独得之妙耶？"所谓"唐宋风致"，也就是"唐音"清切婉丽的传统风格。吴梅《词学通论》评价他的词"新俊可喜，尤宜于小令，如《清平乐》、《浣溪沙》诸调，更为擅场。盖眉庵聪慧，故出语便媚。其佳处并不摹临《花间》、《草堂》，与中叶后元美、升庵诸作，不可同日语矣"②。杨基词之所以"佳处并不摹临《花间》、《草堂》"，其实是因为他学到了花间词的神韵，并非生硬地模仿，故而"新俊可喜"。如他的《蝶恋花·春闺怨》：

新制罗衣珠络缝。消瘦肌肤，欲试犹嫌重。莫信鹊声相侮弄。灯花几度成春梦。　　风雨又将花断送。满地胭脂，补尽苍苔空。

---

① 饶宗颐初纂，张璋总纂：《全明词》，第1册，中华书局2004年版，第159页。
② 吴梅：《词学通论》，上海古籍出版社2006年版，第50页。

第三章 金元明词坛:"宗宋"与"宗唐"派别意识的形成

独自移将萱草种。金钗挽得花枝动。①

词上片写闺中思妇消瘦之体态,以及多次被鹊声侮弄、春梦醒来空对灯花的情事;下片前三句以风雨凋花,暗喻韶华易逝、美人迟暮之悲,后两句写孤独的思妇欲种萱草忘忧,头上的金钗拂动花枝,予人一种"花面交相映"的想象。这样婉媚的词风,正是花间所长。

杨基词虽以"唐音"风格最为突出,但也偶有抒写士大夫性情的"宋调",如其《清平乐》:

狂歌醉舞。俯仰成今古。白发萧萧才几缕。听遍江南春雨。
归来茅屋三间。桃花流水潺潺。莫向窗前种竹,先生要看西山。②

词中狂歌醉舞、白发萧萧的先生,不慕荣华,甘愿独守清贫、逍遥于山水之间,这样的高士风骨与生活,显然就是作者的自我写照。此词的风格清峻通脱,颇具力度美,属于"东坡范式"的"宋调"。

张肯(1355? —1434?),字继孟,或作寄梦,号梦庵。祖籍河南浚仪,元末流寓吴中,隐居不仕。有《梦庵词》。今存词二十八首。张肯有一些词继承了"唐音"的传统,"秋秀温丽,的为晚唐、五季以来之嫡派"③。如《如梦令·咏嗅花仕女》:

脸印枕痕红透。髻䯼云鬟绿皱。睡起不胜情,闲把花枝频嗅。知否。知否。人与花枝俱瘦。④

这种对女性妩媚体态的描写,正是"唐音"中的花间作风。不过,张肯的多数词作更近于南宋姜、张一派的"宋调"。如其咏梅词《暗香

---

① 饶宗颐初纂,张璋总纂:《全明词》,第1册,中华书局2004年版,第115页。
② 饶宗颐初纂,张璋总纂:《全明词》,第1册,第113页。
③ 胡玉缙撰,吴格整理:《四库未收书目提要续编》,《续四库提要三种》,上海书店出版社2002年版,第391页。
④ 饶宗颐初纂,张璋总纂:《全明词》,第1册,中华书局2004年版,第205页。

疏影》，词调系以姜夔词《暗香》上片接《疏影》下片。词云：

> 冰肌莹洁。更暗香零乱，淡笼晴雪。清瘦轻盈，悄悄嫩寒犹自怯。一枕罗浮梦醒，闲纵步、风摇瑀玦。向记得、此行相逢，临水半痕月。　　妖艳不同桃李，凌寒又不与、众芳同歇。古驿人遥，东阁吟残，忍与何郎轻别。粉痕轻点宫妆巧，怕叶底、青圆时节。问谁人、黄鹤楼头，玉笛莫教吹彻。①

从词的内容来看，显然也借鉴了姜夔《暗香》《疏影》两词的创作经验，将诸多关于梅花的典故、诗句融入词中，以赋笔出之，映射其冰清玉洁、超尘脱俗的品格。再如其咏物组词《东城八咏》，其中的《水龙吟·咏东城》一词伤时悯乱，有姜夔《扬州慢》词之风；咏莎滩、柳汀、苔径、菊篱等词，主要表现的是隐逸情怀，意境幽远，设色淡雅，亦近姜夔词的格调。因此，张仲谋先生的《明词史》认为，若论姜、张一派在明初的传人，"张肯是不该被遗忘的"②。

除了上述诸人，明初其他词人如张以宁（1301—1370）、魏观（1304？—1374）、贝琼（1314—1379）、王行（1331—1395）、瞿佑（1347—1433）、刘炳（生卒年不详）等亦各具特色，他们大多既有自己的主体风格，又能兼学唐宋。总的来说，明初词坛还是颇有生气的。而在其后的永乐（1403—1424）至成化（1465—1487）期间，情况就发生了变化。朱元璋、朱棣父子对文人的血腥屠杀，在人们的心中投下了深重的阴影；将程朱理学定为统治思想，在科举取士中用八股文的方式大力推行，又进一步禁锢了文人的思想，束缚了文化创造的生机与活力。词作为一种难登大雅之堂的"小道"，自然更难有发展。吴讷（1372—1457）在其撰写于正统、景泰年间（1436—1456）的《文章辨体·近代词曲》中说："昔在童稚时，获侍先生长者，见其酒酣兴发，多依腔填词以歌之。歌毕，顾谓幼稚者曰：'此宋代慢词也。'当时大儒，皆所不废。今间见

---

① 饶宗颐初纂，张璋总纂：《全明词》，第 1 册，中华书局 2004 年版，第 205—206 页。
② 张仲谋：《明词史》，人民文学出版社 2019 年版，第 79 页。

《草堂诗余》。自元世套数诸曲盛行，斯音日微矣。迨余既长，奔播南北，乡邑前辈，零落殆尽，所谓填词慢调者，今无复闻矣。"① 吴氏所谓的"童稚时"，也就是明代开国之初，从"当时大儒皆所不废"，到正统、景泰时期"斯音日微"，"所谓填词慢调者，今无复闻矣"，这就是明代前期词坛的基本状况。在从永乐到成化这段明词的衰敝期，值得称道的词人寥寥无几，充斥于词坛的，是杨士奇（1365—1444）、杨荣（1371—1440）、朱有燉（1379—1439）等台阁文人歌功颂德、粉饰太平的台阁体，是叶盛（1420—1474）、丘濬（1418—1495）等文坛名人率意而为、俚俗俳谐的打油体，是姚绶（1422—1495）、周瑛（1430—1518）等理学信徒谈释论道、写性说理的理学体。对于当时所流行的这三种词风，张仲谋先生在《明词史》中已有较为详细的论述，要指出的是，台阁体、打油体、理学体词，在宋代均已发其端，都可以算得上是宋型文化的产物，是比较特殊的"宋调"，只不过它们或远离性情，或过于直白，或偏重义理，因此在词的美学特性方面就比较平庸甚至完全缺失。从这个意义上说，明代前期在继承宋元遗响的过程中，尽管唐宋兼取，但总体又是以"宋调"为主。这一点在明代前期零散的词论中也有表现。

　　明代前期论词者的词学观与宋元诸家亦多有相似之处，大都以词为诗或乐府之变，从儒家诗教、乐教观念出发，强调词体的比兴寄托与教化意义等。如吴讷在《文章辨体》"凡例"中明确提出："四六为古文之变；律赋为古赋之变；律诗杂体为古诗之变；词曲为古乐府之变。"② 其《文章辨体·近代词曲》选了唐宋以下三十一首"词意近于古雅者"的词，目的是让"好古之士，于此亦可以观世变之不一云"③。彭华的《与吴鼎仪论韵学书》论诗歌演变的历史，认为"《诗》三百篇变而为《离骚》，又变而为五言，又变而为七言，又变而为近体，为小词"④。陈敏政为《乐府遗音》所撰的序在梳理由诗到词的发展过程的同时，

---

① 吴讷：《文章辨体序说》，人民文学出版社1962年版，第59页。
② 吴讷：《文章辨体序说》，第10页。
③ 吴讷：《文章辨体序说》，第59页。
④ 黄榆撰，魏连科点校：《双槐岁钞》，中华书局1999年版，第178页。

重点指出诗、词、乐在功能上具有一致性，均可"用之闺门乡党，而达于邦国，以感发人之善心，而惩创逸志。其有关于世教，非小小也"①。他认为瞿佑的词可与苏、辛等人并驾齐驱，因为"非独词调高古，而其间寓意讽刺。所以劝善而惩恶者，又往往得古诗人之遗意焉"②。在评价宋人词作时，他们也是从诗教观出发，以比兴寄托作解，重点发掘其中的政治性情感。如黄溥的《诗学权舆》评范仲淹的《渔家傲》（"塞下秋来风景异"）：

> 范文正公为宋名臣，忠在朝廷，功著边徼。读其《秋思》之词，隐然见其忧国忘家之意，信非区区诗人之可拟也。③

评王安石的《桂枝香》（"登临送目"）：

> 金陵怀古之作，古今不一而足。荆公此词，睹景兴怀，感今增喟，独写出人情世故之真，而造语命意，飘然脱尘出俗，有得诗人讽谕之意。④

评秦观的《蝶恋花》（"钟送黄昏鸡报晓"）：

> 二词皆为警世而作也。辞虽少殊，而模写人情世故，与夫天道之变，君子乐天之常，则一而已。读之能不益敦其修身行素之志乎？⑤

---

① 瞿佑：《乐府遗音》，《四库全书存目丛书》编纂委员会编《四库全书存目丛书》，集部第422册，齐鲁书社1997年版，第47页。
② 瞿佑：《乐府遗音》，《四库全书存目丛书》编纂委员会编《四库全书存目丛书》，集部第24册，第48页。
③ 黄溥：《诗学权舆》卷十二，《四库全书存目丛书》编纂委员会编《四库全书存目丛书》，集部第292册，第155页。
④ 黄溥：《诗学权舆》卷十二，《四库全书存目丛书》编纂委员会编《四库全书存目丛书》，集部第292册，第155页。
⑤ 黄溥：《诗学权舆》卷十二，《四库全书存目丛书》编纂委员会编《四库全书存目丛书》，集部第292册，第156页。

评文天祥的《沁园春》("为子死孝"):

> 人臣之节,莫大于死国。文章之作,贵关乎世教。此词纪实,张巡、许远忠节,足以立纲常,厚风教,诚有补于世,非徒然作者也。盖亦宇宙间之不可无者,宜著之以传。①

在这些评语中,词已完全被视为与诗、文相同的言志载道之具,可以"见其忧国忘家之意",可以"得诗人讽谕之意",可以"敦其修身行素之志",可以"立纲常,厚风教"。这种以诗教论词的观念始于北宋后期,盛于南宋,与理学思潮的兴起密切相关,对于"宋调"美学特性的建构发挥了重要的作用。在明代前期理学已经成为统治思想的情况下,黄溥有这样的评论,可以说是顺理成章的事,是"宋调"词学观的继响。

由于此期论词者重点着眼于词表现性情、反映现实、教化人心的意义,而此期创作实绩突出的词人(主要是明初词人)又往往兼具多种风格,所以他们在美学观感上大多没有特别的偏向。前引叶蕃《写情集序》中对刘基词"词藻绚烂,慷慨激烈,盎然而春温,肃然而秋清,靡不得其性情之正焉"的评价,已可见端倪。刘崧在《刘尚宾东溪词稿》"后序"中更是大赞刘尚宾词风多样:"其闲丽清适如空山道者,其风流疏俊如金陵子弟,其闲情幽怨如放臣弃妇,色惨意庄,其述怀抚事如故京老人。"② 生活在景泰(1450—1456)至成化(1465—1487)年间的词人马洪有词集名为《花影集》,其自序云:

> 予始学为南词,漫不知其要领,偶阅《吹剑录》中载:东坡在玉堂日,有幕士善歌,坡问曰:"吾词何如柳耆卿?"对曰:"柳郎中词,宜十七八女孩儿按红牙拍,歌'杨柳岸晓风残月',学士

---

① 黄溥:《诗学权舆》卷十二,集部第292册,第156页。
② 刘崧:《槎翁文集》,《四库全书存目丛书》编纂委员会编《四库全书存目丛书》,集部第24册,齐鲁书社1997年版,第484—485页。

词,须关西大汉执铁板,唱'大江东去'。"缘是求二公词而读之,下笔略知蹊径。然四十余年,仅得百篇。亦不可谓不难矣。法云道人尝劝山谷作小词,山谷云:"空中语耳。"予欲以"空中语"名其集,或曰不文,改称《花影集》。花影者,月下灯前,无中生有,以为假则真,谓为实犹涉虚也。①

马洪名其词集为"花影集",应该是受到了"花间集"这个名字的影响。而他解其词为"空中语","月下灯前,无中生有,以为假则真,谓为实犹涉虚也",则说明其词所写多为普泛化的情感,在真假虚实之间。这其实是"唐音"的特色。不过,序言说他学习的对象既有柳永,又有苏轼。柳永虽有为苏轼的"东坡范式"导夫先路的词作,但其"杨柳岸晓风残月"代表的是传统的"唐音"之风,而"大江东去"一词则为诗化的"宋调"。马洪"求二公词而读之,下笔略知蹊径",又说明他对两种审美风格都有所接受。事实上,马洪的词风正是如此,虽以"唐音"为主,但亦偶有旷放之作。

在明代前期以诗教说词盛行的氛围中,也有少数人自立于风气之外,多从艺术的角度推崇"唐音"的风格,这方面徐伯龄可为代表。徐伯龄,生卒年不详,字延之,号篛冠生,钱塘(今浙江杭州)人。生活于天顺(1457—1464)年间,隐居不仕。著有《蟫精隽》十六卷(《千顷堂书目》作二十卷),其中多有论词之语。他主张"词贵圆滑",认为"作词之法无出于此"。他评价明人俞行之所作的窗外折花美人影词《霜天角》"甚圆滑",王叔明的《卜算子》("舞袖怯西风")词"圆滑溜亮"②。从他所举之例来看,所谓"圆滑",指意象圆润,表达流利,如李鹰《品令》所说的"意传心事,语娇声颤,字如贯珠",亦即"唐音"中的流丽风格。他赏评的词,大多也是着眼于其"唐音"的美学特征。如其评宋人石孝友《清平乐》("醉红宿翠")词"流丽

---

① 田汝成:《西湖游览志余》,上海古籍出版社1958年版,第243页。
② 徐伯龄:《蟫精隽》,邓子勉编《明词话全编》,第4册,凤凰出版社2012年版,第373页。

第三章 金元明词坛:"宗宋"与"宗唐"派别意识的形成

可爱"①。评元人"作南词极韫藉,往往过宋之作者"②。评同时代人瞿佑的《点绛唇》("花禀中黄")词"极蕴藉,令人悦妙",杨基的《点绛唇》("何处飞来")词"尤纤丽圆融可爱"③,马洪的《昭君怨》("远路危峰斜照")词"言有尽而意无穷,方是作者之词"④。在《蟫精隽》中,徐伯龄点评的唐宋以下词人词作甚多,虽然这些词人词作并非全属"唐音"一派,但其艺术趣味倾向于"唐音"是毫无疑问的。有论者指出:"徐伯龄所追求的词体风格为传统的婉约风格,他的风格取向在明代前期可谓别调,从其生活年代来看,他是明代前期到中期的一个过渡性人物,因此其词论也明显呈过渡性的特点,可以说是明代尊崇婉约风气之先声。"⑤ 所谓"传统的婉约风格",正是"唐音"的主导风格,因此我们也可以说,徐伯龄的词论是明代"崇唐"风气的先声。

二 主情风起,宗唐派成

从明孝宗弘治(1488—1505)年间开始,统治者缓和了对文人的高压政策,政治环境大为宽松,思想领域有张扬主体精神的心学的兴起,打破了理学一统天下的局面,文学领域复古思潮高涨,文学流派纷呈,出现了杨慎、"前七子"、"后七子"等一批在文学创作与理论两方面均有所建树的代表性作家。正如明人崔铣所言:"弘治以前,士攻举业,仕则精法律,勤职事,鲜有博览能文者。间有之,众皆慕说,必得美除。自孝皇在位,朝政有常,优礼文臣,士奋然兴。高者模唐诗,袭韩文……"⑥ 陈束《苏门集》"序"亦云:"及乎弘治,文教大起,学士辈出,力振古风,尽削凡调。"⑦ 在恢复了生机与活力的明代后期文

---

① 徐伯龄:《蟫精隽》,邓子勉编《明词话全编》,第4册,凤凰出版社2012年版,第381页。
② 徐伯龄:《蟫精隽》,邓子勉编《明词话全编》,第4册,第374页。
③ 徐伯龄:《蟫精隽》,邓子勉编《明词话全编》,第4册,第378—379页。
④ 徐伯龄:《蟫精隽》,邓子勉编《明词话全编》,第4册,第390页。
⑤ 岳淑珍:《明代词学批评史》,社会科学文献出版社2014年版,第133页。
⑥ 崔铣:《洹词》,永瑢等《景印文渊阁四库全书》,第1267册,台湾商务印书馆1985年版,第636页。
⑦ 高叔嗣:《苏门集》,永瑢等《景印文渊阁四库全书》,第1273册,第562页。

坛，主情说的出现与流行是最值得关注的现象之一。由于阳明心学强调"知行合一"，主张"心外无物""心外无事""心外无理""心外无学"，以人心为天地万物的主宰，故而人情被视为天理的本源。心学中泰州学派的代表人物李贽甚至公然反对理学家力倡的"发乎情，止乎礼义"的观点，肯定声色之欲，认为"声色之来，发于情性，由乎自然，是可以牵合矫强而致乎？故自然发于情性，则自然止乎礼义，非情性之外复有礼义可止也"①。与此相应，当时的文坛名人几乎异口同声强调"情"对于文学创作的重要意义。如"前七子"的领袖李梦阳认为："天下有窍则声，有情则吟。窍而情，人与物同也"，"夫天地不能逆寒暑以成岁，万物不能逃消息以就情，故圣以时动，物以情征。窍遇则声，情遇则吟。吟以和宣，宣以乱畅，畅而永之而诗生焉。故诗者，吟之章而情之自鸣者也，有使之而无使之者也"②。徐祯卿也说："诗以言其情"，"情者，心之精也……盖因情以发气，因气以成声，因声而绘词，因词而定韵，此诗之源也"③。杨慎还专门创作了《性情说》《广性情说》证明"诗缘情"的观点，其《李前渠诗引》亦申述云："诗之为教，邈矣，玄哉。婴儿赤子则怀嬉戏抃跃之心，玄鹤苍鸾亦合歌舞节奏之应。况乎毓精二五，出类百千。六情静于中，万物荡于外。情缘物而动，物感情而迁。是发诸性情，而协于律吕，非先协律吕，而后发性情也。"④"后七子"的领袖人物王世贞也认为："天下有疑行而后有《易》，有窒情而后有《诗》。"⑤ 虽然这些人论述的主要是诗歌创作中的"情"，但诗词关系密切，词又本以言情见长，因此弘治、正德以后，词体的创作与理论不仅与诗歌等其他文体一起复兴，而且更加强调"情"的重要性。如周永年（1582—1647）在《艳雪集序》中说："《文赋》有之曰：'诗缘情而绮靡。'夫情则上溯风雅，下沿词曲，莫

---

① 李贽：《焚书》，中华书局1975年版，第133页。
② 李梦阳：《鸣春集序》，见《空同集》，永瑢等《景印文渊阁四库全书》，第1262册，第473页。
③ 徐祯卿：《谈艺录》，何文焕辑《历代诗话》，上册，中华书局1981年版，第767、765页。
④ 杨慎撰，张士佩编：《升庵集》，永瑢等《景印文渊阁四库全书》，第1270册，第43页。
⑤ 王世贞：《弇州四部稿》，永瑢等《景印文渊阁四库全书》，第1281册，第285页。

第三章 金元明词坛："宗宋"与"宗唐"派别意识的形成

不缘以为准。若'绮靡'两字，用以为诗法，则其病必至巧累于理；僭以为诗法，则其妙更在情生于文。故诗余之为物，本缘情之旨，而极绮靡之变者也。"① 张师绎的《合刻花间草堂序》也极力为《花间》《草堂》中的情辩护，谓："天下无无情之人，则无无情之诗。情之所钟正在吾辈，然非直吾辈也。夫子裁诗赢三百，周召二南，厥为风始。彼所谓房中之乐，床笫之言耳。推而广之，江滨之游女，陌上之狂童，桑中之私奔，东门之密约，情实为之。圣人宁推波而助之澜？盖直寄焉。以情还情，以旁行之情还正行之情，要其指归，有情吻合于无情，斯已而已矣。"② 沈际飞《诗余四集序》亦云："虽其镌镂脂粉，意专闺幨，安在乎好色而不淫，而我师尼氏删《国风》，述《仲子》、《狡童》之作，则不忍抹去，曰人之情，至男女乃极，未有不笃于男女之情，而君臣、父子、兄弟、朋友间反有钟吾情者。"③ 在主情的风潮下，以言情为特色的"唐音"在明代后期词坛重新占据了主流地位，至明末还形成了以陈子龙为首的"宗唐派"。以下选择此期的代表性词人及词论家，结合创作、理论、词选等方面的表现，对词体唐宋之辨的情况进行论述。

陈霆（1479—1560年前后），字声伯，号水南，德清（今浙江德清县）人。明弘治十五年（1502）进士。曾任刑科给事中。正德初谪判六安州，历山西提学佥事。未及老即致仕归里，隐居渚山四十年。著有《水南稿》《渚山堂词话》等。词今存二百六十五首。《四库全书总目·水南稿提要》说："是集所载诸诗，意境颇为萧洒。而才气坌涌，信笔而成，故往往不暇检点。古文大致朴直，而少波澜顿挫之胜。唯诗余一体较工，其豪迈激越，犹有苏、辛遗范。"④ 其实，陈霆的词风格多样，除了豪迈激越的苏、辛派"宋调"，也有姜夔那种格调高远、清空冷峭的"宋调"，以及蕴藉流丽的"唐音"。如《念奴

---

① 周永年：《艳雪集序》，赵尊岳辑《明词汇刊》，上海古籍出版社1992年版，第1779页。
② 张师绎：《合刻花间草堂序》，赵崇祚编，杨景龙校注《花间集校注》，中华书局2014年版，"附录"第1647页。
③ 卓人月汇选，徐士俊参评，谷辉之校点：《古今词统》，辽宁教育出版社2000年版，第18页。
④ 纪昀等：《钦定四库全书总目》，下册，中华书局1997年版，第2413页。

娇·梅》：

> 暗香浅水，被西山、扶上一痕冰月。瘦鹤伶仃人未寝，坐待茶烟清发。十五年间，四千里外，曾作罗浮客。参横斗转，不堪酒散人别。　天意放我清闲，夜寒鹤氅，重踏西湖雪。醉眼朦朦花惨惨，道是相逢愁绝。林樾闲人，水涯幽士，千古还高洁。和羹休论，笛声且为吹彻。①

词中展示的文人雅怀、高洁人格，以及清空幽远的意境，无不与姜夔词相近。而其《锦堂春·春夜》则是"唐音"的风格了：

> 画栋深藏燕子，粉墙低亚秋千。黄昏院落重门静，斜月转阑干。银烛半销心事，绣屏斜掩春寒。梦魂不管长江隔，飞过绕吴山。②

词的内容写绮怨相思，意象是画栋、粉墙、燕子、秋千、黄昏、院落、斜月、阑干、银烛、绣屏等，与《花间集》及宋初小令无二，明显是"唐音"的传统。

陈霆的词虽兼备唐宋，有明初词人的遗风，但其词论却独崇"唐音"，以纤言丽语为词之本色。《四库全书总目·渚山堂词话提要》曾指出这一点，认为"盖霆诗格颇纤，于词为近，故论词转用所长"③。具体说来，即表现为对"宋人风致"或"唐宋风致"的推崇。如其评刘基《写情集》："皆词曲也。惟其大阕颇窒滞，惟小令数首，觉有风味。故予所选小令独多，然视宋人亦远矣。"④ 评瞿佑："宗吉工诗词，其所作甚富。然予所取者，止十余阕。惜其视宋人风致尚远。"⑤ 评陈铎《冬雪》词："论者谓其有宋人风致。使杂之《草堂》集中，未必可

---

① 饶宗颐初纂，张璋总纂：《全明词》，第 2 册，中华书局 2004 年版，第 557 页。
② 周明初、叶晔补编：《全明词补编》，浙江大学出版社 2007 年版，第 168 页。
③ 纪昀等：《钦定四库全书总目》，下册，第 2808 页。
④ 陈霆著，王幼安校点：《渚山堂词话》，人民文学出版社 1960 年版，第 11—12 页。
⑤ 陈霆著，王幼安校点：《渚山堂词话》，第 15 页。

辨也。虽然，大声和《草堂》，自予所选数首外，求其近似者盖少。"①评高启："季迪号称'姑苏才子'，与杨孟载辈齐名。他诗文未论。独于词曲，杨所赋类清便绮丽，颇近唐宋风致。而高于此殊为不及。"②有学者认为，这些论评说明陈霆的评词标准是"以宋词为圭臬，也就是以似宋者为佳，以不似宋者为劣"③。但要注意的是，宋词不等于"宋调"，陈霆所说的"宋人风致"或"唐宋风致"，其实是宋词中的"唐音"风格。试看他所欣赏的一些词人词作：

杨眉庵《落花》词云："当时开拆赖东风，飘零还是东风妒。"意甚凄婉。又云："绿荫深树觅啼莺，莺声更在深深处。"语意蕴藉，殆不减宋人也。④

（朱淑真词）《咏雪·念奴娇》云："斜倚东风，浑漫漫，顷刻也须盈尺。"已尽雪之态度。继云："担阁梁吟，寂寥楚舞，空有狮儿只。"复道尽雪字，又觉酝藉也。《咏梅》云："湿云不渡溪桥冷。嫩寒初破霜风影。溪下水声长。一枝和月香。"别阕云："拂拂风前度暗香，月色侵花冷。"《梨花》云："粉泪共宿雨阑珊，清梦与寒云寂寞。"凡皆清楚流丽，有才士所不到。⑤

辛稼轩词，或议其多用事而欠流便。予览其《琵琶》一词，则此论未足凭也。《贺新郎》云："凤尾龙香拨。……"此篇用事虽多，然圆转流丽，不为事所使，称是妙手。⑥

李世英《蝶恋花》句云："朦胧淡月云来去。"欧公《蝶恋花》句云："珠帘夜夜朦胧月。"二语一律，不知者疑欧出李下。予细较之，状夜景则李为高妙，道幽怨则欧为酝藉。盖各适其趣，各擅

---

① 陈霆著，王幼安校点：《渚山堂词话》，人民文学出版社1960年版，第16页。
② 陈霆著，王幼安校点：《渚山堂词话》，第25页。
③ 张仲谋：《明代词学通论》，中华书局2013年版，第151页。
④ 陈霆著，王幼安校点：《渚山堂词话》，第9页。
⑤ 陈霆著，王幼安校点：《渚山堂词话》，第13页。
⑥ 陈霆著，王幼安校点：《渚山堂词话》，第15—16页。

其极，殆未易优劣也。①

予尝妄谓：我朝文人才士，鲜工南词。间有作者，病其赋情遣思，殊乏圆妙。甚则音律失谐。又甚则语句尘俗。求所谓清楚流丽，绮靡酝藉，不多见也。②

陈霆所举之词虽未必尽属"唐音"，但其反复标榜的"酝藉""流丽"等风格，是"唐音"的突出特色之一。尤其值得注意的是，"唐音"这个常用来指称唐诗或唐诗风格的词语，据笔者所见，是被陈霆首次应用到了词学批评中。其《渚山堂词话》卷二云：

江东陈铎大声尝和草堂诗余，几及其半，辄复刊布江湖间。论者谓其以一人心力，而欲追袭群贤之华妙，徒负不自量之讥。盖前辈和唐音者，胥以此故为大力所不许。大声复冒此禁，何也？然以其酷拟前人，故其篇中亦时有佳句。四言如"娇云送马，高林回鸟，远波低雁。"五言如"飞梦去江干。又添驴背寒。""饥鸟啄琼树，寒波净银塘。""香浮残雪动，影弄寒蟾小。"六言如"长日余花自落，无风弱柳还摇。""杨柳依风清瘦，花枝照水分明。""明月为谁圆缺，浮云随意阴晴。"七言如"花蕊暗随蜂作蜜，溪云还伴鹤归巢。""欲将离恨付春江，春江又恐东流去。""千里青山劳望眼，行人更比青山远。""秋水无痕涵上下，浮云有意遮西北。"散句如"东风路。多少小燕闲庭，乱莺芳树。""绿云尽逐东风散，惟有花阴层叠。""九十韶光自不容，何必憎风雨。""暮山高下暮云平。行人不渡，只有断桥横。""清溪流水，斜桥淡月，不减山阴好。""春城晚，霏霏满湖烟雨。断肠无奈，落花飞絮。"凡此颇婉约清丽。使其用为己调，当必擅声一时。而以之追步古作，遂蹈村妇斗美毛施之失。

---

① 陈霆著，王幼安校点：《渚山堂词话》，人民文学出版社1960年版，第20页。
② 陈霆著，王幼安校点：《渚山堂词话》，第32页。

第三章 金元明词坛："宗宋"与"宗唐"派别意识的形成

盖不善用其长者也。①

文中所论的陈铎（1488？—1521？）字大声，号秋碧，下邳（今属江苏睢宁）人，家于金陵（今南京）。有词集《草堂余意》，其中的作品均为追和南宋书坊所编的词选《草堂诗余》而成。《草堂诗余》的初版本大约出现在宋宁宗庆元（1195—1200）以前②，今所见的最早刊本为元至正年间（1341—1368）双璧陈氏的刊本，是在今已失传的书坊二卷本基础上增订而成。《草堂诗余》所选词人涵盖了唐代至南宋前期，而又以北宋为主。据肖鹏先生的统计，"全编选词四首以上的词人共计十四家，北宋九家，其他南渡和南宋三家、五代一家，时代不详者一家"。因此，他认为这是一部"北宋词系统的词选"③。《草堂诗余》虽然选源广泛、内容庞杂、风格不一，但由于主要为应歌之用，又以"北宋体"为主调，所以从美学类型来看，总体上偏向于婉丽的"唐音"。陈霆说"盖前辈和唐音者，胥以此故为大力所不许"，证明当时已有明人把《草堂诗余》视为"唐音"加以追和。而从他所举的陈铎和作中的佳句来看，重点关注的是"婉约清丽"的风格，也可说明其标榜"唐音"的倾向。由陈霆开始，明代后期推崇"唐音"之风渐炽。

张綖（1487—1543）字世文，一作世昌，号南湖居士，高邮（今属江苏）人。正德八年（1513）举人。官至武昌通判，迁知光州，罢归。崇祯年间（1628—1644），王象晋辑秦观、张綖词为《秦张二先生诗余合璧》二卷，其中有《南湖诗余》一卷。存词一百首。张綖词学

---

① 陈霆著，王幼安校点：《渚山堂词话》，人民文学出版社1960年版，第17—18页。
② 《钦定四库全书总目》卷一九九："考王楙《野客丛书》作于庆元间，已引《草堂诗余》张仲宗《满江红》词，证'蝶粉蜂黄'之语，则此书在庆元以前矣。"纪昀等：《钦定四库全书总目》，下册，中华书局1997年版，第2804页。按：关于《草堂诗余》成书的时间有多种说法，日本学者中田勇次郎认为在嘉泰二年（1202）之后，杨万里认为在公元1208年之后，施蛰存认为在孝宗乾道（1165—1173）、淳熙（1174—1189）之时。参见杨万里《〈草堂诗余〉版本叙录》，《〈草堂诗余〉汇校汇注汇评》，崇文书局2017年版，第2页。
③ 肖鹏：《群体的选择——唐宋人词选与词人群体通论》，凤凰出版传媒集团、凤凰出版社2009年版，第278页。

秦观，多写恋情相思，含蓄蕴藉，颇得"唐音"真味。如《踏莎行·咏闺情，用秦少游韵》：

> 芳草长亭，垂杨古渡。当时记得分襟处。珠帘小院卷杨花，绿窗几度伤春暮。　　鸳帐心期，鸾笺情素。天涯回首山无数。寒江日落水悠悠，倚楼目送孤鸿去。①

这首词从用韵、命意到修辞表达均仿秦观，情意深至，措辞婉雅，"俨然少游再生"②。他的论词之语更是鲜明地体现了其以"唐音"为正宗，以"唐音"在北宋后期的代表词人秦观为范式的词学观念。其《诗余图谱》"凡例"中的按语云：

> 词体大略有二：一体婉约，一体豪放。婉约者欲其词情酝藉，豪放者欲其气象恢宏。盖亦存乎其人。如秦少游之作，多是婉约；苏子瞻之作，多是豪放。大抵词体以婉约为正。故东坡称少游为今之词手；后山评东坡词虽极天下之工，要非本色。今所录为式者，必是婉约，庶得词体。③

这段话在词学史上非常著名，被认为是明确划分婉约与豪放两大体派之始。不过，由于"多是婉约"的秦观与"多是豪放"的苏轼，分别代表了北宋后期"唐音"的最高成就与"宋调"的新变，因此"词体以婉约为正"的观点以及"所录为式者，必是婉约"的选词标准，实际上也等于是"宗唐"的宣言。

李濂（1488—1566），字川父，号嵩渚山人，祥符（今属河南）人。正德九年（1514）进士。任沔阳知州，迁宁波府同知，升山西佥事。

---

① 周明初、叶晔补编：《全明词补编》，浙江大学出版社2007年版，第274页。
② 王象晋：《诗余图谱三卷附秦张两先生诗余合璧二卷》，《四库全书存目丛书》编纂委员会编《四库全书存目丛书》，集部第425册，齐鲁书社1997年版，第262页。
③ 张綖：《诗余图谱》，《续修四库全书》编纂委员会编《续修四库全书》，第1735册，上海古籍出版社2002年版，第473页。

嘉靖五年（1526）免归。李濂的词学观与张綎相类。他在《批点稼轩长短句序》中曾称赞"宋调"的代表词人辛弃疾有"人品之豪、词调之美"①，对辛词的批点中也常有"妙绝""妙作""奇作""佳作""高作"等赞语，但是他最为重视的还是"酝藉婉约"的"唐音"。在为自己的词集《碧云清啸》所作的序中，他指出："余尝阅《花间》《尊前》《金筌》《漱玉》《清真》《聊复》《稼轩》《古山》等集，皆词曲也。昔人谓之诗余，又谓之长短句。盖其体昉于唐，而李太白实为之倡，今所传《忆秦娥》《菩萨蛮》二曲，乃倚声填词之祖也。嗣有温飞卿、皇甫松辈亦称妙绝，人并脍炙焉。逮宋盛时，欧阳永叔、苏子瞻、黄鲁直、秦少游、晏同叔、张子野诸子咸富填腔之作，要之以酝藉婉约者为入格，故陈无己评子瞻词高才健笔，虽极天下之工，然终非本色，以其豪气太露也。而子瞻独称少游为今之词手，岂非取其酝藉婉约尔邪？"②李濂在序中不仅推崇唐人李白、温庭筠、皇甫松等人的作品，而且也认为苏轼"豪气太露"的词非本色，填词的关键是"以酝藉婉约者为入格"。

杨慎（1488—1559）字用修，号升庵，新都（今四川成都）人。正德六年（1511）殿试第一，授翰林院修撰。世宗即位后，任经筵讲官。嘉靖三年（1524）因"议大礼"事受廷杖，贬云南永昌卫，卒于戍所。有词集《升庵长短句》，存词三百六十七首。杨慎词被称为明人第一③，又有《词品》《批点草堂诗余》《词林万选》《百琲明珠》《古今词英》《填词选格》《词苑增奇》《填词玉屑》《诗余辑要》等词学著述，在词学史上颇具影响。就其创作来看，杨慎的词虽然风格非一，但主调还是"唐音"。如《浪淘沙》：

---

① 李濂：《批点稼轩长短句序》，邓子勉编《明词话全编》，第2册，凤凰出版社2012年版，第847页。
② 李濂：《〈碧云清啸〉序》，邓子勉编《明词话全编》，第2册，凤凰出版社2012年版，第868页。
③ 胡薇元《岁寒居词话》云："明人词，以杨用修升庵为第一。"胡薇元：《岁寒居词话》，唐圭璋编《词话丛编》，第5册，中华书局1986年版，第4037页。

> 春梦似杨花。绕遍天涯。黄莺啼过绿窗纱。惊散香云飞不去，篆缕烟斜。　　油壁小香车。水渺云赊。青楼珠箔那人家。旧日罗巾今日泪，湿尽铅华。①

这类风格婉丽的词在杨慎集中有不少，明显可以看出"唐音"的影响。陈廷焯《白雨斋词话》卷三曾指出："用修小令，合者有五代人遗意。"②毛先舒《诗辩坻》卷四亦云："成都杨慎作长短句，有沐兰浴芳、吐云含雪之妙，其流丽辉映，足雄一代，较于《花间》、《草堂》，可谓俱撮其长矣。"③这些评语，都指出杨慎词继承了"唐音"的特点。而杨慎的词论，也鲜明地反映了他视"唐音"为理想的审美标准。

杨慎的词学观，在《词品》中有比较集中的体现。其中《词品》卷一的一段话颇有总纲性质：

> 大率六朝人诗，风华情致，若作长短句，即是词也。宋人长短句虽盛，而其下者，有曲诗、曲论之弊，终非词之本色。予谓填词必溯六朝，亦昔人穷探黄河源之意也。④

杨慎主张"填词必溯六朝"，原因是他认为六朝诗歌的那种"风华情致"为词之本色，而所谓"风华情致"，正是以《花间集》为代表的"唐音"的美学特征。《花间集序》中有"自南朝之宫体，扇北里之倡风"之语，吴熊和先生解为"上承齐梁宫体，下附北里倡风"，认为"这两句话可以概括花间词的历史渊源与生存环境。花间词就其主要倾向来说，不外乎宫体与倡风的结合"⑤。王国维《人间词话删稿》有云：

---

① 饶宗颐初纂，张璋总纂：《全明词》，第 2 册，中华书局 2004 年版，第 826 页。
② 陈廷焯著，杜维沫校点：《白雨斋词话》，人民文学出版社 1983 年版，第 57 页。
③ 毛先舒：《诗辩坻》，郭绍虞编选，富寿荪点校《清诗话续编》，上海古籍出版社 1983 年版，第 91 页。
④ 杨慎：《词品》，唐圭璋编《词话丛编》，第 1 册，中华书局 1986 年版，第 425 页。
⑤ 吴熊和：《唐宋词通论》，上海古籍出版社 2010 年版，第 278 页。

"读《花间》、《尊前》集，令人回想徐陵《玉台新咏》。"①《玉台新咏》为"宫体诗"的合集，其作品的主要特征一为辞藻的华美，二为内容的艳冶，即多写女性或情爱相思，两者相合，即为"风华情致"之义。由此可见，杨慎提倡填词要有六朝诗歌的"风华情致"，其实也就是主张宗奉"唐音"的风格。对于宋词，他虽承认其"盛"，在《词品》卷二甚至称"宋之填词为一代独艺，亦犹晋之字、唐之诗，不必名家而皆奇也"②。但他既以"风华情致"为词体本色，又批评宋词中有"曲诗、曲论"之弊，则其所称赞的实非宋词全体，而是继承了"唐音"传统，具有"风华情致"的那一部分词。杨慎《词品》中还有很多对于唐宋词人词作的评语，虽然其中大部分是抄录、因袭前人成说，但也有一些自己的发挥，可以在一定程度上见其美学取向。比如他评韩琦的《点绛唇》和范仲淹的《御街行》词："二公一时勋德重望，而词亦情致如此。大抵人自情中生，焉能无情，但不过甚而已。宋儒云：'禅家有为绝欲之说者，欲之所以益炽也。道家有为忘情之说者，情之所以益荡也。圣贤但云寡欲养心，约情合中而已。'予友朱良炬尝云：'天之风月，地之花柳，与人之歌舞，无此不成三才。'虽戏语亦有理也。"③评赵鼎词："小词婉媚，不减《花间》《兰畹》。"评贺铸《浣溪沙》词："句句绮丽，字字清新，当时赏之，以为《花间》《兰畹》不及，信然。"评陈克词："工致流丽。"④评刘镇《阮郎归》词："清丽可诵。"⑤凡此均可证其崇唐的词学倾向。需要说明的是，《词品》中也有一些对于苏轼、张元干、张孝祥、辛弃疾等豪放派词人及作品的赞赏之语，故有论者认为："一方面杨慎提倡词体风格的多样性，给苏辛词以很高的评价；另一方面他又认为'曲诗、曲论之弊，终非词之本色'，反映出杨慎词体风格取向上的矛盾心态。"⑥不过，这些关于豪放派词

---

① 王国维：《人间词话删稿》，唐圭璋编《词话丛编》，第5册，第4266页。
② 杨慎：《词品》，唐圭璋编《词话丛编》，第1册，中华书局1986年版，第462页。
③ 杨慎：《词品》，唐圭璋编《词话丛编》，第1册，第467页。
④ 杨慎：《词品》，唐圭璋编《词话丛编》，第1册，第483—484页。
⑤ 杨慎：《词品》，唐圭璋编《词话丛编》，第1册，第511页。
⑥ 岳淑珍：《明代词学批评史》，社会科学文献出版社2014年版，第166页。

人词作的评语不仅原创性不足，而且与其提倡"风华情致"的词体本色观以及以"唐音"风格为主的创作实践均有不合，所以很难说是他词学观的真实反映，在明代后期词坛产生的影响也不大。

经过陈霆、张綖、李濂、杨慎等人创作上的示范或理论上的推扬，明代后期唐音独盛的局面基本形成，以婉丽柔曼为词之本色正宗的观念获得了普遍的认同。如年辈稍晚于杨慎的何良俊（1506—1573）在《草堂诗余序》中说："乐府以瞰劲扬厉为工，诗余以婉丽流畅为美，即《草堂诗余》所载，如周清真、张子野、秦少游、晏叔原诸人之作，柔情曼声，摹写殆尽，正辞家所谓当行，所谓本色者也。"[1] 其美学倾向与陈霆等人基本相同。明代后期的文坛领袖王世贞更是进一步张扬唐风，完全突破了儒家诗教观的影响，明目张胆地推崇绮情艳语。

王世贞（1526—1590），字元美，号凤洲，别号弇州山人，太仓（今属江苏）人。嘉靖二十六年（1547）进士，官至南京刑部尚书。著有《弇州山人四部稿》一百七十四卷、《续稿》二百零七卷、《弇山堂别集》一百卷等。今存词九十首，其论词之语主要见于《弇州山人四部稿》中的《艺苑卮言》。王世贞的词成就不高，但其论词却有独到的理论建树。他与杨慎一样，把六朝视为词的开端：

> 盖六朝君臣，颂酒赓色，务裁艳语，默启词端，实为滥觞之始。故词须宛转绵丽，浅至儇俏，挟春月烟花于闺幨内奏之，一语之艳，令人魂绝，一字之工，令人色飞，乃为贵耳。至于慷慨磊落，纵横豪爽，抑亦其次，不作可耳。作则宁为大雅罪人，勿儒冠而胡服也。[2]

在这段评论中，王世贞首先明确地把六朝的"艳语"作为词的起源，然后提出词以"宛转绵丽，浅至儇俏"为贵，"慷慨磊落，纵横豪

---

[1] 何良俊：《草堂诗余序》，邓子勉编《明词话全编》，第 2 册，凤凰出版社 2012 年版，第 1017 页。

[2] 王世贞：《艺苑卮言》，唐圭璋编《词话丛编》，第 1 册，中华书局 1986 年版，第 385 页。

第三章 金元明词坛:"宗宋"与"宗唐"派别意识的形成

爽"为次的观点,这实际上是崇"唐音"而抑苏、辛派的"宋调"。最后,他还惊世骇俗地抛出了"作则宁为大雅罪人,勿儒冠而胡服"的论调,可见其坚定地站在了维护词体传统的艺术特性、拒绝儒家诗教观影响的立场上。在其他的词评中,这种观点与立场也时时可见。如:

《花间》以小语致巧,《世说》靡也。《草堂》以丽字取妍,六朝隃也。即词号称诗余,然而诗人不为也。何者,其婉娈而近情也,足以移情而夺嗜。其柔靡而近俗也,诗啴缓而就之,而不知其下也。之诗而词,非词也。之词而诗,非诗也。言其业,李氏、晏氏父子、耆卿、子野、美成、少游、易安至矣,词之正宗也。温韦艳而促,黄九精而险,长公丽而壮,幼安辨而奇,又其次也,词之变体也。①

温飞卿所作词曰《金荃集》,唐人词有集曰《兰畹》,盖皆取其香而弱也。然则雄壮者,固次之矣。②

词至辛稼轩而变,其源实自苏长公,至刘改之诸公极矣。南宋如曾觌、张抡辈应别之作,志在铺张,故多雄丽。稼轩辈抚时之作,意存感慨,故饶明爽。然而秾情致语,几于尽矣。③

这三则词评虽长短不一,但表达的意思却可相通。第一则中的开头两句"《花间》以小语致巧,《世说》靡也。《草堂》以丽字取妍,六朝隃也"为互文,意指《花间》《草堂》的"小语""丽字"延续了《世说新语》、六朝诗歌的修辞风格。但王世贞又强调,诗词的审美特性是有差异的,"词号称诗余,然而诗人不为",是因为词"婉娈而近情""柔靡而近俗",如果"诗啴缓而就之",就会"不知其下",即缺少高古雅健的格力。所以诗词的作法也有异,不能用写诗的方法写词,也不能用写词的方法写诗。根据这种对词体审美特性的认识,他对唐宋

---

① 王世贞:《艺苑卮言》,唐圭璋编《词话丛编》,第1册,中华书局1986年版,第385页。
② 王世贞:《艺苑卮言》,唐圭璋编《词话丛编》,第1册,第386页。
③ 王世贞:《艺苑卮言》,唐圭璋编《词话丛编》,第1册,第391页。

词人作了正与变的区分，以李璟、李煜、晏殊、晏几道、张先、周邦彦、秦观、李清照等词人为正宗，以温庭筠、韦庄、黄庭坚、苏轼、辛弃疾等词人为变体。总的来看，这与上一则词论中谓"词须宛转绵丽，浅至儇俏"，"慷慨磊落，纵横豪爽，抑亦其次"的观点是一致的。只不过他将温、韦评为"艳而促"，视为变体，似有不妥。后来王士禛在《花草蒙拾》曾对此加以辩驳，认为"弇州谓苏、黄、稼轩为词之变体，是也。谓温、韦为词之变体，非也。夫温、韦视晏、李、秦、周，譬赋有《高唐》《神女》，而后有《长门》《洛神》，诗有《古诗》《录别》，而后有建安、黄初、三唐也。谓之正始则可，谓之变体则不可"①。王士禛的批评是有道理的。如前所论，温庭筠与韦庄是词之"唐音"风格的奠基者，王世贞所举的南唐、北宋词人的风格虽与温、韦不尽相同，但他所推崇的那些"婉娈而近情"的词大多遵循的还是"花间范式"，未脱离"唐音"的范围，与温、韦之词处于同一个规范体系之中。而"精而险"的黄庭坚词、"丽而壮"的苏轼词、"辨而奇"的辛弃疾词就属于"宋调"了。上引的第二则与第三则词论，适可作为第一则的补充。王世贞据温庭筠的词集名为"金荃集"，唐人的词选集名为"兰畹"，证明词体的原始特性应该是"香而弱"，雄壮者次之。南宋辛弃疾等词人的作品尽管或雄丽或明爽，但"秾情致语，几于尽矣"，故只能是变体。凡此，均可见其复古尊唐的倾向。

王世贞的词论有一大特色，即特别关注词的语言风格、修辞技巧，从中也能看出他对"唐音"的欣赏。上面所引的几则词论中，他所推崇的"一语之艳，令人魂绝，一字之工，令人色飞""小语致巧""丽字取妍""秾情致语"等，均属"唐音"在语言方面的美学特征。除此之外，他在评论具体词句时，亦多着眼于"唐音"的语言艺术。如：

"寒鸦千万点，流水绕孤村"，隋炀诗也。"寒鸦数点，流水绕孤村"，少游词也。语虽蹈袭，然入词尤是当家。②

---

① 王士禛：《花草蒙拾》，唐圭璋编《词话丛编》，第1册，中华书局1986年版，第673页。
② 王世贞：《艺苑卮言》，唐圭璋编《词话丛编》，第1册，第387页。

第三章 金元明词坛:"宗宋"与"宗唐"派别意识的形成

"归来休放烛花红,待踏马蹄清夜月",致语也。"问君能有几多愁,却似一江春水向东流",情语也。后主直是词手。①

"斜阳只送平波远",又"春来依旧生芳草",淡语之有致者也。"角声吹落梅花月",又"满院落花春寂寂",又"一钩淡月天如水",又"秋千外、绿水桥平",又"地卑山近,衣润费炉烟",淡语之有景者也。"平芜尽处是青山,行人更在青山外",又"郴江幸自绕郴山,为谁流下潇湘去",此淡语之有情者也。"拼则而今已拼了,忘则怎生便忘得",又"断送一生憔悴,能消几个黄昏",此恒语之有情者也。咏雨"点点不离杨柳外,声声只在芭蕉里",此浅语之有情者也。淡语、恒语、浅语,极不易工,因为拈出。②

美成能作景语,不能作情语,能入丽字,不能入雅字,以故价微劣于柳。然至"枕痕一线红生玉",又"唤起两眸清炯炯,泪花落枕红绵冷",其形容睡起之妙,真能动人。③

温庭筠"雁柱十三弦,一一春莺语",陈无己"弹到断肠时,春山眉黛低",皆弹琴筝俊语也。④

王世贞所指出的词之当家语、情语、致语、淡语、恒语、浅语、俊语等,其例句基本上都符合"宛转绵丽,浅至儇俏"的标准,可见其对"唐音"的语言之妙深有会心。

王世贞在明代后期主盟文坛数十年,"才最高,地望最显,声华意气笼盖海内。一时士大夫及山人、词客、衲子、羽流,莫不奔走门下"⑤。他从词的审美特性出发,极力尊唐的词学观既是当时词坛风气

---

① 王世贞:《艺苑卮言》,唐圭璋编《词话丛编》,第1册,中华书局1986年版,第388页。
② 王世贞:《艺苑卮言》,唐圭璋编《词话丛编》,第1册,第388—389页。
③ 王世贞:《艺苑卮言》,唐圭璋编《词话丛编》,第1册,第389页。
④ 王世贞:《艺苑卮言》,唐圭璋编《词话丛编》,第1册,第389页。按:王世贞所引例句的作者有误。"雁柱十三弦,一一春莺语"出自欧阳修《生查子》("含羞整翠鬟");"弹到断肠时,春山眉黛低"出自晏几道《菩萨蛮》("哀筝一弄湘江曲")。
⑤ 张廷玉等撰:《明史》,中华书局1974年版,第7381页。

的反映，又反过来进一步推波助澜，促进了这种风气的扩散以及"唐音"独盛局面的稳固。对于他以及之前的杨慎等人在恢复"唐音"之古方面的作用，清人谢章铤《赌棋山庄词话》卷九有公允的评价。谢章铤指出，明初刘基、高启诸人之后，词坛陷入衰敝状态，"盖以鄙事视词久矣，升庵、弇州力挽之，于是始知有李唐、五代、宋初诸作者。其后耳食之徒，又专奉《花间》为准的，一若非《金荃集》《阳春录》，举不得谓之词，并不知尚有辛、刘、姜、史诸法门。于是竹垞大声疾呼，力阐宗旨，而强作解事之讥，遂不禁集矢于杨、王矣。然二君复古之功，正不可没"①。在杨慎、王世贞等人的鼓吹下，嘉靖之后的词坛，无论是理论还是创作，大多以崇唐为旨归，"奉《花间》为准的"，视婉约为本色。

在理论方面，与王世贞等人相呼应的论词者颇多。如徐师曾（1517—1580）在《文体明辨·诗余》中，先是重申宋人以词为"古乐府之流别而后世歌曲之滥觞"、《花间集》为"近代倚声填词之祖"的观点，后又重复了张綖对词风的婉约、豪放两分法，认为"婉约者欲其辞情蕴藉，豪放者欲其气象恢弘，盖虽各因其质，而词贵感人，要当以婉约为正。否则虽极精工，终乖本色"②。刘凤在《词选》"序"中也主张："以绸缪婉娈、怀思绵邈、酝藉风流、感结凄怨、艳冶宕逸为工，虽有以激枭矫健、雄举典雅为者，不皆然也。"③ 年辈稍晚的王骥德（1540—1623）在《曲律》中明确指出："词曲不尚雄劲险峻，只一味妩媚闲艳，便称合作。是故苏长公、辛幼安并置两庑，不得入室。"④ 茅一相在《题词评曲藻后》中言："风月烟花之间，一语一调，能令人酸鼻而刺心，神飞而魄绝，亦惟词曲为然耳。大都二氏之学，贵情语不贵雅

---

① 谢章铤：《赌棋山庄词话》，唐圭璋编《词话丛编》，第4册，中华书局1986年版，第3433页。
② 徐师曾著，罗根泽点校：《文体明辨序说》，人民文学出版社1962年版，第165页。
③ 刘凤：《刘子威集》，《四库全书存目丛书》编纂委员会编《四库全书存目丛书》，集部第120册，齐鲁书社1997年版，第361页。
④ 王骥德著，陈多、叶长海注释：《曲律》，上海古籍出版社2012年版，第363页。

歌，贵婉声不贵劲气，夫各有其至焉。"① 秦士奇《古香岑草堂诗余四集序》云："集名《兰畹》《金荃》，取其逆风闻薰，芳而弱也。则词宁为大雅罪人，必不尚豪爽磊落明矣。"② 姚希孟《响玉集·媚幽阁诗余小序》云："《花间》《草堂》为中晚诗家镂冰刻玉、绵脂腻粉之余响，与壮夫弹铗、烈士击壶何啻河汉？且创为之者出于《望江南》，本大雅罪人，岂可令慷慨激射入于幽咽旖旎之中哉？"③ 茅映《〈词的〉序》云："（曲子词）旨本浮靡，宁亏大雅。意非训诂，何事庄严。"④《词的·凡例》又云："幽俊香艳，为词家当行，而庄重典丽者次之。"⑤ 顾宋梅云："词以艳冶为正则，宁作大雅罪人，弗带经生气。"⑥ 这些人评价词的美学标准与王世贞等人基本一致，用语也多有类同，推崇的都是"唐音"的传统风格，贵婉约而抑豪放，甚至宣称"宁为大雅罪人"。值得注意的是，徐渭（1521—1593）的《南词叙录》在崇唐的同时，还更进一步，将宋词基本排除到了"唐音"之外："晚唐、五代填词最高，宋人不及。何也？词须浅近，晚唐诗文最浅，邻于词调，故臻上品；宋人开口便学杜诗，格高气粗，出语便自生硬，终是不合格，其间若淮海、耆卿、叔原辈，一二语入唐者有之，通篇则无有。元人学唐诗，亦浅近婉媚，去词不甚远，故曲子绝妙。"⑦ 臧懋循（1550—1620）在《元曲选序》也表达了与徐渭类似的观点："世称宋词元曲，夫词则唐李白陈后主皆已优为之，何必称宋。"⑧ 这种整体上崇唐贬宋的观点虽然有些极端，但徐渭说晚唐诗文浅而邻于词调，宋词受宋人学杜诗的影响而格高气粗、出语生硬，这种基于美学特性的判断也确有一定道理，不为无见。

---

① 茅一相：《题词评曲藻后》，中国戏曲研究院编《中国古典戏曲论著集成》，第4册，中国戏剧出版社1959年版，第38页。
② 秦士奇：《〈古香岑草堂诗余〉序》，祝尚书《宋人总集叙录》，中华书局2004年版，第230页。
③ 姚希孟：《媚幽阁诗余小序》，邓子勉编《明词话全编》，第6册，凤凰出版社2012年版，第3712—3713页。
④ 茅映：《〈词的〉序》，邓子勉编《明词话全编》，第6册，第3839页。
⑤ 茅映：《词的·凡例》，邓子勉编《明词话全编》，第6册，第3839页。
⑥ 沈雄：《古今词话》，唐圭璋编《词话丛编》，第1册，中华书局1986年版，第807页。
⑦ 徐渭著，李复波、熊澄宇注释：《南词叙录》，中国戏剧出版社1989年版，第60页。
⑧ 臧懋循：《元曲选序》，黄宗羲编《明文海》，中华书局1987年版，第2262页。

创作方面，当时词学活动最为繁盛的江浙一带的词人多有追步"唐音"、仿拟《花间》之作。如周履靖（1542—1632），作词喜追和前人，尤以唐五代词为多，字面、意象均有"唐音"风味。再如俞彦（1572—1641后），被清初的王士禛推为近代词人中的"当行第一"[1]。是否第一，或有争议，但其词的"当行"，亦即具有"唐音"的传统风格之评，却是比较确切的。张仲谋先生的《明词史》认为，俞彦的词可分两类：一类"用中晚唐五代时常用词调，亦遵其原初体制，在语汇、意象、风格等方面亦尽可能靠近，故给人力追正始、反朴归真意味"；一类"循北宋欧阳修、秦观一路，既少明人俚佻、率露之病，又不刻意摹仿前人，因其蕴藉淡雅，在晚明词坛上自见高格"[2]。其实这两类词，均不出"唐音"范围。此外，晚明艳词派中的吴鼎芳（1583—1636）、顾同应（1585—1626）、董斯张（1586—1628）、施绍莘（1588—1640）、单恂（1602—1671）以及女词人沈宜修（1590—1635）等，均学唐而有成。吴鼎芳词"极浓艳而又刻入"[3]，颇有《花间》隽语。顾同应词"都取六朝丽字，而更加以剪刻"[4]，神韵类似《花间》。董斯张词擅长描写男女情事，"流艳工巧"[5]。施绍莘词风流旖旎，"艳句淋漓，藻色飞动"[6]。单恂词亦以本色当行为尚，工于言情，颇多藻思丽句[7]。清人邹祗谟的《远志斋词衷》把单恂、吴鼎芳的词称为"词人之词"，形容其风格为"缠绵荡往，穷纤极隐"[8]。实则其他几位艳词派的词人也可归为"词人之词"，都具有"唐音"的风格特点。明代后期女性词人众多，其中沈宜修（1590—1635）是最杰出的代表，存词一百九十

---

[1] 邹祗谟、王士禛编：《倚声初集》卷二，孙克强、岳淑珍编著《金元明人词话》，南开大学出版社2012年版，第614页。
[2] 张仲谋：《明词史》，人民文学出版社2019年版，第226—227页。
[3] 沈雄：《古今词话》，唐圭璋编《词话丛编》，第1册，中华书局1986年版，第1031页。
[4] 王昶：《西崦山人词话》卷一，孙克强、岳淑珍编著《金元明人词话》，第642页。
[5] 顾璟芳、李葵生、胡应宸编选：《兰皋明词汇选》，辽宁教育出版社1998年版，第32页。
[6] 施绍莘：《秋水庵花影集》，《四库全书存目丛书》编纂委员会编《四库全书存目丛书》，集部第422册，齐鲁书社1997年版，第101页。
[7] 沈雄：《古今词话》，唐圭璋编《词话丛编》，第1册，第1037页。
[8] 邹祗谟：《远志斋词衷》，唐圭璋编《词话丛编》，第1册，第656页。

首。风格清新婉丽，大都属于"唐音"一脉的本色当行之作。明代后期还有一些词人专力追和花间，如张杞，"和《花间集》，凡四百八十七首。篇篇押韵，未免牵拘，字字求新，亦饶生凿"①。范文光亦有《续花间集》，"皆画船歌席题赠之词，小序更层次有致"②。由此亦可见唐风之盛。

与创作和理论中的崇唐之风相应，《花间集》与《草堂诗余》这两本以唐五代北宋词为主体的词选在明代后期广泛流行，而且明人在编辑和评点词选时，亦多推重"唐音"。对于《花间集》与《草堂诗余》在当时的流行状况，明末词人徐士俊有形象的描述："《草堂》之草，年年吹青；《花间》之花，年年逞艳。"③清人王昶在《明词综序》中也说："及永乐以后，南宋诸名家词皆不显于世，惟《花间》、《草堂》诸集盛行。"④ 其中《草堂诗余》流行的时间要早于《花间集》。陈耀文在万历十一年（1583）编成《花草粹编》，其自序中有"世之《草堂》盛行，而《花间》不显"⑤之说，可见当时《草堂诗余》已大行于世而《花间集》还流行未广。陈耀文认为这与两种词选的美学风格不同有关，即"宣情易感，含思难谐"，花间词在情感表达上较为含蓄，《草堂诗余》的词的语言较为发露，易于接受。不过，如前所述，《草堂诗余》中的词主要是"北宋体"，虽然风格多样，但大部分未脱离"花间范式"。所以造成这种现象的真正原因，应该是《花间集》的久失其传⑥。明代后期尽管《草堂诗余》极受世人欢迎，如毛晋所言："宋元间词林选本，几届百

---

① 沈雄：《古今词话》，唐圭璋编《词话丛编》，第1册，中华书局1986年版，第845页。
② 邹祗谟、王士禛：《倚声初集辑评》，葛渭君《词话丛编补编》，第1册，中华书局2013年版，第394页。
③ 冯金伯：《词苑萃编》，唐圭璋编《词话丛编》，第2册，中华书局1986年版，第1940页。
④ 王昶：《明词综序》，施蛰存主编《词籍序跋萃编》，中国社会科学出版社1994年版，第776页。
⑤ 陈耀文辑，龙建国等点校：《花草粹编》，河北大学出版社2007年版，第1页。
⑥ 关于《花间集》在明代的失传，其说法首见于杨慎《词品》卷二："毛文锡、鹿虔扆、欧阳炯、韩琮、阎选，皆蜀人。事孟后主，有五鬼之号。俱工小词，并见《花间集》。此集久不传。正德初，予得之于昭觉僧寺，乃孟氏宣华宫故址也。后传刻于南方。"见唐圭璋《词话丛编》，第457页。但李一氓先生怀疑杨慎的说法为伪托之词，参见李一氓《花间集校后记》之"关于《花间集》的板本源流"，人民文学出版社1981年版，第215页。

指，惟《草堂诗余》一编，飞驰几百年来，凡歌栏酒榭，丝而竹之者，无不捋髀雀跃。及至寒窗腐儒，挑灯闲看，亦未尝欠伸鱼睨，不知何以动人一至此也。"① 但从万历年间开始，不仅《花间集》的刊本数量大增，而且在复古思潮的影响下，它在士人心目中的地位是与《草堂诗余》并驾齐驱甚至犹有过之的。如汤显祖（1550—1616）的《花间集叙》云：

> 自三百篇降而骚、赋，骚、赋不便入乐；降而古乐府，古乐府不入俗；降而以绝句为乐府，绝句少宛转；则又降而为词。故宋人遂以为词者诗之余也。乃北地李献吉之言曰："诗至唐，古调亡矣。然自有唐调可歌咏，犹足被管弦。宋人主理不主调，于是唐调亦亡。"尝考唐调所始，必以李太白《菩萨蛮》《忆秦娥》及杨用修所传其《清平乐》为开山，而陶弘景之《寒夜怨》，梁武帝之《江南弄》，陆琼之《饮酒乐》，隋炀帝之《望江南》，又为太白开山。若唐宣宗所称"牡丹带露珍珠颗"《菩萨蛮》一阕，又不知何时何许人，而其为《花间集》之先声，盖可知已。《花间集》久失其传。正德初，杨用修游昭觉寺，寺故孟氏宣华宫故址，始得其本，行于南方。《诗余》流遍人间，枣梨充栋，而讥评赏誉之者亦复称是，不若留心《花间集》者之寥寥也。余于《牡丹亭》亭梦之暇，结习不忘，试取而点次之，评骘之，期世之有志风雅者，与《诗余》互赏。而唐调之反而乐府，而骚、赋，而三百篇也。诗其不亡也夫！诗其不亡也夫！②

汤显祖此序作于万历乙卯年（1615）。他首先从诗、乐关系的发展源流出发，明确词为"诗之余"，然后，借用李献吉的话指出"唐调"在诗乐关系发展史中取代古调以被管弦的重要地位。汤显祖所说的"唐调"即唐词，而《花间集》为唐词所集，其意义自然非同寻常。因此，汤显祖对"《诗余》流遍人间，枣梨充栋，而讥评赏誉之者亦复称是，不若留

---

① 毛晋：《草堂诗余跋》，施蛰存主编《词籍序跋萃编》，第670—671页。
② 汤显祖：《花间集叙》，施蛰存主编《词籍序跋萃编》，第633—634页。

第三章 金元明词坛:"宗宋"与"宗唐"派别意识的形成

心《花间集》之寥寥"的状况感到遗憾,在创作《牡丹亭》之暇,取《花间集》加以评点,期待"世之有志风雅者,与《诗余》互赏",由"唐调"而进一步回归乐府、骚、赋、诗三百,实现诗道的复兴。

与汤显祖同时的无瑕道人对《花间集》《草堂诗余》的观感亦可证当时士人对这两种词选共赏的态度。无瑕道人因遭遇人生变故,"废举业,忘寝食,不复欲居人间世矣。缙绅同袍力解之弗得"。这时友人送了由杨慎、汤显祖分别评点的《草堂诗余》和《花间集》给他,嘱咐他"旦暮玩阅之,吟咏之,牢骚不平之气,庶几稍什其一二"。于是无瑕道人带着这两本书"散发披襟,遍历吴、楚、闽、粤间,登山涉水,临风对月,靡不以此二书相校雠。始知宇宙之精英,人情之机巧,包括殆尽,而可兴、可观、可群、可怨,宁独在风雅乎!嗟嗟!风雅而下,一变为排律,再变为乐府、为弹词,若元人之《会真》,《琵琶》,《幽闺》,《绣襦》,非乐府中所称脍炙人口者欤?亦不过属撷拾二书之余绪云尔。乌足羡哉!乌足羡哉!"① 这样情绪化的极端推崇,谈不上有多少真知灼见,但足以让我们了解当时部分士人对《花间集》和《草堂诗余》同样痴迷的风气。

另一位万历年间的士人顾梧芳则表现出更加推崇《花间集》的倾向。其《尊前集引》云:

尝慨古乐之不复也,将非华声不振,佥趋夷习,展转失真而无已耶?……若玄宗之《好时光》、李太白之《菩萨蛮》、张志和之《渔父》、韦应物之《三台》,音婉旨远,妙绝千古。他如王、杜、刘、白,卓然名家。下逮唐末,群彦若干人。联其所制,为上下二卷,名曰《尊前集》,梓传同好。先是,唐有《花间集》,及宋人《草堂诗余》行,而《花间集》鲜有闻者久之。不幸金元僭据神州,中区污染北鄙风气,由是曲度盛而词调微。目今南北乐部,若丝若竹若肉,畴脱夷习,宁非诸华之耻乎?余以为额定机轴,画一

---

① 无瑕道人:《花间集跋》,施蛰存主编《词籍序跋萃编》,中国社会科学出版社1994年版,第633页。

成章，是以谓之填词。纵乏古乐府自然浑厚，往往婉丽相承，比物连类，谐畅中节，未改唐音，尚有风人雅致。非如曲家假饰乱真，千妍万态，不越倡优行径。盖其失在于宣和以还。方厥初，新翻小令，犹为警策，渐绎中调，既以费辞，奈何殚曳茧丝，牵押长调，遂俾览听未半，孰不思睡？固无怪乎左词右曲也。余素爱《花间集》胜《草堂诗余》，欲传播之。曩岁刻于吴兴，茅氏兼有附补，而余斯编第有类焉。①

顾梧芳受儒家华夷之辨的影响，鄙视金元北曲而推崇唐人词调，故梓行收录唐词的《尊前集》。他不满当时"南北乐部，若丝若竹若肉，畴脱夷习"的状况，认为填词只要"未改唐音，尚有风人雅致"，就胜于曲家的"假饰乱真，千妍万态，不越倡优行径"。然后，他指出词风的变坏在北宋后期的宣和年间，之前"新翻小令，犹为警策"，之后中调、长调渐多，导致费辞、冗长，使人听起来昏昏欲睡。因此，他喜欢全为小令的《花间集》胜过兼有中长调的《草堂诗余》，他编行的《尊前集》有类于《花间集》，也有崇唐复古之意。

明代"花""草"崇拜的盛行，催生了一大批追随或模仿《花间集》与《草堂诗余》的词选，"在选型、选系、选阵、选域甚至选源各个方面亦步亦趋，或对原书反复再三重编改造，或扩编、缩编，整枝修叶另成一番光景，或另为续编与原书同传"②，形成了一个十分繁盛的"花""草"家族。其中较为著名的如温博的《花间集补》、董逢元的《唐词纪》、张綎的《草堂诗余别录》、陈霆的《草堂遗音》、陈钟秀的《精选名贤词话草堂诗余》、顾从敬的《类编草堂诗余》、胡桂芳的《类编草堂诗余》、李谨的《新刊古今名贤草堂诗余》、吴从先的《草堂诗余隽》、长湖外史的《续草堂诗余》、吴承恩的《花草新编》、陈耀文的

---

① 顾梧芳：《尊前集引》，金启华等编《唐宋词集序跋汇编》，江苏教育出版社1990年版，第349页。

② 肖鹏：《群体的选择——唐宋人词选与词人群体通论》，凤凰出版传媒集团、凤凰出版社2009年版，第417页。

第三章 金元明词坛:"宗宋"与"宗唐"派别意识的形成

《花草粹编》、沈际飞等的《古香岑草堂诗余四集》等。大部分词选都是以唐五代北宋词为主,也就是以"唐音"为主,其中温博的《花间集补》与董逢元的《唐词纪》更是完全以收录唐五代词为目的。《花间集补》意欲补《花间集》之未备,将李白、南唐二主及冯延巳等《花间集》未收的词人之词均收入其中,温博在自序中说:"余不佞,虽不谙新声之艳耳,假令登高吊古,食酒而酣,按拍歌唐人之调,便翩翩乎不知有人间矣。况三百篇哉!"①《唐词纪》以《花间集》《尊前集》为主要选源,收入唐五代词人 97 家 943 首词。其序云:"夫词,若宋富矣!而唐实振之,则其间藻之青黄,描之婉媚;吐之啁哳激烈,辄能令人热中。皆其纠缠哉!试绎之,即只字单词,殊征世代。是集也,予盖虑引商刻羽之妙,与《阳阿》、《薤露》之音,渺乎无分。故特采初葩,广摭跃蔓,以志缘起。"②这两个选本及其序言中所表现出来的对唐词的态度,是"诗必盛唐""文必秦汉"的复古思潮在词坛形成了"词必唐五代"观念的反映。

在创作、理论、词选中的崇唐风的全面推动下,明末词坛遂有以宗唐为旗帜的"文学史上最早的真正意义上的词派之一"③——云间词派的生成。云间为今上海松江的古称,清时隶属江苏松江府。明末清初时期,这一地区的文人结社唱和颇为频繁。侯方域《大寂子诗序》称:孝廉彭宾与夏考功彝仲、陈黄门子龙、周太学立勋、徐孝廉孚远、李舍人雯互相唱和,"声施满天下,当时谓之云间六子"④。云间文人不仅善于作诗,有"云间诗派"之名,亦长于填词,并且词学主张和创作风格相似,由此又有"云间词派"之称。该派奉陈子龙为宗主,成员有李雯、宋征舆、宋征璧、夏完淳、宋存标等。他们明确提出以"唐音"

---

① 温博:《花间集补序》,施蛰存主编《词籍序跋萃编》,中国社会科学出版社 1994 年版,第 634 页。
② 董逢元:《唐词纪序》,赵尊岳辑录,原刊于《词学季刊》,第二卷,第三号,转引自余意《明代词学之建构》附录"明人词学序跋、词话汇辑",上海古籍出版社 2009 年版,第 216 页。
③ 姚蓉:《明清词派史论》,广西师范大学出版社 2007 年版,第 12 页。
④ 侯方域:《壮悔堂文集》,《续修四库全书》编纂委员会编《续修四库全书》,第 1405 册,上海古籍出版社 2002 年版,第 623 页。

为师法对象，甚至将"唐音"缩小至花间词的范围。清人郑方坤《论词绝句三十六首》曾评价说："云间设色学《花间》，汴宋余波着意删。和者国中二三子，笙璈未觉寂尘寰。"原注云："明季陈大樽偕同里李舍人、宋征士唱倚声之学于江左，一以《花间》为宗，不涉宋人一笔。"[1] 这种说法得其大要，但并不完全准确。云间派虽共尊"唐音"，但其领袖陈子龙与其他诸人还是有一些区别。

陈子龙（1608—1647），初名介，字人中、卧子、懋中，号轶符、海士，晚年自号大樽，松江华亭人。陈子龙与李雯、宋征舆三人并称为"云间三子"，三人订交后唱和不断，结为《幽兰草》一集。陈子龙的词学思想在《幽兰草题词》中即有所表露：

> 词者，乐府之衰变而歌声之将启也。然就其本制，厥有盛衰。晚唐语多俊巧，而意鲜深至，比之于诗，犹齐梁对偶之开律也。自金陵二主以至靖康，代有作者，或秾纤婉丽，极哀艳之情；或流畅澹逸，穷盼倩之趣。然皆境由情生，辞随意启，天机偶发，元音自成，繁促之中，尚存高浑。斯为最盛也。南渡以还，此声遂渺。[2]

陈子龙极为欣赏唐五代北宋词，但他认为晚唐词"语多俊巧，而意鲜深至"，相当于律诗的开端齐梁体。南唐至北宋末才是词的极盛期，南唐二主李璟、李煜和周邦彦、李清照为词人之典范。他们的词风格各异，"或秾纤婉丽，极哀艳之情；或流畅澹逸，穷盼倩之趣"，但都是"境由情生，辞随意启，天机偶发，元音自成"，具有"高浑"的境界。南渡以后，这种美学风格就消失了。陈子龙所论，实际上已涉及了词之"唐音"与"宋调"美学特征的比较与评价。

在《三子诗余序》中，陈子龙也同样表达了词应追求"秾纤婉丽"

---

[1] 郑方坤：《论词绝句三十六首》其三十，孙克强、裴喆编著《论词绝句二千首》，上册，南开大学出版社2014年版，第74页。
[2] 陈子龙：《幽兰草题词》，冯乾编校《清词序跋汇编》，第1册，凤凰出版社2013年版，第1页。

之质的观点。序曰:"诗余始于唐末,而婉畅秾逸,极于北宋。……然亦有不可废者,夫风骚之旨,皆本言情,言情之作,必托于闺襜之际。代有新声,而想穷拟议。于是温厚之篇、含蓄之旨,未足以写哀而宣志也。思极于追琢,而纤刻之辞来;情深于柔靡,而婉变之趣合;志溺于燕婧,而妍绮之境出;态趋于荡逸,而流畅之调生。是以镂裁至巧,而若出自然;警露已深,而意含未尽。虽曰小道,工之实难。"① 陈子龙认为,词之本质在于言情,且词较之于诗更利于抒发感情。其《存余堂诗话》云:"宋人不知诗而强作诗,其为诗也,言理而不言情,故终宋之世无诗焉,然宋人亦不免有情也,故凡其欢愉愁怨之致,动于中而不能抑者,类发于诗余。故其所造独工,非后世可及。"② 在陈子龙看来,"终宋之世无诗"的原因是宋人作诗重说理而轻言情,但宋人并非无情,而是将这种情感写进了词中,因此宋词的成就比宋诗高。词善于言情与词体的特点密切相关,其温厚含蓄、情深妍绮、荡逸流畅的特质皆为委曲婉转的具体表现,而恰好与之对应的即是南唐二主与周邦彦、李清照的词风,因此陈子龙极倡唐五代北宋词风。

陈子龙对"唐音"的态度也体现在他对其他人的评价中。他在《幽兰草题词》中说:"吾友李子、宋子,当今文章之雄也。又以妙有才情,性通宫徵,时屈其班、张宏博之姿,枚、苏大雅之致,作为小词,以当博弈……今观李子之词丽而逸,可以昆季璟、煜,娣姒清照;宋子之词俊以婉,淮海、屯田,肩随而已。要而论之,本朝所未有也。"③ 陈子龙认为李雯之词可与"三李"并论,宋征舆之词可与秦观、柳永之词比肩,这是以晚唐、北宋词作为评价的标准,可见他对"唐音"的认可程度之高。

《花间集》作为"唐音"的代表,自然也获得了陈子龙的高度评价。世人对《花间集》,多有"绮语艳科"的断语,但陈子龙却为作艳

---

① 陈子龙:《三子诗余序》,冯乾编校《清词序跋汇编》,第1册,凤凰出版社2013年版,第5页。
② 陈子龙著,王英志辑校:《陈子龙全集》,人民文学出版社2011年版,第1081页。
③ 陈子龙:《幽兰草题词》,冯乾编校《清词序跋汇编》,第1册,第1—2页。

词而辩护。几舍成员彭宾《二宋倡和春词序》记载："大樽每于舒章作词最盛。客有嗝之者，谓得毋伤绮语戒耶？大樽答云：吾等方少年，绮罗香泽之态，绸缪婉恋之情，当不能免。若芳心花梦，……故少年有才宜大作词。"① 陈子龙认为，少年作词尽管有绮语，但绮不等于淫，少年所作的艳词，表达的是他们纯洁真挚的感情。他曾与柳如是有过一段情缘，二人以词唱和，其时所作的艳词就绝非为轻佻艳语。如《浣溪沙·五更》："半枕轻寒泪暗流。愁时如梦梦时愁。角声初到小红楼。风动残灯摇绣幕，花笼微月淡帘钩。陡然旧恨上心头。"② 此词通过人去楼空的今昔对比，表达了陈子龙对柳如是的思念之情，诚为本色当行之作，是"唐音"风格在陈子龙词中的具体表现。此外如《踏莎行·寄书》："无限心苗，鸾笺半截。写成亲衬胸前折。临行检点泪痕多，重题小字三声咽。　　两地魂销，一分难说。也须暗里思清切。归来认取断肠人，开缄应见红文灭。"③《诉衷情·春游》："小桃枝下试罗裳。蝶粉门遗香。玉轮碾平芳草，半面恼红妆。　　风乍暖，日初长。袅垂杨。一双无燕，万点飞花，满地斜阳。"④ 这些词都是陈子龙早期所作的爱情词，情感真挚动人，语言绮丽婉转，表达幽微含蓄，与《花间》词风极为相似，故《梅墩词话》说："明季词家竞起，妙丽惟湘真一集。"⑤《皋兰集》赞其"风流婉丽"⑥，谢章铤亦指出王士禛沿其绪余，"心摹手追，半在《花间》"⑦。

除却缠绵悱恻的纯粹的爱情词，陈子龙也有部分情词寄寓了丰富的家国情怀，类似于秦观的"将身世之感打并入艳情"。试看《小重山·忆旧》："晓日重檐挂玉钩。凤凰台上客，忆同游。笙歌如梦倚无愁。长江水，偏是爱东流。　　荒草思悠悠。空花飞不尽，覆芳洲。临春非

---

① 彭宾：《彭宾又先生文集》，《四库全书存目丛书》编纂委员会编《四库全书存目丛书》，集部第197册，齐鲁书社1997年版，第345页。
② 陈子龙著，施蛰存、马祖熙标校：《陈子龙诗集》，上海古籍出版社2006年版，第598页。
③ 陈子龙著，施蛰存、马祖熙标校：《陈子龙诗集》，第610页。
④ 陈子龙著，施蛰存、马祖熙标校：《陈子龙诗集》，第598—599页。
⑤ 沈雄：《古今词话》，唐圭璋编《词话丛编》，第1册，中华书局1986年版，第809页。
⑥ 沈雄：《古今词话》，唐圭璋编《词话丛编》，第1册，第1032页。
⑦ 谢章铤：《赌棋山庄词话》，唐圭璋编《词话丛编》，第4册，第3426页。

复旧妆楼。楼头月，波上对扬州。"① 题中"忆旧"二字已经点名主旨，词人以幽怨之怀抒兴亡之感，表达了对故国山河的无限眷恋。胡允瑗云："先生词凄恻徘徊，可方李后主感旧诸作，然以彼之流泪洗面，视先生之洒血埋魂，犹应颜赧。"② 李后主曾经历过亡国之痛，如今陈子龙也有同样的经历，因此他对李煜词中的情感是能感同身受的，胡允瑗甚至认为陈子龙之词更胜一筹。谭献也在《复堂词话》中称赞道："然则重光后身，惟卧子足以当之"③，"明则卧子，直接唐人，为天才"④。对陈子龙学"唐音"的成果给予了高度评价。在陈子龙的倡导与示范下，云间派其他词人也纷纷以"唐音"为尚。

李雯（1608—1647），字舒章，华亭人，为"云间三子"之一。他与陈子龙相交甚早，感情极深。虽然在政治上他与陈分道扬镳，未能固守晚节，但在词学倾向上他还是极力倡导"唐音"，收录于《幽兰草》的词基本上趋向于《花间》一类。如其《阮郎归·闲愁》：

满帘暮雨对青山。楼高香袖寒。绿帆乱落水西湾。银筝无意弹。金鸭冷，泪珠残。一庭红叶翻。鹧鸪飞去又飞还。人如秋梦阑。⑤

此词中所写的青山、香袖、绿帆、银筝、金鸭、红叶等意象，色彩颇为艳丽，所写之别情闲愁也与《花间集》相差无几。无怪乎陈子龙评其词"丽而逸"，徐珂称其词"语多哀艳，逼近温、韦"⑥。

宋征舆（1618—1667），字直方、辕文，华亭人，亦是"云间三子"之一。相较于李雯，他与陈子龙订交稍晚。他虽然比陈、李二人小十岁，却颇得陈子龙赏识，受陈子龙影响较深，早期主要学晚唐、北宋词，所作多为绮词艳语，收入《幽兰草》一集中，徐珂赞"其词不

---

① 陈子龙著，施蛰存、马祖熙标校：《陈子龙诗集》，上海古籍出版社2006年版，第611页。
② 陈子龙著，施蛰存、马祖熙标校：《陈子龙诗集》，第611页。
③ 谭献：《复堂词话》，唐圭璋编《词话丛编》，第4册，中华书局1986年版，第3997页。
④ 谭献：《复堂词话》，唐圭璋编《词话丛编》，第4册，第3998页。
⑤ 陈子龙、李雯、宋征舆撰，陈立校点：《幽兰草》，辽宁教育出版社2000年版，第3页。
⑥ 徐珂：《近词丛话》，唐圭璋编《词话丛编》，第5册，中华书局1986年版，第4222页。

减冯、韦"①。他擅长通过对时节变化的慨叹，自然地营造出幽怨凄清的意境，如其《桃源忆故人·怀旧》："碧湖飘荡红丝藕。秋断不堪回首。忽忆桥西巷口。帘卷人垂手。　　如今风景谁依旧。明月天河北斗。换却满堤杨柳。梦落青青后。"② 此词情感幽婉凄怆：由眼前"碧湖飘荡红丝藕"的秋景，引发对旧人旧情的怀念，然而斗转星移，世事沧桑，桥西巷口间早已不见了卷帘人，只剩满堤的杨柳默默守候。类似的词还有《阮郎归·秋深》《菩萨蛮·秋怨》《临江仙·秋怀》《桃源忆故人·春寒》《青玉案·春暮》《天仙子·春恨》等。

在易代之际，宋征舆的词风及词学观念均有所变化。他不再局限于痴儿怨女的闺中情怨，而是常常在词中寄寓山河破碎的兴亡之感。他的词学取径不再独限于"唐音"，而是拓宽到了两宋。其《唐宋词选序》云："太白二章为小令之冠，《菩萨蛮》以柔淡为宗，以闲远为致，秦太虚、张子野实师之，固词之正也。《忆秦娥》以俊逸为宗，以悲凉为致，于词为变，而苏东坡、辛稼轩辈皆出焉。谈者病其形似失神检矣。"③ 宋征舆将李白的《菩萨蛮》《忆秦娥》二词奉为小令之冠，以风格柔淡闲远的《菩萨蛮》为词之正宗，风格俊逸悲凉的《忆秦娥》为词之变体，虽仍有尊唐之意，但对宋人之词毕竟也给予了关注，并且认为苏、辛词风出自《忆秦娥》，为苏、辛的"变体"找了一个"唐音"的源头。

宋征璧（生卒年不详），原名存楠，字尚木、让木，华亭人。宋征舆之兄，亦属云间派词人。他虽然基本上延续了云间派尊晚唐北宋的理论主张，但也并不完全鄙薄南宋词。其《倡和诗余序》云：

> 吾于宋词得七人焉：曰永叔，其词秀逸；曰子瞻，其词放诞；曰少游，其词清华；曰子野，其词娟洁；曰方回，其词新鲜；曰小山，其词聪俊；曰易安，其词妍婉。……其外则谢无逸之能写景，

---

① 徐珂：《近词丛话》，唐圭璋编《词话丛编》，第5册，中华书局1986年版，第4222页。
② 陈子龙、李雯、宋征舆撰，陈立校点：《幽兰草》，辽宁教育出版社2000年版，第27页。
③ 宋征舆：《林屋文稿》，《清代诗文集汇编》编纂委员会编《清代诗文集汇编》，第58册，上海古籍出版社2010年版，第91—92页。

第三章 金元明词坛:"宗宋"与"宗唐"派别意识的形成

僧仲殊之能言情,程正伯之能壮采,张安国之能用意,万俟雅言之能叶律,刘改之之能使气,曾纯父之能书怀,吴梦窗之能累字,姜白石之能琢句,蒋竹山之能作态,史邦卿之能刷色,黄花庵之能审格,亦其选也。词至南宋而繁,亦至南宋而敝。①

宋征璧在序中所特别标举的欧阳修、苏轼、秦观、张先、贺铸、晏几道、李清照这七个人,除李清照跨越了两宋,其他均完全属于北宋。但宋征璧还列举了一系列南宋词人如刘过、吴文英、姜夔、蒋捷等,对他们的长处也有所肯定。虽然他认为"词至南宋而敝",但也看到了"词至南宋而繁"的一面。因此,正如论者所言:其"视界较广,设格较宽,证以'各因其姿之所近','去前人之病而务用其所长'的通达之论,足见其并非一味'泥于时代'为取去标准者"②。

云间派的词学路径到了蒋平阶、沈亿年、周积贤手里,却有越走越窄的趋势。蒋平阶(生卒年不详),原名阶,字大鸿、斧山,华亭人。沈亿年(生卒年不详),字幽祁,嘉兴人。周积贤(生卒年不详),字寿壬,华亭人。沈亿年与周积贤同为蒋平阶的门生,蒋平阶曾游于陈子龙之门,崇尚复古之论,论词以《花间》为宗。毛奇龄曾指出这一点:"予乡曩时有创为西蜀南唐之音者,华亭蒋大鸿也,其法宗《花间》。"③

蒋平阶、沈亿年、周积贤三人词作编入《支机集》中,集前有序和凡例。沈亿年所作的《支机集·凡例》云:"词虽小道,亦风人余事,吾党持论,颇极谨严。五季犹有唐风,入宋便开元曲。故专意小令,冀复古音,屏去宋调,庶防流失。"④ 陈子龙虽倡导"唐音",但实则是将北宋词包括在内的,而沈亿年则宣称"屏去宋调,庶防流失",将北宋词完全隔绝在外了。这种极端的复古主张,有其时代的原因,如孙克强先生所

---

① 宋征璧:《倡和诗余序》,冯乾编校《清词序跋汇编》,第1册,凤凰出版社2013年版,第10页。
② 李康化:《明清之际江南词学思想研究》,巴蜀书社2001年版,第92页。
③ 毛奇龄:《西河集》,永瑢等《景印文渊阁四库全书》,第1320册,台湾商务印书馆1985年版,第406页。
④ 沈亿年:《支机集·凡例》,冯乾编校《清词序跋汇编》,第1册,第14页。

言:"蒋平阶等人以明遗民自居,坚决不与统治者合作,心中积郁亡国之痛。这种心境颇与五代词人,特别是李后主相近。所以他们只取晚唐、五代,而不取歌舞升平的北宋词。这种观点反映出时代的折光。"[1]

在此种极端复古思想的影响下,《支机集》中所录诸词均为温婉柔丽的小令。如蒋平阶《菩萨蛮》:

> 晚香深琐葳蕤钥。麝烟拂起双栖鹊。休更卷珠帘。晓来山雨寒。　霜丝轻蝶翅。织得回文势。还寄薄情夫。缄愁恨字多。[2]

沈亿年《菩萨蛮》:

> 江城八月飞黄叶。长安陌上伤离别。遥忆画堂中。残筵烛影红。　无言长掩泣。斜倚屏山立。低首弄湘弦。声声起暮寒。[3]

周积贤《相见欢》:

> 与谁同倚银屏。月初生。说到别时离恨、一声声。　归不去,人何处,意难凭。又是半帘微雨、落空庭。[4]

三首词抒写的均为男女间的离愁别绪,情感凄迷幽怨,描绘的意象、事物如麝烟、珠帘、画堂、银屏等都非常精致华美,辞采绮艳,确有《花间》韵味。《续修四库全书总目提要》云:"三家所作,平阶为上,虽不能如《花间》之浑厚重大,而高丽开阔,亦明词之上乘也。"[5]

王世贞之后的晚明词坛虽总体上为崇唐风气所笼罩,但也有肯定

---

[1] 孙克强:《清代词学》,中国社会科学出版社2004年版,第119页。
[2] 蒋平阶等:《支机集》,《词学》编辑委员会编《词学》,第2辑,华东师范大学出版社1983年版,第259页。
[3] 蒋平阶等:《支机集》,《词学》编辑委员会编《词学》,第2辑,第265页。
[4] 蒋平阶等:《支机集》,《词学》编辑委员会编《词学》,第2辑,第275页。
[5] 孙克强、杨传庆、裴喆编:《清人词话》,南开大学出版社2012年版,第95页。

苏、辛及姜、张等人的"宋调"的声音。如俞彦作词虽多追和唐五代北宋的"唐音",但他对以"宋调"为主体的南宋词也不排斥。他在《爰园词话》中说:"唐诗三变愈下,宋词殊不然。欧、苏、秦、黄,足当高、岑、王、李。南渡以后,矫矫陡健,即不得称中宋、晚宋也。惟辛稼轩自度梁肉不胜前哲,特出奇险为珍错供,与刘后村辈俱曹洞旁出。学者正可钦佩,不必反唇并捧心也。"[①] 俞彦虽然认为辛弃疾、刘克庄的词是"曹洞旁出",并非正宗,但又为其辩解,认为这是辛弃疾等人刻意追求创新的结果,值得钦佩而不是讥笑。秦士奇尽管以"唐音"为正,以苏、辛词风为变,但他对于"变体"并无贬词,而且还称赞南宋后期的姜夔等风雅派词人之作"格调迥出清新"[②]。明末卓人月、徐士俊的《古今词统》则试图完全消除门户之见,"唐音""宋调"兼收,豪放、婉约并重。徐士俊在《古今词统·序》中指出,词的风格具有多样性,因此《古今词统》选词亦不拘一格,"曰幽曰奇,曰淡曰艳,曰敛曰放,曰秾曰纤,种种毕具,不使子瞻受'词诗'之号,稼轩居'词论'之名"[③]。孟称舜所作的《古今词统·序》也明确对当时词坛独崇"唐音"、重婉约而轻豪放的现象表示反对。他认为:

> 盖词与诗、曲,体格虽异,而同本于作者之情。古来才人豪客,淑姝名媛,悲者喜者,怨者慕者,怀者想者,寄兴不一。或言之而低徊焉,宛恋焉;或言之而缠绵焉,凄怆焉;又或言之而嘲笑焉,愤怅焉,淋漓痛快焉。作者极情尽态,而听者洞心耸耳,如是者皆为当行,皆为本色,宁必姝姝媛媛,学儿女子语,而后为词哉?故幽思曲想,张、柳之词工矣,然其失则俗而腻也,古者妖童冶妇之所遗也。伤时吊古,苏、辛之词工矣,然其失则莽而俚也,古者征夫放士之所托也。两家各有其美,亦各有其病,然达其情而

[①] 俞彦:《爰园词话》,唐圭璋编《词话丛编》,第 1 册,中华书局 1986 年版,第 401 页。
[②] 沈际飞:《草堂诗余四集》,邓子勉《明词话全编》,第 8 册,凤凰出版社 2012 年版,第 5312 页。
[③] 卓人月汇选,徐士俊参评,谷辉之校点:《古今词统》,辽宁教育出版社 2000 年版,第 1—2 页。

不以词掩,则皆填词者之所宗,不可以优劣言也。①

孟称舜打破了将词中之"情"限定为男女之情的束缚,指出情感有多种内容及表现形式,因此所造成的风格也会有变化,但只要"作者极情尽态,而听者洞心耸耳",那么就都是当行本色,不一定非要"学儿女子语,而后为词"。他认为"唐音"的传统风格与苏、辛的"宋调"新风"各有其美,亦各有其病",只要做到了"达其情而不以词掩",就都应该为填词者所宗,不应有优劣之分。在这篇序言的最后,他高度评价了《古今词统》"大概谓词无定格,要以摹写情态,令人一展卷而魂动魄化者为上"的选词标准,并表示:"使徒取绝艳于《花间》,挹余香于《兰畹》,则得词之郛矣,而未尽其致也,选者之情隐,而作者之情亦掩也。则是刻其可以已也夫。"② 其意针对的就是当时词选中偏重《花间》《兰畹》等唐人之词的做法。

明末著名的藏书家、出版家毛晋(1599—1659)同样也具有通达的眼光。他一方面认同《花间集》为倚声填词之祖,另一方面对"宋调"的代表性词家亦多有赞美之词。如他评辛弃疾词:"词家争斗秾纤,而稼轩率多抚时感事之作,磊砟英多,绝不作妮子态。宋人以东坡为词诗,稼轩为词论,善评也。"③ 评刘克庄词:"所撰《别调》一卷,大率与辛稼轩相类。杨升庵谓其壮语足以立懦,余窃谓其雄力足以排奡云。"④ 评姜夔词:"范石湖评其诗云有'裁云缝月之妙手,敲金戛玉之奇声',予于其词亦云。"⑤

这些重视与肯定"宋调"的声音在"唐音"独盛的时代尽管较为微弱,但也起到了延续词统的作用,为清人重振"宋调"的声势打下了基础。

---

① 卓人月汇选,徐士俊参评,谷辉之校点:《古今词统》,辽宁教育出版社2000年版,第3—4页。
② 卓人月汇选,徐士俊参评,谷辉之校点:《古今词统》,第3—4页。
③ 毛晋:《稼轩词跋》,邓子勉《明词话全编》,第6册,凤凰出版社2012年版,第3989页。
④ 毛晋:《后村别调跋》,邓子勉《明词话全编》,第6册,第3993页。
⑤ 毛晋著,潘景郑校订:《汲古阁书跋》,上海古典文学出版社1958年版,第86页。

第四章 清代前期词坛:"宗唐"余波与"宗宋"复兴

清初词坛延续了明末的"宗唐"风气,除云间派词人以外,西泠派、柳洲派与扬州派词人均推崇"唐音",论词标举"性灵"的纳兰性德与顾贞观亦深受影响。其后阳羡派宗主陈维崧出,力倡以苏、辛为代表的"宋调";至康乾年间,浙西派朱彝尊、汪森等人推许以周、姜为代表的"宋调",厉鹗又进一步加以发扬。于是,词坛"宋调"大盛,"宗宋"派迎来了复兴的局面。

第一节 "废宋词而宗唐"
——云间派拟古主义词论的清初反响

清初词坛乃承续晚明云间一脉而来。龙榆生先生在《近三百年名家词选》中首选陈子龙词,认为"词学衰于明代,至子龙出,宗风大振,遂开三百年来词学中兴之盛"[①]。吴熊和先生更是主张明末清初不应截然分开,"在词史上,有必要把天启、崇祯到康熙初年的五十年间,作为虽然分属两朝,但前后相继、传承有序的一个相对独立的发展阶段来研究"[②]。以陈子龙为首的云间派"宗唐"的拟古主义词论,在

---

① 龙榆生:《近三百年名家词选》,上海古籍出版社1979年版,第4页。
② 吴熊和:《吴熊和词学论集》,杭州大学出版社1999年版,第371页。

清初词坛上仍发挥重要的作用，当时的广陵派、西泠派词人均承其说，纷纷为"艳词"张目。

广陵，为扬州的古称，所谓广陵词派，指清初以扬州为活动中心、以王士禛为首的一个词人群体。对于该派的美学宗尚，严迪昌先生在《清词史》中有明确的论断，他认为"按其基调言，这原是'云间'词风余波未尽而实际是已从总体景观上转化成'花间'情趣的一个词学中心"，从领袖人物王士禛到主要成员邹祗谟、董以宁、彭孙遹等的创作，"都属程度不等各出面貌专攻绮靡艳丽之调的倚声之作"①。广陵派词人论词受云间派的影响，重视"唐音"，推崇花间，但他们也能欣赏与接纳其他审美风格，较少门户的偏见。

王士禛（1634—1711），字贻上、子真，号阮亭、渔洋山人，新城（今山东桓台）人。顺治十五年（1658）进士，十六年（1659）授扬州推官，累官至刑部尚书。有词集《衍波词》。王士禛在扬州期间"昼了公事，夜接词人"②，与陈子龙的一些江东弟子多有唱酬，当地词学活动由此大盛，在创作与理论上都成果颇丰。他作词颇尚花间风格，如谢章铤《赌棋山庄词话》卷八所云："阮亭沿凤洲、大樽绪论，心摹手追，半在花间，虽未尽倚声之变，而敷辞选字，极费推敲。且其平日著作，体骨俱秀，故入词即常语浅语，亦自娓娓动听。"③ 其情词《蝶恋花·和漱玉词》名传一时：

凉夜沉沉花漏冻。欹枕无眠，渐听荒鸡动。此际闲愁郎不共。月移窗罅春寒重。　　忆共锦裯无半缝。郎似桐花，妾似桐花凤。往事迢迢徒入梦。银筝断绝连珠弄。④

此词中"郎似桐花，妾似桐花凤"之句为全词点睛之笔，王士禛

---

① 严迪昌：《清词史》，人民文学出版社2011年版，第53页。
② 李斗著，许建中注评：《扬州画舫录》，凤凰出版社2013年版，第234页。
③ 谢章铤：《赌棋山庄词话》，唐圭璋编《词话丛编》，第4册，中华书局1986年版，第3426页。
④ 叶恭绰编：《全清词钞》，上册，中华书局2019年版，第86页。

第四章 清代前期词坛:"宗唐"余波与"宗宋"复兴

以女子的口气写来,将男子比作桐花,女子比作绕桐花而飞的凤鸟,融无限情思于妙喻,既见恋情之缠绵,又有高雅的格调,因此得到了极高的评价。王晫说:"王阮亭和漱玉词,有'郎似桐花,妾似桐花凤'语,长安以此遂有'王桐花'之目。"① 如前所论,李清照的词属于"宋调"阵营中的改良派,对"唐音"的风格有所保留。王士禛此词虽为和作,但其"男子而作闺音"的写法,较李清照更多"唐音"的韵味。

不过,在《衍波词》中,亦可见"宋调"作风较为明显之作,如《望远行·蜀冈眺望怀古》:

> 江楼昨夜闻哀角,潋滟斜阳将暮。淮南水驿,故国长亭,一带迷离烟树。秋月春花,岁岁天涯孤客,赢得壮怀如许。最难禁、常是梅天丝雨。　　谁语。独上蜀冈骋望,见乱柳、栖鸦无数。板渚人稀,玉钩梦杳,不记离宫何处。忆自吴王僭窃,阿麽游幸,几度芜城堪赋。但井栏风急,精灵来去。②

此词吊古伤今,楼头哀角、将暮斜阳、迷离烟树、乱柳栖鸦等景象,无不表达了词人在蜀冈登临眺望时的悲慨凄凉情绪。往昔离宫游幸的繁华,与如今人稀梦杳形成鲜明的对比,在怀古的名义下,透露出词人对故国的无限思念。这种情感在宋人南渡后词作中颇为常见,为"宋调"的特质之一。故此汪懋麟曾评曰:"阮亭尝称易安、幼安俱济南人物,各擅词家之胜。《衍波》一集,既和漱玉,复仿稼轩,千古风流,遂欲一身兼并耶。"③

这种既尚"唐音"又不弃"宋调"的态度,在其词话《花草蒙拾》中有比较清楚的表达。《花草蒙拾》卷首云:"往读《花间》《草堂》,偶有所触,辄以丹铅书之,积数十条。程郎强刻此集卷首,仆不能禁,

---

① 王晫:《今世说》,中华书局1985年版,第43页。
② 王士禛撰,李少雍编校:《衍波词》,广东人民出版社1986年版,第100—101页。
③ 沈雄:《古今词话》,唐圭璋编《词话丛编》,第1册,中华书局1986年版,第1042页。

· 295 ·

题曰《花草蒙拾》。"① 如前所论,《花间集》与《草堂诗余》在推崇宗唐复古的明代中后期极其流行,《花间集》奠定了"唐音"的主导风格,《草堂诗余》以"北宋体"为主,亦属"唐音"之流。王士禛言《花草蒙拾》由读《花间》《草堂》有感而来,可见王士禛的总体态度是"宗唐"的。他对于《花间》《草堂》的艺术之美深有体会:"或问《花间》之妙,曰:蹙金结绣而无痕迹。问《草堂》之妙,曰:采采流水,蓬蓬远春。"② 所谓"蹙金结绣而无痕迹",意指驱遣艳词而能浑化无迹;"采采流水,蓬蓬远春"一语,则出自题名为唐代司空图所作的《二十四诗品》中的"纤秾":"采采流水,蓬蓬远春。窈窕深谷,时见美人。碧桃满树,风日水滨。柳阴路曲,流莺比邻。乘之愈往,识之愈真。如将不尽,与古为新。"③ 这种"纤秾"的诗境,在诗之"唐音"中颇常见,移来形容词之"唐音"中的"北宋体",也是比较合适的。不过值得注意的是,王士禛对南宋诸多词人也给予了很高的评价。他认为:"宋南渡后,梅溪、白石、竹屋、梦窗诸子,极妍尽态,反有秦、李未到者。虽神韵天然处或减,要自令人有观止之叹。正如唐绝句,至晚唐刘宾客、杜京兆,妙处反进青莲、龙标一尘。"④ 在这一点上,王士禛显示出与云间派的不同。云间派的宗主陈子龙对南宋词评价不高,蒋平阶、沈亿年等人更是连北宋词都一起否定了,王士禛对此是不以为然的。他认为:"云间数公论诗拘格律,崇神韵。然拘于方幅,泥于时代,不免为识者所少。其于词,亦不欲涉南宋一笔,佳处在此,短处亦坐此。"⑤ 对于蒋平阶、沈亿年等"五季犹有唐风,入宋便开元曲。故专意小令,冀复古音,屏去宋调,庶防流失"的主张,他更是明确表示:"此论虽高,殊属孟浪。废宋词而宗唐,废唐诗而宗汉魏,废唐宋大家之文而宗秦汉,然则古今文章,一画足矣,不必三坟八索至六经三史,不几几赘疣乎。"⑥ 由

---

① 王士禛:《花草蒙拾》,唐圭璋编《词话丛编》,第1册,中华书局1986年版,第673页。
② 王士禛:《花草蒙拾》,唐圭璋编《词话丛编》,第1册,第675页。
③ 司空图著,罗仲鼎、蔡乃中注:《二十四诗品》,浙江古籍出版社2013年版,第13页。
④ 王士禛:《花草蒙拾》,唐圭璋编《词话丛编》,第1册,第682页。
⑤ 王士禛:《花草蒙拾》,唐圭璋编《词话丛编》,第1册,第685页。
⑥ 王士禛:《花草蒙拾》,唐圭璋编《词话丛编》,第1册,第686页。

此可见王士禛虽追摹《花间》,但其词学思想并不狭隘,能兼容"异量之美"。

当时与王士禛观点相近、同声相应的还有邹祗谟。邹祗谟(1630—1670),字訏士,号程邨,武进人。邹祗谟早年以艳词闻名,其《丽农词》多侧艳之作,王士禛曾言:"近日名家,作丽语无如程邨,作绮语无如其年。"① 谢章铤亦云:"邹程村与阮亭、羡门游,故其词修洁,有《花间》遗意。"② 但是,邹祗谟不只有"《花间》遗意",他与王士禛一样,虽尚《花间》之"唐音",但也欣赏以南宋词为代表的"宋调"。

邹祗谟与王士禛合力编选了一部清初大型词选,名为《倚声初集》,其间以邹祗谟着力最多,如况周颐所言:"王阮亭、邹程邨同操选政,程村实主之,引阮亭为重云尔。"③ 王、邹二人的词学宗尚在王士禛所作的《倚声初集序》中有所体现。序云:

> 诗之功,虽百变而不可以穷,《花间》《草堂》尚矣。《花庵》博而未核,《尊前》约而多疏。《词统》一编,稍撮诸家之胜,然亦详于隆、万,略于启、祯。邹子与予盖尝叹之。因网罗五十年来荐绅、隐逸、宫闺之制,汇为一书,以续《花间》《草堂》之后,使夫声音之道不至湮没而无传,亦犹尼父歌弦之意也。④

据序所述,二人之所以网罗搜集近五十年来的词作汇编成《倚声初集》,是为了续《花间》《草堂》之后,可见《倚声初集》的编选标准是以推崇"唐音"为主的,最能见出"唐音"审美特色的小令在集中占据了大半。不过,二人在选词之时的视野较为开阔,也选了不少具有较为典型的"宋调"特色的南宋长调慢词。邹祗谟所作的《倚声初

---

① 王士禛、邹祗谟辑:《倚声初集》,《续修四库全书》编纂委员会编《续修四库全书》,第1729册,上海古籍出版社2002年版,第251页。
② 谢章铤:《赌棋山庄词话》,唐圭璋编《词话丛编》,第4册,第3420页。
③ 况周颐撰,王幼安校订:《蕙风词话》,人民文学出版社1982年版,第111页。
④ 王士禛、邹祗谟辑:《倚声初集》,《续修四库全书》编纂委员会编《续修四库全书》,第1729册,第164页。

集序》更是对南宋词人赞誉有加："南宋诸家，蒋、史、姜、吴，警迈环奇，穷姿构彩，而辛、刘、陈、陆诸家，乘间代禅，鲸呿鳌掷，逸怀壮气，超乎有高望远举之思。"① 在《远志斋词衷》里，他也多次称赏南宋词人：

> 朱承爵《存余堂诗话》云：诗词虽同一机杼，而词家意象，与诗略有不同。句欲敏，字欲捷，长篇须曲折三致意，而气自流贯，乃得。此语可为作长调者法，盖词至长调而变已极。南宋诸家凡以偏师取胜者无不以此见长。而梅溪、白石、竹山、梦窗诸家，丽情密藻，尽态极妍。要其瑰琢处，无不有蛇灰蚓线之妙，则所云一气流贯也。②
>
> 余常与文友论词，谓小调不学《花间》，则当学欧、晏、秦、黄。《花间》绮琢处，于诗为靡。而于词则如古锦纹理，自有黯然异色。欧、晏蕴藉，秦、黄生动，一唱三叹，总以不尽为佳。清真、乐章，以短调行长调，故滔滔莽莽处，如唐初四杰，作七古嫌其不能尽变。至姜、史、高、吴，而融篇炼句琢字之法，无一不备。③
>
> 稼轩雄深雅健，自是本色，俱从南华冲虚得来。④

邹祗谟不仅认识到小令和中调、长调在词体上的区别，指出了各体的差异与长处，小令虽一唱三叹，但总有不尽之憾，而长调则滔滔莽莽，一气流贯，还列举了一系列南宋词人，如史达祖、姜夔、蒋捷、吴文英等，他们作长调不仅气韵浑成且融炼自然，说明邹祗谟对词体的发展变化有更为深切的体悟，得出的结论也更为妥帖。

彭孙遹（1631—1700），字骏孙，号羡门，别号金粟山人，浙江海盐人。顺治十六年（1659）进士，累官至吏部右侍郎。有词集《延露

---

① 邹祗谟：《倚声初集序》，王士禛、邹祗谟辑《倚声初集》，《续修四库全书》编纂委员会编《续修四库全书》，第1729 册，上海古籍出版社 2002 年版，第 166 页。
② 邹祗谟：《远志斋词衷》，唐圭璋编《词话丛编》，第 1 册，中华书局 1986 年版，第 650 页。
③ 邹祗谟：《远志斋词衷》，唐圭璋编《词话丛编》，第 1 册，第 651 页。
④ 邹祗谟：《远志斋词衷》，唐圭璋编《词话丛编》，第 1 册，第 652 页。

词》。彭孙遹亦属广陵词人群，其词的主体风格也趋向于"唐音"。清人评彭孙遹词，多见其香艳的一面。如严绳孙说："其小词，啼香怨粉，怯月凄花，不减南唐风格。"① 邹祗谟说："作艳词至金粟，情景兼至，字字清丽，一语之工，能生百媚，不仅作六朝金粉也。"② 沈雄《古今词话》引《今世说》曰："羡门惊才绝艳，词家独步。阮亭称其吹气如兰，每当十郎，辄自愧伧父。故其词绰然有生趣，又诞甚，耐人长想。"③ 谢章铤也说他："真得温、李神髓，由其骨妍，故辞媚而非俗艳。"④ 如其《谒金门·春梦》词：

  春愁积。一片角声清急。天上佳期无信息。行云何处觅。
  静掩流苏帐额。还似见伊颜色。梦破五更风瑟瑟。纸窗凉月白。⑤

  这样的词确实情深语媚，深得"唐音"真味。不过，彭孙遹的艳词主要作于扬州与王士禛唱和期间。尤侗的《延露词序》云："向读彭子羡门与王子阮亭《无题》唱和，叹其淫思古意，两玉一时。阮亭既官扬州，羡门有客信宿。会邹子程邨初集《倚声》，于是《延露》之词成焉。然则《延露》者，其《无题》之余乎？盖维扬佳丽，固诗余之地也。"⑥ 邹祗谟《远志斋词衷》记王士禛称彭孙遹为"艳词专家"，但彭却"欲怫然不受"⑦。这说明彭孙遹虽受当时风气、环境的影响而作艳词，成为"宗唐"派中的一员，但他的追求却不止于此。他的词集中，也有不少豪健之作，故李调元《雨村词话》谓《延露词》"率多悲壮，

---

  ① 冯金伯：《词苑萃编》，唐圭璋编《词话丛编》，第 2 册，中华书局 1986 年版，第 1938 页。
  ② 王士禛、邹祗谟辑：《倚声初集》，《续修四库全书》编纂委员会编《续修四库全书》，第 1729 册，第 346 页。
  ③ 沈雄：《古今词话》，唐圭璋编《词话丛编》，第 1 册，中华书局 1986 年版，第 816 页。
  ④ 谢章铤：《赌棋山庄词话》，唐圭璋编《词话丛编》，第 4 册，第 3421 页。
  ⑤ 彭孙遹：《延露词》，台湾商务印书馆 1975 年版，第 20 页。
  ⑥ 尤侗：《延露词序》，冯乾编校《清词序跋汇编》，第 1 册，凤凰出版社 2013 年版，第 26—27 页。
  ⑦ 邹祗谟：《远志斋词衷》，唐圭璋编《词话丛编》，第 1 册，第 659 页。

不减稼轩"①，而严迪昌先生则指出："长调已在彭氏词集中至多，《念奴娇·长歌》四阕，《沁园春·酒后作歌与擎庵》四阕，以及《画屏秋色·芜城秋感》等，都激越凄楚，不是当时艳词作家笔底能有的。"②他这些慷慨悲壮、激越凄楚之词，属于"宋调"中苏、辛一派的作风。

在清初词坛上，西泠词派也是一个在创作与理论方面均有一定成就的词人群体。西泠，又称西陵，本为杭州西湖一桥名。当时浙地名士陆圻、柴绍炳、张丹、孙冶、陈廷会、毛先舒、丁澎、吴百朋、沈谦、虞黄昊十位在西泠桥畔结社聚会，时人遂名之"西泠十子"。毛先舒的《白榆集》小传云："先舒著《白榆集》，流传山阴祁中丞之座，适陈卧子于祁公座上见之，称赏，遂投分引欢，即成师友。其后西泠十子，各以诗章就正，故十子皆出卧子先生之门。国初，西泠派即云间派也。"③由此可见西泠十子与云间派之渊源。其中在理论与创作两方面较有影响力的是毛先舒与沈谦。

毛先舒（1620—1688），初名骥，字驰黄、稚黄，仁和人。毛先舒与毛奇龄、毛际可齐名，时称"浙中三毛，文中三豪"。他在词学上基本继承了陈子龙的思想，提倡含蓄蕴藉，清丽高浑，主张"词家意欲层深，语欲浑成"④。他对清真词评价较高，不喜柳词的浅俗，直言"周美成词家神品，如《少年游》'马滑霜浓，不如休去，直是少人行'，何等境味。若柳七郎，此处如何煞得住"⑤。周邦彦词兼有"唐音""宋调"，此词点到即止，并不说破，情思宛转，耐人寻味，可谓"指取温柔，词归蕴藉"⑥，是偏向于"唐音"风格之作。而柳永词铺叙直露、展衍无遗的作风，为"宋调"的特点之一，与周邦彦词中"唐音"风格的作品相较，毛先舒更认同周词，可见其尊唐的态度。

---

① 李调元：《雨村词话》，唐圭璋编《词话丛编》，第2册，第1436页。
② 严迪昌：《清词史》，人民文学出版社2011年版，第60页。
③ 陈子龙著，施蛰存、马祖熙标校：《陈子龙诗集》，上海古籍出版社2006年版，"附录"第669页。
④ 王又华：《古今词论》，唐圭璋编《词话丛编》，第1册，中华书局1986年版，第608页。
⑤ 王又华：《古今词论》，唐圭璋编《词话丛编》，第1册，第610页。
⑥ 王又华：《古今词论》，唐圭璋编《词话丛编》，第1册，第608页。

第四章 清代前期词坛:"宗唐"余波与"宗宋"复兴

沈谦(1620—1670),字去矜,仁和人。受陈子龙影响,对"三李"评价颇高,曾云:"男中李后主,女中李易安,极是当行本色。前此太白,故称词家三李。"① 但沈谦不同意云间派专诣小令。他认为,小令、中调、长调的审美体性各有所胜、各有所忌:"小调要言短意长,忌尖弱。中调要骨肉停匀,忌平板。长调要操纵自如,忌粗率。能于豪爽中,著一二精致语,绵婉中著一二激厉语,尤见错综。"② 在词体区别之外,沈谦还认识到苏、柳词移情之妙处,云:"词不在大小深浅,贵于移情。'晓风残月'、'大江东去',体制虽殊,读之皆若身历其境,惝怳迷离,不能自主,文之至也。"③ 可见在理论上,沈谦已经突破了云间派固守"唐音"的偏向,有其独到的见解。

沈谦词集名为《东江集》,又名《云华词》,以言情见长,颇有香奁之风。毛先舒的《与沈去矜论填词书》评沈谦词"妙丽缠绵,俯睨盛宋。清弹朗歌,穷写纤隐,于古靡所不合"④。所谓"盛宋",指的是北宋。刘体仁《七颂堂词绎》云:"词亦有初盛中晚,不以代也。牛峤、和凝、张泌、欧阳炯、韩偓、鹿虔扆辈,不离唐绝句,如唐之初未脱隋调也,然皆小令耳。至宋则极盛,周、张、康、柳,蔚然大家。至姜白石、史邦卿,则如唐之中。而明初比唐晚,盖非不欲胜前人,而中实枵然,取给而已,于神味处,全未梦见。"⑤ 毛先舒说沈谦"妙丽缠绵,俯睨盛宋",即是指其词风为"北宋体",属于"唐音"。沈谦在《答毛稚黄论填词书》中称:"仆意旨所好,不外周、柳、秦、黄、南唐二主、易安、同叔,俱愿所学。"⑥ 也说自己所宗为北宋诸词家。从这点来说,他与云间派宗师陈子龙的词学观是一致的。不过,沈谦于北宋词家中,又受柳永影响最深,邹祗谟曾言其词"抚仿屯田处,穷纤

---

① 王又华:《古今词论》,唐圭璋编《词话丛编》,第1册,中华书局1986年版,第605页。
② 沈谦:《填词杂说》,唐圭璋编《词话丛编》,第1册,第629页。
③ 沈谦:《填词杂说》,唐圭璋编《词话丛编》,第1册,第629页。
④ 毛先舒:《与沈去矜论填词书》,王士禛、邹祗谟辑《倚声初集》,《续修四库全书》编纂委员会《续修四库全书》,第1729册,上海古籍出版社2002年版,第177页。
⑤ 刘体仁:《七颂堂词绎》,唐圭璋编《词话丛编》,第1册,第618页。
⑥ 沈谦:《答毛稚黄论填词书》,《东江集钞》,《清代诗文集汇编》编纂委员会编《清代诗文集汇编》,第70册,上海古籍出版社2010年版,第237页。

极眇，缠绵儇俏"①。沈雄也说他的词"率从屯田、待制浸淫而出，言情最为浓挚，又必欲据秦、黄之垒以鸣得意"②。由于柳词在承袭"唐音"的同时又开启了"宋调"，故沈谦的词风也有一些"宋调"的特色。谢章铤言其"好尽好排，取法未高，故不尽倚声三昧。长调意不副情，笔不副气，徒觉拖沓耳，且时时阑入元曲"③。这种批评颇得其实，道出了沈谦词学审美观中不同于云间派之处。

总而言之，云间派的词学思想在清初词坛余波不绝，西泠派与扬州派词人均在一定程度上继承了"宗唐"的风尚，但他们大多对云间派独重"唐音"的词学观有所纠正，不仅唐五代北宋词被列为师法对象，而且对南宋词的特点与美感也有所认识与接受，展现出较为开阔的词学视野，为"宋调"的复兴奠定了基础。

第二节 "为《兰畹》《金荃》树帜"
—— 纳兰性德与顾贞观对"唐音"的推崇

清初词坛云间一脉的"宗唐"之风，不仅影响了广陵派、西泠派等地方词人群体，而且扩散到了京华词坛。其中的代表词人是纳兰性德与顾贞观。

纳兰性德（1654—1685），原名成德，因避讳改名性德，字容若，号楞伽山人，满洲正黄旗人。纳兰性德出身显贵，其父亲纳兰明珠为朝中重臣，又与皇氏结亲，纳兰性德自身也深得康熙帝赏识。他天资聪颖，自小接受了良好的文化教育，年仅十九岁时便在老师徐乾学的指点下编纂了著名的《通志堂经解》，从此在清代文坛占据了一席之地。他的文学创作以词成就最高，有词集《侧帽集》，经增补后更名《饮水词》。其词名之盛，在当时达到了"家家争唱《饮水词》"的地步。徐

---

① 邹祇谟：《远志斋词衷》，唐圭璋编《词话丛编》，第1册，第657页。
② 沈雄：《古今词话》，唐圭璋编《词话丛编》，第1册，第1041页。
③ 谢章铤：《赌棋山庄词话》，唐圭璋编《词话丛编》，第4册，第3423—3424页。

釚《词苑丛谈》说当时"教坊歌曲间,无不知有《侧帽词》者"①。杨芳灿认为他在清代词坛的地位,与浙西词派宗主朱彝尊与阳羡词派宗主陈维崧相若,其《纳兰词序》云:"倚声之学,唯国朝为盛。文人才子,磊落间起。词坛月旦,咸推朱陈二家为最,同时能与之角立者,其惟成容若先生乎?"②

纳兰性德论词主情,对以言情为主的《花间集》等"唐音"颇为偏爱。他在《与梁药亭书》中说:"仆少知操觚,即爱《花间》致语,以其言情入微,且音调铿锵,自然协律。"③ 以《花间词》为代表的"唐音",原为富贵生活而设,具有富贵之美,对于他这样一个出身豪门贵族、未曾经历社会动荡的公子来说,与其心性可谓天然相契。纳兰性德对《花间集》的认同与接受,前人评论甚多。如姜宸英《挽诗》云:"承恩惟宿卫,适意在《花间》。"④ 杨芳灿云:"陈词天才艳发,辞锋横溢,盖出入北宋欧、苏诸大家;朱词高秀超诣,绮密精严,则又与南宋白石诸家为近;而先生之词,则真《花间》也。今所传《湖海楼词》多至千八百阕,《曝书亭词》亦不下六百余阕,先生所著《饮水词》仅百余阕耳。然《花间》逸格,原以少许胜人多许。"⑤ 郭麐云:"《饮水》一编,专学南唐五代,减字偷声,骎骎乎入《花间》之室。"⑥ 周之琦曰:"盖《花间》遗响,久成《广陵散》矣,容若长调多不协律,小令则格高韵远,极缠绵婉约之致,能使南唐坠绪绝而复续。第其品格,殆叔原、方回之亚乎?"⑦ 这些评论,从不同方面指出了纳兰词"宗唐"而得其神的特点。这种宗尚,在其成就最高的恋情

---

① 徐釚撰,唐圭璋校注:《词苑丛谈》,上海古籍出版社1981年版,第93页。
② 杨芳灿:《纳兰词序》,冯乾编校《清词序跋汇编》,第1册,凤凰出版社2013年版,第195页。
③ 纳兰性德:《通志堂集》,上海古籍出版社1979年版,第532页。
④ 姜宸英:《挽诗》,纳兰性德《通志堂集》,上海古籍出版社1979年版,第858—859页。
⑤ 杨芳灿:《纳兰词序》,冯乾编校《清词序跋汇编》,第1册,凤凰出版社2013年版,第195页。
⑥ 郭麐:《灵芬馆词话》,唐圭璋编《词话丛编》,第2册,第1504页。
⑦ 周之琦:《选刻〈饮水词〉序》,张草纫《纳兰词笺注》,上海古籍出版社2003年版,"附录"第436页。

词、悼亡词中有明显的反映。如：

  辛苦最怜天上月。一昔如环，昔昔都成玦。若似月轮终皎洁。不辞冰雪为卿热。 无那尘缘容易绝。燕子依然，软踏帘钩说。唱罢秋坟愁未歇，春丛认取双栖蝶。(《蝶恋花》)①
  银床淅沥青梧老。屧粉秋蛩扫。采香行处蹙连钱。拾得翠翘何恨不能言。 回廊一寸相思地。落月成孤倚。背灯和月就花阴。已是十年踪迹十年心。(《虞美人》)②
  一生一代一双人。争教两处销魂。相思相望不相亲。天为谁春。 浆向蓝桥易乞，药成碧海难奔。若容相访饮牛津。相对忘贫。(《画堂春》)③

  这几首词均情感深挚，词中所涉及的意象及凄婉哀怨的情调与《花间》无二。在《饮水词》中，纳兰性德还多次化用《花间》词句，如其《菩萨蛮》中的"相思何处说"句化用韦庄《应天长》的"暗相思，无处说"，《浪淘沙》中的"雨余花外却斜阳"句化用温庭筠《菩萨蛮》的"雨后却斜阳，杏花零落香"，《山花子》中的"魂似柳绵吹欲碎，绕天涯"句化用顾敻《虞美人》的"教人魂梦逐杨花，绕天涯"。此外，在词调的选用上，纳兰词也受《花间集》影响颇深④，其中《浣溪沙》《菩萨蛮》等调所作数量尤为突出，高达二三十首之多。
  纳兰性德虽认同《花间》，但最为推崇的却是南唐后主李煜的词。他在《渌水亭杂识》卷四云："《花间》之词如古玉器，贵重而不适用，宋词适用而少贵重。李后主兼有其美，更饶烟水迷离之致。"⑤ 纳兰性德之所以极赏李后主之词，与他本身的气质情性接近李后主有关。李后

---

① 纳兰性德撰，赵秀亭、冯统一笺校：《饮水词笺校》，中华书局2005年版，第117页。
② 纳兰性德撰，赵秀亭、冯统一笺校：《饮水词笺校》，第279页。
③ 纳兰性德撰，赵秀亭、冯统一笺校：《饮水词笺校》，第115—116页。
④ 参见陈水云《唐宋词在明末清初的传播与接受》，中国社会科学出版社2010年版，第372页。
⑤ 纳兰性德：《通志堂集》，上海古籍出版社1979年版，第717页。

主性情真挚，王国维许其为"不失其赤子之心"的词人①，谓"阅世愈浅，则性情愈真，李后主是也"②。其词亦以抒写真性情见长，亡国后所作哀感缠绵，无限凄婉。纳兰性德也是性情真挚之人，自称"予本多情人，寸心聊自持"③。他虽未有李后主的亡国之痛，却经历了同样的爱妻早丧之悲，又厌苦劳顿于鞍马扈从、宦海倾轧，发之于词，也是哀婉无比。故有人说纳兰性德是李煜的后身④，王国维《人间词话》则说他"以自然之眼观物，以自然之舌言情。此由初入中原，未染汉人风气，故能真切如此。北宋以来，一人而已"⑤。试读：

> 何路向家园，历历残山剩水。都把一春冷淡，到麦秋天气。
> 料应重发隔年花，莫问花前事。纵使东风依旧，怕红颜不似。（《好事近》）⑥
> 今古河山无定据。画角声中，牧马频来去。满目荒凉谁可语。西风吹老丹枫树。从前幽怨应无数。铁马金戈，青冢黄昏路。一往情深深几许。深山夕照深秋雨。（《蝶恋花·出塞》）⑦
> 非关癖爱轻模样，冷处偏佳。别有根芽。不是人间富贵花。
> 谢娘别后谁能惜，飘泊天涯。寒月悲笳。万里西风瀚海沙。（《采桑子·塞上咏雪花》）⑧

《好事近》一词中不乏社会历史的兴亡之感，"隔年花"正是后主典故，可见纳兰性德对李后主之事详熟于心；《蝶恋花》一词中，"满

---

① 王国维著，徐调孚注，王幼安校订：《人间词话》，人民文学出版社1960年版，第197页。
② 王国维著，徐调孚注，王幼安校订：《人间词话》，第198页。
③ 纳兰性德：《通志堂集》，上海古籍出版社1979年版，第74页。
④ 周之琦：《选刻〈饮水词〉序》，张草纫《纳兰词笺注》，上海古籍出版社2003年版，"附录"第436页。
⑤ 王国维著，徐调孚注，王幼安校订：《人间词话》，第217页。
⑥ 纳兰性德撰，赵秀亭、冯统一笺校：《饮水词笺校》，中华书局2005年版，第200页。
⑦ 纳兰性德撰，赵秀亭、冯统一笺校：《饮水词笺校》，第126页。
⑧ 纳兰性德撰，赵秀亭、冯统一笺校：《饮水词笺校》，第29页。

目荒凉""幽怨无数""深山秋雨"等词句无一不让人感受到词人抒发的凄婉之情；《采桑子》虽是咏雪花，但亦是自怜，词人虽出身贵胄，但他却无意于朝堂功名，向往的是处江湖之远的生活，因此自怜"不是人间富贵花"，而是"人间惆怅客"，只能于"断肠声里忆平生"。在《饮水词》中，这种悲艳之情始终环绕其间。陈维崧云："《饮水词》哀感顽艳，得南唐二主之遗。"① 梁启超云："容若小词，直追李主。"② 夏敬观云："寒酸语不可作，即愁苦之音亦以华贵出之。饮水词人所以为重光后身也。"③ 顾宪融云："至其小令清凄婉丽，尤得南唐二主之遗，故人多以重光后身称之。"④ 徐兴业亦云："纳兰词小令凄惋处，于南唐二主非惟貌近，抑亦神似。"⑤ 从上述评论皆可见出称容若为"重光后身"洵非虚论。李煜至情至性，其后期的创作已在一定程度上冲破了"唐音"中的"花间范式"的园囿，向"宋调"中以抒写士大夫情性为要的"东坡范式"过渡。纳兰性德说李煜兼有《花间》与宋词之美，可谓道出了后主词处于"唐音""宋调"之间的特点，而他以"宗唐"为主兼融"宋调"的词学倾向亦于此可知。

纳兰性德的词作与词论中所体现出来的以"宗唐"为主的词学观，得到其好友顾贞观的响应。顾贞观（1637—1714），原名华文，字华峰、远平，号梁汾，无锡人。顾贞观与陈维崧、朱彝尊并称清初"词家三绝"，又与纳兰性德、曹贞吉共称"京华三绝"，其词名颇盛。有词集《弹指词》。

顾贞观论词亦重情，他在《饮水词序》中明确地宣称："非文人不能多情，非才子不能善怨。骚雅之作，怨而能善，惟其情之所钟为独多也。"⑥ 从这样的观点出发，他对于以言情为主的词之"唐音"自然比

---

① 江顺诒：《词学集成》，唐圭璋编《词话丛编》，第 4 册，中华书局 1986 年版，第 3270 页。
② 梁启超：《渌水亭杂识跋》，梁启超《梁启超全集》，北京出版社 1999 年版，第 5266 页。
③ 况周颐撰，王幼安校订：《蕙风词话》，人民文学出版社 1960 年版，第 8 页。
④ 顾宪融著，陈水云整理：《填词百法》，文化艺术出版社 2017 年版，第 179 页。
⑤ 徐兴业：《凝寒室词话》，孙克强、杨传庆、裴喆编著《清人词话》，上册，南开大学出版社 2012 年版，第 677 页。
⑥ 顾贞观：《饮水词序》，冯乾编校《清词序跋汇编》，第 1 册，凤凰出版社 2013 年版，第 195 页。

较容易接受。但他在词的创作上，颇有自树一帜的雄心，不愿意学步古人。据朱彝尊《水村琴趣序》记载，他对朱"小令当法汴京以前，慢词则取诸南渡"的观点不以为然①。诸洛《弹指词序》亦载："先生幼禀异姿，多读书，诗古文皆有心得，而词更奄有众长，自成机轴。先生尝曰：'吾词独不落宋人圈䴡，可信必传。'"②顾贞观所提出的"不落宋人圈䴡"的美学追求，在杜诏的《弹指词序》中有较为清楚的表述：

> 夫《弹指》与竹垞、迦陵埒名。迦陵之词横放杰出，大都出自辛、苏，卒非词家本色。竹垞神明乎姜、史，刻削隽永，本朝作者虽多，莫有过焉者。虽然，缘情绮靡，诗体尚然，何况乎词？彼学姜、史者，辄屏弃秦、柳诸家，一扫绮靡之习，品则超矣，或者不足于情。若《弹指》则极情之至，出入南北两宋，而奄有众长，词之集大成者也。③

从这段论说可知，顾贞观的词，既不同于苏、辛一派"横放杰出"却"非词家本色"的"宋调"，也不同于周、姜一派"刻削隽永"却"不足于情"的"宋调"。他保持了"唐音"传统中"缘情绮靡"的本色，又更进一步，"极情之至，出入南北两宋，而奄有众长"。因此，他的词虽"不废冶情，但艳而不邪，丽而不佻"④，既有"肌理清妍"之作，又有"雄深感慨"之声⑤。谢章铤评其词"短调隽永，长调委宛尽致，得周、柳精处"，又特赏其寄吴兆骞（字汉槎）的《金缕曲》二首，谓："浓挚交情，艰难身世，苍茫离思，愈转愈深，一字一泪。吾想汉槎当日，得此词于冰天雪窖间，不知何以为情。后来效此体者极

---

① 朱彝尊：《水村琴趣序》，王利民校点《曝书亭全集》，吉林文史出版社2009年版，第455页。
② 诸洛：《弹指词序》，冯乾编校《清词序跋汇编》，第1册，第288页。
③ 杜诏：《弹指词序》，冯乾编校《清词序跋汇编》，第1册，第287页。
④ 严迪昌：《清词史》，人民文学出版社2011年版，第302页。
⑤ 邹文炳：《弹指词序》，冯乾编校《清词序跋汇编》，第1册，第289页。

多,然平铺直叙,率觉嚼蜡,由无深情真气为之干,而漫云以词代书也。"① 像这样"得周、柳精处"的长调,从体式、风格来说已属于"宋调",但其委婉层深、"极情之至"的特点,又显示出"唐音"的影响。顾贞观将两者融化无迹,抒写深情真气而又能避免平铺直叙、一泻无余的弊病,确属新创。

这种学古而又能出新的词学追求,为顾贞观和纳兰性德所共有。顾贞观在《与栩园论词书》中说:"余受知香严,而于词尤服膺倦圃。容若尝从容问余两先生意指云何,余为述倦圃之言曰:'词境易穷,学步古人,以数见不鲜为恨;变而谋新,又虑有伤大雅。'子能免此二者,欧陆辛秦何多让焉!容若盖自是益进。"② 由此可见,两人在词学上时有交流,均倾向学古而又善变,既尊重词体本色,又不入古人窠臼。这种理念也体现在他们合选的词集中。

顾贞观和纳兰性德合选的词集名为《今词初集》,共两卷,选入明末清初词人184家,词作617首,刊刻于康熙十六年(1677),由鲁超作序,毛际可题跋。《今词初集》虽体量不大,无法与《倚声初集》《瑶华集》相比较,但其在对《花间集》的接受亦即"唐音"的传承中,却是不可忽视的重要环节。《今词初集》有着明确的编选意识,鲁超序云:

> 吾友梁汾常云:诗之体至唐而始备,然不得以五七言律绝为古诗之余也;乐府之变,得宋词而始尽,然不得以长短句之小令、中调、长调为古乐府之余也。词且不附庸于乐府,而谓肯寄闰于诗耶?容若旷世逸才,与梁汾持论极合,采集近时名流篇什,为《兰畹》《金荃》树帜,期与诗家坛坫,并峙古今。③

---

① 谢章铤:《赌棋山庄词话》,唐圭璋编《词话丛编》,第4册,中华书局1986年版,第3414—3415页。
② 顾贞观:《与栩园论词书》,纳兰性德撰,赵秀亭、冯统一笺校《饮水词笺校》,中华书局2005年版,第509页。
③ 鲁超:《今词初集题辞》,施蛰存主编《词籍序跋萃编》,中国社会科学出版社1994年版,第813页。

第四章 清代前期词坛:"宗唐"余波与"宗宋"复兴

序中转述顾梁汾所言,认为唐诗非为古诗之余,词非为古乐府亦非诗之余,词不是任何文体的附庸,它是一种独立且可以与诗相提并论、比肩而谈的文体。纳兰性德与顾梁汾合选这部词集,目的是为"《兰畹》《金荃》树帜"。"兰畹"为唐五代北宋词选集名,"金荃"则为温庭筠词集名。严迪昌先生认为:"文中所说的《兰畹》《金荃》是指代词这一文学体式,并非是实指一种风格情韵。"① 此说可能不是十分确切。唐宋词集众多,《花间》《草堂》较之《兰畹》《金荃》要更加著名,流传更广,为何文中要选《兰畹》《金荃》来指代词这一文学体式呢?笔者以为,这应该与时人以"唐音"为词之本色的认识有关,故而用《兰畹》《金荃》两本以"唐音"为主的词集作为词体的代表,这种选择还是隐含了指代某种风格情韵的意思在内。"采集近时名流篇什,为《兰畹》《金荃》树帜",意指以近时词坛的名流佳作,为"唐音"传统词风在当代的发展树立榜样。当然,纳兰性德与顾梁汾既然有意于此,那么他们自不会简单地重复前人,而是追求在前人的基础上更进一步,在学古中有创新。毛际可为《今词初集》所作之跋就阐明了这一点。其云:"近世词学之盛,颉颃古人,然其卑者,掇拾《花间》《草堂》数卷之书,便以骚坛自命,每叹江河日下。今梁汾、容若两君权衡是选,主于铲削浮艳,舒写性灵,采四方名作,积成卷轴,遂为本朝三十年填词之准的。"② 明人"宗唐",推崇《花间》《草堂》之风,但其下者,未免堕于俗艳,埋没性情。顾贞观与纳兰性德以"主于铲削浮艳,舒写性灵"为《今词初集》的编选标准,重视真情至性的抒写,这是对"唐音"主情作风的发扬与改造。

在《今词初集》中,入选最多的是云间派宗主陈子龙的词作,数量高达29首,其下为龚鼎孳的27首、顾贞观的24首。入选数量在十首以上者还有:吴绮23首、朱彝尊22首、宋征舆21首、丁澎19首、李雯18首、纳兰性德17首、严绳孙17首、曹溶16首、吴伟业13首、王士禛13首、陈维崧11首、彭孙遹11首、顾贞立10首。以陈子龙为首的"云间

---

① 严迪昌:《清词史》,人民文学出版社2011年版,第303页。
② 毛际可:《今词初集跋语》,施蛰存主编《词籍序跋萃编》,第813页。

· 309 ·

三子"之词均被选入,且数量较多,足以说明顾贞观与纳兰性德对以"宗唐"为主旨的云间派词学思想的认同。在《今词初集》中,我们还可读到纳兰性德对陈子龙词的和韵之作。如《浣溪沙·咏五更,和湘真韵》:

> 微晕娇花湿欲流。簟纹灯影一生愁。梦回疑在远山楼。　　残月暗窥金屈戍,软风徐荡玉帘钩。待听邻女唤梳头。①

这首词所和的原作为陈子龙的《浣溪沙》:"半枕轻寒泪暗流。愁时如梦梦时愁。角声初到小红楼。　　风动残灯摇绣幕,花笼微月澹帘钩。陡然旧恨上心头。"②两首词均有花间之风,描写的都是思妇情怀、闺中愁怨,语言风格含蓄幽微、怨而不怒,言淡而情隽,词中出现的意象相差无几,营造的意境也极为相似。清人谭献在其《复堂日记》中曾将二人加以比较,认为"有明以来,词家断推《湘真》第一,《饮水》次之",并引周稚圭言,说陈子龙较之纳兰性德更有资格称为"重光后身"③。陈子龙与纳兰性德谁更无愧乎重光后身之称暂且不论,这种比较本身已说明他们在词心、词风上存在着共性。

以纳兰性德、顾贞观为核心,在当时形成了一个事实上"以宗奉南唐五代为主,倡导言情入微的'饮水词派'"④,亦有人称为"'花间草堂'词群"⑤。《今词初集》选有不少这一群体的作品,如严绳孙、吴绮等。严绳孙为当时小令名家,词集名为《秋水词》。曹溶称其词"以自然为宗"⑥,厉鹗《论词绝句十二首》评其词云:"闲情何碍写云蓝,淡处翻浓我未谙。独有藕渔工小令,不教贺老占江南。"⑦陈廷焯《云

---

① 纳兰性德撰,赵秀亭、冯统一笺校:《饮水词笺校》,中华书局2005年版,第79页。
② 陈子龙、李雯、宋征舆撰,陈立校点:《幽兰草》,辽宁教育出版社2000年版,第13页。
③ 谭献著,范旭仑、牟晓朋整理:《复堂日记》,河北教育出版社2001年版,第37—54页。
④ 陈铭:《清词的中兴与衰微》,《浙江学刊》1992年第2期。
⑤ 严迪昌:《一日心期千劫在——纳兰早逝与一个词派之夭折》,《江苏大学学报》2002年第1期。
⑥ 聂先、曾王孙:《百名家词钞》,孙克强、杨传庆、裴喆编著《清人词话》,上册,南开大学出版社2012年版,第195页。
⑦ 厉鹗:《樊榭山房集》,《清代诗文集汇编》编纂委员会编《清代诗文集汇编》,第271册,上海古籍出版社2010年版,第272页。

韶集》也盛赞："秋水小令，情词并胜。出入唐宋，自成一家。"① 吴绮入选《今词初集》的词高达23首，孙金砺言其词"言情写怨，无不婉畅流丽，尽态极妍"②，邹祗谟称其"巧于言情"③。由此可见严绳孙、吴绮的创作倾向和审美情趣与纳兰性德、顾贞观所倡导的主情的词学观是一致的。

总而言之，由纳兰性德、顾贞观及其周围关系密切的词人所形成的"饮水词人"群体，其词学主张与创作是清初词坛在云间派之后的"宗唐"主力。不过，他们学古而不泥古，能将"唐音"与"宋调"加以融合而自创新格，这是他们的独特价值所在。他们承"唐"而又积极求变的事实说明，"唐音"笼罩词坛已经太久了，也到了变革风气的时候。在这样的背景下，清初词坛遂有阳羡派与浙西派的崛起，他们开始树起了追捧"宋调"的大旗。

第三节 "存词即所以存经存史"
—— 阳羡词派的"宗宋"倾向

在顺治年间，江苏宜兴诞生了一个"国家不幸诗家幸"的词派，它便是倡导苏、辛体"宋调"的阳羡词派。江苏宜兴位于江苏、浙江、安徽三省的交界处，最早于秦时被称为阳羡县，虽曾先后更名为义兴、宜兴，然后世仍常称之为阳羡。阳羡地处江南，水系较为发达，以荆溪最为闻名，是一个山清水秀的宜居之地。苏轼曾买田于此，有词《菩萨蛮》云："买田阳羡吾将老。从来只为溪山好。来往一虚舟。聊随物外游。"④ 其后亦多有文人流连于阳羡，导致此地的人文气息愈来愈浓厚，至明代臻于顶峰。明清易代之际，战火蔓延至整个中原大地，在山

---

① 陈廷焯：《云韶集》，孙克强、杨传庆、裴喆编著《清人词话》，上册，南开大学出版社2012年版，第199页。
② 聂先、曾王孙：《百名家词钞》，孙克强、杨传庆、裴喆编著《清人词话》，上册，第123页。
③ 邹祗谟：《远志斋词衷》，唐圭璋《词话丛编》，第1册，第658页。
④ 苏轼著，朱孝臧编年，龙榆生校笺，朱怀春标点：《东坡乐府笺》，上海古籍出版社2017年版，第187页。

河易主、朝代更迭已成定势的情况下，各地仍有义师揭竿而起，意图光复明朝。阳羡所处的江南地区抗争尤为激烈，无数仁人义士为此捐躯，视死如归，由此引起了清廷的极大不满，先后在东南掀起了"科场案""通海案""奏销案"，大批文人、士子、官吏惨遭迫害。这样的社会现实，为阳羡地区的文学染上了一抹苍凉悲壮、肃杀萧瑟的底色。

阳羡词派的宗主为陈维崧。蔡嵩云《柯亭词论》有云："阳羡派倡自陈迦陵，吴园次、万红友等继之，效法苏、辛，惟才气是尚，此第一期也。"[①] 陈维崧（1625—1682），字其年，号迦陵，江苏宜兴人，少有才名，被誉为"江左三凤凰"之一。康熙十八年（1679），荐试博学鸿词科，授翰林院检讨。陈维崧出身名门，其祖父陈于廷为东林党魁，官至明左都御史赠少保衔，父亲陈贞慧亦为名士，与冒襄、侯方域、方以智合称"明末四公子"。在明亡之前，陈维崧曾学诗词于陈子龙、李雯等人，其诗云："忆昔我生十四五，初生黄犊健如虎。华亭叹我骨格奇，教我歌诗作乐府。"[②] 因此，他早期的创作受到云间派"宗唐"风气的影响，加之家门煊赫，故"不无声华裙屐之好，多为旖旎语"[③]。如其《定风波·杏花街纪事》：

歌谜吹弹百不忧。嬉春人逐少年游。紫芜人家玉蕤酒。知否。人生合死舞鬟楼。　　划地笺飞蝴蝶馆。凌乱。银豪翻出小梁州。醉问蓝鸡桥下去。何处。来朝欲市翠鞚篌。[④]

像这种写少年行乐情事的词，显属"唐音"风格。明亡以后，陈维崧家道中落，逐渐陷于穷愁潦倒、客游四方的境地。顺治年间，王士

[①] 蔡嵩云：《柯亭词论》，唐圭璋编《词话丛编》，第5册，中华书局1986年版，第4908页。
[②] 陈维崧：《酬许元锡》，沈德潜《清诗别裁集》，上海古籍出版社2013年版，第449页。
[③] 陈宗石：《迦陵词全集跋》，冯乾编校《清词序跋汇编》，第1册，凤凰出版社2013年版，第91页。
[④] 王士禛、邹祗谟辑：《倚声初集》，《续修四库全书》编纂委员会编《续修四库全书》，第1729册，上海古籍出版社2002年版，第340页。

第四章 清代前期词坛:"宗唐"余波与"宗宋"复兴

祺出任扬州推官,词学活动颇为频繁,陈维崧亦参与其间。此时他的词风与广陵词人一样,仍偏于矫丽哀艳。邹祇谟谓其"工作情语,浓淡皆有倩色"①。王士禛称:"近日名家,作丽语无如程邨,作情语无如其年。"②"友人中,陈其年工哀艳之辞,彭金粟擅清华之体,董文友善写闺襜之致,邹程村独标广大之称,仆所云,近愧真长矣。"③可见在前期,陈维崧之词与清初词风大体相似。

到了康熙年间,由于时局情势的改变及其自身种种遭际,陈维崧的词学思想逐渐发生了巨大的转变。最初,陈维崧尚有哀艳香柔之作,自谓"丈夫处不得志,正当如柳郎中使十七八女郎按红牙拍板,歌'杨柳岸晓风残月',以陶写性情。吾将以秦七、黄九作萱草忘忧耳"④。然而人生经历的种种困顿、挫折,郁结于心,终于让他由宗尚婉约的"唐音"变为推崇豪放的苏、辛派"宋调",欲以"大江东去"的雄词高调,浇去胸中的块垒。他在诗中说:"辛柳门庭别,温韦格调殊。烦君铁绰板,一为洗蓁芜。"⑤为此,陈维崧对自己早年的词作进行了整饬删改。蒋景祁《陈检讨词钞序》云:"刻于《倚声》者,过辄弃去,间有人诵其逸句,至哕呕不欲听。"⑥对于当时词坛尚"唐音"的风气,他明确表示不满,主编了一本《今词选》以正之。在《今词选》的序言中,他将苏、辛的长调比喻为杜甫之歌行与西京之乐府,认为:"鸿文巨轴,固与造化相关。下而谰语卮言,亦以精深自命。要之,穴幽出险以厉其思,海涵地负以博其气,穷神知化以观其变,竭才渺虑以会其通。为经为史,曰诗曰词,闭门造车,谅无异辙也。"⑦其意指经、史、

---

① 王士禛、邹祇谟辑:《倚声初集》,《续修四库全书》编纂委员会编《续修四库全书》,第1729册,上海古籍出版社2002年版,第303页。
② 王士禛、邹祇谟辑:《倚声初集》,《续修四库全书》编纂委员会编《续修四库全书》,第1729册,第251页。
③ 王士禛:《花草蒙拾》,唐圭璋编《词话丛编》,第1册,中华书局1986年版,第685页。
④ 宗元鼎:《乌丝词序》,冯乾编校《清词序跋汇编》,第1册,凤凰出版社2013年版,第92页。
⑤ 陈维崧:《和荔裳先生韵亦得十有二首》其六,陈维崧著,陈振鹏标点,李学颖校补《陈维崧集》,上海古籍出版社2010年版,第798页。
⑥ 蒋景祁:《陈检讨词钞序》,冯乾编校《清词序跋汇编》,第1册,第94页。
⑦ 陈维崧:《词选序》,冯乾编校《清词序跋汇编》,第1册,第61页。

诗、词均"与造化相关"或"以精深自命"，具备"思""气""变""通"四个方面的特性，即"深刻其意，锤炼其识；拓开气象，恢宏其力；把握规律，更变创新；最后则是以全部才智、毕生精力以至用生命去严肃承担通同的使命"[1]。这不仅拓展了词的思想内涵，还提高了词的境界与气格。基于这种认识，他批评当时词坛"极意《花间》，学步《兰畹》。矜香弱为当家，以清真为本色"的现象，指出明代以来在"宗唐"过程中出现的种种弊病："神瞽审声，斥为郑卫。甚或爨弄俚词，闺襜冶习。音如湿鼓，色若死灰。此则嘲诙隐廋，恐为词曲之滥觞；所虑杜夔左骖，将为师涓所不道。辗转流失，长此安穷。胜国词流，即伯温、用修、元美、征仲诸家，未离斯弊，余可识矣。"[2] 他明确表示自己编辑《今词选》的目的，就是要纠正这些问题，提升词体的地位："选词所以存词，其即所以存经存史也夫？"[3]

在创作方面，后期的陈维崧正如蒋景祁所言："磊砢抑塞之意，一发之于词。诸生平所诵习经史百家古文奇字，一一于词见之。"[4] 豪放之风在其《迦陵集》中大放异彩，常被论作是稼轩之后。试看其用稼轩韵词二首：

> 如此江山，几人还记，旧争雄处。北府军兵，南徐壁垒，浪卷前朝去。惊帆蘸水，崩涛毡雪，不为愁人少住。叹永嘉、流人无数。神伤只有卫虎。　　临风太息，髯奴狮子，年少功名指顾。北拒曹丕，南连刘备，霸业开东路。而今何在，一江灯火，隐隐扬州更鼓。吾老矣，不知京口，酒堪饮否。（《永遇乐·京口渡江用辛稼轩韵》）[5]

---

[1] 严迪昌：《清词史》，人民文学出版社2011年版，第186页。
[2] 陈维崧：《词选序》，冯乾编校《清词序跋汇编》，第1册，凤凰出版社2013年版，第61页。
[3] 陈维崧：《词选序》，冯乾编校《清词序跋汇编》，第1册，第61页。
[4] 蒋景祁：《陈检讨词钞序》，冯乾编校《清词序跋汇编》，第1册，第94页。
[5] 陈维崧著，陈振鹏标点，李学颖校补：《陈维崧集》，上海古籍出版社2010年版，第1140页。

第四章 清代前期词坛:"宗唐"余波与"宗宋"复兴

已矣何须说。笑乐安、彦升儿子,寒天衣葛。百结千丝穿已破,磨尽炎风腊雪。看种种、是余之发。半世琵琶知者少,枉教人、斜抱胸前月。羞再挟,王门瑟。　　黄皮裤褶军装别。出萧关、边笳夜起,黄云四合。直向李陵台畔望,多少如霜战骨。陇头水、助人愁绝。此意尽豪那易遂,学龙吟、屈煞床头铁。风正吼,烛花裂。(《贺新郎·冬夜不寐写怀用稼轩同父倡和韵》)[1]

两首词皆借古喻今悲士不遇,抒发了相同的慨叹,悲壮雄劲,极富磊落倜傥之气,与稼轩词颇为相似,其《永遇乐》中的"吾老矣,不知京口,酒堪饮否"数句,更是明显模仿稼轩《永遇乐》结句"凭谁问,廉颇老矣,尚能饭否"。除了用稼轩韵外,陈维崧还多用偏于豪放词风的词调,如《满江红》《念奴娇》《贺新郎》《水龙吟》等。据统计,凡稼轩所用之调,迦陵无一不用[2]。可见陈维崧对苏、辛派"宋调"的接受是较为全面的,前人的词评对此多有论及。如史承谦《青梅轩诗话》云:"迦陵先生词淋漓跌宕,才气横绝一世,自是稼轩后一人。"[3] 王初桐《小嫏嬛词话》载:"竹垞题《其年填词图》云:'擅词场,飞扬跋扈,前身应是青兕。'盖迦陵学稼轩者也。"[4] 陈匪石《旧时月色斋词谭》亦云:"湖海楼崛起清初,导源幼安,极纵横跌宕之妙,至无语不可入词,而自然浑脱。"[5]

陈维崧在承袭苏、辛派的"宋调"时,对词的内容有进一步的拓展,将民间生活的疾苦与残忍的社会现实也写进了词中,真正实践了其"存词亦存经存史"的理论主张。最能展现这一特点的当推《贺新郎·纤夫词》:

---

[1] 陈维崧著,陈振鹏标点,李学颖校补:《陈维崧集》,上海古籍出版社2010年版,第1539页。
[2] 朱丽霞:《清代辛稼轩接受史》,齐鲁书社2005年版,第188页。
[3] 史承谦:《青梅轩诗话》,孙克强、杨传庆、裴喆编著《清人词话》,上册,南开大学出版社2012年版,第240页。
[4] 王初桐:《小嫏嬛词话》,屈兴国《词话丛编二编》,第2册,浙江古籍出版社2013年版,第1092页。
[5] 陈匪石:《旧时月色斋词谭》,陈匪石编著,钟振振校点《宋词举》,江苏古籍出版社2002年版,第212页。

　　　　战舰排江口。正天边、真王拜印，蛟螭蟠钮。征发棹船郎十万，列郡风驰雨骤。叹闾左、骚然鸡狗。里正前团催后保，尽累累、锁系空仓后。捽头去，敢摇手。　　稻花恰趁霜天秀。有丁男、临歧诀绝，草间病妇。此去三江牵百丈，雪浪排樯夜吼。背耐得、土牛鞭否。好倚后园枫树下，向丛祠、亟倩巫浇酒。神佑我，归田亩。①

　　这是一首典型的叙事词，上阕写清廷为征十万棹船郎而强掳男丁服役之事，下阕则是描写夫妇诀别的场面，纤夫此去要面对的虽是怒吼的江涛，凶险的骇浪，但这又哪里比得上清廷暴行的残忍？无奈之下，只得请神求巫，寄托于美好的祈愿。全词与杜甫《石壕吏》有异曲同工之妙，一泣一诉、一字一泪，无不令人扼腕。故陈廷焯评曰："词中陈其年，犹诗中之老杜也，风流悲壮，雄跨一时。"②

　　在前面的论述中，我们已经指出长调最能体现"宋调"的特点，因其宜于铺叙展衍、曲折跌宕、逞才使气，而小令的篇幅较小，较难构建雄深雅健之态，但陈维崧后期所作的一些小令也往往极富气势与笔力，颇具苏、辛派"宋调"的豪放风范。如其《醉落魄·咏鹰》："寒山几堵。风低削碎中原路。秋空一碧无今古。醉袒貂裘，略记寻呼处。　　男儿身手和谁赌。老来猛气还轩举。人间多少闲狐兔。月黑沙黄，此际偏思汝。"③词题为写鹰，实则主要写"老来猛气还轩举"的男儿身手，铿锵有力，读之让人心潮澎湃，豪宕却无粗野叫嚣之弊，很能见出陈维崧的过人才气。

　　陈维崧在唐风盛行的时代另起一帜，重振苏、辛派"宋调"，对其周围的词人，尤其是那些也有过坎坷际遇的阳羡地区词人产生了重大的影响，形成了康乾两朝的一大词派，与朱彝尊领衔的浙西词派并驾齐

---

① 陈维崧著，陈振鹏标点，李学颖校补：《陈维崧集》，上海古籍出版社2010年版，第1545页。
② 陈廷焯：《词坛丛话》，唐圭璋编《词话丛编》，第4册，中华书局1986年版，第3731页。
③ 陈维崧著，陈振鹏标点，李学颖校补：《陈维崧集》，中册，第1066页。

驱。如谭献所言:"锡鬯、其年出,而本朝词派始成……嘉庆以前,为二家牢笼者,十居七八。"① 在受其影响的阳羡词人群中,与陈维崧交游较为密切的有徐喈凤、史惟圆、蒋景祁等。

徐喈凤(1622—1689),字鸣岐、竹逸,号荆南山人,江苏宜兴人。徐喈凤由明入清,虽出仕新朝,但历"奏销"一案后告归不再复出,也是在"奏销"案之后方始填词。他在《荫绿轩词证》中自述:"余素不读词,亦不作词。壬寅冬,自滇南归,访邹程邨于远志斋,见几上有《倚声集》,展而读之,其中有艳语焉,足以移我情也;有快语焉,足以舒我闷也;有壮语旷语焉,足以鼓我气而荡我胸也,遂跃然动填词之兴,及拈题拟调,语多径率,不能为柔辞曼声。"② 由此可见,徐喈凤与陈维崧不同,他并未受过云间词风的影响,虽然《倚声集》中的艳语令其移情,但沉痛的现实经历,使得他提笔作词,即自觉地选择了"语多径率"的"宋调",足以"舒我闷""鼓我气""荡我胸"的"快语""壮语""旷语"。如其《青玉案·警悟》:

人生得失无凭据。看富贵、浮云度。使尽机心空自误。花开还谢,月圆还缺,总是天然数。　范韩事业曾相慕。不道蹉跎竟迟暮。且向溪头垂钓去。梦中名利,醉中声色,直到而今悟。③

又如《大江东去·君山观大阅,用苏东坡赤壁怀古韵》:

昨霄霜重,染就了、杨白枫丹云物。拔地孤峰江口压,楚国春申遗壁。善战吞吴,壮谋并越,转眼如消雪。江山依旧,几番兴败豪杰。　且看山麓旌旗,龙蛇日耀,恍云屯电发。大戟长戈雕羽箭,飞骑冲尘明灭。似此雄威,真堪傲、我辈儒冠白发。听残鼙

---

① 谭献:《复堂词话》,唐圭璋编《词话丛编》,第4册,第4008页。
② 徐喈凤:《荫绿轩词证》,屈兴国《词话丛编二编》,第1册,浙江古籍出版社2013年版,第456页。
③ 南京大学中国语言文学系《全清词》编纂研究室编:《全清词·顺康卷》,第5册,中华书局2002年版,第3061页。

鼓，举头惟见钩月。①

这两首词作兼备苏轼的旷达与辛弃疾的豪健，确有荡涤心胸、舒郁鼓气之效。徐士俊称赞徐喈凤词"飘萧秀艳，兼备风骚，使人读之如聆清琴饮醇酒，不觉意消心醉"②。史可程评："竹逸之词，触绪停云，涤怀秋水，清澈如水壶濯魄，奔腾如天马行空。"③ 所言均得其实。

徐喈凤还对今人作"唐音"提出了自己的看法，认为："词自隋炀、李白创调之后，作者多以闺词见长，合诸名家计之，不下数千万首，深情婉致，摹写殆尽，今人可以不作矣。即或变调为之，终是拾人牙后。"④ 词家论词大多以婉约为正声，豪放为变体，但徐喈凤却从抒写性情的角度为豪放词风发声，称："词虽小道，亦各见其性情。豪放者强作婉约语，毕竟豪气未除。性情婉约者强作豪放语，不觉婉态自露。故婉约固是本色，豪放亦未尝非本色也。后山评东坡词：如教坊雷大使舞，虽极天下之工，要非本色。此离乎性情以为言，岂是平论！"⑤ 徐喈凤虽仍视词为小道，但他认为不管豪放还是婉约，只要是出于真性情的词作皆是本色语。这就为苏、辛派以豪放为主要特色的"宋调"也争得了正统的地位。

史惟圆（生卒年不详），原名策，又名若愚，字云尘，号蝶庵，别署荆水钓客，江苏宜兴人。史惟圆与陈维崧为姻表亲，二人交往甚深，亦为阳羡词派的一名大将，在当时词坛地位颇高。

史惟圆的词学之路与陈维崧颇有几分相似之处，早年他亦受云间词派的影响，曾参与广陵唱和，有不少"唐音"风格的作品。而在经历

---

① 南京大学中国语言文学系《全清词》编纂研究室编：《全清词·顺康卷》，第5册，中华书局2002年版，第3076—3077页。
② 徐士俊：《荫绿轩词序》，冯乾编校《清词序跋汇编》，第1册，凤凰出版社2013年版，第116页。
③ 聂先、曾王孙编《百名家词钞》引，孙克强、杨传庆、裴喆编著《清人词话》，上册，南开大学出版社2012年版，第186页。
④ 徐喈凤：《荫绿轩词证》，屈兴国《词话丛编二编》，第1册，浙江古籍出版社2013年版，第452—453页。
⑤ 徐喈凤：《荫绿轩词证》，屈兴国《词话丛编二编》，第1册，第451—452页。

了历史的沧桑巨变、人生的种种挫折之后,他的心境发生了一定变化,进而影响到其词学思想的转变。其《念奴娇·自寿》云:

> 粗豪意气,忆当年、蚁视中原人物。年少雕虫矜小技,便欲请缨天阙。排突金门,驱驰玉塞,徒有冲冠发。荒鸡夜叫,迢迢魂梦飞越。　　谁念暗换年华,依然潦倒,啮草根求活。赢得秋霜明镜里,一两芒鞋闲客。雨棹烟帆,酒旗戏鼓,流落无人识。冷清清地,夜窗扑尽残雪。①

据词中所言,史惟圆年少时也曾意气风发,有着"蚁视中原人物"的胸襟抱负,意欲"请缨天阙",然而随着山河易主、年华暗换,他遭到打压迫害,生活开始变得潦倒起来,因此过上了隐居的生活,只靠"草根求活",做了个不求名利的冷清清"闲客"。在这样的境况下,婉丽的"唐音"于他已不合时宜,"宗唐"风下的流弊也成了他批评的对象:

> 今天下之词亦极盛矣,然其所为盛,正吾所谓衰也。家温、韦而户周、秦,抑亦《金荃》、《兰畹》之大忧也。夫作者非有《国风》美人、《离骚》香草之志意,以优柔而涵濡之,则其入也不微,而其出也不厚。人或者以淫亵之音乱之,以佻巧之习沿之,非俚则诬。②

从这段话来看,史惟圆虽与陈维崧同样不满于"唐音"盛行,以"家温、韦而户周、秦"为词体发展的"大忧",但其词学主张与陈不尽相同。史惟圆强调词的作者应该具有"《国风》美人、《离骚》香草之志意",并且以优柔婉转的手法将其寄寓、渗透到词中,这样才能产

---

① 南京大学中国语言文学系《全清词》编纂研究室编:《全清词·顺康卷》,第7册,中华书局2002年版,第3859—3860页。
② 陈维崧:《蝶庵词序》,冯乾编校《清词序跋汇编》,第1册,凤凰出版社2013年版,第136页。

生"入微""出厚"的效果。否则，就容易产生"以淫亵之音乱之，以佻巧之习沿之，非俚则诬"等问题。显然，史惟圆对"唐音"并未完全排斥，而是采取了一种改进、扬弃的态度，要求在保持传统的婉约风格的同时，充实以具有社会现实意义的"志意"，不能流于淫亵、佻巧。这实际上是主张融合唐宋，以"唐音"之形传"宋调"之神，或者说，是以"宋调"为体，以"唐音"为用。他在《南耕词》的评语中，亦申述了类似的观点：

> 柳屯田"杨柳岸、晓风残月"之句，情景依依，灼然为古今绝唱，余皆曲蘖粉黛中尝语也。然歌工之论亦贵其声之要眇耳，而谈者遂薄大江东为非词家正格，是岂足尽倚声之极致哉？今南耕之词，婉至矣而豪气寓焉，风华矣而真意存焉，盖兼苏、柳之长，而屏雷同附和之语，其无愧为大家也欤。世之言词者，专以软媚为工，或以粗豪为妙，兹编其良砭矣。①

柳永词中的"杨柳岸、晓风残月"这一名句，被乐工拿来与苏轼的"大江东去"并提，说明两人的词风差异，后世遂以之分别作为婉约词风与豪放词风的代表。在前面的论述中，我们已经指出，婉约为"唐音"传统的主导风格，豪放为"宋调"后起的新变。柳永虽然是处于词之"唐音""宋调"开始分化的交叉口上的词人，其词风较为复杂，既得"唐音"之遗，又开"宋调"之先，但就"杨柳岸、晓风残月"这句词来说，以景写情，意境深婉，韵味无穷，极具"唐音"的风神，因此我们可视其代表了"唐音"的美学特征。史惟圆特别称赏柳词的这一名句，但又指出，歌工之论，只是"贵其声之要眇"，论者因此说苏轼的"大江东去"不是词家正格，是不懂得"倚声之极致"。他认为曹亮武（1654年前后在世，号南耕，江苏宜兴人）的词婉中寓豪，既具风华，又有真意，兼有苏轼与柳永之长，这才是真正的大家。

---

① 史惟圆：《南耕词跋》，冯乾编校《清词序跋汇编》，第1册，凤凰出版社2013年版，第250—251页。

论词者"专以软媚为工，或以粗豪为妙"，都偏于一端，并不正确。由此亦可见史惟圆虽重视苏、辛派的"宋调"，但也欣赏"唐音"之美，试图将两者加以结合。

史惟圆后期的创作基本体现了他的词学主张。虽然其词集中与陈维崧唱和的词颇染"稼轩"风气，但更多效仿北宋周、柳、苏、秦诸家之作，"神形兼似，而能贯之以个人情思"[①]。他曾比较自己与陈维崧的词风差异说："譬之子，子学庄，余学屈焉。譬之诗，子师杜，余师李焉。"[②] 严迪昌先生认为："陈氏词如山，千峰万壑，骨立而又葐郁，刚中有柔；史氏词如水，三万六千顷，波旷而石根遍寓，柔中见刚。"[③] 这个评语颇为精当。

蒋景祁（1646—1695），初字次京，改字京少，又作荆少，号罨画溪生，江苏宜兴人。蒋景祁早年与陈维崧同为"秋水社"盟友，颇有交情，也因陈维崧的缘故结识了浙西词派的朱彝尊，著有《梧月词》《罨画溪词》，因词风与陈维崧极为贴近，被称为阳羡派殿军词人。陈维崧的著作遗稿也被托付于蒋景祁，经其整理编成《陈检讨词钞》，使这巨帙词集不至于湮没。

蒋景祁的《陈检讨词钞序》是颇能见出阳羡派词学思想的一篇重要文献。序言首先说："先生之词，则先生之真古文也。"把陈维崧的词与他所作的古文在性质上等同起来，这也就是陈维崧在《词选序》中所倡的"存词即所以存经存史"之义。以这一论断为基础，他先是指出"变"是文章发展的基本规律："文章之源流，古今同贯。而历览作者，其所成就，未尝不各擅一家。虽累百变而不相袭，故读之者亦服习焉而不厌也。五经文字，无敢轻议。后此则《离骚》祖风雅，词赋家祖骚，史家祖迁、固，体制殊别，不能为易。然纵横变化，存乎其人。"然后进一步论词之变：

---

① 陈水云：《唐宋词在明末清初的传播与接受》，中国社会科学出版社2010年版，第321页。
② 陈维崧：《蝶庵词序》，冯乾编校《清词序跋汇编》，第1册，凤凰出版社2013年版，第137页。
③ 严迪昌：《阳羡词派研究》，齐鲁书社1993年版，第213页。

> 词之兴，其非古矣。《花间》犹唐音也，《草堂》则宋调矣。元明而后，骎骎卑靡。学者苟有志于古之作者，而守其藩篱，即起温、韦、周、秦、苏、辛诸公于今日，其不能有所度越也已。①

蒋景祁认为：词的兴起，本为文体的新变，而词的风格也在不断地发展变化。《花间集》是"唐音"，到了《草堂诗余》就变成了"宋调"，元明以后则渐渐走向"卑靡"。学词者假如把古人作为模仿的对象，却"守其藩篱"，不敢突破与创新，那么就算把温、韦、周、秦、苏、辛这些唐宋大家放到今天，也不可能超越前人。在前面章节的论述中，我们已经指出，《草堂诗余》所选以北宋词为主，就总体风格而言实为"北宋体"，更接近"唐音"而非南宋时代最为典型的"宋调"。因此严格来说，蒋景祁在此处将《草堂诗余》作为"宋调"风格的代表与以《花间集》为代表的"唐音"并举不是十分确切。不过，明代以来这两本词集极其流行，传统观念上分别视它们为唐词与宋词的代表，而且它们的风格确实也存在一定的差异，所以用来说明词体风格不同的时代发生了变化自无不可。蒋景祁强调"变"为文章创作的基本规律，回顾唐宋元明的词风演变，其目的在于为陈维崧词风的变化与创新提供学理依据。因此，他在回顾了陈维崧的创作历程后，对陈维崧词给予了高度评价：

> 故读先生之词者，以为苏辛可，以为周秦可，以为温韦可，以为《左》、《国》、《史》、《汉》、唐宋诸家之文亦可。盖既具什伯众人之才，而又笃志好古，取裁非一体，造就非一诣。豪情艳趣，触绪纷起，而要皆含咀酝酿而后出。以故履其阈，赏心洞目，接应不暇；探其奥，乃不觉晦明风雨之真移我情。噫！其至矣。向使先生于词，墨守专家，沈雄荡激，则目为伧父；柔声曼节，或鄙为妇人。即极力为幽情妙绪，昔人已有至之者。其能开疆辟远，旷古绝

---

① 蒋景祁：《陈检讨词钞序》，冯乾编校《清词序跋汇编》，第1册，第93—94页。

第四章 清代前期词坛:"宗唐"余波与"宗宋"复兴

今,一至此也耶?①

蒋景祁重点关注了陈维崧词风的多样性,即"以为苏辛可,以为周秦可,以为温韦可,以为《左》、《国》、《史》、《汉》、唐宋诸家之文亦可","取裁非一体,造就非一诣。豪情艳趣,触绪纷起"。他认为这正是因为陈维崧不"墨守专家",勇于创变,故能在词的领域"开疆辟远",取得"旷古绝今"的成就。蒋景祁对陈维崧词的评价实有过高之处。陈词虽豪、艳兼备,但后期以豪为主,也是其最用力、最具个性和创造性之处。陈廷焯说:"迦陵词,沈雄俊爽,论其气魄,古今无敌手。若能加以浑厚沈郁,便可突过苏辛,独步千古。惜哉!"② 又说:"蹈扬湖海,一发无余,是其年短处,然其长处亦在此。盖偏至之诣,至于绝后空前,亦令人望而却步。其年亦人杰矣哉。"③ 陈廷焯的评价较之蒋景祁似更为恰切。陈维崧"沈雄俊爽"的词才是他开宗立派的根本所在。但是,即使其极有气魄,"蹈扬湖海,一发无余",到了空前绝后的地步,终究还是在苏、辛派"宋调"所持的"东坡范式"的范围之内。不过,蒋景祁的评价也说明,阳羡词派虽以宗奉苏、辛派的"宋调"为主,但因为重视创变,故较少门户之见,对各种词学资源都有所取则。这一点,从蒋景祁所编选的大型词选《瑶华集》中也可以看出。

《瑶华集》二十二卷,选词人 507 位,词作 2467 首,编定于康熙年间。这是继《倚声初集》《今词选》之后的清初选词之萃,李一氓云其"差足备顺康一代之典型,颇足观览。继《明词综》而后之《清词综》一系列选本皆远逊之"④。严迪昌先生对这部词选亦评价甚高,他指出:"如果说陈维崧以其创作实践宏开一派词风,万树编著《词律》梳理词的音韵格律,廓清词体词律的紊杂现象,那么蒋景祁以其出色的选政而堪称阳羡的三鼎足之一。"⑤ 在《刻瑶华集述》中,蒋景祁对"唐音"

---

① 蒋景祁:《陈检讨词钞序》,冯乾编校《清词序跋汇编》,第 1 册,第 94 页。
② 陈廷焯著,杜维沫校点:《白雨斋词话》,人民文学出版社 1983 年版,第 72 页。
③ 陈廷焯著,杜维沫校点:《白雨斋词话》,第 72 页。
④ 李一氓:《一氓题跋》,生活·读书·新知三联书店 1981 年版,第 193 页。
⑤ 严迪昌:《清词史》,人民文学出版社 2011 年版,第 225 页。

"宋调"均给予了好评。如他赞美温、韦之词"短音促节,天真烂漫,遂拟于天仙化人,可望而不可即"①,认为"《片玉》、《珠玑》,体崇妍丽;《金荃》、《兰畹》格尚香纤。以是求词,大致具矣"②。又说:"今词家率分南北宋为两宗,岐趋者易至角立。究之,臻其堂奥,鲜不殊途同轨也。犹论曲亦分南浙,吾皆不谓之知音。"③ 从其入选词作来看,虽然阳羡派宗主陈维崧的词作高达148首,但浙派领袖朱彝尊亦有111首,其他如云间、西泠、柳洲、毗陵各地词人亦皆被选入其中。这也从侧面反映出,蒋景祁的词学视野是较为开阔的,并非独尊苏、辛派的"宋调"。他在《雅坪词谱跋》中说:"宋词惟东坡、稼轩魄力极大,故其为言豪放不羁,然细按之未尝不协律也。下此乃多入闺房亵冶之语,以为当行本色。夫所谓当行本色者,要须不直不逼,宛转回互,与诗体微别,勿令径尽耳。专谱艳辞狎语,岂得无过哉?"④ 揆其语意,虽然对苏、辛词的豪放不羁加以回护,对艳辞狎语予以斥责,但亦重视协律、婉转等词体的传统审美特性,主张词体与诗体"微别",方为当行本色。这显然又是有见于"唐音"之美了。

蒋景祁的词风接近陈维崧,以苏、辛派的"宋调"为主。阳羡词人董儒龙曾作《贺新郎》赠之,中有"公子才名重。忆童年、梦征红杏,人呼小宋。《梧月》《竹山》词一派,近与迦陵伯仲"之语,谓其词与陈维崧相伯仲。如其《贺新郎·送查朗山游黔》:"银烛青烟吐。望关城、明星欲落,一鞭冲暑。彩笔今携盘江上,绣尽蟠龙螭虎。便瘴雨腥云飞渡。为语夜郎休自大,忆西风猎猎鸣笳鼓。铙歌赛,蛮箫舞。

东阳瘦沈襟期许。且抛将、旗亭顾曲,酒垆浇酹。叹息沧桑成迁改,依旧高低禾黍。流不尽、洞庭波怒。拂路刺桐花发早,料鹧鸪啼破空山苦。黄陵月,照千古。"⑤ 此词气势浩渺,气格疏朗,境界阔大,是"宋

---

① 蒋景祁:《刻瑶华集述》,朱崇才编《词话丛编续编》,第1册,人民文学出版社2010年版,第604页。
② 蒋景祁:《刻瑶华集述》,朱崇才编《词话丛编续编》,第1册,第608页。
③ 蒋景祁:《刻瑶华集述》,朱崇才编《词话丛编续编》,第1册,第598页。
④ 蒋景祁:《雅坪词谱跋》,见陆萊《雅坪词谱》,清康熙刻本。
⑤ 蒋景祁编:《瑶华集》,下册,中华书局1982年版,第1156—1157页。

调"中苏辛一路的典型词作。

阳羡一派的兴起根于深厚的地方文化底蕴,源于山河破碎的伤痛,亦受明末清初其他词派创作与理论的沾溉。肖鹏先生曾言:"阳羡词派其实是柳洲、西泠、扬州各系清词的进一步发展,从而引起质变。它将各系特别是扬州词人群的以晚唐五代北宋为正、南宋为变的格局推演扩大,而变成南宋辛弃疾、蒋捷为正,晚唐五代北宋为变。这一群体的努力摧枯拉朽,最终导致了整个清词大举'南来',抛弃唐五代和北宋,进入南宋体独霸天下的时期。"① 如前所论,晚唐五代北宋词主要为"唐音",南宋词主要为"宋调",因而肖鹏先生此论,其实也道出了阳羡词派在清代前期词坛由"宗唐"向"宗宋"转变过程中的关键地位。

第四节 "小令宜师北宋,慢词宜师南宋"
——浙西词派的"宗宋"主张

清代自康熙中期开始,政治趋于稳定,经济逐渐复苏,整个社会开始呈现出盛世景象。为了安抚前期清廷高压统治对知识分子造成的心灵创伤,网罗部分明朝遗民为清廷效力,康熙十八年(1679)诏开"博学鸿词科"。在此科的殿试中,长期落魄江湖的浙西大儒朱彝尊以"名布衣"被征召应试,高中第一等第十七名,特授翰林院检讨,并且在此后一段时期中颇受康熙帝重用。由此,以朱彝尊为中心的浙西词人群体声势大张,逐渐成为清代前期到中期词坛上影响极大的词学流派之一。该派所宗,主要是南宋后期的风雅派词人姜夔、张炎等人,尤以姜夔为尊。在前面的论述中,我们已经指出,姜夔词"纯为宋腔",是"宋调"中的"清真范式"在南宋发展出来的"完全体",因此浙西词派所树立的也是"宗宋"的旗帜。

朱彝尊(1629—1709),字锡鬯,号竹垞,又号小长芦钓师、金风亭长,浙江秀水(今嘉兴市)人。早年有诗名,与王士禛并称"南朱

---

① 肖鹏:《群体的选择——唐宋人词选与词人群体通论》,凤凰出版传媒集团、凤凰出版社2009年版,第451页。

北王"，后以词闻名，被尊为浙西派宗主。著有《眉匠词》《静志居琴趣》《茶烟阁体物集》《江湖载酒集》《曝书亭集》等，编有《明诗综》《词综》，在清代词坛具有极其重要的地位。

朱彝尊词学思想的渊源来自同乡的前辈词人曹溶。曹溶（1613—1685），字洁躬，又字鉴躬，号秋岳，一号倦圃，浙江秀水（今嘉兴市）人。明崇祯十年（1637）进士，入清后曾官至户部侍郎，迁广东右布政使、山西按察副使等职。工诗词，著有《静惕堂集》等。曹溶在清初词坛颇为活跃。顾贞观《答秋田求词序书》云："国初辇毂诸公，尊前酒边，借长短句以吐其胸中。始而微有寄托，久则务为谐畅。香岭倦圃，领袖一时。"[①] 曹溶早期与云间派一样，对唐五代北宋之词颇为推崇，曾言："诗余起于唐人而盛于北宋，诸名家皆以春容大雅出之，故方幅不入于诗，轻俗不流于曲，此填词之祖也。南渡以后，渐事雕绘，元明以来竞工俚鄙，故虽以高、杨诸名手为之，而亦间坠时趋。至今日而海内诸君子，阐秦、柳之宗风，发晏、欧之光艳，词学号称绝盛矣。"[②] 从这段话来看，曹溶虽不满于宋室南渡后的词"渐事雕绘"，但以"春容大雅"来称赞唐五代及北宋名家之词，其实为他后期肯定南宋词埋下了伏笔。"春容大雅"，指的是那种气度雍容、用词典雅、上不似诗下不类曲的作品，而南宋以姜夔、张炎为代表的醇雅词恰好符合其标准。朱彝尊在《静惕堂词序》中记载了他与曹溶的词学渊源以及曹溶对南宋词的搜集、发现之功："彝尊忆壮日从先生南游岭表，西北至云中，酒阑灯灺，往往以小令慢词更迭倡和。有井水处，辄为银筝檀板所歌。念倚声虽小道，当其为之，必崇尔雅，斥淫哇，极其能事，则亦足以宣昭六义，鼓吹元音。往者明三百祀，词学失传，先生搜辑南宋遗集，尊曾表而出之。数十年来，浙西填词者家白石而户玉田。春容大雅，风气之变，实由先生。"[③]

[①] 谢章铤：《赌棋山庄词话》，唐圭璋编《词话丛编》，第 4 册，中华书局 1986 年版，第 3530 页。

[②] 聂先、曾王孙编：《百名家词钞》引，孙克强、杨传庆、裴喆编著《清人词话》，上册，南开大学出版社 2012 年版，第 639 页。

[③] 朱彝尊：《静惕堂词序》，冯乾编校《清词序跋汇编》，第 1 册，凤凰出版社 2013 年版，第 279 页。

第四章 清代前期词坛:"宗唐"余波与"宗宋"复兴

朱彝尊早期词风与曹溶相近,亦颇尚"唐音"。严迪昌先生谓其"初涉倚声,路子较杂,小令大抵学《花间》,长调则周、柳、秦、黄皆有"①。不过,从康熙三年(1664)入曹溶大同备兵署为幕僚到康熙十七年(1678)入京应"博学鸿词科"试这十多年间,朱彝尊生活穷困潦倒,难以自给。他在《陈纬云红盐词序》中说:"予糊口四方,多与筝人酒徒相狎","短衣尘垢、栖栖北风雨雪之间,其羁愁潦倒未有甚于今日者"②。现实的困苦经历使朱彝尊的词风有所转变,在这期间编成的词集《江湖载酒集》,取自杜牧之诗"落魄江湖载酒行",即是以"落魄"概括这一时期的经历。其自题词集的《解佩令》一首则表明了他转而崇尚"宋调"的词学倾向,词云:

> 十年磨剑,五陵结客,把平生、涕泪都飘尽。老去填词,一半是、空中传恨。几曾围、燕钗蝉鬓。　　不师秦七,不师黄九,倚新声、玉田差近。落拓江湖,且分付、歌筵红粉。料封侯、白头无分。③

从这首词可知,朱彝尊的创作倾向由前期的师法唐五代北宋名家转向了"倚新声、玉田差近",即是向南宋末的张炎词靠拢。张炎作为南宋的遗民词人,其词中不乏家国身世之悲,多凄清之调,朱彝尊因为与他有相似的经历,故自觉地向他学习。汪孟鋗《题本朝词十首》诗称其"落魄江湖载酒行,首低心下玉田生。洞仙歌冷平生梦,绮语尤难字字清"④。陈廷焯《白雨斋词话》赞其《长亭怨慢·雁》("结多少悲秋俦侣")"感慨身世,以凄切之情,发哀婉之调,既悲凉,又忠厚,是竹垞直逼玉田之作"⑤。由于张炎又最为推崇姜夔,于是,姜夔及南宋后期风雅派词人所创作的"宋调"就成了他必然尊奉的师法对象,

---

① 严迪昌:《清词史》,人民文学出版社2011年版,第302页。
② 朱彝尊:《陈纬云红盐词序》,冯乾编校《清词序跋汇编》,第1册,第233页。
③ 朱彝尊著,屈兴国、袁李来辑校:《朱彝尊词集》,浙江古籍出版社1994年版,第99页。
④ 汪孟鋗:《题本朝词十首》,孙克强、裴喆编著《论词绝句二千首》,上册,南开大学出版社2014年版,第107页。
⑤ 陈廷焯著,杜维沫校点:《白雨斋词话》,人民文学出版社1983年版,第69页。

并且习而有成,"跌荡清新,一扫《花庵》《草堂》之旧,填词家至与白石、玉田并称,竹垞亦自以为无愧"①。

朱彝尊词学思想的这种转变,在他与汪森合编的大型词选《词综》有集中的表现。他在《词综·发凡》中说:

> 世人言词,必称北宋。然词至南宋,始极其工,至宋季而始极其变,姜尧章氏最为杰出。②
>
> 言情之作,易流于秽,此宋人选词,多以雅为目。法秀道人语涪翁曰"作艳词当堕犁舌地狱",正指涪翁一等体制而言耳。填词最雅无过石帚,《草堂诗余》不登其只字,见胡浩《立春吉席》之作,蜜殊《咏桂》之章,亟收卷中,可谓无目者也。③

朱彝尊"词至南宋,始极其工,至宋季而始极其变"的观点,首次将南宋后期以姜夔词为代表的"宋调"置于以"唐音"为主的北宋词之上,是对明代以来词坛"宗唐"之风的有力反拨。他之所以推尊姜夔,除了作词技巧上的"极其工"与"极其变",还有一个理论支点是"雅"。崇雅是"宋调"的共同特点,但"雅"的内涵丰富,既有文辞表达之"雅",又有内容、意蕴之"雅",有关乎社会政教之"雅",也有个人情性风度之"雅"。词之"宋调"中的两派,在"雅"的表现方面是有所不同的:苏、辛一派,更加重视内容之雅,注重陶写情性,反映社会现实;周、姜一派,对内容与形式之雅都很重视,尤其重视文辞表达的形式之"雅"。因此,张炎推崇姜夔词的"不惟清空,又且骚雅"④,兼及了内容与表达两个方面,而辛弃疾等人所作的豪放风格的词,则被认为是"豪气词",不是"雅词"。朱彝尊认为"填词最雅无过石帚",应该也是受到了张炎的影响。他的这种观点,显然是将以姜

---

① 王初桐《小嫏嬛词话》引查慎行语,屈兴国《词话丛编二编》,第2册,浙江古籍出版社2013年版,第1085页。
② 朱彝尊:《词综·发凡》,朱彝尊、汪森编《词综》,上海古籍出版社1978年版,第10页。
③ 朱彝尊:《词综·发凡》,朱彝尊、汪森编《词综》,第14页。
④ 张炎著,夏承焘校注:《词源注》,人民文学出版社2018年版,第17页。

夔为代表的"宋调"放在了辛派"宋调"之上。

《词综》在选词时全面贯彻了这种词学主张，摒弃俚俗浮艳，以"醇雅"为标准操选政。对于南宋词人，不仅将当时能见的白石词全部选入，而且还选入了大量南宋后期风雅派词人的作品，计有周密54首、吴文英45首、张炎38首、王沂孙31首、史达祖26首、陈允平22首、蒋捷21首、高观国20首等。后人对《词综》的选政及其影响给予了高度评价。沈皥日说："竹垞博搜唐、宋、金、元人集以辑《词综》，一洗草堂之陋。其词句琢字炼，归于醇雅。虽起白石、梅溪诸家为之，无以过也。"① 郭麐说："本朝词人，以竹垞为至，一废《草堂》之陋，首阐白石之风。《词综》一书，鉴别精审，殆无遗憾。"② 陈廷焯说："竹垞所选《词综》，自唐至元，凡三十八卷，一以雅正为宗，诚千古词坛之圭臬也。"③ 陈匪石也认为《词综》所录之词，"自唐迄元，一以雅正为鹄。盖朱氏当有明之后，为词专宗玉田，一洗明代纤巧靡曼之习，遂开浙西一派，垂二百年。简练揣摩，在清代颇占地位"④。

需要指出的是，朱彝尊虽力主宗奉南宋后期的"宋调"，但主要是注目于慢词这种体式。而对最能体现"唐音"特色的小令，他仍然主张以晚唐、北宋为师法对象。其《洪崖词序》云："窃思晚唐、北宋，惟小令为工。若慢词，至南宋而始极其变，体乃大备。以是语人，人辄非笑，独宜兴陈其年以予为笃论。……兹读东田同年《洪崖词》，小令、慢词克兼南北宋之长，与予意合。"⑤《鱼计庄词序》云："曩予与同里李十九武曾论词于京师之南泉僧舍，谓小令宜师北宋，慢词宜师南宋，武曾深然予言。"⑥ 由此可见，朱彝尊"宗宋"的主张尽管有清扫

---

① 冯金伯：《词苑萃编》，唐圭璋编《词话丛编》，第2册，中华书局1986年版，第1941页。
② 郭麐：《灵芬馆词话》，唐圭璋编《词话丛编》，第2册，第1503页。
③ 陈廷焯：《词坛丛话》，唐圭璋编《词话丛编》，第4册，第3730页。
④ 陈匪石：《声执》，陈匪石编著，钟振振校点《宋词举》，江苏古籍出版社2002年版，第200页。
⑤ 朱彝尊：《洪崖词序》，冯乾编校《清词序跋汇编》，第1册，凤凰出版社2013年版，第338页。
⑥ 朱彝尊：《鱼计庄词序》，冯乾编校《清词序跋汇编》，第1册，第340页。

明代以来"宗唐"风下的种种弊病的意图，但并不是完全否定"唐音"的艺术。甚至可以说，他比较清楚地看出了"唐音"与"宋调"两种审美范型在小令与慢词中各自的表现，并且提出了各立词统的意见，这是前所未有且很符合实际的看法。此外，随着清廷统治的稳固和朱彝尊身份地位的变化，他后期所倡的"宋调"也发生了由"愁苦之言"到"欢愉之辞"的微妙转向。其作于康熙二十五年（1686）的《紫云词序》云："词者，诗之余，然其流既分而不可复合，……昌黎子曰：'欢愉之言难工，愁苦之言易好。'斯亦善言诗矣。至于词，或不然。大都欢愉之辞工者十九，而言愁苦者十一焉尔。故诗际兵戈俶扰，流离琐尾，而作者愈工；词则宜于宴嬉逸乐，以歌咏太平，此学士大夫并存焉而不废也。"[1] 朱彝尊提出词宜歌咏太平，正是呼应了清朝统治阶级用一种全新的文学面貌来引领文学的发展，发出"清真雅正"之音以粉饰盛世的需要。而姜夔"清空""骚雅"的词风，虽然其中不无身世之感、家国之思，但音韵和谐，格调高雅，确实也适合文人雅士"宴嬉逸乐，以歌咏太平"。这也成为朱彝尊以姜夔为尊的"宗宋"主张在康乾之世影响不衰的政治现实因素。

浙西派词人中，汪森为朱彝尊词学主张的重要支持者之一。汪森（1653—1726），字晋贤，号碧巢，原籍安徽，侨居浙江桐乡。陈廷焯评其词"气骨最高，遣词亦精警，高者亚于竹垞"[2]。汪森的主要词学成就是与朱彝尊合编《词综》，其所作《词综序》亦是浙西词派重要的理论纲领之一。序云：

> 西蜀、南唐而后，作者日盛。宣和君臣，转相矜尚。曲调愈多，流派因之亦别。短长互见，言情者或失之俚，使事者或失之伉。鄱阳姜夔出，句琢字炼，归于醇雅。于是史达祖、高观国羽翼之，张辑、吴文英师之于前，赵以夫、蒋捷、周密、陈允衡、王沂

---

[1] 朱彝尊：《紫云词序》，冯乾编校《清词序跋汇编》，第1册，第240页。
[2] 陈廷焯：《云韶集》，孙克强、杨传庆、裴喆编著《清人词话》，上册，南开大学出版社2012年版，第641页。

孙、张炎、张翥效之于后，譬之于乐，舞箾至于九变，而词之能事毕矣。……岁历八稔，然后成书，庶几可一洗《草堂》之陋，而倚声者知所宗矣。①

《词综序》与朱彝尊《词综·发凡》大体上表达了同一个理论主张，即倡导宗奉以南宋姜夔、张炎为代表的"宋调"，欲以其"醇雅"来纠正"言情者或失之俚，使事者或失之伉"的词风，一洗《草堂诗余》的俗陋习气。

当时与朱彝尊进行唱和的浙西词人还有：李良年（1635—1694），字武曾，浙江秀水人，被誉为浙西词派"亚圣"，著有《秋锦山房词》。李符（1639—1689），字分虎，号耕客，浙江秀水人，著有《耒边词》。沈皞日（1637—1703），字融谷，号茶星、柘西，浙江平湖人，著有《柘西精舍词》。沈岸登（1639—1702），字覃九、南淳，号惰耕村叟，浙江平湖人，著有《黑蝶斋词钞》。龚翔麟（1658—1733），字天石，号蘅圃，浙江仁和人，著有《红藕庄词》。康熙十八年（1679）龚翔麟将朱彝尊的《江湖载酒集》与上述五人词集合刻为《浙西六家词》，鲜明地打出了浙西一派旗帜，以姜夔为核心的"宋调"也逐渐为人所接受，引领了一时风气。陈对鸥曾说："自《浙西六家词》出，瓣香南宋，另开生面。于是四方承学之士，从风附响，知所指归。"② 下面试举五人词作各一首：

楚堤行遍。记得潇湘帘底见。棹倚枫根。客梦杨花共一村。
鸥边再宿。前路分明烟水渌。门掩清溪。风起莲东月坠西。（李良年《减字木兰花·重经白马渡》）③

老柳梳烟，寒芦载雪，江城物候秋深。怨金河叫雁，断续和疏砧。记前度、邗沟系缆，征衫又破，愁到如今。怅无眠伴我，凄凉

---
① 汪森：《词综序》，朱彝尊、汪森编《词综》，上海古籍出版社1978年版，第1—2页。
② 冯金伯：《词苑萃编》，唐圭璋编《词话丛编》，第2册，中华书局1986年版，第1951页。
③ 叶恭绰编：《全清词钞》，上册，中华书局2019年版，第205—206页。

月在墙阴。　　竹西歌吹，甚听来、都换笳音。料锁箧携香，笼灯照马，翠馆难寻。淮海风流秦七，今宵在、梦更伤心。有燕犀屯处，明朝莫去登临。(李符《扬州慢·广陵驿舍对月》)①

断蛩吟晚。正苔痕露冷，离魂吹散。坐旅馆、听尽琼签，是人倦背灯，家山犹远。泪洒难收，又和墨、书来点点。算乡城月黑，秋风望极，故人愁眼。　　尘飞软红冉冉。纵无情别去，也成凄怨。伴雁影、芦荻烟波，为频嘱明年，归程同转。双鬓霜前，想镜里、星星先见。只销凝、南浦长亭，玉田半卷。(沈皞日《解连环·寄家书用张玉田韵》)②

霁雪才消竹色，午钟迸起松声。尚有巢鸟岩际落，怪道游人树杪行。一峰兰若晴。　　飞白乍看宸翰，来青旧识轩名。不见隔云缇骑合，但听流泉坏道鸣。凄然物外情。(沈岸登《十拍子·来青轩》)③

极目总悲秋，衰草似粘天末。多少无情烟树，送年年行客。乱山高下没斜阳，夜景更清绝。几点寒鸦风里，趁一梳凉月。(龚翔麟《好事近·沂水道中》)④

上述词作都透着一股清冷萧瑟之感，又偶有峭拔之态，风格接近白石、玉田。曹贞吉评李良年词云："秋锦论词，必尽扫蹊径，独露本色。尝谓南宋词人如梦窗之密，玉田之疏，必兼之乃工。今读是集，洵非虚语。"⑤王初桐认为李良年、沈岸登、李符三家之词"择其完善者观之，亦自清丽可诵"⑥。谢章铤也对他们有所评价，认为："李氏武曾、分

---

① 李符：《香草居集》，《四库全书存目丛书》编纂委员会编《四库全书存目丛书》，集部第252册，齐鲁书社1996年版，第54页。
② 沈皞日著，胡愚、朱刚点校：《柘西精余词》，华东师范大学出版社2015年版，第44页。
③ 南京大学中国语言文学系《全清词》编纂研究室编：《全清词·顺康卷》，第16册，中华书局2002年版，第9057页。
④ 南京大学中国语言文学系《全清词》编纂研究室编：《全清词·顺康卷》，第16册，第10128页。
⑤ 曹贞吉：《秋锦山房词序》，冯乾编校《清词序跋汇编》，第1册，凤凰出版社2013年版，第216页。
⑥ 王初桐：《小嫏嬛词话》，屈兴国《词话丛编二编》，第2册，浙江古籍出版社2013年版，第1093页。

第四章　清代前期词坛："宗唐"余波与"宗宋"复兴

虎，沈氏融谷、覃九，机云竞爽，咸籍并称。竹垞先登，蘅圃后劲，浙西风雅，允冠一时。就中而分虎尤胜。"①

继朱彝尊之后，引领浙西词派发展的是厉鹗。厉鹗（1692—1752），字太鸿，又字雄飞，号樊榭、花隐，浙江钱塘人。试博学鸿词科落选，以授徒为业，一生较为落魄，其诗与查慎行齐名，但词名更高，其《樊榭山房集》中收有词二卷。谢章铤曾说："雍正乾隆间，词学奉樊榭为赤帜，家白石而户梅溪矣。"②厉鹗曾作有《论词绝句十二首》，诗云："寂寞湖山尔许时，近来传唱六家词。偶然燕语人无语，心折小长芦钓师。"③令其心折的"小长芦钓师"，即朱彝尊。

厉鹗对朱彝尊崇"雅"的词学主张有进一步的发展。他说："豪迈者失之于粗厉，香艳者失之于纤亵。惟有宋姜白石、张玉田诸君清真雅正，为词律之极则。"④可见厉鹗所追求的"雅"已不限于文辞风格的"雅正""高雅"，而是拓展到了追求词律的雅化。其《论词绝句十二首》云："去上双声子细论，荆溪万树得专门。欲呼南渡诸公起，韵本重雕蓁斐轩。"⑤万树亦为浙派词人，编有《词律》一书，厉鹗重视词之音律，曾手批《词律》一书。故张其锦评曰："朱竹垞氏专以玉田为模楷，品在众人上。至厉太鸿出，而琢句炼字，含宫咀商，净洗铅华，力除俳鄙，清空绝俗，直欲上摩高、史之垒矣。又必以律调为先，词藻次之。"⑥

厉鹗在《论词绝句十二首》中，评姜夔："旧时月色最清妍，香影都从授简传。赠与小红应不惜，赏音只有石湖仙。"评张炎："玉田秀

---

① 谢章铤：《赌棋山庄词话》，唐圭璋编《词话丛编》，第 4 册，中华书局 1986 年版，第 3462 页。
② 谢章铤：《赌棋山庄词话》，唐圭璋编《词话丛编》，第 4 册，第 3458 页。
③ 厉鹗：《论词绝句十二首》，厉鹗著，董兆雄注，陈九思标校《樊榭山房集》，上海古籍出版社 2012 年版，第 513 页。
④ 汪沅：《籽香堂词序》，冯乾编校《清词序跋汇编》，第 2 册，凤凰出版社 2013 年版，第 503 页。
⑤ 厉鹗：《论词绝句十二首》，厉鹗著，董兆雄注，陈九思标校《樊榭山房集》，第 514 页。
⑥ 张其锦：《梅边吹笛谱跋》，冯乾编校《清词序跋汇编》，第 2 册，凤凰出版社 2013 年版，第 630 页。

·333·

笔溯清空，净洗花香意匠中。羡杀时人唤春水，源流故自寄闲翁。"①可见其清幽秀雅的审美趣味。尤其值得注意的是，他追本溯源，将北宋词人周邦彦也明确地列为师法对象。其《吴尺凫玲珑帘词序》云：

> 南宗词派，推吾乡周清真，婉约隐秀，律吕谐协，为倚声家所宗。自是里中之贤，若俞青松、翁五峰、张寄闲、胡苇航、范药庄、曹梅南、张玉田、仇山村诸人，皆分镳竞爽，为时所称。元时嗣响，则张贞居、凌柘轩。明瞿存斋稍为近雅，马鹤窗阑入俗调，一如市伶语，而清真之派微矣。本朝沈处士去矜号能词，未洗鹤窗余习，出其门者，波靡不返，赖龚侍御蘅圃起而矫之。尺凫《玲珑帘词》，盖继侍御而畅其旨者也。尺凫之为词也，在中年以后，故寓托既深，揽撷亦富，纡徐幽邃，惝恍绵丽，使人有清真再生之想。②

在《张今涪〈红螺词〉序》中，他又援画论词，将清真、白石列为一宗，与辛弃疾、刘克庄相比较：

> 尝以词譬之画，画家以南宗胜北宗。稼轩、后村诸人，词之北宗也。清真、白石诸人，词之南宗也。③

如前所论，周邦彦虽为北宋词人，但确立了"宋调"中的"清真范式"，"后开姜、张之始"④，为南宋后期的风雅派词人所宗。厉鹗将他也奉为宗祖，指明清真、白石之间的共性，对浙西词派词学统绪的建构来说，确有完善之功。不过，厉鹗的南宗胜北宗之论，虽起到了为周、姜一派"宋调"张目的作用，但也容易导致人们忽视苏、辛派"宋

---

① 厉鹗：《论词绝句十二首》，厉鹗著，董兆雄注，陈九思标校《樊榭山房集》，上海古籍出版社2012年版，第511—512页。
② 厉鹗：《吴尺凫玲珑帘词序》，厉鹗著，董兆雄注，陈九思标校《樊榭山房集》，第754页。
③ 厉鹗：《张今涪〈红螺词〉序》，厉鹗著，董兆雄注，陈九思标校《樊榭山房集》，第753—754页。
④ 陈廷焯著，杜维沫校点：《白雨斋词话》，人民文学出版社1983年版，第16页。

调"所重的"真气"与"性情"。在其影响下，浙西词派"宗风大畅，诸派尽微，而东坡词诗、稼轩词论，肮脏激扬之调，尤为世所诟病"①。

厉鹗在词的创作上颇能实践其理论主张，多具清空幽雅的审美风格，成就颇高。阮元曰："厉征君樊榭词，清空婉约，得白石、叔夏正传。建炎湖山之妙，尚可于移宫换羽间得之。"②朱绶曰："国初朱竹垞氏，稍后厉樊榭氏，始标南宋为准的，一洗叫呶之习。而厉氏尤尚雅令，不为脂粉秾丽语，一时倚声家多宗之。"③陈廷焯亦赞之曰："厉樊榭词，异色生香，正如万花谷中，杂以幽兰。别于其年、竹垞外，自成大家。"④试读其词作：

飞绵近远。又绿阴弄日，吹过隋苑。比雪还轻，度水无痕，东风下上低捲。成团作队冥濛甚，真共幻、总迷心眼。倚绣帘、误却吹时，明灭个人庭院。　尚忆张郎好句，正朦胧淡月，坠处初暖。漫缀征衣，点鬓休惊，欲捉儿童仍懒。悠扬梦入离亭路，写不尽、楚江春晚。笑雨余、一种沾泥，付与老禅为伴。（《疏影·小玲珑山馆赋絮影》）⑤

秋光今夜，向桐江、为写当年高躅。风露皆非人世有，自坐船头吹竹。万籁生山，一星在水，鹤梦疑重续。挐音遥去，西岩渔父初宿。　心忆汐社沈埋，清狂不见，使我形容独。寂寂冷萤三四点，穿破前湾茅屋。林净藏烟，峰危限月，帆影摇空绿。随流飘荡，白云还卧深谷。（《百字令·月夜过七里滩，光景奇绝，歌此调几令众山皆响》）⑥

---

① 谢章铤：《赌棋山庄词话》，唐圭璋编《词话丛编》，第4册，中华书局1986年版，第3530页。
② 冯金伯：《词苑萃编》，唐圭璋编《词话丛编》，第2册，第1950页。
③ 朱绶：《历代词腴序》，孙克强、杨传庆、裴喆编著《清人词话》，中册，南开大学出版社2012年版，第793页。
④ 陈廷焯：《词坛丛话》，唐圭璋编《词话丛编》，第4册，中华书局1986年版，第3733页。
⑤ 厉鹗著，董兆雄注，陈九思标校：《樊榭山房集》，下册，上海古籍出版社2012年版，第1654页。
⑥ 厉鹗著，董兆雄注，陈九思标校：《樊榭山房集》，中册，第671页。

簟凄灯暗眠还起，清商几处催发。碎竹虚廊，枯莲浅渚，不辨声来何叶。桐飙又接。尽吹入潘郎、一簪愁发。已是难听，中宵无用怨离别。　　阴虫还更切切。玉窗挑锦倦，惊响檐铁。漏断高城，钟疏野寺，遥送凉潮呜咽。微吟渐怯。讶篱豆花间，雨筛时节。独自开门，满庭都是月。(《齐天乐·秋声馆赋秋声》)[1]

《疏影》一词中飞絮"比雪还轻，度水无痕"，庭院正"朦胧淡月"，正是一片"清空"之景；《百字令》一词中只"万籁生山，一星在水"两句，"清寂"之境便呼之欲出，而帆影飘荡，又是一种空灵摇荡之感；《齐天乐》一词写秋声，声音本难以描摹，厉鹗却通过"碎竹""枯莲""桐飙""阴虫""野钟""凉潮""雨声"等意象，将秋声一一赋于此上，而结句"满庭都是月"又是一片清妍之象。三首词中所用的意象皆有清寒幽艳的特点，词境清幽，孤冷峭拔，呈现出一种冷隽之美。像这样的词，确如王昶所评，是"直接碧山、玉田"的[2]。

浙西派发展至厉鹗，终于将"宗宋"尤其是宗奉南宋后期的风雅派"宋调"之风推扩向了整个词坛，取代了明末以来"宗唐"派的主流地位。对此，谢章铤在《赌棋山庄词话续编》中总结说："即词派中之盛衰，亦如是矣。昔陈大樽以温、李为宗，自吴梅村以逮王阮亭，翕然从之，当其时无人不晚唐。至朱竹垞以姜、史为的，自李武曾以逮厉樊榭，群然和之，当其时亦无人不南宋。"[3] 厉鹗之后，鼓吹、应和浙西词派的"宗宋"主张者仍有不少，其中的代表性人物是王昶。

王昶（1724—1806），字得甫、琴德，号兰泉、述庵，江苏青浦人。早年以诗闻名，为"吴中七子"之一。他最突出的贡献是续朱彝尊《词综》辑选了《明词综》《国朝词综》《国朝词综二集》，皆为卷帙浩繁的断代词选，在操选政时他也极力贯彻浙派的词学主张，推广汪氏之

---

[1] 厉鹗著，董兆雄注，陈九思标校：《樊榭山房集》，中册，第673页。
[2] 王昶：《蒲褐山房诗话》，孙克强、杨传庆、裴喆编著《清人词话》，中册，南开大学出版社2012年版，第790页。
[3] 谢章铤：《赌棋山庄词话续编》，唐圭璋编《词话丛编》，第4册，中华书局1986年版，第3530页。

说。其《国朝词综序》云：

> 余弱冠后，与海内词人游，始为倚声之学，以南宋为宗，相与上下其议论。因各出所著，并有以国初以来词集见示者，计四五十年来所积既多，归田后恐其散佚湮没，遂取已逝者择而钞之，为《国朝词综》四十八卷。……而自明以来，专以词为诗之余，或以小技目之，其不知诗乐之源流，亦已慎矣。至选词大指，一如竹垞太史所云，故续刻于《词综》之后，而推广汪氏之说，以告世之工于词者。①

在序言中，王昶明确表示：他为倚声之学是以南宋为宗。他编《国朝词综》的目的，一是防止清初以来四五十年间词作的散佚，二是延续朱彝尊的词学主张，推广汪氏之说，弘扬浙西派论词宗旨。在《国朝词综》中，选词数量靠前的人有：朱彝尊65首、厉鹗54首、赵文哲46首、王时翔45首、张四科37首、江昉37首、王策35首、李符33首、纳兰性德31首、李良年31首、陈维崧30首，其中朱彝尊、厉鹗、赵文哲、张四科、江昉、李符、李良年皆为浙西派代表词人。

对于王昶的词选，后人的评价颇有分歧。丁绍仪说："余所见裒辑本朝人词者，前有宜兴蒋京少《瑶华集》，后有华亭姚苾汀《词雅》。吴江沈时栋、吴门蒋重光二家词选，均不免雅俗糅杂。惟青浦王兰泉司寇《国朝词综》，选择最为美备。然其书成于嘉庆初元，迄今已六十余年，即乾嘉以前，亦多遗漏。"②吴衡照《莲子居词话》称赞王昶："晚续竹垞《词综》之刻，俾枯槁憔悴之士，垂声艺苑，洵不朽盛事也。"③这总体上是肯定的意见。但谢章铤则直指其有门户之见，说："述庵一生专师竹垞，其所著之书，皆若曹参之于萧何。然竹垞选《词综》，当

---

① 王昶：《国朝词综序》，王昶《国朝词综》，《续修四库全书》编纂委员会编《续修四库全书》，第1731册，上海古籍出版社2002年版，第1—2页。
② 丁绍仪：《听秋声馆词话》，唐圭璋编《词话丛编》，第3册，第2650—2651页。
③ 郭则沄：《清词玉屑》，屈兴国《词话丛编二编》，第3册，浙江古籍出版社2013年版，第1303页。

时苏辛派未盛，故所登寥寥。至国朝，则'铁板铜琶'与'晓风残月'齐驱并驾，亦复异曲同工。划而一之，无怪有遗珠之叹。若蒋藏园，若黄仲则，集中佳作，皆不入录。"① 谭献也指摘其失云："阅王氏《词综》四十八卷，二集八卷，王侍郎去取之旨，本之朱锡鬯，而鲜妍修饰，徒拾南渡之沬，以石帚、玉田为极轨。不独珠玉、六一、淮海、清真皆成绝响。即中仙、梦窗深处，全未窥见。"② 这些批评从侧面反映出，浙西派发展到后期词径已越取越窄，纠正这种偏向，立足社会现实，全面发掘、继承唐宋词人的文学遗产，建立起新的可以兼融各派的词学统绪，已经成为词坛日益响亮的呼声。在这种情况下，常州词派融合唐宋的词学思想逐渐成熟，在清代中后期词坛产生了广泛影响。

---

① 谢章铤：《赌棋山庄词话》，唐圭璋编《词话丛编》，第4册，中华书局1986年版，第3321页。

② 谭献：《复堂词话》，唐圭璋编《词话丛编》，第4册，第3999页。

第五章　清代中期词坛:常州词派的唐宋观兴起

本章所论的清代中期,主要指嘉庆、道光两朝。这个时期的词坛上,浙西词派虽还有一定影响,但主流地位已被新兴起的常州词派所占据。常州词派初期以张惠言为代表,在复古的旗帜下尊尚"唐音",并赋予其新的内涵。其后周济继起,进一步发展了张惠言的观点,提出了融合唐宋的学词路径,并将兼备"唐音""宋调"特色的周邦彦词作为最高典范。其说为常州派后期词学的发展奠定了基调。

第一节　"温庭筠最高"
——张惠言对"唐音"的重新阐释与尊奉

自乾隆末期开始,清代的盛世逐渐步入尾声,吏治败坏,民怨郁积,社会危机四伏。面对种种社会乱象,思想文化界必然会有所反应。虽然官方意识形态仍在力倡复古,鼓励士人埋首故纸堆中,但部分知识分子敏锐地感受到时局有可能发生大变,于是在学术上有注重"经世致用"的"今文经学"的复兴,而文学亦受此影响,注重对社会现实的反映与干预。在清代中期,最能代表这种思潮的是常州学派。梁启超在《中国近三百年学术史》中论述清中叶的学术思潮时说:"欲知思潮之暗地推移,最要注意的是新兴之常州学派。常州派有两个源头,一是经学,二是文学,后来渐合为一。他们的经学是公羊家经说——用特别眼光去研究孔子的《春秋》,由庄方耕(存与)、刘申受(逢禄)开派;

他们的文学是阳湖派古文——从桐城派转手而加以解放，由张皋文（惠言）、李申耆（兆洛）开派。两派合一来产出一种新精神，就是想在乾嘉间考证学的基础之上建设顺康间'经世致用'之学。"① 所谓"用特别眼光去研究孔子的《春秋》"，是指他们注重挖掘《春秋》中的"微言大义"，以此经世致用。这种经学思想在文学上的反映不仅是阳湖派的古文，还有常州词派的理论与创作。

常州，又名武进，位于江苏南部，原是江南文化重镇。常州词派是继浙西词派之后清代影响最大的词学流派，张德瀛说："愚谓本朝词亦有三变，国初朱、陈角立……尽祛有明积弊，此一变也。樊榭崛起，约情敛体，世称大宗，此二变也。茗柯开山采铜，创常州一派，又得恽子居、李申耆诸人以衍其绪，此三变也。"② 张德瀛将张惠言与朱彝尊、陈维崧、厉鹗相提并论，可见清代词论家对张惠言词学地位的尊崇。虽然张惠言自身可能没有明确的开创词派意识，但由于他编纂的《词选》在清代中后期影响甚大，他的词学理念也被常州派词人认可与发展，因此将他视为常州词派的开山之祖亦无不当。

张惠言（1761—1802），原名一鸣，字皋文，号茗柯先生，常州武进人。张惠言身世不幸，少小而孤，又多次赴京考试不第，直至三十九岁时方中进士，此前一直以在金家授徒为生，为清代典型的寒士文人。著有《茗柯文编》《茗柯词》，并编有《词选》。他是清代中期重要的经学家和文学家：在经学方面，为治《易》大师，有《周易虞氏义》《虞氏义礼》等代表作；在文学方面，于古文一道成就极高，被推为阳湖文派的创始人之一。《清史稿》卷四百八十六《陆继辂列传》云："常州自张惠言、恽敬以古文为名，继辂与董士锡同时并起，世遂推为阳湖派，与桐城派相抗。"③ 张惠言这种深厚的经学与文学素养，在其词学思想上也有所体现。

嘉庆二年（1797），张惠言与其弟张琦在安徽金家坐馆时合编了

---

① 梁启超：《中国近三百年学术史》，中华书局1943年版，第25页。
② 张德瀛：《词征》，唐圭璋编《词话丛编》，第5册，中华书局1986年版，第4184页。
③ 赵尔巽等撰：《清史稿》，中华书局1977年版，第13410页。

第五章 清代中期词坛:常州词派的唐宋观兴起

《词选》,这原是他用来授徒的讲本,在当时并没有产生广泛的影响。至道光年间,"同志之乞是刻者踵相接,无以应之,乃校而重刻焉"①,《词选》才逐渐为人所重视,张惠言的词学观遂广为人知。他的词学思想主要体现在《词选序》中,兹移录如下:

> 叙曰:词者,盖出于唐之诗人,采乐府之音以制新律,因系其词,故曰"词"。传曰:"意内而言外谓之词。"其缘情造端,兴于微言,以相感动。极命风谣里巷男女哀乐,以道贤人君子幽约怨悱不能自言之情。低徊要眇以喻其致。盖诗之比兴,变风之义,骚人之歌,则近之矣。然以其文小,其声哀,放者为之,或跌荡靡丽,杂以昌狂俳优。然要其至者,莫不恻隐盱愉,感物而发,触类条鬯,各有所归,非苟为雕琢曼辞而已。自唐之词人李白为首,其后韦应物、王建、韩翃、白居易、刘禹锡、皇甫松、司空图、韩偓并有述造,而温庭筠最高,其言深美闳约。五代之际,孟氏、李氏君臣为谑,竞作新调,词之杂流,由此起矣。至其工者,往往绝伦。亦如齐梁五言,依托魏晋,近古然也。宋之词家,号为极盛,然张先、苏轼、秦观、周邦彦、辛弃疾、姜夔、王沂孙、张炎渊渊乎文有其质焉。其荡而不反,傲而不理,枝而不物,柳永、黄庭坚、刘过、吴文英之伦,亦各引一端,以取重于当世。而前数子者,又不免一时放浪通脱之言出于其间。后进弥以驰逐,不务原其指意,破析乖剌,坏乱而不可纪。故自宋之亡而正声绝,元之末而规矩隳。以至于今,四百余年,作者十数,谅其所是,互有繁变,皆可谓安蔽乖方,迷不知门户者也。今第录此篇,都为二卷。义有幽隐,并为指发。几以塞其下流,导其渊源,无使风雅之士惩于鄙俗之音,不敢与诗赋之流同类而风诵之也。②

---

① 张琦:《重刻词选原序》,唐圭璋编《词话丛编》,第 2 册,中华书局 1986 年版,第 1618 页。
② 张惠言:《词选序》,唐圭璋编《词话丛编》,第 2 册,第 1617—1618 页。

受其经学和文学思想的影响，张惠言论词有明显的尊古、复古倾向。他在序言中首先开宗明义，在词之起源上与诗歌建立联系，认为词是"出于唐之诗人，采乐府之音以制新律，因系其词"，以此推尊词体，赋予词与诗歌在语言表达上的共性，即"意内而言外，谓之词"。由此，他从言和意两方面将词的美学特征描述为："缘情造端，兴于微言，以相感动。极命风谣里巷男女哀乐，以道贤人君子幽约怨悱不能自言之情。低徊要眇以喻其致"，类似于"诗之比兴，变风之义，骚人之歌"。但是，他又指出词有其特殊性，即由于"其文小，其声哀"，所以"放者为之，或跌荡靡丽，杂以昌狂俳优"。尽管如此，最好的词都是有"意"在内，"感物而发，触类条鬯，各有所归，非苟为雕琢曼辞而已"。根据这样的理论认识，他将唐代至清代的词人分成四等：第一等是唐代诗人李白、韦应物、王建、韩翃、白居易、刘禹锡、皇甫松、司空图、韩偓、温庭筠等人所作之词，这是词之正统，其中又以"温庭筠最高"，因为"其言深美闳约"；第二等是五代西蜀、南唐之词，相较于唐人之词，五代词是杂流，但"其工者，往往绝伦"，这是因为其"近古"；第三等是宋人之词，既有"渊渊乎文有其质"的，也有"荡而不反，傲而不理，枝而不物"的，但词坛风气的变坏也从此时开始了，有的词人"不免有一时放浪通脱之言出于其间，后进弥以驰逐，不务原其指意，破析乖剌，坏乱而不可纪"；第四等是宋亡以后到张惠言所处的时代的词，"宋之亡而正声绝，元之末而规矩隳"，再到后来，四百多年间，都是"安蔽乖方，迷不知门户者"。由此可见，张惠言认为词史的发展走的是一条每况愈下、不断退化的路线，越接近词的诗歌源头，就越具备"意内而言外"的特性，因此以温庭筠为代表的唐词被他树为最高典范。他编辑这部《词选》，目的是欲为发明词的渊源，扭转几百年来词坛发展的错误走向，为学词者指明一条正确的道路。其最终的指向，当然是复古尊唐的，只不过他所推崇的"唐音"，已经与云间派所宗的"唐音"有所不同，经过了他的重新阐释，赋予了"风谣里巷男女哀乐""贤人君子幽约怨悱不能自言之情"等有关社会政教的意蕴内涵。

《词选》的选政贯彻了张惠言复古尊唐的宗旨。在入选的唐五代两宋44家词人114首词作中,温庭筠独占鳌头,有18首词。以"唐音"风格为主的唐、五代、北宋词共83首,占比高达72.8%。这与浙西派朱彝尊编《词综》时多选南宋词的做法显然有别。而在对具体词作的解读中,也充分体现了张惠言注重"意内言外"、比兴寄托的说词方式。如他论温庭筠《菩萨蛮》("小山重叠金明灭")一词云:

> 此感士不遇也。篇法仿佛《长门赋》,而用节节逆叙。此章从梦晓后,领起"懒起"二字,含后文情事,"照花"四句,《离骚》初服之意。①

论冯延巳《蝶恋花》三首云:

> 三词忠爱缠绵,宛然骚辨之义。延巳为人,专蔽嫉妒,又敢为大言。此词盖以排间异己者,其君之所以信而弗疑也。②

所谓"感士不遇""忠爱缠绵"等贤人君子的"幽约怨悱不能自言之情",也就是张惠言所强调的"意"。对此类词"意"的揭示,在《词选》中反复出现。这种论词之法难免有牵强附会之嫌,王国维曾批评说:"固哉,皋文之为词也!飞卿《菩萨蛮》、永叔《蝶恋花》、子瞻《卜算子》,皆兴到之作,有何命意?皆被皋文深文罗织。"③但是客观来说,张惠言倡导复古尊唐、"意内言外",对纠正当时词坛的不良风气、推尊词体是起了很大作用的。

在乾嘉之交的词坛上,尊奉南宋后期风雅词派"宋调"的浙西词派声势尚盛,然而弊端也逐渐显露,即缺少充实的内容与思想感情。浙

---

① 张惠言:《张惠言论词》,唐圭璋编《词话丛编》,第2册,中华书局1986年版,第1609页。
② 张惠言:《张惠言论词》,唐圭璋编《词话丛编》,第2册,第1612页。
③ 王国维著,徐调孚注,王幼安校订:《人间词话·删稿》,人民文学出版社1960年版,第233—234页。

西词派后期的代表人物郭麐曾经反思说：

> 倚声之学今莫盛于浙西，亦始衰于浙西，何也？自竹垞诸人标举清华，别裁浮艳，于是学者莫不祧《草堂》而宗雅词矣。樊榭从而祖述之，以清空微婉之旨，为幼眇绵邈之音，其体厘然一归于正。乃后之学者徒仿佛其音节，刻画其规模，浮游惝恍，貌若玄远，试为切而按之，性灵不存，寄托无有。若猿吟于峡，蝉嘒于柳，凄楚抑扬，疑若可听，问其何语，卒不能明。①

他在《灵芬馆词话》卷二中，甚至斥空有文辞之雅而缺少真情实感的浙派末流为"词妖"：

> 倚声家以姜、张为宗，是矣。然必得其胸中所欲言之意，与其不能尽言之意，而后缠绵委折，如往而复，皆有一唱三叹之致。近人莫不宗法雅词，厌弃浮艳，然多为可解不可解之语，借面装头，口吟舌言，令人求其意旨而不得。此何为者耶。昔人以鼠空鸟即为诗妖，若此者，亦词妖也。②

张惠言的弟子金应珪在《词选后序》中，也总结了当时词坛存在的"淫词""鄙词""游词"三大弊端：

> 义非宋玉，而独赋蓬发，谏谢淳于，而唯陈履舄，揣摩床笫，污秽中冓，是谓淫词，其蔽一也。猛起奋末，分言析字，诙嘲则俳优之末流，叫啸则市侩之盛气，此犹巴人振喉以和阳春，鼃蜮怒嗌以调疏越，是谓鄙词，其蔽二也。规模物类，依托歌舞，哀乐不衷其性，虑叹无与乎情，连章累篇，义不出乎花鸟，感物指事，理不

---

① 郭麐：《梅边笛谱序》，冯乾编校《清词序跋汇编》，第 2 册，凤凰出版社 2013 年版，第 736 页。
② 郭麐：《灵芬馆词话》，唐圭璋编《词话丛编》，第 2 册，中华书局 1986 年版，第 1524 页。

外乎酬应,虽既雅而不艳,斯有句而无章,是谓游词,其蔽三也。①

面对这样的状况,张惠言呼吁复古尊唐,用"意内言外""比兴寄托"之法来论词,是从根本上要求革新词统,将词提高到与正统文学——诗同等的文学地位,让从前以精巧艳丽著称的小词,今后也可以同诗歌一样反映现实、干预现实。他的提法虽然并非首创,但切中时弊,有极强的针对性,为清词的发展开辟了一条新的道路。故此,谢章铤说:"读皋文此选,则词不入于浅,且使天下不敢轻易言词,而用心精求于六义。皋文之有功于词,岂不伟哉?然而杜少陵虽不忘君国,韩冬郎虽乃心唐室,而必谓其诗字字有隐衷,语语有微辞,辨议纷然,亦未免强作解事。若必以此法求之于词,则夫酒场歌板,流连景光,保无即事之篇、漫与之作而不必与之庄论者乎?皋文将引词家而进之于古,其立言自不得不尔,学者当观其通焉。"②谢章铤的评价,可以说充满了"理解之同情",是通达之论。其他的一些论者,也大多能肯定张惠言的推尊词体、提高词品之功。如莫友芝说:"词自皋文选论出,其品第乃跻诗而上,迨然《国风》、乐府之遗,海内学人始不以歌筵小伎相疵亵。"③张尔田说:"张皋文氏起,原诗人忠爱悱恻、不淫不伤之旨,《国风》十五导其源,《离骚》廿五表其絜,剪摘孔翠,澡瀹性灵,崇比兴,区正变,而后倚声者人知尊体。"④陈匪石说:"张惠言论词曰:'缘情造端,兴于微言,以相感动。'又曰:'恻隐盱愉,感物而发;触类条鬯,各有所归。'盖托体《风》《骚》,一扫纤艳靡曼之习,而词体始尊。清季词风上追天水,实启于此。"⑤陈廷焯对于《词选》更是给

---

① 金应珪:《词选后序》,施蛰存主编《词籍序跋萃编》,中国社会科学出版社1994年版,第799—800页。
② 谢章铤:《张惠言词选跋》,冯乾编校《清词序跋汇编》,第3册,凤凰出版社2013年版,第1410页。
③ 莫友芝:《香草词序》,冯乾编校《清词序跋汇编》,第3册,第1215—1216页。
④ 张尔田:《彊村遗书序》,陈良运主编《中国历代词学论著选》,百花洲文艺出版社1998年版,第725页。
⑤ 陈匪石:《声执》,陈匪石编著,钟振振校点《宋词举》,江苏古籍出版社2002年版,第186页。

予了高度评价，谓"皋文《词选》一编，可称精当，识见之超，有过于竹垞十倍者，古今选本，以此为最。其中小疵虽不能尽免，于词中大段，却有体会。温、韦宗风，一灯不灭，赖有此耳"①。说《词选》对继承与发扬"温、韦宗风"发挥了重大作用，实际上也就是肯定了张惠言"宗唐"的主张与地位。

张惠言论词虽强调具有社会价值的"意"，但对作为外在形式的"言"也不忽视。他注意到了词之"言"的特殊性，即为"微言"，表现出来的风格是"低徊要眇"，而他用来评价典范词人温庭筠的"深美闳约"之语，也是兼及"意"与"言"两个方面，既有深刻、充实的内容，亦具婉转优美的表达。张惠言的创作大体上符合其理论主张。王煜评其词云："《茗柯词》四十六首，可谓约之至矣。然而疏快沉郁，纯出《风》、《骚》，不为其经术文章所掩。"②顾宪融曰："二张所作，胸襟喷薄，大雅遒逸，振北宋之绪，嘉庆以来诸名家均从之出。"③如《水调歌头·春日赋示杨生子掞》其五：

> 长镵白木柄，劚破一庭寒。三枝两枝生绿，位置小窗前。要使花颜四面，和著草心千朵，向我十分妍。何必兰与菊，生意总欣然。
> 晓来风，夜来雨，晚来烟。是他酿就春色，又断送流年。便欲诔茅江上，只怕空林衰草，憔悴不堪怜。歌罢且更酌，与子绕花间。④

《水调歌头·春日赋示杨生子掞》五首词均作于张惠言数次落第之后。杨子掞曾与他共同师承于张先生门下，二人既是同学，又是朋友。张惠言写了这几首《水调歌头》，既是劝勉杨子掞，亦是自勉，此为其中的归结之篇。上阕从"长镵白木柄，劚破一庭寒"入笔，以花喻人，见品性之高洁坚韧。"要使花颜四面，和著草心千朵，向我十分妍"三

---

① 陈廷焯：《词则》，孙克强、杨传庆、裴喆编著《清人词话》，中册，南开大学出版社2012年版，第1032页。
② 王煜：《茗柯词钞》，孙克强、杨传庆、裴喆编著《清人词话》，中册，第1039页。
③ 顾宪融著，陈水云整理：《填词百法》，文化艺术出版社2017年版，第198页。
④ 张惠言辑：《词选·附：续词选》，中华书局1957年版，第87页。

第五章 清代中期词坛:常州词派的唐宋观兴起

句,"花颜""草心"皆是香草美人之笔法,不必是名贵的"兰与菊",同样可以活得生意欣然,愉悦自在,亦代指他和杨子掞二人虽暂无功名,又何尝不能盎然开放呢?下阕云风两摧花,断送流年,故有隐居江边草庐之想,又怕"空林衰草,憔悴不堪怜",实则是词人以退为进劝勉杨子掞。从内容方面来看,词意怨而不怒,即使处于人生低谷,但词人也能安静自处,达到一种旷达的人生境界,同时他又积极劝慰友人,表现出积极入世的思想,这与儒家温柔敦厚的诗教观相符。在表达上,全词语言清丽,不饰浮艳,又加之想象精妙,不流于俗。李继昌称其"《水调歌头》一阕,清空宛委,最堪讽咏"[①]。陈廷焯也说:"皋文《水调歌头》五章,既沉郁,又疏快,最是高境。陈朱虽工词,究曾到此地步否?不得以其非专门名家少之。如首章云……热肠郁思,若断仍连,全自《风》《骚》变出。"[②]可见张惠言不仅是以《风》《骚》之法论词,还在实践创作中以《风》《骚》之法填词。

常州词派的早期人物除了张惠言,还有其弟张琦及常州地区的一批词人。此外,他的一些学生虽非常州人,但亦受其影响,对张惠言所倡的词学理论与创作风格有播扬之功。

张琦(1764—1833),字翰风,号宛邻,江苏武进人。除与张惠言合编《词选》外,还著有《立山词》一卷。他的名气虽不如张惠言大,却是常州派词旨、词风的有力播扬者。在道光年间,张琦校订重刻《词选》,并作《重刻词选序》一文,为宣扬常州派词学理论做出了重要贡献。徐珂在《清代词学概论》中提到:"浙派至乾、嘉间而益弊,张皋文起而改革之,其弟翰风和之,振北宋名家之绪,阐意内言外之旨,而常州派成。别裁伪体,上接《风》《骚》,赋手文心,开倚声家未有之境。襟抱学问,喷薄而出。以沉着醇厚为宗旨,而斯道始昌。"[③]

张琦之词虽不及其兄,然婉转关情处不输皋文。试看其《菩萨蛮》一首:

[①] 李佳:《左庵词话》,唐圭璋编《词话丛编》,第4册,中华书局1986年版,第3120页。
[②] 陈廷焯著,杜维沫校点:《白雨斋词话》,人民文学出版社1983年版,第101页。
[③] 徐珂:《清代词学概论》,山西人民出版社2015年版,第6—7页。

横塘日日风吹雨。隔帘却望江南路。蝴蝶惯轻盈。风前魂屡惊。　栏干人似玉。黛影分窗绿。斜日照屏山。相思罗袖寒。①

此词写的是闺中思妇之感,与唐五代花间词风极为相似。陈廷焯称其最爱张琦此词,"真不减飞卿语",还说:"张翰风词,飞行绝迹,不逮皋文,而宛转缠绵处,时复过之,真皋文伯仲也。"②《续修四库全书总目提要·立山词提要》也说:"琦集中《菩萨蛮》数阕,真可继武方城。其余诸作,虽不如茗柯之精深,而措词委婉,情致缱绻,自是作家。故谭献称其大雅遒逸,陈廷焯称其宛转缠绵也。"③

郑抡元(生卒年不详),字善长,安徽歙县人。为张惠言弟子,尝作有《词选附录序》,序云:

《词选》刻既成,余谓张子:"词学衰且数百年,今世作者宁有其人邪?"张子为言其友七人者,曰恽子居、丁若士、钱黄山、左仲甫、李申耆、陆祁生、黄仲则,各诵其词数章曰:"此几于古矣。"余以为当今海内之士,有能为词者不止此七人,七人者之词,不止此数章……则可知已矣,因比而录之。④

序中提到的七人分别是:恽敬(1757—1817),字子居,号简堂,江苏武进人,与张惠言同是阳湖文派创始人,有《兼堂词》一卷;丁履恒(1770—1832),字若士、道久,号冬心,江苏武进人,著有《思贤阁词》;钱季重(生卒年不详),原名梦兰,字季重,号黄山,江苏武进人,有《黄山词》;左辅(1751—1833),字仲甫、蘅友,号杏庄,江苏武进人,有《念宛斋词》;李兆洛(1769—1841),字申耆,号养

---

① 张惠言辑:《词选·附:续词选》,中华书局1957年版,第91页。
② 陈廷焯著,杜维沫校点:《白雨斋词话》,人民文学出版社1983年版,第101页。
③ 中国科学院图书馆整理:《续修四库全书总目提要》,第13册,齐鲁书社1996年版,第680页。
④ 郑抡元:《词选附录序》,张惠言辑《词选·附:续词选》,中华书局1957年版,第75页。

一老人，江苏武进人，有《养一斋诗余》；陆继辂（1772—1843），字祁孙、祁生，江苏武进人，有《清邻词》；黄景仁（1749—1783），字仲则，江苏武进人，有《竹眠词》。

李兆洛《朱橘亭词稿序》中记录了他对于词体的认识，序云："词之源出于乐，于三代为诗，于汉为乐府，有乐府而诗乃别出为类。畅于唐之乐部调曲，至元而曲自为曲，词又别出为类。诗别于乐府，而诗之变乃不复合于三代之诗，词别于乐部调曲而词之变乃不复合于汉之乐府。此吾友张皋文先生词选之所为作也，词选之序言之详矣。……皆平气以和其疾，是以填词之道补诗境之穷，亦风会所必至也。"① 李兆洛的观点与张惠言相似，他认为诗词同源，词体并不逊于诗体，二者的功用是一致的，且词在一定程度上还可以补诗歌之不足，更利于抒发婉转之情。

陆继辂《冶秋馆词序》一文也记载了他的词学观点，序云："许氏云：'意内而言外谓之词'，凡文辞皆然，而词尤有然者。仆乃益取温庭筠、韦庄以至王沂孙、张炎数十家读之，微窥其所以不能已于言之故。……仆既好持张氏之说以绳天下之词，鲜所当意。……不知仆固非能词者，凡论词皆因张氏。"② 陆继辂继承了张惠言"意内言外"的词学思想，故取数十家词来读，欲窥其所不能言之"意"，同时他也明确指出他论词皆是因张惠言而来。

除词论外，此七人的词作也皆有可圈可点之处，徐珂云："其（张惠言）友人恽敬、钱季重、丁履恒、陆继辂、左辅、李兆洛、黄景仁、郑善长辈，亦皆不愧一时作家。"③

张惠言的学生二金弟子也不可忽视。金应珹（生卒年不详），字子彦，安徽歙县人，有《兰簃词》。金应珹作词长于咏物，《贺新郎·咏萤》为其代表作。金式玉（1774—1801），字朗甫，安徽歙县人，有

---

① 李兆洛：《养一斋文集》，《清代诗文集汇编》编纂委员会编《清代诗文集汇编》，第493册，上海古籍出版社2010年版，第70页。
② 陆继辂：《崇百药斋续集》，《续修四库全书》编纂委员会编《续修四库全书》，第1497册，上海古籍出版社2002年版，第80页。
③ 徐珂：《近词丛话》，唐圭璋编《词话丛编》，第5册，中华书局1986年版，第4223页。

《竹邻词》。《续修四库全书总目提要·竹邻词提要》云:"所作虽少,首首可读。式玉受学于张惠言,又与董士锡同学磋磨,故其词工力甚深,善于寄托,婉而多讽。"① 试看其《相见欢》三首:

真珠一桁帘旌。坐调笙。梦里不知芳草、一池生。　蛮弦语。红儿舞。总关情。无奈枝头啼鸟、唤花醒。②
暗萤点向深苔。去还来。都是星星流影、惹帘开。　夫容面。轻罗扇。扑盈怀。不道一天清露、湿香阶。③
微云度尽窗绡。夜迢迢。又恐秋声无赖、上芭蕉。　玉绳转。金波暗。可怜宵。只剩栖香胡蝶、抱空条。④

三首词虽是写闺中女儿孤寂聊赖之感,但实则蕴含有作者自身的心境凄苦之情。陈廷焯说:"金朗甫学于皋文,《词选》附录七首,意远态浓,婉而多讽,《相见欢》三章,尤为绝唱。"⑤ 张德瀛也称其词"如黄筌作画,婉约传神"⑥。

总而言之,面对清代中叶乱象渐显的社会现实,以张惠言为首的部分有时代责任感、历史使命感的常州词人在复古的旗帜下追求新变,以"意内言外"论词,在词与"诗之比兴,变风之义,骚人之歌"间建立联系,赋予传统的"唐音"以风、骚的美学特性,以此推尊词体,重兴"宗唐"之风,从而开辟了在清代中后期影响广泛的常州词派。这一词派对"唐音"的阐释虽未尽合事实,但其理论与创作兼顾"言""意",在给词体融入充实的社会内容、真实的思想情感的同时,又不忽视词体独特的美学风貌,对词的发展来说,确实有纠正时弊、推陈

---

① 中国科学院图书馆整理:《续修四库全书总目提要》,第13册,齐鲁书社1996年版,第679页。
② 张惠言辑:《词选·附:续词选》,中华书局1957年版,第104页。
③ 张惠言辑:《词选·附:续词选》,第104页。
④ 张惠言辑:《词选·附:续词选》,第104页。
⑤ 陈廷焯著,杜维沫校点:《白雨斋词话》,人民文学出版社1983年版,第103页。
⑥ 张德瀛:《词征》,唐圭璋编《词话丛编》,第5册,第4185页。

出新之功。

第二节 "还清真之浑化"
——周济融合唐宋的词学理想

在常州词派发展壮大的过程中，周济是一个极为重要的人物。他不仅继承了张惠言尊"唐音"的词学思想，还倡导要对"唐音""宋调"进行融合，完善了常州派的词学思想，并将其广而大之。

周济（1781—1839），字保绪，号未斋、止庵，别号介存居士，江苏荆溪人。嘉庆九年（1804）进士。早年与李兆洛、包世臣等人相交，通经学，精骑射，曾效命疆场，对社会动乱、民生疾苦感受颇深，后隐退专意于学术，是一个富有时代责任感的文人。魏源《荆溪周君保绪传》云："君少与同郡李君兆洛、张君琦，泾县包君世臣以经学相切劇，兼习兵家言，习击刺骑射；至是盖交江、淮豪士，互较所长，尽通其术，并详训练营阵之制。"① 著有《晋略》八十卷，诗文有《介存斋集》，词学方面的成果有《宋四家词选》《词辨》《介存斋论词杂著》，词集名为《味隽斋词》，又有《存审轩词》。

周济"年十六学为词"②，时为嘉庆初年，常州派的词学主张尚未被传播开来，词坛仍处于浙西词风笼罩之下，故周济"服膺白石，而以稼轩为外道"③。后来他与张惠言的外甥董士锡（1782—1831，字晋卿，江苏武进人）交往密切，遂接受了常州派词学的影响。关于这段学词经历，他在《词辨自序》中有详细的阐述：

> 甲子始识武进董晋卿。晋卿年少于余，而其词缠绵往复，穷高极深，异乎平时所仿效，心向慕不能已。晋卿为词，师其舅氏张皋

---

① 魏源：《荆溪周君保绪传》，魏源《魏源全集》，第13册，岳麓书社2011年版，第249页。
② 周济：《词辨自序》，唐圭璋编《词话丛编》，第2册，中华书局1986年版，第1637页。
③ 周济：《介存斋论词杂著》，唐圭璋编《词话丛编》，第2册，第1634页。

文、翰风兄弟。二张辑《词选》而序之，以为词者，意内而言外，变风骚人之遗。其序文旨深词约，渊乎登古作者之堂，而进退之矣。晋卿虽师二张，所作实出其上。予遂受法晋卿，已而造诣日以异，论说亦互相短长。①

董士锡学词师从于张惠言、张琦两兄弟，周济对其评价甚高："吾郡自皋文、子居两先生开辟榛莽，以《国风》《离骚》之旨趣，铸温、韦、周、辛之面目，一时作者竞出，晋卿集其大成。"② 董士锡词令周济倾慕不已的"缠绵往复，穷高极深"，与张惠言评温庭筠词的"深美闳约"颇有相通之处，属于"唐音"的风格。他对张惠言《词选序》中"词者，意内而言外，变风骚人之遗"的观点的肯定，则表明他此时已接受并认可了张惠言"宗唐"复古的词学理念。而"造诣日以异，论说亦互相短长"之语，则说明他不是简单地接受，而是有自己的探索与思考。这种继承与改变，主要体现在他作于这一时期的理论著作《介存斋论词杂著》和《词辨》中。

首先，周济对张惠言力尊"唐音"，树"深美闳约"的温庭筠词为最高典范的观点深表认同。其《介存斋论词杂著》云："皋文曰：飞卿之词，深美闳约。信然。飞卿酝酿最深，故其言不怨不慭，备刚柔之气。针缕之密，南宋人始露痕迹。《花间》极有浑厚气象，如飞卿则神理超越，不复可以迹象求矣。然细绎之，正字字有脉络。"③ 周济在张惠言词论的基础上，又具体分析了温庭筠词的创作特色，并与南宋人所主的"宋调"加以比较。尤其值得注意的是，宋人严羽曾用"笔力雄壮""气象浑厚"来形容"盛唐诸公之诗"④，周济亦用"浑厚气象"

---

① 周济：《词辨自序》，唐圭璋编《词话丛编》，第 2 册，中华书局 1986 年版，第 1637 页。
② 周济：《味隽词自序》，周济《味隽斋词》，《清代诗文集汇编》编纂委员会编《清代诗文集汇编》，第 535 册，上海古籍出版社 2010 年版，第 372 页。
③ 周济：《介存斋论词杂著》，唐圭璋编《词话丛编》，第 2 册，中华书局 1986 年版，第 1631 页。
④ 严羽《答出继叔临安吴景仙书》："盛唐诸公之诗，如颜鲁公书，既笔力雄壮，又气象浑厚。"严羽著，郭绍虞校释：《沧浪诗话校释》，人民文学出版社 1983 年版，第 253 页。

形容花间词，这实际上是认为词之"唐音"与诗之"唐音"在美学上具有共性，是对张惠言诗为词源、以诗比词理论的丰富与发展。周济对词之"唐音"的其他代表性词人的艺术成就，亦多有赞赏之词。如评价韦庄词："清艳绝伦，初日芙蓉春月柳，使人想见风度。"① 比较温庭筠、韦庄与李后主三人的词风："毛嫱、西施，天下美妇人也，严妆佳，淡妆亦佳，粗服乱头，不掩国色。飞卿，严妆也。端己，淡妆也。后主，则粗服乱头矣。"② 援张惠言之说，谓冯延巳："为人专蔽固嫉，而其言忠爱缠绵，此其君所以深信而不疑也。"③ 引董士锡之说，赞秦观词："正以平易近人，故用力者终不能到。"④ 评陈克词："比温则薄，比韦则悍，故当出入二氏之门。"⑤ 这些例子，足见周济继承了张惠言等常州词派开山者"尊唐"的词学观。

其次，与"尊唐"观念相应，对"宋调"提出批评。周济认为：

> 北宋词多就景叙情，故珠圆玉润，四照玲珑。至稼轩、白石，一变而为即事叙景，使深者反浅，曲者反直。吾十年来服膺白石，而以稼轩为外道，由今思之，可谓瞽人扪籥也。稼轩郁勃故情深，白石放旷故情浅。稼轩纵横故才大，白石局促故才小。惟《暗香》《疏影》二词，寄意题外，包蕴无穷，可与稼轩伯仲。余俱据事直书，不过手意近辣耳。白石词如明七子诗，看是高格响调，不耐人细思。白石以诗法入词，门径浅狭，如孙过庭书，但便后人模仿。白石好为小序，序即是词，词仍是序，反复再观，如同嚼蜡矣。词序序作词缘起，以此意词中未备也。今人论院本，尚知曲白相生，不许复沓，而独津津于白石词序，一何可笑。⑥

---

① 周济：《介存斋论词杂著》，唐圭璋编《词话丛编》，第 2 册，中华书局 1986 年版，第 1631 页。
② 周济：《介存斋论词杂著》，唐圭璋编《词话丛编》，第 2 册，第 1633 页。
③ 周济：《介存斋论词杂著》，唐圭璋编《词话丛编》，第 2 册，第 1631 页。
④ 周济：《介存斋论词杂著》，唐圭璋编《词话丛编》，第 2 册，第 1631 页。
⑤ 周济：《介存斋论词杂著》，唐圭璋编《词话丛编》，第 2 册，第 1632 页。
⑥ 周济：《介存斋论词杂著》，唐圭璋编《词话丛编》，第 2 册，第 1634 页。

周济的这些评论，可分为三个层次如下。第一，从总体上对以"唐音"为主流的北宋词与"宋调"的典型代表辛弃疾、姜夔词的艺术特征进行比较。周济将北宋词的特征概括为"多就景叙情，故珠圆玉润，四照玲珑"，辛、姜词的特征概括为"即事叙景，使深者反浅，曲者反直"，虽然只是直说，但"珠圆玉润，四照玲珑"显然要胜过"深者反浅，曲者反直"，是寓有褒贬之意的。第二，对"宋调"中两大流派的代表辛弃疾与姜夔再作比较，褒辛而贬姜。第三，对姜夔词的问题作具体的分析与批评。周济所持的主要评价标准，仍为张惠言所主的"意内言外"为词之论，尤其是对内在的"意"亦即"君子幽约怨悱不能自言之情"的强调。因此在他看来，"唐音"（北宋词）要胜过"宋调"（稼轩、白石），"宋调"中"郁勃故情深""纵横故才大"的稼轩词又要胜过"放旷故情浅""局促故才小"的白石词。他说白石词"如明七子诗，看是高格响调，不耐人细思"，"以诗法入词，门径浅狭"以及词与序意思重复，均含有批评白石词虽有形式却轻忽了内容之意。类似的看法，亦见于他对白石一派"宋调"在宋末元初的代表词人张炎的批评。他说："玉田近人所最尊奉，才情诣力亦不后诸人。终觉积谷作米，把缆放船，无开阔手段，然其清绝处，自不易到。玉田词佳者匹敌圣与，往往有似是而非处，不可不知。叔夏所以不及前人处，只在字句上著功夫，不肯换意。若其用意佳者，即字字珠辉玉映，不可指摘。近人喜学玉田，亦为修饰字句易，换意难。"[①] 周济虽赏张炎词的"清绝"，但又指其"只在字句上著功夫，不肯换意"，也存在重形式而轻内容的问题。

最后，继续推尊词体，参照"诗史"之说进一步提出了"词史"的概念。他说：

> 感慨所寄，不过盛衰，或绸缪未雨，或太息厝薪，或已溺已饥，或独清独醒，随其人之性情学问境地，莫不有由衷之言。见事

---

① 周济：《介存斋论词杂著》，唐圭璋编《词话丛编》，第 2 册，中华书局 1986 年版，第 1635 页。

多，识理透，可为后人论世之资。诗有史，词亦有史，庶乎自树一帜矣。若乃离别怀思，感士不遇，陈陈相因，唾沫互拾，便思高揖温、韦，不亦耻乎。①

如上所论，张惠言在《词选序》中对四百余年词史的批评，一个重要的原因是他有见于当时的词家逞于"淫词""鄙词""游词"，不敢也不能在词中如诗歌一样反映社会现实，故而强调作为词之源头的"唐音"是"缘情造端，兴于微言，以相感动，极命风谣里巷男女哀乐，以道贤人君子幽约怨悱不能自言之情"，与"诗之比兴，变风之义，骚人之歌"相近。周济在这里深化了这一观点，明确指出前人寄托在词中的感慨，均与时代、社会的盛衰现实相关，或者是对未来事件的预感，或者是对恶浊现状的忧愤，或者是立志于振起以济天下，或者是退身于浊流而独善其身。而且，因词人各自的性情、学问、境地不同，会有不同的切身感受，"见事多，识理透"，故能成为后人的"论世之资"，成为与"诗史"相提并论的"词史"。如果学习的人只是将"离别怀思，感士不遇"等类型化的情感写进词中，而缺少个性化的真实感受，那么想要宗奉温、韦等"唐音"作家，是不可能做好的。周济对张惠言观点的这种发展，起到了进一步推尊词体的作用。沈曾植指出："张皋文氏、董晋卿氏，易学大师；周止庵治《晋书》，为《春秋》学者，各以所学，益推其义，张皇而润色之，由乐府以上溯《诗》、《骚》，约旨而闳思，微言而婉寄，盖至于是而词家之业乃与诗家方轨并驰，而诗之所不能达者，或转藉词以达之。"② 蒋兆兰也说："词虽小道，然极其至，何尝不是立言。盖其温厚和平，长于讽谕，一本兴观群怨之旨，虽圣人起，不易其言也。周止庵曰诗有史，词亦有史，一语道破矣。"③

---

① 周济：《介存斋论词杂著》，唐圭璋编《词话丛编》，第 2 册，中华书局 1986 年版，第 1630 页。
② 沈曾植：《彊村校词图序》，孙克强、杨传庆、裴喆编著《清人词话》，中册，南开大学出版社 2012 年版，第 1196 页。
③ 蒋兆兰：《词说》，唐圭璋编《词话丛编》，第 5 册，中华书局 1986 年版，第 4638 页。

继承了张惠言的尊唐之说而又有自己的发展，这是周济在由浙西词派转向常州词派后很长一段时间内的词学探索。这种探索亦见于其所编的《词辨》中。《词辨》原作十卷，编成于嘉庆十五年（1810），手稿未及刊刻即遗失。嘉庆十七年（1812），周济根据追忆重编，仅得正、变两卷。《词辨》的选词标准大体上以张惠言所主的"意内言外，变风骚人"为准，如潘曾玮《词辨序》所言："其所选与张氏略有出入，要其大旨，固深恶夫昌狂雕琢之习而不反，而亟思有以厘定之，是固张氏之意也。"①《词辨》的"正声"卷以温庭筠居首，共选入唐宋词人19家59首词，其中唐五代北宋词人12家41首词，分别是温庭筠10首、韦庄4首、欧阳炯1首、冯延巳5首、晏殊1首、欧阳修2首、晏几道1首、柳永1首、秦观2首、周邦彦9首、陈克4首、李清照1首；南宋词人6家18首词，分别是史达祖1首、吴文英5首、周密2首、王沂孙6首、张炎3首、唐珏1首。"变声"卷以李煜为首，共选入唐宋词人13家34首词，其中唐五代北宋词人7家16首词，分别是李煜9首、孟昶1首、鹿虔扆1首、范仲淹2首、苏轼1首、王安国1首、康与之1首；南宋词人6家18首词，分别是辛弃疾10首、姜夔3首、陆游1首、刘过2首、李玉1首、蒋捷1首。另外还选了元人张翥的1首词。从选阵来看，"正声"卷以"唐音"为主，也有部分南宋后期风雅词派的"宋调"；"变声"卷则苏、辛一派的"宋调"风格较为突出，也有一些"唐音"及风雅派的"宋调"。周济在《词辨自序》中言其选词分类的宗旨是：

> 自温庭筠、韦庄、欧阳修、秦观、周邦彦、周密、吴文英、王沂孙、张炎之流，莫不蕴藉深厚，而才艳思力，各骋一途，以极其致。譬如匡庐衡岳，殊体而并胜，南威西施，别态而同妍矣。若其著述未富，可采者鲜。而孤章特出，合乎道揆，亦因时代而附益之。夫人感物而动，兴之所托，未必咸本庄雅。要在讽诵紬绎，归

---

① 潘曾玮：《词辨序》，唐圭璋编《词话丛编》，第2册，中华书局1986年版，第1638页。

诸中正，辞不害志，人不废言。虽乖缪庸劣，纤微委琐，苟可驰喻比类，翼声究实，吾皆乐取，无苛责焉。后世之乐去诗远矣，词最近之。是故入人为深，感人为速。往往流连反覆，有平矜释躁、惩忿窒欲、敦薄宽鄙之功。南唐后主以下，虽骏快驰骛，豪宕感激稍漓矣。然犹皆委曲以致其情，未有亢厉剽悍之习，抑亦正声之次也。若乃世俗传习，而或辞不逮意，意不尊体，与夫浅陋淫亵之篇，亦递取而论断之。庶以爱厚古人，而祛学者之惑。①

根据《词辨》选政及自序所言，可知这个时期的周济虽然重视"唐音"，和张惠言一样把温庭筠作为学词的最高典范，但他的视野要更加开阔，对于"宋调"中的两派均有所取。他试图在张惠言、张琦、董士锡等常州派早期词人所提出的词学理论的基础上，兼融唐宋诸派风格，建立起新的词学统绪与学词门径。这一目标的最终完成是在道光年间，主要体现在其词学著作《宋四家词选》与《宋四家词选目录序论》中。

在为《宋四家词选》所作的《宋四家词笺序》②中，周济先是指出：词为"文之最近者，温、韦始成家法"，对常州词派"尊唐"的观点予以呼应；然后，他批评宗姜、张一派"宋调"的浙西词派之失："近世之为词者，莫不低首姜、张，以温、韦为缁撮，巾帼秦、贺，筝琶柳、周，伧楚苏、辛。一若文人学士清雅闲放之制作，唯南宋为正宗，南宋诸公又唯姜、张为山斗。呜呼，何其陋也！词本近矣，又域其至近者可乎？"③那么，该如何纠正这种偏失，改变"千躯同面，千面同声"的词坛不良风气呢？周济提出了一条兼取王沂孙、吴文英、辛弃疾、周邦彦四家的学词路径：

---

① 周济：《词辨自序》，唐圭璋编《词话丛编》，第2册，中华书局1986年版，第1637页。
② 况周颐《蕙风词话》卷二："《宋四家词笺》未见，疑即止庵手录之《宋四家词选》。"况周颐撰，王幼安校订：《蕙风词话》，人民文学出版社1960年版，第49页。
③ 周济：《宋四家词笺序》，周济《止庵遗书》，道光十二年刻本。

学者务逆而溯之。先之以碧山，餍切事物，言今（近）指远，声容调度，一一可循。学者所由成章也。继之以梦窗，奇思壮采，腾天潜渊，使夫柔情慥志，皆有瑰伟卓荦之观，斯斐然矣。进之以稼轩，感慨时事，系怀君国，而后体尊。要之以清真，圭方璧圆，琢磨谢巧，夜光照乘，前后举澈，能事毕矣。①

在《宋四家词选目录序论》中，他进一步申述了这一观点：

清真集大成者也。稼轩敛雄心，抗高调，变温婉，成悲凉。碧山餍心切理，言近指远，声容调度，一一可循。梦窗奇思壮采，腾天潜渊，返南宋之清泚，为北宋之秾挚。是为四家，领袖一代。余子荦荦，以方附庸。夫词非寄托不入，专寄托不出，一物一事，引而伸之，触类多通。驱心若游丝之胃飞英，含毫如郢斤之斫蝇翼，以无厚入有间。既习已，意感偶生，假类毕达，阅载千百，謦欬弗违，斯入矣。赋情独深，逐境必寤，酝酿日久，冥发妄中。虽铺叙平淡，摹绘浅近，而万感横集，五中无主。读其篇者，临渊窥鱼，意为鲂鲤，中宵惊电，罔识东西。赤子随母笑啼，乡人缘剧喜怒，抑可谓能出矣。问途碧山，历梦窗、稼轩，以还清真之浑化。余所望于世之为词人者，盖如此。②

在周济所确立的这一学词路径中，南宋词人占据了四家典范词人之三，北宋只有周邦彦一家，不过也是终极的目标、最高的典范。周济的这种看法，不仅对张惠言复古尊唐、以温庭筠为最高典范的词学观是一种突破，而且是对他自己前期的词学观的发展。周济早年并不喜欢周邦彦，在与常州派词人董士锡交往后，"遂笃好清真"③。在《词辨》中，

---

① 周济：《宋四家词笺序》，周济《止庵遗书》，道光十二年刻本。
② 周济：《宋四家词选目录序论》，唐圭璋编《词话丛编》，第2册，中华书局1986年版，第1643页。
③ 周济：《词辨自序》，唐圭璋编《词话丛编》，第2册，中华书局1986年版，第1637页。

周邦彦作为正声之一，入选了9首词，仅次于卷首的温庭筠，已可以见出周济对他的重视。而到了《宋四家词选》与《宋四家词选目录序论》中，周邦彦显然已取代了温庭筠的地位。之所以会发生这样的变化，与周济以开阔的眼界、专精的态度坚持不懈地钻研词学有关。他在《宋四家词选目录序论》中曾言：

> 文人卑填词为小道，未有以全力注之者，其实专精一二年，便可卓然成家。若厌难取易，虽毕生驰逐，费烟楮耳。余少嗜此，中更三变。年逾五十，始识康庄。自悼冥行之艰，遂虑问津之误。不揣浅陋，为察察言，退苏进辛，纠弹姜、张，剟刺陈、史，芟夷卢、高，皆足骇世。由中之诚，岂不或亮，其或不亮，然余诚矣。①

在长期的阅读、思考中，他对于南北宋词的差别深有体会。在《介存斋论词杂著》中，他曾指出："两宋词各有盛衰，北宋盛于文士，而衰于乐工。南宋盛于乐工，而衰于文士。"②"北宋有无谓之词以应歌，南宋有无谓之词以应社。"③"北宋词下者在南宋下，以其不能空，且不知寄托也。高者在南宋上，以其能实，且能无寄托也。南宋下不犯北宋拙率之病，高不到北宋浑涵之诣。"④在《宋四家词选目录序论》中，他进一步认识到了南北宋词的艺术特点差异所导致的学习难度之别：

> 北宋主乐章，故情景但取当前，无穷高极深之趣。南宋则文人弄笔，彼此争名，故变化益多，取材益富。然南宋有门径，有门径故似深而反浅。北宋无门径，无门径故似易而实难。⑤

---

① 周济：《宋四家词选目录序论》，唐圭璋编《词话丛编》，第2册，中华书局1986年版，第1646页。
② 周济：《介存斋论词杂著》，唐圭璋编《词话丛编》，第2册，第1629页。
③ 周济：《介存斋论词杂著》，唐圭璋编《词话丛编》，第2册，第1629页。
④ 周济：《介存斋论词杂著》，唐圭璋编《词话丛编》，第2册，第1630页。
⑤ 周济：《宋四家词选目录序论》，唐圭璋编《词话丛编》，第2册，第1645页。

在对具体词人的研究中,他也敏锐地发现了这一问题:

苏、辛并称,东坡天趣独到处,殆成绝诣。而苦不经意,完璧甚少。稼轩则沈著痛快,有辙可循。南宋诸公,无不传其衣钵,固未可同年而语也。稼轩由北开南,梦窗由南追北,是词家转境。①

词以思笔为入门阶陛,碧山思笔,可谓双绝。幽折处大胜白石,惟圭角太分明,反复读之,有水清无鱼之恨。②

皋文不取梦窗,是为碧山门径所限耳。梦窗立意高,取径远,皆非余子所及。惟过嗜饾饤,以此被议。若其虚实并到之作,虽清真不过也。③

将周济《介存斋论词杂著》和《宋四家词选目录序论》中的观点总结起来,可以概括为:从艺术成就来说,北宋词水平高低不一,高者"浑涵",在南宋词之上,低者"拙率",在南宋词之下。从学习对象的选择来说,最高的目标当然应该是浑涵的北宋词,但是,北宋词因为是应歌而作,自然而发,所以只取当前情景入词,不追求高深的思想意趣,这样就会出现想要学习却无门径可循,"似易而实难"的情况。南宋词是文人们当作一种正式的文体去创作的,有一种争名的心理,所以就讲究技巧、取材丰富,因此也就有门径可循,"似深而反浅"。在这样的情况下,从学习南宋词入门,向北宋词的高境进取,就成了现实而合理的词学路径。

周济所论虽然是南北宋词的艺术特点及学习问题,其实也与词体的唐宋之辨有关。在前文中我们已经指出,北宋词以"唐音"为主,南宋词以"宋调"为主,这一点也是周济的认识。他在《宋四家词选目录序论》中说:"初学琢得五七字成句,便思高揖晏、周,殆不然也。

---

① 周济:《宋四家词选目录序论》,唐圭璋编《词话丛编》,第2册,中华书局1986年版,第1643—1644页。
② 周济:《宋四家词选目录序论》,唐圭璋编《词话丛编》,第2册,第1644页。
③ 周济:《宋四家词选目录序论》,唐圭璋编《词话丛编》,第2册,第1644页。

北宋含蓄之妙，逼近温、韦，非点水成冰时，安能脱口即是。"① 又说："词笔不外顺逆反正，尤妙在复在脱。复处无垂不缩，故脱处如望海上三山妙发。温、韦、晏、周、欧、柳，推演尽致，南渡诸公，罕复从事矣。"② 由此可知，他认为北宋词在艺术上是接近以温、韦为代表的"唐音"，甚至是一体的，而南宋就有明显的不同。

周济选择周邦彦作为学词应达到的最终目标，则体现了他兼采诸家、融合唐宋的理论意识。周邦彦是"唐音"到"宋调"的转关，既具备部分"唐音"特色，又确立了"宋调"中的"清真范式"。周济说周邦彦"集大成"，又说："美成思力，独绝千古，如颜平原书，虽未臻两晋，而唐初之法，至此大备。后有作者，莫能出其范围矣，读得清真词多，觉他人所作，都不十分经意。勾勒之妙，无如清真。他人一勾勒便薄，清真愈勾勒愈浑厚。"③ 正是看到了周邦彦词集"唐音"之成，奠"宋调"之基的地位。缪钺先生谓"晚唐五代词天机多，无意求工，而自然美好，北宋词天机人巧各半，如周清真词，虽极经意，而尚能浑成，不伤于雕琢，至南宋则弥重技术，人巧胜而天机减矣"④。可为周济之说的注解。因此，周济提出的"问途碧山，历梦窗、稼轩，以还清真之浑化"⑤ 这一学词路径，其实也是一条追求融合"唐音""宋调"的词体之美的道路。

周济的创作颇能实践其词学思想。蒋敦复《芬陀利室词话》卷一言：《存审轩词》一卷"真得意内言外之旨"，"近来浙吴二派，俱宗南宋，独常州诸公，能瓣香周秦以上，窥唐人微旨，先生其眉目也"⑥。丁绍仪《听秋声馆词话》卷十一谓《止庵词》"言外俱有意在"⑦。谭

---

① 周济：《宋四家词选目录序论》，唐圭璋编《词话丛编》，第 2 册，中华书局 1986 年版，第 1645 页。
② 周济：《宋四家词选目录序论》，唐圭璋编《词话丛编》，第 2 册，第 1645 页。
③ 周济：《介存斋论词杂著》，唐圭璋编《词话丛编》，第 2 册，第 1632 页。
④ 缪钺：《姜白石之文学批评及其作品》，缪钺《诗词散论》，陕西师范大学出版社 2008 年版，第 71 页。
⑤ 周济：《宋四家词选目录序论》，唐圭璋编《词话丛编》，第 2 册，第 1643 页。
⑥ 蒋敦复：《芬陀利室词话》，唐圭璋编《词话丛编》，第 4 册，第 3633—3634 页。
⑦ 丁绍仪：《听秋声馆词话》，唐圭璋编《词话丛编》，第 3 册，第 2714 页。

献《复堂词话》则称："周氏撰定《词辨》、《宋四家词笺》，推明张氏之旨，而广大之，此道遂与于著作之林，与诗赋文笔同其正变。止庵自为词，精密纯正，与茗柯把臂入林。"① 均肯定周济词符合常州词派理论的根本宗旨。如其《高阳台·闰重阳登翠微亭和叔安。时积水未退，民鲜安宅，登临送目，相对凄然》一首：

> 瘦菊雷边，寒蝉霜里，今年别样秋残。展过重阳，登高人又凭阑。翠微亭外烟波阔，荡江南、江北青山。是谁将，一片枫林，染作朱殷。　杜鹃留取春前泪，付瑶台神女，洒向人间。锦样乾坤，须知画也都难。西风万里成何事，送书空、雁字先还。漫相怜。明月芦花，野水荒湾。②

此词作于秋季洪水过后，其时积水未退，百姓的田舍房屋多被洪水淹没，流离失所，无家可归。作者在菊花凋零、寒蝉凄切的闰重阳日登高临远，看到乡村寥落的景象，不禁与友人"相对凄然"。词中记录的社会现实、流露出的对国家命运的关怀、对百姓生活疾苦的同情，即为其"词亦有史"的创作思想的反映。

当然，由于才学、性分等原因，创作跟不上理论认识的情况也是有的。《续修四库全书总目提要·存审轩词提要》在肯定周济词"引申触类，各有意旨"的同时，也指出他"时有专寄托不出之病，其清显之作，又往往近于肤浅。盖论词甚精，缘于见识之高，若心手相应，则关于才学，非可强也"③。如其《夜飞鹊·海棠和四篁》：

> 春酣镇无语，闲倚朝云。浑不解为何人。燕支著意晕双颊，轻绡叠翠圆匀。生来七分媚骨，况霞明烟淡，作得三分。寻常伴侣，试新装、漫约湔裙。　天上三郎挝鼓，催满苑花枝，与斗精神。

---

① 谭献：《复堂词话》，唐圭璋编《词话丛编》，第 4 册，中华书局 1986 年版，第 4010 页。
② 周济著，段晓华辑校：《周济词集辑校》，华东师范大学出版社 2016 年版，第 77 页。
③ 中国科学院图书馆整理：《续修四库全书总目提要》，第 13 册，齐鲁社 1996 年版，第 677 页。

一例团云裁雪，流莺暗约，蜂蝶空群。烧残绛蜡，奈真妃、也则销魂。待濛濛雨歇，可堪重访，绮陌芳尘。①

前人但凡咏海棠，多涉及李隆基与杨玉环的故事，周济此词也不例外，亦关涉二人情事。全词由春日海棠盛放之时，花枝灿烂之景写到风雨飘摇之后，花落委地之景，转换间似有今昔盛衰的对比之意寄托其中，但又不甚明朗。因此吴梅说："止庵自作词，亦有寄旨，惟能入而不能出耳。如《夜飞鹊》之'海棠'，《金明池》之'荷花'，虽各有寄意，而词涉隐晦，如索枯谜，亦是一蔽。"②

总而言之，常州词派自张氏二兄弟编《词选》起，经董士锡将其法传至周济，其理论得到了进一步发展。在坚持"意内言外"的前提下，视野更加开阔，宗奉的对象由以"唐音"为主转向唐宋兼取，最高典范由温庭筠词变为周邦彦，并形成了从有门径的南宋词入，达无门径的北宋词之高境的学词路径，一定程度上实现了对"唐音"和"宋调"的融通。周济融合唐宋的词学理想，为常州派后期词学思想的发展指明了一条康庄大道。

---

① 周济著，段晓华辑校：《周济词集辑校》，华东师范大学出版社2016年版，第91—92页。
② 吴梅：《词学通论》，上海古籍出版社2010年版，第179页。

第六章 清代后期词坛:"宗唐""宗宋"的融合与总结

自道光末期至清末民初,这是本章所论的清代后期。道光二十年(1840)发生的鸦片战争,让中国的社会政治与传统文化都受到了巨大的冲击,由此开启了近代化进程。在文学领域,创新与复古并存成为一个显著的特征。词学中的常州词派理论,因为注重对现实的感应,所以能够较好地适应变化的时势,其影响在清代后期词坛一直不衰。周济融合唐宋的主张被谭献、陈廷焯、况周颐等人所接受、完善和充实,形成了各具特色的理论表述。谢章铤、刘熙载、王国维等自立于常州词派之外,或主唐,或主宋,或唐宋兼取,亦对词之"唐音""宋调"的艺术特点多有探讨。传统词学中关于词体唐宋之辨的讨论,至此进入了总结期。

第一节 "直溯风骚,出入唐宋"
——常州词派后劲对"唐音""宋调"的接受

在清代后期词坛,常州词派仍继续保持其影响并有进一步发展,推尊词体、总结前代的词学成果并推陈出新成为诸多词人、学者的共同追求,词学由此迎来了极盛之局面。此期于理论或创作上为常州派张目的主要代表有庄棫、谭献、陈廷焯、况周颐等。他们坚持张惠言复古尊唐的主张,以风骚之旨论词、作词,同时又接受了周济融合唐宋的理论,

第六章 清代后期词坛:"宗唐""宗宋"的融合与总结

出入唐宋之间,对"唐音""宋调"的艺术经验均加以发明与吸收,在此基础上形成了具有一定独创性的词学思想。

庄棫(1830—1878),字中白,号蒿庵,江苏丹徒人。庄棫与谭献并称"庄谭",精于《易》《春秋》,有《中白词》,又名《蒿庵词》。庄棫论词主张惠言之说,倡"比兴寄托"之法,其《复堂词序》云:"自古词意,皆关比兴,斯意不明,体制遂舛。狂呼叫嚣以为慷慨,矫其弊者流为平庸。风诗之义,亦云渺矣。"[1] 但值得注意的是,庄棫虽然承认"比兴寄托"起于"唐音"的代表温韦等人,但又有一种"向下"的眼光,认为:"托志帷房,眷怀君国,温韦以下,有迹可循。"[2] 在《蒿庵词自序》中自言其学词经历:"于是向从北宋溯五代十国,今复下求南宋得失离合之故。"[3] 庄棫所说的"北宋溯五代十国"是向"唐音"学习,而"下求南宋"则是求之于"宋调",说明在此时他已经明确意识到南宋词有可取之处。他曾在病逝前一年对陈廷焯说:"子知清真白石矣,未知碧山也。悟得碧山,而后可以穷极高妙。"[4] 可见庄棫在后期对南宋王沂孙的词特别推许,其词学观也已是融合唐宋一路。

庄棫的词很能体现常州词派的理论特色,时人评价颇高。谭献编《箧中词》,以庄棫词为终,认为其具有"比兴柔厚之旨"[5]。陈廷焯更是称赞其词:"穷源竟委,根柢盘深,实能超越三唐、两宋,与《风》、《骚》、汉乐府相表里。自有词人以来,罕见其匹。而究其得力处,则发源于《国风》、《小雅》,出入于淮海、大晟,而寝馈于碧山也。……然则复古之功,兴于茗柯,必也成于蒿庵乎?"[6] 说庄棫的词"自有词人以来,罕见其匹",当然有过誉之嫌。不过,言其得力处"发源于

---

[1] 庄棫:《复堂词序》,冯乾编校《清词序跋汇编》,第3册,凤凰出版社2013年版,第1240页。
[2] 庄棫:《复堂词序》,冯乾编校《清词序跋汇编》,第3册,第1240页。
[3] 庄棫:《蒿庵词自序》,冯乾编校《清词序跋汇编》,第3册,第1480页。
[4] 陈廷焯著,杜维沫校点:《白雨斋词话》,人民文学出版社1983年版,第115页。
[5] 谭献:《箧中词》,孙克强、杨传庆、裴喆编著《清人词话》,下册,南开大学出版社2012年版,第1740页。
[6] 陈廷焯:《词则·大雅集》卷六,孙克强、杨传庆、裴喆编著《清人词话》,下册,南开大学出版社2012年版,第1741页。

《国风》、《小雅》",又于南北宋词人均有所取,融合了"唐音""宋调",有复古之功,则是基本符合事实的。陈廷焯还曾将碧山词与蒿庵词加以比较:"碧山有大段不可及处,在恳挚中寓温雅;蒿庵有大段不可及处,在怨悱中寓忠厚;而出以沈郁顿挫则一也,皆古今绝特之诣。"① 这话颇能见其独至处,其《蝶恋花》四首就是"怨悱中寓忠厚"的代表作。试读其一:

城上斜阳依绿树。门外斑骓,见了还相顾。玉勒珠鞭何处住。回头不觉天将暮。　　风里余花都散去。不省分开,何日能重遇。凝睇窥君君莫误。几多心事从君诉。②

此词虽然表面上写的是儿女相思之情,但语淡意远,具有古乐府的风神,其中不乏身世的哀感。故吴梅《词学通论》云:"中白与谭复堂并称,其词穷极高妙,为道咸间第一作手。……其词深得比兴之致,如《蝶恋花》四章,即所谓托志房帏,眷怀身世也。"③

谭献(1832—1901),原名廷献,字涤生,更字仲修,号复堂、半厂居士,浙江仁和人。曾评点周济《词辨》,选有唐宋元明人词选《复堂词录》和清人词选《箧中词》,著有《复堂词》《复堂日记》。徐珂将其论词文字辑为《复堂词话》。

谭献论词沿袭了常州一派的宗风,主张比兴寄托,并且用"作者之用心未必然,而读者之用心何必不然"④ 的解释为"寄托"说提供理论支撑,强调读者在读词过程中的再创造作用,这在传统词学领域是一个颇有创造性的命题。他也接受了周济融合唐宋主张的影响,中肯地评价"尊唐"的常州词派与"宗宋"的浙西词派的得失,指出:"填词至嘉庆,俳偕之病已净。即蔓衍阐缓,貌似南宋之习,明者亦渐知其非。

---

① 陈廷焯著,杜维沫校点:《白雨斋词话》,人民文学出版社 1983 年版,第 211—212 页。
② 庄棫:《蒿庵遗集》,《清代诗文集汇编》编纂委员会编《清代诗文集汇编》,第 711 册,上海古籍出版社 2010 年版,第 321 页。
③ 吴梅:《词学通论》,上海古籍出版社 2010 年版,第 186 页。
④ 谭献:《复堂词录序》,唐圭璋编《词话丛编》,第 4 册,中华书局 1986 年版,第 3987 页。

第六章 清代后期词坛:"宗唐""宗宋"的融合与总结

常州派兴,虽不无皮傅,而比兴渐盛。故以浙派洗明代淫曼之陋,而流为江湖。以常派挽朱、厉、吴、郭佻染饾饤之失,而流为学究。"① 在吸收常州词派已有理论的基础上,他提出了自己的论词主旨——"折衷柔厚"。其《复堂词话》云:

  及门徐仲可中翰,录词辨索予评泊,以示槼范。予固心知周氏之意,而持论小异。大抵周氏所谓变,亦予所谓正也,而折衷柔厚则同。②

  予初事倚声,颇以频伽名隽,乐于风咏。继而微窥柔厚之旨,乃觉频伽之薄。③

张惠言论词倡幽微含蓄、低徊要眇,周济论词主张出之浑厚,"柔厚"是谭献在中和了张惠言和周济的词学思想后提出的范畴。所谓"柔厚",如莫立民先生所言:"既是一种风格论,又是一种意境说,他在支持'词别是一家'、应具有婉约风格的同时,又特别地强调填词要有真挚厚实的思想内容、情感情绪,不矫揉造作,不浅滑轻薄,不木讷空虚,不零碎饾饤。然而这'柔'的风格与'厚'的内容又万变不离其宗,都必须遵循,或者说不脱离传统的温柔敦厚的诗教,这样的词方称得上为'柔厚之旨',或者说'柔厚折衷于诗教'。"④ 也就是说,谭献的"柔厚"之旨是结合了词体本身固有的美感特质与诗教的温柔敦厚后提出来的,是一种从形式到内容都有着极高要求的论词标准。他的创作颇能见出这种"折衷柔厚"之美,徐珂《清代词学概论》曾言:"谭复堂师所作词,大雅遒逸,深美闳约。推本止庵之旨,发挥而光大之。与庄中白游,一时学者称谭庄,盖能以比兴柔厚之旨相赠处,而皆持有厚入无间之说也。"⑤ 试读其广受称许的《蝶恋花》六章中的两首:

---

① 谭献:《复堂词话》,唐圭璋编《词话丛编》,第 4 册,中华书局 1986 年版,第 3999 页。
② 谭献:《词辨跋》,唐圭璋编《词话丛编》,第 4 册,第 3988—3989 页。
③ 谭献:《复堂词话》,唐圭璋编《词话丛编》,第 4 册,第 4009 页。
④ 莫立民:《近代词史》,人民文学出版社 2010 年版,第 121 页。
⑤ 徐珂:《清代词学概论》,山西人民出版社 2015 年版,第 12 页。

楼外啼莺依碧树。一片天风，吹折柔条去。玉枕醒来追梦语。中门便是长亭路。　　眼底芳春看已暮。罢了新妆，只是鸾羞舞。惨绿衣裳年几许。争禁风日争禁雨。①

庭院深深人悄悄。埋怨鹦哥，错报韦郎到。压鬓钗梁金凤小。低头只是闲烦恼。　　华发江南年正少。红袖高楼，争抵还乡好。遮断行人西去道。轻躯愿化车前草。②

两首词描写的都是闺中女儿神态，娇柔中带着一丝慵懒，期盼着"韦郎"的到来，鹦鹉错报了消息却也不曾发怒，只是低头闲恼，将少女的形象描绘得惟妙惟肖。但这几首词的寓意或非字面所写这么简单。陈廷焯认为："仲修《蝶恋花》六章，美人香草，寓意甚远。"③ 张宏生先生则认为"遮断行人西去道，轻躯愿化车前草"两句词，"何尝不能理解成了美好的理想忠贞不渝、甚至不惜献身的境界？这种择善固执的精神，正是成就大事业、大学问的重要品格"④。就词中的情感及其表达来看，两词均可谓怨而不怒、含蓄婉转，体现了温柔敦厚的诗教观，符合谭献所倡的"折衷柔厚"之旨。

"折衷柔厚"的内涵，从美学形态来说，如徐珂所论，与张惠言评"唐音"的最高典范温庭筠词的"深美闳约"是一致的，与周济评北宋词人周邦彦等所用的"浑涵""浑化""浑厚"等词在语义上亦有相通之处。这体现了常州词派推重以"唐音"为主的唐五代、北宋词的宗旨，但谭献和周济一样，对南宋词的艺术成就也很重视，认为"南宋人词，情语不如景语，而融法使才，高者亦有合于柔厚之旨"⑤。他也看到了南宋词与北宋词之间的关联，尤其是对清真词的学习。如他论吴文英词："深湛之思，最是善学清真处。"⑥ 论周密词："南渡词境高处，

---

① 谭献著，黄曙辉点校：《复堂词》，华东师范大学出版社2010年版，第12页。
② 谭献著，黄曙辉点校：《复堂词》，第13页。
③ 陈廷焯著，杜维沫校点：《白雨斋词话》，人民文学出版社1983年版，第111页。
④ 张宏生：《清代词学的建构》，江苏古籍出版社1998年版，第80页。
⑤ 谭献：《复堂词话》，唐圭璋编《词话丛编》，第4册，中华书局1986年版，第3997页。
⑥ 谭献：《复堂词话》，唐圭璋编《词话丛编》，第4册，第3991页。

第六章 清代后期词坛:"宗唐""宗宋"的融合与总结

往往出于清真。"① 由此可见,谭献认为"折衷柔厚"的风格是不为时代所限的,也主张融合唐宋。

同、光年间最为杰出的词学家当推陈廷焯。陈廷焯(1853—1892),原名世琨,字亦峰,江苏丹徒人。于词学上建树极高,编有《云韶集》《词则》两部词选,著有《词坛丛话》《白雨斋词话》等词学理论著作,词有《白雨斋词存》一卷。

陈廷焯的词学思想可以分为前、后两个时期。据其自述,他在癸酉、甲戌之年(1873—1874)初习倚声,主要接受的是浙西词派的影响,所编选的《云韶集》"以竹垞太史《词综》为准"②,其理论著作《词坛丛话》亦主浙西词派之说。两者均极力推崇周、姜一派的"宋调",甚至将周邦彦与姜夔二人捧到了"千古独步"的地位。如论周邦彦词:

  自美成出,开阖动荡,骨格清高,如羲之之书,伯玉之诗,永宜独步千古。③

  美成词大半皆以纡徐曲折制胜,妙于纡徐曲折中有笔力,有品骨,故能独步千古。④

  美成词极顿挫之致,穷高妙之趣,前无古人,后无来者。词至美成,开阖动荡,包扫一切,读之如登太华之山,如掬西江之水,使人品概自高,尘垢尽涤,两宋作者,除白石、方回,莫与争锋矣。美成长调高据峰巅,下视众山,尽属附庸。⑤

  美成乐府,开阖动荡,独有千古。南宋白石、梅溪,皆祖清真,而能出入变化者。⑥

---

① 谭献:《复堂词话》,唐圭璋编《词话丛编》,第4册,中华书局1986年版,第3991页。
② 陈廷焯:《云韶集序》,陈廷焯著,屈兴国校注《白雨斋词话足本校注》,齐鲁书社1983年版,第806页。
③ 陈廷焯:《云韶集》,葛渭君《词话丛编补编》,第3册,中华书局2013年版,第1422页。
④ 陈廷焯:《云韶集》,葛渭君《词话丛编补编》,第3册,第1478页。
⑤ 陈廷焯:《云韶集》,葛渭君《词话丛编补编》,第3册,第1474页。
⑥ 陈廷焯:《词坛丛话》,唐圭璋编《词话丛编》,第4册,第3723页。

美成词，浑灏流转中，下字用意皆有法度，故其词名《清真集》。盖清真二字最难，美成真千古词坛领袖。①

论姜夔词：

南宋白石出，诗冠一时，词冠千古，诸家皆以师事之。②
词中之有姜白石，犹诗中之有渊明也。琢句炼字，归于纯雅。不独冠绝南宋，直欲度越千古。《清真集》后，首推白石。③
白石词，如白云在空，随风变灭，独有千古。④

且不惟周、姜二家，甚至连朱彝尊及其《词综》也被陈廷焯以"千古"标榜。他说：

朱竹垞词，艳而不浮，疏而不流，工丽芊绵中而笔墨飞舞。其源亦出自白石，而绝不相似。盖白石之妙，正如大江无风，波涛自涌。竹垞之妙，其咏物诸作，则杯水可以作波涛，一篑可以成泰山。其感怀诸作，意之所到，笔即随之。笔之所到，信手拈来，都成异彩。是又泰山不辞土壤，河海不择细流也。与白石并峙千古，岂有愧哉。⑤
竹垞所选《词综》，自唐至元，凡三十八卷，一以雅正为宗，诚千古词坛之圭臬也。其所自作，浓淡相兼，疏密相称，深得风雅之正。⑥

与推崇"宋调"相应，陈廷焯对于"唐音"的评价不是很高。虽

---

① 陈廷焯：《词坛丛话》，唐圭璋编《词话丛编》，第4册，中华书局1986年版，第3723页。
② 陈廷焯：《云韶集》，葛渭君《词话丛编补编》，第3册，中华书局2013年版，第1599页。
③ 陈廷焯：《词坛丛话》，唐圭璋编《词话丛编》，第4册，第3723页。
④ 陈廷焯：《词坛丛话》，唐圭璋编《词话丛编》，第4册，第3724页。
⑤ 陈廷焯：《词坛丛话》，唐圭璋编《词话丛编》，第4册，第3729—3730页。
⑥ 陈廷焯：《词坛丛话》，唐圭璋编《词话丛编》，第4册，第3730—3731页。

第六章 清代后期词坛:"宗唐""宗宋"的融合与总结

然他将"唐音"为主的北宋词拟为《诗》中之风,"宋调"为主的南宋词拟为《诗》中之雅,认为两者不可偏废,但又说:"北宋间有俚词,间有伉语。南宋则一归纯正,此北宋不及南宋处。"① 对于被张惠言奉为"唐音"最高典范的温庭筠,他认可其为《花间》之冠,赞其"风流秀曼,实为五代两宋导其先路。后人好为艳词,那有飞卿风格"②,却又认为:"飞卿虽工绮语而风骨不高"③,"视太白、子同、乐天,风格已隔一层"④;"宋调"的代表词人与"唐音"的代表词人相比,周邦彦词"视《花间》、秦、柳如卑隶"⑤,姜夔词"视晏、欧如舆台"⑥。凡此种种,均说明在此时的陈廷焯心中,"宋调"的地位是凌驾于"唐音"之上的。

丙子年(1876),二十三岁的陈廷焯开始与常州派词人庄棫交往,其词学思想遂发生了极大的转变,由前期的尚浙西词派一改为倡常州词派。其《白雨斋词话》有载:"近人为词,习绮语者,托言温韦,衍游词者,貌为姜史,扬湖海者,倚为苏辛,近今之弊,实六百余年来之通病也。余初为倚声,亦蹈此习。自丙子年,与希祖先生遇后,旧作一概付丙,所存不过己卯后数十阕,大旨归于忠厚,不敢有背《风》《骚》之旨。过此以往,精益求精,思欲鼓吹蒿庵,共成茗柯复古之志。蒿庵有知,当亦心许。"⑦ 词学转向之后的陈廷焯编选了《词则》,撰写了词学理论著作《白雨斋词话》。其中所论,一改此前对"唐音"和"宋调"及"宗唐"派与"宗宋"派代表词人的评价。

对于被常州词派奉为最高典范的温庭筠词,他推崇备至,赞不绝口:"飞卿词,全祖《离骚》,所以独绝千古;《菩萨蛮》《更漏子》诸阕,已臻绝诣,后来无能为继"⑧,"飞卿《菩萨蛮》十四章,全是变化

---

① 陈廷焯:《词坛丛话》,唐圭璋编《词话丛编》,第 4 册,中华书局 1986 年版,第 3720 页。
② 陈廷焯:《词坛丛话》,唐圭璋编《词话丛编》,第 4 册,第 3719 页。
③ 陈廷焯:《云韶集》,葛渭君《词话丛编补编》,第 3 册,中华书局 2013 年版,第 1393 页。
④ 陈廷焯:《云韶集》,葛渭君《词话丛编补编》,第 3 册,第 1396 页。
⑤ 陈廷焯:《云韶集》,葛渭君《词话丛编补编》,第 3 册,第 1479 页。
⑥ 陈廷焯:《云韶集》,葛渭君《词话丛编补编》,第 3 册,第 1537 页。
⑦ 陈廷焯著,杜维沫校点:《白雨斋词话》,人民文学出版社 1983 年版,第 123 页。
⑧ 陈廷焯著,杜维沫校点:《白雨斋词话》,第 5 页。

《楚》《骚》，古今之极轨也"①，"飞卿短古，深得屈子之妙；词亦从《楚》《骚》来，所以独绝千古，难乎为继"②，"千古得《骚》之妙者，惟陈王之诗，飞卿之词"③。前期称周、姜词"独绝千古"的说法，已被陈廷焯全移至温庭筠身上。他甚至还将温词与宋人之词作比，认为温词"大半托词帷房，极其婉雅，而规模自觉宏远。周秦苏辛姜史辈，虽姿态百变，亦不能越其范围。本原所在，不容以形迹胜也"④，"宋词可以越五代，而不能越飞卿端己者，彼已臻其极也"⑤。这种论调已与陈廷焯此前的观点截然相反了。对于此前十分推许的朱彝尊之词，陈廷焯也认为"少沈厚之意"⑥，"惜托体未为大雅"⑦。而张惠言及其《词选》则成了他赞美的对象，被一再称颂："皋文《水调歌头》五章，既沈郁，又疏快，最是高境"⑧，"张氏《词选》，可称精当，识见之超，有过于竹垞十倍者，古今选本，以此为最"⑨，"张皋文《词选》一编，扫靡曼之浮音，接《风》《骚》之真脉"⑩。

在这些评语中，"沉郁"之说值得特别注意，这是陈廷焯接受了常州派词学影响之后提出的一个核心主张。他认为：

> 诗词一理，然亦有不尽同者。诗之高境，亦在沈郁，然或以古朴胜，或以冲淡胜，或以巨丽胜，或以雄苍胜：纳沈郁于四者之中，固是化境；即不尽沈郁，如五七言大篇，畅所欲言者，亦别有可观。若词则舍沈郁之外，更无以为词。盖篇幅狭小，倘一直说去，不留余地，虽极工巧之致，识者终笑其浅矣。⑪

---

① 陈廷焯著，杜维沫校点：《白雨斋词话》，人民文学出版社1983年版，第7页。
② 陈廷焯著，杜维沫校点：《白雨斋词话》，第142页。
③ 陈廷焯著，杜维沫校点：《白雨斋词话》，第182页。
④ 陈廷焯著，杜维沫校点：《白雨斋词话》，第189页。
⑤ 陈廷焯著，杜维沫校点：《白雨斋词话》，第218页。
⑥ 陈廷焯著，杜维沫校点：《白雨斋词话》，第69页。
⑦ 陈廷焯著，杜维沫校点：《白雨斋词话》，第70页。
⑧ 陈廷焯著，杜维沫校点：《白雨斋词话》，第101页。
⑨ 陈廷焯著，杜维沫校点：《白雨斋词话》，第5页。
⑩ 陈廷焯著，杜维沫校点：《白雨斋词话》，第100页。
⑪ 陈廷焯著，杜维沫校点：《白雨斋词话》，第4页。

第六章 清代后期词坛:"宗唐""宗宋"的融合与总结

> 作词之法,首贵沈郁,沈则不浮,郁则不薄。顾沈郁未易强求,不根柢于《风》《骚》,乌能沈郁?十三国变风,二十五篇《楚词》,忠厚之至,亦沈郁之至,词之源也。不究心于此,率尔操觚,乌有是处?①
>
> 入门之始,先辨雅俗;雅俗既分,归诸忠厚;既得忠厚,再求沈郁;沈郁之中,运以顿挫;方是词中最上乘。②

"沉郁"说的根柢来自常州词派的复古之说,只不过陈廷焯的主张是"直溯风骚,出入唐宋"③,即越过唐人之诗这一环节,直接以风、骚为本源,而唐宋人之词只要符合风骚之旨,具有"沉郁"的风格特征,就都可以作为师法的对象。因此,陈廷焯虽尊"唐音",但对于"宋调"词人亦多有所取。他认为:"唐五代词,不可及处正在沉郁。宋词不尽沉郁,然如子野少游美成白石碧山梅溪诸家,未有不沉郁者。"④ 又说:"唐宋名家,流派不同,本原则一。"⑤ 对于与词体唐宋之辨密切相关的南北宋之争,亦持调和的态度:"词家好分南北宋,国初诸老,几至各立门户。窃谓论词只宜辨别是非,南宋北宋,不必分也。若以小令之风华点染,指为北宋。而以长调之平正迂缓,雅而不艳,艳而不幽者,目为南宋,匪独重诬北宋,抑且诬南宋也。"⑥ 从这样的认识出发,陈廷焯把"宗宋"派的师法对象统一到"宗唐"派下,建立起新的词统,即"千古词宗,温韦发其源,周秦竟其绪,白石碧山各出机杼,以开来学"⑦。这种词统由唐一直延续到清代,具体表现为:"温韦创古者也。晏欧继温韦之后,面目未改,神理全非,异乎温韦者也。苏辛周秦之于温韦,貌变而神不变,声色大开,本原则一。南宋诸

---

① 陈廷焯著,杜维沫校点:《白雨斋词话》,人民文学出版社1983年版,第4页。
② 陈廷焯著,杜维沫校点:《白雨斋词话》,第186页。
③ 陈廷焯著,杜维沫校点:《白雨斋词话》,第209页。
④ 陈廷焯著,杜维沫校点:《白雨斋词话》,第4页。
⑤ 陈廷焯著,杜维沫校点:《白雨斋词话》,第206页。
⑥ 陈廷焯著,杜维沫校点:《白雨斋词话》,第207页。
⑦ 陈廷焯著,杜维沫校点:《白雨斋词话》,第114页。

名家，大旨亦不悖于温韦，而各立门户，别有千古。元明庸庸碌碌，无所短长，至陈朱辈出，而古意全失，温韦之风，不可复作矣。"① 陈廷焯所论，以复古为旗，推本溯源，兼纳百家，从理论上完成了"宗唐""宗宋"两派的融合。

在选词方面，陈廷焯的认识也较之前成熟了许多，他说："作词难，选词尤难。以我之才思，发我之性情，犹易也。以我之性情，通古人之性情，则非易矣。竹垞《词综》，备而不精，皋文《词选》，精而未备。……若选本之尽美尽善者，吾未之见也。"② 无论是朱彝尊的《词综》还是张惠言的《词选》，在此时的陈廷焯看来都有不足之处。同时，他自己也编选了一部《词则》，既不以浙西派标准选词，也不以常州派标准取舍，而是根于《风》《骚》，归于忠厚。陈廷焯将《词则》分为《大雅》《放歌》《闲情》《别调》四集，他说："《大雅》为正，三集副之，而总名之曰《词则》。求诸《大雅》，固有余师，即遁而之他，亦即可于《放歌》《闲情》《别调》中求《大雅》，不至入于歧趋。"③ 意思即《大雅》是《词则》的最高标准，学词者在其他三集中亦可求得"大雅"之旨，不至于误入歧途。

在词人选政上，陈廷焯基本做到了持平"唐音"与"宋调"。《词则》中唐宋部分选词数量位于前十的词人有：辛弃疾47首、王沂孙43首、张炎40首、晏几道38首、温庭筠36首、吴文英36首、冯延巳32首、姜夔29首、秦观28首、周邦彦28首、贺铸26首、苏轼25首。其中唐五代、北宋词人7位，南宋词人5位。在选词数量上，排名前十的词人中，选唐五代、北宋词共213首，南宋词共195首。虽然在数量上略有差别，然终究是较为公允的，这正是陈廷焯后期融"唐音""宋调"于一体意图的体现。

在词的创作方面，陈廷焯的《白雨斋词存》主要体现的是他后期的词学宗旨。《续修四库全书总目提要·白雨斋词存提要》云："廷焯

---

① 陈廷焯著，杜维沫校点：《白雨斋词话》，人民文学出版社1983年版，第208页。
② 陈廷焯著，杜维沫校点：《白雨斋词话》，第214页。
③ 陈廷焯著，杜维沫校点：《白雨斋词话》，第129页。

第六章 清代后期词坛:"宗唐""宗宋"的融合与总结

与庄棫相切磋,故其词学深邃。集中令曲,忠厚缠绵,出入方城、《阳春》之间;慢词能植根碧山,而运以苏、辛之才气,故无叫嚣之弊。"① 他说自己作艳词的方法是"根柢于风骚,涵泳于温韦"②。大体上,其词均有怨而不怒、哀而不伤,归于忠厚、沉郁的特点。如其《卜算子》:

残梦逐杨花,行尽江南路。行尽江南路几程,还恋江南住。
碧海杳茫茫,瑶岛知何处。不嫁东风却怨谁,空叹华年误。③

词的上阕言抒情主人公在梦中随杨花行尽江南路,历尽红尘飘零之苦,却依然留恋江南。下阕言碧海、瑶岛之类的仙乡难觅,主人公执着于追寻理想,因此错过了合适的伴侣,只能青春虚度,空自感叹。从词意来看,与"唐音"中常见的男女相思题材颇近,但也可以说是美人香草的写法。其"不嫁东风却怨谁,空叹华年误"一语,显然是从贺铸咏秋荷词《踏莎行·芳心苦》中的"当年不肯嫁春风,无端却被秋风误"一语化出。陈廷焯评贺铸的这首词"骚情雅意,哀怨无端"④,为有寄托之作。他自己的这首词当亦如此,借男女之情抒发理想难寻、时光易逝的感慨。词中有哀、有怨、有叹,却表达得婉转柔厚,悠远绵长。

晚清词坛上,最为活跃的主要是被称为"清季四大家"的王鹏运、郑文焯、朱祖谋、况周颐等人。他们也接受了常州派的影响,"大抵原本风雅,谨守止庵导源碧山,历稼轩、梦窗以还清真之浑化之说"⑤。其中在词学方面成就最大的是况周颐,为常州派词学之结穴。

况周颐(1859—1926),原名周仪,字夔笙、揆孙,号蕙风,又号

---

① 中国科学院图书馆整理:《续修四库全书总目提要·白雨斋词存提要》,第 13 册,齐鲁书社 1996 年版,第 547 页。
② 陈廷焯著,杜维沫校点:《白雨斋词话》,人民文学出版社 1983 年版,第 123 页。
③ 陈廷焯:《白雨斋词存》,《清代诗文集汇编》编纂委员会编《清代诗文集汇编》,第 777 册,上海古籍出版社 2010 年版,第 45 页。
④ 陈廷焯著,杜维沫校点:《白雨斋词话》,第 15 页。
⑤ 蒋兆兰:《词说自序》,唐圭璋编《词话丛编》,第 5 册,中华书局 1986 年版,第 4625 页。

玉梅词人，广西临桂人。著有词集《蕙风词》《餐樱词》等，合刊为《第一生修梅花馆词》，另著有词话《蕙风词话》《蕙风词话续编》，其中《蕙风词话》与王国维《人间词话》有"双璧"美誉，又与陈廷焯《白雨斋词话》合称"晚清三大词话"。朱祖谋称赞："自有词话以来，无此有功词学之作。"① 对于况周颐的词学思想，其弟子赵尊岳在《蕙风词话跋》中曾从词格、词心、词径、词笔、词境五个方面加以总结，其中关于词格、词径的论述直接关涉词体唐宋之辨的问题。

词格论为况周颐词学思想的核心。赵尊岳总结况氏的观点是："其论词格曰宜重、拙、大，举《花间》之闳丽，北宋之清疏，南宋之醇至，要于三者有合焉。轻者重之反，巧者拙之反，纤者大之反，当知所戒矣。"② 以重、拙、大论词，始于临桂词派的先驱端木埰（1815—1892），传至王鹏运，再传至况周颐。在《餐樱词自序》中，况周颐记载了他从王鹏运学词的经历："己丑薄游京师，与半塘共晨夕，半塘于词夙尚体格，于余词多所规戒，又以所刻宋元人词属为斠雠，余自是得窥词学门径，所谓'重、拙、大'，所谓'自然从追琢中出'，积心领神会之，而体格为之一变。"③ 何谓"重"？况周颐的解释是："重者，沈著之谓。在气格，不在字句。于梦窗词庶几见之。即其芬菲铿丽之作，中间隽句艳字，莫不有沈挚之思，灏瀚之气，挟之以流转。令人玩索而不能尽，则其中之所存者厚。沈著者，厚之发现乎外者也。"④ 据其说，则"重"指的是沉挚深刻的思想情感发之于外而形成的厚重气格。所谓"拙"，况周颐未作正面解释，但云："词忌做，尤忌做得太过。巧不如拙，尖不如秃。"⑤ 又言："问哀感顽艳，'顽'字云何诠？释曰：拙不可及，融重与大于拙之中，郁勃久之，有不得已者出乎其中

---

① 况周颐撰，屈兴国辑注：《蕙风词话辑注》，江西人民出版社2000年版，第653页。
② 赵尊岳：《蕙风词话跋》，况周颐原著，孙克强辑考《蕙风词话·广蕙风词话》，中州古籍出版社2003年版，第452页。
③ 况周颐：《餐樱词自序》，冯乾编校《清词序跋汇编》，第4册，凤凰出版社2013年版，第1923页。
④ 况周颐撰，王幼安校订：《蕙风词话》，人民文学出版社1960年版，第48页。
⑤ 况周颐撰，王幼安校订：《蕙风词话》，第118页。

而不自知，乃至不可解，其殆庶几乎。犹有一言蔽之：若赤子之笑啼然，看似至易，而实至难者也。"① 由此可知所谓"拙"，是指用真率自然之笔写发自性灵的真挚情感，"不曾作态，恰妙造自然"②。关于"大"，况周颐也未作专门的阐释，故后人的解读歧说颇多。如吴宏一在《蕙风词话述评》中说："所谓大，就是不涉纤，也就是浑成。"③ 黄霖的《近代文学批评史》认为"是指才情大，托旨大，有大家的风度"④。方智范等人的《中国古典词学理论史》认为"大"有三层含义：一是语小而不纤，事小而意厚；二是词小而事大，词小而旨大；三是身世之感通于性灵的寄托⑤。孙克强的《清代词学》则主张："况氏所谓'大'，乃其自谓'大气真力'，即用质拙之笔写真情。"⑥ 总诸家所论，"大"应该包括笔调的大气与内容的重大。这三个范畴，既各有所主，又结合紧密，如夏敬观所言："余谓重拙大三字相联系，不重则无拙大之可言，不拙则无重大之可言，不大则无重拙之可言，析言为三名辞，实则一贯之道也。"⑦ 况周颐认为，闳丽的花间词、清疏的北宋词、醇至的南宋词均有合于重、拙、大的标准，这是他的总体看法，而在具体的论述中，他又指出三者存在一定的差异。

对于确立了"唐音范式"主导风格的《花间集》，况周颐称其具有"浓而穆"的词境。他说："词有穆之一境，静而兼厚、重、大也。淡而穆不易，浓而穆更难。知此，可以读《花间集》。"⑧ 他还举了欧阳炯艳词详析，曰："《花间集》欧阳炯《浣溪沙》云：'兰麝细香闻喘息。绮罗纤缕见肌肤。此时还恨薄情无？'自有艳词以来，殆莫艳于此矣。

---

① 况周颐撰，王幼安校订：《蕙风词话》，人民文学出版社1960年版，第128页。
② 况周颐撰，王幼安校订：《蕙风词话》，第38页。
③ 吴宏一：《清代词学四论》，台北联经出版事业公司1990年版，第281页。
④ 黄霖：《近代文学批评史》，上海古籍出版社1994年版，第314页。
⑤ 方智范、邓乔彬、周圣伟等：《中国古典词学理论史》（修订版），华东师范大学出版社2005年版，第356—358页。
⑥ 孙克强：《清代词学》，中国社会科学出版社2004年版，第355页。
⑦ 夏敬观：《蕙风词话诠评》，唐圭璋编《词话丛编》，第5册，中华书局1986年版，第4585页。
⑧ 况周颐撰，王幼安校订：《蕙风词话》，第22页。

半塘僧骛曰：'奚翅艳而已？直是大且重。'苟无《花间》词笔，孰敢为斯语者？"① 综合来看，况周颐认为《花间集》做到了"浓而穆"，即在绮艳的题材、华美的辞藻中亦能寓以真情厚意、比兴寄托，内涵丰富而意境深隐、表达含蓄，实即对张惠言论温庭筠词"深美闳约"一语的引申发挥。同时，况周颐还赏爱"唐音"的"流而不靡"。他说："唐贤为词，往往丽而不流，与其诗不甚相远。刘梦得《忆江南》云：'春去也，多谢洛城人。弱柳从风疑举袂，丛兰裛露似沾巾。独坐亦含颦。'流丽之笔，下开北宋子野、少游一派。唯其出自唐音，故能流而不靡。所谓'风流高格调'，其在斯乎。"② 况周颐认为，唐词与唐诗风格相近，流丽而又不至于淫靡，有一种"风流高格调"。在这一点上，他与常州词派前辈认为唐诗为词之源的看法也可相通。

况周颐虽然尊崇"唐音"的艺术，但是他与周济一样，又认为以《花间》代表的"唐音"难以学习，容易产生种种弊端："《花间》至不易学。其蔽也，袭其貌似，其中空空如也。所谓麒麟楦也。或取前人句中意境而纡折变化之，而雕琢、句勒等弊出焉。以尖为新，以纤为艳，词之风格日靡，真意尽漓，反不如国初名家本色语，或犹近于沈著、浓厚也。庸讵知《花间》高绝，即或词学甚深，颇能窥两宋堂奥，对于《花间》，犹为望尘却步耶。"③ 可见，他虽然视《花间》为词之艺术的最高典范，但并不认为是合适的学习对象。他还奉劝学词者："唐五代词并不易学。五代词尤不必学。何也？……其铮铮佼佼者，如李重光之性灵，韦端己之风度，冯正中之堂庑，岂操觚之士能方其万一？自余风云月露之作，本自华而不实。吾复皮相求之，则嬴秦氏所云甚无谓矣。"④ 在他看来，五代词人中的佼佼者如李煜、韦庄、冯延巳等人的词作，各能见作者的性灵、风度、堂庑，后人是无法学习的，而其他人的那些"风云月露之作"，本身就华而不实，学习的人只能得其

---

① 况周颐撰，王幼安校订：《蕙风词话》，人民文学出版社1960年版，第23页。
② 况周颐撰，王幼安校订：《蕙风词话》，第22页。
③ 况周颐撰，王幼安校订：《蕙风词话》，第22页。
④ 况周颐撰，王幼安校订：《蕙风词话》，第17页。

皮毛，因此又没必要学。

　　对于宋词，况周颐曾引王鹏运的评语，谓"宋人拙处不可及"①，可见他认同王说，以"拙"为宋词最突出的共同特征。而"拙"又与况周颐所推崇的"厚"这一填词要旨紧密相关，唐圭璋先生曾指出："况蕙风所标重、拙、大之旨，实特重厚字。惟拙故厚，惟厚故重、故大，若纤巧、轻浮、琐碎，皆词之弊也。"② 故况周颐评两宋词人，常常许之以"厚"。如谓"苏、辛词皆极厚，然不易学，或不能得其万一而转滋流弊，如粗率、叫嚣、澜浪之类。东山词亦极厚，学之却无流弊，信能得其神似，进而窥苏、辛堂奥何难矣。厚之一字，关系性情，'解道江南断肠句'，方回之深于情也。企鸿轩蓄书万余卷，得力于酝酿者。又可知张叔夏作《词源》，于方回但许其善炼字面，讵深知方回者也"③。评周邦彦词："愈朴愈厚，愈厚愈雅，至真之情，由性灵肺腑中流出，不妨说尽而愈无尽。"④ 评吴文英词："近人学梦窗，辄从密处入手。梦窗密处，能令无数丽字，一一生动飞舞，如万花为春；非若琱瑢蹙绣，豪无生气也。如何能运动无数丽字？恃聪明、尤恃魄力。如何能有魄力？唯厚乃有魄力。梦窗密处易学，厚处难学。"⑤

　　不过，况周颐也敏锐地注意到两宋词风格有别，在比较朱淑真与李清照的词风时曾言："以词格论，淑真清空婉约，纯乎北宋。易安笔情近浓至，意境较沈博，下开南宋风气。非所诣不相若，则时会为之也。"⑥ 在评论北宋人之词时，他或言其"清疏"，或许其"深静"，大抵仍着意于"拙"的特点，即情感真挚、清新自然。如评李廌《虞美人》词云："李方叔《虞美人》过拍云：'好风如扇雨如帘，时见岸花汀草、涨痕添。'春夏之交，近水楼台，确有此景。'好风'句绝新，

---

① 况周颐撰，王幼安校订：《蕙风词话》，人民文学出版社1960年版，第4页。
② 唐圭璋：《论词之作法》，《词学论丛》，上海古籍出版社1986年版，第864页。
③ 况周颐：《历代词人考略》，葛渭君《词话丛编补编》，第6册，中华书局2013年版，第4093页。
④ 况周颐撰，王幼安校订：《蕙风词话》，第27页。
⑤ 况周颐撰，王幼安校订：《蕙风词话》，第47页。
⑥ 况周颐撰，王幼安校订：《蕙风词话》，第98页。

似乎未经人道。歇拍云：'碧芜千里思悠悠，惟有霎时凉梦、到南州。'尤极淡远清疏之致。"① 论韩维《胡捣练令》词云："词境以深静为至。韩持国《胡捣练令》过拍云：'燕子渐归春悄。帘幕垂清晓。'境至静矣，而此中有人，如隔蓬山。思之思之，遂由浅而见深。盖写景与言情，非二事也。善言情者，但写景而情在其中。此等境界，唯北宋人词往往有之。"② 而对于南宋人之词，则将"重、拙、大"三者一并许之，谓"南渡诸贤不可及处在是"。③ 其意当主要指南宋词的题材内容更加丰富、思想情感更为深沉、风格意境更为博大。

由于唐五代词很难学习，而两宋词各有所胜，所以况周颐提出的学词路径是："天分高不妨先学南宋，不必以南宋自画也。学力专不妨先学北宋，不必以北宋鸣高也。词学以两宋为指归，正其始毋歧其趋可矣。"④ 对于常州词派影响下的推崇花间"唐音"之风，况周颐则毫不留情地予以批驳。《蕙风词话》卷一云："晚近某词派，其地与时，并距常州派近。为之倡者，揭橥《花间》，自附高格，涂饰金粉，绝无内心。与评文家所云'浮烟涨墨'曷以异？虽无本之文，不足以自行。……盖天事绌、性情少者所为，曷如不为之为愈也。"⑤ 由此可见，况周颐明确提出"词学以两宋为指归"，主张两宋均可学，视天分、学力而定，这不仅是一种理论突破，而且还有很强的针对性。从唐宋之辨的角度来说，虽然北宋词以"唐音"风格为主，南宋词以"宋调"风格为主，因此况周颐之论事实上并未舍弃"唐音"，而是唐宋并尊，共为师法对象，但是，他不仅抛开了"极不易学"的唐五代词，而且以重、拙、大论词格，强调真性情、真文字、大题材，在当时变乱动荡的时代环境中，无疑又是非常有现实意义的。

况周颐一生填词甚多，有《新莺词》《玉梅词》《锦钱词》《蕙风

---

① 况周颐撰，王幼安校订：《蕙风词话》，人民文学出版社1960年版，第26页。
② 况周颐撰，王幼安校订：《蕙风词话》，第24页。
③ 况周颐撰，王幼安校订：《蕙风词话》，第4页。
④ 赵尊岳：《蕙风词话跋》，况周颐原著，孙克强辑考《蕙风词话·广蕙风词话》，中州古籍出版社2003年版，第452页。
⑤ 况周颐撰，王幼安校订：《蕙风词话》，第17页。

第六章 清代后期词坛："宗唐""宗宋"的融合与总结

词》《菱景词》《二云词》《餐樱词》《菊花词》《存悔词》等多部词集，后合刊为《第一生修梅花馆词》，晚年删定成《蕙风词》。其创作的风格、主旨大体上与其词学理论保持了一致。蔡嵩云说："蕙风词，才情藻丽，思致渊深。小令得淮海、小山之神，慢词出入片玉、梅溪、白石、玉田间。吐属隽妙，为晚清诸家所仅有。"① 朱庸斋说："蕙风小令，北宋情调多，尤得力于贺铸，故清丽、婀娜，有势而不纤弱。……蕙风长调自梅溪入，亦近浙西之樊榭，偏重才情，少作颇有纤巧之弊。后交半塘，作风大变，盖接受其重、拙、大之说也。然老去才情未减。"② 其小令如：

> 重到长安景不殊。伤心料理旧琴书。自然伤感强欢娱。　十二回栏凭欲遍，海棠浑似故人姝。海棠知我断肠无。（《减字浣溪沙》）③

> 记得天涯挥手去。梦逐征鸿，绕遍东华路。梁燕可知人在否。相逢也莫凄凉语。　泪眼更看门外树。欲断无肠，苦恨香骢误。最是不堪回首处。凤城西去棠梨雨。（《凤栖梧·过香炉营故居》）④

> 苦恨花枝照酒杯。名花谁见老风埃。凭伊满地飘红雨，消得春人爱惜来。　惊岁晚，又春回。伤心长是强颜开。芙蓉城阙知何处，说到神仙事可哀。（《鹧鸪天》）⑤

这些小令颇具北宋词的情致，工丽自然，真挚动人，确有淮海、小山的风神。其慢词如名作《苏武慢·寒夜闻角》：

> 愁入云遥，寒禁霜重，红烛泪深人倦。情高转抑，思往难回，凄咽不成清变。风际断时，迢递天街，但闻更点。枉教人回首，少

---

① 蔡嵩云：《柯亭词论》，唐圭璋编《词话丛编》，第 5 册，中华书局 1986 年版，第 4914 页。
② 朱庸斋：《分春馆词话》，广东人民出版社 1989 年版，第 103—105 页。
③ 况周颐著，俞润生笺注：《蕙风词话·蕙风词笺注》，巴蜀书社 2006 年版，第 648 页。
④ 况周颐著，俞润生笺注：《蕙风词话·蕙风词笺注》，第 649 页。
⑤ 况周颐著，俞润生笺注：《蕙风词话·蕙风词笺注》，第 652 页。

年丝竹，玉容歌管。　　凭作出、百绪凄凉，凄凉惟有，花冷月闲庭院。珠帘绣幕，可有人听，听也可曾肠断。除却塞鸿，遮莫城乌，替人惊惯。料南枝明日，应减红香一半。①

此词作于光绪十五年（1889），彼时况周颐正处于京城，寒夜秋风中听闻角声，不禁引发愁绪万千。词上片写景，以"凄咽"之声极力渲染悲凉之情，下片的"珠帘绣幕，可有人听，听也可曾肠断"几句，况周颐自许为得意之笔。严迪昌先生认为此处有讽："'珠帘绣幕'中人麻木不仁，处于急危之际却无动于衷，有很深的讽喻意。"② 此时的清王朝早已不复往日繁荣，在经历了两次鸦片战争后，有忠贞报国之志的文人虽已觉醒，却又不知该如何改变这一无力的局面，因此陷入痛苦与迷茫中。况周颐采用比兴寄托的作词手法，借红烛垂泪、断肠丝竹抒难言之情，造浑化之境。王国维评曰："境似清真，集中他作，不能过之。"③ 在甲午海战一年后，况周颐又作有续词《水龙吟》，序云："己丑秋夜，赋角声《苏武慢》一阕，为半塘所击赏。乙未四月，移寓校场五条胡同，地偏，宵警呜呜达曙，凄彻心脾，漫拈此解，颇不逮前作，而词愈悲，亦天时人事为之也。"词云：

声声只在街南，夜深不管人憔悴。凄凉和并，更长漏短，瞉人无寐。灯灺花残，香消篆冷，悄然惊起。出帘栊试望，半珪残月，更堪在，烟林外。　　愁入阵云天末，费商音、无端凄戾。鬘丝搔短，壮怀空付，龙沙万里。莫谩伤心，家山更在，杜鹃声里。有啼乌见我，空阶独立，下青衫泪。④

此时清朝的国势，较六年前况周颐作《苏武慢》时更加艰难，对

---

① 况周颐著，俞润生笺注：《蕙风词话·蕙风词笺注》，巴蜀书社2006年版，第653页。
② 严迪昌：《清词史》，人民文学出版社2011年版，第557页。
③ 王国维著，徐调孚注，王幼安校订：《人间词话》，人民文学出版社1960年版，第244页。
④ 况周颐著，俞润生笺注：《蕙风词话·蕙风词笺注》，第665页。

外面临西方列强的入侵，割地赔款；对内要应付此起彼伏的农民起义，民不聊生。往日的繁华早已不复存在，只剩"灯烛花残，香消篆冷"，令人备感凄清。"家山更在，杜鹃声里"二句，则极沉痛之至。如今的境况较之六年前更为不堪，且是"天时人事"皆不如意，在这种无奈之下，词人的心情更加郁结，凉夜空阶，剩下他一人独自垂泪，因此词作的情感也显得更加悲凉、沉重。况周颐这些反映社会现实的词，最能凸显其"重、拙、大"的词学思想。通过这些词作，我们可以看到当时有志之士对国家大事的关怀、对社会现实的思考，既有鲜明的时代感又有浓厚的使命感，与南宋词人所作的"宋调"有相似处。

总而言之，在"宗唐"与"宗宋"这一问题上，庄棫、谭献、陈廷焯等常州派后期词人既秉承了张惠言的尊唐复古之旨，又接受了周济由南宋入北宋的学词路径的影响，最终形成了"直溯风骚，出入唐宋"的词学观，并据此建立了融"唐音""宋调"于一体的词学统绪。至况周颐倡重、拙、大之说，弃"不易学"之"唐音"而专以两宋词为旨归，更是进一步强化了常州派词学观中的现实性品格，丰富与完善了对"唐音""宋调"美学特性认识，呈现了新的词学景观。

第二节　苏轼复李白之古，晚唐五代乃变调
——刘熙载的唐宋"正变论"

虽然在晚清至民初论词仍以常州派为盛，但在常州词派之外，也有一些词学家不同意张惠言等人过度阐释"唐音"的做法及以"风骚""兴寄"论词的观点。他们从历史和现实中多方吸收资源构建自己的词学体系，对"唐音""宋调"作出了不同的评价与分析。其中颇具代表性的有刘熙载、谢章铤、王国维三家，本节先论述刘熙载的唐宋"正变"论。

刘熙载（1813—1881），字伯简，号融斋，又晚号寤崖子，江苏兴化人。他出生于传统知识分子家庭，又师从海内名儒，因此受儒家正

统思想影响颇深，其学术思想也多体现出经世致用的特点。加之他所处的时代，清王朝早已不复盛世之貌，屡次遭到列强的入侵，危机四伏，家国不安。刘熙载敏锐地感知到了时局的不利，因此展现出了有志知识分子对社会现状的担忧，在其文学思想上的反映则是不空谈技艺，重在对内质本身的挖掘，注重心性修养。刘熙载著作有《艺概》《游艺约言》《说文双声》等，其中《艺概》又分为六卷，分别是《文概》《诗概》《赋概》《词曲概》《书概》《经义概》，其中的论词部分被唐圭璋收入《词话丛编》列为《词概》一卷。另有词作数十阕收于《昨非集》中。

刘熙载认为文为心学，言为心声，文品与人品密切相关，在《艺概》中多次强调"心"的重要性。他说：

> 《易·系传》谓"易其心而后语"，扬子云谓"言为心声"，可知言语亦心学也。况文之为物，尤言语之精者乎！[①]
> 《诗纬·含神雾》曰："诗者，天地之心。"文中子曰："诗者，民之性情也。"此可见诗为天人之合。[②]
> 扬子以书为心画，故书也者，心学也。[③]

可见刘熙载十分重视"心"之正，重视心性、品德。在其《持志塾言》中有"心性"一节专门对此进行论述，其核心要义都是追求一种"内圣"的本心，不为虚名浮利、得失喜悲所动摇。

因为重视心性，刘熙载在《诗概》中提出"诗品出于人品"，赞同论诗应"知人论世"。他也认为诗词同源，说："乐歌，古以诗，近代以词"，"词导源于古诗，故亦兼具六义"[④]。因此借鉴品第诗歌的批评方法，在《词概》中提出了"词之三品"说："'没些儿嬰珊勃窣，也

[①] 刘熙载：《艺概·文概》，刘立人、陈文和点校《刘熙载集》，华东师范大学出版社1993年版，第79页。
[②] 刘熙载：《艺概·诗概》，刘立人、陈文和点校《刘熙载集》，第89页。
[③] 刘熙载：《艺概·书概》，刘立人、陈文和点校《刘熙载集》，第183页。
[④] 刘熙载：《词概》，唐圭璋编《词话丛编》，第4册，中华书局1986年版，第3687页。

不是峥嵘突兀,管做彻元分人物',此陈同甫《三部乐》词也。余欲借其语以判词品,以元分人物为最上,峥嵘突兀犹不失为奇杰,嫛珊勃窣则沦于侧媚矣。"① 又说:"昔人论词,要如娇女步春。余谓更当有以益之曰,如异军特起,如天际真人。"② 方智范等人认为:"'天际真人'当即'元分人物'之意。"③ 结合两种说法,则刘熙载的"词之三品"中的"元分人物",指的是最符合他心目中对"内圣"的要求,至情至性、温柔敦厚、不卑不屈之人,在词作中以苏轼、辛弃疾之词为代表;"峥嵘突兀"则指的是品性不屈、奋发向上、不流于俗之人,秦观、姜夔词可为此类人物的代表;"嫛珊勃窣"可与"娇女步春"联系起来解读,在人指随俗俯仰、取宠邀幸、品格不高,在词当指风格绮艳婉媚、专注于男女情爱的作品。如他在《词概》中说:"高竹屋词,争驱白石,然嫌多绮语。如《御街行》之咏轿,其设想之细腻曲折,何为也哉。咏帘亦然。刘改之《沁园春》咏美人指甲、美人足二阕,以亵体为世所共讥。"④ 但他又以刘改之词沉著虽不及稼轩,但"狂逸之中,自饶俊致"⑤ 为其开脱,说这是"病在标者,犹易治也"。⑥ 而真正如"娇女步春"的"唐音",刘熙载的评价就不高了。要之,刘熙载论词以苏、辛一派的"宋调"为最高,以《花间》为代表的"唐音"为下。

先看《词概》中对奠定"唐音"基本风格的唐五代词的评价:

> 温飞卿词精妙绝人,然类不出乎绮怨。韦端己、冯正中诸家词,留连光景,惆怅自怜,盖亦易飘扬于风雨者。若第论其吐属之美,又何加焉。⑦

---

① 刘熙载:《词概》,唐圭璋编《词话丛编》,第4册,中华书局1986年版,第3710页。
② 刘熙载:《词概》,唐圭璋编《词话丛编》,第4册,第3706页。
③ 方智范、邓乔彬、周圣伟等:《中国古典词学理论史》(修订版),华东师范大学出版社2005年版,第362页。
④ 刘熙载:《词概》,唐圭璋编《词话丛编》,第4册,第3695页。
⑤ 刘熙载:《词概》,唐圭璋编《词话丛编》,第4册,第3695页。
⑥ 刘熙载:《词概》,唐圭璋编《词话丛编》,第4册,第3695页。
⑦ 刘熙载:《词概》,唐圭璋编《词话丛编》,第4册,第3689页。

> 齐梁小赋，唐末小诗，五代小词，虽小却好，虽好却小，盖所谓儿女情多，风云气少也。①

温飞卿、韦端己、冯正中等《花间》词人之词，多为小令，多情致语，也多绮语。刘熙载认为："绮语有显有微，依花附草之态，略讲词品者，亦知避之。然或不著相而染神，病尤甚矣。"② 可见刘熙载认为"绮语"于词品有碍。他还将词之"风流儒雅"之失归咎在"绮语"上，将其与"尘言"一同论之，说："词尚风流儒雅，以尘言为儒雅，以绮语为风流，此风流儒雅之所以亡也。"③

宋代词人中，刘熙载对承"唐音"遗韵又开"宋调"风气的柳永词褒贬参半。虽肯定其"细密而妥溜，明白而家常"④，但也批判他"惟绮罗香泽之态，所在有多，故觉风期未上耳"⑤。又认为柳词不能比杜诗，说："柳耆卿词，昔人比之杜诗，为其实说，无表德也。余谓此论于体则然，若论其旨，少陵恐不许之。"⑥ 意谓柳永在词体上开创慢词之功可与杜甫完善律诗的功绩相比较，但若要细论词中之旨，则多写绮罗香泽之态的柳词远不如杜诗。

周邦彦与史达祖历来颇受词家推崇，尤其是周邦彦，不仅获浙西词派认同，常州派周济、陈廷焯等人皆推许清真词的"浑化""浑厚"之境。但刘熙载却对此二人评价不高，说："周美成词，或称其无美不备。余谓论词莫先于品，美成词信富艳精工，只是当不得个贞字。是以士大夫不肯学之，学之则不知终日意萦何处矣"⑦，"周美成律最精审，史邦卿句最警炼，然未得为君子之词者，周旨荡，而史意贪也"⑧。刘熙载在这里主要是从道德品格的角度来批评周、史两家词风。古人有

---

① 刘熙载：《词概》，唐圭璋编《词话丛编》，第 4 册，中华书局 1986 年版，第 3710 页。
② 刘熙载：《词概》，唐圭璋编《词话丛编》，第 4 册，第 3710 页。
③ 刘熙载：《词概》，唐圭璋编《词话丛编》，第 4 册，第 3709 页。
④ 刘熙载：《词概》，唐圭璋编《词话丛编》，第 4 册，第 3689—3690 页。
⑤ 刘熙载：《词概》，唐圭璋编《词话丛编》，第 4 册，第 3689—3690 页。
⑥ 刘熙载：《词概》，唐圭璋编《词话丛编》，第 4 册，第 3689 页。
⑦ 刘熙载：《词概》，唐圭璋编《词话丛编》，第 4 册，第 3692 页。
⑧ 刘熙载：《词概》，唐圭璋编《词话丛编》，第 4 册，第 3692 页。

第六章 清代后期词坛:"宗唐""宗宋"的融合与总结

"立德""立言""立功"的三立之说,刘熙载在其《答韩叔起二首》中明确提出:"功与言并立,令德为之先。"① 然何为词中之"德"？从他评清真词当不得一个"贞"字来看,"雅正"便应是词中之德的体现。其《词概》中多处提及,如:

> 乐中正为雅,多哇为郑。词乐章也,雅郑不辨,更何论焉。②
>
> 词家先要辨得情字,《诗序》言"发乎情",《文赋》言"诗缘情",所贵于情者,为得其正也。忠臣、孝子、义夫、节妇,皆世间极有情之人,流俗误以欲为情。欲长情消,患在世道。倚声一事,其小焉者也。③
>
> 耆卿《两同心》云:"酒恋花迷,役损词客。"余谓此等只可名迷恋花酒之人,不足以称词客,词客当有雅量高致者也。④

刘熙载提倡的"雅正"与浙西词派朱彝尊倡导的"雅正"有所不同。浙西派所倡之"雅"重点在于"醇雅",故称许姜夔"句琢字炼,归于醇雅"⑤,反对自明代以来"易流于秽"的《草堂》词风,欲以姜、张词一革三百年来词风不振、词格不雅、词乐不谐之面貌,其性质是以词正词。而刘熙载所说的"雅正"则出自传统的诗教观,词家要辨得的"情"字是建立在儒家正统思想上的"忠、孝、义、节"之情,词客当有的"雅量高致"也是建立在词家要有端正的品行、思想之上,在心为志,发言而为词。他认为词实质上有着与诗同样的功能,"兴观群怨,岂下于诗哉"⑥。因此,刘熙载所说的"雅正"源于以诗论词,即道德品格之高雅。

而对于"宋调"中的苏轼、辛弃疾一派,刘熙载则多有赞誉。如

---

① 刘立人、陈文和点校:《刘熙载集》,华东师范大学出版社1993年版,第493页。
② 刘熙载:《词概》,唐圭璋编《词话丛编》,第4册,中华书局1986年版,第3688页。
③ 刘熙载:《词概》,唐圭璋编《词话丛编》,第4册,第3711页。
④ 刘熙载:《词概》,唐圭璋编《词话丛编》,第4册,第3711页。
⑤ 汪森:《词综序》,朱彝尊、汪森编《词综》,上海古籍出版社1978年版,第1页。
⑥ 刘熙载:《词概》,唐圭璋编《词话丛编》,第4册,第3709页。

其评苏、辛词：

> 苏辛皆至情至性人，故其词潇洒卓荦，悉出于温柔敦厚。世或以粗犷托苏辛，固宜有视苏辛为别调者哉。①
>
> 东坡《定风波》云："尚余孤瘦雪霜姿。"《荷华媚》云："天然地别是风流标格。"雪霜姿，风流标格，学坡词者，便可从此领取。②
>
> 东坡词具神仙出世之姿，方外白玉蟾诸家，惜未诣此。③
>
> 东坡词颇似老杜诗，以其无意不可入，无事不可言也。若其豪放之致，则时与太白为近。④
>
> 胡明仲称："眉山苏氏词，一洗绮罗香泽之态，摆脱绸缪宛转之度，使人登高望远，举首高歌，而逸怀浩气，超乎尘埃之表。"此殆所谓正身者耶。⑤
>
> 辛稼轩风节建竖，卓绝一时，惜每有成功，辄为议者所沮。观其《踏莎行·和赵兴国》有云："吾道悠悠，忧心悄悄。"其志与遇，概可知矣。《宋史》本传，称其雅善长短句，悲壮激烈。又称谢校勘过其墓旁，有疾声大呼于堂上，若鸣其不平。然则其长短句之作，固莫非假之鸣者哉。⑥
>
> 稼轩词龙腾虎掷，任古书中理语廋语，一经运用，便得风流，天姿是何夐异。⑦

这些批评，大体均遵循了由人品到词品的理路。苏轼、辛弃疾"至情至性"的高尚人品，故其词亦"潇洒卓荦""温柔敦厚"。东坡词有"神仙出世之姿"，有杜甫诗之忠爱，李白诗之豪放，有超乎尘埃之

---

① 刘熙载：《词概》，唐圭璋编《词话丛编》，第4册，中华书局1986年版，第3693页。
② 刘熙载：《词概》，唐圭璋编《词话丛编》，第4册，第3690页。
③ 刘熙载：《词概》，唐圭璋编《词话丛编》，第4册，第3691页。
④ 刘熙载：《词概》，唐圭璋编《词话丛编》，第4册，第3690页。
⑤ 刘熙载：《词概》，唐圭璋编《词话丛编》，第4册，第3705—3706页。
⑥ 刘熙载：《词概》，唐圭璋编《词话丛编》，第4册，第3693页。
⑦ 刘熙载：《词概》，唐圭璋编《词话丛编》，第4册，第3693页。

第六章 清代后期词坛:"宗唐""宗宋"的融合与总结

表的逸怀浩气,其人又何尝不如是?辛弃疾有英雄的心性、才具,"风节建竖,卓绝一时",但仕途坎坷,壮志难酬,故其词亦悲壮激烈、龙腾虎掷。在这种理论体系中,同属苏、辛一派"宋调"的词人自然也成了他极力推赏的对象。如他论陈亮、刘克庄、张元干、张孝祥、文天祥等人之词说:

> 同甫《水龙吟》云:"恨芳菲世界,游人未赏,都付与莺和燕。"言近指远,直有宗留守大呼渡河之意。①
>
> 刘后村词,旨正而语有致。真西文章正宗,诗歌一门,属后村编类,且约以世教民彝为主,知必心重其人也。后村《贺新郎·席上闻歌有感》云:"粗识国风关雎乱,羞学流莺百啭。"总不涉闺情春怨。又云:"我有生平离鸾操,颇哀而不愠,微而婉。"意殆自寓其词品耶。②
>
> 词莫要于有关系,张元干仲宗因胡邦衡谪新州,作《贺新郎》送之,坐是除名,然身虽黜而义不可没也。
>
> 张孝祥安国于建康留守席上,赋《六州歌头》,致感重臣罢席。③
>
> 文文山词有风雨如晦、鸡鸣不已之意,不知者以为变声,其实乃变之正也。故词当合其人之境地以观之。④

上述词人皆是与苏、辛一样心系家国天下的士人。其中陈亮是南宋极有气节词人之一,《水龙吟》中一片凄迷情致,看似是一首伤春念远的词作,其实不然。陈亮极少在其词作中涉儿女情思,故当有寄托在内,词中"芳菲世界""都付与莺和燕"实则是指南宋朝廷将大好河山拱手送与金人,因此刘熙载说此词"言近指远"。刘克庄是南宋有名的爱国词人,其《后村长短句》中忧国忧民词作非常多,刘熙载正是欣

---

① 刘熙载:《词概》,唐圭璋编《词话丛编》,第 4 册,中华书局 1986 年版,第 3694 页。
② 刘熙载:《词概》,唐圭璋编《词话丛编》,第 4 册,第 3695 页。
③ 刘熙载:《词概》,唐圭璋编《词话丛编》,第 4 册,第 3709 页。
④ 刘熙载:《词概》,唐圭璋编《词话丛编》,第 4 册,第 3696 页。

赏他人品之高，以其人品论其词品。至于张元干与张孝祥两人，刘熙载用来作为词亦可兴观群怨的例证，激赏其在词作中敢于揭露丑恶的现实，抨击当道奸臣，其人品的高尚也体现在词作之中。而文天祥则是宋末杰出的民族英雄，曾被追谥"忠烈"，人品、气节不用多说，其词亦极具风骨。查礼曾言："公之忠义刚正，凛凛之气势，流露于简端者，可耿日月，薄云霄。虽辞藻未免粗豪，然忠臣孝子之作，只可以气概论，未可以字句求也。"① 由此可见，刘熙载对上述词人的赞赏也与苏、辛一样，多是由认可其人品进而到认可其词品。

对于这种人品与词品相应的论词理念，刘熙载自己有清楚的表述。他认为："词进而人亦进，其词可为也。词进而人退，其词不可为也。词家縠到名教之中，自有乐地，儒雅之内，自有风流，斯不患其人之退也夫。"② 质言之，刘熙载认为人之进退主导了词是否可为，人品决定词品。基于这样的认识，他对传统的词之正变说也提出了新的看法。

词体之正变论，当以宋人陈师道批评苏轼的"以诗为词"非本色之说为滥觞。至明人张綖，在《诗余图谱》"凡例"中以奠基于"唐音"的婉约风格为正，形成于"宋调"中苏、辛一派的豪放风格为变，此后明清两朝人遂大多沿袭了这种观念。如陈子龙在其《幽兰草题词》中说："自金陵二主至靖康，代有作者，或秾纤婉丽，极哀艳之情，或流畅澹逸，穷盼倩之趣。然皆境由情生，辞随意启，天机偶发，元音自成，繁促之中尚存高浑，斯为最盛也。"③ 即是以"唐音"为"元音"。王士禛的正变说与陈子龙相近："语其正，则南唐二主为之祖，至漱玉、淮海而极盛，高、史其嗣响也。语其变，则眉山导其源，至稼轩、放翁而尽其交。陈、刘其余波也。"④ 大体上仍是以婉约为正，豪放为

---

① 查礼：《铜鼓书堂词话》，孙克强编《唐宋人词话》，下册，南开大学出版社2012年版，第1140页。
② 刘熙载：《词概》，唐圭璋编《词话丛编》，第4册，中华书局1986年版，第3711页。
③ 陈子龙：《幽兰草题词》，陈子龙、李雯、宋征舆撰，陈立校点《幽兰草》，辽宁教育出版社2000年版，第1页。
④ 王士禛、邹祗谟辑：《倚声初集》，《续修四库全书》编纂委员会编《续修四库全书》，第1729册，上海古籍出版社2002年版，第164页。

变，不过他认为正、变没有高下之分："词家绮丽、豪放二派，往往分左右祖。予谓第当分正变，不当分优劣。"① 清人的正变观念，可以《四库全书总目·东坡词提要》的说法为代表："词自晚唐、五代以来，以清切婉丽为宗，至柳永而一变，如诗家之有白居易；至苏轼而又一变，如诗家之有韩愈，遂开南宋辛弃疾一派。寻根溯源，不能不谓之别格，然谓之不工则不可，故至今日，尚与'花间'一派并行，而不能偏废。"② 其意也是以清切婉丽的"唐音"为正，以柳永、苏轼、辛弃疾一脉的"宋调"为变。刘熙载以人品论词品，人品有高下之别，词品亦有高下之分。他既然推崇苏、辛一派的"宋调"，视之为上品，则其论词之正变，自然也会突破传统的观念。他说："太白《忆秦娥》声情悲壮，晚唐、五代惟趋婉丽，至东坡始能复古。后世论词者，或转以东坡为变调，不知晚唐、五代乃变调也。"③ 刘熙载在这里，事实上是将传为李白所作的《忆秦娥》摆在了"元音"的位置，以其为正，而"惟趋婉丽"的晚唐五代词为变，由于《忆秦娥》声情悲壮，东坡的豪放风格近之，故而反倒是复古。对于他的这种正变论，虽然当时一些词家如谢章铤等人并不认可，但客观来说，它不仅是刘熙载词学体系中的重要一环，而且也起到了开拓词径、提升苏、辛派"宋调"地位的作用。

对于刘熙载独特的词学批评体系，后人评价较高。沈曾植曾言："止庵而后，论词精当，莫若融斋。涉览既多，会心特远，非情深意超者，固不能契其渊旨。而得宋人词心处，融斋较止庵真际尤多。"④ 他在词的创作方面用力不多，远不及其词论有影响，不过亦足以证明其词学主张。收录其词的《昨非集》卷四自序云：

---

① 王士禛：《香祖笔记》卷九，葛渭君编《词话丛编补编》，第2册，中华书局2013年版，第744页。
② 纪昀等：《钦定四库全书总目》，下册，中华书局1997年版，第2782页。
③ 刘熙载：《词概》，唐圭璋编《词话丛编》，第4册，第3690页。
④ 沈曾植：《菌阁琐谈》，孙克强、杨传庆、裴喆编著《清人词话》，下册，南开大学出版社2012年版，第1502—1503页。

词要有家数，尤要得未经人道语。前人论词，往往不出此意。然语之曾经人道与否，岂己之所能尽知？亦各道己语可也。余词不工，却间有自道语。至家数，自不患无之。何也？工是家数，不工亦是家数也。然则余当以不工者自为家数，又安能沾沾求工，至转失自道语哉？且不必工者，非独词也。夫吾之自为词序，亦若是则已矣。①

刘熙载强调，作词只要"各道己语"就可以了，不用管前人是否说过，是工还是不工。而所谓"己语"或"自道语"，结合其以人品论词品的词学理念来看，当然是指发自作者性情、体现作者品格的文字。试看其词《水调歌头·渔父》：

潮落午风后，打桨破秋烟。但看素练千顷，随意下渔筌。欲把鲜鳞换酒，恰好水前山后，村市一帘悬。得酒洒然去，归路苇花边。　　唤邻翁，忘主客，尽流连。醉余挥手，犹复对影自鸣舷。身外有何事业，只为一江明月，夜半不曾眠。此趣浑难说，歌向碧云天。②

这是《昨非集》中所收之词的第一首，表达的是刘熙载对隐逸生活的向往之情。渔父词前人创作颇多，以张志和《渔歌子》声名最著，而刘熙载仍有其"自道语"。此词用平白如话的语言，描写了渔父的种种行为，诸如打桨、下渔筌、换酒、归去、唤邻翁、挥手、鸣舷等，展现出一幅幅生动的渔家生活画面，于平淡、质朴之中表现出潇洒、旷达之感，令人十分向往。又如《玉漏迟·与陈茂亭饮酒家》：

满空横雪意。天应欲劝，今宵沈醉。况我疏狂，恰称醉歌燕市。直共元龙去也，且莫问，高楼平地。刚好是，梅花香处，玉醅清

---

① 刘熙载：《词自序》，刘立人、陈文和点校《刘熙载集》，华东师范大学出版社1993年版，第523页。
② 刘立人、陈文和点校：《刘熙载集》，第525页。

美。　酒半抵掌论文，似万顷波澜，因风掀起。老兴淋漓，未减平生豪气。隔座少年休笑，便拌饮，也非容易。心未已，杯干更移江水。①

刘熙载在《词概》中对苏、辛"宋调"赞誉有加，又赏苏轼为人之潇洒旷达，他的这首词也有疏狂豪迈、洒脱不羁之态。起句"满空横雪意"，着一"横"字，气势便出。天来劝我沉醉，而我之疏狂豪气直追元龙（陈登），不屑于求田问舍。下阕写酒兴已起，二人抵掌论文，往来间似有波澜万顷。"老兴淋漓，未减平生豪气"的豪情意气，较之苏轼的"老夫聊发少年狂"亦不遑多让。末句"心未已，杯干更移江水"，更是壮志满怀，杯中之物已不能满足，不如以涛涛江水代之。其想象之奇绝，气势之宏伟，气概之非凡，均有苏、辛之风。

第三节　妍秀、醇雅、豪宕缺一不可
——谢章铤唐宋兼取的词体美学观

晚清时期，论词能不被常州词派所限的词学家中，谢章铤也是代表人物之一。谢章铤（1820—1903），字枚如，号藤阴客、江田生，晚号药阶退叟，福建长乐人。年逾五十方中举，后又中进士，曾主讲于陕西丰登书院，晚年又主持致用书院。谢章铤一生著述颇多，有《赌棋山庄文集》十一卷、《诗集》十四卷、《词集》八卷。又著《赌棋山庄词话》十二卷，续集五卷，在晚清词学家中影响颇大。他与刘熙载基本为同期人物，但词学主张各成家数：刘熙载推赏苏、辛一派的"宋调"，而谢章铤论词则唐宋兼取，不拘门户。

谢章铤很早便接触到了词学，据其《赌棋山庄词话》记载："余十一岁始就外傅，越三年得羸疾几殆，督课尽废。偶检先世遗书，见吴茵次（绮）《林蕙堂集》中有《艺香词钞》，好之。彼时并不知何

---

① 刘立人、陈文和点校：《刘熙载集》，华东师范大学出版社1993年版，第526页。

者为词，第见刊本所分句读，或长或短，异之，持问长老，方知世间有倚声之学。"① 但这只是他接触词学的时间，他真正学词是在弱冠之后。其《赌棋山庄酒边词后自跋》云：

> 余二十一岁始学词，其时建宁许秋史赓皞方以词有名于世。秋史兄弟姊妹数人皆能度曲操管弦，家有池台水木之胜，暇日辄奉其两大人上觞称寿，各奏一技，已相娱乐。其于词也，盖能推而合之于音律。秋史之言曰："填词宜审音，审音宜认字。先讲反切，则字清。遍习乐器，则音熟。然其得心应手，出口合耳，神明要妙之致，非可以言传，亦非可以人强也。"余因是不敢为词者数年，其后多读古人词，觉时时有所疑，久之，乃慨然曰："秋史之说可从而不可泥也。"②

据此跋，谢章铤于二十一岁学词，师从许秋史。许精通音律，进而及词，强调作词应先审音。于是谢章铤数年不敢为词，但在这段时间里他通过读古人之词，总结出了他自己的词学思想，也就对许秋史的说法不大认可了，这是其词学观成熟的体现。

谢章铤在《赌棋山庄词话续编》中的《艺概论词》部分，收录了刘熙载词论数十条。虽然他并不完全认同刘熙载的词学主张，但仍肯定《词概》"精审处不少，不可废也"③。对于刘熙载以人品论词品这一核心观点，谢章铤是予以认可并进行吸收了的，曾言"读苏、辛词，知词中有人，词中有品"④。这说明，谢章铤论词固然有自己的立场，但又能兼容别家，以辩证的态度展开词学批评，突破门户流派的局限。

---

① 谢章铤：《赌棋山庄词话》，唐圭璋编《词话丛编》，第 4 册，中华书局 1986 年版，第 3441 页。
② 谢章铤：《赌棋山庄酒边词后自跋》，冯乾编校《清词序跋汇编》，第 3 册，凤凰出版社 2013 年版，第 1131 页。
③ 谢章铤：《赌棋山庄词话续编》，唐圭璋编《词话丛编》，第 4 册，中华书局 1986 年版，第 3513 页。
④ 谢章铤：《赌棋山庄词话》，唐圭璋编《词话丛编》，第 4 册，第 3444 页。

第六章 清代后期词坛:"宗唐""宗宋"的融合与总结

他评述自明代至清初这段词史说：

> 盖明自刘诚意、高季迪数君而后，师传既失，鄙风斯煽，误以编曲为填词。故焦弱侯《经籍志》备采百家，下及二氏，而倚声一道缺焉。盖以鄙事视词久矣，升庵、弇州力挽之，于是始知有李唐、五代、宋初诸作者。其后耳食之徒，又专奉花间为准的，一若非《金荃集》《阳春录》，举不得谓之词，并不知尚有辛、刘、姜、史诸法门。于是竹垞大声疾呼，力阐宗旨，而强作解事之讥，遂不禁集矢于杨、王矣。然二君复古之功，正不可没。①

谢章铤指出，自明代刘基、高启后词道便失，明人以曲为词，致使明代词风不振，直至杨慎、王世贞出，力挽词道，才重新发现了"唐音"。但其后词坛又形成了专崇"唐音"的风气，忽略了"宋调"中的辛、刘、姜、史等足可师法的对象。至朱彝尊呼吁宗奉南宋的主张为人们所广泛接受之后，又有人反过来讥讽主张"宗唐"的杨慎、王世贞不懂词道。谢章铤对这种批评不以为然，认为这两人的"复古"之功是应该肯定的。

清初词坛复兴，以花间词为代表的"唐音"，以及"宋调"中的苏、辛派与周、姜派各有追随者。谢章铤对各派代表性词人的风格均给予了肯定："余尝论国初诸词家以诗譬之，竹垞严整，其高、岑乎。迦陵矫变，其李、杜乎。容若绵至，其温、李乎。"② 他认为词坛应该保持多样的风格流派："迦陵之豪宕，竹垞之醇雅，羡门之妍秀，攻倚声者所当铸金事之，缺一不可。"③ 如前所论，迦陵（陈维崧）、竹垞（朱彝尊）分别为阳羡、浙西两派之宗主，一派追苏、辛，一派步姜、张，皆师法"宋调"；羡门（彭孙遹）为广陵词人，受清初云间派影响，其

---

① 谢章铤：《赌棋山庄词话》，唐圭璋编《词话丛编》，第4册，中华书局1986年版，第3433页。
② 谢章铤：《赌棋山庄词话》，唐圭璋编《词话丛编》，第4册，第3442页。
③ 谢章铤：《赌棋山庄词话》，唐圭璋编《词话丛编》，第4册，第3421页。

词追摹《花间》，尊崇"唐音"。谢章铤认为学词者于此三人均应师法，"缺一不可"，其意即苏辛、姜张与《花间》三者并尊，唐宋均有所取。

对于"宗唐""宗宋"诸派的功过得失，他也深具洞见。他评浙西词派，在肯定朱彝尊将南宋词作为师法对象，纠正独尊"唐音"的偏向的同时，也指出该派后学者之弊。其《赌棋山庄词话》云：

> 至今日袭浙西之遗制，鼓秀水之余波，既鲜深情，又乏高格，盖自樊榭而外，率多自桧无讥，而竹垞又不免供人指摘矣。盖嗣法不精，能累初祖者率如此。①
>
> 至国朝小长芦出，始创为征典之作，继之者樊榭山房。长芦腹笥浩博，樊榭又熟于说部，无处展布，借此以抒其丛杂。然实一时游戏，不足为标准也。乃后人必群然效之。②
>
> 余尝怪今之学金风亭长者，置《静志居琴趣》《江湖载酒集》于不讲，而心摹手追，独在《茶烟阁体物》卷中，则何也……第取《乐府补题》而尽和之，是方物略耳，是群芳谱耳。③

谢章铤认为，浙西派后期词人学朱彝尊而不得其法，缺少深情、高格，导致人们去责备浙派初祖。他指出，浙派后人缺少眼光，朱彝尊那些"掉书袋"的"征典之作"，不过一时游戏，却群起而效之。《静志居琴趣》《江湖载酒集》见性见情，为朱彝尊词的精华，学者却专师《茶烟阁体物》中的咏物词，或者追和《乐府补题》，把词集变成了方物略和群芳谱。在《张惠言词选跋》中，他更是强烈抨击浙派末流之弊：

> 然自浙派流行，大抵挹流忘源，弃实催华。强者叫呶，弱者涂泽，高者单薄，下者淫猥。不攻意，不治气，不立格，而咏物一

---

① 谢章铤：《赌棋山庄词话》，唐圭璋编《词话丛编》，第 4 册，中华书局 1986 年版，第 3433 页。
② 谢章铤：《赌棋山庄词话》，唐圭璋编《词话丛编》，第 4 册，第 3443 页。
③ 谢章铤：《赌棋山庄词话》，唐圭璋编《词话丛编》，第 4 册，第 3415 页。

第六章 清代后期词坛:"宗唐""宗宋"的融合与总结

途,搜索芜杂,漫无寄托,点鬼之簿,令人生厌。呜呼!其盛也,斯其衰也。岂知竹垞、樊榭之所以挺持百辈,掉鞅词坛,在寄意遥深,不在用事生涩。舍其闲情逸韵,而师其襞积,学者何取焉?①

对于常州词派开山祖张惠言在《词选》中所倡的复古尊唐、比兴寄托的宗旨,谢章铤首先充分地肯定其功绩。他说:

张皋文《词选》,凡词四十四家,一百十六首。由唐逮宋,所选止此,可谓严矣。末附其友黄仲则、左仲甫、恽子居、钱黄山、李申耆、丁若士、陆祁生凡七家。郑善良又益皋文,与其弟翰风,其徒金子彦、郎甫,而善长之作亦自列焉。二张及七家,皆常州人。二金及郑,则歙产也。合十家,或一二阕,或十数阕,其题多咏物,其言率有寄托。相其微意,殆为朱厉末派饾饤涂泽者别开真面,将欲为词中之铮铮佼佼者乎。②

金应珪曰:"近世为词,厥有三蔽。……淫词,其蔽一也……鄙词,其蔽二也……游词,其蔽三也。"按一蔽是学周、柳之末派也。二蔽是学苏、辛之末派也。三蔽是学姜、史之末派也。皋文《词选》,诚足救此三蔽。其大旨在于有寄托,能蕴藉,是固倚声家之金针也。③

昔竹垞撰《词综》,以雅为宗。读《词综》则词不入于俚,读皋文此选,则词不入于浅,且使天下不敢轻易言词,而用心精求于六义。皋文之有功于词,岂不伟哉?④

谢章铤认为,张惠言《词选》一出,可以救自浙西词派衰落以来的词坛积弊,为词人指示门径。《词选》以《风》《骚》论词,提倡比

---

① 谢章铤:《张惠言词选跋》,冯乾编校《清词序跋汇编》,第3册,凤凰出版社2013年版,第1409—1410页。
② 谢章铤:《赌棋山庄词话》,唐圭璋编《词话丛编》,第4册,中华书局1986年版,第3483—3484页。
③ 谢章铤:《赌棋山庄词话》,唐圭璋编《词话丛编》,第4册,第3485—3486页。
④ 谢章铤:《张惠言词选跋》,冯乾编校《清词序跋汇编》,第3册,第1410页。

· 397 ·

兴寄托，可以推尊词体，改变人们对于词的轻视态度，对于词的发展来说，无疑是大功一件。

但是，谢章铤也看到了张惠言的论词方法所带来的问题。他说：

> 虽然，词本于诗，当知比兴，固已。究之尊前花外，岂无即境之篇，必欲深求，殆将穿凿。夫杜少陵非不忠爱，今抱其全诗，无字不附会以时事，将漫兴遗兴诸作，而皆谓其有深文，是温柔敦厚之教，而以刻薄讥讽行之，彼乌台诗案，又何怪其锻炼周内哉。即如东坡之《乳燕飞》，稼轩之《祝英台近》，皆有本事，见于宋人之纪载。今竟一概抹杀之，而谓我能以意逆志，是为刺时，是为叹世，是何异读诗者尽去小序，独创心说，而自谓能得古人之心，恐古人可起，未必任受也。前人之纪载不可信，而我之悬揣，遂足信乎。故皋文之说不可弃，亦不可泥也。①

在《张惠言词选跋》中亦有类似说法，如：

> 然而杜少陵虽不忘君国，韩冬郎虽乃心唐室，而必谓其诗字字有隐衷，语语有微辞，辨议纷然，亦未免强作解事。若必以此法求之于词，则夫酒场歌板，流连景光，保无即事之篇、漫兴之作而不必与之庄论者乎？皋文将引词家而进之于古，其立言自不得不尔，学者当观其通焉。②

谢章铤虽认可张惠言词当有比兴寄托之说，但他也对皋文过度以解经之法读词有所不满，认为其强用微言大义来解释"即事之篇、漫兴之作"有穿凿附会之嫌，一味"以意逆志"，忽略相关本事记载的批评

---

① 谢章铤：《赌棋山庄词话》，唐圭璋编《词话丛编》，第 4 册，中华书局 1986 年版，第 3486 页。
② 谢章铤：《张惠言词选跋》，冯乾编校《清词序跋汇编》，第 3 册，凤凰出版社 2013 年版，第 1410 页。

第六章 清代后期词坛:"宗唐""宗宋"的融合与总结

方式并不可取。因此,他主张不能全然拘泥于张惠言论词之说,要有自己的判断。

　　由于谢章铤论词不主一家,不盲从时风,所以他对常州词派的观点在接受的同时也往往有所发展。其《赌棋山庄词话》卷一云:"词虽与诗异体,其源则一。漫无寄托,夸多斗靡,无当也。"① 如前文所言,谢章铤认同诗词同源,也认为词应当要有寄托,但他却没有勉强比附,将"风骚"的帽子赠予温庭筠等人。他之所以"尊唐",是因为他认为词体的兴起,"大抵由于尊前惜别,花底谈心,情事率多亵"②,而这正是"唐音"的特点。基于这样的词体发生论,谢章铤对赵宋一代之词作高下之分,认为"苏辛之派不及姜史,姜史之派不及晏秦,此固正变之推未穷"③。不过,仅以风格特点而言,这三派在他心里始终是并驾齐驱的"三宗"。他说:"北宋多工短调,南宋多工长调。北宋多工软语,南宋多工硬语。然二者偏至,终非全才。欧阳、晏、秦,北宋之正宗也。柳耆卿失之滥,黄鲁直失之伧。白石、高、史,南宗之正宗也。吴梦窗失之涩,蒋竹山失之流。若苏、辛自立一宗,不当侪于诸家派别之中。"④ 谢章铤分析了南北两宋词在体式、语言上的差异,又引王昶的"南宋词多黍离麦秀之悲,北宋词多风霜雨雪之感"⑤ 之论,说明两宋词在题材内容上的差异,并引王时翔的自跋说明两宋词在艺术风格的差别:"词至南宋始称极工,诚属创见。然笃而论之,细丽密切,无如南宋。而格高韵远,以少胜多,北宋诸君,往往高拔南宋之上。余年十五,爱欧阳、晏、秦之作,摹其艳制,得二百余首。年来与里中举词社,强效南宋不能工也。"⑥ 由于他对南北宋词有着清晰、独到的见解,因此在学词取法上,他认为不应有任何偏颇,而要兼有所取,说:

---

① 谢章铤:《赌棋山庄词话》,唐圭璋编《词话丛编》,第 4 册,中华书局 1986 年版,第 3321 页。
② 谢章铤:《与黄子寿论词书》,谢章铤著,陈庆元主编《谢章铤集》,吉林文史出版社 2009 年版,第 49 页。
③ 谢章铤:《与黄子寿论词书》,谢章铤著,陈庆元主编《谢章铤集》,第 49 页。
④ 谢章铤:《赌棋山庄词话》,唐圭璋编《词话丛编》,第 4 册,第 3470 页。
⑤ 谢章铤:《赌棋山庄词话》,唐圭璋编《词话丛编》,第 4 册,第 3321 页。
⑥ 谢章铤:《赌棋山庄词话》,唐圭璋编《词话丛编》,第 4 册,第 3458 页。

"词至南宋奥窔尽辟，亦其气运使然，但名贵之气颇乏，文工而情浅，理举而趣少。善学者，于北宋导其源，南宋博其流，当兼善，不当孤诣。"① 同时，他对"三宗"在词体发展中的贡献也有精当的认识，其《叶辰溪我闻室词叙》云："温李，正始之音也；晏秦，当行之技也；稼轩出，始用气；白石出，始立格。"②《赌棋山庄词话》云："词家讲琢句而不讲养气，养气至南宋善矣。白石和永，稼轩豪雅。然稼轩易见，而白石难知。"③ 谢章铤指出温、李、晏、秦为"唐音"代表，属当行正始，辛、姜为"宋调"代表，属气、格之始。他还在《赌棋山庄词话》中大量以"气"论词，把"真气""奇气"作为佳词标准之一：

> 稼轩是极有性情人，学稼轩者，胸中须先具一段真气奇气，否则虽纸上奔腾，其中俄空焉，亦萧萧索索如牖下风耳。④
>
> 而秋田之词，则正病恹恹无气耳。意既凡近，笔复平实，复不能鼓荡以真气，而自谓似密而疏，似近而远，其信然乎。⑤

由此可见，谢章铤将温、李、晏、秦与辛、姜比较而论，恰是把握到了"唐音""宋调"的一个重要区别。谢章铤的"气格"论及唐宋兼取，苏辛、姜张、花间并尊的观点，与前文所述清末常州派词家况周颐的"重、拙、大"之论相当接近，或为况所本。

常州派周济曾提出"诗有史，词亦有史"⑥之说，谢章铤亦认为诗史之外，当有词史。他说：

> 予尝谓词与诗同体，粤乱以来，作诗者多，而词颇少见。是将

---

① 谢章铤：《赌棋山庄词话》，唐圭璋编《词话丛编》，第4册，中华书局1986年版，第3470页。

② 谢章铤：《叶辰溪我闻室词叙》，冯乾编校《清词序跋汇编》，第3册，凤凰出版社2013年版，第1408页。

③ 谢章铤：《赌棋山庄词话》，唐圭璋编《词话丛编》，第4册，第3470页。

④ 谢章铤：《赌棋山庄词话》，唐圭璋编《词话丛编》，第4册，第3330页。

⑤ 谢章铤：《赌棋山庄词话续编》，唐圭璋编《词话丛编》，第4册，第3531页。

⑥ 周济：《介存斋论词杂著》，唐圭璋编《词话丛编》，第2册，第1630页。

第六章 清代后期词坛:"宗唐""宗宋"的融合与总结

以杜之《北征》《诸将》《陈陶斜》,白之《秦中吟》之法运入减偷,则诗史之外,蔚为词史,不亦词场之大观欤。惜填词家只知流连景光,剖析宫调,鸿题钜制,不敢措手,一若词之量止宜于靡靡者,是不独自诬自陿,而于派别亦未深讲矣。夫词之源为乐府,乐府正多纪事之篇。词之流为曲子,曲子亦有传奇之作。谁谓长短句之中,不足以抑扬时局哉。①

值得注意的是,相较于周济"为后人论世之资"的"词亦有史"说,谢章铤以杜甫和白居易反映社会现实之诗为例提出的"词史"说,要更加注重词在现实社会中的政治功能。他认为长短句之中亦可"抑扬时局",故反对词家"流连景光,剖析宫调"作靡靡之音,还一针见血地指出彼时词坛所存在的问题:"至今日词学所误,在局于姜、史。斤斤字句气体之间,不敢拈大题目,出大意义,一若词之分量不得不如是者,其立意盖已卑矣,而奚暇论及声调哉。"② 当时清王朝已日薄西山,鸦片战争、太平天国运动、第二次鸦片战争、中法战争一次次都对清廷予以重创,国家逐渐沦为半殖民地半封建社会,内政混乱腐朽,外受列强欺压。值此内忧外患之际,时人作词竟然还在斤斤于字句,流连于光景,因此,谢章铤有针对性地提出他的"词史"说,提倡以真性情、真气格为词。这表明,他虽无门户之见,但对于苏、辛一派的"宋调"显然更有认同度。

谢章铤词学上的这种倾向主要体现在他青壮年时期的创作中。其时他四处游历,见惯了民生多艰,而自身怀才不遇、壮志难酬,加之时局不济、世风日下,于是遂以真情真气发泄于词。其词集《酒边词》有大量此期作品,黄宗彝为作序云:

贾生云:天下事有可为长太息者,有可为痛哭者。苏子云:嘻笑怒骂,皆成文章。虽然,太息者吾知其为太息,痛哭者吾知其为

---

① 谢章铤:《赌棋山庄词话续编》,唐圭璋编《词话丛编》,第4册,第3529页。
② 谢章铤:《赌棋山庄词话》,唐圭璋编《词话丛编》,第4册,第3423页。

痛哭，嘻笑怒骂者吾知其为嘻笑怒骂。枚如之词，太息邪？痛哭邪？嘻笑邪？怒骂邪？嘻笑之不已，而怒骂之，怒骂之又不已，而太息之，太息之终不已，而痛哭之。嘻笑、怒骂、太息、痛哭之俱不已，而变为离奇惝恍、缠绵恺恻之语，以求容于世。使世之人读之，喜之，悦之，爱之，慕之，仍忘其为嘻笑也、怒骂也、太息也、痛哭也。解此意者，可与读枚如之词，而枚如之词可不作矣。然而天下之可嘻笑、怒骂、太息、痛哭者自在也，而枚如之词又乌能而不作？①

黄宗彝借贾生与苏子之说，将谢章铤之词看作嘻笑、怒骂、太息、痛哭且入木三分的悲愤之音，然这种难以自抑的悲愤之心又被谢章铤借词体变为"离奇惝恍、缠绵恺恻之语"，世人不解此意而读枚如之词，故忘其本原也。谢章铤这种"嘻笑""怒骂""太息""痛哭"的悲慨，在其词中得到了淋漓尽致的体现。试看其《贺新郎·夜与黄肖岩谈东汉人甚欢，时肖岩将游永安，行期已迫》一首：

仆本狂生耳。却无端、长歌当歌，时愁时喜。二十年来谈节义，热血一腔而已。况青眼、又逢吾子。慷慨相期成底事，算英雄、总要轻生死。天下事，担当起。　　男儿声价宁朱紫。说甚么、倚马雄词，雕虫小技。元礼林宗如可遇，定作千秋知己。磨折惯、风波由尔。天地生才原有用，著精神、打点留青史。方不愧，称名士。②

此词开篇颇有纳兰性德《金缕曲》"德也狂生耳"一词的英雄豪气，却因他年近五十方中举，前半生多沉沦下僚，颇不得志，虽渴望建功立业却怀才不遇，空有一腔热血而已，因此他才"时愁时喜"。"算

---

① 黄宗彝：《赌棋山庄酒边词序》，冯乾编校《清词序跋汇编》，第3册，凤凰出版社2013年版，第1126页。
② 谢章铤著，陈庆元主编：《谢章铤集》，吉林文史出版社2009年版，第409页。

第六章 清代后期词坛:"宗唐""宗宋"的融合与总结

英雄总要轻生死。天下事,担当起"三句,表明了他位卑未敢忘忧国的志向与抱负,也展现出了他的胆识与担当。下阕"天地生才原有用"之句,既是在鼓励友人,亦是劝勉自己,即使此时处于艰难困苦中也要有留名青史之志。

再如《百字令·书〈吊古战场文〉后》组词之一:

> 长城竟坏,把江山半壁,付之儿戏。宴坐焚香惟画诺,尚谓臣精凋敝。校尉摸金,相公伴食,一哄功名市。累人枉死,可怜埋骨何地。　其奈横海孙恩,叩关突厥,狡狯能争利。遇毒苍皇真似鼠,双手扶头无气。露布才驰,羽书难上,悔不归田里。行将昼锦,天偏相厄如是。①

在山河破碎、国将不国之际,当政者却将"江山半壁"视作儿戏,拱手让与侵略者,他们不顾民生凋敝,依旧"宴坐焚香",享受笙歌夜夜的奢靡生活,而战场之上,将士却无埋骨之地。这与"战士军前半死生,美人帐下犹歌舞"之句有异曲同声之妙。而当侵略者叩开关门之时,这些昏庸的官吏们却如仓皇之鼠一般逃窜,狼狈不堪至"双手扶头无气",读之令人愤恨。谢章铤将时局现状写入词中,愤世疾邪,正是其"词史"观的有力体现。

《酒边词》中,其他如以《满江红》《百字令》《贺新郎》《水调歌头》《念奴娇》等词牌所填之词,也多是慷慨豪迈、雄强激愤之声。刘存仁《题谢枚如酒边词后》诗云:"请听铁板铜琶唱,肯逐屯田车后尘。"② 符兆纶曾为其《酒边词》题《浣溪沙》词云:"剪雪裁云艳此才。离骚别派有余哀。苏辛抗手见君来。　醉倚三山吹玉笛,晓风残月钓龙台。当年柳七愧俳谐。"③ 冒广生说:"舍人词,豪放是其本色,

---

① 谢章铤著,陈庆元主编:《谢章铤集》,吉林文史出版社 2009 年版,第 458 页。
② 刘存仁:《题谢枚如酒边词后》,孙克强、杨传庆、裴喆编著《清人词话》,下册,南开大学出版社 2012 年版,第 1595 页。
③ 符兆纶:《浣溪沙》,冯乾编校《清词序跋汇编》,第 3 册,凤凰出版社 2013 年版,第 1128 页。

不悉登也。"① 陈声聪亦言："其词近苏、辛一路。"② 这种对于苏、辛一路"宋调"的偏向，与谢章铤在《赌棋山庄词话》中表现出来的唐宋兼取的词学思想有所不合。不过，《赌棋山庄词话》主要作于其晚年时期，这时谢章铤能不为自己的创作偏好所限，以公正之心审视诸家词艺，对"宗唐""宗宋"各派予以切中肯綮的评价，正是其词学思想自成一家的体现。

第四节 "境界说"与"重北宋轻南宋"论
——王国维的尊唐倾向

在清末民初时，词学的发展走到了转折的路口，传统如何与现代接轨成了一个重要的问题。王国维在传统与现代的交互碰撞中形成了他以"境界说"为核心的词学思想，既承旧学，又衍新义，成为清代词学批评的结穴。

王国维（1877—1927），字伯隅、静安，号观堂，又号永观，浙江海宁人。王国维曾留学日本，后因病归国任教习，辛亥革命后以遗老自居。曾任清华大学研究院教授，1927年自沉于颐和园昆明湖。王国维学识渊博，对史学、哲学、文学、文字学、音韵学、目录学、金石学等皆有研究，于西方文艺理论亦有涉足。他早年治词曲，晚年专攻经史，研究成果丰厚，著有《宋元戏曲考》《红楼梦评论》《清真先生遗事》《静安文集》《静安诗稿》《人间词话》等，其词集名为《人间词》，又名《苕华词》《观堂长短句》，另编选有《唐五代二十一家词辑》。王国维的词学活动大致始于1906年，此时他的《人间词甲稿》在《教育世界》上发表，次年他又发表了《人间词乙稿》。从1908年开始，他在《国粹学报》上发表《人间词话》。在王国维生前，《人间词话》经历过三次删改、调整，实际上反映的是王国维本人词学思想变化的过程，彭

---

① 冒广生：《小三吾亭词话》，孙克强、杨传庆、裴喆编著《清人词话》，下册，第1602页。
② 陈声聪：《闽词谈屑》，夏承焘主编《词学》第3辑，华东师范大学出版社1985年版，第212页。

玉平先生曾对此作有细致的梳理论述①，此处不再赘述。

《人间词话》常被视作传统词学批评终结与新变的标志。它植根于中国传统的词学观念，又吸收了康德、叔本华、尼采等人的西方哲学思想，方智范等人所作的《中国古典词学理论史》将其宗旨概括为"真正探究艺术境界的诞生与构成之秘，寻求政治、人论、功利之外的艺术美"②。正是出于对这种艺术美的追求，王国维在《人间词话》中提出了"境界说"。虽然在此之前清人论词亦喜用"境"字，如陈廷焯曾说："樊榭词拔帜于陈朱之外，窈曲幽深，自是高境。"③况周颐也说："填词要天资，要学力。平日之阅历，目前之境界，亦与有关系。无词境，即无词心。"④但系统提出"境界说"，并以此论词的是王国维。

王国维"境界说"的提出，主要是基于他对词之"唐音"美学特性的认识。《人间词话》开篇即说："词以境界为最上。有境界则自成高格，自有名句。五代北宋之词所以独绝者在此。"⑤又云："严沧浪《诗话》谓：'盛唐诸公，唯在兴趣。羚羊挂角，无迹可求。故其妙处，透澈玲珑，不可凑拍。如空中之音、相中之色、水中之影、镜中之象，言有尽而意无穷。'余谓：北宋以前之词，亦复如是。然沧浪所谓兴趣，阮亭所谓神韵，犹不过道其面目，不若鄙人拈出'境界'二字，为探其本也"⑥，"言气质，言神韵，不如言境界。有境界，本也。气质、神韵，末也。有境界而二者随之矣"⑦。北宋以前之词以"唐音"风格为主，王国维将其与诗之"唐音"的典型代表盛唐诗相比较，指出两者在美学特性上相似，可以用兴趣、神韵、气质来形容，但境界才是其根本所在。王国维认为，五代北宋之词之所以独绝，就是因为其有

---

① 彭玉平：《王国维词学与学缘研究》，中华书局2015年版，第284—291页。
② 方智范、邓乔彬、周圣伟等：《中国古典词学理论史》（修订版），华东师范大学出版社2005年版，第406页。
③ 陈廷焯著，杜维沫校点：《白雨斋词话》，人民文学出版社1983年版，第82页。
④ 况周颐撰，王幼安校订：《蕙风词话》，人民文学出版社1960年版，第4页。
⑤ 王国维著，徐调孚注，王幼安校订：《人间词话》，人民文学出版社1960年版，第191页。
⑥ 王国维著，徐调孚注，王幼安校订：《人间词话》，第194页。
⑦ 王国维著，徐调孚注，王幼安校订：《人间词话删稿》，人民文学出版社1960年版，第227页。

境界。

那么，何谓"境界"，有哪些"境界"？王国维进一步阐释说：

> 境非独谓景物也。喜怒哀乐，亦人心中之一境界。故能写真景物、真感情者，谓之有境界。否则谓之无境界。[1]
>
> 有造境，有写境，此理想与写实二派之所由分。然二者颇难分别。因大诗人所造之境，必合乎自然，所写之境，亦必邻于理想故也。[2]
>
> 有有我之境，有无我之境。"泪眼问花花不语，乱红飞过秋千去。""可堪孤馆闭春寒，杜鹃声里斜阳暮。"有我之境也。"采菊东篱下，悠然见南山。""寒波澹澹起，白鸟悠悠下。"无我之境也。有我之境，以我观物，故物皆著我之色彩。无我之境，以物观物，故不知何者为我，何者为物。古人为词，写有我之境者为多，然未始不能写无我之境，此在豪杰之士能自树立耳。[3]
>
> 无我之境，人惟于静中得之。有我之境，于由动之静时得之。故一优美，一宏壮也。[4]

细读这些词论，不难发现王国维的"境界说"主要是围绕"景"与"情"的关系在讨论，他认为有真景、有真情者即是有境界，而境界又可分为"有我之境"与"无我之境"，词中以"有我之境"为多。

除以"境界"论词外，王国维还在《人间词话》中提出了"隔"与"不隔"之说："问'隔'与'不隔'之别，曰：陶谢之诗不隔，延年则稍隔矣。东坡之诗不隔，山谷则稍隔矣。'池塘生春草''空梁落燕泥'等二句，妙处唯在不隔。词亦如是。即以一人一词论。如欧阳公《少年游》咏春草上半阕云：'阑干十二独凭春，晴碧远连云。千里万里，二月三月，行色苦愁人。'语语都在目前，便是不隔。至云：

---
[1] 王国维著，徐调孚注，王幼安校订：《人间词话》，人民文学出版社1960年版，第193页。
[2] 王国维著，徐调孚注，王幼安校订：《人间词话》，第191页。
[3] 王国维著，徐调孚注，王幼安校订：《人间词话》，第191页。
[4] 王国维著，徐调孚注，王幼安校订：《人间词话》，第192页。

第六章 清代后期词坛:"宗唐""宗宋"的融合与总结

'谢家池上,江淹浦畔。'则隔矣。白石《翠楼吟》:'此地。宜有词仙,拥素云黄鹤,与君游戏。玉梯凝望久,叹芳草、萋萋千里。'便是不隔。至'酒祓清愁,花消英气。'则隔矣。"① 其中"语语都在目前,便是不隔"既指景之描摹真切,形象鲜活生动,又指情之舒畅自然,文辞流动优美,能让读者有良好的审美阅读感受。

关于文辞之"隔",他还提出了"忌用代字"的说法:"沈伯时《乐府指迷》云:'说桃不可直说破桃,须用"红雨""刘郎"等字。说柳不可直说破柳,须用"章台""灞岸"等字。'若惟恐人不用代字者。果以是为工,则古今类书俱在,又安用词为耶?宜其为《提要》所讥也。"② 对于用代字之词,他也有举例分析,说:"美成《解语花》之'桂华流瓦',境界极妙。惜以'桂华'二字代'月'耳。梦窗以下,则用代字更多。其所以然者,非意不足,则语不妙也。盖意足则不暇代,语妙则不必代。"③ 可见王国维认为词中不宜用代字,也不必用代字。

不论是基于"境界"还是"隔"与"不隔"来论词,显而易见,王国维推崇的是"有境界""不隔"的"唐音",而对"无境界""隔"的"宋调"持批判的态度。也就是说,他的词学宗旨属于尊唐一派。这种倾向在《人间词话》随处可见,除开篇就肯定五代北宋词之独绝处正是在有境界,其他的论述如:

温飞卿之词,句秀也。韦端己之词,骨秀也。李重光之词,神秀也。④

冯正中词虽不失五代风格,而堂庑特大,开北宋一代风气。⑤

词之最工者,实推后主、正中、永叔、少游、美成,而后此南

---

① 王国维著,徐调孚注,王幼安校订:《人间词话》,人民文学出版社1960年版,第210—211页。
② 王国维著,徐调孚注,王幼安校订:《人间词话》,第207页。
③ 王国维著,徐调孚注,王幼安校订:《人间词话》,第206页。
④ 王国维著,徐调孚注,王幼安校订:《人间词话》,第197页。
⑤ 王国维著,徐调孚注,王幼安校订:《人间词话》,第198页。

· 407 ·

宋诸公不与焉。①

唐五代北宋之词家，倡优也。南宋后之词家，俗子也。二者其失相等。但词人之词，宁失之倡优，不失之俗子。以俗子之可厌，较倡优为甚故也。②

唐五代北宋之词，可谓生香真色。若云间诸公，则采花耳。湘真且然，况其次也者乎。③

词家时代之说，盛于国初。竹垞谓：词至北宋而大，至南宋而深。后此词人，群奉其说。然其中亦非无具眼者。……可知此事自有公论。虽止庵词颇浅薄，潘刘尤甚，然其推尊北宋，则与明季云间诸公，同一卓识也。④

这些论述高度评价唐五代北宋词人之词，否定浙西派宗主朱彝尊"词至南宋而深"之说，常州词派周济与明末云间派推尊北宋的词论，则被王国维认为是"卓识"。由于重视真景物、真感情，王国维特别欣赏"唐音"变体南唐李后主的词，赞语不断：

词至李后主而眼界始大，感慨遂深，遂变伶工之词而为士大夫之词。周介存置诸温韦之下，可谓颠倒黑白矣。"自是人生长恨水长东。""流水落花春去也，天上人间。"《金荃》《浣花》，能有此气象耶？⑤

词人者，不失其赤子之心者也。故生于深宫之中，长于妇人之手，是后主为人君所短处，亦即为词人所长处。⑥

客观之诗人，不可不多阅世。阅世愈深，则材料愈丰富，愈变

---

① 王国维著，徐调孚注，王幼安校订：《人间词话删稿》，人民文学出版社1960年版，第240页。
② 王国维著，徐调孚注，王幼安校订：《人间词话删稿》，第240—241页。
③ 王国维著，徐调孚注，王幼安校订：《人间词话删稿》，第231页。
④ 王国维著，徐调孚注，王幼安校订：《人间词话删稿》，第230—231页。
⑤ 王国维著，徐调孚注，王幼安校订：《人间词话》，人民文学出版社1960年版，第197页。
⑥ 王国维著，徐调孚注，王幼安校订：《人间词话》，第197—198页。

化，《水浒传》《红楼梦》之作者是也。主观之诗人，不必多阅世。阅世愈浅，则性情愈真，李后主是也。①

尼采谓："一切文学，余爱以血书者。"后主之词，真所谓以血书者也。②

王国维以"感慨深""赤子之心""性情真""以血书"论后主词，重点均在一"真"字，强调其词能以真实的情感体验打动人心。能如后主词一般被王国维许以"真情"的还有纳兰性德之词，他说："纳兰容若以自然之眼观物，以自然之舌言情。此由初入中原，未染汉人风气，故能真切如此。北宋以来，一人而已。"③此语肯定了被誉为"重光后身"，以"唐音"为学习榜样的纳兰词，对南宋词一笔带过，其论词取向亦不言而喻。

尤其值得注意的是，王国维多次将词中的"唐音"（唐五代北宋词）、"宋调"（南宋词）与诗歌中"唐音""宋调"相比拟，以说明其艺术特点。除前文已提及的借严羽《沧浪诗话》所作的引申发挥外，又如：

宋《李希声诗话》曰："唐人作诗，正以风调高古为主。虽意远语疏，皆为佳作。后人有切近的当、气格凡下者，终使人可憎。"余谓北宋词亦不妨疏远。若梅溪以降，正所谓"切近的当、气格凡下"者也。④

诗至唐中叶以后，殆为羔雁之具矣。故五代北宋之诗，佳者绝少，而词则为其极盛时代。即诗词兼擅如永叔少游者，词胜于诗远甚。以其写之于诗者，不若写之于词者之真也。至南宋以后，词亦为羔雁之具，而词亦替矣。此亦文学升降之一关键也。⑤

---

① 王国维著，徐调孚注，王幼安校订：《人间词话》，人民文学出版社1960年版，第198页。
② 王国维著，徐调孚注，王幼安校订：《人间词话》，第198页。
③ 王国维著，徐调孚注，王幼安校订：《人间词话》，第217页。
④ 王国维著，徐调孚注，王幼安校订：《人间词话删稿》，人民文学出版社1960年版，第237页。
⑤ 王国维著，徐调孚注，王幼安校订：《人间词话删稿》，第223—224页。

朱子《清邃阁论诗》谓："古人诗中有句，今人诗更无句，只是一直说将去。这般诗一日作百首也得。"余谓北宋之词有句，南宋以后便无句。如玉田、草窗之词，所谓"一日作百首也得"者也。①

朱子谓："梅圣俞诗，不是平淡，乃是枯槁。"余谓草窗、玉田之词亦然。②

细读这些例子，可知王国维关于北宋以前之词与南宋词的艺术风貌的比较，实为诗歌中的唐宋之辨在词体中的延伸，是词体唐宋之辨的艺术论。这一点可从他自己的话中得到证实。他说："大家之作，其言情也必沁人心脾，其写景也必豁人耳目。其辞脱口而出，无矫揉妆束之态。以其所见者真，所知者深也。诗词皆然。持此以衡古今之作者，可无大误矣。"③ 既云"诗词皆然"，则在艺术评价上对词之"唐音""宋调"与诗之"唐音""宋调"持相同的标准与倾向，就是理所当然的事了。

王国维尊唐贬宋的论词主张，除表现在对"唐音"代表李后主词的肯定上外，还体现在对"宋调"代表姜夔和辛弃疾词的评价上。他说：

咏物之词，自以东坡《水龙吟》为最工，邦卿《双双燕》次之。白石《暗香》《疏影》，格调虽高，然无一语道着。④

白石写景之作，如"二十四桥明月，波心荡、冷月无声。""数峰清苦，商略黄昏雨。""高树晚蝉，说西风消息。"虽格韵高绝，然如雾里看花，终隔一层。⑤

古今词人格调之高，无如白石。惜不于意境上用力，故觉无言外之味，弦外之响，终不能与于第一流之作者也。⑥

---

① 王国维著，徐调孚注，王幼安校订：《人间词话删稿》，人民文学出版社1960年版，第235页。
② 王国维著，徐调孚注，王幼安校订：《人间词话删稿》，第235页。
③ 王国维著，徐调孚注，王幼安校订：《人间词话》，人民文学出版社1960年版，第219页。
④ 王国维著，徐调孚注，王幼安校订：《人间词话》，第209页。
⑤ 王国维著，徐调孚注，王幼安校订：《人间词话》，第210页。
⑥ 王国维著，徐调孚注，王幼安校订：《人间词话》，第212页。

第六章 清代后期词坛："宗唐""宗宋"的融合与总结

东坡之旷在神，白石之旷在貌。白石如王衍口不言阿堵物，而暗中为营三窟之计，此其所以可鄙也。①

南宋词人，白石有格而无情，剑南有气而乏韵。其堪与北宋人颉颃者，唯一幼安耳。近人祖南宋而祧北宋，以南宋之词可学，北宋不可学也。学南宋者，不祖白石，则祖梦窗，以白石、梦窗可学，幼安不可学也。学幼安者率祖其粗犷、滑稽，以其粗犷、滑稽处可学，佳处不可学也。幼安之佳处，在有性情，有境界。即以气象论，亦有"横素波、干青云"之概，宁后世龌龊小生所可拟耶？②

稼轩《贺新郎》词（送茂嘉十二弟），章法绝妙。且语语有境界，此能品而几于神者。然非有意为之，故后人不能学也。③

王国维认可白石词之格调，但却又认为白石词空有格而无情，也不在意境上用力，因此不足与情景相谐的"唐音"媲美，白石也不能称为第一流之作者。比之于诗，则如"宋调"中的黄庭坚，虽开"词中之江西派"④，终不得王国维之青睐。辛弃疾是王国维难得认可的南宋词人，说他是唯一"堪与北宋人颉颃者"，原因在于幼安词"有性情，有境界"，实则又是进入了"唐音"的美学高境。辛弃疾能达到此种境界，是源于他和苏轼一样的"雅量高致"，至情至性，来自他独特的人生际遇，而他强烈的事功意识，慷慨纵横不可一世的英风豪气也使得他的词"亦若不欲以意境胜"⑤，比之于诗，则如"宋调"中的苏轼。

不过，需要指出的是，王国维的尊"唐音"贬"宋调"之说，在周邦彦这里有所折中。他虽嫌美成创意少，但仍肯定他"言情体物，

---

① 王国维著，徐调孚注，王幼安校订：《人间词话删稿》，人民文学出版社1960年版，第242页。
② 王国维著，徐调孚注，王幼安校订：《人间词话》，人民文学出版社1960年版，第213页。
③ 王国维著，徐调孚注，王幼安校订：《人间词话删稿》，第229页。
④ 缪钺《姜白石之文学批评及其作品》，缪钺《诗词散论》，陕西师范大学出版社2008年版，第68页。
⑤ 王国维：《樊志厚人间词序》，唐圭璋编《词话丛编》，第5册，中华书局1986年版，第4276页。

穷极工巧，故不失为第一流之作者"①，还说：

> 长调自以周、柳、苏、辛为最工。美成《浪淘沙慢》二词，精壮顿挫，已开北曲之先声。②

> 先生于诗文无所不工，然尚未尽脱古人蹊径。平生著述，自以乐府为第一。词人甲乙，宋人早有定论，惟张叔夏病其意趣不高远。然北宋人如欧、苏、秦、黄，高则高矣，至精工博大，殊不逮先生。故以宋词比唐诗，则东坡似太白，欧、秦似摩诘，耆卿似乐天，方回、叔原，则大历十子之流。南宋惟一稼轩可比昌黎。而词中老杜，则非先生不可。昔人以耆卿比少陵，犹为未当也。③

如前所述，周邦彦实为集词体"唐音""宋调"之成的词人，而杜甫的诗歌创作也有"集大成"之誉，既备"唐音"之盛，亦为"宋调"之祖，因此，王国维许美成为"词中老杜"，恰如其分。据今人的研究，王国维对周邦彦的肯定主要是在其后期，因此可知他的词学观中也存在着融通唐宋的取向。

王国维的词集名曰《人间词》，词前有他托樊志厚之名所撰之序，序中亦涉及他对"唐音""宋调"的不同看法，尤其是对吴文英之词的鄙薄。他说：

> 君之于词，于五代喜李后主、冯正中，于北宋喜永叔、子瞻、少游、美成，于南宋除稼轩、白石外，所嗜者鲜矣。尤痛诋梦窗、玉田。谓梦窗砌字，玉田垒句。一雕琢，一敷衍。其病不同，而同归于浅薄。六百年来词之不振，实自此始。④

---

① 王国维著，徐调孚注，王幼安校订：《人间词话》，人民文学出版社1960年版，第206页。
② 王国维著，徐调孚注，王幼安校订：《人间词话删稿》，人民文学出版社1960年版，第227页。
③ 王国维：《人间词话》附录一，唐圭璋编《词话丛编》，第5册，中华书局1986年版，第4270—4271页。
④ 王国维：《人间词话》附录二，唐圭璋编《词话丛编》，第5册，第4275页。

第六章 清代后期词坛:"宗唐""宗宋"的融合与总结

温韦之精艳,所以不如正中者,意境有深浅也。……南宋词人之有意境者,唯一稼轩,然亦若不欲以意境胜。白石之词,气体雅健耳,至于意境,则去北宋人远甚。及梦窗、玉田出,并不求诸气体,而惟文字之是务,于是词之道熄矣。①

在《人间词话》中,王国维对唐五代、北宋词之态度已十分明显,此处亦是如此。然他在此处说其"痛诋梦窗",彭玉平先生将其"诋处"概括为四个方面:"多用代字,意不足语不妙;写景之作多病于隔;'映梦窗零乱碧',雕琢过甚,辞采过繁;才分有限,失之肤浅。"②由此可见,不论从哪一个方面来说,梦窗词都与王国维所欣赏的"唐音"相差甚远,因此为其所鄙。

王国维对自己在词的创作方面的成就颇为自负,曾言:"近年嗜好之移于文学,亦有由焉,则填词之成功是也。余之于词,虽所作尚不及百阕,然自南宋以后,除一二人之外,尚未有能及余者。则平日之所自信也。虽比之五代、北宋之大词人,余愧有所不如,然此等词人,亦未始无不及余之处。因词之成功,而有志于戏曲,此亦近日之奢愿也。"③言下之意,即南宋以后词人能与其相较者寥寥无几,而唐五代、北宋词人,他的词也堪论伯仲。由此可见,他是以"唐音"作为创作所追求的目标。其《人间词》确实也与"唐音"相近,抒真情实感,不矫揉造作,多自然之语。如其《蝶恋花》:

昨夜梦中多少恨。细马香车,两两行相近。对面似怜人瘦损。众中不惜搴帷问。 陌上轻雷听隐辚。梦里难从,觉后那堪讯。蜡泪窗前堆一寸。人间只有相思分。④

百尺朱楼临大道。楼外轻雷,不间昏和晓。独倚阑干人窈窕,

---

① 王国维:《人间词话》附录二,唐圭璋编《词话丛编》,第5册,中华书局1986年版,第4276页。
② 彭玉平:《王国维词学与学缘研究》,中华书局2015年版,第567页。
③ 王国维:《王国维文学论著三种》,商务印书馆2017年版,第225—226页。
④ 王国维著,陈永正导读注评:《王国维词集》,上海古籍出版社2013年版,第72页。

闲中数尽行人小。　　一霎车尘生树杪。陌上楼头,都向尘中老。薄晚西风吹雨到。明朝又是伤流潦。①

阅尽天涯离别苦。不道归来,零落花如许。花底相看无一语,绿窗春与天俱暮。　　待把相思灯下诉,一缕新欢,旧恨千千缕。最是人间留不住,朱颜辞镜花辞树。②

又如《玉楼春》:

今年花事垂垂过,明岁花开应更䅿。看花终古少年多,只恐少年非属我。　　劝君莫厌金罍大,醉倒且拼花底卧。君看今日树头花,不是去年枝上朵。③

《蝶恋花》("昨夜梦中多少恨")一首写的是一个爱情故事。"两两行相近"说的是两个主人公在物理上的距离缩短了,实际也是心理的距离缩短了,逐渐走到了一起。上阕最末两句,写出主人公因相思而消瘦,不惧于闹市之中也要掀开车帘向心上人问一问近况如何,描绘了一个热情而大胆的女性形象。下阕写车马渐渐分离,实则也暗指两人的分别,曾经的时光恍如大梦一场,而梦醒之后,只剩窗前蜡烛"替人垂泪到天明",人间哪有那么多长相厮守,多的只是相思而又分离。全词从车马相近写到车马相离,既是实写,也暗指故事的发展结局,词人在平淡的叙述中将故事娓娓道来,且没有浮艳辞藻的堆砌,都是不隔之笔。"百尺朱楼临大道"一首,开篇词人便将视角拉高,因其视角之高,故可见范围也广,且不独是空间上的广阔,可以看见"行人""树杪""楼头";在时间上词人也展开了视野,不仅有"昏""晓",还有"明朝"。全词以一种开阔的境界在写词人对风雨流潦的忧虑,又像是他对时代社会的一种思考,富于一定的哲思。而《蝶恋花》("阅尽天

---

① 王国维著,陈永正导读注评:《王国维词集》,上海古籍出版社2013年版,第117页。
② 王国维著,陈永正导读注评:《王国维词集》,第24页。
③ 王国维著,陈永正导读注评:《王国维词集》,第25页。

涯离别苦")和《玉楼春》("今年花事垂垂过")两首写的都是对时光飞逝、物是人非、急景凋年的感慨,情思哀婉,读之令人惋叹,此正是王国维《人间词》不隔之处。尤其是"君看今日树头花,不是去年枝上朵"两句,哲思意味颇浓,又眼界阔大,正是有境界处。

王国维在托名樊志厚所作的序中称:"静安之为词,真能以境界胜……静安之词,大抵意深于欧,而境次于秦。至其合作,如甲稿《浣溪沙》之'天末同云'、《蝶恋花》之'昨夜梦中'、乙稿《蝶恋花》之'百尺朱楼'等阕,皆意境两忘,物我一体。"[①] 此论虽有自夸之嫌,然细味其词,其美学风貌确实能与其"崇唐"的理论主张相表里。叶恭绰说:"静安先生不欲以词名,而所作词话理解超卓,洞明原本,指出'境界'二字及隔与不隔之说,尤征精识。所作小令,寄托遥深,参以哲理,饶有五代、北宋韵格,洵足独树一帜。"[②] 陈声聪说:"王静安词主意境,力追五代、北宋……空际转身,迷离惝恍,信为高境。"[③] 赵万里也说:"先生于词,独辟意境,由北宋而反之唐五代,深恶近代词人堆砌纤小之习。"[④] "其意境之高超,三百年间,惟万年少、纳兰容若差可比拟,余子碌碌,实不足以当先生一二词也。"[⑤] 这些评论都一致肯定了王国维词有意境、近"唐音"的特点。

总而言之,王国维在其《人间词话》中提出的"境界说",为词体的唐宋之辨树立了一个新的美学标准,表现了他重"唐音"而贬"宋调"的审美旨趣。他的相关论述是词体的唐宋之辨在艺术上的总结,既汲取了传统诗学、词学批评中的精华,又借鉴了中西方美学、哲学中的优秀成果,建立了一个颇具新意的理论体系,产生了相当深远的影响。

---

① 王国维:《人间词话》附录二,唐圭璋编《词话丛编》,第5册,中华书局1986年版,第4277页。
② 叶恭绰:《广箧中词》,孙克强、杨传庆、裴喆编著《清人词话》,下册,南开大学出版社2012年版,第2120页。
③ 陈声聪:《读词枝语》,孙克强、杨传庆、裴喆编著《清人词话》,下册,第2120页。
④ 赵万里:《王静安先生年谱》,王国维《王国维先生全集:续编六》,台湾大通书局1976年版,第2540页。
⑤ 赵万里:《王静安先生年谱》,王国维《王国维先生全集:续编六》,第2540页。

结　语

　　唐宋文化转型是20世纪中国史研究中的热点论题之一，至今，相关的研究已经在政治、经济、文化等领域全面铺开。文学作为文化的组成部分，从唐宋文化转型这一视角展开研究自然是题中应有之义，并且也取得了相当丰硕的成果。从目前的研究状况来看，有两个明显的特点：一是研究的时段多为唐宋时期，尤其是中唐到北宋这一段所谓的变革期；二是研究的对象以诗文为主，尤其是诗歌，是讨论唐宋文化转型对文学影响时的重点考察对象。这两个特点的生成，自然有其合理性，毕竟，从中唐到北宋是文化转型从发生到完成的核心时段，而诗歌又在唐宋两朝都取得了巨大的创作成就，并且在宋代以下的古典诗学史上形成了绵延数百年的唐宋之争。但是，我们也必须意识到，这不应该也不可能成为这一研究视野中的全部景观。唐宋文化转型的影响不是只限于唐宋两代，而是一直指向近代的中国；文体的内容、形式、风格等方面的变化也不是只限于诗文，而是呈现于唐宋时期存在的各种重要的体裁中，并且在后世经常成为讨论的对象。本书的研究即试图在这两个方面都有所开拓，虽以唐宋文化转型为出发点与观照的视角，但考察的时段由唐宋延伸到清末民初，研究的对象是肇基于唐、繁荣于宋、在元明清也一直是主要文学体裁之一的词，研究的内容则涉及词的创作、理论与传播以及相关的影响因素。本书主要研究结论如下。

　　首先，在词这种文体的发展史上，如诗歌领域一样，可以区分为"唐型"与"宋型"两种审美类型。词中的"唐音范式"萌芽于盛唐，形成于晚唐五代，由《花间集》奠定了主导风格，至北宋则变化而极盛。基本的创作方法是"以唐诗为词"，将唐诗的艺术手法、创作经验运用到词中。内容以男女情爱为主，风格上注重意境的营构、含蓄的韵味。词中的"宋调范式"从柳永发端，在北宋后期分化成"东坡范式"与"清真范式"，至南宋成为词坛的主流，其最成熟的代表分别是辛弃疾与姜夔。"东坡范式"的创作方法是"以宋诗为词"，内容上重视表达"宋型文化"影响下的士人的思想情感，关注广阔的自然、社会、人生，形式上则将宋诗"以文字为诗，以才学为诗，以议论为诗"的风气带入词中，较为铺张、直露。"清真范式"则在"唐音"所形成的词的传统美学特性的基础上，融入符合"宋型文化"审美要求的形式与内容。唐宋词人的创作基本上处于这几种范式的影响之下，后人亦不出此范围。

其次，在宋代以下的词学史上，也有"宗唐""宗宋"的理论论争与创作实践，并形成了"宗唐"派与"宗宋"派。在北宋后期词坛，已出现了本色与非本色的对立，隐含了词的唐宋之辨。李之仪明确主张"宗唐"而参之以"宋调"，李清照则试图在"唐音"的基础上进一步建构"宋调"的美学标准。南宋"唐音"渐衰，词学理论中崇雅呼声高涨，辛弃疾发扬"东坡范式"而成的"宋调"与姜夔变革"清真范式"而成的"宋调"先后大行其道，隐然成派。金元词坛总体属于"宗宋"时代，又可分南北两宗：北宗以元好问为首，主要尊奉苏、辛一派的"宋调"；南宗以张炎为首，主要继承了周、姜一派的"宋调"。明代词坛以"宗唐"为主，在后期还形成了独尊"唐音"、排斥"宋调"的云间词派。清初"宗唐"派的余波未绝，而宗"宋调"的阳羡词派与浙西词派亦相继崛起，一尊苏、辛，一尊姜、张。清代中期常州词派兴起，主张复古尊唐，用比兴寄托重新阐释"唐音"。开山祖张惠言以温庭筠为最高典范，谓其"深美闳约"；继之者周济以集"唐音""宋调"之成的周邦彦为学词目标，主张由南宋入北宋，"还清真之浑化"。到了清代后期，常州词派后劲谭献、陈廷焯、况周颐等人仍以"唐音"为尊，但在理论上各有树立。谭献倡"折衷柔厚"，陈廷焯主

· 417 ·

"沉郁"，况周颐鼓吹"重、拙、大"，实际上均有融合唐宋的趋势。常州词派之外的刘熙载、谢章铤、王国维等人亦有理论创见。刘熙载以人品论词品，特重苏、辛派"宋调"；谢章铤唐宋兼取，对各派得失均有所见；王国维提出"境界说"，以之为"唐音"的突出特色，尊唐倾向明显。他们的创作实践基本与其理论保持了一致。

最后，影响词之"唐音""宋调"美学范型形成、演变、传播、接受的因素相当复杂，有文体内部的承衍、分化、融合，各文体间的交流互动，也有外在的因素如社会环境、学术思潮、地域风俗、作者际遇、创作个性等。词之"唐音"的形成，以诗之"唐音"的艺术经验为基础，以贵族社会的宴饮娱乐活动为温床，又在时代、地理、作者个性等因素的影响下而呈现出一定程度的差异。词之"宋调"的形成，则以唐宋文化转型中市民文化的兴起为背景，民间的慢曲经过柳永等人的创作与改造，向中高层的雅文化群体扩散，成为士人抒情写志的载体之一，加之国家对礼乐文化的重视，于是在北宋后期遂有"东坡范式"与"清真范式"的出现，在内容与形式上均体现出宋型文化的美学精神。南宋与金对峙，理学思潮流行，社会竞尚文雅，于是前期有慷慨悲歌的稼轩体"宋调"，后期行清空骚雅的白石体作风。金元"宗宋"，而南北有异，与地域、师承关系密切。明代"宗唐"，则与复古思潮以及心学影响下的"主情"风气有关。清代前期改朝换代的动荡及个人际遇的坎坷，促使阳羡词派宗主陈维崧由花间"唐音"转向苏、辛一派的"宋调"；社会稳定之后朝廷对"清真雅正"文风的倡导，则为浙西词派宗尚姜、张的"宋调"提供了助力。清代中期社会乱象渐显，常州词派遂在复古尊唐的口号下，强调风骚的比兴寄托，注重词对社会现实的反映与干预，重新阐释"唐音"。清代后期国势危殆，常州词派关注现实的词学理论影响不衰，而思想内容更为深广的"宋调"亦渐受重视。自立于常州词派之外的词人及词论家，亦多具现实性的品格。在传统与现代交替的关口，王国维吸收中西方的思想文化资源，建构了其尊唐贬宋的"境界说"，从艺术上对词体的唐宋之辨做出了总结。

以上三个方面，为本书研究的致力之处。由于所涉的时段较长，内容繁多，而研究的时间有限，因此尚有不少内容未及完全展开加以深入探讨，尤其是清代部分。施蛰存先生曾指出："清人论词，严别唐、宋。"① 本书虽以三章的篇幅论述清代词坛的唐宋之辨，但仍然只是得其大概，疏略颇多。对此，笔者希望能在将来的研究中进一步加以完善。

---

① 施蛰存：《宋花间集·叙引》，华东师范大学出版社2014年版，第1页。

参考文献

一 专著

毕沅：《续资治通鉴》，中华书局1957年版。
北京大学古文献研究所编：《全宋诗》，北京大学出版社1991—1998年版。
陈均编，许沛藻等点校：《皇朝编年备目纲要》，中华书局2006年版。
陈鹄著，孔凡礼点校：《西塘集耆旧续闻》，中华书局2002年版。
陈振孙撰，徐小蛮、顾美华点校：《直斋书录解题》，上海古籍出版社2015年版。
陈模撰，郑必俊校注：《怀古录校注》，中华书局1993年版。
陈善：《扪虱新话》，中华书局1985年版。
陈霆著，王幼安校点：《渚山堂词话》，人民文学出版社1960年版。
陈耀文辑，龙建国等点校：《花草萃编》，河北大学出版社2007年版。
陈子龙著，王英志辑校：《陈子龙全集》，人民文学出版社2011年版。
陈子龙著，施蛰存、马祖熙标校：《陈子龙诗集》，上海古籍出版社2006年版。
陈子龙、李雯、宋征舆撰，陈立校点：《幽兰草》，辽宁教育出版社2000年版。
陈维崧著，陈振鹏标点，李学颖校补：《陈维崧集》，上海古籍出版社2010年版。

陈廷焯著，杜维沫校点：《白雨斋词话》，人民文学出版社 1960 年版。

陈匪石编著，钟振振校点：《宋词举》，江苏古籍出版社 2002 年版。

陈良运主编：《中国历代词学论著选》，百花洲文艺出版社 1998 年版。

陈植锷：《北宋文化史述论》，中国社会科学出版社 1992 年版。

陈美延编：《金明馆丛稿初编》，生活·读书·新知三联书店 2009 年版。

陈良运：《跨世纪论学文存》，上海远东出版社、上海三联书店 2003 年版。

陈祖美：《李清照评传》，南京大学出版社 1995 年版。

陈水云：《清代前中期词学思想研究》，武汉大学出版社 1999 年版。

陈水云：《唐宋词在明末清初的传播与接受》，中国社会科学出版社 2010 年版。

［日］村上哲见：《唐五代北宋词研究》，杨铁婴译，陕西人民出版社 1987 年版。

曹辛华：《20 世纪中国古代文学研究史·词学卷》，东方出版中心 2006 年版。

《词学》编辑委员会编：《词学》（第 2 辑），华东师范大学出版社 1983 年版。

《词学》编辑委员会编：《词学》（第 3 辑），华东师范大学出版社 1985 年版。

《词学》编辑委员会编：《词学》（第 5 辑），华东师范大学出版社 1986 年版。

《词学》编辑委员会编：《词学》（第 7 辑），华东师范大学出版社 1989 年版。

《词学》编辑委员会编：《词学》（第 10 辑），华东师范大学出版社 1992 年版。

杜甫著，仇兆鳌注：《杜诗详注》，中华书局 1979 年版。

戴表元著，陈晓冬、黄天美点校：《戴表元集》，浙江古籍出版社 2014 年版。

丁福保辑：《历代诗话续编》，中华书局 1983 年版。

丁如明、李宗为、李学颖等校点：《唐五代笔记小说大观》，上海古籍出版社 2000 年版。

邓椿著，刘世军校注：《画继校注》，广西师范大学出版社 2015 年版。

邓子勉编：《明词话全编》，凤凰出版社 2012 年版。

邓子勉编：《宋金元词话全编》，凤凰出版社 2008 年版。

邓乔彬：《邓乔彬学术文集》，安徽师范大学出版社 2013 年版。

冯乾编校：《清词序跋汇编》，凤凰出版社 2013 年版。

方智范、邓乔彬、周圣伟等：《中国古典词学理论史》（修订版），华东师范大学出版社 2005 年版。

傅璇琮、许逸民等主编：《中国诗学大辞典》，浙江教育出版社 1999 年版。

符继成：《走向南宋：北宋后期文化与词风演进——以贺铸、周邦彦为考察中心》，湘潭大学出版社 2018 年版。

葛洪：《抱朴子》，上海书店 1986 年版。

葛渭君编：《词话丛编补编》，中华书局 2013 年版。

高儒：《百川书志》，古典文学出版社 1957 年版。

龚鹏程：《江西诗社宗派研究》，文史哲出版社 1983 年版。

顾璟芳、李葵生、胡应宸编选：《兰皋明词汇选》，辽宁教育出版社 1998 年版。

郭绍虞、富寿荪编：《清诗话续编》，上海古籍出版社 1983 年版。

郭绍虞编：《中国历代文论选》，上海古籍出版社 2001 年版。

郭绍虞：《中国文学批评史》，商务印书馆 2010 年版。

黄昇编：《花庵词选》，中华书局 1958 年版。

黄庭坚著，刘琳、李勇先、王蓉贵校点：《黄庭坚全集》，四川大学出版社 2001 年版。

黄庭坚撰，严寿澂校点：《山谷词》，上海古籍出版社 1989 年版。

黄霖：《近代文学批评史》，上海古籍出版社 1994 年版。

黄宗羲编：《明文海》，中华书局 1987 年版。

黄榆撰，魏连科点校：《双槐岁钞》，中华书局 1999 年版。

胡仔纂集，廖德明校点：《苕溪渔隐丛话》，人民文学出版社 1962 年版。

胡适选注：《词选》，商务印书馆 1927 年版。

胡云翼：《宋词选》，上海古籍出版社 1978 年版。

胡应麟：《诗薮》，中华书局 1958 年版。

胡晓明主编：《古代文学理论研究》（第 43 辑），华东师范大学出版社 2016 年版。

胡云翼：《中国词史大纲》，北新书局 1933 年版。

何光远：《鉴诫录》，中华书局 1985 年版。

何文焕辑：《历代诗话》，中华书局 1981 年版。

洪迈：《容斋随笔》，上海古籍出版社 1978 年版。

华东师范大学中文系古典文学研究室编：《词学研究论文集 1949—1979》，上海古籍出版社 1982 年版。

蒋景祁：《瑶华集》，中华书局 1982 年版。

纪昀等辑：《钦定四库全书总目》，中华书局 1997 年版。

金启华、张惠民、王恒展等编：《唐宋词集序跋汇编》，江苏教育出版社 1990 年版。

姜夔著，夏承焘辑：《白石诗词集》，人民文学出版社 1959 年版。

［日］吉川幸次郎：《宋元明诗概说》，李庆等译，中州古籍出版社 1987 年版。

况周颐撰，王幼安校订：《蕙风词话》，人民文学出版社 1960 年版。

况周颐著，孙克强辑考：《蕙风词话·广蕙风词话》，中州古籍出版社 2003 年版。

况周颐著，俞润生笺注：《蕙风词话·蕙风词笺注》，巴蜀书社 2006 年版。

况周颐撰，屈兴国辑注：《蕙风词话辑注》，江西人民出版社 2000 年版。

刘勰著，黄叔琳注，纪昀评，戚良德辑校，李详补注，刘咸炘阐说：《文心雕龙》，上海古籍出版社 2015 年版。

刘禹锡撰，《刘禹锡集》整理组点校：《刘禹锡集》，中华书局 1990 年版。

刘昫等：《旧唐书》，中华书局1975年版。

刘琳等校点：《宋会要辑稿》，上海古籍出版社2014年版。

刘毓盘：《词史》，上海书店1985年影印版。

刘熙载著，刘立人、陈文和点校：《刘熙载集》，华东师范大学出版社1993年版。

刘熙载：《艺概》，上海古籍出版社1978年版。

刘永济：《微睇室说词》，上海古籍出版社1987年版。

刘永济：《唐五代两宋词简析》，上海古籍出版社1981年版。

李德裕：《会昌一品集》，上海古籍出版社1994年版。

李璟、李煜著，詹安泰校注：《李璟李煜词校注》，上海古籍出版社2015年版。

李焘：《续资治通鉴长编》，中华书局1985年版。

李之仪：《姑溪居士全集》，中华书局1985年版。

李廌撰，孔凡礼点校：《师友谈记》，中华书局2002年版。

李清照著，徐培均笺注：《李清照集笺注》，上海古籍出版社2002年版。

李心传：《建炎以来朝野杂记》，中华书局2000年版。

李开先著，路工辑校：《李开先集》，中华书局1959年版。

李贽：《焚书》，中华书局1975年版。

李冰若校注：《花间集评注》，浙江古籍出版社2018年版。

李冬红：《〈花间集〉接受史论稿》，齐鲁书社2006年版。

李泽厚：《美学三书》，安徽文艺出版社1999年版。

李康化：《明清之际江南词学思想研究》，巴蜀书社2001年版。

李修生主编：《全元文》，凤凰出版社2004年版。

李一氓：《一氓题跋》，生活·读书·新知三联书店1981年版。

李春青：《宋学与宋代文学观念》，北京师范大学出版社2001年版。

李斗著，许建中注评：《扬州画舫录》，凤凰出版社2013年版。

龙沐勋编：《词学季刊》，上海书店1985年版。

龙榆生：《近三百年名家词选》，上海古籍出版社1979年版。

龙榆生：《唐宋名家词选》，上海古籍出版社2012年版。

龙榆生：《龙榆生词学论文集》，上海古籍出版社1997年版。

梁启超：《梁启超全集》，北京出版社1999年版。

梁启超：《中国近三百年学术史》，中华书局1943年版。

陆游著，钱仲联校注：《剑南诗稿校注》，上海古籍出版社1985年版。

陆游著，马亚中、涂小马校注：《渭南文集校注》，浙江古籍出版社2015年版。

柳永著，陶然、姚逸超校笺：《乐章集校笺》，上海古籍出版社2016年版。

柳永著，薛瑞生校注：《乐章集校注》，中华书局2015年版。

柳诒徵：《中国文化史》，东方出版中心1988年版。

罗大经撰，孙雪霄校点：《鹤林玉露》，上海古籍出版社2012年版。

凌天松：《明编词总集丛刻述评》，上海古籍出版社2014年版。

黎靖德编：《朱子语类》，崇文书局2018年版。

厉鹗著，董兆雄注，陈九思标校：《樊榭山房集》，上海古籍出版社2012年版。

马端临：《文献通考》，中华书局1986年版。

马令：《南唐书》，中华书局1985年版。

孟元老：《东京梦华录》，上海古籍出版社1995年版。

毛晋著，潘景郑校订：《汲古阁书跋》，上海古典文学出版社1958年版。

毛晋辑印：《词苑英华》，汲古阁刻本。

缪钺、叶嘉莹撰：《灵溪词说》，上海古籍出版社1987年版。

缪钺：《诗词散论》，陕西师范大学出版社2008年版。

莫立民：《近代词史》，人民文学出版社2010年版。

纳兰性德著，张草纫笺注：《纳兰词笺注》，上海古籍出版社2003年版。

纳兰性德：《通志堂集》，上海古籍出版社1979年版。

纳兰性德著，赵秀亭、冯统一笺校：《饮水词笺校》，中华书局2005年版。

南京大学中国语言文学系《全清词》编纂研究室编：《全清词》（顺康卷），中华书局2002年版。

南京大学文学院《全清词》编纂研究室编：《全清词》（雍乾卷），南京大学出版社 2012 年版。

欧阳修：《欧阳修全集》，中国书店 1986 年版。

欧阳修：《新五代史》，吉林人民出版社 1998 年版。

欧阳修撰，韩谷校点：《归田录（外五种）》，上海古籍出版社 2012 年版。

彭孙遹：《延露词》，台湾商务印书馆 1975 年版。

彭国忠：《元祐词坛研究》，华东师范大学出版社 2002 年版。

彭玉平：《中国分体文学史·词学卷》，山西教育出版社 2013 年版。

彭玉平：《王国维词学与学缘研究》，中华书局 2015 年版。

钱谦益著，钱曾笺注，钱仲联标校：《钱牧斋全集》，上海古籍出版社 2003 年版。

钱钟书：《七缀集》，上海古籍出版社 1985 年版。

钱钟书：《管锥编》，中华书局 1979 年版。

《清代诗文集汇编》编纂委员会编：《清代诗文集汇编》，上海古籍出版社 2010 年版。

屈兴国编：《词话丛编二编》，浙江古籍出版社 2013 年版。

阮元校刻：《十三经注疏》，中华书局 1980 年版。

饶宗颐初纂，张璋总纂：《全明词》，中华书局 2004 年版。

司空图著，罗仲鼎、蔡乃中注：《二十四诗品》，浙江古籍出版社 2013 年版。

司马光编著：《资治通鉴》，中华书局 2011 年版。

苏轼著，孔凡礼点校：《苏轼文集》，中华书局 1986 年版。

苏轼著，王文诰辑注：《苏轼诗集》，中华书局 1982 年版。

苏轼著，龙吟点评：《东坡易传》，吉林文史出版社 2002 年版。

苏轼著，朱孝臧编年，龙榆生校笺，朱怀春标点：《东坡乐府笺》，上海古籍出版社 2017 年版。

苏天爵：《元朝名臣事略》，中华书局 1996 年版。

孙虹：《北宋词风嬗变与文学思潮》，上海古籍出版社 2009 年版。

孙光宪著，林艾园校点：《北梦琐言》，上海古籍出版社 1981 年版。

孙克强、岳淑珍编著：《金元明人词话》，南开大学出版社2012年版。

孙克强、裴喆编著：《论词绝句二千首》，南开大学出版社2014年版。

孙克强、杨传庆、裴喆编著：《清人词话》，南开大学出版社2012年版。

孙克强：《清代词学》，中国社会科学出版社2004年版。

孙克强编著：《唐宋人词话》，河南文艺出版社1999年版。

孙克强编：《唐宋人词话》，南开大学出版社2012年版。

孙维城：《宋韵——宋词人文精神与审美形态探论》，安徽大学出版社2002年版。

施蛰存编：《宋花间集》，华东师范大学出版社2014年版。

施蛰存主编：《词籍序跋萃编》，中国社会科学出版社1994年版。

邵祖平：《词心笺评》，复旦大学出版社2007年版。

宋存标等撰，陈立校点：《倡和诗余》，辽宁教育出版社2000年版。

沈义父著，蔡嵩云笺释：《乐府指迷笺释》，人民文学出版社2018年版。

沈德潜编：《清诗别裁集》，上海古籍出版社2013年版。

沈德潜选注：《唐诗别裁集》，上海古籍出版社2013年版。

沈曾植著，钱仲联校注：《沈曾植集校注》，中华书局2001年版。

沈子丞：《历代论画名著汇编》，文物出版社1982年版。

《四库禁毁书丛刊》编纂委员会编：《四库禁毁书丛刊》，北京出版社1997年版。

《四库全书存目丛书》编纂委员会编：《四库全书存目丛书》，齐鲁书社1996年版。

上海古籍出版社编：《宋元笔记小说大观》，上海古籍出版社2007年版。

脱脱等撰：《金史》，中华书局1975年版。

脱脱等：《宋史》，中华书局1977年版。

田汝成：《西湖游览志余》，上海古籍出版社1958年版。

谭献著，范旭仑、牟晓朋整理：《复堂日记》，河北教育出版社2001年版。

谭献著，黄曙辉点校：《复堂词》，华东师范大学出版社2010年版。

唐圭璋编纂，王仲闻参订，孔凡礼补辑：《全宋词》，中华书局1999年版。

唐圭璋编：《全金元词》，中华书局1979年版。

唐圭璋选释：《唐宋词简释》，上海古籍出版社 1981 年版。

唐圭璋编：《词话丛编》，中华书局 1986 年版。

唐圭璋：《词学论丛》，上海古籍出版社 1986 年版。

田玉琪：《词调史研究》，人民出版社 2012 年版。

陶然：《金元词通论》，上海古籍出版社 2010 年版。

温庭筠著，曾毅等笺注：《温飞卿诗集笺注》，上海古籍出版社 1998 年版。

吴处厚著，李裕民点校：《青箱杂记》，中华书局 1985 年版。

吴曾：《能改斋漫录》，上海古籍出版社 1979 年版。

吴讷：《文章辨体序说》，人民文学出版社 1962 年版。

吴承恩著，刘修业辑校，刘怀玉笺校：《吴承恩诗文集笺校》，上海古籍出版社 1991 年版。

吴文治：《吴文治文存》，凤凰出版社 2013 年版。

吴文治主编：《明诗话全编》，江苏古籍出版社 1997 年版。

吴世昌著，吴令华辑注，施议对校：《词林新话》，北京出版社 2000 年版。

吴世昌：《诗词论丛》，北京出版社 2000 年版。

吴世昌：《宋词中的"豪放派"与"婉约派"》，《文史知识》1983 年第 9 期。

吴宏一：《清代词学四论》，台北：联经事业出版公司 1990 年版。

吴熊和主编：《唐宋词汇评》（两宋卷），浙江教育出版社 2004 年版。

吴熊和：《吴熊和词学论集》，杭州大学出版社 1999 年版。

吴熊和：《唐宋词通论》，上海古籍出版社 2010 年版。

吴梅：《词学通论》，上海古籍出版社 2010 年版。

吴毓华编著：《中国古代戏曲序跋集》，中国戏剧出版社 1990 年版。

王辟之：《渑水燕谈录》，中华书局 1981 年版。

王称：《东都事略》，齐鲁书社 2000 年版。

王骥德著，陈多、叶长海注释：《曲律》，上海古籍出版社 2012 年版。

王晫：《今世说》，中华书局 1985 年版。

王鹏运：《半塘定稿》，京华印书馆 1948 年版。

王士禛撰，李少雍编校：《衍波词》，广东人民出版社1986年版。

王士禛著，袁世硕主编：《王士禛全集》，齐鲁书社2007年版。

王国维：《王国维文学论著三种》，商务印书馆2017年版。

王国维：《王国维先生全集》，大通书局1976年版。

王国维著，徐调孚注，王幼安校订：《人间词话》，人民文学出版社1960年版。

王国维撰，徐德明整理：《词录》，学苑出版社2003年版。

王水照主编：《宋代文学通论》，河南大学出版社1997年版。

王兆鹏：《唐宋词史论》，人民文学出版社2000年版。

王兆鹏主编：《唐宋词汇评》（唐五代卷），浙江教育出版社2004年版。

王兆鹏：《宋南渡词人群体研究》，凤凰出版社2009年版。

王晓骊：《唐宋词与商业文化关系研究》，中国社会科学出版社2004年版。

文莹著，郑世刚、杨立扬点校：《湘山野录・续湘山野录・玉壶清话》，中华书局1984年版。

魏源：《魏源全集》，岳麓书社2011年版。

闻一多：《闻一多全集》，湖北人民出版社1993年版。

《续修四库全书》编纂委员会编：《续修四库全书》，上海古籍出版社2002年版。

夏承焘：《唐宋词人年谱》，上海古籍出版社1979年版。

夏承焘：《夏承焘集》，浙江教育出版社、浙江古籍出版社1997年版。

夏承焘：《唐宋词欣赏》，浙江古籍出版社2012年版。

徐釚撰，唐圭璋校注：《词苑丛谈》，上海古籍出版社1981年版。

徐渭著，李复波、熊澄宇注释：《南词叙录》，中国戏剧出版社1989年版。

徐师曾著，罗根泽点校：《文体明辨序说》，人民文学出版社1962年版。

徐珂：《清代词学概论》，山西人民出版社2015年版。

徐培均笺注：《淮海居士长短句笺注》，上海古籍出版社2008年版。

徐安琪：《唐五代北宋词学思想史论》，人民文学出版社2007年版。

项安世：《项氏家说》，中华书局1985年版。

谢枋得：《谢叠山集》，商务印书馆 1936 年版。

谢章铤著，陈庆元主编：《谢章铤集》，吉林文史出版社 2009 年版。

许学夷著，杜维沫校点：《诗源辩体》，人民文学出版社 1998 年版。

许伯卿：《宋词题材研究》，中华书局 2007 年版。

辛文房：《唐才子传》，古典文学出版社 1957 年版。

薛砺若：《宋词通论》，江苏文艺出版社 2008 年版。

肖鹏：《群体的选择——唐宋人词选与词人群体通论》，凤凰出版传媒集团、凤凰出版社 2009 年版。

叶梦得：《避暑录话》，中华书局 1985 年版。

元好问编，张静校注：《中州集校注》，中华书局 2018 年版。

元好问撰，赵永源校注：《遗山乐府校注》，凤凰出版社 2006 年版。

永瑢等：《文渊阁四库全书》，台湾商务印书馆 1982—1986 年版。

严羽著，郭绍虞校释：《沧浪诗话校释》，人民文学出版社 1983 年版。

严迪昌：《清词史》，人民文学出版社 2011 年版。

严迪昌：《阳羡词派研究》，齐鲁书社 1993 年版。

俞陛云：《唐五代两宋词选释》，上海古籍出版社 1985 年版。

俞陛云：《诗境浅说》，天津人民出版社 2008 年版。

俞平伯：《唐宋词选》，人民文学出版社 1962 年版。

俞平伯：《俞平伯全集》，花山文艺出版社 1997 年版。

杨慎著，王幼安校点：《词品》，人民文学出版社 1998 年版。

杨海明：《唐宋词史》，天津古籍出版社 1998 年版。

杨海明：《唐宋词风格论》，上海社会科学院出版社 1986 年版。

杨海明：《唐宋词风格论·张炎词研究》，江苏大学出版社 2010 年版。

杨传庆编：《词学书札萃编》，南开大学出版社 2015 年版。

游国恩、王起、萧涤非等主编：《中国文学史》，人民文学出版社 1964 年版。

姚蓉：《明清词派史论》，广西师范大学出版社 2007 年版。

余意：《明代词学之建构》，上海古籍出版社 2009 年版。

岳淑珍：《明代词学批评史》，社会科学文献出版社 2014 年版。

张耒：《张耒集》，中华书局1990年版。

张孝祥著，徐鹏校点：《于湖居士文集》，上海古籍出版社2009年版。

张唐英：《蜀梼杌》，商务印书馆1939年版。

张炎著，夏承焘校注：《词源注》，人民文学出版社2018年版。

张廷玉等撰：《明史》，中华书局1974年版。

张宗橚编，杨宝霖补正：《词林纪事·词林纪事补正合编》，上海古籍出版社1998年版。

张惠民编：《宋代词学资料汇编》，汕头大学出版社1993年版。

张惠民：《宋代词学审美理想》，人民文学出版社1995年版。

张惠言辑：《词选》，中华书局1957年版。

张仲谋：《明词史》，人民文学出版社2019年版。

张仲谋：《明代词学通论》，中华书局2013年版。

张宏生：《清代词学的建构》，江苏古籍出版社1998年版。

朱熹撰，朱杰人、严佐之、刘永翔主编：《朱子全书》，上海古籍出版社、安徽教育出版社2002年版。

朱熹：《晦庵题跋》，中华书局1985年版。

朱彝尊著，屈兴国、袁李来辑校：《朱彝尊词集》，浙江古籍出版社1994年版。

朱彝尊、汪森编：《词综》，上海古籍出版社1978年版。

朱彝尊著，王利民校点：《曝书亭全集》，吉林文史出版社2009年版。

朱祖谋编选，施适辑评：《宋词三百首》，上海古籍出版社2016年版。

朱庸斋：《分春馆词话》，广东人民出版社1989年版。

朱崇才编：《词话丛编续编》，人民文学出版社2010年版。

朱易安、傅璇琮等主编：《全宋笔记》，大象出版社2003年版。

朱刚：《唐宋四大家的道论与文学》，东方出版社1997年版。

朱丽霞：《清代辛稼轩接受史》，齐鲁书社2005年版。

周密辑，查为仁、厉鹗笺：《绝妙好词笺》，上海古籍出版社1984年版。

周密撰，邓子勉校点：《浩然斋雅谈》，辽宁教育出版社2000年版。

周济：《止庵遗书》，道光十二年刻本。

周济著，段晓华辑校：《周济词集辑校》，华东师范大学出版社 2016 年版。

周明初、叶晔补编：《全明词补编》，浙江大学出版社 2007 年版。

周裕锴：《宋代诗学通论》，巴蜀书社 1997 年版。

赵尊岳辑：《明词汇刊》，上海古籍出版社 1992 年版。

赵尔巽等撰：《清史稿》，中华书局 1977 年版。

赵维江：《金元词论稿》，中国社会科学出版社 2000 年版。

赵惠俊：《朝野与雅俗：宋真宗朝与高宗朝词坛生态与词体雅化研究》，复旦大学出版社 2019 年版。

曾枣庄、刘琳主编：《全宋文》，上海辞书出版社、安徽教育出版社 2006 年版。

曾大兴：《柳永和他的词》，中山大学出版社 1990 年版。

中国戏曲研究院编：《中国古典戏曲论著集成》，中国戏剧出版社 1959 年版。

中国社会科学院文学研究所《中国文学史》编写组编：《中国文学史》，人民文学出版社 1983 年版。

詹安泰著，汤擎民整理：《詹安泰词学论稿》，广东人民出版社 1984 年版。

詹安泰：《宋词散论》，广东人民出版社 1980 年版。

郑文焯著，孙克强、杨传庆辑校：《大鹤山人词话》，南开大学出版社 2009 年版。

郑临川记录，徐希平整理：《笳吹弦诵传薪录——闻一多、罗庸论中国古典文学》，上海古籍出版社 2002 年版。

诸葛忆兵：《多维视野下的宋代文学》，中国社会科学出版社 2015 年版。

卓人月汇选，徐士俊参评，谷辉之校点：《古今词统》，辽宁教育出版社 2000 年版。

祝尚书：《宋人总集叙录》，中华书局 2004 年版。

二 论文

陈伯海：《宋明文学的雅俗分流及其文化意义》，《社会科学》1995 年第

2 期。

丁乃宽：《论儒家思想、社会心态与宋代词风之演变》，《唐都学刊》1990 年第 3 期。

费秉勋：《李清照〈词论〉新探》，《西北大学学报》（哲学社会科学版）1985 年第 2 期。

房日晰：《论宋词的唐调与宋腔》，《文艺研究》2013 年第 10 期。

房日晰：《毛滂在词史上的贡献》，《古典文学知识》2009 年第 1 期。

符继成、赵晓岚：《词体的唐宋之辨：一个被冷落的词学论题》，《文艺研究》2013 年第 10 期。

符继成：《词体唐宋之辨流变论》，《词学》2018 年第 1 期。

符继成：《词史上的"宗唐派"与"宗宋派"》，《中国社会科学报》2018 年 11 月 26 日。

符继成：《词之"宋调"的形成与接受史论略——以"辛姜"为考察中心》，《中国文学研究》2019 年第 1 期。

郭杨波、周啸天：《论杨慎对花间词的沿袭与突破》，《西南民族学院学报》2002 年第 11 期。

胡疆锋：《亚文化的风格：抵抗与收编——伯明翰学派青年亚文化理论研究》，博士学位论文，首都师范大学，2007 年。

刘乃昌：《宋词的刚柔与正变》，《文学评论》1984 年第 2 期。

李秉忠：《也论宋词的"豪放派"与"婉约派"——兼评吴世昌先生等人的观点》，《山西师范大学学报》（社会科学版）1988 年第 1 期。

彭国忠：《刘将孙词学思想阐微——以〈胡以实诗词序〉为论》，《文艺理论研究》2007 年第 6 期。

施蛰存：《词的"派"与"体"之争》，《西北大学学报》（哲学社会科学版）1980 年第 3 期。

沈松勤：《花间词的规范体系及其词史意义》，《文学遗产》2020 年第 6 期。

谈文良：《宋人是否以婉约豪放分词派等三题》，《西北大学学报》（哲学社会科学版）1981 年第 1 期。

吴世昌：《有关苏词的若干问题》，《文学遗产》1983 年第 2 期。

王兆鹏、胡玉尺:《论唐宋词的"南唐范式"》,《湖南大学学报》(社会科学版)2018年第4期。

万云骏:《试论宋词的豪放派与婉约派的评价问题——兼评胡云翼的〈宋词选〉》,《学术月刊》1979年第4期。

万云骏:《词话论词的艺术性》,《学术月刊》1962年第2期。

谢桃坊:《〈高丽史·乐志〉所存宋词考辨》,《文学遗产》1993年第2期。

杨海明:《词学研究可喜的新收获》,《中国社会科学》1985年第6期。

赵维江:《论金元词的北宗风范》,《文学遗产》2000年第4期。

钟振振:《读〈金元明清词选〉札记》,《南京师范大学学报》(社会科学版)1987年第3期。

后　记

中国古典诗歌领域中的唐宋之争，自南宋以后一直是个非常热门的话题。读研时导师赵晓岚教授给我们讲钱钟书的《宋诗选注》，其中对于唐宋诗的比较，给我留下了深刻的印象。后来在读书时便对唐宋诗之争的论题特为留意，陆陆续续读了一些相关的研究论著。读博士时，我的主要研究方向是词学，在准备博士学位论文的过程中，发现词学批评里也有类似的唐宋之辨，于是便生出对此论题进行全面梳理与研究的念头，并且在博士论文中做了一些初步的探讨。毕业后，我与导师合作撰写的《词体的唐宋之辨：一个被冷落的词学论题》一文有幸在《文艺研究》发表并被人大复印报刊资料全文转载，又获得了湖南省社会科学优秀成果奖。2015年，以"词体的唐宋之辨研究"为题申报国家社科基金项目成功。这本书是国家社科基金项目的结项成果，也是我十余年来在这个论题上所做研究的一个总结。

学海无涯，泛舟其间，甘苦一言难尽。回望自己这些年从一个学术门外汉到一名大学教授的人生道路，我常常有一种巨大的恐慌感：我曾经是那么无知，而现在，面对着爆炸式增长的信息，面对着房间里越堆越高、永远也读不完的书，更是深深地体会到了"吾生也有涯，而知也无涯"的无力。当然，弱水三千，我们可以只取一瓢饮。知识无穷无尽，浩如烟海，凡庸如我辈，能得一瓢饮之已不易，能饮且能益之，为这知识海洋增加一滴水，那么即使是一孔之见，或许也可证明我们曾经来过，曾经努力地热爱过、探索过、思考过。对于自己的这本小书，奢望便是如此。

  感谢我的导师赵晓岚教授。她授我以治学的门径，让我看到了门内的万千风景，也因此拥有了大学教师这份我深为喜爱的职业。作为她招收的第一个博士生，她对我期望甚高，无论学习、工作还是生活，都关怀备至，时常勉励，但我这些年的发展只能说差强人意，实在愧对师恩。

  本书部分章节曾以论文的形式在《光明日报》《中国社会科学报》《中南大学学报》《湖南师范大学学报》《中国文学研究》《词学》等报刊发表或在学术会议上交流，在此过程中，有诸多师友给予了慷慨无私的指导与帮助。书稿在作为国家社科基金课题结项成果盲审时，五位匿名专家赐予了宝贵的评审意见，对本书后期的修改助益颇多。在此一并表示诚挚的感谢。

  本书在撰写过程中，得到了我的博士生毛慧敏的大力帮助，为我节省了大量的时间与精力。另外，同事门下的博士生姚晨、杨锦涛亦曾在资料查对、格式修改等方面出手相助。感谢这些青年才俊！

  感谢湘潭大学文学与新闻学院领导的支持，为本书的出版提供了经费资助。感谢中国社会科学出版社的郭晓鸿女士等编辑，他们以高度负责的态度，严格把关，精心编校，为保证拙著的质量付出了辛勤的劳动！

2022 年 2 月 15 日
符继成